देवकीनन्दन खत्री

देवकीनन्दन खत्री का जन्म 18 जून, 1861 को मुजफ्फरपुर, बिहार (ननिहाल) में हुआ था। हिन्दी और संस्कृत की प्रारम्भिक शिक्षा ननिहाल में ही हुई। फारसी से स्वाभाविक लगाव था लेकिन पिता की अनिच्छावश शुरू में उसे नहीं पढ़ सके। इसके बाद 18 वर्ष की अवस्था में, जब गया स्थित टिकरी राज्य से सम्बद्ध अपने पिता के व्यवसाय में स्वतंत्र रूप से हाथ बँटाने लगे तब फारसी और अंग्रेजी का भी अध्ययन किया। सितम्बर 1898 में लहरी प्रेस की स्थापना की। 'सुदर्शन' नामक मासिक पत्र भी निकाला। 'चन्द्रकान्ता' और 'चन्द्रकान्ता सन्तति' (छह भाग) के अतिरिक्त उनकी अन्य रचनाएँ हैं—'नरेन्द्र मोहिनी', 'कुसुमकुमारी', 'वीरेन्द्र वीर या कटोरा-भर खून', 'काजर की कोठरी', 'गुप्त गोदना' तथा 'भूतनाथ' (प्रथम छह भाग)।

1 अगस्त, 1931 को उनका निधन हुआ।

चन्द्रकान्ता सन्तति

1

देवकीनन्दन खत्री

राधाकृष्ण पेपरबैक्स

पहला संस्करण 1894 में प्रकाशित

राधाकृष्ण पेपरबैक्स में
पहला संस्करण : 2012
तीसरा संस्करण : 2025

राधाकृष्ण पेपरबैक्स : उत्कृष्ट साहित्य के जनसुलभ संस्करण

राधाकृष्ण प्रकाशन प्राइवेट लिमिटेड
जी-17, जगतपुरी, दिल्ली-110 051
द्वारा प्रकाशित

शाखाएँ : अशोक राजपथ, साइंस कॉलेज के सामने, पटना-800 006
पहली मंजिल, दरबारी बिल्डिंग, महात्मा गांधी मार्ग, प्रयागराज-211 001
1, अनमोल सोराबजी सन्तुक लेन, धोबी तलाव, मरीन लाइंस, मुम्बई-400 002
वेबसाइट : www.radhakrishnaprakashan.com
ई-मेल : info@radhakrishnaprakashan.com

विकास कम्प्यूटर एंड प्रिंटर्स
ट्रॉनिका सिटी-201 102
द्वारा मुद्रित

मूल्य : ₹950
(छह खंडों का सम्पूर्ण सैट)

CHANDRAKANTA SANTATI-1
Novel by Devaki Nandan Khatri

ISBN : 978-81-8361-517-4

चन्द्रकान्ता सन्तति-1

पहिला भाग

पहिला बयान

नौगढ़ के राजा सुरेन्द्रसिंह के लड़के बीरेन्द्रसिंह की शादी विजयगढ़ के महाराज जयसिंह की लड़की चन्द्रकान्ता के साथ हो गई। बारातवाले दिन तेजसिंह की आखिरी दिल्लगी के सबब चुनार के महाराज शिवदत्त को मशालची बनना पड़ा। बहुतों की यह राय हुई कि महाराज शिवदत्त का दिल अभी तक साफ नहीं हुआ इसलिए अब इनको कैद ही में रखना मुनासिब है, मगर महाराज सुरेन्द्रसिंह ने इस बात को नापसंद करके कहा कि "महाराज शिवदत्त को हम छोड़ चुके हैं, इस वक्त जो तेजसिंह से उनकी लड़ाई हो गई, यह हमारे साथ वैर रखने का सबूत नहीं हो सकता। आखिर महाराज शिवदत्त क्षत्रिय हैं, जब तेजसिंह उनकी सूरत बन बेइज्जती करने पर उतारू हो गए तो यह देखकर भी वह कैसे बर्दाश्त कर सकते थे? मैं यह भी नहीं कह सकता कि महाराज शिवदत्त का दिल हम लोगों की तरफ से बिलकुल साफ हो गया क्योंकि अगर उनका दिल साफ ही हो जाता तो इस बात को छिपकर देखने के लिए आने की जरूरत क्या थी? तो भी यह समझकर कि तेजसिंह के साथ इनकी यह लड़ाई हमारी दुश्मनी के सबब नहीं कही जा सकती, हम फिर इनको छोड़ देते हैं। अगर अब भी ये हमारे साथ दुश्मनी करेंगे तो क्या हर्ज है, ये भी मर्द हैं और हम भी मर्द हैं, देखा जाएगा।"

महाराज शिवदत्त फिर छूटकर न मालूम कहां चले गए। बीरेन्द्रसिंह की शादी होने के बाद महाराज सुरेन्द्रसिंह और जयसिंह की राय से चपला की शादी तेजसिंह के साथ और चंपा की शादी देवीसिंह के साथ की गई। चंपा दूर के नाते में चपला की बहिन होती थी।

बाकी सब ऐयारों की शादी हुई भई थी। उन लोगों की घर-गृहस्थी चुनार ही में थी, अदल-बदल करने की जरूरत न पड़ी क्योंकि शादी होने के थोड़े ही दिन बाद बड़े धूमधाम के साथ कुंअर बीरेन्द्रसिंह चुनार की गद्दी पर बैठाए गए और कुंअर छोड़ राजा कहलाने लगे। तेजसिंह उनके राजदीवान मुकर्रर हुए और इसलिए सब ऐयारों को भी चुनार में ही रहना पड़ा।

सुरेन्द्रसिंह अपने लड़के को आंखों के सामने से हटाना नहीं चाहते थे, लाचार नौगढ़ की गद्दी फतहसिंह के सुपुर्द कर वे भी चुनार ही रहने लगे, मगर राज्य का काम बिलकुल बीरेन्द्रसिंह के जिम्मे था, हां कभी-कभी राय दे देते थे। तेजसिंह के साथ जीतसिंह भी बड़ी आजादी के साथ चुनार में रहने लगे। महाराज सुरेन्द्रसिंह और जीतसिंह में बहुत मुहब्बत थी और वह मुहब्बत दिन-दिन बढ़ती गई। असल में जीतसिंह इसी लायक थे कि उनकी जितनी कदर की जाती थोड़ी थी। शादी के दो बरस बाद चन्द्रकान्ता को लड़का पैदा हुआ। उसी साल चपला और चंपा को भी लड़का पैदा हुआ। इसके तीन बरस बाद चन्द्रकान्ता ने दूसरे लड़के का मुख देखा। चन्द्रकान्ता के बड़े लड़के का नाम इंद्रजीतसिंह, छोटे का नाम आनंदसिंह, चपला के लड़के का नाम भैरोसिंह और चंपा के लड़के का नाम तारासिंह रखा गया।

जब ये चारों लड़के कुछ बड़े और बातचीत करने लायक हुए तब इनके लिखने-पढ़ने और तालीम का इंतजाम किया गया और राजा सुरेन्द्रसिंह ने इन चारों लड़कों को जीतसिंह की शागिर्दी और हिफाजत में छोड़ दिया।

भैरोसिंह और तारासिंह ऐयारी के फन में बड़े तेज और चालाक निकले। इनकी ऐयारी का इम्तिहान बराबर लिया जाता था। जीतसिंह का हुक्म था कि भैरोसिंह और तारासिंह कुल ऐयारों को बल्कि अपने बाप तक को धोखा देने की कोशिश करें और इसी तरह पन्नालाल वगैरह ऐयार भी उन दोनों लड़कों को भुलावा दिया करें। धीरे-धीरे ये दोनों लड़के इतने तेज और चालाक हो गए कि पन्नालाल वगैरह की ऐयारी इनके सामने दब गई।

भैरोसिंह और तारासिंह, इन दोनों में चालाक ज्यादे कौन था इसके कहने की कोई जरूरत नहीं, आगे मौका पड़ने पर आप ही मालूम हो जाएगा, हां, इतना कह देना जरूरी है कि भैरोसिंह को इंद्रजीतसिंह के साथ और तारासिंह को आनंदसिंह के साथ ज्यादे मुहब्बत थी। चारों लड़के होशियार हुए अर्थात् इंद्रजीतसिंह, भैरोसिंह और तारासिंह की उम्र अट्ठारह वर्ष की और आनंदसिंह की उम्र पंद्रह वर्ष की हुई। इतने दिनों तक चुनार राज्य में बराबर शांति रही बल्कि पिछली तकलीफें और महाराज शिवदत्त की शैतानी एक स्वप्न की तरह सभी के दिल में रह गई।

इंद्रजीतसिंह को शिकार का बहुत शौक था, जहां तक बन पड़ता वे रोज शिकार खेला करते। एक दिन किसी बनरखे[1] ने हाजिर होकर बयान किया कि

1. जंगलों की हिफाजत के लिए जो नौकर रहते हैं उनको बनरखे कहते हैं। शिकार खेलाने का काम बनरखों का ही है। ये लोग जंगल में घूम-घूमकर और शिकारी जानवरों के पैर का निशान देख और उसी अंदाज पर जाकर पता लगाते हैं कि शेर इत्यादि कोई शिकारी जानवर इस जंगल में है या नहीं, अगर है तो कहां है। बनरखों का काम है कि अपनी आंखों से देख आवें तब खबर करें कि फलानी जगह पर शेर, चीता या भालू है।

इन दिनों फलाने जंगल की शोभा खूब बढ़ी-चढ़ी है और शिकार के जानवर भी इतने आए हुए हैं कि अगर वहां महीना-भर टिककर शिकार खेला जाए तो भी न घटे और कोई दिन खाली न जाए। यह सुन दोनों भाई बहुत खुश हुए। अपने बाप राजा बीरेन्द्रसिंह से शिकार खेलने की इजाजत मांगी और कहा कि "हम लोगों का इरादा आठ दिन तक जंगल में रहकर शिकार खेलने का है।" इसके जवाब में राजा बीरेन्द्रसिंह ने कहा कि "इतने दिनों तक जंगल में रहकर शिकार खेलने का हुक्म मैं नहीं दे सकता—अपने दादा से पूछो, अगर वे हुक्म दें तो कोई हर्ज नहीं।"

यह सुनकर इंद्रजीतसिंह और आनंदसिंह ने अपने दादा महाराज सुरेन्द्रसिंह के पास जाकर अपना मतलब अर्ज किया। उन्होंने खुशी से मंजूर किया और हुक्म दिया कि शिकारगाह में इन दोनों के लिए खेमा खड़ा किया जाए और जब तक ये शिकारगाह में रहें पांच सौ फौज बराबर इनके साथ रहे।

शिकार खेलने का हुक्म पा इंद्रजीतसिंह और आनंदसिंह बहुत खुश हुए और अपने दोनों ऐयार भैरोसिंह और तारासिंह को साथ ले मय पांच सौ फौज के चुनार से रवाना हुए।

चुनार से पांच कोस दक्षिण एक घने और भयानक जंगल में पहुंचकर उन्होंने डेरा डाला। दिन थोड़ा बाकी रह गया इसलिए यह राय ठहरी कि आज आराम करें, कल सबेरे शिकार का बंदोबस्त किया जाए मगर बनरखों को शेर का पता लगाने के लिए आज ही कह दिया जाएगा। भैंसा[1] बांधने की कोई जरूरत नहीं, शेर का शिकार पैदल ही किया जाएगा।

---

1. खास शेर के शिकार में भैंसा बांधा जाता है। भैंसा बांधने के दो कारण हैं एक तो शिकार को अटकाने के लिए अर्थात् जब बनरखा आकर खबर दे कि फलाने जंगल में शेर है उस वक्त या कई दिनों तक अगर शिकार खेलनेवाले को किसी कारण शिकार खेलने की फुरसत न हुई और शेर को अटकाना चाहा तो भैंसा बांधने का हुक्म दिया जाता है। बनरखे भैंसा ले जाते हैं और जिस जगह शेर का पता लगता है, उसके पास ही किसी भयानक और सायेदार जंगल या नाले में मजबूत खूंटा गाड़कर भैंसे को बांध देते हैं। जब शेर भैंसे की बू पाता है तो वहीं आता है और भैंसे को खाकर उसी जंगल में कई दिनों तक मस्त और बेफिक्र पड़ा रहता है। इस तरकीब से दो-चार भैंसा देकर महीनों शेर को अटका लिया जाता है। शेर को जब तक खाने के लिए मिलता है वह दूसरे जंगल में नहीं जाता। शेर का पेट अगर एक दफे खूब भर जाए तो उसे सात-आठ दिनों तक खाने की परवाह नहीं रहती। खुले भैंसे को शेर जल्दी नहीं मार सकता।

   दूसरे जब मचान बांधकर शेर का शिकार किया चाहते हैं या एक जंगल से दूसरे जंगल में अपने सुबीते के लिए उसे ले जाया चाहते हैं तब इसी तरह भैंसे बांधकर हटाते जाते हैं। इनको शिकारी लोग 'मरी' भी कहते हैं।

दूसरे दिन सबेरे बनरखों ने हाजिर होकर उनसे अर्ज किया कि इस जंगल में शेर तो हैं मगर रात हो जाने के सबब हम लोग उन्हें अपनी आंखों से न देख सके, अगर आज के दिन शिकार न खेला जाए तो हम लोग देखकर उनका पता दे सकेंगे।

आज के दिन भी शिकार खेलना बंद किया गया। पहर-भर दिन बाकी रहे इंद्रजीतसिंह और आनंदसिंह घोड़ों पर सवार हो अपने दोनों ऐयारों को साथ ले घूमने और दिल बहलाने के लिए डेरे से बाहर निकले और टहलते हुए दूर तक चले गए।

ये लोग धीरे-धीरे टहलते और बातें करते जा रहे थे कि बाईं तरफ से शेर के गरजने की आवाज आई जिसे सुनते ही चारों अटक गए और घूमकर उस तरफ देखने लगे जिधर से आवाज आई थी।

लगभग दो सौ गज की दूरी पर एक साधू शेर पर सवार जाता दिखाई पड़ा जिसकी लंबी-लंबी और घनी जटाएं पीछे की तरफ लटक रही थीं—एक हाथ में त्रिशूल, दूसरे में शंख लिए हुए था। इसकी सवारी का शेर बहुत बड़ा था और उसके गर्दन के बाल जमीन तक लटक रहे थे।

इसके आठ-दस हाथ पीछे एक शेर और जा रहा था जिसकी पीठ पर आदमी के बदले बोझ लदा हुआ नजर आया, शायद यह असबाब उन्हीं शेर-सवार महात्मा का हो।

शाम हो जाने के सबब साधू की सूरत साफ मालूम न पड़ी तो भी उसे देख इन चारों को बड़ा ही ताज्जुब हुआ और कई तरह की बातें सोचने लगे।

इन्द्र—इस तरह शेर पर सवार होकर घूमना मुश्किल है।

आनंद—कोई अच्छे महात्मा मालूम होते हैं।

भैरो—पीछेवाले शेर को देखिए जिस पर असबाब लदा हुआ है, किस तरह भेड़ की तरह सिर नीचा किए जा रहा है।

तारा—शेरों को बस में कर लिया है।

इंद्र—जी चाहता है उनके पास चलकर दर्शन करें।

आनंद—अच्छी बात है, चलिए पास से देखें, कैसा शेर है।

तारा—बिना पास गए महात्मा और पाखण्डी में भेद न मालूम होगा।

भैरो—शाम तो हो गई है, खैर चलिए आगे से बढ़कर रोकें।

आनंद—आगे से चलकर रोकने से बुरा न मानें!

भैरो—हम ऐयारों का पेशा ही ऐसा है कि पहले तो उनका साधू होना ही विश्वास नहीं करते!

इंद्र—आप लोगों की क्या बात है, जिनकी मूंछ हमेशे ही मुड़ी रहती है, खैर चलिए तो सही।

भैरो–चलिए।

चारों आदमी आगे घूमकर बाबाजी के सामने गए जो शेर पर सवार जा रहे थे। इन लोगों को अपने पास आते देख बाबाजी रुक गए। पहले तो इंद्रजीतसिंह और आनंदसिंह के घोड़े शेरों को देखकर अड़े मगर फिर ललकारने से आगे बढ़े। थोड़ी दूर जाकर दोनों भाई घोड़ों के ऊपर से उतर पड़े, भैरोसिंह और तारासिंह ने दोनों घोड़ों को पेड़ से बांध दिया, इसके बाद पैदल ही चारों आदमी महात्मा के पास पहुंचे।

बाबाजी–(दूर ही से) आओ राजकुमार इंद्रजीतसिंह और आनंदसिंह–कहो कुशल तो है?

इंद्र–(प्रणाम करके) आपकी कृपा से सब मंगल है।

बाबा–(भैरोसिंह और तारासिंह की तरफ देखकर) कहो भैरो और तारा, अच्छे हो?

दोनों–(हाथ जोड़कर) आपकी दया से!

बाबा–राजकुमार, मैं खुद तुम लोगों के पास जाने को था क्योंकि तुमने शेर का शिकार करने के लिए इस जंगल में डेरा डाला है। मैं गिरनार जा रहा हूं, घूमता-फिरता इस जंगल में भी आ पहुंचा। यह जंगल अच्छा मालूम होता है इसलिए दो-तीन दिन तक यहां रहने का विचार है, कोई अच्छी जगह देखकर धूनी लगाऊंगा। मेरे साथ सवारी और असबाब लादने के कई शेर हैं, इसलिए कहता हूं कि धोखे में मेरे किसी शेर को मत मारना नहीं तो मुश्किल होगी, सैकड़ों शेर पहुंचकर तुम्हारे लश्कर में हलचल मचा डालेंगे और बहुतों की जान जाएगी। तुम प्रतापी राजा सुरेन्द्रसिंह[1] के लड़के हो इसलिए तुम्हें पहले ही से समझा देना मुनासिब है जिससे किसी तरह का दुख न हो।

इंद्र–महाराज मैं कैसे जानूंगा कि यह आपका शेर है? ऐसा ही है तो शिकार न खेलूंगा।

बाबा–नहीं, तुम शिकार खेलो, मगर मेरे शेरों को मत मारो!

इंद्र–मगर यह कैसे मालूम होगा कि फलाना शेर आपका है?

बाबा–देखो मैं अपने शेरों को बुलाता हूं पहचान लो।

बाबाजी ने शंख बजाया। भारी शंख की आवाज चारों तरफ जंगल में गूंज गई और हर तरफ से गुर्राहट की आवाज आने लगी। थोड़ी ही देर में इधर-उधर से दौड़ते हुए पांच शेर और आ पहुंचे। ये चारों दिलावर और बहादुर थे, अगर कोई दूसरा होता तो डर से उसकी जान निकल जाती। इंद्रजीतसिंह और आनंदसिंह के घोड़े शेरों को देखकर उछलने-कूदने लगे मगर रेशम की मजबूत बागडोर से बंधे हुए थे इससे भाग

---

1. साधू महाराज भूल गए, बीरेन्द्रसिंह की जगह सुरेन्द्रसिंह का नाम ले बैठे।

न सके। इन शेरों ने आकर बड़ी ऊधम मचाई—इंद्रजीतसिंह वगैरह को देख गरजने-कूदने और उछलने लगे, मगर बाबाजी के डांटते ही सब ठंडे हो, सिर नीचा कर भेड़-बकरी की तरह खड़े हो गए।

बाबा—देखो इन शेरों को पहचान लो, अभी दो-चार और हैं, मालूम होता है उन्होंने शंख की आवाज नहीं सुनी। खैर अभी तो मैं इसी जंगल में हूं, उन बाकी शेरों को भी दिखला दूंगा—कल-भर शिकार और बंद रखो।

भैरो—फिर आपसे मुलाकात कहां होगी? आपकी धूनी किस जगह लगेगी?

बाबा—मुझे तो यही जगह आनंद की मालूम होती है, कल इसी जगह आना, मुलाकात होगी।

बाबाजी शेर से नीचे उतर पड़े और जितने शेर उस जगह आए थे वे सब बाबाजी के चारों तरफ घूमने तथा मुहब्बत से उनके बदन को चाटने और सूंघने लगे। ये चारों आदमी थोड़ी देर तक वहां और अटकने के बाद बाबाजी से बिदा हो खेमे में आए।

जब सन्नाटा हुआ तो भैरोसिंह ने इंद्रजीतसिंह से कहा, "मेरे दिमाग में इस समय बहुत-सी बातें घूम रही हैं। मैं चाहता हूं कि हम लोग चारों आदमी एक जगह बैठ कुमेटी कर कुछ राय पक्की करें।"

इंद्रजीतसिंह ने कहा, "अच्छा, आनंद और तारा को भी इसी जगह बुला लो।"

भैरोसिंह गए और आनंदसिंह तथा तारासिंह को उसी जगह बुला लाए। उस वक्त सिवाय इन चारों के उस खेमे में और कोई न रहा। भैरोसिंह ने अपने दिल का हाल कहा जिसे सभों ने बड़े गौर से सुना, इसके बाद पहर-भर तक कुमेटी करके निश्चय कर लिया कि क्या करना चाहिए।

यह कुमेटी कैसी भई, भैरोसिंह का क्या इरादा हुआ और उन्होंने क्या निश्चय किया तथा रात-भर ये लोग क्या करते रहे, इसके कहने की कोई जरूरत नहीं, समय पर सब भेद खुल जाएगा।

सबेरा होते ही चारों आदमी खेमे के बाहर हुए और अपनी फौज के सरदार कंचनसिंह को बुला, कुछ समझा, बाबाजी की तरफ रवाना हुए। जब लश्कर से दूर निकल गए, आनंदसिंह, भैरोसिंह और तारासिंह तो तेजी के साथ चुनार की तरफ रवाना हुए और इंद्रजीतसिंह अकेले बाबाजी से मिलने गए।

बाबाजी शेरों के बीच धूनी रमाये बैठे थे। दो शेर उनके चारों तरफ घूम-घूमकर पहरा दे रहे थे। इंद्रजीतसिंह ने पहुंचकर प्रणाम किया और बाबाजी ने आशीर्वाद देकर बैठने के लिए कहा।

इंद्रजीतसिंह ने बनिस्बत कल के आज दो शेर और ज्यादे देखे। थोड़ी देर चुप रहने के बाद बातचीत होने लगी।

बाबा—कहो इंद्रजीतसिंह, तुम्हारे भाई और ऐयार कहां रह गए, वे नहीं आए?

इंद्र–हमारे छोटे भाई आनंदसिंह को बुखार आ गया, इस सबब से वह नहीं आ सका। उसी की हिफाजत में दोनों ऐयारों को छोड़ मैं अकेला आपके दर्शन को आया हूं।

बाबा–अच्छा क्या हर्ज है, आज शाम तक वह अच्छे हो जाएंगे, कहो आजकल तुम्हारे राज्य में कुशल तो है?

इंद्र–आपकी कृपा से सब आनंद है।

बाबा–बेचारे बीरेन्द्रसिंह ने भी बड़ा कष्ट पाया। खैर जो हो दुनिया में उनका नाम रह जाएगा। इस हजार वर्ष के अंदर कोई ऐसा राजा नहीं हुआ जिसने तिलिस्म तोड़ा हो। एक और तिलिस्म है, असल में वही भारी और तारीफ के लायक है।

इंद्र–पिताजी तो कहते हैं कि वह तिलिस्म तेरे हाथ से टूटेगा।

बाबा–हां ऐसा ही होगा, वह जरूर तुम्हारे हाथ से फतह होगा इसमें कोई संदेह नहीं।

इंद्र–देखें कब तक ऐसा होता है, उसकी ताली का तो कहीं पता ही नहीं लगता।

बाबा–ईश्वर चाहेगा तो एक ही दो दिन में तुम उस तिलिस्म को तोड़ने में हाथ लगा दोगे, उस तिलिस्म की ताली मैं हूं, कई पुश्तों से हम लोग उस तिलिस्म के दारोगा होते चले आए हैं। मेरे परदादा, दादा और बाप उसी तिलिस्म के दारोगा थे जब मेरे पिता का देहांत होने लगा तब उन्होंने उसकी ताली मेरे सुपुर्द कर मुझे उसका दारोगा मुकर्रर कर दिया। अब वक्त आ गया है कि मैं उसकी ताली तुम्हारे हवाले करूं क्योंकि वह तिलिस्म तुम्हारे नाम पर बांधा गया है और सिवाय तुम्हारे कोई दूसरा उसका मालिक नहीं बन सकता।

इंद्र–तो अब देर क्या है।

बाबा–कुछ नहीं, कल से तुम उसके तोड़ने में हाथ लगा दो, मगर एक बात तुम्हारे फायदे की हम कहते हैं।

इंद्र–वह क्या?

बाबा–तुम उसके तोड़ने में अपने भाई आनंद को भी शरीक कर लो, ऐसा करने से दौलत भी दूनी मिलेगी और नाम भी दोनों भाइयों का दुनिया में हमेशा के लिए बना रहेगा।

इंद्र–उसकी तो तबीयत ही ठीक नहीं!

बाबा–क्या हर्ज है! तुम अभी जाकर जिस तरह बने उसे मेरे पास ले आओ, मैं बात की बात में उसको चंगा कर दूंगा। आज ही तुम लोग मेरे साथ चलो जिसमें कल तिलिस्म टूटने में हाथ लग जाए, नहीं तो साल-भर फिर मौका न मिलेगा।

इंद्र–बाबाजी, असल तो यह है कि मैं अपने भाई की बढ़ती नहीं चाहता, मुझे यह मंजूर नहीं कि मेरे साथ उसका भी नाम हो।

बाबा–नहीं-नहीं, तुम्हें ऐसा न सोचना चाहिए, दुनिया में भाई से बढ़के कोई रत्न नहीं है।

इंद्र–जी हां, दुनिया में भाई से बढ़ के रत्न नहीं तो भाई से बढ़ के कोई दुश्मन भी नहीं, यह बात मेरे दिल में ऐसी बैठ गई है कि उसके हटाने के लिए ब्रह्मा भी आकर समझावें-बुझावें तो भी कुछ नतीजा न निकलेगा।

बाबा–बिना उसको साथ लिये तुम तिलिस्म नहीं तोड़ सकते।

इंद्र–(हाथ जोड़कर) बस तो जाने दीजिए, माफ कीजिए, मुझे तिलिस्म तोड़ने की जरूरत नहीं।

बाबा–क्या तुम्हें इतनी जिद है?

इंद्र–मैं कह जो चुका कि ब्रह्मा भी मेरी राय पलट नहीं सकते।

बाबा–खैर तब तुम्हीं चलो, मगर इसी वक्त चलना होगा।

इंद्र–हां, हां, मैं तैयार हूं, अभी चलिए।

बाबाजी उसी समय उठ खड़े हुए। अपनी गठड़ी-मुठड़ी बांध एक शेर पर लाद दिया तथा दूसरे पर आप सवार हो गए। इसके बाद एक शेर की तरफ देखकर कहा, "बच्चा गंगाराम, यहां तो आओ!" वह शेर तुरंत इनके पास आया। बाबाजी ने इंद्रजीतसिंह से कहा, "तुम इस पर सवार हो लो।" इंद्रजीतसिंह कूदकर सवार हो गए और बाबाजी के साथ-साथ दक्षिण का रास्ता लिया। बाबाजी के साथी शेर भी कोई आगे, कोई पीछे, कोई बायें, कोई दाहिने हो बाबाजी के साथ जाने लगे।

सब शेर तो पीछे रह गए मगर दो शेर जिन पर बाबाजी और इंद्रजीतसिंह सवार थे आगे निकल गए। दोपहर तक ये दोनों चलते गए। जब दिन ढलने लगा, बाबाजी ने इंद्रजीतसिंह से कहा, "यहां ठहरकर कुछ खा-पी लेना चाहिए।" इसके जवाब में कुमार बोले, "बाबाजी, खाने-पीने की कोई जरूरत नहीं। आप महात्मा ही ठहरे, मुझे कोई भूख नहीं लगी है, फिर अटकने की क्या जरूरत है? जिस काम में पड़े उसमें सुस्ती करना ठीक नहीं!"

बाबाजी ने कहा, "शाबाश! तुम बड़े बहादुर हो, अगर तुम्हारा दिल इतना मजबूत न होता तो तिलिस्म तुम्हारे ही हाथ से टूटेगा, ऐसा बड़े लोग न कह जाते, खैर चलो।"

कुछ दिन बाकी रहा जब ये दोनों एक पहाड़ी के नीचे पहुंचे। बाबाजी ने शंख बजाया, थोड़ी ही देर में चारों तरफ से सैकड़ों पहाड़ी लुटेरे हाथ में बरछे लिये आते दिखाई पड़े और ऐसे ही बीस-पचीस आदमियों को साथ लिये पूरब तरफ से आता हुआ राजा शिवदत्त नजर पड़ा जिसे देखते ही इंद्रजीतसिंह ने ऊंची आवाज में कहा, "इनको मैं पहचान गया, यही महाराज शिवदत्त हैं। इनकी तस्वीर मेरे कमरे में लटकी हुई है। दादाजी ने इनकी तस्वीर मुझे दिखाकर कहा था कि हमारे सबसे भारी दुश्मन

यही महाराज शिवदत्त हैं। ओफ ओह, हकीकत में बाबाजी ऐयार ही निकले, जो सोचा था वही हुआ! खैर क्या हर्ज है, इंद्रजीतसिंह को गिरफ्तार कर लेना जरा टेढ़ी खीर है!!"

शिवदत्त–(पास पहुंचकर) मेरा आधा कलेजा तो ठंडा हुआ, मगर अफसोस तुम दोनों भाई हाथ न आए।

इंद्र–जी इस भरोसे न रहिएगा कि इंद्रजीतसिंह को फंसा लिया। उनकी तरफ बुरी निगाह से देखना भी काम रखता है!

ग्रंथकर्ता–भला इसमें भी कोई शक है!!

दूसरा बयान

इस जगह पर थोड़ा-सा हाल महाराज शिवदत्त का भी बयान करना मुनासिब मालूम होता है। महाराज शिवदत्त को हर तरह से कुंअर बीरेन्द्रसिंह के मुकाबिले में हार माननी पड़ी। लाचार उसने शहर छोड़ दिया और अपने कई पुराने खैरख्वाहों के साथ चुनार के दक्खिन की तरफ रवाना हुआ।

चुनार से थोड़ा दूर दक्खिन में लंबा-चौड़ा जंगल है। यह विंध्य के पहाड़ी जंगल का सिलसिला राबर्ट्सगंज, सरगुजा और सिंगरौली होता हुआ सैकड़ों कोस तक चला गया है जिसमें बड़े-बड़े पहाड़, घाटियां, दर्रे और खोह पड़ते हैं। बीच में दो-दो चार-चार कोस के फासले पर गांव भी आबाद हैं। कहीं-कहीं पहाड़ों पर पुराने जमाने के टूटे-फूटे आलीशान किले अभी तक दिखाई पड़ते हैं। चुनार से आठ-दस कोस दक्षिण अहरौरा के पास पहाड़ पर पुराने जमाने के एक बर्बाद किले क निशान आज भी देखने से चित्त का भाव बदल जाता है। गौर करने से यह मालून होता है कि जब यह किला दुरुस्त होगा तो तीन कोस से ज्यादे लंबी-चौड़ी जमीन इसने घेरी होगी, आखिर में यह किला काशी के मशहूर राजा चेतसिंह के अधिकार में था। इन्हीं जंगलों में अपनी रानी और कई खैरख्वाहों को मय उनकी औरतों और बाल-बच्चों को साथ लिये घूमते-फिरते महाराज शिवदत्त ने चुनार से लगभग पचास कोस दूर जाकर एक हरी-भरी सुहावनी पहाड़ी के ऊपर के एक पुराने टूटे हुए मजबूत किले में डेरा डाला और उसका नाम शिवदत्तगढ़ रखा जिसमें उस वक्त भी कई कमरे और दालान रहने लायक थे। यह छोटी पहाड़ी अपने चारों तरफ के ऊंचे पहाड़ों के बीच में इस तरह छिपी और दबी हुई थी कि यकायक किसी का यहां पहुंचना और कुछ पता लगाना मुश्किल था।

इस वक्त महाराज शिवदत्त के साथ सिर्फ बीस आदमी थे, जिनमें तीन मुसलमान ऐयार थे जो शायद नाजिम और अहमद के रिश्तेदारों में से थे और यह समझकर

महाराज शिवदत्त के साथ हो गए थे कि इनके साथ मिले रहने से कभी-न-कभी राजा बीरेन्द्रसिंह से बदला लेने का मौका मिल ही जाएगा, दूसरें सिवाय शिवदत्त के और कोई इस लायक नजर भी न आता था जो इन बेईमानों को ऐयारी के लिए अपने साथ रखता। नीचे लिखे नामों से तीनों ऐयार पुकारे जाते थे—बाकरअली, खुदाबख्श और यारअली। इन सब ऐयारों और साथियों ने रुपये-पैसे से भी जहां तक बन पड़ा महाराज शिवदत्त की मदद की।

राजा बीरेन्द्रसिंह की तरफ से शिवदत्त का दिल साफ न हुआ मगर मौका न मिलने के सबब मुद्दत तक उसे चुपचाप बैठे रहना पड़ा। अपनी चालाकी और होशियारी से वह पहाड़ी भील और खरबार इत्यादि जाति के आदमियों का राजा बन बैठा और उनसे मालगुजारी में गल्ला, घी, शहद और बहुत-सी जंगली चीजें वसूल करने और उन्हीं लोगों के मारफत शहर में भेजवा और बिकवाकर रुपया बटोरने लगा। उन्हीं लोगों को होशियार करके थोड़ी-बहुत फौज भी उसने बना ली। धीरे-धीरे वे पहाड़ी जाति के लोग भी होशियार हो गए और खुद शहर में जाकर गल्ला वगैरह बेच रुपये इकट्ठा करने लगे। शिवदत्त भी अच्छी तरह आबाद हो गया।

इधर बाकरअली वगैरह ऐयारों ने भी अपने कुछ साथियों को जो चुनार से इनके साथ आए थे, ऐयारी के फन में खूब होशियार किया। इस बीच में एक लड़का और उसके बाद लड़की भी महाराज शिवदत्त के घर पैदा हुई। मौका पाकर अपने बहुत-से आदमियों और ऐयारों को साथ ले, वह शिवदत्तगढ़ के बाहर निकला और राजा बीरेन्द्रसिंह से बदला लेने की फिक्र में कई महीने तक घूमता रहा। बस महाराज शिवदत्त का इतना ही मुख्तसर हाल लिखकर इस बयान को समाप्त करते हैं और फिर इंद्रजीतसिंह के किस्से को छेड़ते हैं।

इंद्रजीतसिंह के गिरफ्तार होने के बाद उन बनावटी शेरों ने भी अपनी हालत बदली और असली सूरत के ऐयार बन बैठे जिनमें यारअली, बाकरअली और खुदाबख्श मुखिया थे। महाराज शिवदत्त बहुत ही खुश हुआ और समझा कि अब मेरा जमाना फिरा, ईश्वर चाहेगा तो मैं फिर चुनार की गद्दी पाऊंगा और अपने दुश्मनों से पूरा बदला लूंगा।

इंद्रजीतसिंह को कैद कर वह शिवदत्तगढ़ को ले गया। सभों को ताज्जुब हुआ कि कुंअर इंद्रजीतसिंह ने गिरफ्तार होते समय कुछ उत्पात न मचाया, किसी पर गुस्सा न निकाला, किसी पर हरबा न उठाया, यहां तक कि आंखों से रंज, अफसोस या क्रोध भी जाहिर न होने दिया। हकीकत में यह ताज्जुब की बात थी भी कि बहादुर बीरेन्द्रसिंह का शेरदिल लड़का ऐसी हालत में चुप रह जाए और बिना हुज्जत किए बेड़ी पहिर ले, मगर नहीं, इसका कोई सबब जरूर है जो आगे चलकर मालूम होगा।

तीसरा बयान

चुनारगढ़ किले के अंदर एक कमरे में महाराज सुरेन्द्रसिंह, बीरेन्द्रसिंह, जीतसिंह, तेजसिंह, देवीसिंह, इंद्रजीतसिंह और आनंदसिंह बैठे हुए कुछ बातें कर रहे हैं।

जीत–भैरो ने बड़ी होशियारी का काम किया कि अपने को इंद्रजीतसिंह की सूरत बना शिवदत्त के ऐयारों के हाथ फंसाया।

सुरेन्द्र–शिवदत्त के ऐयारों ने चालाकी तो की थी मगर...

बीरेन्द्र–बाबाजी शेर पर सवार हो सिद्ध बने तो लेकिन अपना काम सिद्ध न कर सके।

इंद्र–मगर जैसे हो भैरोसिंह को अब बहुत जल्द छुड़ाना चाहिए।

जीत–कुमार, घबराओ मत, तुम्हारे दोस्त को किसी तरह की तकलीफ नहीं हो सकती, लेकिन अभी उसका शिवदत्त के यहां फंसे ही रहना मुनासिब है। वह बेवकूफ नहीं है, बिना मदद के आप ही छूटकर आ सकता है, तिस पर पन्नालाल, रामनारायण, चुन्नीलाल, बद्रीनाथ और ज्योतिषी जी उसकी मदद को भेजे गए हैं, देखो तो क्या होता है! इतने दिनों तक चुपचाप बैठे रहकर शिवदत्त ने फिर अपनी खराबी पर कमर बांधी है।

देवी–कुमारों के साथ जो फौज शिकारगाह में गई है, उसके लिए अब क्या हुक्म होता है?

जीत–अभी शिकारगाह से डेरा उठाना मुनासिब नहीं। (तेजसिंह की तरफ देखकर) क्यों तेज?

तेज–(हाथ जोड़कर) जी हां, शिकारगाह में डेरा कायम रहने से हम लोग बड़ी खूबसूरती और दिल्लगी से अपना काम निकाल सकेंगे।

सुरेन्द्र–कोई ऐयार शिवदत्तगढ़ से लौटे तो कुछ हाल-चाल मालूम हो।

तेज–कल तो नहीं मगर परसों तक कोई-न-कोई जरूर आएगा।

पहर-भर से ज्यादे देर तक बातचीत होती रही। कुल बात को खोलना हम मुनासिब नहीं समझते बल्कि आखिरी बात का पता तो हमें भी न लगा जो मजलिस उठने के बाद जीतसिंह ने अकेले में तेजसिंह को समझाई थी। खैर जाने दीजिए, जो होगा देखा जाएगा, जल्दी क्या है।

गंगा के किनारे ऊंची बारहदरी में इंद्रजीतसिंह और आनंदसिंह दोनों भाई बैठे जल की कैफियत देख रहे हैं। बरसात का मौसम है। गंगा खूब बढ़ी हुई हैं, किले के नीचे जल पहुंचा है। छोटी-छोटी लहरें दीवारों में टक्कर मार रही हैं। अस्त होते हुए सूर्य की लालिमा जल में पड़कर लहरों की शोभा दूनी बढ़ा रही है। सन्नाटे का आलम है। इस बारहदरी में सिवाय इन दोनों भाइयों के कोई तीसरा दिखाई नहीं देता।

इंद्र–अभी जल कुछ और बढ़ेगा।

आनंद–जी हां, परसाल तो गंगा आज से कहीं ज्यादे बढ़ी हुई थीं, जब दादाजी ने हम लोगों को तैरकर पार जाने के लिए कहा था।

इंद्र–उस दिन भी खूब ही दिल्लगी हुई, भैरोसिंह सभों में तेज रहा, बद्रीनाथ ने कितना ही चाहा कि उसके आगे निकल जाए मगर न हो सका।

आनंद–हम दोनों भी कोस-भर तक उस किश्ती के साथ ही गए जो हम लोगों की हिफाजत के लिए संग गई थी।

इंद्र–बस वही तो हम लोगों का आखिरी इम्तिहान रहा, फिर तब से जल में तैरने की नौबत ही कहां आई।

आनंद–कल तो मैंने दादाजी से कहा था कि आजकल गंगाजी खूब बढ़ी हुई हैं, तैरने को जी चाहता है।

इंद्र–तब क्या बोले?

आनंद–कहने लगे कि बस अब तुम लोगों का तैरना मुनासिब नहीं है, हंसी होगी। तैरना भी एक इल्म है, जिसमें तुम लोग होशियार हो चुके, अब क्या जरूरत है? ऐसा ही जी चाहे तो किश्ती पर सवार होकर जाओ, सैर करो।

इंद्र–उन्होंने बहुत ठीक कहा, चलो किश्ती पर थोड़ी दूर घूम आएं।

बातचीत हो ही रही थी कि चोबदार ने आकर अर्ज किया, "एक बहुत बूढ़ा जौहरी हाजिर है, दर्शन किया चाहता है।"

आनंद–यह कौन-सा वक्त है?

चोबदार–(हाथ जोड़कर) ताबेदार ने तो चाहा था कि इस समय उसे बिदा करे मगर यह खयाल करके ऐसा करने का हौसला न पड़ा कि एक तो लड़कपन ही से वह इस दरबार का नमकख्वार है और महाराज की भी उस पर निगाह रहती है, दूसरे अस्सी वर्ष का बुड्ढा है, तीसरे कहता है कि अभी इस शहर में पहुंचा हूं, महाराज का दर्शन कर चुका हूं, सरकार के भी दर्शन हो जाएं तब आराम से सराय में डेरा डालूं और हमेशे से उसका यही दस्तूर भी है।

इंद्र–अगर ऐसा है तो उसे आने ही देना मुनासिब है।

आनंद–अब आज किश्ती पर सैर करने का रंग नजर नहीं आता।

इंद्र–क्या हर्ज है, कल सही।

चोबदार सलाम करके चला गया और थोड़ी देर में सौदागर को लेकर हाजिर हुआ। हकीकत में वह सौदागर बहुत ही बुड्ढा था, रेयासत और शराफत उसके चेहरे से बरसती थी। आते ही सलाम करके उसने दोनों भाइयों को दो अंगूठियां दीं और कबूल होने के बाद इशारा पाकर जमीन पर बैठ गया।

इस बुड्ढे जवहरी की इज्जत की गई, मिजाज का हाल तथा सफर की कैफियत पूछने के बाद डेरे पर जाकर आराम करने और कल फिर हाजिर होने का हुक्म हुआ। सौदागर सलाम करके चला गया।

सौदागर ने जो दो अंगूठियां दोनों भाइयों को नजर की थीं, उनमें आनंदसिंह को अंगूठी पर निहायत खुशरंग मानिक जड़ा हुआ था और इंद्रजीतसिंह की अंगूठी पर सिर्फ एक छोटी-सी तस्वीर थी, जिसे एक दफे निगाह भरकर इंद्रजीतसिंह ने देखा और कुछ सोच चुप हो रहे।

एकांत होने पर रात को शमादान की रोशनी में फिर उस अंगूठी को देखा जिसमें नगीने की जगह एक कमसिन हसीन औरत की तस्वीर जड़ी हुई थी। चाहे यह तस्वीर कितनी ही छोटी क्यों न हो मगर मुसौवर ने गजब की सफाई इसमें खर्च की थी। इसे देखते-देखते एक मरतबे तो इंद्रजीतसिंह की यह हालत हो गई कि अपने को और उस औरत की तस्वीर को भूल गए, मालूम हुआ कि स्वयं वह नाजनीन इनके सामने बैठी है और यह उससे कुछ कहा चाहते हैं मगर उसके हुस्न के रुआब में आकर चुप रह जाते हैं। यकायक यह चौंक पड़े और अपनी बेवकूफी पर अफसोस करने लगे, लेकिन इससे क्या होता है? उस तस्वीर ने तो एक ही सायत में इनके लड़कपन को धूल में मिला दिया और नौजवानी की दीवानी सूरत इनके सामने खड़ी कर दी। थोड़ी देर पहले सवारी, शिकार, कसरत वगैरह के पेचीले कायदे दिमाग में घूम रहे थे, अब ये एक दूसरी ही उलझन में फंस गए और दिमाग किसी अद्वितीय रत्न के मिलने की फिक्र में गोते खाने लगा। महाराज शिवदत्त की तरफ से अब क्या ऐयारी होती है, भैरोसिंह क्योंकर और कब कैद से छूटते हैं, देखें बद्रीनाथ वगैरह शिवदत्तगढ़ में जाकर क्या करते हैं, अब शिकार खेलने की नौबत कब तक आती है, एक ही तीर में शेर को गिरा देने का मौका कब मिलता है, किश्ती पर सवार हो दरिया की सैर करने कब जाना चाहिए इत्यादि खयालों को भूल गए। अब तो यह फिक्र पैदा हुई कि सौदागर को यह अंगूठी क्योंकर हाथ लगी? यह तस्वीर खयाली है या असल में किसी ऐसे की है जो इस दुनिया में मौजूद है? क्या सौदागर उसका पता-ठिकाना जानता होगा? खूबसूरती की इतनी ही हद्द है या और भी कुछ है? नजाकत, सुडौली और सफाई वगैरह का खजाना यही है या कोई और? इसकी मोहब्बत के दरिया में हमारा बेड़ा क्योंकर पार होगा?

कुंअर इंद्रजीतसिंह ने आज बहाना करना भी सीख लिया और घड़ी ही भर में उस्ताद हो गए। पेट फूला है, भोजन न करेंगे, सिर में दर्द है, किसी का बोलना बुरा मालूम होता है, सन्नाटा हो तो शायद नींद आए, इत्यादि बहानों से उन्होंने अपनी जान बचाई और तमाम रात चारपाई पर करवटें बदल-बदलकर इस फिक्र में काटी कि सबेरा हो तो सौदागर को बुलाकर कुछ पूछें।

सबेरे उठते ही जवहरी को हाजिर करने का हुक्म दिया, मगर घण्टे-भर के बाद चोबदार ने वापस आकर अर्ज किया कि सराय में सौदागर का पता नहीं लगता।

इंद्र–उसने अपना डेरा कहां पर बतलाया था?

चोब–ताबेदार को तो उसकी जुबानी यही मालूम हुआ था कि सराय में उतरेगा, मगर वहां दरियाफ्त करने से मालूम हुआ कि यहां कोई सौदागर नहीं आया।

इंद्र–किसी दूसरी जगह उतरा होगा, पता लगाओ।

"बहुत खूब" कहकर चोबदार तो चला गया मगर इंद्रजीतसिंह कुछ तरद्दुद में पड़ गए सिर नीचा करके सोच रहे थे कि किसी के पैर की आहट ने चौंका दिया, सिर उठाकर देखा तो कुंअर आनंदसिंह।

आनंद–स्नान का तो समय हो गया।

इंद्र–हां, आज कुछ देर हो गई।

आनंद–तबीयत कुछ सुस्त मालूम होती है?

इंद्र–रात-भर सिर में दर्द था।

आनंद–अब कैसा है?

इंद्र–अब तो ठीक है।

आनंद–कल कुछ झलक-सी मालूम पड़ी थी कि उस अंगूठी में कोई तस्वीर जड़ी हुई है जो उस जवहरी ने नजर की थी।

इंद्र–हां थी तो।

आनंद–कैसी तस्वीर है?

इंद्र–न मालूम वह अंगूठी कहां रख दी कि मिलती ही नहीं। मैंने भी सोचा था कि दिन को अच्छी तरह देखूंगा मगर...

ग्रंथकर्ता–सच है, इसकी गवाही तो मैं भी दूंगा!

अगर भेद खुल जाने का डर न होता तो कुंअर इंद्रजीतसिंह सिवा "ओफ" करने और लंबी-लंबी सांसें लेने के कोई दूसरा काम न करते मगर क्या करें, लाचारी से सभी मामूली काम और अपने दादा के साथ बैठकर भोजन भी करना पड़ा, हां शाम को इनकी बेचैनी बहुत बढ़ गई जब सुना कि तमाम शहर छान डालने पर भी उस जवहरी का कहीं पता न लगा और यह भी मालूम हुआ कि उस जवहरी ने बिलकुल झूठ कहा था कि महाराज का दर्शन कर आया हूं, अब कुमार के दर्शन हो जाएं तब आराम से सराय में डेरा डालूं, वह वास्तव में महाराज सुरेन्द्रसिंह और बीरेन्द्रसिंह से नहीं मिला था।

तीसरे दिन इनको बहुत ही उदास देख आनंदसिंह ने किश्ती पर सवार होकर गंगाजी की सैर करने और दिल बहलाने के लिए जिद्द की, लाचार उनकी बात माननी ही पड़ी।

एक छोटी-सी खूबसूरत और तेज जानेवाली किश्ती पर सवार हो इंद्रजीतसिंह ने चाहा कि किसी को साथ न ले जाएं सिर्फ दोनों भाई ही सवार हों और खेकर दरिया की सैर करें। किसकी मजाल थी जो इनकी बात काटता, मगर एक पुराने खिदमतगार ने जिसने कि बीरेन्द्रसिंह को गोद में खिलाया था और अब इन दोनों के साथ रहता

था ऐसा करने से रोका और जब दोनों भाइयों ने न माना तो वह खुद किश्ती पर सवार हो गया। पुराना नौकर होने के खयाल से दोनों भाई कुछ न बोले, लाचार साथ ले जाना ही पड़ा।

आनंद–किश्ती को धारा में ले जाकर बहाव पर छोड़ दीजिए...फिर खेकर ले आवेंगे।

इंद्र–अच्छी बात है।

सिर्फ दो घण्टे दिन बाकी था जब दोनों भाई किश्ती पर सवार हो दरिया की सैर करने को गए क्योंकि लौटते समय चांदनी रात का भी आनंद लेना मंजूर था।

चुनार से दो कोस पश्चिम गंगा के किनारे पर एक छोटा-सा जंगल था। जब किश्ती उसके पास पहुंची, वंशी की और साथ ही गाने की बारीक सुरीली आवाज इन लोगों के कानों में पड़ी। संगीत एक ऐसी चीज है कि हर एक के दिल को, चाहे वह कैसा ही नासमझ क्यों न हो, अपनी तरफ खैंच लेती है, यहां तक कि जानवर भी इसके वश में होकर अपने को भूल जाता है। दो-तीन दिन से कुंअर इंद्रजीतसिंह का दिल चुटीला हो रहा था, दरिया की बहार देखना तो दूर रहा, इन्हें अपने तनोबदन की भी सुध न थी, ये तो अपनी प्यारी तस्वीर की धुन में सिर झुकाए बैठे कुछ सोच रहे थे, इनके हिसाब से चारों तरफ सन्नाटा था, मगर इस सुरीली आवाज ने इनकी गर्दन घुमा दी और उस तरफ देखने को मजबूर किया जिधर से वह आ रही थी।

किनारे की तरफ देखने से यह तो मालूम न हुआ कि वंशी बजाने या गानेवाला कौन है मगर इस बात का अंदाजा जरूर मिल गया कि वे लोग बहुत दूर नहीं हैं, जिनके गाने की आवाज सुननेवालों पर जादू का-सा असर कर रही है।

इंद्र–आहा, क्या सुरीली आवाज है!

आनंद–दूसरी आवाज आई। बेशक कई औरतें मिलकर गा-बजा रही हैं।

इंद्र–(किश्ती का मुंह किनारे की तरफ फेरकर) ताज्जुब है कि इन लोगों ने गाने-बजाने और दिल बहलाने के लिए ऐसी जगह पसंद की! जरा देखना चाहिए।

आनंद–क्या हर्ज है चलिए।

बूढ़े खिदमतगार ने किनारे किश्ती लगाने और उतरने के लिए मना किया और बहुत समझाया मगर इन दोनों ने न माना, किश्ती किनारे लगाई और उतरकर उस तरफ चले जिधर से आवाज आ रही थी। जंगल में थोड़ी ही दूर जाकर दस-पंद्रह नौजवान औरतों का झुंड नजर पड़ा जो रंग-बिरंगी पोशाक और कीमती जेवरों से अपने हुस्न को दूना किए ऊंचे पेड़ से लटकते हुए एक झूले को झुला रही थीं। कोई वंशी, कोई मृदंगी बजाती, कोई हाथ से ताल दे-देकर गा रही थी। उस हिंडोले पर सिर्फ एक ही औरत गंगा की तरफ रुख किए बैठी थी। ऐसा मालूम होता था मानो परियां साक्षात् किसी देवकन्या को झुला-झुला और गा-बजाकर इसलिए प्रसन्न कर रही हैं कि खूबसूरती बढ़ने और नौजवानी के स्थिर रहने का वरदान पावें। मगर नहीं,

उनके भी दिल-की-दिल ही में रही और कुंअर इंद्रजीतसिंह तथा आनंदसिंह को आते देख हिंडोले पर बैठी हुई नाजनीन को अकेली छोड़ न जाने क्यों भाग ही जाना पड़ा।

आनंद–भैया, वह सब तो भाग गईं!

इंद्र–हां, मैं इस हिंडोले के पास जाता हूं, तुम देखो वे औरतें किधर गईं?

आनंद–बहुत अच्छा।

चाहे जो हो मगर कुंअर इंद्रजीतसिंह ने उसे पहचान ही लिया जो हिंडोले पर अकेली रह गई थी। भला यह क्यों न पहचानते? जवहरी की नजर दी हुई अंगूठी पर उसकी तस्वीर देख चुके थे, इनके दिल में उसकी तस्वीर खुद गई थी, अब तो मुंहमांगी मुराद पाई, जिसके लिए अपने को मिटाना मंजूर था, उसे बिना परिश्रम पाया, फिर क्या चाहिए!

आनंदसिंह पता लगाने के लिए उन औरतों के पीछे गए मगर वे ऐसा भागीं कि झलक तक दिखाई न दी, लाचार आधे घण्टे तक हैरान होकर फिर उस हिंडोले के पास पहुंचे, हिंडोले पर बैठी हुई औरत को कौन कहे, अपने भाई को भी वहां न पाया। घबड़ाकर इधर-उधर ढूंढ़ने और पुकारने लगे, यहां तक कि रात हो गई और यह सोचकर किश्ती के पास पहुंचे कि शायद वहां चले गये हों, लेकिन वहां भी सिवाय उस बूढ़े खिदमतगार के किसी दूसरे को न देखा। जी बेचैन हो गया, खिदमतगार को सब हाल बताकर बोले, "जब तक अपने प्यारे भाई का पता न लगा लूंगा, घर न जाऊंगा, तू जाकर यहां का हाल सभों को खबर कर दे।"

खिदमतगार ने हर तरह से आनंदसिंह को समझाया और घर चलने के लिए कहा मगर कुछ फायदा न निकला। लाचार उसने किश्ती उसी जगह छोड़ी और पैदल रोता-कलपता किले की तरफ रवाना हुआ क्योंकि यहां जो कुछ हो चुका था उसका हाल राजा बीरेन्द्रसिंह से कहना भी उसने आवश्यक समझा।

चौथा बयान

खिदमतगार ने किले में पहुंचकर और यह सुनकर कि इस समय दोनों एक ही जगह बैठे हैं कुंअर इंद्रजीतसिंह के गायब होने का हाल और सबब जो कुंअर आनंदसिंह की जुबानी सुना था महाराज सुरेन्द्रसिंह और बीरेन्द्रसिंह के पास हाजिर होकर अर्ज किया। इस खबर के सुनते ही उन दोनों के कलेजे में चोट-सी लगी। थोड़ी देर तक घबड़ाहट के सबब कुछ सोच न सके कि क्या करना चाहिए। रात भी एक पहर से ज्यादे जा चुकी थी। आखिर जीतसिंह, तेजसिंह और देवीसिंह को बुलाकर खिदमतगार की जुबानी जो कुछ सुना था, कहा और पूछा कि अब क्या करना चाहिए?

तेज–उस जंगल में इतनी औरतों का इकट्ठे होकर गाना-बजाना और इस तरह धोखा देना बेसबब नहीं है।

सुरेन्द्र–जब से शिवदत्त के उभरने की खबर सुनी है एक खुटका-सा बना रहता है, मैं समझता हूं यह भी उसी की शैतानी है।

बीरेन्द्र–दोनों लड़के ऐसे कमजोर तो नहीं हैं कि जिसका जी चाहे पकड़ ले।

सुरेन्द्र–ठीक है मगर आनंद का भी वहां रह जाना बुरा ही हुआ

तेज–बेचारा खिदमतगार जबर्दस्ती साथ हो गया था नहीं तो पता भी न लगता कि दोनों कहां चले गए। खैर उनके बारे में जो कुछ सोचना है सोचिए मगर मुझे जल्द इजाजत दीजिए कि हजार सिपाहियों को साथ लेकर वहां जाऊं और इसी वक्त उस छोटे से जंगल को चारों तरफ से घेर लूं, फिर जो कुछ होगा देखा जाएगा।

सुरेन्द्र–(जीतसिंह से) क्या राय है?

जीत–तेज ठीक कहता है, इसे अभी जाना चाहिए।

हुक्म पाते ही तेजासिंह दीवानखाने के ऊपर बुर्ज पर चढ़ गए जहां बड़ा-सा नक्कारा और उसके पास ही एक भारी चोब इसलिए रखा हुआ था कि वक्त-बेवक्त जब कोई जरूरत आ पड़े और फौज को तुरंत तैयार करना हो तो इस नक्कारे पर चोब मारी जाए। इसकी आवाज भी निराले ढंग की थी जो किसी नक्कारे की आवाज से मिलती न थी और इने बजाने के लिए तेजसिंह ने कई इशारे भी मुकर्रर किए हुए थे।

तेजसिंह ने चोब उठाकर जोर से एक दफे नक्कारे पर मारा जिसकी आवाज तमाम शहर में बल्कि दूर-दूर तक गूंज गई। चाहे इसका सबब किसी शहरवाले की समझ में न आया हो मगर सेनापति समझ गया कि इसी वक्त हजार फौजी सिपाहियों की जरूरत है, जिसका इंतजाम उसने बहुत जल्द किया।

तेजसिंह अपने सामान से तैयार हो किले के बाहर निकले और हजार सिपाही तथा बहुत से मशालचियों को साथ ले उस छोटे से जंगल की तरफ रवाना होकर बहुत जल्दी ही वहां जा पहुंचे।

थोड़ी-थोड़ी दूर पर पहरा मुकर्रर करके चारों तरफ से उस जंगल को घेर लिया। इंद्रजीतसिंह तो गायब हो ही चुके थे, आनंदसिंह के मिलने की बहुत तरकीब की गई मगर उनका भी पता न लगा। तरद्दुद में रात बिताई, सबेरा होते ही तेजसिंह ने हुक्म दिया कि एक तरफ से इस जंगल को तेजी के साथ काटना शुरू करो जिनमें दिन-भर में तमाम जंगल साफ हो जाए।

उसी समय महाराज सुरेन्द्रसिंह और जीतसिंह भी वहां आ पहुंचे। जंगल का काटना इन्होंने भी पसंद किया और बोले कि "बहुत अच्छा होगा अगर हम लोग इस जंगल से एकदम ही निश्चिन्त हो जाएं।"

इस छोटे जंगल को काटते देर ही कितनी लगनी थी, तिस पर महाराज की मुस्तैदी के सबब यहां कोई भी ऐसा नजर नहीं आता था जो पेड़ों की कटाई में न लगा हो। दोपहर होते-होते जंगल कटके साफ हो गया मगर किसी का कुछ पता न लगा यहां तक कि इंद्रजीतसिंह की तरह आनंदसिंह के भी गायब हो जाने का निश्चय करना पड़ा। हां, इस जंगल के अंत में एक कमसिन नौजवान हसीन और बेशकीमती गहने-कपड़े से सजी हुई औरत की लाश पाई गई जिसके सिर का पता न था।

यह लाश महाराज सुरेन्द्रसिंह के पास लाई गई। अब सभों की परेशानी और बढ़ गई और तरह-तरह के खयाल पैदा होने लगे। लाचार उस लाश को साथ ले शहर की तरफ लौटे। जीतसिंह ने कहा, ''हम लोग जाते हैं, तारासिंह को भेज सब ऐयारों को जो शिवदत्त की फिक्र में गए हुए हैं बुलवाकर इंद्रजीतसिंह और आनंदसिंह की तलाश में भेजेंगे, मगर तुम इसी वक्त उनकी खोज में जहां तुम्हारा दिल गवाही दे, जाओ।''

तेजसिंह अपने सामान से तैयार ही थे, उसी वक्त सलाम कर एक तरफ को रवाना हो गए, और महाराज रूमाल से आंखों को पोंछते हुए चुनार की तरफ बिदा हुए।

उदास और पोतों की जुदाई से दुखी महाराज सुरेन्द्रसिंह घर पहुंचे। दोनों लड़कों के गायब होने का हाल चन्द्रकान्ता ने भी सुना। वह बेचारी दुनिया के दुख-सुख को अच्छी तरह समझ चुकी थी इसलिए कलेजा मसोसकर रह गई, जाहिर में रोना-चिल्लाना उसने पसंद न किया, मगर ऐसा करने से उसके नाजुक दिल पर और भी सदमा पहुंचा, घड़ी-भर में ही उसकी सूरत बदल गई। चपला और चंपा को चन्द्रकान्ता से कितनी मुहब्बत थी इसको आप लोग खूब जानते हैं, लिखने की कोई जरूरत नहीं। दोनों लड़कों के गायब होने का गम इन दोनों को चन्द्रकान्ता से ज्यादे हुआ और दोनों ने निश्चय कर लिया कि मौका पाकर इंद्रजीतसिंह और आनंदसिंह का पता लगाने की कोशिश करेंगी।

महाराज सुरेन्द्रसिंह के आने की खबर पाकर बीरेन्द्रसिंह मिलने के लिए उनके पास गए। देवीसिंह भी वहां मौजूद थे। बीरेन्द्रसिंह के सामने ही महाराज ने सब हाल देवीसिंह से कहकर पूछा कि ''अब क्या करना चाहिए?''

देवी—मैं पहले उस लाश को देखना चाहता हूं जो उस जंगल में पाई गई थी।

सुरेन्द्र—हां, तुम उसे जरूर देखो।

जीत—(चोबदार से) उस लाश को जो जंगल में पाई गई थी इसी जगह लाने के लिए कहो।

''बहुत अच्छा'', कहकर चोबदार बाहर चला गया मगर थोड़ी ही देर में वापस आकर बोला, ''महाराज के साथ आते-आते न मालूम वह लाश कहां गुम हो गई। कई आदमी उसकी खोज में परेशान हैं मगर पता नहीं लगता!''

बीरेन्द्र—अब फिर हम लोगों को होशियारी से रहने का जमाना आ गया। जब हजारों आदमियों के बीच से लाश गुम हो गई तो मालूम होता है अभी बहुत कुछ उपद्रव होनेवाला है।

जीत—मैंने तो समझा था कि अब जो कुछ थोड़ी-सी उम्र रह गई है आराम से कटेगी। मगर नहीं, ऐसी उम्मीद किसी को कुछ भी न रखनी चाहिए।

सुरेन्द्र—खैर जो होगा देखा जाएगा, इस समय क्या करना मुनासिब है इसे सोचो।

जीत—मेरा विचार था कि तारासिंह को बद्रीनाथ वगैरह के पास भेजते जिससे वे लोग भैरोसिंह को छुड़ाकर और किसी कार्रवाई में न फंसें और सीधे यहां चले आवें, मगर ऐसा करने को भी जी नहीं चाहता। आज-भर आप और सब्र करें, अच्छी तरह सोचकर कल मैं अपनी राय दूंगा।

पांचवां बयान

पण्डित बद्रीनाथ, पन्नालाल, रामनारायण, चुन्नीलाल और जगन्नाथ ज्योतिषी भैरोसिंह ऐयार को छुड़ाने के लिए शिवदत्तगढ़ की तरफ गए। हुक्म के मुताबिक कंचनसिंह सेनापति ने शेरवाले बाबाजी के पीछे जासूस भेजकर पता लगा लिया था कि भैरोसिंह ऐयार शिवदत्तगढ़ किले के अंदर पहुंचाए गए हैं, इसलिए इन ऐयारों को पता लगाने की जरूरत न पड़ी, सीधे शिवदत्तगढ़ पहुंचे और अपनी-अपनी सूरत बदलकर शहर में घूमने लगे, पांचों ने एक-दूसरे का साथ छोड़ दिया, मगर यह ठीक कर लिया था कि सब लोग घूम-फिरकर फलानी जगह इकट्ठे हो जाएंगे।

दिन-भर घूम-फिरकर भैरोसिंह का पता लगाने के बाद कुल ऐयार शहर के बाहर एक पहाड़ी पर इकट्ठे हुए और रात-भर सलाह करके राय कायम करने में काटी, दूसरे दिन ये लोग फिर सूरत बदल-बदलकर शिवदत्तगढ़ में पहुंचे। रामनारायण और चुन्नीलाल ने अपनी सूरत उसी जगह के चोबदारों की-सी बनाई और वहां पहुंचे जहां भैरोसिंह कैद थे। कई दिनों तक कैद रहने के सबब उन्होंने अपने को जाहिर कर दिया था और असली सूरत में एक कोठरी के अंदर जिसके तीन तरफ लोहे का जंगला लगा हुआ था, बंद थे। उसी कोठरी के बगल में उसी तरह की कोठरी और थी जिसमें गद्दी लगाए बूढ़ा दारोगा बैठा था और कई सिपाही नंगी तलवार लिए घूम-घूमकर पहरा दे रहे थे। रामनारायण और चुन्नीलाल उस कोठरी के दरवाजे पर जाकर खड़े हुए और बूढ़े दारोगा से बातचीत करने लगे।

राम—आपको महाराज ने याद किया है।

बूढ़ा—क्यों क्या काम है? भीतर आओ, बैठो, चलते हैं।

रामनारायण और चुन्नीलाल कोठरी के अंदर गए और बोले–

राम–मालूम नहीं क्यों बुलाया है मगर ताकीद की है कि जल्द बुला लाओ।

बूढ़ा–अभी घण्टे-भर भी नहीं हुआ जब किसी ने आके कहा था कि महाराज खुद आनेवाले हैं, क्या वह बात झूठ थी?

राम–हां महाराज आनेवाले थे मगर अब न आवेंगे।

बूढ़ा–अच्छा आप दोनों आदमी इसी जगह बैठें और कैदी की हिफाजत करें, मैं जाता हूं।

राम–बहुत अच्छा।

रामनारायण और चुन्नीलाल को कोठरी के अंदर बैठाकर बूढ़ा दारोगा बाहर आया और चालाकी से झट उस कोठरी का दरवाजा बंद करके बाहर से बोला, "बंदगी! मैं दोनों को पहचान गया कि ऐयार हो। कहिए अब हमारी कैद में आप फंसे या नहीं? मैंने भी क्या मजे में पता लगा लिया। पूछा कि अभी तो मालूम हुआ था कि महाराज खुद आनेवाले हैं, आपने भी झट कबूल कर लिया और कहा कि 'हां आनेवाले थे मगर अब न आवेंगे'। यह न समझें कि मैं धोखा देता हूं। इसी अक्ल पर ऐयारी करते हो? खैर आप लोग भी अब इसी कैदखाने की हवा खाइए और जान लीजिए कि मैं बाकरअली ऐयार आप लोगों को मजा चखाने के लिए इस जगह बैठाया गया हूं।"

बूढ़े की बात सुन रामनारायण और चुन्नीलाल चुप हो गए बल्कि शर्माकर सिर नीचा कर लिया। बूढ़ा दारोगा वहां से रवाना हुआ और शिवदत्त के पास पहुंचकर दोनों ऐयारों के गिरफ्तार करने का हाल कहा। महाराज ने खुश होकर बाकरअली को इनाम दिया और खुशी-खुशी खुद रामनारायण और चुन्नीलाल को देखने आए।।

बद्रीनाथ, पन्नालाल और ज्योतिषीजी को भी मालूम हो गया कि हमारे साथियों में से दो ऐयार पकड़े गए। अब तो एक की जगह तीन आदमियों के छुड़ाने की फिक्र करनी पड़ी।

कुछ रात गए ये तीनों ऐयार घूम-फिरकर शहर के बाहर की तरफ जा रहे थे कि पीछे से एक आदमी काले कपड़े से अपना तमाम बदन छिपाए लपकता हुआ उनके पास आया और लपेटा हुआ एक छोटा-सा कागज उनके सामने फेंक और अपने साथ आने के लिए हाथ से इशारा करके तेजी से आगे बढ़ा।

बद्रीनाथ ने उस पुर्जे को उठाकर सड़क के किनारे एक बनिये की दुकान पर जलते हुए चिराग की रोशनी में पढ़ा, सिर्फ इतना ही लिखा था–"भैरोसिंह"। बद्रीनाथ समझ गए कि भैरोसिंह किसी तरकीब से निकल भागा और यही जा रहा है। बद्रीनाथ ने भैरोसिंह के हाथ का लिखा भी पहचाना।

भैरोसिंह पुर्जा फेंककर इन तीनों को हाथ के इशारे से बुला गया था और दस-बारह कदम आगे बढ़कर अब इन लोगों के आने की राह देख रहा था।

बद्रीनाथ वगैरह खुश होकर आगे बढ़े और उस जगह पहुंचे जहां भैरोसिंह काले कपड़े से बदन को छिपाये सड़क के किनारे आड़ देखकर खड़ा था। बातचीत करने का मौका न था, आगे-आगे भैरोसिंह और पीछे-पीछे बद्रीनाथ, पन्नालाल और ज्योतिषीजी तेजी से कदम बढ़ाते शहर के बाहर हो गए।

रात अंधेरी थी। मैदान में जाकर भैरोसिंह ने काला कपड़ा उतार दिया। इन तीनों ने चंद्रमा की रोशनी में भैरोसिंह को पहचाना–खुश होकर बारी-बारी से तीनों ने उसे गले लगाया और तब एक पत्थर की चट्टान पर बैठकर बातचीत करने लगे।

बद्री–भैरोसिंह, इस वक्त तुम्हें देखकर तबीयत बहुत खुश हुई!

भैरो–मैं तो किसी तरह छूट आया मगर रामनारायण और चुन्नीलाल बेढब जा फंसे हैं।

ज्योतिषी–उन दोनों ने भी क्या ही धोखा खाया!

भैरो–मैं उनके छुड़ाने की भी फिक्र कर रहा हूं।

पन्ना–वह क्या?

भैरो–सो सब कहने-सुनने का मौका तो रात-भर है मगर इस समय मुझे भूख बड़े जोर से लगी है, कुछ हो तो खिलाओ।

बद्री–दो-चार पेड़े हैं, जी चाहे तो खा लो।

भैरो–इन दो-चार पेड़ों से क्या होगा? खैर पानी का तो बंदोबस्त होना चाहिए।

बद्री–फिर क्या करना चाहिए!

भैरो–(हाथ से इशारा करके) यह देखो शहर के किनारे जो चिराग जल रहा है, अभी देखते आए हैं कि वह हलवाई की दुकान है और वह ताजी पूरियां बना रहा है, बल्कि पानी भी उसी हलवाई से मिल जाएगा।

पन्ना–अच्छा मैं जाता हूं।

भैरो–हम लोग भी साथ चलते हैं, सभों का इकट्ठा ही रहना ठीक है, कहीं ऐसा न हो कि आप फंस जएं और हम लोग राह ही देखते रहें।

पन्ना–फंसना क्या खिलवाड़ हो गया!

भैरो–खैर हर्ज ही क्या है अगर हम लोग साथ ही चलें? तीन आदमी किनारे खड़े हो जाएंगे, एक आदमी आगे बढ़कर सौदा ले लेगा।

बद्री–हां-हां, यही ठीक होगा, चलो हम लोग साथ चलें।

चारों ऐयार एक साथ वहां से रवाना हुए और उस हलवाई के पास पहुंचे जिसकी अकेली दुकान शहर के किनारे पर थी। बद्रीनाथ, ज्योतिषीजी और भैरोसिंह कुछ इधर ही खड़े रहे और पन्नालाल सौदा खरीदने दुकान पर गए जाने के पहले ही भैरोसिंह ने कहा, "मिट्टी के बर्तन में पानी भी देने का एकरार हलवाई से पहले कर लेना नहीं तो पीछे हुज्जत करेगा।"

पन्नालाल हलवाई की दुकान पर गए और दो सेर पूरी तथा सेर-भर मिठाई मांगी। हलवाई ने खुद पूछा कि 'पानी भी चाहिए या नहीं'?

पन्ना–हां-हां, पानी जरूर देना होगा।

हलवाई–कोई बर्तन है?

पन्ना–बर्तन तो है मगर छोटा है, तुम्हीं किसी मिट्टी के ठिलिए में जल दे दो।

हलवाई–एक घड़ा जल के लिए आठ आने और देने पड़ेंगे।

पन्ना–इतना अंधेर–खैर हम देंगे।

पूरी, मिठाई और एक घड़ा जल लेकर चारों ऐयार वहां से चले मगर यह खबर किसी को भी न थी कि कुछ दूर पीछे दो आदमी साथ लिये छिपता हुआ हलवाई भी आ रहा है। मैदान में एक बड़े पत्थर की चट्टान पर बैठ चारों ने भोजन किया, जल पिया और हाथ-मुंह धो निश्चिंत हो धीरे-धीरे आपस में बातचीत करने लगे। आधा घण्टा भी न बीता होगा कि चारों बेहोश होकर चट्टान पर लेट गए और दोनों आदमियों को साथ लिये हलवाई इनकी खोपड़ी पर आ मौजूद हुआ।

हलवाई के साथ आए दोनों आदमियों ने बद्रीनाथ, ज्योतिषीजी और पन्नालाल की मुश्कें कस डालीं और कुछ सुंघा भैरोसिंह को होश में लाकर बोले, "वाह जी अजायबसिंह–आपकी चालाकी तो खूब काम कर गई! अब तो शिवदत्तगढ़ में आए हुए पांचों नालायक हमारे हाथ फंसे। महाराज से सबसे ज्यादे इनाम पाने का काम तो आप ही ने किया!"

छठवां बयान

बहुत-सी तकलीफें उठाकर महाराज सुरेन्द्रसिंह और बीरेन्द्रसिंह तथा इन्हीं की बदौलत चन्द्रकान्ता, चपला, चंपा, तेजसिंह और देवीसिंह वगैरह ने थोड़े दिन खूब सुख लूटा मगर अब वह जमाना न रहा। सच है, सुख और दुख का पहरा बराबर बदलता रहता है। खुशी के दिन बात की बात में निकल गए कुछ मालूम न पड़ा, यहां तक कि मुझे भी कोई बात उन लोगों की लिखने लायक न मिली, लेकिन अब उन लोगों को मुसीबत की घड़ी काटे नहीं कटती। कौन जानता था कि गया-गुजरा शिवदत्त फिर बला की तरह निकल आवेगा? किसे खबर थी कि बेचारी चन्द्रकान्ता की गोद से पले-पलाए दोनों होनहार लड़के यों अलग कर दिए जाएंगे? कौन साफ कह सकता था कि इन लोगों की वंशावली और राज्य में जितनी तरक्की होगी, यकायक उतनी ही ज्यादे आफतें आ पड़ेंगी? खैर खुशी के दिन तो उन्होंने काटे, अब मुसीबत की घड़ी कौन झेले? हां बेचारे जगन्नाथ ज्योतिषी ने इतना जरूर कह दिया था कि

बीरेन्द्रसिंह के राज्य और वंश की बहुत कुछ तरक्की होगी, मगर मुसीबत को लिये हुए। खैर आगे जो कुछ होगा देखा जाएगा पर इस समय तो सबके सब तरद्दुद में पड़े हैं। देखिए अपने एकांत के कमरे में महाराज सुरेन्द्रसिंह कैसी चिंता में बैठे हैं और बाईं तरफ गद्दी का कोना दबाए राजा बीरेन्द्रसिंह अपने सामने बैठे हुए जीतसिंह की सूरत किस बेचैनी से देख रहे हैं। दोनों बाप-बेटा अर्थात् देवीसिंह और तारासिंह अपने पास ऊपर के दर्जे पर बैठे हुए बुजुर्ग और गुरु के समान जीतसिंह की तरफ झुके हुए इस उम्मीद में बैठे हैं कि देखें अब आखिर हुक्म क्या होता है सिवाय इन लोगों के इस कमरे में और कोई भी नहीं है, एकदम सन्नाटा छाया हुआ है। न मालूम इसके पहले क्या-क्या बातें हो चुकी हैं मगर इस वक्त तो महाराज सुरेन्द्रसिंह ने इस सन्नाटे को सिर्फ इतना ही कहके तोड़ा, "खैर चंपा और चपला की भी बात मान लेनी चाहिए।"

जीत–जो मर्जी, मगर देवीसिंह के लिए क्या हुक्म होता है?

सुरेन्द्र–और तो कुछ नहीं सिर्फ इतना ही खयाल है कि चुनार की हिफाजत ऐसे वक्त क्योंकर होगी?

जीत–मैं समझता हूं कि यहां की हिफाजत के लिए तारा बहुत है और फिर वक्त पड़ने पर इस बुढ़ौती में भी मैं कुछ कर गुजरूंगा।

सुरेन्द्र–(कुछ मुस्कुराकर और उम्मीद-भरी निगाहों से जीतसिंह की तरफ देखकर) खैर, जो मुनासिब समझो।

जीत–(देवीसिंह से) लीजिए साहब, अब आपको भी पुरानी कसर निकालने का मौका दिया जाता है, देखें आप क्या करते हैं। ईश्वर इस मुस्तैदी को पूरा करें।

इतना सुनते ही देवीसिंह उठ खड़े हुए और सलाम कर कमरे के बाहर चले गए।

सातवां बयान

अपने भाई इंद्रजीतसिंह की जुदाई से व्याकुल हो उसी समय आनंदसिंह उस जंगल के बाहर हुए और मैदान में खड़े हो इधर-उधर निगाह दौड़ाने लगे। पश्चिम की तरफ दो औरतें घोड़ों पर सवार धीरे-धीरे जाती हुई दिखाई पड़ीं। ये तेजी के साथ उन तरफ बढ़े और उन दोनों के पास पहुंचने की उम्मीद में दो कोस तक पीछा किए चले गए मगर उम्मीद पूरी न हुई क्योंकि पहाड़ी के नीचे पहुंचकर वे दोनों रुकीं और अपने पीछे आते हुए आनंदसिंह की तरफ देख घोड़ों को एकदम तेज कर पहाड़ी के बगल में घुसती हुई गायब हो गईं।

खूब खिली हुई चांदनी रात होने के सबब से आनंदसिंह को ये दोनों औरतें दिखाई पड़ीं और इन्होंने इतनी हिम्मत भी की, पर पहाड़ी के पास पहुंचते ही उन दोनों के भाग जाने से इनको बड़ा ही रंज हुआ। खड़े होकर सोचने लगे कि अब क्या करना चाहिए। इनको हैरान और सोचते हुए छोड़कर निर्दयी चंद्रमा ने भी धीरे-धीरे अपने घर का रास्ता लिया और अपने दुश्मन को जाते देख मौका पाकर अंधेरे ने चारों तरफ हुकूमत जमाई। आनंदसिंह और भी दुखी हुए। क्या करें? कहां जाएं? किससे पूछें कि इंद्रजीतसिंह को कौन ले गया?

दूर से एक रोशनी दिखाई पड़ी। गौर करने से मालूम हुआ कि किसी झोंपड़ी के आगे आग जल रही है। आनंदसिंह उसी तरफ चले और थोड़ी ही देर में कुटी के पास पहुंचकर देखा कि पत्तों की बनाई हुई हरी झोंपड़ी के आगे आठ-दस आदमी जमीन पर फर्श बिछाये बैठे हैं जो कि दाढ़ी और पहिरावे से साफ मुसलमान मालूम पड़ते हैं। बीच में दो मोमी शमादान जल रहे हैं। एक आदमी फारसी के शेर पढ़कर सुना रहा है, और बाकी सब 'वाह-वाह' की धुन लड़ा रहे हैं। एक तरफ आग जल रही है और दो-तीन आदमी कुछ खाने की चीजें पका रहे हैं। आनंदसिंह फर्श के पास जाकर खड़े हो गए।

आनंदसिंह को देखते ही सब-के-सब उठ खड़े हुए और बड़ी इज्जत से उनको फर्श पर बैठाया। उस आदमी ने जो फारसी के शेर पढ़-पढ़कर सुना रहा था, खड़े हो अपनी रंगीली भाषा में कहा, "खुदा का शुक्र है कि शाहजादे चुनार ने इस मजलिस में पहुंचकर हम लोगों की इज्जत को फल्के हफ्तुम[1] तक पहुंचाया। इस जंगल बियाबान में हम लोग क्या खातिर कर सकते हैं सिवाय इसके कि इनके कदमों को अपनी आंखों पर जगह दें और इत्र व इलायची की पेशकश करें!!"

केवल इतना ही कहकर इत्रदान और इलायची की डिब्बी उनके आगे ले गया। पढ़े-लिखे भले आदमियों की खातिर जरूरी समझकर आनंदसिंह ने इत्र सूंघा और इलायची ले लिया, इसके बाद इनसे इजाजत लेकर वह फिर फारसी कविता पढ़ने लगा। दूसरे आदमियों ने दो-एक तकिए इनके अगल-बगल में रख दिए।

इत्र की विचित्र खुशबू ने इनको मस्त कर दिया, इनकी पलकें भारी हो गईं और बेहोशी ने धीरे-धीरे अपना असर जमाकर इनको फर्श पर सुला दिया। दूसरे दिन दोपहर को आंख खुलने पर इन्होंने अपने को एक दूसरे ही मकान में मसहरी पर पड़े हुए पाया। घबराकर उठ बैठे और इधर-उधर देखने लगे।

पांच कमसिन और खूबसूरत औरतें सामने खड़ी हुई दिखाई दीं जिनमें से एक सरदारी की तरह पर कुछ आगे बढ़ी हुई थी। उसके हुस्न और अदा को देख आनंदसिंह दंग हो गए। उसकी बड़ी-बड़ी आंखों और बांकी चितवन ने उन्हें आपे

---

1. मुसलमानों की किताबों में सात दर्जे आसमान लिखे हैं, सबसे ऊपरवाले दर्जे का नाम फल्के हफ्तुम है।

से बाहर कर दिया, उसकी जरा-सी हंसी ने इनके दिल पर बिजली गिराई, और आगे बढ़ हाथ जोड़, इस कहने ने तो और भी सितम ढाया कि–"क्या आप मुझसे खफा हैं?"

आनंदसिंह भाई की जुदाई, रात की बात, ऐयारों के धोखे में पड़ना, सब-कुछ बिलकुल भूल गए और उसकी मुहब्बत में चूर हो बोले–"तुम्हारी-सी परीज्माल से, और रंज!!"

वह औरत पलंग पर बैठ गई और आनंदसिंह के गले में हाथ डाल के बोली, "खुदा की कसम खाकर कहती हूं कि साल-भर से आपके इश्क ने मुझे बेकार कर दिया! सिवाय आपके ध्यान के खाने-पीने की बिलकुल सुध न रही, मगर मौका न मिलने से लाचार थी।"

आनंद–(चौंककर) हैं! क्या तुम मुसलमान हो जो खुदा की कसम खाती हो?

औरत–(हंसकर) हां, क्या मुसलमान बुरे होते हैं?

आनंदसिंह यह कहकर उठ खड़े हुए–"अफसोस! अगर तुम मुसलमान न होतीं तो मैं तुम्हें जी जान से प्यार करता, मगर एक औरत के लिए अपना मजहब नहीं बिगाड़ सकता।"

औरत–(हाथ थामकर) देखो बेमुरौवती मत करो! मैं सच कहती हूं कि अब तुम्हारी जुदाई मुझसे न सही जाएगी!"

आनंद–मैं भी सच कहता हूं कि मुझसे किसी तरह की उम्मीद मत रखना।

औरत–(भौं सिकोड़कर) क्या यह बात दिल से कहते हो?

आनंद–हां, बल्कि कसम खाकर!

औरत–पछताओगे और मुझ-सी चाहनेवाली कभी न पाओगे।

आनंद–(अपना हाथ छुड़ाकर) लानत है ऐसी चाहत पर!

औरत–तो तुम यहां से चले जाओगे?

आनंद–जरूर!

औरत–मुमकिन नहीं।

आनंद–क्या मजाल कि तुम मुझको रोको!

औरत–ऐसा खयाल भी न करना।

"देखें मुझे कौन रोकता है!" कहकर आनंदसिंह उस कमरे के बाहर हुए और उसी कमरे की एक खिड़की जो दीवार में लगी हुई थी, खोल वे औरतें वहां से निकल गईं।

आनंदसिंह इस उम्मीद में चारों तरफ घूमने लगे कि कहीं रास्ता मिले तो बाहर हो जाएं मगर उनकी उम्मीद किसी तरह पूरी न हुई।

यह मकान बहुत लंबा-चौड़ा न था। सिवाय इस कमरे और एक सहन के और कोई जगह इसमें न थी। चारों तरफ ऊंची-ऊंची दीवारों के सिवाय बाहर जाने के लिए

कहीं कोई दरवाजा न था। हर तरह से लाचार और दुखी हो फिर उसी पलंग पर आ लेटे और सोचने लगे–

"अब क्या करना चाहिए! इस कमबख्त से किस तरह जान बचे? यह तो हो ही नहीं सकता कि मैं इसे चाहूं या प्यार करूं। राम-राम, मुसलमानिन से और इश्क! यह तो सपने में भी नहीं होने का। तब फिर क्या करूं? लाचारी है, जब किसी तरह छुट्टी न देखूंगा तो इस खंजर से जो मेरी कमर में है, अपनी जान दे दूंगा।"

कमर से खंजर निकालना चाहा, देखा तो कमर खाली है। फिर सोचने लगे–

"गजब हो गया! इस हरामजादी ने तो मुझे किसी लायक न रखा। अगर कोई दुश्मन आ जाए तो मैं क्या कर सकूंगा? बेहया अगर मेरे पास आ जावे तो गला दबाकर मार डालूं। नहीं, नहीं, वीर-पुत्र होकर स्त्री पर हाथ उठाना! यह मुझसे न होगा, तब क्या भूखे-प्यासे जान दे देना पड़ेगा? मुसलमानिन के घर में अन्न-जल कैसे ग्रहण करूंगा! हां ठीक है, एक सूरत निकल सकती है। (दीवार की तरफ देखकर) इसी खिड़की से वे लोग बाहर निकल गई हैं। अबकी अगर यह खिड़की खुले और वह कमरे में आवे तो मैं जबर्दस्ती इसी राह से बाहर हो जाऊंगा।"

भूखे-प्यासे दिन बीत गया, अंधेरा हुआ चाहता था कि वही छोटी-सी खिड़की खुली और चारों औरतों को साथ लिए वह पिशाची आ मौजूद हुई। एक औरत हाथ में रोशनी, दूसरी पानी, तीसरी तरह-तरह की मिठाइयों से भरा चांदी का थाल उठाए हुए और चौथी पान का जड़ाऊ डब्बा लिये साथ मौजूद थी।

आनंदसिंह पलंग से उठ खड़े हुए और बाहर निकल जाने की उम्मीद में उस खिड़की के अंदर घुसे। उन औरतों ने इन्हें बिलकुल न रोका क्योंकि वे जानती थीं कि सिर्फ इस खिड़की ही के पार चले जाने से उनका काम न चलेगा।

खिड़की के पार तो हो गए मगर आगे अंधेरा था। इस छोटी-सी कोठरी में चारों तरफ घूमे मगर रास्ता न मिला, हां एक तरफ बंद दरवाजा मालूम हुआ जो किसी तरह खुल न सकता था, लाचार फिर उसी कमरे में लौट आए।

उस औरत ने हंसकर कहा, "मैं पहले ही कह चुकी हूं कि आप मुझसे अलग नहीं हो सकते। खुदा ने मेरे ही लिए आपको पैदा किया है। अफसोस कि आप मेरी तरफ खयाल नहीं करते और मुफ्त में अपनी जान गंवाते हैं! बैठिए, खाइए, पीजिए, आनंद कीजिए; किस सोच में पड़े हैं!"

आनंद–मैं तेरा छुआ खाऊं?

औरत–क्यों क्या हर्ज है? खुदा सबका है, उसी ने हमको भी पैदा किया, आपको भी पैदा किया। जब एक ही बाप के सब लड़के हैं तो आपस में छूत कैसी!

आनंद–(चिढ़कर) खुदा ने हाथी भी पैदा किया, गदहा भी पैदा किया, कुत्ता भी पैदा किया, सूअर भी पैदा किया, मुर्गा भी पैदा किया–जब एक ही बाप के सब लड़के हैं तो परहेज काहे का!

औरत–खैर खुशी आपकी, न मानिएगा पछताइएगा। अफसोस कीजिएगा और आखिर झख मारकर फिर वही कीजिएगा जो मैं कहती हूं। भूखे-प्यासे जान देना मुश्किल बात है–लो मैं जाती हूं।

खाने-पीने का सामान और रोशनी वहीं छोड़ चारों लौंडियां उस खिड़की के अंदर घुस गईं। आनंदसिंह ने चाहा कि जब यह शैतान खिड़की के अंदर जाए तो मैं भी जबर्दस्ती साथ हो लूं–या तो पार ही हो जाऊंगा या इसे भी न जाने दूंगा मगर उनका यह ढंग भी न लगा।

वह मदमाती औरत खिड़की में अंदर की तरफ पैर लटकाकर बैठ गई और इनसे बात करने लगी।

औरत–अच्छा आप मुझसे शादी न करें, इसी तरह मुहब्बत रखें।

आनंद–कभी नहीं चाहे जो हो!

औरत–(हाथ का इशारा करके) अच्छा उस औरत से शादी करेंगे जो आपके पीछे खड़ी है? वह तो हिंदुस्तानी है!

"मेरे पीछे दूसरी औरत कहां से आई!" ताज्जुब से पीछे फिर आनंदसिंह ने देखा। उस नालायक को मौका मिला, खिड़की के अंदर हो झट किवाड़ बंद कर दिया।

आनंदसिंह पूरा धोखा खा गए, हर तरह से हिम्मत टूट गई–लाचार फिर उसी पलंग पर लेट गए। भूख से आंखें निकली आती थीं, खाने-पीने का सामान मौजूद था मगर वह जहर से भी कई दर्जे बढ़के था, दिल में समझ लिया कि अब जान गई। कभी उठते, कभी बैठते, कभी दालान के बाहर निकलकर टहलते, आधी रात जाते-जाते भूख की कमजोरी ने उन्हें चलने-फिरने लायक न रखा, फिर पलग पर आकर लेट गए और ईश्वर को याद करने लगे।

यकायक बाहर धमाके की आवाज आई, जैसे कोई कमरे की छत पर से कूदा हो। आनंदसिंह उठ बैठे और दरवाजे की तरफ देखने लगे।

सामने से एक आदमी आता हुआ दिखाई पड़ा जिसकी उम्र लगभग चालीस वर्ष की होगी। सिपाहियाना पोशाक पहिरे, ललाट में त्रिपुण्ड लगाए, कमर में नीमचा, खंजर और ऊपर से कमंद लपेटे, बगल में मुसाफिरी का झोला, हाथ में दूध से भरा लोटा लिये आनंदसिंह के सामने आ खड़ा हुआ और बोला–

"अफसोस, आप राजकुमार होकर वह काम करना चाहते हैं जो ऐयारों-जासूसों या अदने सिपाहियों के करने लायक हो! नतीजा यह निकला कि इस चाण्डालिन के यहां फंसना पड़ा। इस मकान में आए आपको कै दिन हुए! घबराइए मत, मैं आपका दोस्त हूं, दुश्मन नहीं!"

इस सिपाही को देख आनंदसिंह ताज्जुब में आ गए और सोचने लगे कि यह कौन है जो ऐसे वक्त में मेरी मदद को पहुंचा। खैर जो भी हो, बेशक यह हमारा खैरख्वाह है, बदख्वाह नहीं।

आनंद–जहां तक खयाल करता हूं यहां आए दूसरा दिन है।

सिपाही–कुछ अन्न-जल तो न किया होगा!

आनंद–कुछ नहीं।

सिपाही–हाय! राजा बीरेन्द्रसिंह के प्यारे लड़के की यह दशा!! लीजिए मैं आपको खाने-पीने के लिए देता हूं!

आनंद–पहले मुझे मालूम होना चाहिए कि आपकी जाति उत्तम है और मुझे धोखा देकर अधर्मी करने की नीयत नहीं है।

सिपाही–(दांत के नीचे जुबान दबाकर) राम-राम, ऐसा स्वप्न में भी खयाल न कीजिएगा कि मैं धोखा देकर आपको अजाति करूंगा। मैंने पहले ही सोचा था कि आप शक करेंगे इसीलिए ऐसी चीजें लाया हूं जिनके खाने-पीने से आप उज्र न करें। पलंग पर से उठिए, बाहर आइए।

आनंदसिंह उसके साथ बाहर गए। सिपाही ने लोटा जमीन पर रख दिया और झोले में से कुछ मेवा निकाल उनके हाथ में देकर बोला, "लीजिए, इसे खाइए और (लोटे की तरफ इशारा करके) यह दूध है, पीजिए।"

आनंदसिंह की जान में जान आ गई, प्यास और भूख से दम निकला जाता था, ऐसे समय में थोड़े मेवे और दूध मिल जाना क्या थोड़ी खुशी की बात है? मेवा खाया, दूध पिया, जी ठिकाने हुआ, इसके बाद उस सिपाही को धन्यवाद देकर बोले, "अब मुझे किसी तरह इस मकान के बाहर कीजिए।"

सिपाही–मैं आपको इस मकान के बाहर ले चलूंगा मगर इसकी मजदूरी भी तो मुझे मिलनी चाहिए।

आनंद–जो कहिए दूंगा।

सिपाही–आपके पास क्या है जो मुझे देंगे?

आनंद–इस वक्त भी हजारों रुपये का माल मेरे बदन पर है।

सिपाही–मैं यह सबकुछ नहीं चाहता।

आनंद–फिर?

सिपाही–उसी कमबख्त के बदन पर जो कुछ जेवर हैं मुझे दीजिए और एक हजार अशर्फी।

आनंद–यह कैसे हो सकेगा? वह तो यहां मौजूद नहीं है और हजार अशर्फी भी कहां से आवें?

सिपाही–उसी से लेकर दीजिए।

आनंद–क्या वह मेरे कहने से देगी?

सिपाही–(हंसकर) वह तो आपके लिए जान देने को तैयार है, इतनी रकम की क्या बिसात है।

आनंद–तो क्या आप मुझे यहां से न छुड़ावेंगे!

सिपाही–नहीं, मगर आप कोई चिंता न करें, आपका कोई कुछ बिगाड़ नहीं सकता, कल जब वह रांड़ आवे तो उससे कहिए कि तुमसे मुहब्बत तब करूंगा जब अपने बदन का कुल जेवर और एक हजार अशर्फी यहां रख दो, उनके दूसरे दिन आओ तो जो कहोगी मैं मानूंगा। वह तुरंत अशर्फी मंगा देगी और कुल जेवर भी उतार देगी। नालायक बड़ी मालदार है, उसे कम न समझिए।

आनंद–खैर जो कहोगे करूंगा।

सिपाही–जब तक आप यह न करेंगे मैं आपको इस कैद से न छुड़ाऊंगा। आप यह न सोचिए कि उसे धोखा देकर या जबर्दस्ती उस राह से चले जाएंगे जिधर से वह आती-जाती है। यह कभी नहीं हो सकेगा, उसके आने-जाने के लिए कई रास्ते हैं।

आनंद–अगर वह तीन-चार दिन न आवे तब?

सिपाही–क्या हर्ज है, मैं आपकी बराबर ही सुध लेता रहूंगा और खाने-पीने को पहुंचाया करूंगा।

आनंद–अच्छा ऐसा ही सही।

वह सिपाही कमंद लगाकर छत पर चढ़ा और दीवार फांद मकान के बाहर हो गया।

थोड़ी रात बच गई थी जो आनंदसिंह ने इसी सोच-विचार में काटी कि यह कौन है जो ऐसे वक्त में मेरी मदद को पहुंचा। इसे लालच बहुत है, कोई ऐयार मालूम पड़ता है। ऐयारों का जितना ज्यादे खर्च होता है उतना ही लालच भी करते हैं। खैर कोई हो, अब तो जो कुछ उसने कहा है करना ही पड़ेगा।

रात बीत गई, सबेरा हुआ। वह औरत फिर उन्हीं चारों लौंडियों को लिये आ पहुंची। देखा कि आनंदसिंह पलंग पर पड़े हैं और खाने-पीने का सामान ज्यों-का-त्यों उसी जगह रखा है जहां वह रख गई थी।

औरत–आप क्यों जिद करके भूखे-प्यासे अपनी जान देते हैं!

आनंद–इसी तरह मर जाऊंगा मगर तुमसे मुहब्बत न करूंगा, हां अगर एक बात मेरी मानो तो तुम्हारा कहा करूं।

औरत–(खुश होकर और उनके पास बैठकर) जो कहो मैं करने को तैयार हूं मगर मुझसे जिद न करो।

आनंद–अपने बदन पर से कुल जेवर उतार दो और एक हजार अशर्फी मंगा दो।

औरत–(आनंदसिंह के गले में हाथ डालकर) बस इतने ही के लिए। लो मैं अभी देती हूं!!

एक हजार अशर्फी लाने के लिए उसने दो लौंडियों को कहा और अपने बदन से कुल जेवर उतार दिए। थोड़ी ही देर में वे दोनों लौंडियां अशर्फियों का तोड़ा लिये आ मौजूद हुईं।

औरत–लीजिए, अब आप खुश हुए? अब तो उज्र नहीं?

आनंद–नहीं, मगर एक दिन की और मोहलत मांगता हूं! कल इसी वक्त तुम आओ, बस मैं तुम्हारा हो जाऊंगा।

औरत–अब यह ढकोसला क्या निकाला? आज भी भूखे-प्यासे काटोगे तो तुम्हारी क्या दशा होगी?

आनंद–इसकी फिक्र न करो, मुझे कई दिनों तक भूखे-प्यासे रहने की आदत है।

औरत–लाचार, खैर यह भी सही, ठहरिए मैं आती हूं।

इतना कहकर आनंदसिंह को उसी जगह छोड़ चारों लौंडियों को साथ ले वह कमरे के बाहर चली गई। घण्टा-भर बीतने पर भी वह न लौटी तो आनंदसिंह उठे और कमरे के बाहर जा उसे ढूंढ़ने लगे मगर कहीं पता न लगा। बाहर की दीवार में छोटी-छोटी दो आलमारियां लगी हुई दिखाई दीं। अंदाज कर लिया कि शायद उस खिड़की की तरह यह भी बाहर जाने का कोई रास्ता हो और इधर ही से वे लोग निकल गई हों।

सोच और फिक्र में तमाम दिन बिताया, पहर रात जाते-जाते कल की तरह वही सिपाही फिर पहुंचा और मेवा, दूध आनंदसिंह को दिया।

आनंद–लीजिए आपकी फर्माइश तैयार है।

सिपाही–तो बस अब आप भी इस मकान के बाहर चलिए। एक रोज के कष्ट में इतनी रकम हाथ आई क्या बुरा हुआ!

सबकुछ सामान अपने कब्जे में करने के बाद सिपाही कमरे के बाहर निकला और सहन में पहुंच कमंद के जरिये से आनंदसिंह को मकान के बाहर निकालने के बाद आप भी बाहर हो गया। मैदान की हवा लगने से आनंदसिंह का जी ठिकाने हुआ। समझे कि अब जान बची। बाहर से देखने पर मालूम हुआ कि यह मकान एक पहाड़ी के अंदर है, कारीगरों ने पत्थर तोड़कर इसे तैयार किया है। इस मकान के अगल-बगल में कई सुरंगें भी दिखाई पड़ीं।

आनंदसिंह को लिये हुए वह सिपाही कुछ दूर चला गया जहां कसे-कसाये दो घोड़े पेड़ से बंधे थे। बोला, ''लीजिए, एक पर आप सवार होइए, दूसरे पर मैं चढ़ता हूं, चलिए आपको घर तक पहुंचा आऊं।''

आनंद–चुनार यहां से कितनी दूर और किस तरफ है?

सिपाही–चुनार यहां से बीस कोस है, चलिए मैं आपके साथ चलता हूं, इन घोड़ों में इतनी ताकत है कि सबेरा होते-होते हम लोगों को चुनार पहुंचा दें। आप घर चलिए, इंद्रजीतसिंह के लिए कुछ फिक्र न कीजिए, उनका पता भी बहुत जल्द लग जाएगा, आपके ऐयार लोग उनकी खोज में निकले हुए हैं।

आनंद–ये घोड़े कहां से लाए?

सिपाही–कहीं से चुरा लाए, इसका कौन ठिकाना है?

आनंद–खैर, यह तो बताओ तुम कौन हो और तुम्हारा नाम क्या है।

सिपाही–यह मैं नहीं बता सकता और न आपको इसके बारे में कुछ पूछना मुनासिब ही है!

आनंद–खैर अगर कहने में कुछ हर्ज है तो...

आनंदसिंह अपना पूरा मतलब कहने भी न पाए थे कि कोई चौंकानेवाली चीज इन्हें नजर आई। स्याह कपड़ा पहिरे हुए किसी को अपनी तरफ आते देखा। सिपाही और आनंदसिंह दोनों एक पेड़ की आड़ में हो गए, और वह आदमी इनके पास ही से कुछ बड़बड़ाता हुआ निकल गया जिसे यह गुमान भी न था कि इस जगह पर कोई छिपा हुआ मुझे देख रहा है।

उसकी बड़बड़ाहट इन दोनों ने सुनी, वह कहता जाता था–"अब मेरा कलेजा ठण्डा हुआ, अब मैं घर जाकर बेशक सुख की नींद सोऊंगी और उस हरामजादे की लाश को गीदड़ और कौवे कल दिन-भर में खा जाएंगे जिसने मुझे औरत जानकर दबाना चाहा था और यह न समझा था कि इस औरत का दिल हजार मर्दों से भी बढ़कर है!"

आनंदसिंह और सिपाही दोनों उसकी तरफ टकटकी लगाए देखते रहे जिसकी बकवाद से मालूम हो गया था कि कोई औरत है, वह देखते-देखते नजरों से गायब हो गई।

सिपाही–बेशक इसने कोई खून किया है।

आनंद–और वह भी इसी जगह कहीं पास में, खोजने से जरूर पता लगेगा।

दोनों आदमी इधर-उधर ढूंढ़ने लगे, बहुत तकलीफ करने की नौबत न आई और दस ही कदम पर एक तड़पती हुई लाश पर इन दोनों की नजर पड़ी।

सिपाही ने अपने बगल से एक थैली निकाली और चकमक पत्थर से आग झाड़, मोमबत्ती जला, उस तड़पती लाश को देखा। मालूम हुआ कि किसी ने कटार या खंजर इसके कलेजे के पार कर दिया है, खून बराबर बह रहा है, जख्मी पैर पटकता और बोलने की कोशिश करता है मगर बोला नहीं जाता।

सिपाही ने अपनी थैली से एक छोटी बोतल निकाली जिसमें किसी तरह का अर्क भरा हुआ था। उसमें से थोड़ा अर्क जख्मी के मुंह में डाला। गले के नीचे उतरते ही उसमें कुछ बोलने की ताकत आई और बहुत ही धीमी आवाज में उसने नीचे लिखे हुए कई टूटे-फूटे शब्द अपने मुंह से निकालने के साथ ही दम तोड़ दिया।

"ओफ...सोस, यह खूबसूरत पिशाची...तेजसिंह...की...जान...मेरी तरह...उसके फंदे में...हाय!...इंद्रजीतसिंह को...!!"

उस बेचारे मरनेवाले के मुंह से निकले हुए ये दो-चार शब्द कैसे ही बेजोड़ क्यों न हों मगर इन दोनों सुननेवालों के दिलों को तड़पा देने के लिए काफी थे।

आनंदसिंह से ज्यादे उस सिपाही को बेचैनी हुई जो अपने में बहुत कुछ कर गुजरने की कुदरत रखता था और जानता था कि इस वक्त अगर कोई हाथ कुंअर इंद्रजीतसिंह और तेजसिंह की मदद को बढ़ सकता है तो वह सिर्फ मेरा ही हाथ है।

सिपाही–कुमार, अब आप घर जाइए। इन टूटी-फूटी बेजोड़ मगर मतलब से भरी बातों को जो इस मरनेवाले के मुंह से अनायास निकल पड़ी हैं सुनकर निश्चय हो गया कि आपके बड़े भाई और ऐयारों के सिरताज तेजसिंह किसी आफत में, जो बहुत जल्द तबाह कर देने की कुदरत रखती है, फंस गए हैं। ऐसी हालत में मैं जो बहुत कुछ कर गुजरने का हौसला रखता हूं किसी तरह नहीं अटक सकता और मेरा मतलब तभी सिद्ध होगा जब उस औरत को खोज निकालूंगा जो अभी यह आफत कर गई और आगे कई तरह के फसाद करनेवाली है।

आनंद–तुम्हारा कहना बहुत सही है मगर क्या तुम कह सकते हो कि ऐसी खबर पाकर मैं चुपचाप घर चले जाना पसंद करूंगा और जान से ज्यादे प्यारों की मदद से जी चुराऊंगा?

सिपाही–(कुछ सोचकर) अच्छा तो ज्यादे बात करने का मौका नहीं है, चलिए। हां सुनिए तो, आपके पास कोई हर्बा तो है नहीं, काम पड़ने पर क्या कर सकेंगे? मेरे पास एक खंजर और एक नीमचा है, दोनों में जो चाहे एक आप ले लें।

आनंद–बस नीमचा मेरे हवाले कीजिए और चलिए।

आनंदसिंह ने नीमचा अपनी कमर में लगाया और सिपाही के साथ पैदल ही उस तरफ को बढ़ते चले जिधर वह खूनी औरत बकती हुई चली गई थी।

ये दोनों ठीक उसी पगडण्डी के रास्ते को पकड़े हुए थे जिस पर वह औरत गई थी। थोड़ी-थोड़ी दूर पर सांस रोककर इधर-उधर की आहट लेते, जब कुछ मालूम न होता तो फिर तेजी के साथ बढ़ते चले जाते थे।

कोस-भर के बाद पहाड़ी उतरने की नौबत पहुंची, वहां ये दोनों फिर रुके और चारों तरफ देखने लगे। छोटी-सी घण्टी बजने की आवाज आई। घण्टी किसी खोह या गड़हे के अंदर बजाई गई थी जो वहां से बहुत करीब था, जहां ये दोनों बहादुर खड़े हो इधर-उधर देख रहे थे।

ये दोनों उसी तरफ मुड़े जिधर से घण्टी की आवाज आई थी। फिर आवाज आई, अब तो ये दोनों उस खोह के मुंह पर पहुंच गए जो पहाड़ी की कुछ ढाल उतरकर पगडण्डी रास्ते से बाईं तरफ हटकर थी और जिसके अंदर से घण्टी की आवाज आई थी। बेधड़क दोनों आदमी खोह के अंदर घुस गए। अब फिर एक बार घण्टी बजने की आवाज आई और साथ ही एक रोशनी भी चमकती हुई दिखाई दी जिसकी वजह से उस खोह का रास्ता साफ मालूम होने लगा, बल्कि उन दोनों ने देखा कि कुछ दूर आगे एक औरत खड़ी है जो रोशनी होते ही बाईं तरफ हटकर किसी दूसरे गड़हे में उतर गई जिसका रास्ता बहुत छोटा बल्कि एक ही आदमी के जाने लायक था। इन

दोनों को विश्वास हो गया कि यह वही औरत है जिसकी खोज में हम लोग इधर आए हैं।

रोशनी गायब हो गई मगर अंदाज से टटोलते हुए ये दोनों भी उस गड़हे के मुंह पर पहुंच गए जिसमें वह औरत उतर गई थी। उस पर एक पत्थर अटकाया हुआ था लेकिन उस अनगढ़ पत्थर के अगल-बगल छोटे-छोटे ऐसे कई सूराख थे जिनके जरिये से गड़हे के अंदर का हाल ये दोनों बखूबी देख सकते थे।

दोनों उसी जगह बैठ गए और सूराखों की राह से अंदर का हाल देखने लगे। भीतर रोशनी बखूबी थी। सामने की तरफ चट्टान पर बैठी वही औरत दिखाई पड़ी जिसने अभी तक अपने मुंह से नकाब नहीं उतारी थी और थकावट के सबब लंबी सांस ले रही थी। उसके पास ही एक कमसिन खूबसूरत हब्शी छोकरी बड़ा-सा छुरा हाथ में लिये खड़ी थी, दूसरी तरफ एक बदसूरत हब्शी कुदाल से जमीन खोद रहा था, बीच में छत के सहारे एक उल्टी लाश लटक रही थी, एक तरफ कोने में जल से भरा हुआ मिट्टी का घड़ा, एक लोटा और कुछ खाने का सामान पड़ा हुआ था। उस गड़हे में इतना ही कुछ था जो लिख चुके हैं।

कुछ देर बाद उस औरत ने अपने मुंह से नकाब उतारी। अहा, क्या खूबसूरत गुलाब-सा चेहरा है मगर गुस्से से आंखें ऐसी सुर्ख और भयानक हो रही हैं कि देखने से डर मालूम पड़ता है। वह औरत उठ खड़ी हुई और अपने पासवाली छोकरी के हाथ से छुरा ले उस लटकती हुई लाश के पास पहुंची और दो अंगुल गहरी एक लकीर उसकी पीठ पर खींची।

हाय-हाय, ऐसी हसीन और इतनी संगदिली! इतनी बेदर्दी! अभी-अभी एक खून किए चली आती है और यहां पहुंचकर फिर अपने राक्षसीपन का नमूना दिखला रही है! वह लाश किसकी है? कहीं यह भी कोई चुनार का खैरख्वाह या हमारे उपन्यास का पात्र न हो!

पीठ पर जख्म खाते ही लाश फड़की। अब मालूम हुआ कि वह मुर्दा नहीं है कोई जीता आदमी तकलीफ देने के लिए लटकाया गया है। जख्म खाकर लटका हुआ वह आदमी तड़पा और आह भरकर बोला—

"हाय, मुझे क्यों तकलीफ देती हो, मैं कुछ नहीं जानता!"

औरत—नहीं तुझे बताना ही होगा? तू खूब जानता है। (पीठ पर फिर गहरी छुरी चलाकर) बता, बता?

उलटा आदमी—हाय, मुझे एक ही दफे क्यों नहीं मार डालतीं? मैं किसी का हाल क्या जानूं, मुझे इंद्रजीतसिंह से क्या वास्ता?

औरत—(फिर छुरी से काटकर) मैं खूब जानती हूं, तू बड़ा पाजी है, तुझे सबकुछ मालूम है। बता नहीं तो गोश्त काट-काटकर जमीन पर गिरा दूंगी।

उलटा आदमी—हाय, इंद्रजीतसिंह की बदौलत मेरी यह दशा!

अभी तक कुंअर आनंदसिंह और वह सिपाही छिपे-छिपे सबकुछ देख रहे थे, मगर जब उस उलटे हुए आदमी के मुंह से यह निकला कि 'हाय, इंद्रजीतसिंह की बदौलत मेरी यह दशा!' तब मारे गुस्से के उनकी आंखों में खून उतर आया। पत्थर हटा दोनों आदमी बेधड़क अंदर चले गए और उस बेदर्द छुरी चलानेवाली औरत के सामने पहुंच आनंदसिंह ने ललकारा—"खबरदार! रख दे छुरा हाथ से!!"

औरत—(चौंककर) हैं, तुम यहां क्यों चले आए? खैर अगर आ ही गए हो तो चुपचाप खड़े होकर तमाशा देखो। यह न समझो कि तुम्हारे धमकाने से मैं डर जाऊंगी। (सिपाही की तरफ देखकर) तुम्हारी आंखों में भी क्या धूल पड़ गई है? अपने हाकिम को नहीं पहचानते?

सिपाही—(खूब गौर से देखकर) हां ठीक है, तुम्हारी सभी बातें अनोखी होती हैं।

औरत—अच्छा तो आप दोनों आदमी यहां से जाइए और मेरे काम में हर्ज न डालिए।

सिपाही—(आनंदसिंह से) चलिए, इन्हें छोड़ दीजिए। जो चाहे सो करें आपका क्या!

आनंद—(कमर से नीमचा निकालकर) वाह, क्या कहना है? मैं बिना इस आदमी के छुड़ाए कब टलनेवाला हूं!

औरत—(हंसकर) मुंह धो रखिए!

बहादुर बीरेन्द्रसिंह के बहादुर लड़के आनंदसिंह को ऐसी बातों के सुनने की ताब कहां? वह दो-चार आदमियों को समझते ही क्या थे? 'मुंह धो रखिए' इतना सुनते ही जोश चढ़ आया। उछलकर एक हाथ नीचमे का लगाया जिससे वह रस्सी कट गई जो उस आदमी के पैर से बंधी हुई थी और जिसके सहारे वह लटक रहा था, साथ ही फुर्ती से उस आदमी को सम्हाला और जोर से जमीन पर गिरने न दिया।

अब तो वह सिपाही भी आनंदसिंह का दुश्मन बन बैठा और ललकारकर बोला, "यह क्या लड़कपन है!"

हम ऊपर लिख चुके हैं कि इस सुरंग में दो औरतें और एक हब्शी गुलाम हैं। अब वह सिपाही भी उनके साथ मिल गया और चारों ने आनंदसिंह को पकड़ लिया, मगर वाह रे आनंदसिंह, एक झटका दिया कि चारों दूर जा गिरे। इतने में बाहर से आवाज आई—

"आनंदसिंह, खबरदार! जो किया सो ठीक किया, अब आगे कुछ हौसला मत करना नहीं तो सजा पाओगे!"

आनंदसिंह ने घबराकर बाहर की तरफ देखा तो एक योगिनी नजर पड़ी जो जटा बढ़ाए भस्म रमाए गेरुआ वस्त्र पहिरे दाहिने हाथ में त्रिशूल और बाएं हाथ में आग से भरा धधकता हुआ खप्पर जिसमें कोई खुशबूदार चीज जल रही थी और बहुत धुआं निकल रहा था, लिये हुए आ मौजूद हुई।

ताज्जुब में आकर सभी उसकी सूरत देखने लगे। थोड़ी देर में उस खप्पर से निकला हुआ धुआं सुरंग की कोठरी में भर गया और उसके असर से जितने वहां थे सभी बेहोश होकर जमीन पर गिर पड़े। बस अकेली वही योगिनी होश में रही जिसने सभों को बेहोश देख कोने में पड़े हुए घड़े से जल निकाल खप्पर की आग बुझा दी।

आठवां बयान

अब थोड़ा-सा हाल शिवदत्तगढ़ का भी लिख देना मुनासिब मालूम होता है। यह हम पहले लिख चुके हैं कि महाराज शिवदत्त को एक लड़का और एक लड़की भी हुई थी। इस समय लड़के की उम्र जिसका नाम भीमसेन है अठारह वर्ष की हो गई थी, पर लड़की किशोरी की उम्र अभी पंद्रह वर्ष से ज्यादे न होगी। इस समय बेचारी किशोरी शिवदत्तगढ़ में मौजूद नहीं है क्योंकि महाराज शिवदत्त ने रंज होकर उसे उसके ननिहाल भेज दिया है। रंज होने का कारण हम यहां पर नहीं लिखते क्योंकि यह बहुत पेचीली बात है, खुलते-खुलते खुल जाएगी।

भीमसेन शिवदत्तगढ़ में मौजूद है। उसे सिपहगिरी का बहुत शौक है, बदन में ताकत भी अच्छी है। तलवार, खंजर, नेजा, तीर, गदा इत्यादि चलाने में होशियार और राज-काज के मामले में भी तेज है मगर अपने पिता महाराज शिवदत्त की चाल को पसंद नहीं करता, पर फिर भी महाराज शिवदत्त को उससे बहुत ही ज्यादे प्रेम है।

एक दिन भीमसेन मामूली तौर पर बीस हमजोलियों को साथ ले घोड़े पर सवार होकर शिकार खेलने के लिए शिवदत्तगढ़ के बाहर निकला और एक ऐसे जंगल में गया जिसमें बनैले सूअर बहुत थे। उसका इरादा भी यही था कि घोड़ा दौड़ाकर बरछे से सूअर को मारे।

जंगल में घूमने-फिरने लगे। एक ताकतवर और मजबूत सूअर भीमसेन की बगल से होता हुआ पूरब की तरफ भागा। भीमसेन ने भी उसके पीछे घोड़ा दौड़ाया, मगर वह बहुत तेजी के साथ भागा जा रहा था इसलिए बहुत दूर निकल गया, उसके संगी-साथी सब पीछे छूट गए। यकायक भीमसेन ने देखा कि सामने की तरफ जिधर सूअर भागा जाता है, एक औरत घोड़े पर सवार हाथ में बरछी लिये इस ताक में खड़ी है कि सूअर पास आवे तो बरछी से मार ले।

जब सूअर ऐसे ठिकाने पहुंचा जहां से वह औरत इतनी दूर रह गई जितनी दूर उसके पीछे भीमसेन था, वह बाईं तरफ को मुड़ा और पहले से ज्यादे तेजी के साथ भागा। भीमसेन और वह औरत दोनों ही ने उसके पीछे घोड़ा फेंका मगर भीमसेन से पहले उस औरत ने पहुंचकर बरछी मारी जिसके लगते ही वह सूअर गिरा।

अपना शिकार एक औरत के हाथ से मरते देख भीमसेन को क्रोध चढ़ आया और आंखें लाल हो गईं। ललकारकर औरत से बोला–"तूने मेरे शिकार पर क्यों बरछी चलाई!"

औरत–क्या शिकार पर तुम्हारा नाम खुदा हुआ था?

भीम–क्यों नहीं! मेरा जंगल, मेरा शिकार, इतनी देर से मैं इसके पीछे चला आ रहा हूं!

औरत–वाह रे तेरा जंगल और वाह रे तेरा शिकार! तीन कोस से दौड़े चले आते हैं, एक सूअर न मारा गया! शर्म तो आती नहीं उल्टे लाल आंखें कर मर्दानगी दिखा रहे हैं!!

भीम–क्या कहूं, तेरी खूबसूरती पर रहम आता है, औरत समझकर छोड़ देता हूं नहीं तो जरूर मजा चखा देता।

औरत–मैं भी छोकरा समझकर छोड़ देती हूं नहीं तो दोनों कान पकड़कर उखाड़ लेती!

भीम–(दांत पीसकर) बस अब सहा नहीं जाता। जुबान सम्हाल!

औरत–नहीं सहा जाता तो अपने हाथ से अपना मुंह पीट! यहां तो जुबान हमेशे यों ही चलती रही है और चलती रहेगी!

इस औरत की खूबसूरती, सवारी का ढंग, बदन की सुडौली और फुर्ती यहां तक चढ़ी-बढ़ी थी कि आदमी घण्टें देखा करे और जी न भरे मगर इसकी जली-कटी बातों ने भीमसेन को आपे से बाहर कर दिया। आंखों के आगे अंधेरा छा गया, बिना कुछ सोचे-विचारे उस औरत पर बरछी का वार किया। औरत ने बड़ी फुर्ती से बरछी को ढाल पर रोका और हंसकर कहा, "और जो कुछ हौसला रखता हो ला!"

घण्टे-भर तक दोनों में बरछी की लड़ाई हुई। इस समय अगर कोई इस फन का उस्ताद होता तो उस औरत की फुर्ती देख बेशक खुश हो जाता और 'वाह-वाह' या 'शाबाश' कहे बिना न रहता। आखिर उस औरत की बरछी जिसका फल जहर से बुझाया हुआ था, भीमसेन की जांघ में लगी जिसके लगते ही तमाम बदन में जहर फैल गया और वह बदहवास होकर जमीन पर गिर पड़ा।

नौवां बयान

भीमसेन के साथियों ने बहुत खोजा मगर भीमसेन का पता न लगा, लाचार कुछ रात जाते-जाते लौट आए और उसी समय महाराज शिवदत्त के पास जाकर अर्ज किया कि आज शिकार खेलने के लिए कुमार जंगल में गए थे, एक बनैले सूअर के पीछे घोड़ा फेंकते हुए न मालूम कहां चले गए, बहुत तलाश किया मगर पता न लगा।

अपने लड़के के गायब होने का हाल सुन महाराज शिवदत्त बहुत घबरा गए। थोड़ी देर तक तो उन लोगों पर खफा होते रहे जो भीमसेन के साथ थे, आखिर कई जासूसों को बुलाकर भीमसेन का पता लगाने के लिए चारों तरफ रवाना किया और ऐयारों को भी हर तरह की ताकीद की, मगर तीन दिन बीत जाने पर भी भीमसेन का पता न लगा।

एक दिन लड़के की जुदाई से व्याकुल हो अपने कमरे में अकेले बैठे तरह-तरह की बातें सोच रहे थे कि एक खास खिदमतगार ने वहां पहुंच अपने पैर की धमक से उन्हें चौंका दिया। जब वे उस खिदमतगार की तरफ देखने लगे तो उसने एक लिफाफा दिखाकर कहा–"चोबदार ने यह लिफाफा हुजूर में देने के लिए मुझे सौंपा है। उसी चोबदार की जुबानी मालूम हुआ कि कोई ऊपरी आदमी यह लिफाफा देकर चला गया, चोबदारों ने उसे रोकना चाहा था मगर वह फुर्ती से निकल गया।"

महाराज शिवदत्त ने वह लिफाफा लेकर खोला। अपने लड़के भीमसेन के हाथ का लेख पहचान बहुत खुश हुए, मगर चीठी पढ़ लेने से तरद्दुद की निशानी उनके चेहरे पर झलकने लगी। चीठी का मतलब यह था :

"यह जानकर आपको बहुत रंज होगा कि मुझे एक औरत ने बहादुरी से गिरफ्तार कर लिया, मगर क्या करूं लाचार हूं, इसका हाल हाजिर होने पर अर्ज करूंगा। इस समय मेरी छुट्टी तभी हो सकती है जब आप बीरेन्द्रसिंह के कुल ऐयारों को जो आपके यहां कैद हैं छोड़ दें और वे खुशी-राजी से अपने घर पहुंच जाएं। मेरा पता लगाना व्यर्थ है, मैं बहुत ही बेढब जगह कैद किया गया हूं।

आपका अज्ञाकारी पुत्र–

भीम।"

चीठी पढ़कर महाराज शिवदत्त की अजब हालत हो गई। सोचने लगे, "क्या भीम को एक औरत ने पकड़ लिया? वह बड़ा होशियार, ताकतवर और शस्त्र चलाने में निपुण था। नहीं, नहीं, उस औरत ने जरूर कोई धोखा दिया होगा! पर अब तो उन ऐयारों को छोड़ना ही पड़ेगा जो मेरी कैद में हैं! हाय, किस मुश्किल से ये ऐयार गिरफ्तार हुए थे और अब क्या सहज ही में छूटे जाते हैं। खैर लाचारी है, क्या करें।"

बहुत देर तक सोच-विचारकर महाराज शिवदत्त ने बाकरअली ऐयार को बुलाकर कहा, "बीरेन्द्रसिंह के ऐयारों को छोड़ दो, जब तक वे अपने घर नहीं पहुंचते, हमारा लड़का एक औरत की कैद से नहीं छूटता।"

बाकर–(ताज्जुब से) यह क्या बात हुजूर ने कही? मेरी समझ में कुछ नहीं आया!

शिवदत्त–भीमसेन को एक औरत ने गिरफ्तार कर लिया है। वह कहती है कि जब तक बीरेन्द्रसिंह के ऐयार न छोड़ दिये जाएंगे तुम भी घर न जाने पाओगे।

बाकर–यह कैसे मालूम हुआ?

शिवदत्त–(चीठी दिखाकर) यह देखो खास भीमसेन के हाथ का लिखा हुआ है, इस चीठी पर किसी तरह का शक नहीं हो सकता।

बाकर–(पढ़कर) ठीक है, इतने दिनों तक कुमार का पता न लगना ही कहे देता था कि उन्हें किसी ने धोखा देकर फंसा लिया, अब यह भी मालूम हो गया कि औरत ने मर्दों के कान काटे हैं।

शिवदत्त–ताज्जुब है, एक औरत ने बहादुरी से भीम को कैसे गिरफ्तार कर लिया! खैर, इसका खुलासा हाल तभी मालूम होगा जब भीम से मुलाकात होगी और जब तक बीरेन्द्रसिंह के ऐयार चुनार नहीं पहुंच जाते भीम की सूरत देखने को तरसते रहेंगे। तुम जाके उन ऐयारों को अभी छोड़ दो, मगर यह मत कहना कि तुम लोग फलानी वजह से छोड़े जाते हो बल्कि यह कहना कि हमसे और बीरेन्द्रसिंह से सुलह हो गई, तुम जल्द चुनार जाओ। ऐसा कहने से वे कहीं न रुककर सीधे चुनार चले जाएंगे।

बाकरअली महाराज शिवदत्त के पास से उठा और वहां पहुंचा जहां बद्रीनाथ वगैरह ऐयार कैद थे। सभों को कैदखाने से बाहर किया और कहा–"अब आप लोगों से हमसे कोई दुश्मनी नहीं, आप लोग अपने घर जाइए क्योंकि हमारे महाराज से और राजा बीरेन्द्रसिंह से सुलह हो गई।"

बद्रीनाथ–बहुत अच्छी बात है, बड़ी खुशी का मौका है, पर अगर आपका कहना ठीक है तो हमारी ऐयारी के बटुए और खंजर भी दे दीजिए।

बाकर–हां, हां, लीजिए, इसमें क्या उज्र है, अभी मंगाए देता हूं बल्कि मैं खुद जाकर ले आता हूं।

दो-तीन ऐयारों को साथ ले, इन ऐयारों के बटुए वगैरह लेने के लिए बाकरअली अपने मकान की तरफ गया, इधर पण्डित बद्रीनाथ और पन्नालाल वगैरह निराला पाकर आपस में बातें करने लगे।

पन्ना–क्यों यारो, यह क्या मामला है जो आज हम लोग छोड़े जाते हैं?

राम–सुलहवाली बात तो हमारी तबीयत में नहीं बैठती।

चुन्नी–अजी कैसी सुलह और कहां का मेल! जरूर कोई दूसरा ही मामला है।

ज्योतिषी–बेशक शिवदत्त लाचार होकर हम लोगों को छोड़ रहा है।

बद्री–क्यों साहब भैरोसिंह, आप इस बारे में क्या सोचते हैं?

भैरो–सोचेंगे क्या? असल जो बात है, मैं समझ गया।

बद्री–भला कहिए तो सही क्या समझे!

भैरो–इसमें कोई शक नहीं कि हमारे साथियों में से किसी ने यहां के किसी मुड्ढ को पकड़ा है और इनको कहला भेजा है कि जब तक हमारे ऐयार चुनार न पहुंच जाएंगे उसको न छोड़ेंगे, बस इसी से ये बातें बनाई जा रही हैं, जिससे हम लोग जल्दी चुनार पहुंचें।

बद्री–शाबाश, बहुत ठीक सोचा, इसमें कोई शक नहीं। मैं समझता हूं कि शिवदत्त की जोरू, लड़का या लड़की पकड़ी गई है तभी वह इतना कह रहा है, नहीं तो दूसरे की वह परवाह करनेवाला नहीं है, तिस पर हम लोगों के मुकाबिले में।

भैरो–बस-बस, यही बात है और अब हम लोग सीधे चुनार क्यों जाने लगे जब तक कुछ दक्षिणा न ले लें।

बद्री–देखो तो क्या दिल्लगी मचाता हूं।

भैरो–(हंसकर) मैं तो शिवदत्त से साफ कहूंगा कि मेरे पैरों में दर्द है, तीन महीने में भी चुनार नहीं पहुंच सकता, घोड़े पर सवार होना मुश्किल है, बैल की सवारी से कसम खा चुका हूं, पालकी पर घायल, बीमार या अमीर लोग चढ़ते हैं, बस बिना हाथी के मेरा काम नही चलता, सो भी बिना हौदे के चढ़ने की आदत नहीं। तेजसिंह दीवान का लड़का, बिना चांदी-सोने के हौदे पर चढ़ नहीं सकता!

चुन्नी–भाई, बाकर ने मुझे बेढब छकाया है। मैं तो जब तक बाकर की आधा माशे नाक न ले लूंगा यहां से टलनेवाला नहीं चाहे जान रहे या जाए।

चुन्नीलाल की बात सुनकर सभी हंस पड़े और देर तक इसी तरह की बातचीत करते रहे, तब तक बाकरअली भी इन सभों के बटुए और खंजर लिये हुए आ पहुंचा।

बाकर–लो साहबो, ये आपके बटुए और खंजर हाजिर हैं।

बद्री–क्यों यार, कुछ चुराया तो नहीं! और तो खैर बस, मुझे अपनी अशर्फियों का धोखा है, हम लोगों के बटुए में खूब मजेदार चमकती हुई अशर्फियां थीं।

बाकर–अब लगे झूठ-मूठ का बखेड़ा मचाने।

राम–(मुंह बनाकर) हैं, सच कहना! इन बातों से तो मालूम होता है, अशर्फियां डकार गए! (पन्नालाल वगैरह की तरफ देखकर) लो भाइयो, अपनी चीजें देख लो!

पन्ना–देखें क्या? हम लोग जब चुनार से चले थे तो सौ-सौ अशर्फियां सभों को खर्च के लिए मिली थीं। वे सब ज्यों-की-त्यों बटुए में मौजूद थीं।

भैरो–भई मेरे पास तो अशर्फियां नहीं थीं, हां एक छोटी-सी पुटरी जवाहिरात की जरूर थी सो गायब है, अब कहिए इतनी बड़ी रकम कैसे छोड़कर चुनार जाएं।

बद्री–अच्छी दिल्लगी है! दोनों राजों में सुलह हो गई और इस खुशी में लुट गए हम लोग! चलो एक दफे महाराज शिवदत्त से अर्ज करें, अगर सुनेंगे तो बेहतर है नहीं तो इसी जगह अपना गला काटकर रख जाएंगे, धन-दौलत लुटाकर चुनार जाना हमें मंजूर नहीं!

बाकरअली हैरान कि इन लोगों ने अजब ऊधम मचा रखा है, कोई कहता है मेरी अशर्फियां गायब हैं, कोई कहता है मेरी जवाहिरात की गठरी गुम हो गई, कोई कहता है हम लुट गए, अब क्या किया जाए? हम तो इस फिक्र में हैं कि जिस तरह हो ये लोग जल्द चुनार पहुंचें जिसमें भीमसेन की जान बचे, मगर ये लोग तो खमीरी आटे की तरह फैले ही जाते हैं। खैर एक दफे इनको धमकी देनी चाहिए।

बाकर–देखो तुम लोग बदमाशी करोगे तो फिर कैद कर लिए जाओगे!

बद्री–जी हां! मैं भी यही सोच रहा हूं।

पन्ना–ठीक है, जरूर कैद कर लिए जाएंगे, क्योंकि अपनी जमा मांग रहे हैं। चुपचाप चले जाएं तो बेहतर है, जिसमें बखूबी रकम पचा जाओ और कोई सुनने न पावे!

भैरो–यह धमकी तो आप अपने घर में खर्च कीजिएगा, भलमनसी इसी में है कि हम लोगों की जमा बाएं हाथ से रख दीजिए, और नहीं तो चलिए राजा साहब के पास, जो कुछ होगा, उन्हीं के सामने निपट लेंगे।

बाकर–अच्छी बात है, चलिए।

सब–चलिए, चलिए!!

यह मसखरों का झुंड बाकरअली के साथ महाराज शिवदत्त के पास पहुंचा।

बाकर–महाराज, देखिए ये लोग झगड़ा मचाते हैं।

भैरो–जी हां, कोई अपनी जमा मांगे तो कहिए, झगड़ा मचाते हैं!

शिव–क्या मामला है?

भैरो–महाराज, मुझसे सुनिए, जब हमारे सरकार से और आपसे सुलह हो गई और हम लोग छोड़ दिए गए तो हम लोगों की वे चीजें भी मिल जानी चाहिए जो कैद होते समय जप्त कर ली गई थीं।

शिव–क्यों नहीं मिलेंगी!

भैरो–ईश्वर आपको सलामत रखे, क्या इंसाफ किया है! आगे सुनिए, जब हम लोगों ने अपनी चीजें मियां बाकर से मांगीं तो बस बटुआ और खंजर तो दे दिया मगर बटुए में जो कुछ रकम थी, गायब कर गए। दो-दो, चार-चार अशर्फियां और दस-दस, बीस-बीस रुपये तो छोड़ दिए बाकी अपनी कब्र में गाड़ आए! अब इंसाफ आपके हाथ है!

शिव–(बाकर से) क्यों जी, यह क्या मामला है!

बाकर–महाराज, ये सब झूठे हैं।

भैरो–जी हां, हम सबके सब झूठे हैं और आप अकेले सच्चे हैं?

शिव–(भैरो से) खैर जाने दो, तुम लोगों का जो कुछ गया है हमसे लेकर अपने घर जाओ, हम बाकर से समझ लेंगे।

भैरो–महाराज सौ-सौ अशर्फियां तो इन लोगों की गई हैं और एक गठरी जवाहिरात की मेरी गई है। अब बहुत बखेड़ा कौन करे बस एक हजार अशर्फियां मंगवा दीजिए, हम लोग अपने घर का रास्ता लें, रकम तो ज्यादे गई है मगर आपका क्या कसूर।

बाकर–यारो गजब मत करो!

भैरो–हां साहब हम लोग गजब करते हैं, खैर लीजिए अब एक पैसा न मांगेंगे, जी में समझ लेंगे खैरात किया, अब चुनार भी न जाएंगे। (उठना चाहता है)

शिव–अजी घबराते क्यों हो, जो कुछ तुमने कहा है, हम देते हैं। (बाकर से) क्या तुम्हारी शामत आई है।

महाराज शिवदत्त ने बाकरअली को ऐसी डांट बताई कि बेचारा चुपके से दूर जा खड़ा हुआ। हजार अशर्फियां मंगवाकर भैरोसिंह के आगे रख दी गईं, ये लोग अपने बटुओं में रख उठ खड़े हुए, यह भी न पूछा कि तुम्हारा कौन कैद हो गया जिसके लिए इतना सह रहे हो, हां शिवदत्तगढ़ के बाहर होते-होते इन लोगों ने पता लगा ही लिया कि भीमसेन किसी ऐयार के पंजे में पड़ गया है।

शिवदत्तगढ़ से बाहर हो सीधे चुनार का रास्ता लिया। दूसरे दिन शाम को जब चुनार पंद्रह कोस बाकी रह गया सामने से एक सवार घोड़ा फेंकता हुआ इसी तरफ आता दिखाई पड़ा। पास आने पर भैरोसिंह ने पहचाना कि शिवदत्त का लड़का भीमसेन है।

भीमसेन ने इन ऐयारों के पास पहुंचकर घोड़ा रोका और हंसकर भैरोसिंह की तरफ देखा जिसे वह बखूबी पहचानता था।

भैरो—क्यों साहब, आपको छुट्टी मिली? (अपने साथियों की तरफ देखकर) महाराज शिवदत्त के पुत्र कुमार भीमसेन यही हैं।

भीम—आप ही लोगों की रिहाई पर मेरी छुट्टी बदी थी, आप लोग चले आए तो मैं क्यों रोका जाता?

भैरो—हमारे किस साथी ने आपको गिरफ्तार किया?

भीम—सो मुझे मालूम नहीं, शिकार खेलते समय घोड़े पर सवार एक औरत ने पहुंचकर नेजे से मुझे जख्मी किया, जब मैं बेहोश हो गया, मुश्कें बांध एक खोह में ले गई और इलाज करके आराम किया, आगे का हाल आप जानते हैं, मुझे यह न मालूम हुआ कि वह औरत कौन थी मगर इसमें शक नहीं कि थी वह औरत ही।

भैरो—खैर अब आप अपने घर जाइए, मगर देखिए, आपके पिता ने व्यर्थ हम लोगों से वैर बांध रखा है। जब वे राजकुमार बीरेन्द्रसिंह के कैदी हो गए थे उस वक्त हमारे महाराज सुरेन्द्रसिंह ने उन्हें बहुत तरह से समझाकर कहा कि आप हम लोगों से वैर छोड़ चुनार में रहें, हम चुनार की गद्दी आपको फेर देते हैं। उस समय तो हजरत को फकीरी सूझी थी, योगाभ्यास की धुन में प्राण की जगह बुद्धि को ब्रह्माण्ड में चढ़ा ले गएथे लेकिन अब फिर गुदगुदी मालूम होने लगी। खैर हमें क्या, उनकी किस्मत में जन्म-भर दुख ही भोगना बदा है तो कोई क्या करे, इतना भी नहीं सोचते कि जब चुनार के मालिक थे तब तो कुंअर बीरेन्द्रसिंह से जीते नहीं, अब न मालूम क्या कर लेंगे!

भीम—मैं सच कहता हूं कि उनकी बातें मुझे पसंद नहीं मगर क्या करूं, पिता के विरुद्ध होना धर्म नहीं।

भैरो—ईश्वर करे इसी तरह आपकी धर्म में बुद्धि बनी रहे, अच्छा जाइए।

भीमसेन ने अपने घर का रास्ता लिया और हमारे चोखे ऐयारों ने चुनार की सड़क नापी।

दसवां बयान

अब हम अपने पाठकों को फिर उसी खोह में ले चलते हैं जिसमें कुंअर आनंदसिंह को बेहोश छोड़ आए हैं अथवा जिस खोह में जान बचानेवाले सिपाही के साथ पहुंचकर उन्होंने एक औरत को छुरे से लाश काटते देखा था और योगिनी ने पहुंचकर सभों को बेहोश कर दिया था।

थोड़ी देर के बाद आनंदसिंह को छोड़ योगिनी बाकी सभों को कुछ सुंघाकर होश में लाई। बेहोश आनंदसिंह उठाकर एक किनारे रख दिए गए और फिर वही काम अर्थात् लटकते हुए आदमी को छुरे से काट-काटकर पूछना कि 'इंद्रजीतसिंह के बारे में जो कुछ जानता है बता' जारी हुआ। सिपाही ने भी उन लोगों का साथ दिया। मगर वह आदमी भी कितना जिद्दी था! बदन के टुकड़े-टुकड़े हो गए मगर जब तक होश में रहा यही कहता गया कि हम कुछ नहीं जानते। हब्शी ने पहले ही से कब्र खोद रखी थी, दम निकल जाने पर वह आदमी उसी में गाड़ दिया गया।

इस काम से छुट्टी पा योगिनी ने सिपाही की तरफ देखकर कहा, "बाहर जंगल से लकड़ी काट काम चलाने लायक एक छोटी-सी डोली बना लो, उस पर आनंदसिंह को रख तुम और हब्शी मिलकर उठा ले जाओ, चुनार के किले के पास इनको रख देना जिसमें होश आने पर अपने घर पहुंच जाएं, तकलीफ न हो, बल्कि होश में लाने की तरकीब करके तब तुम इनसे अलग होना और जहां जी चाहे चले जाना, हम लोगों से अगर मिलने की जरूरत हो तो इसी जगह आना।"

सिपाही–मेरी भी यही राय थी, आनंदसिंह को तकलीफ क्यों होने लगी, क्या मुझको इसका खयाल नहीं है!

योगिनी–क्यों नहीं, बल्कि मुझसे ज्यादे होगा। अच्छा तुम जाओ, जिस तरह बने इस काम को कर लो, हम लोग अब अपने काम पर जाती हैं। (दूसरी औरत की तरफ देखकर जिसने छुरी से उस लाश को काटा था) चलो बहन चलें, इस छोकरी को इसी जगह छोड़ दो मजे में रहेगी, फिर बूझा जाएगा।

इन दोनों औरतों का अभी बहुत कुछ हाल हमें लिखना है इसलिए जब तक इन दोनों का असल भेद और नाम न मालूम हो जाए तब तक पाठकों के समझने के लिए कोई फर्जी नाम जरूर रख देना चाहिए। एक का नाम तो योगिनी रख ही दिया गया, दूसरी का बनचरी समझ लीजिए। योगिनी और बनचरी दोनों खोह के बाहर निकलीं और कुछ दक्खिन झुकते हुए पूरब का रास्ता लिया। इस समय रात बीत चुकी थी और सुबह की सुफेदी के साथ लुपलुपाते हुए दो-चार तारे आसमान पर दिखाई दे रहे थे।

पहर दिन चढ़े तक ये दोनों बराबर चलती गईं, जब धूप कुछ कड़ी हुई जंगल में एक जगह बेल के पेड़ों की घनी छांह देखकर टिक गईं जिसके पास पानी का

झरना बह रहा था। दोनों ने कमर से बटुआ खोला और कुछ मेवा निकालकर खाने तथा पानी पीने के बाद जमीन पर नरम-नरम पत्ते बिछाकर सो रहीं

ये दोनों तमाम रात की जागी हुई थीं, लेटते ही नींद आ गई। दोपहर तक खूब सोईं। जब पहर दिन बाकी रहा उठ बैठीं और चश्मे के पानी से हाथ-मुंह धो फिर चल पड़ीं। इस तरह मौके-मौके पर टिकती हुई ये दोनों कई दिन तक बराबर चलती गईं। एक दिन आधी रात तक बराबर चलते जाने के बाद एक तालाब के किनारे पहुंचीं जो बगलवाली पहाड़ी के नीचे सटा हुआ था।

इस लंबे-चौड़े संगीन और निहायत खूबसूरत तालाब के चारों तरफ पत्थर की सीढ़ियां और छोटी-छोटी बारहदरियां इस तौर पर बनी हुई थीं जो बिलकुल जल के किनारे ही पड़ती थीं। तालाब के ऊपर भी चारों तरफ पत्थर का फर्श और बैठने के लिए हर एक तरफ सिंहासन की तरह चार-चार चबूतरे निहायत खूबसूरत मौजूद थे। ताज्जुब की बात यह थी कि इस ताला ब के बीच का जाठ लकड़ी को जगह पीतल का इतना मोटा बना हुआ था कि दोनों तरफ दो आदमी खड़े होकर हाथ नहीं मिला सकते थे। जाठ के ऊपर लोहे का एक बदसूरत आदमी का चेहरा बैठाया हुआ था।

तालाब के ऊपर चारों तरफ बड़े-बड़े सायेदार दरख्त ऐसे घने लगे हुए थे कि सभों की डालियां आप्स में गुंथ रही थीं। दोनों उस तालाब पर खड़े होकर उसकी शोभा देखने लगीं। थोड़ी देर बाद दोनों एक चबूतरे पर बैठ गईं मगर मुंह तालाब ही की तरफ किए हुए थीं।

यकायक जाठ के पास का पानी खलबलाया और एक आदमी तैरता हुआ जल के ऊपर दिखाई दिया इन दोनों की टकटकी उसी तरफ बंध गई। वह आदमी किनारे आया और ऊपर की सीढ़ी पर खड़ा हो चारों तरफ देखने लगा। अब मालूम हो गया कि वह औरत है। योगिनी और बनचरी ने चबूतरे के नीचे होकर अपने को छिपा लिया मगर उस औरत की तरफ बराबर देखती रहीं।

उस औरत की उम्र बहुत कम मालूम होती थी जो अभी-अभी तालाब से बाहर हो इधर-उधर सन्नाटा देख हवा में अपनी धोती सुखा रही थी। थोड़ी ही देर में साड़ी सूख गई जिसे पहनकर उसने एक तरफ का रास्ता लिया।

मालूम होता है योगिनी और बनचरी इसी की ताक में बैठी थीं क्योंकि जैसे ही वह औरत वहां से चल खड़ी हुई वैसे ही ये दोनों उस पर लपकीं और जबर्दस्ती गिरफ्तार कर लेना चहा, मगर वह कमसिन औरत इन दोनों को अपनी तरफ आते देख और इन दोनों के मुकाबले अपनी जीत न समझकर लौट पड़ी और फुर्ती के साथ उन दरख्तों में से एक पर चढ़ गई जो उस तालाब के चारों तरफ लगे हुए थे। योगिनी और बनचरी दोनों उस दरख्त के नीचे पहुंचीं, योगिनी खड़ी रही और बनचरी उसे पकड़ने के लिए ऊपर चढ़ी।

हम ऊपर लिख आए हैं कि यह दरख्त इतने पास-पास लगे हुए थे कि सभों की डालियां आपस में गुंथ रही थीं। बनचरी को पेड़ पर चढ़ते देख वह जलचरी ऊपर-ही-ऊपर दूसरे पेड़ पर कूद गई। यह देख योगिनी ने उसके आगेवाले तीसरे पेड़ को जा घेरा, जिसमें वह बीच ही में फंसी रह जाए और आगे न जाने पावे। मगर वह चालाकी भी न लगी। जब उस औरत ने अपने बगलवाले पेड़ को दुश्मनों से घिरा हुआ पाया, पेड़ के नीचे उतर आई और तालाब की सीढ़ियों को तै करते हुए धम्म से जल में कूद पड़ी। योगिनी और बनचरी भी साथ ही पेड़ से उतरीं और उसके पीछे जाकर इन दोनों ने भी अपने को जल में डाल दिया।

ग्यारहवां बयान

सूर्य भगवान अस्त होने के लिए जल्दी कर रहे हैं। शाम की ठंडी हवा अपनी चाल दिखा रही है। आसमान साफ है क्योंकि अभी-अभी पानी बरस चुका है और पछुआ हवा ने रुई के पहल की तरह जमे हुए बादलों को तूम-तूमकर उड़ा दिया है। अस्त होते हुए सूर्य की लालिमा ने आसमान पर अपना दखल जमा लिया है और निकले हुए इंद्रधनुष पर जिला दे उसके रंगदार जौहर को अच्छी तरह उभाड़ रखा है। बाग की रविशों पर जिन पर कुदरती भिश्ती अभी घण्टा-भर हुआ छिड़काव कर गया है, घूम-घूमकर देखने से धुले-धुलाए रंग-बिरंगे पत्तों की कैफियत और उन सुफेद कलियों की बहार दिल और जिगर को क्या ही ताकत दे रही है जिनके एक तरफ का रंग तो असली मगर दूसरा हिस्सा अस्त होते हुए सूर्य की लालिमा पड़ने से ठीक सुनहला हो रहा है। उस तरफ से आए हुए खुशबू के झपेटे कहे देते हैं कि अभी तक तो आप दृष्टांत ही में अनहोनी समझकर कहा-सुना करते थे मगर आज 'सोने और सुगंध' वाली कहावत देखिए अपनी आंखों के सामने मौजूद ये अधखिली कलियां सच किए देती हैं। चमेली की टट्टियों में नाजुक-नाजुक सुफेद फूल तो खिले हुए हई हैं मगर कहीं-कहीं पत्तियों में से छनकर आई हुई सूर्य की आखिरी किरणें धोखे में डालती हैं। यह समझकर कि आज इन्हीं सुफेद चमेलियों में जर्द चमेली भी खिली हुई है शौक-भरा हाथ बिना बढ़े नहीं रहता। सामने की बनाई हुई सब्जी जिसकी दूब सावधानी से काटकर मालियों ने सब्ज मखमली फर्श का नमूना दिखला दिया है, आंखों को क्या ही तरावट दे रही है! देखिए उसी के चारों तरफ सजे हुए गमलों में खुशरंग पत्तोंवाले छोटे-छोटे जंगली पौधे अपने हुस्न और जमाल के घमंड में कैसे ऐंठे जाते हैं। हर एक रविशों और क्यारियों के किनारे गुलमेंहदी के पेड़ ठीक पल्टनों की कतार की तरह खड़े दिखाई देते हैं, क्योंकि छुटपने ही से उनकी फैली हुई डालियां काटकर मालियों ने मनमानी सूरतें बना डाली हैं। कहने ही को सूरजमुखी का फूल

सूर्य की तरफ घूमा रहता है मगर नहीं यहां तो देखिए सामने सूरजमुखी के कितने ही पेड़ लगे हैं जिनके बड़े-बड़े फूल अस्त होते हुए दिवाकर की तरफ पीठ किए हसरत-भरी निगाहों से देखती हुई उस हसीन नाजनीन के अलौकिक रूप की छटा देख रहे हैं जो उस बाग के बीचोबीच बने हुए कमरे की छत पर खड़ी उसी तरफ देख रही है जिधर सूर्य भगवान अस्त होते दिख रहे हैं। उधर ही से बाग में आने का रास्ता है, मालूम होता है वह किसी आनेवाले की राह देख रही है, तभी तो सूर्य की किरणों को सहकर भी एकटक उधर ही ध्यान लगाए है।

इस कमसिन परीजमाल का चेहरा पसीने से भर गया मगर किसी आनेवाले की सूरत न दीख पड़ी। घबराकर बाएं हाथ अर्थात् दक्खिन तरफ मुड़ी और उस बनावटी छोटे-से पहाड़ को देखकर दिल बहलाना चाहा जिसमें रंग-बिरंगे खुशनुमा पत्तोंवाले करोटन, कौलियस, बरबीना, बिगूनिया, मौस इत्यादि पहाड़ों पर के छोटे-छोटे पौधे बहुत ही कारीगरी से लगाए हुए थे, और बीच में मौके-मौके से घुमा-फिराकर पेड़ों को तरी पहुंचाने और पहाड़ी की खूबसूरती को बढ़ाने के लिए नहर काटी हुई थी। ऊपर ढांचा खड़ा करके निहायत खूबसूरत रेशमी जाल इसलिए डाला हुआ था कि हर तरह की बोलियों से दिल खुश करनेवाली उन रंग-बिरंगी नाजुक चिड़ियों के उड़ जाने का खौफ न रहे जो उनके अंदर छोड़ी हुई हैं और इस समय शाम होते देख अपने घोंसलों में जो पत्तों के गुच्छों में बनाए हैं जा बैठने के लिए उतावली हो रही हैं।

हाय इस पहाड़ी की खूबसूरती से भी उसका परेशान और किसी की जुदाई में व्याकुल दिल न बहला, लाचार छत के ऊपर की तरफ खड़ी हो उन तरह-तरह के नक्शोंवाली क्यारियों को देख अपने घबड़ाए हुए दिल को फुसलाना चाहा, जिनमें नीले-पीले, हरे-लाल, चौरंगे नाजुक मौसमी फूलों के छोटे-छोटे तख्ते सजाए हुए थे जिनके देखने से बेशकीमती गलीचे का गुमान हो रहा था और उसी के बीच में एक चक्करदार फव्वारा छूट रहा था जिसके बारीक धारों का जाल दूर-दूर तक फैल रहा था। रंग-बिरंगी तितलियां उड़-उड़कर उन रंगीन फूलों पर इस तरह बैठती थीं कि फूलों में और उनमें बिलकुल फर्क नहीं मालूम पड़ता था जब तक कि वे फिर से उड़कर किसी दूसरे फूलों के गुच्छों पर न जा बैठतीं।

इन फूलों और फव्वारों के छींटों ने भी उसके मन की कली न खिलाई, लाचार वह पूरब तरफ आई और अपनी उन सखियों की कार्रवाई देखने लगी जो चुन-चुनकर खुशबूदार फूलों के गजरों और गुच्छों के बनाने में अपने नाजुक हाथों को तकलीफ दे रही थीं। कोई अंगूर की टट्टियों में घुसकर लाल पके हुए अंगूरों की ताक में थी, कोई पके हुए आम तोड़ने की धुन में उन पेड़ों की डालियों तक लग्घे पहुंचा रही थी, जिनके नीचे चारों तरफ गड़हे खुदवाकर इसलिए जल से भरवा दिए गए थे कि पेड़ से गिरे हुए आम चुटीले न होने पावें।

अब सूर्य की लालिमा बिलकुल जाती रही और धीरे-धीरे अंधेरा होने लगा। वह बेचारी किसी तरह अपने दिल को न बहला सकी बल्कि अंधेरे में बाग के चारों तरफ के बड़े-बड़े पेड़ों की सूरत डरावनी मालूम होने लगी, दिल की धड़कन बढ़ती ही गई, लाचार वह छत के नीचे उतर आई और एक सजे-सजाए कमरे में चली गई।

इस कमरे की सजावट मुख्तसर ही थी, एक झाड़ और दस-बारह हांडियां छत से लटक रही थीं, चारों तरफ दुशाखी दीवारगीरों में मोमबत्तियां जल रही थीं, जमीन पर फर्श बिछा हुआ था और एक तरफ गद्दी लगी हुई थी जिसके आगे दो फर्शी झाड़ अपनी चमक-दमक दिखा रहे थे, उनके बगल ही में एक मसहरी थी जिस पर थोड़े-से खुशबूदार फूल और दो-तीन गजरे दिखाई दे रहे थे। अच्छे-अच्छे कपड़ों और गहनों से दिमागदार बनी हुई दस-बारह कमसिन छोकरियां भी इधर-उधर घूम-घूमकर ताखों (आलों) पर रखे हुए गुलदस्तों में फूलों के गुच्छे सजा रही थीं।

वह नाजनीन जिसका नाम किशोरी था कमरे में आई मगर गद्दी पर न बैठकर मसहरी पर जा लेटी और आंचल से मुंह ढांप न मालूम क्या सोचने लगी। उन्हीं छोकरियों में से एक पंखा झलने लगी, बाकी अपने मालिक को उदास देखकर सुस्त खड़ी हो गईं मगर निगाहें सभी की मसहरी की तरफ ही थीं।

थोड़ी देर तक इस कमरे में सन्नाटा रहा, इसके बाद किसी आनेवाले की आहट मालूम हुई। सभी की निगाह सदर दरवाजे की तरफ घूम गई। किशोरी ने भी मुंह फेरा और उसी तरफ देखने लगी। एक नौजवान लड़का सिपाहियाना ठाठ से कमरे में पहुंचा जिसे देखते ही किशोरी घबड़ाकर उठ बैठी और बोली–

"कमला, मैं कब से राह देख रही हूं! तैंने इतने दिन क्यों लगाए?"

पाठक समझ गये होंगे कि यह सिपाहियाना ठाठ से आनेवाला नौजवान लड़का असल में मर्द नहीं है बल्कि कमला के नाम से पुकारी जानेवाली कोई ऐयारा है।

कमला–यही सोच के मैं चली आई कि तुम घबड़ा रही होंगी नहीं तो दो दिन का काम और था।

किशोरी–क्या अभी पूरा हाल मालूम नहीं हुआ?

कमला–नहीं।

किशोरी–चुनार में तो हलचल खूब मची होगी!

कमला–इसका क्या पूछना है! मुझे भी जो कुछ थोड़ा-बहुत हाल मिला वह चुनार ही में।

किशोरी–अच्छा क्या मालूम हुआ?

कमला–बूढ़े सौदागर की सूरत बन जब मैं तुम्हारी तस्वीर जड़ी अंगूठी दे आई उसी समय से उनकी सूरत-शक्ल, बातचीत और चाल-ढाल में फर्क पड़ गया, दूसरे दिन मेरी (सौदागर की) बहुत खोज की गई।

किशोरी–इसमें कोई शक नहीं कि मेरी आह ने अपना असर किया! हां फिर क्या हुआ?

कमला–उसके दूसरे या तीसरे दिन उन्हें उदास देख आनंदसिंह किश्ती पर हवा खिलाने ले गए, साथ में एक बूढ़ा नौकर भी था। बहाव की तरफ कोस-डेढ़ कोस जाने के बाद किनारे के जंगल से गाने-बजाने की आवाज आई, उन्होंने किश्ती किनारे लगाई और उतरकर देखने लगे। वहां तुम्हारी सूरत बन माधवी ने पहले ही जाल फैला रखा था, यहां तक कि उसने अपना मतलब साध लिया और न मालूम किस ढंग से उन्हें लेकर गायब हो गई। उस बूढ़े नौकर की जुबानी जो उनके साथ गया था मालूम हुआ कि माधवी के साथ कई औरतें भी थीं जो इन दोनों भाइयों को देखते ही भागीं। आनंदसिंह उन औरतों के पीछे लपके लेकिन वे भुलावा देकर निकल गईं और आनंदसिंह ने लौटकर आने पर अपने भाई को भी न पाया, तब गंगा किनारे पहुंच डोंगी पर बैठे हुए खिदमतगार से सब हाल कहा।

किशोरी–यह कैसे मालूम हुआ कि माधवी ने मेरी सूरत बनकर धोखा दिया?

कमला–लौटते सम्य जब मैं उस जंगल के कुछ इधर निकल आई जो अब बिलकुल साफ हो गया है, तो जमीन पर पड़ी हुई एक जड़ाऊ 'कंकनी' नजर आई। उठाकर देखा। मैं उस कंकनी को खूब पहचानती थी, कई दफे माधवी के हाथ में देख चुकी थी, बस मुझे पूरा यकीन हो गया कि यह काम इसी का है। आखिर उसके घर पहुंची और उसकी हमजोलियों की बातचीत से निश्चय कर लिया।

किशोरी–देखो रांड ने मेरे ही साथ दगाबाजी की।

कमला–कैसी कुछ!

किशोरी–तो इंद्रजीतसिंह अब उसी के घर में होंगे!

कमला–नहीं, अगर वहां होते तो क्या मैं इस तरह खाली लौट आती?

किशोरी–फिर उन्हें कहां रखा है?

कमला–इसका पता नहीं लगा, मैंने चाहा था कि खोज लगाऊं मगर तुम्हारी तरफ खयाल करके दौड़ी आई।

किशोरी–(ऊंची सांस लेकर) हाय, उस शैतान की बच्ची ने मेरा ध्यान उनके दिल से निकाल दिया होगा!!

इतना कह किशोरी रोने लगी, यहां तक कि हिचकी बंध गई। कमला ने उसे बहुत समझाया और कसम खाकर कहा कि मैं अन्न उसी दिन खाऊंगी जिस दिन इंद्रजीतसिंह को तुम्हारे पास ला बैठाऊंगी।

पाठक इस बात के जानने की इच्छा रखते होंगे कि यह किशोरी कौन है? इसका नाम हम पहले लिख आए हैं और अब फिर कहे देते हैं कि यह महाराज शिवदत्त की लड़की है, मगर यह किसी दूसरे मौके से मालूम होगा कि किशोरी शिवदत्तगढ़ के बाहर क्यों कर दी गई या बाप का घर छोड़ अपने ननिहाल में क्यों दिखाई देती है।

थोड़ी देर सन्नाटा रहने के बाद फिर किशोरी और कमला में बातचीत होने लगी।

किशोरी–कमला, तू अकेली क्या कर सकेगी?

कमला–मैं तो वह कर सकूंगी जो चपला और चंपा के किए भी न हो सकेगा।

किशोरी–तो क्या आज तू फिर जाएगी?

कमला–हां जरूर जाऊंगी, मगर दो-एक बातों का फैसला आज ही तुमसे कर लूंगी, नहीं तो पीछे बदनामी देने को तैयार होओगी।

किशोरी–बहिन, ऐसी क्या बात है, जो मैं तुझी पर बदनामी देने पर उतारू हो जाऊंगी? एक तू ही तो मेरी दुख-सुख की साथी है।

कमला–यह सब सच है, मगर आपस का मामला बहुत टेढ़ा होता है।

किशोरी–खैर कुछ कह तो सही?

कमला–कुंअर इंद्रजीतसिंह को तुम चाहती हो, इसी सबब से उनके कुटुंब-भर की भलाई तुम अपना धर्म समझती हो, मगर तुम्हारे पिता से और उस घराने से पूरा वैर बंध रहा है, ताज्जुब नहीं कि तुम्हारी और इंद्रजीतसिंह की भलाई करते-करते मेरे सबब से तुम्हारे पिता को तकलीफ पहुंचे, अगर ऐसा हुआ तो बेशक तुम्हें रंज होगा?

किशोरी–इन बातों को न सोच, मैंने तो उसी दिन अपने घर को इस्तीफा दे दिया जिस दिन पिता ने मुझे निकाल बाहर किया, अगर ननिहाल में मेरा ठिकाना न होता या मेरे नाना का उनको खौफ न होता तो शायद वे उसी दिन मुझे बैकुंठ पहुंचा देते। अब मुझे उस घर से रत्ती-भर मुहब्बत नहीं है। पर बहिन, तूने यह बड़ा काम किया कि उस दुष्टा को वहां से निकाल लाई और मेरे हवाले किया। जब मैं गम की मारी घबड़ा जाती हूं तभी उस पर दिल का बुखार निकालती हूं जिससे कुछ ढाढ़स हो जाता है।

कमला–मुझे तो अभी तक उसके ऊपर गुस्सा निकालने का मौका ही न मिला, कहो तो आज चलते-चलते मैं भी कुछ बुखार निकाल लूं?

किशोरी–क्या हर्ज है, जा ले आ!

कमला कमरे के बाहर चली गई। उसके पीछे आधे घण्टे तक किशोरी को चुपचाप कुछ सोचने का मौका मिला। उसकी सहेलियां वहां मौजूद थीं मगर किसी को बोलने का हौसला नहीं पड़ा।

आधे घण्टे बाद कमला एक कैदी औरत को लिये हुए फिर उस कमरे में दाखिल हुई।

इस औरत की उम्र तीस वर्ष से कम न होगी, चेहरे-मोहरे और रंगत से दुरुस्त थी, कह सकते हैं कि अगर इसे अच्छे कपड़े और गहने पहिराए जाए तो बेशक हसीनों की पंक्ति में बैठाने लायक हो, पर न मालूम इसकी ऐसी दुर्दशा क्यों कर रखी है और किस कसूर पर कैदी बना डाला है!

इस औरत को देखते ही किशोरी का चेहरा लाल हो गया और मारे गुस्से के तमाम बदन थर-थर कांपने लगा। कमला ने उसकी यह दशा देख अपने काम में जल्दी की और उन सहेलियों में से जो उस कमरे में मौजूद सबकुछ देख रही थीं एक की

तरफ कुछ इशारा करके हाथ बढ़ाया। वह दूसरे कमरे में चली गई और एक बेंत लाकर उसने कमला के हाथ में दे दिया।

कई औरतों ने मिलकर उस कैदी औरत के हाथ-पैर एक साथ ही मजबूत बांधे और उसे गेंद की तरह लुढ़का दिया।

यहां तक तो किशोरी चुपचाप देखती रही मगर जब कमला कमर कसकर खड़ी हो गई तो किशोरी का कोमल कलेजा दहल गया और इसके आगे जो कुछ होनेवाला था देखने की ताब न लाकर वह दो सहेलियों को साथ ले कमरे के बाहर निकल बाग की रविशों पर टहलने लगी।

किशोरी चाहे बाहर चली गई मगर कमरे के अंदर से आती हुई चिल्लाने की आवाज बराबर उसके कानों में पड़ती रही। थोड़ी देर बाद कमला किशोरी के पास पहुंची जो अभी तक बाग में टहल रही थी।

किशोरी–कहो, उसने कुछ बताया या नहीं?

कमला–कुछ नहीं, खैर कहां जाती है, आज नहीं कल, कल नहीं परसों, आखिर बतावेगी ही। अब मुझे रुखसत करो क्योंकि बहुत कुछ काम करना है!

किशोरी–अच्छा जा, मैं भी अब घर जाती हूं नहीं तो नानी इसी जगह पहुंचकर रंज होने लगेंगी। (कमला के गले मिलकर) देख अब मैं तेरे ही भरोसे पर जी रही हूं।

कमला–जब तक दम-में-दम है तब तक तेरे काम से बाहर नहीं हूं।

कमला वहां से रवाना हुई। उसके जाने के बाद किशोरी भी अपनी सखियों को साथ ले वहां से चली और थोड़ी ही दूर पर एक बड़ी हवेली के अंदर जा पहुंची।

बारहवां बयान

अब हम आपको एक दूसरी सरजमीन में ले चलकर एक दूसरे ही रमणीक स्थान की सैर करा तथा इसके साथ-ही-साथ बड़े-बड़े ताज्जुब के खेल और अद्भुत बातों को दिखाकर अपने किस्से का सिलसिला दुरुस्त किया चाहते हैं। मगर यहां एक जरूरी बात लिख देने की इच्छा होती है जिसके जानने से आगे चलकर आपको कुछ ज्यादे आनंद मिलेगा।

इस जगह बहुत-सी अद्भुत बातों को पढ़कर आप ऐसा न समझ लें कि यह तिलिस्म है और इसमें ऐसी बातें हुआ ही करती हैं, बल्कि उसे दुरुस्त और होनेवाली समझकर खूब गौर करें क्योंकि अभी यह पहला ही हिस्सा है। इस संतति के चार हिस्सों में तो हम तिलिस्म का नाम भी न लेंगे, आगे चलकर देखा जाएगा।

आप ध्यान कर लें कि एक अच्छे रमणीक स्थान में पहुंचकर सैर कर रहे हैं। यह जमीन जो लगभग हजार गज के चौड़ी और इतनी ही लंबी होगी, चारों तरफ की चार

खूबसूरत पहाड़ियों से घिरी हुई है। बीच की सब्जी और गुलबूटों की बहार देखने ही लायक है। इस कुदरती बगीचे में जंगली फूलों के पेड़ ज्यादे दिखाई देते हैं, उन्हीं में मिले-जुले गुलाबों के पौधे भी बेशुमार हैं और कोई भी ऐसा नहीं कि जिसमें सुंदर कलियां और फूल न दिखाई देते हों। बीच में बड़े-बड़े तीन झरने भी खूबसूरती से बह रहे हैं। बरसात का मौसम है, चारों तरफ से पहाड़ों पर से गिरा हुआ जल इन झरनों में जोश मार रहा है। पूरब तरफ पहाड़ी के नीचे पहुंचकर ये तीनों झरने एक हो गए हैं और अंदाज से ज्यादे आया हुआ जल गड़हे में गिरकर न मालूम कहां निकल जाता है। यहां की आबहवा ऐसी उत्तम है कि अगर वर्षों का बीमार भी आवे तो दो दिन में तंदुरुस्त हो जाए और यहां की सैर से कभी जी न घबड़ाए।

बीचोबीच में एक आलीशान इमारत बनी हुई है, मगर चाहे उसमें हर तरह की सफाई क्यों न हो फिर भी किसी पुराने जमाने की मालूम होती है। उसी इमारत के सामने एक छोटी-सी खूबसूरत बावली बनी हुई है जिसके चारों तरफ की जमीन कुछ ज्यादे खूबसूरत मालूम पड़ती है और फूल-पत्ते भी मौके से लगाए हुए हैं।

यह इमारत सुनसान और उदास नहीं है, इसमें पंद्रह-बीस नौजवान खूबसूरत औरतों का डेरा है। देखिए इस शाम के सुहावने समय में वे सब घर से निकलकर चारों तरफ मैदान में घूम-घूमकर जिंदगी का मजा ले रही हैं। सभी खुश, सभी की मस्तानी चाल, सभी फूलों को तोड़-तोड़कर आपस में गेंदबाजी कर रही हैं। हमारे नौजवान नायक कुंअर इंद्रजीतसिंह भी एक हसीन नाजनीन के हाथ में हाथ दिये बावली के पूरब की तरफ टहल रहे हैं, बात-बात में हंसी-दिल्लगी हो रही है, दीन-दुनिया की सुध भूले हुए हैं।

लीजिए वे दोनों थककर बावली के किनारे एक खूबसूरत संगमरमर की चट्टान पर बैठ गए और बातचीत होने लगी–

इंद्र–माधवी, मेरा शक किसी तरह नहीं जाता। क्या सचमुच तुम वही हो जो उस दिन गंगा किनारे जंगल में झूला झूल रही थीं?

माधवी–आप रोज मुझसे यही सवाल करते हैं और मैं कसम खाकर इसका जवाब दे चुकी हूं, मगर अफसोस कि मेरी बात पर विश्वास नहीं करते।

इंद्र–(अंगूठी की तरफ देखकर) इस तस्वीर से कुछ फर्क मालूम होता है।

माधवी–यह दोष मुसौवर[1] का है।

इंद्र–खैर जो हो फिर भी तुमने मुझे अपने वश में कर रखा है।

माधवी–जी हां ठीक है, मुझसे मिलने का उद्योग तो आप ही ने किया था।

इंद्र–अगर मैं उद्योग न करता तो क्या तुम मुझे जबर्दस्ती ले आतीं?

माधवी–खैर जाने दीजिए, मैं कबूल करती हूं कि आपने मेरे ऊपर अहसान किया, बस!

1. चित्रकार।

इंद्र–(हंसकर) बेशक तुम्हारे ऊपर अहसान किया कि दिल और जान तुम्हारे हवाले किए।

माधवी–(शर्माकर और सिर नीचा करके) बस रहने दीजिए, ज्यादे सफाई न दीजिए!

इंद्र–अच्छा इन बातों को छोड़ो और अपने वादे को याद करो? आज कौन दिन है? बस आज तुम्हारा पूरा हाल सुने बिना न मानूंगा चाहे जो हो, मगर देखो फिर उन भारी कसमों की याद दिलाता हूं जो मैं कई दफे तुम्हें दे चुका, मुझसे झूठ कभी न बोलना नहीं तो अफसोस करोगी।

माधवी–(कुछ देर तक सोचकर) अच्छा आज-भर मुझे और माफ कीजिए. आपसे बढ़कर मैं दुनिया में किसी को नहीं समझती और आप ही की शपथ खाकर कहती हूं कि कल जो पूछेंगे सब ठीक-ठीक कह दूंगी, कुछ न छिपाऊंगी। (आसमान की तरफ देखकर) अब समय हो गया, मुझे दो घण्ठे की फुरसत दीजिए।

इंद्र–(लंबी सांस लेकर) खैर कल ही सही, जाओ मगर दो घण्टे से ज्यादे न लगाना।

माधवी उठी और मकान के अंदर चली गई। उसके जाने के बाद इंद्रजीतसिंह अकेले रह गए और सोचने लगे कि यह माधवी कौन है? इसका कोई बड़ा बुजुर्ग भी है या नहीं! यह अपना हाल क्यों छिपाती है! सुबह-शाम दो-दो तीन-तीन घण्टे के लिए कहां और किससे मिलने जाती है? इसमें तो कोई शक नहीं कि यह मुझसे मुहब्बत करती है मगर ताज्जुब है कि मुझे यहां क्यों कैद कर रखा है। चाहे यह सरजमीन कैसी ही सुंदर और दिल लुभानेवाली क्यों न हो, फिर भी मेरी तबीयत यहां से उचाट हो रही है। क्या करें, कोई तरकीब नहीं सूझती, बाहर का कोई रास्ता नहीं दिखाई देता, यह तो मुमकिन ही नहीं कि पहाड़ चढ़कर कोई पार हो जाए, और यह भी दिल नहीं कबूल करता कि इसे किसी तरह रंज करूं और अपना मतलब निकालूं, क्योंकि मैं अपनी जान इस पर न्यौछावर कर चुका हूं।

ऐसी-ऐसी बहुत-सी बातों को सोचते इनका जी बेचैन हो गया, घबड़ाकर उठ खड़े हुए और इधर-उधर टहलकर दिल बहलाने लगे। चश्मे का जल निहायत साफ था, बीच की छोटी-छोटी खुशरंग कंकरियां और तेजी के साथ दौड़ती हुई मछलियां साफ दिखाई पड़ती थीं, इसी की कैफियत देखते किनारे-किनारे जाकर दूर निकल गए और वहां पहुंचे जहां तीनों चश्मों का संगम हो गया था और अंदाज से ज्यादे आया हुआ जल पहाड़ी के नीचे एक गड़हे में गिर रहा था।

एक बारीक आवाज इनके कान में आई। सिर उठाकर पहाड़ की तरफ देखने लगे। ऊपर पंद्रह-बीस गज की दूरी पर एक औरत दिखाई पड़ी जिसे अब तक इन्होंने इस हाते के अंदर कभी नहीं देखा था। उस औरत ने हाथ के इशारे से ठहरने के लिए कहा तथा ढोकों की आड़ में जहां तक बन पड़ा अपने को छिपाती हुई नीचे उतर आई और आड़ देकर इंद्रजीतसिंह के पास इस तरह खड़ी हो गई जिससे उन

नौजवान छोकरियों में से कोई इसे देखने न पावे जो यहां की रहनेवालियां चारों तरफ घूमकर चुहलबाजी में दिल बहला रही हैं और जिनका कुछ हाल हम ऊपर लिख आए हैं।

उस औरत ने एक लपेटा हुआ कागज इंद्रजीतसिंह के हाथ में दिया। इन्होंने कुछ पूछना चाहा मगर उसने यह कहकर कुमार का मुंह बंद कर दिया कि "बस जो कुछ है इसी चीठी से आपको मालूम हो जाएगा, मैं जुबानी कुछ कहा नहीं चाहती और न यहां ठहरने का मौका है, क्योंकि कोई देख लेगा तो हम-आप दोनों ऐसी आफत में फंस जाएंगे कि जिससे छुटकारा मुश्किल होगा। मैं उसी की लौंडी हूं जिसने यह चीठी आपके पास भेजी है।"

उसकी बात का इंद्रजीतसिंह क्या जवाब देंगे इसका इंतजार न करके वह औरत पहाड़ी पर चढ़ गई और चालीस-पचास हाथ जा एक गड़हे में घुसकर न मालूम कहां लोप हो गई। इंद्रजीतसिंह ताज्जुब में आकर खड़े आधी घड़ी तक उस तरफ देखते रहे मगर फिर वह नजर न आई, लाचार इन्होंने कागज खोला और बड़े गौर से पढ़ने लगे, यह लिखा था :

"हाय, मैंने तस्वीर बनकर अपने को आपके हाथ में सौंपा, मगर आपने मेरी कुछ भी खबर न ली, बल्कि एक दूसरी ही औरत के फंदे में फंस गए जिसने मेरी सूरत बना आपको पूरा धोखा दिया। सच है, वह परीजमाल जब आपके बगल में बैठी है तो फिर मेरी सुध क्यों आने लगी!

"आपको मेरी ही कसम है, पढ़ने के बाद इस चीठी के इतने टुकड़े कर डालिए कि एक अक्षर भी दुरुस्त न बचने पावे।

आपकी दासी–किशोरी।"

इस चीठी के पढ़ते ही कुमार के कलेजे में एक धड़कन-सी पैदा हुई। घबराकर एक चट्टान पर बैठ गए और सोचने लगे–"मैंने पहले ही कहा था कि इस तस्वीर से उसकी सूरत नहीं मिलती। चाहे यह कितनी ही हसीन और खूबसूरत क्यों न हो मगर मैंने तो अपने को उसी के हाथ बेच डाला है जिसकी तस्वीर खुशकिस्मती से अब तक मेरे हाथ में मौजूद है। तब क्या करना चाहिए? यकायक इससे तकरार करना भी मुनासिब नहीं। अगर यह इसी जगह मुझे छोड़कर चली जाए और अपनी सहेलियों को भी लेती जाए तो मैं क्या करूंगा? घबड़ाकर सिवाय प्राण दे देने के और क्या कर सकता हूं, क्योंकि यहां से निकलने का रास्ता मालूम नहीं। यह भी नहीं हो सकता कि इन दोनों पहाड़ियों पर चढ़कर पार हो जाऊं, क्योंकि सिवाय ऊंची सीधी चट्टान के चढ़ने लायक रास्ता कहीं भी नहीं मालूम पड़ता। खैर जो हो, आज मैं जरूर उसके दिल में कुछ खुटका पैदा करूंगा। नहीं-नहीं, आज-भर और चुप रहना चाहिए, कल उसने अपना हाल कहने का वादा किया ही है, आखिर कुछ-न-कुछ झूठ जरूर कहेगी, बस उसी समय टोकूंगा। एक बात और है। (कुछ रुककर)

अच्छा देखा जाएगा। यह औरत जो मुझे चीठी दे गई है यहां किस तरह पहुंची? (पहाड़ी की तरफ देखकर) जितनी दूर ऊंचे उसे मैंने देखा था वहां तक तो चढ़ जाने का रास्ता मालूम होता है, शायद इतनी दूर तक लोगों की आमदरफ्त होती होगी। खैर ऊपर चलकर देखूं तो सही कि बाहर निकल जाने के लिए कोई सुरंग तो नहीं है।''

इंद्रजीतसिंह उस पहाड़ी पर वहां तक चढ़ गए जहां वह औरत नजर पड़ी थी। ढूंढ़ने से एक सुरंग ऐसी नजर आई जिसमें आदमी बखूबी घुस सकता था। उन्हें विश्वास हो गया कि इसी राह से वह आई थी और बेशक हम भी इसी राह से बाहर हो जाएंगे। खुशी-खुशी उस सुरंग में घुसे। दस-बारह कदम अंधेरे में गए होंगे कि पैर के नीचे जल मालूम पड़ा। ज्यों-ज्यों आगे जाते थे जल ज्यादे जान पड़ता था, मगर यह भी हौसला किए बराबर चले ही गये। जब गले बराबर जल में जा पहुंचे और मालूम हुआ कि आगे ऊपर चट्टान जल के साथ मिली हुई है, तैरकर भी कोई नहीं जा सकता और रास्ता बिलकुल नीचे की तरफ झुकता अर्थात ढलवां ही मिलता जाता है तो लाचार होकर लौट आए मगर इन्हें विश्वास हो गया कि वह औरत जरूर इसी राह से आई थी क्योंकि उसे गीले कपड़े पहिरे इन्होंने देखा भी था।

वे औरतें जो पहाड़ी के बीचवाले दिलचस्प मैदान में घूम रही थीं इंद्रजीतसिंह को कहीं न देख घबरा गईं और दौड़ती हुई उस हवेली के अंदर पहुंची जिसका जिक्र हम ऊपर कर आए हैं। तमाम मकान छान डाला, जब पता न लगा तो उन्हीं में से एक बोली, ''बस अब सुरंग के पास चलना चाहिए, जरूर उसी जगह होंगे।'' आखिर वे सब औरतें वहां पहुंची जहां सुरंग के बाहर निकलकर गीले कपड़े पहिरे इंद्रजीतसिंह खड़े कुछ सोच रहे थे।

इंद्रजीतसिंह को सोच-विचार करते और सुरंग में आते-जाते दो घण्टे लग गए। रात हो गई थी, चंद्रमा पहले ही से निकले हुए थे जिसकी चांदनी ने दिलचस्प जमीन में फैलकर अजीब समां जमा रखा था। दो घण्टे बीत जाने पर माधवी भी लौट आई थी मगर उस मकान में या उसके चारों तरफ अपनी किसी लौंडी या सहेली को न देख घबरा गई और उस समय तो उसका कलेजा और भी दहलने लगा जब उसने देखा कि अभी तक घर में चिराग तक नहीं जला। उसने भी इधर-उधर ढूंढ़ना नापसंद किया और सीधे उसी सुरंग के पास पहुंची। अपनी सब सखियों और लौंडियों को भी वहां पाया और यह भी देखा कि इंद्रजीतसिंह गीले कपड़े पहिरे सुरंग के मुहाने से नीचे की तरफ आ रहे हैं।

क्रोध में भरी माधवी ने अपनी सखियों की तरफ देखकर धीरे से कहा, ''लानत है तुम लोगों की गफलत पर! इसीलिए तुम हरामखोरिनों को मैंने वहां रखा था!'' गुस्सा ज्यादे चढ़ आया था और होंठ कांप रहे थे इससे कुछ और ज्यादे न कह सकी, फिर भी इंद्रजीतसिंह के नीचे आने तक बड़ी कोशिश से माधवी ने अपने गुस्से को

पचाया और बनावटी तौर पर हंसकर इंद्रजीतसिंह से पूछा, "क्या आप उस नहर के अंदर गए थे?"

इंद्र–हां।

माधवी–भला यह कौन-सी नादानी थी! न मालूम इसके अंदर कितने कीड़े-मकोड़े और बिच्छू होंगे। हम लोगों को तो डर के मारे कभी यहां खड़े होने का भी हौसला नहीं पड़ता।

इंद्र–घूमते-फिरते चश्मे का तमाशा देखते यहां तक आ पहुंचे, जी में आया कि देखें यह गुफा कितनी दूर तक चली गई है। जब अंदर गए तो पानी में भीगकर लौटना पड़ा।

माधवी–खैर चलिए कपड़े बदलिए।

कुंअर इंद्रजीतसिंह का खयाल और भी मजबूत हो गया। वह सोचने लगे कि इस सुरंग में जरूर कोई भेद है, तभी तो ये सब घबड़ाई हुई यहां आ जमा हुईं।

इंद्रजीतसिंह आज तमाम रात सोच-विचार में पड़े रहे। इनके रंग-ढंग से माधवी का भी माथा ठनका और वह भी रात-भर चारों तरफ खयाल दौड़ाती रही।

तेरहवां बयान

दूसरे दिन खा-पीकर निश्चिंत होने के बाद दोपहर को जब दोनों एकांत में बैठे तो इंद्रजीतसिंह ने माधवी से कहा–

"अब मुझसे सब्र नहीं हो सकता, आज तुम्हारा ठीक-ठीक हाल सुने बिना कभी न मानूंगा और इससे बढ़कर निश्चिंत का समय भी दूसरा न मिलेगा।"

माधवी–जी हां, आज मैं जरूर अपना हाल कहूंगी।

इंद्र–तो बस कह चलो, अब देर काहे की है? पहले यह बताओ कि तुम्हारे मां-बाप कहां हैं और यह सरजमीन किस इलाके में है जिसके अंदर मैं बेहोश करके लाया गया?

माधवी–यह इलाका गयाजी का है, यहां के राजा की मैं लड़की हूं, इस समय मैं खुद मालिक हूं, मां-बाप को मरे पांच वर्ष हो गए।

इंद्र–ओफ ओह, तो मैं गयाजी के इलाके में आ पहुंचा! (कुछ सोचकर) तो तुम मेरे लिए चुनार गई थीं?

माधवी–जी हां, मैं चुनार गई थी और यह अंगूठी जो आपके हाथ में है सौदागर की मार्फत मैंने ही आपके पास भेजी थी।

इंद्र–हां ठीक है, तो मालूम पड़ता है, किशोरी भी तुम्हारा ही नाम है।

किशोरी के नाम ने माधवी को चौंका दिया और घबराहट में डाल दिया। मालूम हुआ जैसे उसकी छाती में किसी ने बड़ी जोर से मुक्का मारा हो। फौरन उसका खयाल उस सुरंग पर गया जिसके अंदर से गीले कपड़े पहिरे हुए इंद्रजीतसिंह निकले थे। वह सोचने लगी, "इनका उस सुरंग के अंदर जाना बेसबब नहीं था, या तो कोई मेरा दुश्मन आ पहुंचा या मेरी सखियों में से किसी ने भंडा फोड़ा।" इसी वक्त से इंद्रजीतसिंह का खौफ भी उसके कलेजे में बैठ गया और वह इतना घबराई कि किसी तरह अपने को सम्हाल न सकी, बहाना करके उनके पास से उठ खड़ी हुई और बाहर दालान में जाकर टहलने लगी।

इंद्रजीतसिंह भी चेहरे के चढ़ाव-उतार से उसके चित्त का भाव समझ गए और बहाना करके बाहर जाती समय उसे रोकना मुनासिब न समझकर चुप रहे।

आधे घण्टे तक माधवी उस दालान में टहलती रही, जब उसका जी कुछ ठिकाने हुआ तब उसने टहलना बंद किया और एक दूसरे कमरे में चली गई जिसनें उसको दो सखियों का डेरा था जिन्हें वह जान से ज्यादे मानती थी और जिनका बहुत कुछ भरोसा भी रखती थी। ये दोनों सखियां भी जिनका नाम ललिता और तिलोत्तमा था उसे बहुत चाहती थीं और ऐयारी विद्या को भी अच्छी तरह जानती थीं।

माधवी को कुसमय आते देख उसकी दोनों सखियां जो इस वक्त पलंग पर लेटी हुई कुछ बातें कर रही थीं, घबराकर उठ बैठीं और तिलोत्तमा ने आगे बढ़कर पूछा, "बहिन, क्या है जो इस वक्त यहां आई हो? तुम्हारे चेहरे पर तरद्दुद की निशानी पाई जाती है।"

माधवी–क्या कहूं बहिन, इस समय वह बात हुई जिसकी कभी उम्मीद न थी!

ललिता–सो क्य, कुछ कहो तो!

माधवी–चलो बैठो कहती हूं, इसीलिए तो आई हूं।

बैठने के बाद कुछ देर तक तो माधवी चुप रही, इसके बाद इंद्रजीतसिंह से जो कुछ बातचीत हुई थी कहकर बोली, "इसमें कोई शक नहीं कि किशोरी का कोई दूत यहां आ पहुंचा और उसी ने यह सब भेद खोला है। मैं तो उसी समय खटकी थी जब इनको गीले कपड़े पहिरे सुरंग के मुंह पर देखा था। बड़ी ही मुश्किल हुई, मैं इनको यहां से बाहर अपने महल में भी नहीं ले जा सकती, क्योंकि वह चाण्डाल सुनेगा तो पूरी दुर्गत कर डालेगा, और मैं उस पर किसी तरह का दबाव भी नहीं डाल सकती क्योंकि राज्य का काम बिलकुल उसी के हाथ में है, जब चाहे चौपट कर डाले! जब राज्य ही नष्ट हुआ तो फिर यह सुख कहां? अभी तक तो इंद्रजीतसिंह का हाल उसे बिलकुल नहीं मालूम है मगर अब क्या होगा सो नहीं कह सकती!"

माधवी घण्टे-भर तक अपनी चालाक सखियों से राय मिलाती रही, आखिर जो कुछ करना था उसे निश्चय कर वहां से उठी और उस कमरे में पहुंची जिसमें इंद्रजीतसिंह को छोड़ आई थी।

जब तक माधवी अपनी सखियों के साथ बैठी बातचीत करती रही तब तक हमारे इंद्रजीतसिंह भी अपने ध्यान में डूबे रहे। अब माधवी के साथ उन्हें कैसा बर्ताव करना चाहिए और किस चालाकी से अपना पल्ला छुड़ाना चाहिए सो सब उन्होंने सोच लिया और उसी ढंग पर चलने लगे।

जब माधवी इंद्रजीतसिंह के पास आई तो उन्होंने पूछा, "क्यों एकदम घबराकर कहां चली गई थीं?"

माधवी–न मालूम क्यों जी मिचला गया था, इसीलिए दौड़ी चली गई। कुछ गरमी भी मालूम होने लगी, जाकर एक कै की तब होश ठिकाने हुए।

इंद्र–अब तबीयत कैसी है?

माधवी–अब तो अच्छी है।

इसके बाद इंद्रजीतसिंह ने कुछ छेड़छाड़ न की और हंसी-खुशी में दिन बिता दिया, क्योंकि जो कुछ करना था वह तो दिल में था, जाहिर में तकरार कर माधवी के दिल में शक पैदा करना मुनासिब न समझा।

माधवी को तो मालूम ही था कि वह शाम को चिराग जले बाद इंद्रजीतसिंह से पूछकर दो घण्टे के लिए न मालूम किस राह से कहीं जाया करती थी, आज भी अपने वक्त पर उसने जाने का इरादा किया और इंद्रजीतसिंह से छुट्टी मांगी।

इंद्र–न मालूम क्यों तुमसे कुछ ऐसी मोहब्बत हो गई है कि एक पल को भी आंखों के सामने से दूर जाने देने को जी नहीं चाहता, मुझे उम्मीद है कि तुम मेरी बात मान लोगी और कहीं जाने का इरादा न करोगी।

माधवी–(खुश होकर) शुक्र है कि आपको मेरा इतना ध्यान है, अगर ऐसी मर्जी है तो मैं बहुत जल्द लौट आऊंगी।

इंद्र–आज तो नहीं जाने देंगे। अहा, देखो कैसी घटा उठी आ रही है, वाह! इस समय भी तुम्हारे जी में कुछ रस नहीं पैदा होता!

इस समय इंद्रजीतसिंह ने दो-एक बातें जिस ढंग से माधवी से कीं इसके पहले नहीं की थीं इसलिए उसके जी की कली खिली जाती थी, मगर वह ऐसे फेर में पड़ी हुई थी कि जी ही जानता होगा, न तो इंद्रजीतसिंह को नाखुश करना चाहती थी और न अपने नित के काम में ही बाधा डालने की ताकत रखती थी। आखिर कुछ सोच-विचारकर इस समय इंद्रजीतसिंह का हुक्म मानना ही उसने मुनासिब समझा और हंसी-खुशी में दिल बहलाया। आज चारपाई पर लेटे हुए इंद्रजीतसिंह के पास रहकर उनको अपने जाल में फंसाने के लिए उसने क्या-क्या काम किए इसे हम अपनी सीधी-सादी लेखनी से लिखना पसंद नहीं करते, हमारे मनचले पाठक बिना समझे भी न रहेंगे। माधवी को इस बात का बिलकुल खयाल न था कि शादी होने पर ही किसी से हंसना-बोलना मुनासिब है। वह जी का आ जाना ही शादी समझती थी। चाहे वह अभी तक कुंआरी ही क्यों न हो मगर मेरा जी नहीं चाहता कि मैं उसे कुंआरी लिखूं,

क्योंकि उसका चाल-चलन ठीक न था। यह सभी कोई जानते हैं कि खराब चाल-चलन रहने का नतीजा बहुत बुरा होता है मगर माधवी के दिल में इसका गुमान भी न था।

इंद्रजीतसिंह के रोकने से माधवी अपने मामूली तौर पर जहां वह रोज जाती थी आज न गई मगर इस सबब से आज उसका जी बेचैन था। आधी रात के बाद जब इंद्रजीतसिंह गहरी नींद में सो रहे थे वह अपनी चारपाई से उठी और जहां रोज जाती थी चली गई, हां आने में उसे आज बहुत देर लगी। इसी बीच में इंद्रजीतसिंह की आंख खुली और माधवी का पलंग खाली देख उन्हें निश्चय हो गया कि आज भी वह अपने रोज के ठिकाने पर जरूर गई।

वह कौन ऐसी जगह है जहां बिना गए माधवी का जी नहीं मानता और ऐसा करने से वह एक दिन भी अपने को क्यों नहीं रोक सकती? इसी सोच-विचार में इंद्रजीतसिंह को फिर नींद न आई और वह बराबर जागते ही रह गए। जब माधवी आई तब वह जाग रहे थे मगर इस तरह खुर्राटे लेने लगे कि माधवी को उनके जागते रहने का जरा भी गुमान न हुआ।

इसी सोच-विचार और दांव-घात में कई दिन बीत गये और इंद्रजीतसिंह ने उसका शाम का जाना बिलकुल रोक दिया। वह अब भी आधी रात को बराबर जाया करती और सुबह होने के पहले ही लौट आती।

एक दिन रात को इंद्रजीतसिंह खूब होशियार रहे और किसी तरह अपनी आंखों में नींद को न आने दिया, एक बारीक कपड़े से मुंह ढंके चारपाई पर लेटे धीरे-धीरे खुर्राटे लेते रहे।

आधी रात के बाद माधवी अपने पलंग पर से उठी और धीरे-धीरे इंद्रजीतसिंह के पास आकर कुछ देर तक देखती रही। जब उसे निश्चय हो गया कि वह सो रहे हैं तब उसने अपने आंचल के साथ बंधी ताली से एक अलमारी खोली और उसमें से एक लंबी चाभी निकाल फिर इंद्रजीतसिंह के पास आई तथा कुछ देर तक खड़ी रहकर, वह सो रहे हैं इस बात का निश्चय कर लिया। इसके बाद उसने वह शमादान गुल कर दिया जो एक तरफ खूबसूरत चौकी के ऊपर जल रहा था।

माधवी की यह सब कार्रवाई इंद्रजीतसिंह देख रहे थे। जब उसने शमादान गुल किया और कमरे के बाहर जाने लगी वह अपनी चारपाई से उठ खड़े हुए और दबे कदम तथा अपने को हर तरह से छिपाए हुए उसके पीछे रवाना हुए।

सोनेवाले कमरे से बाहर निकल माधवी एक दूसरी कोठरी के पास पहुंची और उसी चाभी से जो उसने अलमारी में से निकाली थी उस कोठरी का ताला खोला मगर अंदर जाकर फेर बंद कर लिया। कुंअर इंद्रजीतसिंह इससे ज्यादे कुछ न देख सके और अफसोस करते हुए उसी कमरे की तरफ लौटे जिसमें उनका पलंग था।

अभी कमरे के दरवाजे तक पहुंचे भी न थे कि पीछे से किसी ने उनके मोढ़े पर हाथ रखा। वे चौंके और पीछे फिरकर देखने लगे। एक औरत नजर पड़ी मगर उसे किसी तरह पहचान न सके। उस औरत ने हाथ के इशारे से उन्हें मैदान की तरफ चलने के लिए कहा और इंद्रजीतसिंह भी बेखटके उसके पीछे मैदान में दूर तक चले गए। वह औरत एक जगह खड़ी हो गई और बोली, "क्या तुम मुझे पहचान सकते हो?" इसके जवाब में इंद्रजीतसिंह ने कहा, "नहीं, तुम्हारी-सी काली औरत तो आज तक मैंने देखी ही नहीं!"

समय अच्छा था, आसमान पर बादल के टुकड़े इधर-उधर घूम रहे थे, चंद्रमा निकला हुआ था जो कभी-कभो बादलों में छिप जाता और थोड़ी ही देर में फिर साफ दिखाई देता था। वह औरत बहुत ही काली थी और उसके कपड़े भी गीले थे। इंद्रजीतसिंह उसे पहचान न सके, तब उसने अपना बाजू खोला और एक जख्म का दाग उन्हें दिखाकर फिर पूछा, "क्या अब भी तुम मुझे नहीं पहचान सकते?"

इंद्र–(खुश होकर) क्या मैं तुम्हें चाची कहकर पुकार सकता हूं?

औरत–हां, बेशक पुकार सकते हो।

इंद्र–अब मेरी जान बची, अब मैं समझा कि यहां से निकल भागूंगा।

औरत–अब तो तुम यहां से बखूबी निकल जा सकते हो क्योंकि जिस राह से माधवी जाती है वह तुमने देख ही लिया है और उस जगह को भी बखूबी जान गए होगे जहां वह ताली रखती है, मगर खाली निकल भागने में मजा नहीं है। मैं चाहती हूं कि इसके साथ ही कुछ फायदा भी हो। आखिर मेरा यहां आना ही किस काम का होगा और उस मेहनत का नतीजा भी क्या निकलेगा जो तुम्हारा पता लगाने के लिए हम लोगों ने की है? सिवाय इसके तुम यह भी क्योंकर जान सकते हो कि माधवी कहां जाती है या क्या करती है?

इंद्र–हां बेशक, इस तरह तो सिवाय भागने के और कोई फायदा नहीं हो सकता फिर जो हुक्म करो मैं तैयार हूं।

औरत–जब माधवी उस राह से बाहर जाए तो उसके पीछे हो जाने से उसका सब हाल मालूम होगा और हमारा काम भी निकलेगा।

इंद्र–मगर यह कैसे हो सकेगा? वह तो कोठरी के अंदर जाते ही ताला बंद कर लेती है।

औरत–हां सो ठीक है, मगर तुमने देखा होगा कि उस दरवाजे के बीचोबीच में ताला जड़ा है जिसे खोलकर वह अंदर गई और फिर उसी ताले को भीतर से बंद कर दिया।

इंद्र–मैंने अच्छी तरह खयाल नहीं किया।

औरत–मैं बखूबी देख चुकी हूं, उस ताले में बाहर-भीतर दोनों तरफ से ताली लगती है।

इंद्र–खैर इससे मतलब?

औरत–मतलब यही है कि अगर इसी तरह की एक ताली हमारे पास भी हो तो उसके पीछे जाने का अच्छा मौका मिले।

इंद्र–अगर ऐसा हो तो क्या बात!

औरत–यह कोई बड़ी बात नहीं, जहां वह ताली रखती है वह जगह तो तुम्हें मालूम ही होगी?

इंद्र–हां मालूम है।

औरत–बस तो मुझे वह जगह बता दो और तुम आराम करो, मैं कल आकर उस ताली का सांचा ले जाऊंगी और परसों उसी तरह की दूसरी ताली बना लाऊंगी।

जहां ताली रहती थी उस जगह का पता पूछकर वह काली औरत चली गई और इंद्रजीतसिंह अपने पलंग पर जाकर सो रहे।

चौदहवां बयान

इंद्रजीतसिंह ने दूसरे दिन पुनः नियत समय पर माधवी को जाने न दिया, आधी रात तक हंसी-दिल्लगी ही में काटी, इसके बाद दोनों अपने-अपने पलंग पर सो रहे। कुमार को तो खुटका लगा ही हुआ था कि आज वह काली औरत आवेगी इसलिए उन्हें नींद न आई, बारीक चादर से मुंह ढांके पड़े रहे, मगर माधवी थोड़ी ही देर में सो गई।

वह काली औरत भी अपने मौके पर आ पहुंची। पहले तो उसने दरवाजे पर खड़े होकर झांका, जब सन्नाटा मालूम हुआ अंदर चली आई और दरवाजा धीरे से बंद कर लिया। इंद्रजीतसिंह उठ बैठे। उसने अपने मुंह पर उंगली रख चुप रहने का इशारा किया और माधवी के पास पहुंचकर उसे देखा, मालूम हुआ कि वह अच्छी तरह सो रही है।

काली औरत ने अपने बटुए में से बेहोशी की बुकनी निकाली और धीरे से माधवी को सुंघा दिया। थोड़ी देर तक खड़ी रहने के बाद माधवी की नब्ज देखी, जब विश्वास हो गया कि वह बेहोश हो गई तब उसके आंचल से ताली खोल ली और अलमारी में से सुरंग (जिस राह से माधवी आती-जाती थी) की ताली निकाल कर मोम पर उसका सांचा लिया और फिर उसी तरह ताली अलमारी में रख ताला बंद कर अलमारी की ताली पुनः माधवी के आंचल में बांध इंद्रजीतसिंह के पास आकर बोली, ''मैं सांचा ले चुकी, अब जाती हूं, कल दूसरी ताली बनाकर लाऊंगी, तुम माधवी को रात-भर इसी तरह बेहोश पड़ी रहने दो। आज वह अपने ठिकाने न जा सकी इसीलिए सबेरे देखना कैसा घबड़ाती है।''

सुबह को कुछ दिन चढ़े माधवी की आंख खुली, घबराकर उठ बैठी। उसने अपने दिल का भाव बहुत कुछ छिपाया, मगर उसके चेहरे पर बदहवासी बनी रही जिससे

इंद्रजीतसिंह समझ गए कि रात इसकी आंख न खुली और रोज की जगह पर न जा सकी, इसका इसे बहुत रंज है। दूसरे दिन आधी रात बीतने पर इंद्रजीतसिंह को सोता समझ माधवी अपने पलंग पर से उठी, शमादान बुझाकर अलमारी में से ताली निकाली और कमरे के बाहर हो उसी कोठरी के पास पहुंची, ताला खोल अंदर गई और भीतर से ताला बंद कर लिया। इंद्रजीतसिंह भी छिपे हुए माधवी के साथ-ही-साथ कमरे के बाहर निकले थे, जब वह कोठरी के अंदर चली गई तो यह इधर-उधर देखने लगे, उस काली औरत को भी पास ही मौजूद पाया।

माधवी के जाने के आधी घड़ी बाद काली औरत ने उसी नई ताली से कोठरी का दरवाजा खोला जो बमूजिब सांचे के आज वह बनाकर लाई थी। इंद्रजीतसिंह को साथ ले अंदर जाकर फिर वह ताला बंद कर दिया। भीतर बिलकुल अंधेरा था इसलिए काली औरत को अपने बटुए से सामान निकाल मोमबत्ती जलानी पड़ी जिससे मालूम हुआ कि इस छोटी-सी कोठरी में केवल बीस-पचीस सीढ़ियां नीचे उतरने के लिए बनी हैं, अगर बिना रोशनी किए ये दोनों आगे बढ़ते तो बेशक नीचे गिरकर अपने सिर, मुंह या पैर से, हाथ धोते।

दोनों नीचे उतरे, वहां एक बंद दरवाजा और मिला, वह भी उसी ताली से खुल गया। अब एक बहुत लंबी सुरंग में दूर तक जाने की नौबत पहुंची। गौर करने से साफ मालूम होता था कि यह सुरंग पहाड़ी के नीचे-नीचे तैयार की गई है, क्योंकि चारों तरफ सिवाय पत्थर के ईंट-चूना-लकड़ी दिखाई नहीं पड़ती थी। यह सुरंग अंदाज में दो सौ गज लंबी होगी। इसे तै करने के बाद फिर बंद दरवाजा मिला। उसे खोलने पर यहां भी ऊपर चढ़ने के लिए वैसी ही सीढ़ियां मिलीं जैसी शुरू में पहली कोठरी खोलने पर मिली थीं। काली औरत समझ गई कि अब यह सुरंग खतम हो गई और इस कोठरी का दरवाजा खुलने से हम लोग जरूर किसी मकान या कमरे में पहुंचेंगे, इसलिए उसने कोठरी को अच्छी तरह देख-भालकर मोमबत्ती गुल कर दी।

हम ऊपर लिख आए हैं और फिर याद दिलाते हैं कि सुरंग में जितने दरवाजे हैं सभी में इसी किस्म के ताले लगे हैं जिनमें बाहर-भीतर दोनों तरफ से चाभी लगती है, इस हिसाब से ताला लगाने का सूराख इस पार से उस पार तक ठहरा, अगर दरवाजे के उस तरफ अंधेरा न हो तो उस सूराख में आंख लगाकर उधर की चीज बखूबी देखने में आ सकती है।

जब काली औरत मोमबत्ती गुल कर चुकी तो उसी ताली के सूराख से आती हुई एक बारीक रोशनी कोठरी के अंदर मालूम पड़ी। उस ऐयारा ने सूराख में आंख लगाकर देखा। एक बहुत बड़ा आलीशान कमरा बड़े तकल्लुफ से सजा हुआ नजर पड़ा, उसी कमरे में बेशकीमती मसहरी पर एक अधेड़ आदमी के पास बैठी कुछ बातचीत और हंसी-दिल्लगी करती हुई माधवी भी दिखाई पड़ी। अब विश्वास हो गया कि इसी से मिलने के लिए माधवी रोज आया करती है। इस मर्द में किसी तरह की

खूबसूरती न थी तिस पर भी माधवी न मालूम इसकी किस खूबी पर जी जान से मर रही थी और यहां जाने में अगर इंद्रजीतसिंह विघ्न डालते थे तो क्यों इतना परेशान हो जाती थी।

उस काली औरत ने इंद्रजीतसिंह को भी उधर का हाल देखने के लिए कहा। कुमार बहुत देर तक देखते रहे। उन दोनों में क्या बातचीत हो रही थी सो तो मालूम न हुआ मगर उनके हाव-भाव में मुहब्बत की निशानी पाई जाती थी। थोड़ी देर के बाद दोनों पलंग पर सो रहे। उसी समय कुंअर इंद्रजीतसिंह ने चाहा कि ताला खोलकर उस कमरे में पहुंचें और दोनों नालायकों को कुछ सजा दें मगर काली औरत ने ऐसा करने से उन्हें रोका और कहा, "खबरदार, ऐसा इरादा भी न करना, नहीं तो हमारा बना-बनाया खेल बिगड़ जाएगा और बड़े-बड़े हौसलों के पहाड़ मिट्टी में मिल जाएंगे, बस इस समय सिवाय वापस चलने के और कुछ मुनासिब नहीं है।"

काली औरत ने जो कुछ कहा लाचार इंद्रजीतसिंह को मानना और वहां से लौटना ही पड़ा। उसी तरह ताला खोलते और बंद करते बराबर चले आए और उस कमरे के दरवाजे पर पहुंचे जिसमें इंद्रजीतसिंह सोया करते थे। कमरे में अंदर न जाकर काली औरत इंद्रजीतसिंह को मैदान में ले गई और नहर के किनारे एक पत्थर की चट्टान पर बैठने के बाद दोनों में यों बातचीत होने लगी–

इंद्र–तुमने उस कमरे में जाने से व्यर्थ ही मुझे रोक दिया।

औरत–ऐसा करने से क्या फायदा होता! यह कोई गरीब कंगाल का घर नहीं है बल्कि ऐसे की अम्लदारी है जिसके यहां हजारों बहादुर और एक-से-एक लड़ाके मौजूद हैं, क्या बिना गिरफ्तार हुए तुम निकल जाते! कभी नहीं। तुम्हारा यह सोचना भी ठीक नहीं है कि जिस राह से मैं आती-जाती हूं उसी राह से तुम भी इस सरजमीन के बाहर हो जाओगे क्योंकि वह राह सिर्फ हमीं लोगों के आने-जाने लायक है, तुम उससे किसी तरह नहीं जा सकते, फिर जान-बूझकर अपने को आफत में फंसाना कौन बुद्धिमानी थी।

इंद्र–क्या जिस राह से तुम आती-जाती हो उससे मैं नहीं जा सकता?

औरत–कभी नहीं, इसका खयाल भी न करना।

इंद्र–सो क्यों?

औरत–इसका सबब भी जल्दी ही मालूम हो जाएगा।

इंद्र–खैर तो अब क्या करना चाहिए?

औरत–अब तुम्हें सब्र करके दस-पंद्रह दिन और इसी जगह रहना मुनासिब है।

इंद्र–अब मैं किस तरह उस बदकारा के साथ रह सकूंगा।

औरत–जिस तरह भी हो सके!

इंद्र–खैर फिर इसके बाद क्या होगा?

औरत–इसके बाद यह होगा कि तुम सहज ही में न सिर्फ इस खोह के बाहर ही न जाओगे बल्कि एकदम से यहां का राज्य भी तुम्हारे कब्जे में आ जाएगा।

इंद्र–क्या वह कोई राजा था जिसके पास माधवी बैठी थी।

औरत–नहीं, यह राज्य माधवी का है, और वह उसका दीवान था।

इंद्र–माधवी तो अपने राज्य का कुछ भी नहीं देखती।

औरत–अगर वह इस लायक होती तो दीवान की खुशामद क्यों करती!

इंद्र–इस हिसाब से तो दीवान ही को राजा कहना चाहिए।

औरत–बेशक!

इंद्र–खैर, अब तुम क्या करोगी?

औरत–इसके बताने की अभी कोई जरूरत नहीं, दस-बारह दिन बाद मैं तुमसे मिलूंगी और जो कुछ इतने दिनों में कर सकूंगी उसका हाल कहूंगी, बस अब मैं जाती हूं, दिल को जिस तरह हो सके सम्हालो और माधवी पर किसी तरह यह मत जाहिर होने दो कि उसका भेद तुम पर खुल गया या तुम उससे कुछ रंज हो, इसके बाद देखना कि इतना बड़ा राज्य कैसे सहज ही में हाथ लगता है जिसका मिलना हजारों सिर कटने पर भी मुश्किल है।

इंद्र–खैर यह तमाशा भी जरूर ही देखने लायक होगा।

औरत–अगर बन पड़ा तो इस वादे के बीच में एक-दो दफे आकर तुम्हारी सुध ले जाऊंगी।

इंद्र–जहां तक हो सके जरूर आना।

इसके बाद वह काली औरत चली गई और इंद्रजीतसिंह अपने कमरे में आकर सो रहे।

पाठक समझते होंगे कि इस काली औरत या इंद्रजीतसिंह ने जो कुछ किया या कहा-सुना किसी को मालूम नहीं हुआ, मगर नहीं, वह भेद उसी वक्त खुल गया और काली औरत के काम में बाधा डालनेवाला भी कोई पैदा हो गया बल्कि उसने उसी वक्त से छिपे-छिपे अपनी कार्रवाई भी शुरू कर दी जिसका हाल माधवी को मालूम न हो सका।

पन्द्रहवां बयान

अब इस जगह थोड़ा-सा हाल इस राज्य का और साथ ही इसके माधवी का भी लिख देना जरूरी है।

किशोरी की मां अर्थात् शिवदत्त की रानी दो बहिनें थीं। एक जिसका नाम कलावती था शिवदत्त के साथ ब्याही थी और दूसरी मायावती गया के राजा चंद्रदत्त

से ब्याही थी। इसी मायावती की लड़की यह माधवी थी जिसका हाल हम ऊपर लिख आए हैं।

माधवी को दो वर्ष की छोड़कर उसकी मां मर गई थी, मगर माधवी का बाप चंद्रदत्त होशियार होने पर माधवी को गद्दी देकर मरा था। अब आप समझ गये होंगे कि माधवी और किशोरी दोनों आपस में मौसेरी बहिनें थीं।

माधवी का बाप चंद्रदत्त बहुत ही शौकीन और ऐयाश आदमी था। अपनी रानी को जान से ज्यादे मानता था, खास राजधानी गयाजी छोड़कर प्रायः राजगृह में रहा करता था जो गया से दो मंजिल पर एक बड़ा भारी मशहूर तीर्थ है। यह दिलचस्प और खुशनुमा पहाड़ी उसे कुछ ऐसी भायी कि साल में दस महीने इसी जगह रहा करता। एक आलीशान मकान भी बनवा लिया। यह खुशनुमा और दिलचस्प जमीन जिसमें कुमार इंद्रजीतसिंह बेबस पड़े हैं कुदरती तौर पर पहले ही की बनी हुई थी मगर इसमें आने-जाने का रास्ता और यह मकान चंद्रदत्त ही ने बनवाया था।

माधवी के मां-बाप दोनों ही शौकीन थे। माधवी को अच्छी शिक्षा देने का उन लोगों को जरा भी ध्यान न था। वह दिन-रात लाड़-प्यार ही में पला करती थी और एक खूबसूरत और चंचल दाई की गोद में रहकर अच्छी बातों के बदले हाव-भाव ही सीखने में खुश रहती थी, इसी सबब से इसका मिजाज लड़कपन ही से खराब हो रहा था। बच्चों की तालीम पर यदि उनके मां-बाप ध्यान न दे सकें तो मुनासिब है कि उन्हें किसी ज्यादे उम्रवाली और नेकचलन दाई की गोद में दे दें, मगर माधवी के मां-बाप को इसका कुछ भी खयाल न था और आखिर इसका नतीजा बहुत ही बुरा निकला।

माधवी के समय में इस राज्य में तीन आदमी मुखिया थे, बल्कि यों कहना चाहिए कि इस राज्य का आनंद ये ही तीनों ले रहे थे और तीनों दोस्त एकदिल हो रहे थे। इनमें से एक तो दीवान अग्निदत्त था, दूसरा कुबेरसिंह सेनापति, और तीसरा धर्मसिंह जो शहर की कोतवाली करता था।

अब हम अपने किस्से की तरफ झुकते हैं और उस तालाब पर पहुंचते हैं जिसमें एक नौजवान औरत को पकड़ने के लिए योगिनी और बनचरी कूदी थीं। आज इस तालाब पर हम अपने कई ऐयारों को देखते हैं जो आपस में बातचीत और सलाह करके कोई भारी आफत मचाने की तरकीब जमा रहे हैं।

पण्डित बद्रीनाथ, भैरोसिंह और तारासिंह तालाब के ऊपर पत्थर के चबूतरे पर बैठे यों बातचीत कर रहे हैं–

भैरो–कुमार को वहां से निकाल ले आना तो कोई बड़ी बात नहीं है।

तारा–मगर उन्हें भी तो कुछ सजा देनी चाहिए जिनकी बदौलत कुमार इतने दिनों से तकलीफ उठा रहे हैं।

भैरो–जरूर, बिना सजा दिए जी कब मानेगा?

बद्री–जहां तक हम समझते हैं कलवाली राय बहुत अच्छी है।

भैरो–उससे बढ़कर कोई राय नहीं हो सकती, ये लोग भी क्या कहेंगे कि किसी से काम पड़ा था!

बद्री–यहां तो बस ललिता और तिलोत्तमा ही शैतानी की जड़ हैं, सुनते हैं उनकी ऐयारी भी बहुत बढ़ी-चढ़ी है।

तारा–पहले उन्हीं दोनों की खबर ली जाएगी।

भैरो–नहीं-नहीं, इसकी कोई जरूरत नहीं। उन्हें गिरफ्तार किए बिना ही हमारा काम चल जाएगा, व्यर्थ कई दिन बर्बाद करने का मौका नहीं है।

तारा–हां यह ठीक है, हमें उसकी इतनी जरूरत भी नहीं है, और क्या ठिकाना जब तक हम लोग अपना काम करें तब तक वे चाची के फंदे में आ फंसें।

भैरो–बेशक ऐसा ही होगा, क्योंकि उन्होंने कहा भी था कि तुम लोग इस काम को करो तब तक बन पड़ेगा तो मैं ललिता और तिलोत्तमा को भी फांस लूंगा।

बद्री–खैर जो होगा देखा जाएगा, अब हम लोग अपने काम में क्यों देर कर रहे हैं।

भैरो–देर की जरूरत क्या है। उठिए, हां, पहले अपना-अपना शिकार बांट लीजिए।

बद्री–दीवान साहब को मेरे लिए छोड़िए।

भैरो–हां, आपका वजन बराबर है, अच्छा मैं सेनापति की खबर लूंगा।

तारा–तो वह चाण्डाल कोतवाल मेरे बांटे पड़ा! खैर यही सही।

भैरो–अच्छा अब यहां से चलो।

ये तीनों ऐयार वहां से उठे ही थे कि दाहिनी तरफ से छींक की आवाज आई।

बद्री–धत्तेरे की, क्या तेरे छींकने का कोई दूसरा समय न था?

तारा–क्या आप छींक से डर गए?

बद्री–मैं छींक से नहीं डरा मगर छींकनेवाले से जी खटकता है।

भैरो–हमारे काम में विघ्न पड़ता दिखाई देता है।

बद्री–इस दुष्ट को पकड़ना चाहिए, बेशक यह चुपके-चुपके हमारी बातें सुनता रहा।

तारा–छींक नहीं बदमाशी है!

बद्रीनाथ ने इधर-उधर बहुत ढूंढ़ा मगर छींकनेवाले का पता न लगा।

लाचार तरद्दुद ही में तीनों वहां से रवाना हुए।

॥ पहला भाग समाप्त ॥

दूसरा भाग

पहिला बयान

घण्टा-भर दिन बाकी है। किशोरी अपने उसी बाग में जिसका कुछ हाल ऊपर लिख चुके हैं कमरे की छत पर सात-आठ सखियों के बीच में उदास तकिए के सहारे बैठी आसमान की तरफ देख रही है। सुगंधित हवा के झोंके उसे खुश किया चाहते हैं मगर वह अपनी धुन में ऐसी उलझी हुई है कि दीन-दुनिया की खबर नहीं है। आसमान पर पश्चिम की तरफ लालिमा छाई है। श्याम रंग के बादल ऊपर की तरफ उठ रहे हैं, जिनमें तरह-तरह की सूरतें बात-की-बात में पैदा होती और देखते-देखते बदलकर मिट जाती हैं। अभी यह बादल का टुकड़ा खंड पर्वत की तरह दिखाई देता था, अभी उसके ऊपर शेर की मूरत नजर आने लगी, लीजिए, शेर की गर्दन इतनी बढ़ी कि साफ ऊंट की शक्ल बन गई और लमहे-भर में हाथी का रूप धर सूंड़ दिखाने लगी, उसी के पीछे हाथ में बंदूक लिए एक सिपाही की शक्ल नजर आई लेकिन वह बंदूक छोड़ने के पहले खुद ही धुआं होकर फैल गया।

बादलों की यह ऐयारी इस समय न मालूम कितने आदमी देख-देखकर खुश होते होंगे। मगर किशोरी के दिल की धड़कन इसे देख-देखकर बढ़ती ही जाती है। कभी तो उसका सिर पहाड़-सा भारी हो जाता है, कभी माधवी बाघिन की सूरत ध्यान में आती है, कभी बाकरअली शुतुरमुहार की बदमाशी याद आती है, कभी हाथ में बंदूक लिये हरदम जान लेने को तैयार बाप की याद तड़पा देती है।

कमला को गए कई दिन हुए, आज तक वह लौटकर नहीं आई, इस सोच ने किशोरी को और भी दुखी कर रखा है। धीरे-धीरे शाम हो गई, सखियां सब पास बैठी ही रहीं मगर सिवाय ठंडी-ठंडी सांस लेने के किशोरी ने किसी से बातचीत न की और वे सब भी दम न मार सकीं।

कुछ रात जाते-जाते बादल अच्छी तरह से घिर आए, आंधी भी चलने लगी। किशोरी छत पर से नीचे उतर आई और कमरे के अंदर मसहरी पर जा लेटी। थोड़ी ही देर बाद कमरे के सदर दरवाजे का पर्दा हटा और कमला अपनी असली सूरत में आती दिखाई पड़ी।

कमला के न आने से किशोरी उदास हो रही थी, उसे देखते ही पलंग पर से उठी, आगे बढ़कर कमला को गले लगा लिया और गद्दी पर अपने पास ला बैठाया, कुशल-मंगल पूछने के बाद बातचीत होने लगी–

किशोरी–कहो बहिन, तुमने इतने दिनों में क्या-क्या काम किया? उनसे मुलाकात भी हुई या नहीं?

कमला–मुलाकात क्यों न होती? आखिर मैं गई थी किसलिए!

किशोरी–कुछ मेरा हालचाल भी पूछते थे?

कमला–तुम्हारे लिए तो जान देने को तैयार हैं, क्या हाल-चाल भी न पूछेंगे? बस दो ही एक दिन में तुमसे मुलाकात हुआ चाहती है।

किशोरी–(खुश होकर) हां! तुम्हें मेरी ही कसम, मुझसे झूठ न बोलना!

कमला–क्या तुम्हें विश्वास है कि मैं तुमसे झूठ बोलूंगी?

किशोरी–नहीं-नहीं, मैं ऐसा नहीं समझती हूं, लेकिन इस खयाल से कहती हूं कि कहीं दिल्लगी न सूझी हो।

कमला–ऐसा कभी मत सोचना।

किशोरी–खैर यह कहो, माधवी की कैद से उन्हें छुट्टी मिली या नहीं और अगर मिली तो क्योंकर?

कमला–इंद्रजीतसिंह को माधवी ने उसी पहाड़ी के बीचवाले मकान में रखा था जिसमें पारसाल मुझे और तुम्हें दोनों की आंखों में पट्टी बांधकर ले गई थी।

किशोरी–बड़े बेढब ठिकाने छिपा रखा था।

कमला–मगर वहां भी उनके ऐयार लोग पहुंच गए!

किशोरी–भला वे लोग क्यों न पहुंचेंगे, हां तब क्या हुआ?

कमला–(किशोरी की सखियों और लौंडियों की तरफ देख के) तुम लोग जाओ, अपना काम करो।

किशोरी–हां, अभी काम नहीं है, फिर बुलावेंगे तो आना।

सखियों और लौंडियों के चले जाने पर कमला ने देर तक बातचीत करने के बाद कहा–

''माधवी का और अग्निदत्त दीवान का हाल भी चालाकी से इंद्रजीतसिंह ने जान लिया, आजकल उनके कई ऐयार वहां पहुंचे हुए हैं, ताज्जुब नहीं कि दस-पांच दिन में वे लोग उस राज्य ही को गारत कर डालें।''

किशोरी–मगर तुम तो कहती हो कि इंद्रजीतसिंह वहां से छूट गए।

कमला–हां, इंद्रजीतसिंह तो वहां से छूट गए मगर उनके ऐयारों ने अभी तक माधवी का पीछा नहीं छोड़ा, इंद्रजीतसिंह के छुड़ाने का बंदोबस्त तो उनके ऐयारों ही ने किया था मगर आखिर में मेरे ही हाथ से उन्हें छुट्टी मिली। मैं उन्हें चुनार

पहुंचाकर तब यहां आई हूं और जो कुछ मेरी जुबानी उन्होंने तुम्हें कहला भेजा है उसे कहना तथा उनकी बात मानना ही मुनासिब समझती हूं।

किशोरी—उन्होंने क्या कहा है?

कमला—यों तो वे मेरे सामने बहुत कुछ बक गए मगर असल मतलब उनका यही है कि तुम चुपचाप चुनार उनके पास बहुत जल्द पहुंच जाओ।

किशोरी—(देर तक सोचकर) मैं तो अभी चुनार जाने को तैयार हूं मगर इसमें बड़ी हंसाई होगी।

कमला—अगर तुम हंसाई का खयाल करोगी तो बस हो चुका, क्योंकि तुम्हारे मां-बाप इंद्रजीतसिंह के पूरे दुश्मन हो रहे हैं, जो तुम चाहती हो उसे वे खुशी से कभी मंजूर न करेंगे। आखिर जब तुम अपने मन की करोगी तभी लोग हंसेंगे, ऐसा ही है तो इंद्रजीतसिंह का ध्यान दिल से दूर करो या फिर बदनामी कबूल करो।

किशोरी—तुम सच कहती हो, एक-न-एक दिन बदनामी होनी ही है क्योंकि इंद्रजीतसिंह को मैं किसी तरह भूल नहीं सकती। आखिर तुम्हारी क्या राय है?

कमला—सखी, मैं तो कहूंगी कि अगर तुम इंद्रजीतसिंह को नहीं भूल सकतीं तो उनसे मिलने के लिए इससे बढ़कर कोई दूसरा मौका तुम्हें न मिलेगा। चुनार में जाकर बैठ रहोगी तो कोई भी तुम्हारा कुछ बिगाड़ न सकेगा, आज कौन ऐसा है जो महाराज बीरेन्द्रसिंह से मुकाबला करने का साहस रखता हो? तुम्हारे पिता अगर ऐसा करते हैं तो यह उनकी भूल है। आज सुरेन्द्रसिंह के खानदान का सितारा बड़ी तेजी से आसमान पर चमक रहा है और उनसे दुश्मनी का दावा करना अपने को मिट्टी में मिला देना है।

किशोरी—ठीक है, मगर इस तरह वहां चले जाने से इंद्रजीतसिंह के बड़े लोग कब खुश होंगे?

कमला—नहीं, नहीं ऐसा मत सोचो, क्योंकि तुम्हारी और इंद्रजीतसिंह की मुहब्बत का हाल वहां किसी से छिपा नहीं है। सभी लोग जानते हैं कि इंद्रजीतसिंह तुम्हारे बिना जी नहीं सकते, फिर उन लोगों को इंद्रजीतसिंह से कितनी मुहब्बत है यह तुम खुद जानती हो, अस्तु ऐसी दशा में वे लोग तुम्हारे जाने से कब नाखुश हो सकते हैं? दूसरे, दुश्मन की लड़की अपने घर में आ जाने से वे लोग अपनी जीत समझेंगे। मुझे महारानी चन्द्रकान्ता ने खुद कहा था कि जिस तरह बने तुम समझा-बुझाकर किशोरी को ले आओ, बल्कि उन्होंने अपनी खास सवारी का रथ और कई लौंडी, गुलाम भी मेरे साथ भेजे हैं!

किशोरी—(चौंककर) क्या उन लोगों को अपने साथ लाई हो!

कमला—हां, जब महारानी चन्द्रकान्ता की इतनी मुहब्बत तुम पर देखी तभी तो मैं भी वहां चलने के लिए राय देती हूं।

किशोरी–अगर ऐसा है तो मैं किसी तरह रुक नहीं सकती, अभी तुम्हारे साथ चली चलूंगी, मगर देखो सखी, तुम्हें बराबर मेरे साथ रहना पड़ेगा।

कमला–भला मैं कभी तुम्हारा साथ छोड़ सकती हूं!

किशोरी–अच्छा तो यहां किसी से कुछ कहना-सुनना तो है नहीं?

कमला–किसी से कुछ कहने की जरूरत नहीं, बल्कि तुम्हारी इन सखियों और लौंडियों को भी कुछ पता न लगना चाहिए जिनको मैंने इस समय यहां से हटा दिया है।

किशोरी–वह रथ कहां खड़ा है?

कमला–इसी बगलवाली आम की बारी में रथ और चुनार से आए हुए लौंडी-गुलाम सब मौजूद हैं।

किशोरी–खैर चलो, देखा जाएगा, राम मालिक है।

किशोरी को साथ ले कमला चुपके से कमरे के बाहर निकली और पेड़ों में छिपती हुई बाग से निकलकर बहुत जल्द उस आम की बारी में जा पहुंची जिसमें रथ और लौंडी-गुलामों के मौजूद रहने का पता दिया था। वहां किशोरी ने कई लौंडी-गुलामों और उस रथ को भी मौजूद पाया जिसमें बहुत तेज चलनेवाले ऊंचे काले रंग के नागौरी बैलों की जोड़ी जुती हुई थी। किशोरी और कमला दोनों सवार हुईं और रथ तेजी के साथ रवाना हुआ।

इधर घण्टा-भर बीत जाने पर भी जब किशोरी ने अपनी सखियों और लौंडियों को आवाज न दी तब वे लाचार होकर बिना बुलाए उस कमरे में पहुंचीं जिसमें कमला और किशोरी को छोड़ गई थीं मगर वहां दोनों में से किसी को भी मौजूद न पाया। घबराकर इधर-उधर ढूंढ़ने लगीं, कहीं पता न चला। तमाम बाग छान डाला पर किसी की सूरत दिखाई न पड़ी। सभों में खलबली मच गई मगर क्या हो सकता था!

आधी रात तक कोलाहल मचा रहा। उस समय कमला भी वहां आ मौजूद हुई। सभों ने उसे चारों तरफ से घेर लिया और पूछा, "हमारी किशोरी कहां है?"

कमला–यह क्या मामला है जो तुम लोग इस तरह घबड़ा रही हो? क्या किशोरी कहीं चली गईं?

एक–चली नहीं गईं तो कहां हैं! तुम उन्हें कहां छोड़ आईं?

कमला–क्या किशोरी को मैं अपने साथ ले गई थी जो मुझसे पूछती हो? वह कब से गायब हैं?

एक–पहर-भर से तो हम लोग ढूंढ़ रही हैं! तुम दोनों इसी कमरे में बातें कर रही थीं। हम लोगों को हट जाने के लिए कहा, फिर न मालूम क्या हुआ, कहां चली गईं।

कमला—बस-बस, अब मैं समझ गई, तुम लोगों ने धोखा खाया, मैं तो अभी चली ही आती हूं। हाय, यह क्या हुआ! बेशक दुश्मन अपना काम कर गए और हम लोगों को आफत में डाल गए। हाय, अब मैं क्या करूं, कहां जाऊं, किससे पूछूं कि मेरी प्यारी किशोरी को कौन ले गया।

दूसरा बयान

किशोरी खुशी-खुशी रथ पर सवार हुई और रथ तेजी से जाने लगा। वह कमला भी उसके साथ थी, इंद्रजीतसिंह के विषय में तरह-तरह की बातें कहकर उसका दिल बहलाती जाती थी। किशोरी भी बड़े प्रेम से उन बातों को सुनने में लीन हो रही थी। कभी सोचती कि जब इंद्रजीतसिंह के सामने जाऊंगी तो किस तरह खड़ी होऊंगी, क्या कहूंगी? अगर वे पूछ बैठेंगे कि तुम्हें किसने बुलाया तो क्या जवाब दूंगी? नहीं-नहीं, वे ऐसा कभी न पूछेंगे क्योंकि मुझ पर प्रेम रखते हैं। मगर उनके घर की औरतें मुझे देखकर अपने दिल में क्या कहेंगी। वे जरूर समझेंगी कि किशोरी बड़ी बेहया औरत है। इसे अपनी इज्जत और प्रतिष्ठा का कुछ भी ध्यान नहीं है। हाय, उस समय तो मेरी बड़ी ही दुर्गति होगी, जिंदगी जंजाल हो जाएगी, किसी को मुंह न दिखा सकूंगी!

ऐसी ही बातों को सोचती, कभी खुश होती कभी इस तरह बेसमझे-बूझे चल पड़ने पर अफसोस करती थी। कृष्ण पक्ष की सप्तमी थी, अंधेरे ही में रथ के बैल बराबर दौड़े जा रहे थे। चारों तरफ से घेरकर चलनेवाले सवारों के घोड़ों की टापों की बढ़ती हुई आवाज दूर-दूर तक फैल रही थी। किशोरी ने पूछा, "क्यों कमला, क्या लौंडियां भी घोड़ों ही पर सवार होकर साथ-साथ चल रही हैं?" जिसके जवाब में कमला सिर्फ "जी हां," कहकर चुप हो रही।

अब रास्ता खराब और पथरीला आने लगा, पहियों के नीचे पत्थर के छोटे-छोटे ढोकों के पड़ने से रथ उछलने लगा, जिसकी धमक से किशोरी के नाजुक बदन में दर्द पैदा हुआ।

किशोरी—ओफ ओह, अब तो बड़ी तकलीफ होने लगी।

कमला—थोड़ी दूर तक रास्ता खराब है, आगे हम अच्छी सड़क पर जा पहुंचेंगे।

किशोरी—मालूम होता है हम लोग सीधी और साफ सड़क छोड़ किसी दूसरी ही तरफ से जा रहे हैं।

कमला—जी नहीं।

किशोरी—नहीं क्या? जरूर ऐसा ही है।

कमला–अगर ऐसा भी है तो क्या बुरा हुआ? हम लोगों की खोज में जो निकलें वे पा तो न सकेंगे।

किशोरी–(कुछ सोचकर) खैर जो किया अच्छा किया, मगर रथ का पर्दा तो उठा जरा हवा लगे और इधर-उधर की कैफियत देखने में आवे, रात का तो समय है।

लाचार होकर कमला ने रथ का पर्दा उठा दिया और किशोरी ताज्जुब-भरी निगाहों से दोनों तरफ देखने लगी।

अब तक तो रात अंधेरी थी, मगर अब विधाता ने किशोरी को यह बताने के लिए कि देख तू किस बला में फंसी हुई है, तेरे रथ को चारों तरफ से घेरकर चलने वाले सवार कौन हैं, तू किस राह से जा रही है, यह पहाड़ी जंगल कैसा भयानक है–आसमान पर माहताबी जलाई। चंद्रमा निकल आया और धीरे-धीरे ऊंचा होने लगा जिसकी रोशनी में किशोरी ने कुल सामान देख लिए और एकदम चौंक उठी। चारों तरफ की भयानक पहाड़ी और जंगल ने उसका कलेजा दहला दिया। उसने उन सवारों की तरफ अच्छी तरह देखा जो रथ घेरे हुए साथ-साथ जा रहे थे। वह बखूबी समझ गई कि इन सवारों में, जैसा कि कहा गया था, कोई भी औरत नहीं सब मर्द हैं। उसे निश्चय हो गया कि वह आफत में फंस गई है और घबराहट में नीचे लिखे कई शब्द उसकी जुबान से निकल पड़े–

"चुनार तो पूरब है, मैं दक्खिन तरफ क्यों जा रही हूं? इन सवारों में तो एक भी लौंडी नजर नहीं आती। बेशक मुझे धोखा दिया गया। मैं निश्चय कह सकती हूं कि मेरी प्यारी कमला कोई दूसरी ही है, अफसोस!"

रथ में बैठी हुई कमला किशोरी के मुंह से इन बातों को सुनकर होशियार हो गई और झट रथ से नीचे कूद पड़ी, साथ ही बहलवान ने भी बैलों को रोका और सवारों ने बहुत पास आकर रथ को घेर लिया।

कमला ने चिल्लाकर कुछ कहा जिसे किशोरी बिलकुल न समझ सकी, हां एक सवार घोड़े से नीचे उतर पड़ा और कमला उसी घोड़े पर सवार हो तेजी के साथ पीछे की तरफ लौट गई।

अब किशोरी को अपने धोखा खाने और आफत में फंस जाने का पूरा विश्वास हो गया और वह एकदम चिल्लाकर बेहोश हो गई।

तीसरा बयान

सुबह का सुहावना समय भी बड़ा ही मजेदार होता है। जबर्दस्त भी परले सिरे का है। क्या मजाल कि इसकी अमलदारी में कोई धूम तो मचावे, इसके आने की खबर दो घण्टे पहले ही से हो जाती है। वह देखिए आसमान के जगमगाते हुए तारे कितनी

बेचैनी और उदासी के साथ हसरत-भरी निगाहों से जमीन की तरफ देख रहे हैं जिनकी सूरत और चलाचली की बेचैनी देख बागों की सुंदर कलियों ने भी मुस्कुराना शुरू कर दिया है। अगर यही हालत रही तो सुबह होने तक जरूर खिलखिलाकर हंस पड़ेंगी।

लीजिए अब दूसरा ही रंग बदला। प्रकृति की न मालूम किस ताकत ने आसमान की स्याही को धो डाला और इसकी हुकूमत की रात बीतते देख उदास तारों को भी बिदा होने का हुक्म सुना दिया। इधर बेचैन तारों की घबराहट देख अपने हुस्न और जमाल पर भूली हुई खिलखिलाकर हंसनेवाली कलियों को सुबह की ठंडी-ठंडी हवा ने खूब ही आड़े हाथों लिया और मारे थपेड़ों के उनके उस बनाव को बिगाड़ना शुरू कर दिया जो दो ही घण्टे पहले प्रकृति की किसी लौंडी ने दुरुस्त कर दिया था।

मोतियों से ज्यादे आबदार ओस की बूंदों को बिगड़ते और हंसती हुई कलियों का शृंगार मिटते देख उनकी तरफदार खुशबू से न रहा गया, झट फूलों से अलग हो सुबह की ठंडी हवा से उलझ पड़ीं और इधर-उधर फैल धूम मचाना शुरू कर दिया। अपनी फरियाद सुनाने के लिए उन नौजवानों के दिमागों में घुस-घुसकर उन्हें उठाने की फिक्र करने लगीं जो रात-भर जाग-जागकर इस समय खूबसूरत पलंगड़ियों पर सुस्त पड़ रहे थे। जब उन्होंने कुछ न सुना और करवट बदलकर रह गए तो मालियों को जा घेरा। ये झट उठ बैठे और कमर कसकर उस जगह पहुंचे जहां फूलों और उमंग भरे हवा के झपेटों से कहा-सुनी हो रही थी। कमबख्त छोटे लोगों का यह दिमाग कहां कि ऐसों का फैसला करें, बस फूलों को तोड़-तोड़कर चंगेर भरने लगे। चलो छुट्टी हुई, न रहे बांस न बजे बांसुरी। क्या अच्छा झगड़ा मिटाया है! इसके बदले में वे बड़े-बड़े दरख्त खुश हो हवा की मदद से झुक-झुककर मालियों को सलाम करने लगे जिनकी टहनियों में एक भी फूल दिखाई नहीं देता था। ऐसा क्यों न करें? उनमें था ही क्या जो दूसरों को महक देते, अपनी सूरत सभों को भाती है और अपना-सा होते देख सभी खुश होते हैं।

लीजिए उन परीजमालों ने भी पलंग का पीछा छोड़ा और उठते ही आईने के मुकाबिल हो बैठीं जिनके बनाव को चाहनेवालों ने रात-भर में बिथोरकर रख दिया था। झटपट अपनी सम्बुली जुल्फों को सुलझा, माहताबी चेहरों को गुलाबजल से साफ कर, अलबेली चाल से अठखेलियां करती, चम्पई दुपट्टा संभालती, रविशों पर घूमने और फूलों के मुकाबिले में रुक-रुककर पूछने लगीं कि 'कहिए आप अच्छे या हम'? जब जवाब न पाया हाथ बढ़ा तोड़ लिया और बालियों में झुमकी की जगह रख आगे बढ़ीं। गुलाब की पटरी तक पहुंची थीं कि कांटों ने आंचल पकड़ा और इशारे से कहा, "जरा ठहर जाइए, आपके इस तरह लापरवाह जाने से उलझन होती है, और नहीं तो चार आंखें ही करने और आंसू पोंछते जाइए!"

जाने दीजिए ये सब घमंडी हैं। हमें तो कुछ उन लोगों की कुलबुलाहट भली मालूम होती है जो सुबह होने के दो घण्टे पहले ही उठ, हाथ-मुंह धो, जरूरी कामों से छुट्टी पा बगल में धोती दबा गंगाजी की तरफ लपके जाते हैं और वहां पहुंच स्नान कर, भस्म या चंदन लगा, पटरों पर बैठ संध्या करते-करते सुबह के सुहावने समय का आनंद पतितपावन श्रीगंगाजी की पापनाशिनी तरंगों से ले रहे हैं। इधर गुप्ती में घुसी उंगलियों ने प्रेमानंद में मग्न मनराज की आज्ञा से गिरिजापति का नाम ले एक दाना पीछे हटाया और उधर तरनतारिनी भगवती जान्हवी की लहरें तख्तों ही से छू-छूकर दस-बीस जन्म का पाप बहा ले गईं। सुगंधित हवा के झपेटे कहते फिरते हैं–"जरा ठहर जाइए, अर्घा न उठाइए, अभी भगवान सूर्यदेव के दर्शन देर में होंगे, तब तक आप कमल के फूलों को खोलकर इस तरह पर श्रीगंगाजी को चढ़ाइए कि लड़ी टूटने न पावे, फिर देखिए देवता उसे खुद-ब-खुद मालाकार बना देते हैं या नहीं!!"

ये सब तो सत्पुरुषों के काम हैं जो यहां भी आनंद ले रहे हैं और वहां भी मजा लूटेंगे। आप जरा मेरे साथ चलकर उन दो दिलजलों की सूरत देखिए जो रात-भर जागते और इधर-उधर दौड़ते रहे हैं और सुबह के सुहावने समय में एक पहाड़ की चोटी पर चढ़ चारों तरफ देखते हुए सोच रहे हैं कि किधर जाएं , क्या करें? चाहे वे कितने ही बेचैन क्यों न हों मगर पहाड़ों से टक्कर खाते हुए सुबह की ठंडी-ठंडी हवा के झोंकों के डपटने और हिलाकर जताने से उन छोटे-छोटे जंगली फूलों के पौधों की तरफ नजर डाल ही देते हैं जो दूर तक कतार बांधे मस्ती से झूम रहे हैं, उन क्यारियों की तरफ ताक ही देते हैं जिनके फूल ओस के बोझ से तंग हो टहनियां छोड़ पत्थर के ढोकों का सहारा ले रहे हैं, उन साखू और शीशम के पत्तों की घनघनाहट सुन ही लेते हैं जो दक्खिन से आती हुई सुगंधित हवा को रोके, रहे-सहे जहर को चूस, गुणकारी बना उन तक आने का हुक्म देते हैं।

इन दो आदमियों में से एक तो लगभग बीस वर्ष की उम्र का बहादुर सिपाही है जो ढाल-तलवार के इलावे हाथ में तीर-कमान लिये बड़ी मुस्तैदी से खड़ा है, मगर दूसरे के बारे में हम कुछ नहीं कह सकते कि वह कौन या किस दर्जे और इज्जत का आदमी है। इसकी उम्र चाहे पचास से ज्यादे क्यों न हो मगर अभी तक इसके चेहरे पर बल का नाम-निशान नहीं है, जवानों की तरह खूबसूरत चेहरा दमक रहा है, बेशकीमत पोशाक और हरबों की तरफ खयाल करने से तो यही कहने को जी चाहता है कि किसी फौज का सेनापति है, मगर नहीं, इसका रोआबदार और गंभीर चेहरा इशारा करता है कि यह कोई बहुत ही ऊंचे दर्जे का है जो कुछ देर से खड़ा एकटक वायुकोण की तरफ देख रहा है।

सूर्य की किरणों के साथ-ही-साथ लाल वर्दी के बेशुमार फौजी आदमी उत्तर से दक्खिन की तरफ जाते दिखाई पड़े जिससे इस बहादुर का चेहरा जोश में आकर और भी दमक उठा और यह धीरे-से बोला, "लो हमारी फौज भी आ पहुंची!"

थोड़ी ही देर में वह फौज इस पहाड़ी के नीचे आकर रुक गई जिन पर ये दोनों खड़े थे और एक आदमी पहाड़ के ऊपर चढ़ता हुआ दिखाई दिया जो बहुत जल्द इन दोनों के पास पहुंचकर खड़ा हो गया।

इस नए आए हुए आदमी की उम्र भी पचास से कम न होगी। इनके सिर और मूंछों के बाल चौथाई सुफेद हो चुके थे। कद के साथ-साथ खूबसूरत चेहरा भी कुछ लंबा था। इसका रंग सिर्फ गोरा ही न था बल्कि अभी तक रगों में दौड़ती हुई सुर्खी इसके गालों पर अच्छी तरह उभड़ रही थी, बड़ी-बड़ी स्याह और जोश-भरी आंखों में गुलाबी डोरियां बहुत भली मालूम होती थीं। इसकी पोशाक ज्यादे कीमत की या कामदार न थी, मगर कम दाम की भी न थी। उम्दे और मोटे स्याह मखमल की इतनी चुस्त थी कि उसके अंगों की सुडौली कपड़े के ऊपर से जाहिर हो रही थी। कमर में सिर्फ एक खंजर और लपेटा हुआ कमंद दिखाई देता था, बगल में सुर्ख मखमल का एक बटुआ भी लटक रहा था।

पाठकों को ज्यादे देर तक हैरानी में न डालकर साफ-साफ कह देना ही पसंद करते हैं कि यह तेजसिंह हैं और इनके पहले पहुंचे हुए दोनों आदमियों में एक राजा बीरेन्द्रसिंह और दूसरे उनके लड़के कुंअर आनंदसिंह हैं, जिनके लिए हमें ऊपर बहुत कुछ फजूल बक जाना पड़ा।

राजा बीरेन्द्रसिंह और तेजसिंह कुछ देर तक सलाह करते रहे, इसके बाद तीनों बहादुर पहाड़ी के नीचे उतर अपनी फौज में मिल गए और दिल खुश करने के सिवाय बहादुरों को जोश में भर देनेवाले बाजे की आवाज के तालों पर एक साथ कदम रखती हुई वह फौज दक्खिन की तरफ रवाना हुई।

चौथा बयान

हम ऊपर लिख आए हैं कि माधवी के यहां तीन आदमी अर्थात् दीवान अग्निदत्त, कुबेरसिंह सेनापति और धर्मसिंह कोतवाल मुखिया थे और तीनों मिलकर माधवी के राज्य का आनंद लेते थे।

इन तीनों में अग्निदत्त का दिन बहुत मजे में कटता था क्योंकि एक तो वह दीवान के मर्तबे पर था, दूसरे माधवी ऐसी खूबसूरत औरत उसे मिली थी। कुबेरसिंह और धर्मसिंह इसके दिली दोस्त थे, मगर कभी-कभी जब उन दोनों को माधवी का ध्यान आ जाता तो चित्त की वृत्ति बदल जाती और जी में कहते कि 'अफसोस, माधवी मुझे न मिली!'

पहले इन दोनों को यह खबर न थी कि माधवी कैसी है। बहुत कहने-सुनने से एक दिन दीवान साहब ने इन दोनों को माधवी को देखने का मौका दिया था। उसी

दिन से इन दोनों ही के जी में माधवी की सूरत चुभ गई थी और उसके बारे में बहुत कुछ सोचा करते थे।

आज हम आधी रात के समय दीवान अग्निदत्त को अपने सुनसान कमरे में अकेले चारपाई पर लेटे किसी सोच में डूबे हुए देखते हैं। न मालूम वह क्या सोच रहा है या किस फिक्र में पड़ा है, हां एक दफे उसके मुंह से यह आवाज जरूर निकली–"कुछ समझ में नहीं आता! इसमें तो कोई संदेह नहीं कि उसने अपना दिल खुश करने का कोई सामान वहां पैदा कर लिया है। तो मैं बेफिक्र क्यों बैठा हूं? खैर पहले अपने दोस्तों से तो सलाह ले लूं।" यह कहने के साथ ही वह चारपाई से उठ बैठा और कमरे में धीरे-धीरे टहलने लगा, आखिर उसने खूंटी से लटकती हुई अपनी तलवार उतार ली और मकान के नीचे उतर आया।

दरवाजे पर बहुत से सिपाही पहरा दे रहे थे। दीवान साहब को कहीं जाने के लिए तैयार देख ये लोग भी साथ चलने को तैयार हुए, मगर दीवान साहब के मना करने से उन लोगों को लाचार हो उसी जगह अपने काम पर मुस्तैद रहना पड़ा।

अकेले दीवान साहब वहां से रवाना हुए और बहुत जल्दी कुबेरसिंह सेनापति के मकान पर जा पहुंचे जो इनके यहां से थोड़ी ही दूर पर एक सुंदर सजे हुए मकान में बड़े ठाठ के साथ रहता था।

दीवान साहब को विश्वास था कि इस समय सेनापति अपने ऐशमहल में आनंद से सोता होगा, वहां से बुलवाना पड़ेगा, मगर नहीं दरवाजे पर पहुंचते ही पहरेवालों से पूछने पर मालूम हुआ कि सेनापति साहब अभी तक अपने कमरे में बैठे हैं, बल्कि कोतवाल साहब भी इस समय उन्हीं के पास हैं।

अग्निदत्त यह सोचता हुआ ऊपर चढ़ गया कि आधी रात के समय कोतवाल यहां क्यों आया है और ये दोनों इस समय क्या सलाह-विचार कर रहे हैं। कमरे में पहुंचते ही देखा कि सिर्फ वे ही दोनों एक गद्दी पर तकिए के सहारे लेटे हुए कुछ बात कर रहे हैं जो यकायक दीवान साहब को अंदर पैर रखते देख उठ खड़े हुए और सलाम करने के बाद सेनापति साहब ने ताज्जुब में आकर पूछा–

"यह आधी रात के समय आप घर से क्यों निकले?"

दीवान–ऐसा ही मौका आ पड़ा, लाचार सलाह करने के लिए आप दोनों से मिलने की जरूरत हुई।

कोतवाल–आइए बैठिए, कुशल तो है?

दीवान–हां कुशल ही कुशल है, मगर कई खुटकों ने जी बेचैन कर रखा है।

सेनापति–सो क्या? कुछ कहिए भी तो!

दीवान–हां कहता हूं, इसीलिए तो आया हूं, मगर पहले (कोतवाल की तरफ देखकर) आप तो कहिए, इस समय यहां कैसे पहुंचे?

कोतवाल–मैं तो यहां बहुत देर से हूं, सेनापति साहब की विचित्र कहानी ने ऐसा उलझा रखा था कि बस क्या कहूं, हां आप अपना हाल कहिए, जी बेचैन हो रहा है।

दीवान–मेरा कोई नया हाल नहीं है, केवल माधवी के विषय में कुछ सोचने-विचारने आया हूं।

सेनापति–माधवी के विषय में किस नए सोच ने आपको आ घेरा? कुछ तकरार की नौबत तो नहीं आई!

दीवान–तकरार की नौबत आई तो नहीं मगर आना चाहती है।

सेनापति–सो क्यों?

दीवान–उसके रंग-ढंग आजकल बेढब नजर आते हैं, तभी तो देखिए इस समय मैं यहां हूं, नहीं तो पहर रात के बाद क्या कोई मेरी सूरत देख सकता था।

कोतवाल–इधर तो कई दिन आप अपने मकान ही पर रहे हैं।

दीवान–हां, इन दिनों वह अपने महल में कम आती है, उसी गुप्त पहाड़ी में रहती है, कभी-कभी आधी रात के बाद आती है और मुझे उसकी राह देखनी पड़ती है।

कोतवाल–वहां उसका जी कैसे लगता है?

दीवान–यही तो ताज्जुब है, मैं सोचता हूं कि कोई मर्द वहां जरूर है क्योंकि वह कभी अकेले रहनेवाली नहीं।

कोतवाल–पता लगाना चाहिए।

दीवान–पता लगाने के उद्योग में मैं कई दिन से लगा हूं मगर कुछ हो न सका। जिस दरवाजे को खोलकर वह आती-जाती है उसकी ताली भी इसलिए बनवाई कि धोखे में वहां तक जा पहुंचूं, मगर काम न चला, क्योंकि जाती समय अंदर से वह न मालूम ताले में क्या कर जाती है कि चाभी नहीं लगती है।

कोतवाल–तो दरवाजा तोड़ के वहां पहुंचना चाहिए।

दीवान–ऐसा करने से बड़ा फसाद मचेगा।

कोतवाल–फसाद करके कोई क्या कर लेगा! राज्य तो हम तीनों की मुट्ठी में है।

इतने ही में बाहर किसी आदमी के पैर की चाप मालूम हुई। तीनों देर तक उसी तरफ देखते रहे मगर कोई न आया। कोतवाल यह कहता हुआ कि कहीं कोई छिप के बातें सुनता न हो उठा और कमरे के बाहर जाकर इधर-उधर देखने लगा, मगर किसी का पता न चला, लाचार फिर कमरे में चला आया और बोला, "कोई नहीं है, खाली धोखा हुआ।"

इस जगह विस्तार से यह लिखने की कोई जरूरत नहीं कि इन तीनों में क्या-क्या बातचीत होती रही या इन लोगों ने कौन-सी सलाह पक्की की, हां इतना कहना जरूरी

है कि बातों-ही-बातों में इन तीनों ने रात बिता दी और सबेरा होते ही अपने-अपने घर का रास्ता लिया।

दूसरे दिन पहर रात जाते-जाते कोतवाल साहब के घर में एक विचित्र बात हुई। वे अपने कमरे में बैठे कचहरी के कुछ जरूरी कागजों को देख रहे थे कि इतने ही में शोरगुल की आवाज उनके कानों में आई। गौर करने से मालूम हुआ कि बाहर दरवाजे पर लड़ाई हो रही है। कोतवाल साहब के सामने जो मोमी शमादान जल रहा था उसी के पास एक घण्टी पड़ी हुई थी, उठाकर बजाते ही एक खिदमतगार दौड़ा-दौड़ा सामने आया और हाथ जोड़कर खड़ा हो गया। कोतवाल साहब ने कहा, "दरियाफ्त करो, बाहर कैसा कोलाहल मचा हुआ है?"

खिदमतगार दौड़ा बाहर गया और तुरंत लौटकर बोला, "न मालूम कहां से दो आदमी आपस में लड़ते हुए आए हैं, फरियाद करने के लिए बेधड़क भीतर घुसे आते थे। पहरेवालों ने रोका तो उन्हीं से झगड़ा करने लगे।"

कोतवाल–उन दोनों की सूरत-शक्ल कैसी है?

खिदमतगार–दोनों भले आदमी मालूम पड़ते हैं, अभी मूंछें नहीं निकली हैं, बड़े ही खूबसूरत हैं, मगर खून से तर-बतर हो रहे हैं।

कोतवाल–अच्छा कहो, उन दोनों को हमारे सामने हाजिर करें।

हुक्म पाते ही खिदमतगार फिर बाहर गया और थोड़ी देर में कई सिपाही उन दोनों को लिये हुए कोतवाल के सामने हाजिर हुए। नौकर की बात बिलकुल सच निकली। वे दोनों कम उम्र और बहुत ही खूबसूरत थे, बदन पर लिबास भी बेशकीमती था, कोई हरबा उनके पास न था मगर खून से उन दोनों का कपड़ा तर हो रहा था।

कोतवाल–तुम लोग आपस में क्यों लड़ते हो और हमारे आदमियों से फसाद करने पर उतारू क्यों हुए?

एक–(सलाम करके) हम दोनों भले आदमी हैं, सरकारी सिपाहियों ने बदजुबानी की, लाचार गुस्सा तो चढ़ा ही हुआ था, बिगड़ गई।

कोतवाल–अच्छा इसका फैसला पीछे होता रहेगा, पहले तुम यह कहो कि आपस में क्यों खूनखराबी कर बैठे और तुम दोनों का मकान कहां है?

दूसरा–जी, हम दोनों आपकी रैयत हैं और गयाजी में रहते हैं, दोनों सगे भाई हैं, एक औरत के पीछे लड़ाई हो रही है जिसका फैसला आपसे चाहते हैं, बाकी हाल इतने आदमियों के सामने कहना हम लोग पसंद नहीं करते।

कोतवाल साहब ने सिर्फ उन दोनों को वहां रहने दिया बाकी सभों को वहां से हटा दिया, निराला होने पर फिर उन दोनों से लड़ाई का सबब पूछा।

एक–हम दोनों भाई सरकार से कोई मौजा ठीका लेने के लिए यहां आ रहे थे। यहां से तीन कोस पर एक पहाड़ी है, कुछ दिन रहते ही हम दोनों वहां पहुंचे और

थोड़ा सुस्ताने की नीयत से उतर पड़े, घोड़ों को चरने के लिए छोड़ दिया और एक पेड़ के नीचे पत्थर की चट्टान पर बैठ बातचीत करने लगे...

दूसरा–(सिर हिलाकर) नहीं, कभी नहीं।

पहला–सरकार, इसे हुक्म दीजिए कि चुप रहे, मैं कह लूं तो जो कुछ इनके जी में आए कहे।

कोतवाल–(दूसरे को डांटकर) बेशक ऐसा ही करना होगा!

दूसरा–बहुत अच्छा।

पहला–थोड़ी ही देर बैठे थे कि पास ही किसी औरत के रोने की बारीक आवाज आई जिसके सुनने से कलेजा पानी हो गया।

दूसरा–ठीक, बहुत ठीक।

कोतवाल–(लाल आंखें करके) क्यों जी, तुम फिर बोलते हो?

दूसरा–अच्छा अब न बोलूंगा!

पहला–हम दोनों उठकर उसके पास गए। आह, ऐसी खूबसूरत औरत जो आज तक किसी ने न देखी होगी, बल्कि मैं जोर देकर कहता हूं कि दुनिया में ऐसी खूबसूरत कोई दूसरी न होगी। वह अपने सामने एक तस्वीर को जो चौखटे में जड़ी हुई थी, रखे बैठी थी और उसे देख फूट-फूटकर रो रही थी।

कोतवाल–वह तस्वीर किसकी थी, तुम पहचानते हो?

पहला–जी हां पहचानता हूं, मेरी तस्वीर थी।

दूसरा–झूठ, झूठ, कभी नहीं, बेशक वह तस्वीर आपकी थी! मैं इस समय बैठा उस तस्वीर से आपकी सूरत मिलान कर गया, बिलकुल आपसे मिलती है, इसमें कोई शक नहीं! आप इसके हाथ में गंगाजल देकर पूछिए किसकी तस्वीर थी?

कोतवाल–(ताज्जुब में आकर) क्या मेरी तस्वीर थी?

दूसरा–बेशक आपकी तस्वीर थी, आप इससे कसम देकर पूछिए तो सही।

कोतवाल–(पहले से) क्यों जी, तुम्हारा भाई क्या कहता है?

पहला–जी ई ई...

कोतवाल–(जोर से) कहो साफ-साफ, सोचते क्या हो?

पहला–जी बात तो यही ठीक है, आप ही की तस्वीर थी।

कोतवाल–फिर झूठ क्यों बोले?

पहला–बस यही एक बात झूठ मुंह से निकल गई, अब कोई बात झूठ न कहूंगा, माफ कीजिए।

कोतवाल बेचारा ताज्जुब में आकर सोचने लगा कि उस औरत को मुझसे क्योंकर मुहब्बत हो गई जिसकी खूबसूरती की ये लोग इतनी तारीफ कर रहे हैं? थोड़ी देर बाद फिर पूछा–

कोतवाल—हां तो आगे क्या हुआ?

पहला—(अपने भाई की तरफ इशारा करके) बस यह उस पर आशिक हो गया और उसे तंग करने लगा।

दूसरा—यह भी उस पर आशिक होकर उसे छेड़ने लगा।

पहला—जी नहीं, उसने मुझे कबूल कर लिया और मुझसे शादी करने पर राजी हो गई बल्कि उसने यह भी कहा कि मैं दो दिन तक यहां रहकर तुम्हारा आसरा देखूंगी, अगर तुम पालकी लेकर आओगे तो तुम्हारे साथ चली चलूंगी।

दूसरा—जी नहीं, यह बड़ा भारी झूठा है, जब यह उसकी खुशामद करने लगा तब उसने कहा कि मैं उसी के लिए जान देने को तैयार हूं जिसकी तस्वीर मेरे सामने है। जब इसने उसकी बात न सुनी तो उसने अपनी तलवार से इसे जख्मी किया और मुझसे बोली कि तुम जाकर मेरे दोस्त को जहां हो ढूंढ़ निकालो और कह दो कि मैं तुम्हारे लिए बर्बाद हो गई अब भी तो सुध लो, जब मैंने इसे मना किया तो यह मुझसे झगड़ पड़ा। असल में यही लड़ाई का सबब हुआ।

पहला—जी नहीं, यह संदेशा उसने मुझे दिया क्योंकि यही उसे दुःख दे रहा था।

दूसरा—नहीं, यह झूठ बोलता है।

पहला—नहीं, यह झूठा है, मैं ठीक-ठीक कहता हूं।

कोतवाल—अच्छा, मुझे उस औरत के पास ले चलो, मैं खुद उससे पूछ लूंगा कि कौन झूठा है और कौन सच्चा है।

पहला—क्या अभी तक वह उसी जगह होगी?

दूसरा—जरूर वहां होगी, यह बहाना करता है क्योंकि वहां जाने से यह झूठा साबित हो जाएगा।

पहला—(अपने भाई की तरफ देखकर) झूठा तू साबित होगा। अफसोस तो इतना ही है कि अब मुझे वहां का रास्ता भी याद नहीं।

दूसरा—(पहले की तरफ देखकर) आप रास्ता भूल गए तो क्या हुआ मुझे तो याद है, मैं जरूर आपको वहां ले चलकर झूठा साबित करूंगा! (कोतवाल साहब की तरफ देखकर) चलिए, मैं आपको वहां ले चलता हूं।

कोतवाल—चलो।

कोतवाल साहब तो खुद बेचैन हो रहे थे और चाहते थे कि जहां तक हो वहां जल्द पहुंचकर देखना चाहिए कि वह औरत कैसी है जो मुझ पर आशिक हो तस्वीर सामने रख याद किया करती है। एक पिस्तौल भरी-भराई कमर में रख उन दोनों भाइयों को साथ ले मकान के नीचे उतरे। उनको बाहर जाने के लिए मुस्तैद देख कई सिपाही साथ चलने को तैयार हुए। उन्होंने अपनी सवारी का घोड़ा मंगवाया और उस पर सवार हो सिर्फ अर्दली के दो सिपाही साथ ले उन दोनों भाइयों के पीछे-पीछे रवाना हुए। दो घण्टे बराबर चलते जाने के बाद एक छोटी-सी पहाड़ी के

नीचे पहुंच वे दोनों भाई रुके और कोतवाल साहब को घोड़े से उतरने के लिए कहा।

कोतवाल—क्या घोड़ा आगे नहीं जा सकता?

पहला—घोड़ा आगे जा सकता है मगर मैं दूसरी ही बात सोचकर आपको उतरने के लिए कहता हूं।

कोतवाल—वह क्या?

पहला—जिस औरत के पास आप आए हैं वह इसी जगह है, दो ही कदम आगे बढ़ने से आप उसे बखूबी देख सकते हैं, मगर मैं चाहता हूं कि सिवाय आपके ये दोनों प्यादे उसे देखने न पाएं। इसके लिए मैं किसी तरह जोर नहीं दे सकता मगर इतना जरूर कहूंगा कि आप आगे बढ़ झांककर उसे देख लें फिर अगर जी चाहे तो इन दोनों को भी साथ ले जाएं, क्योंकि वह अपने को गया की रानी बताती हैं।

कोतवाल—(ताज्जुब से) अपने को गया की रानी बताती है?

दूसरा—जी हां।

अब तो कोतवाल साहब के दिल में कोई दूसरा ही शक पैदा हुआ। वह तरह-तरह की बातें सोचने लगे। 'गया की रानी तो हमारी माधवी है, यह दूसरी कहां से पैदा हुई? क्या वह माधवी तो नहीं है? नहीं, नहीं, वह भला यहां क्यों आने लगी! उससे, मुझसे क्या संबंध? वह तो दीवान साहब की हो रही है। मगर वह आई भी हो तो कोई ताज्जुब नहीं, क्योंकि एक दिन हम तीनों दोस्त एक साथ महल में बैठे थे और रानी माधवी वहां पहुंच गई थी, मुझे खूब याद है कि उस दिन उसने मेरी तरफ बेढब तरह से देखा था और दीवान साहब की आंखें बचा घड़ी-घड़ी देखती थी, शायद उसी दिन से मुझ पर आशिक हो गई हो! हाय वह अनोखी चितवन कभी न भूलेगी। अहा, अगर यहां वही हो, और मुझे विश्वास हो कि मुझसे प्रेम रखती है तो क्या बात है! मैं ही राजा हो जाऊं और दीवान साहब को तो बात-की-बात में खपा डालूंगा! मगर ऐसी किस्मत कहां? खैर जो हो इनकी बात मान जरा झांककर देखना तो जरूर चाहिए, शायद ईश्वर ने दिन फेरा ही हो!' ऐसी-ऐसी बहुत-सी बातें सोचते-विचारते कोतवाल साहब घोड़े से उतर पड़े और उन दोनों भाइयों के कहे मुताबिक आगे बढ़े।

यहां से पहाड़ियों का सिलसिला बहुत दूर तक चला गया था। जिस जगह कोतवाल साहब खड़े थे वहां दो पहाड़ियां इस तरह आपस में मिली हुई थीं कि बीच में कोसों तक लंबी दरार मालूम पड़ती थी जिसके बीच में बहता हुआ पानी का चश्मा और दोनों तरफ छोटे-छोटे दरख्त बहुत भले मालूम पड़ते थे। इधर-उधर बहुत-सी कंदराओं पर निगाह पड़ने से यही विश्वास होता था कि ऋषियों और तपस्वियों के प्रेमी अगर यहां आवें तो अवश्य उनके दर्शन से अपना जन्म कृतार्थ कर सकेंगे।

दरार के कोने पर पहुंचकर दोनों भाइयों ने कोतवाल साहब को बाईं तरफ झांकने के लिए कहा। कोतवाल साहब ने झांककर देखा, साथ ही एकदम चौंक पड़े और मारे खुशी के भरे हुए गले से चिल्लाकर बोले, "अहा हा, मेरी किस्मत जागी! बेशक यह रानी माधवी ही तो है!"

पांचवां बयान

कमला को विश्वास हो गया कि किशोरी को कोई धोखा देकर ले भागा। वह उस बाग में बहुत देर तक न ठहरी, ऐयारी के सामान से दुरुस्त थी ही, एक लालटेन हाथ में लेकर वहां से चल पड़ी और बाग से बाहर हो चारों तरफ घूम-घूमकर किसी ऐसे निशान को ढूंढ़ने लगी जिससे यह मालूम हो कि किशोरी किस सवारी पर यहां से गई है, मगर जब तक वह उस आम की बारी में न पहुंची तब तक सिवाय पैरों के चिन्ह के और किसी तरह का कोई निशान जमीन पर दिखाई न पड़ा।

बरसात का दिन था और जमीन अच्छी तरह नम हो गई थी इसलिए आम की बारी में घूम-घूमकर कमला ने मालूम कर लिया कि किशोरी यहां से रथ पर सवार होकर गई है और उसके साथ में कई सवार भी हैं क्योंकि रथ के पहियों का दोहरा निशान और बैलों के खुर जमीन पर साफ मालूम पड़ते थे, इसी तरह घोड़ों के टापों के निशान भी अच्छी तरह दिखाई देते थे।

कमला कई कदम उस निशान की तरफ चली गई जिधर रथ गया था और बहुत जल्द मालूम कर लिया कि किशोरी को ले जानेवाले किस तरफ गए हैं। इसके बाद वह पीछे लौटी और सीधे अस्तबल में पहुंच एक तेज घोड़े पर बहुत जल्द चारजामा कसने का हुक्म दिया।

कमला का हुक्म ऐसा न था कि कोई उससे इनकार करता। घोड़ा बहुत जल्द कसकर तैयार किया गया और कमला उस पर सवार हो तेजी के साथ उस तरफ रवाना हुई जिधर रथ पर सवार होकर किशोरी के जाने का विश्वास हो गया था।

पांच कोस बराबर चले जाने के बाद कमला एक चौराहे पर पहुंची जहां से बाएं तरफ का रास्ता चुनार को गया था, दाहिने तरफ की सड़क रीवां होते हुए गयाजी तक पहुंची थी, तथा सामने का रास्ता एक भयानक जंगल से होता हुआ कई तरफ को फूट गया था।

इस चौमुहानी पर पहुंचकर कमला रुकी और सोचने लगी कि किधर जाऊं? अगर चुनारवाले किशोरी को ले गए होंगे तो इसी बाईं तरफ से गए होंगे, और किशोरी की दुश्मन माधवी ने उसे फंसाया होगा तो रथ दाहिनी तरफ से गयाजी को गया होगा, सामने की सड़क से रथ ले जानेवाला तो कोई खयाल में नहीं आता क्योंकि यह जंगल का रास्ता बहुत ही खराब और पथरीला है।

चंद्रमा निकल आया था और रोशनी अच्छी तरह फैल चुकी थी। कमला घोड़े से नीचे उतर गई और दाहिनी तरफ जमीन पर रथ के पहिये का दाग ढूंढ़ने लगी मगर कुछ मालूम न हुआ, लाचार घोड़े पर सवार हो सोचने लगी कि किधर जाऊं, क्या करूं।

हम पहले लिख आए हैं कि रथ पर जाते-जाते जब किशोरी ने जान लिया कि वह धोखे में डाली गई है तब उसके मुंह से कई शब्द ऐसे निकले जिन्हें सुन नकली कमला होशियार हो गई और रथ के नीचे कूद एक घोड़े पर सवार हो पीछे की तरफ लौट गई।

लौटी हुई नकली कमला ठीक उसी समय घोड़ा दौड़ाती हुई उस चौराहे पर पहुंची जिस समय असली कमला वहां पहुंचकर सोच रही थी कि किधर जाऊं, क्या करूं? असली कमला ने साम्ने से तेजी के साथ आते हुए सवार को देख घोड़ा रोकने के लिए ललकारा मगर वह क्यों रुकने लगी थी, हां उसे असली कमला के दाहिनी तरफ वाली राह पर जाने के लिए घूमना था इसलिए अपने घोड़े की तेजी उसे कम करनी ही पड़ी।

जब असली कमला ने देखा कि सामने से आया हुआ सवार उसके ललकारने से भी किसी तरह नही रुकता और दाहिनी सड़क से निकल जाना चाहता है तो झट कमर से दुनाली पिस्तौल निकालकर उसने घोड़े पर वार किया। गोली लगते ही घोड़ा नकली कमला को लिये जमीन पर गिरा, मगर घोड़े के गिरते ही वह बहुत ही जल्द सम्हलकर उठ खड़ी हुई और उसने भी कमर से दुनाली पिस्तौल निकाल असली कमला पर गोली चलाई।

असली कमला तो पहले ही सम्हली हुई थी, गोली की मार से बच गई, फिर दूसरी गोली आई पर वह भी न लगी। लाचार नकली कमला ने अपनी पिस्तौल फिर भरने का इरादा किया मगर असली कमला ने उसे यह मौका न दिया। दोनों गोली बेकार जाते देख वह समझ गई कि उसकी पिस्तौल खाली हो गई है, हाथ में पिस्तौल लिये वह झट उसके कल्ले पर पहुंच गई और ललकारकर बोली, "खबरदार जो पिस्तौल भरने का इरादा किया , देख मेरी पिस्तौल में दूसरी गोली अभी मौजूद है!" नकली कमला भी यह सोचकर चुपचाप खड़ी रह गई कि अब वह अपने दुश्मन का कुछ नहीं बिगाड़ सकती क्योंकि पिस्तौल की दोनों गोलियां बर्बाद हो चुकी थीं और घोड़ा उसका मर चुका था।

पिस्तौल के अलावे दोनों की कमर में खंजर भी था मगर उसकी जरूरत न पड़ी। असली कमला ने ललकारकर पूछा, "सच बता तू कौन है?"

नकली कमला को जान दे देना कबूल था मगर अपने मुंह से यह बताना मंजूर न था कि वह कौन है। असली कमला ने यह देख अपने घोड़े का ऐसा चपेटा दिया कि वह किसी तरह सम्हल न सकी और जमीन पर गिर पड़ी। जब तक वह होशियार

होकर उठना चाहे तब तक असली कमला झट घोड़े से कूद उसकी छाती पर सवार दिखाई देने लगी।

असली कमला ने जबर्दस्ती उसकी नाक में बेहोशी की दवा ठूंस दी और जब वह बेहोश हो गई तो उसकी छाती पर से उतरकर अलग खड़ी हो गई।

असली कमला जब उसकी छाती पर सवार हुई तो उसे अपनी ही सूरत का पाया, इसलिए समझ गई कि यह कोई ऐयार या ऐयारा है, सिवाय इसके किशोरी की सखियों की जुबानी उसने मालूम कर ही लिया था कि कोई उसी की सूरत बना किशोरी को ले गया है, अब उसे विश्वास हो गया कि किशोरी को इसी ने धोखा दिया है।

थोड़ी देर बाद कमला ने बटुए में से पानी भरी छोटी-सी बोतल निकाली और नकली कमला का मुंह धोकर साफ किया, इसके बाद चकमक से आग निकाल बत्ती जलाकर पहचानना चाहा कि वह कौन है मगर बिना ऐसा किए वह केवल चंद्रमा की ही मदद से पहचान ली गई कि माधवी की सखी ललिता है, क्योंकि कमला उसे अच्छी तरह जानती थी और वर्षों से साथ रहने के सिवाय बराबर मिला-जुला भी करती थी।

कमला को विश्वास तो हो ही गया कि किशोरी को धोखा देकर ले जानेवाली यही ललिता है मगर इस बात का ताज्जुब बना ही रहा कि वह सामने से लौटकर आती हुई क्यों दिखाई पड़ी! कमला यह भी जानती थी कि चाहे जान चली जाए मगर ललिता असल भेद कभी न बतावेगी, इसलिए उसकी जुबानी पता लगाने का उद्योग करना उसने व्यर्थ समझा और अपने साथ ललिता को घोड़े पर लादकर घर की तरफ पलट पड़ी।

रात बिलकुल बीत चुकी थी बल्कि कुछ दिन निकल आया था जब ललिता को लादे हुए कमला घर पहुंची। यहां किशोरी के गायब होने से बड़ा ही हाहाकार मचा हुआ था। उसकी खोज में कई आदमी चारों तरफ जा चुके थे। किशोरी का नाना रणधीरसिंह भारी जमींदार होने के सिवाय बड़ा ही दिमागदार और जबर्दस्त आदमी था। उसने यही समझ रखा था कि शिवदत्त के दुश्मन बीरेन्द्रसिंह की तरफ से यह कार्रवाई की गई है। मगर जब ललिता को लिये हुए कमला पहुंची और उसकी जुबानी सब हाल मालूम हुआ तब माधवी की बदमाशी पर बहुत बिगड़ा। वह माधवी के चाल-चलन पर पहले ही से रंज था मगर कुछ जोर न चलने से लाचार था। आज गुस्से के मारे इस बात का बिलकुल ध्यान न रहा कि माधवी एक भारी राज्य की मालिक है और जबर्दस्त फौज रखती है, उसने कमला के मुंह से सब हाल सुनते ही तलवार हाथ में ले कसम खा ली कि 'जिस तरह हो सकेगा अपने हाथ से माधवी का सिर काट कलेजा ठंडा करूंगा।'

ललिता एक अंधेरी कोठरी में कैद की गई और रणधीरसिंह की आज्ञा पा कमला अपने बड़े भाई हरनामसिंह को साथ ले किशोरी की मदद को पैदल ही रवाना हुई।

कमला आज भी उसी कलवाले रास्ते पर रवाना हुई और दोपहर होते-होते उसी चौराहे पर पहुंची जहां कल ललिता मिली थी। वे दोनों बेधड़क सामनेवाली सड़क पर चले।

चौराहे के आगे लगभग तीन कोस चले जाने के बाद खराब और पथरीली राह मिली जिसे देख हरनामसिंह ने कहा, "इस राह से रथ ले जाने में जरूर तकलीफ हुई होगी।"

कमला–बेशक ऐसा ही हुआ होगा, और मुझे तो अभी तक निश्चय ही नहीं हुआ कि किशोरी इसी राह से गई है।

हरनाम–मगर मैं तो यही समझता हूं कि रथ इसी राह से गया और किशोरी का साथ छोड़ कोई दूसरी कार्रवाई करने के लिए ललिता लौटी थी।

कमला–शायद ऐसा ही हो।

और थोड़ी दूर जाने के बाद पैर की एक पाजेब जमीन पर पड़ी हुई दिखाई दी। हरनामसिंह ने उसे देखते ही उठा लिया और कहा, "बेशक किशोरी इसी राह से गई है, इस पाजेब को मैं खूब पहचानता हूं।"

कमला–अब तो मुझे भी निश्चय हो गया कि किशोरी इधर ही से गई है।

हरनाम–हां, जब उसे मालूम हो गया कि उसने धोखा खाया और दुश्मनों के फंदे में पड़ गई तब उसने यह पाजेब चुपके से जमीन पर फेंक दी।

कमला–इसलिए कि वह जानती थी कि उसकी खोज में बहुत से आदमी निकलेंगे और इधर आकर इस पाजेब को देखेंगे तो जान जाएंगे कि किशोरी इधर ही गई है।

हरनाम–मैं खयाल करता हूं कि आगे चलकर किशोरी की फेंकी हुई और भी कोई चीज हम लोग जरूर देखेंगे।

कमला–बेशक ऐसा ही होगा।

कुछ आगे जाकर दूसरी पाजेब और उससे थोड़ी दूर पर किशोरी के और कई गहने इन लोगों ने पाए। अब कमला को किशोरी के इसी राह से जाने का पूरा विश्वास हो गया और वे दोनों बेधड़क कदम बढ़ाते हुए राजगृह की तरफ रवाना हुए।

छठवां बयान

कुंअर इंद्रजीतसिंह अभी तक उस रमणीक स्थान में विराज रहे हैं। जी कितना ही बेचैन क्यों न हो मगर उन्हें लाचार माधवी के साथ दिन काटना ही पड़ता है। खैर जो होगा देखा जाएगा मगर इस समय दो पहर दिन बाकी रहने पर भी कुंअर

इंद्रजीतसिंह कमरे के अंदर सुनहले पावों की चारपाई पर आराम कर रहे हैं और एक लौंडी धीरे-धीरे पंखा झल रही है। हम ठीक नहीं कह सकते कि उन्हें नींद दबाए हुए है या जान-बूझकर बहठियाये पड़े हैं और अपनी बदकिस्मती के जाल को सुलझाने की तरकीब सोच रहे हैं। खैर इन्हें इसी तरह पड़े रहने दीजिए और आप जरा तिलोत्तमा के कमरे में चलकर देखिए कि वह माधवी के साथ किस तरह की बातचीत कर रही है। माधवी का हंसता हुआ चेहरा कहे देता है कि बनिस्बत और दिनों के आज वह खुश है, मगर तिलोत्तमा के चेहरे से किसी तरह की खुशी नहीं मालूम होती।

माधवी ने तिलोत्तमा का हाथ पकड़कर कहा, "सखी, आज तुझे उतना खुश नहीं पाती हूं जितना मैं खुद हूं।"

तिलोत्तमा–तुम्हारा खुश होना बहुत ठीक है।

माधवी–तो क्या तुम्हें इस बात की खुशी नहीं है कि किशोरी मेरे फंदे में फंस गई और एक कैदी की तरह मेरे यहां तहखाने में बंद है!

तिलोत्तमा–इस बात की तो मुझे भी खुशी है।

माधवी–तो रंज किस बात का है? हां समझ गई, अभी तक ललिता के लौटकर न आने का बेशक तुम्हें दुख होगा।

तिलोत्तमा–ठीक है, मैं ललिता के बारे में भी बहुत कुछ सोच रही हूं। मुझे तो विश्वास हो गया है कि उसे कमला ने पकड़ लिया।

माधवी–तो उसे छुड़ाने की फिक्र करनी चाहिए।

तिलोत्तमा–मुझे इतनी फुरसत नहीं है कि उसे छुड़ाने के लिए जाऊं क्योंकि मेरे हाथ-पैर किसी दूसरे ही तरद्दुद ने बेकार कर दिए हैं जिसकी तुम्हें जरा भी खबर नहीं, अगर खबर होती तो आज तुम्हें भी अपनी ही तरह उदास पाती।

तिलोत्तमा की इस बात ने माधवी को चौंका दिया और वह घबड़ाकर तिलोत्तमा का मुंह देखने लगी।

तिलोत्तमा–मुंह क्या देखती है, मैं झूठ नहीं कहती। तू तो अपने ऐश-आराम में ऐसी मस्त हो रही है कि दीन-दुनिया की खबर नहीं। तू जानती ही नहीं कि दो ही चार दिन में तुझ पर कैसी आफत आनेवाली है। क्या तुझे विश्वास हो गया कि किशोरी तेरी कैद में रह जाएगी, कुछ बाहर की भी खबर है कि क्या हो रहा है? क्या बदनामी ही उठाने के लिए तू गया का राज्य कर रही है? मैं पचास दफे तुझे समझा चुकी कि अपने चाल-चलन को दुरुस्त कर मगर तूने एक न सुनी, लाचार तुझे तेरी मर्जी पर छोड़ दिया और प्रेम के सबब तेरा हुक्म मानती आई मगर अब मेरे सम्हाले नहीं सम्हलता।

माधवी–तिलोत्तमा, आज तुझे क्या हो गया है जो इतना कूद रही है! ऐसी कौन-सी आफत आ गई है जिसने तुझे बदहवास कर दिया है? क्या तू नहीं जानती

कि दीवान साहब इस राज्य का इंतजाम कैसी अच्छी तरह कर रहे हैं और सेनापति तथा कोतवाल अपने काम में कितने होशियार हैं? क्या इन लोगों के रहते हमारे राज्य में कोई विघ्न डाल सकता है?

तिलोत्तमा—यह जरूर ठीक है कि इन तीनों के रहते कोई इस राज्य में विघ्न नहीं डाल सकता, लेकिन तुझे तो इन्हीं तीनों की खबर नहीं! कोतवाल साहब जहन्नुम में चले ही गए, दीवान साहब और सेनापति साहब भी आजकल में जाया चाहते हैं बल्कि चले भी गए हों तो ताज्जुब नहीं।

माधवी—यह तू क्या कह रही है!

तिलोत्तमा—जी हां, मैं बहुत ठीक कहती हूं। बिना परिश्रम ही यह राज्य बीरेन्द्रसिंह का हुआ चाहता है। इसीलिए कहती थी कि इंद्रजीतसिंह को अपने यहां मत फंसा, उनके एक-एक ऐयार आफत के परकाले हैं। मैं कई दिनों से उन लोगों की कार्रवाई देख रही हूं। उन लोगों को छेड़ना ऐसा है जैसा आतिशबाजी की चरखी में आग लगा देना।

माधवी—क्या बीरेन्द्रसिंह को पता लग गया कि उनका लड़का यहां कैद है?

तिलोत्तमा—पता नहीं लगा तो इसी तरह उनके ऐयार सब यहां पहुंचकर ऊधम मचा रहे हैं?

माधवी—तो तूने मुझे खबर क्यों न की?

तिलोत्तमा—क्या खबर करती, तुझे इस खबर को सुनने की छुट्टी भी है!

माधवी—तिलोत्तमा, ऐसी जली-कटी बातों का कहना छोड़ दे और मुझे ठीक-ठीक बता कि क्या हुआ और क्या हो रहा है? सच पूछ तो मैं तेरे ही भरोसे कूद रही हूं। मैं खूब जानती हूं कि सिवाय तेरे मेरी रक्षा करनेवाला कोई नहीं। मुझे विश्वास था कि इन चार पहाड़ियों के बीच में जब तक मैं हूं मुझ पर किसी तरह की आफत न आवेगी, मगर अब तेरी बातों से यह उम्मीद बिलकुल जाती रही।

तिलोत्तमा—ठीक है, तुझे अब ऐसा भरोसा न रखना चाहिए। इसमें कोई शक नहीं कि मैं तेरे लिए जान देने को तैयार हूं, मगर तू ही बता कि बीरेन्द्रसिंह के ऐयारों के सामने मैं क्या कर सकती हूं, एक बेचारी ललिता मेरी मददगार थी, सो वह भी किशोरी को फंसाने में आप पकड़ी गई, अब अकेली मैं क्या-क्या करूं?

माधवी—तू सबकुछ कर सकती है, हिम्मत मत हार, हां यह तो बता कि बीरेन्द्रसिंह के ऐयार यहां क्योंकर आए और अब क्या कर रहे हैं।

तिलोत्तमा—अच्छा सुन, मैं सबकुछ कहती हूं। यह तो मैं नहीं जानती कि पहले-पहल यहां कौन आया, हां जब से चपला आई है तब से मैं थोड़ा-बहुत हाल जानती हूं।

माधवी—(चौंककर) क्या चपला यहां पहुंच गई?

तिलोत्तमा–हां पहुंच गई, उसने यहां पहुंचकर उस सुरंग की दूसरी ताली भी तैयार कर ली जिस राह से तू आती-जाती है और जिसमें मैंने किशोरी को कैद कर रखा है। एक दिन रात को जब तू इंद्रजीतसिंह को सोता छोड़ दीवान साहब से मिलने के लिए गई तो वह चपला भी इंद्रजीतसिंह को साथ ले, अपनी ताली से सुरंग का ताला खोल तेरे पीछे-पीछे चली गई और छिपकर तेरी और दीवान साहब की कैफियत इन दोनों ने देख ली, यह न समझ कि इंद्रजीतसिंह बेचारे सीधे-सादे हैं और तेरा हाल नहीं जानते, वे सबकुछ जान गए।

माधवी–(कुछ देर तक सोच में डूबी रहने के बाद) तैंने चपला को कैस देखा?

तिलोत्तमा–मेरा बल्कि ललिता का भी कायदा है कि रात को तीन-चार दफे उठकर इधर-उधर घूमा करती हैं। उस समय मैं अपने दालान में खंभे की आड़ में खड़ी इधर-उधर देख रही थी जब चपला और इंद्रजीतसिंह तेरा हाल देखकर सुरंग से लौटे थे। इसके बाद वे दोनों बहुत देर तक नहर के किनारे खड़े बातचीत करते रहे, बस उसी समय से मैं होशियार हो गई और अपनी कार्रवाई करने लगी।

माधवी–इसके बाद भी कुछ हुआ?

तिलोत्तमा–हां बहुत कुछ हुआ, सुनो मैं कहती हूं। दूसरे दिन मैं ललिता को साथ ले उस तालाब पर पहुंची, देखा कि बीरेन्द्रसिंह के कई ऐयार वहां बैठे बातचीत कर रहे हैं। मैंने छिपकर उनकी बातचीत सुनी। मालूम हुआ कि वे लोग दीवान साहब, सेनापति और कोतवाल साहब को गिरफ्तार किया चाहते हैं। मुझे उस समय एक दिल्लगी सूझी। जब वे लोग राय पक्की करके वहां से जाने लगे, मैंने वहां से कुछ दूर हटकर एक छींक मारी और दूर भाग गई।

माधवी–(मुस्कुराकर) वे लोग घबड़ा गए होंगे!

तिलोत्तमा–बेशक घबड़ाए होंगे, उसी समय गाली-गुफ्ता करने लगे, मगर हम दोनों ने वहां ठहरना पसंद नहीं किया।

माधवी–फिर क्या हुआ?

तिलोत्तमा–मैंने तो सोचा था कि वे लोग मेरी छींक से डरकर अपनी कार्रवाई रोकेंगे मगर ऐसा न हुआ। दो ही दिन की मेहनत में उन लोगों ने कोतवाल को गिरफ्तार कर लिया, भैरोसिंह और तारासिंह ने उन्हें बुरा धोखा दिया।

इसके बाद तिलोत्तमा ने कोतवाल साहब के गिरफ्तार होने का पूरा हाल जैसा हम ऊपर लिख आए हैं माधवी से कहा, साथ ही उसने यह भी कह दिया कि दीवान साहब को भी गुमान हो गया कि तूने किसी मर्द को यहां लाकर रखा है और उसके साथ आनंद कर रही है।

तिलोत्तमा की जुबानी सब हाल सुनकर माधवी सोच-सागर में गोते लगाने लगी और आधे घण्टे तक उसे तनोबदन की सुध न रही, इसके बाद उसने अपने को सम्हाला और फिर तिलोत्तमा से बातचीत करना आरंभ किया।

माधवी–खैर जो हुआ सो हुआ, यह बता कि अब क्या करना चाहिए?

तिलोत्तमा–मुनासिब तो यही है कि इंद्रजीतसिंह और किशोरी को छोड़ दो, तब फिर तुम्हारा कोई कुछ नहीं बिगाड़ेगा।

माधवी–(तिलोत्तमा के पैरों पर गिरकर और रोकर) ऐसा न कहो, अगर मुझ पर तुम्हारा सच्चा प्रेम है तो ऐसा करने के लिए जिद न करो, अगर मेरा सिर चाहो तो काट लो मगर इंद्रजीनसिंह को छोड़ने के लिए मत कहो।

तिलोत्तमा–अफसोस कि इन बातों की खबर दीवान साहब को भी नहीं कर सकती, बड़ी मुश्किल है, अच्छा मैं उद्योग करती हूं मगर निश्चय नहीं कह सकती कि क्या होगा?

माधवी–तुम चाहोगी तो सब काम हो जाएगा।

तिलोत्तमा–पहले तो मुझे ललिता को छुड़ाना मुनासिब है।

माधवी–अवश्य

तिलोत्तमा–हां, एक काम इसके भी पहले करना चाहिए, नहीं तो किशोरी दो ही दिन में यहां से गायब हो जाएगी और ताज्जुब नहीं कि धड़धड़ाते हुए बीरेन्द्रसिंह के कई ऐयार यहां पहुंच जाएं और मनमानी धूम मचावें।

माधवी–शायद तुम्हारा मतलब उस पानीवाली सुरंग को बंद कर देने से हो?

तिलोत्तमा–हां।

माधवी–मैं भी यही मुनासिब समझती हूं। मैं सोचती हूं कि जरूर कोई ऐयार उस रोज उस पानीवाली सुरंग की राह से यहां आया था जिसकी देखा-देखी इंद्रजीतसिंह उस सुरंग में घुसे थे, मगर बेचारे पानी में आगे न जा सके और लौट आए। तुम जरूर उस सुरंग को अच्छी तरह बंद कर दो जिससे कोई ऐयार उस राह से आने-जाने न पावे। तुम लोगों के लिए वह रास्ता हई है जिधर से मैं आती हूं। हां एक बात और है तुम अपने पिता को मेरी मदद के लिए क्यों नहीं ले आतीं, उनसे और मेरे पिता से बड़ी दोस्ती थी मगर अफसोस आजकल वे मुझसे बहुत रंज हैं।

तिलोत्तमा–मैं कल उनके पास गई थी पर वे किसी तरह नहीं मानते, तुमसे बहुत ज्यादे रंज हैं, मुझ पर बहुत बिगड़ते थे, अगर मैं तुरंत न चली आती तो बेइज्जती के साथ निकलवा देते, अब मैं उनके पास कभी न जाऊंगी।

माधवी–खैर जो कुछ किस्मत में है भोगूंगी। अच्छा अब तो सभों की आमदरफ्त इसी सुरंग से होगी, तो किशोरी को वहां से निकाल किसी दूसरी जगह रखना चाहिए।

तिलोत्तमा–उस सुरंग से बढ़कर कौन-सी ऐसी जगह है जहां उसे रखोगो, दीवान साहब का भी तो डर है!

थोड़ी देर तक इन दोनों में बातचीत होती रही इसके बाद इंद्रजीनसिंह के सोकर उठने की खबर आई। शाम भी हो चुकी थी, माधवी उठकर उनके पास गई और तिलोत्तमा पानीवाली सुरंग को बंद करने की फिक्र में लगी।

पाठक, इस जगह मामला बड़ा गोलमाल हो गया। तिलोत्तमा ने चालाकी से बीरेन्द्रसिंह के ऐयारों की कार्रवाई देख ली। माधवी और तिलोत्तमा की बातचीत से आप यह भी जान गए होंगे कि बेचारी किशोरी उसी सुरंग में कैद की गई जिसकी ताली चपला ने बनाई थी या जिस सुरंग की राह चपला और कुंअर इंद्रजीतसिंह ने माधवी के पीछे जाकर यह मालूम कर लिया था कि वह कहां जाती है। उस सुरंग की दूसरी ताली तो मौजूद ही थी, किशोरी को छुड़ाना चपला के लिए कोई बड़ी बात न थी, अगर तिलोत्तमा होशियार होकर उस आने-जानेवाली राह अर्थात् पानीवाली सुरंग को जिसमें इंद्रजीतसिंह गए थे और आगे जलमय देखकर लौट आए थे पत्थर के ढोकों से मजबूती के साथ बंद न कर देती। कुंअर इंद्रजीतसिंह को मालूम हो ही गया था कि हमारे ऐयार लोग इसी राह से आया-जाया करते हैं, अब उन्होंने अपनी आंखों से यह भी देख लिया कि यह सुरंग बखूबी बंद कर दी गई। उनकी नाउम्मीदी हर तरह से बढ़ने लगी, उन्होंने समझ लिया कि अब चपला से मुलाकात न होगी और बाहर हमारे छुड़ाने के लिए क्या-क्या तरकीब हो रही है इसका पता भी बिलकुल न लगेगा। सुरंग की नई ताली जो चपला ने बनाई थी वह उसी के पास थी, तो भी इंद्रजीतसिंह ने हिम्मत न हारी। उन्होंने जी में ठान लिया कि अब जबर्दस्ती से काम लिया जाएगा जितनी औरतें यहां मौजूद हैं सभों की मुश्कें बांध नहर के किनारे डाल देंगे और सुरंग की असली ताली माधवी के पास से लेकर सुरंग की राह माधवी के महल में पहुंचकर खून-खराबी मचावेंगे। आखिर क्षत्रियों को इससे बढ़कर लड़ने-भिड़ने और जान देने का कौन-सा समय हाथ लगेगा। मगर ऐसा करने के लिए सबसे पहले सुरंग की ताली अपने कब्जे में कर लेना मुनासिब है, नहीं तो मुझे बिगड़ा हुआ देख जब तक मैं दो-चार औरतों की मुश्कें बांधूंगा सब सुरंग की राह भाग जाएंगी, फिर मेरा मतलब जैसा मैं चाहता हूं सिद्ध न होगा।

इंद्रजीतसिंह ने सुरंग की ताली लेने के लिए बहुत कोशिश की मगर न ले सके क्योंकि अब वह ताली उस जगह से, जहां पहले रहती थी, हटाकर किसी दूसरी जगह रख दी गई थी।

सातवां बयान

आपस में लड़नेवाले दोनों भाइयों के साथ जाकर सुबह की सुफेदी निकलने के साथ ही कोतवाल ने माधवी की सूरत देखी और यह समझकर कि दीवान साहब को छोड़ महारानी अब मुझसे प्रेम रखा चाहती हैं, बहुत खुश हुआ। कोतवाल साहब के गुमान में भी न था कि वे ऐयारों के फेर में पड़े हैं। उनको इंद्रजीतसिंह के कैद होने और बीरेन्द्रसिंह के ऐयारों के यहां पहुंचने की खबर ही न थी। वह तो जिस तरह हमेशा

रियाया लोगों के घर अकेले पहुंचकर तहकीकात किया करते थे उसी तरह आज भी सिर्फ दो अर्दली के सिपाहियों को साथ ले इन दोनों ऐयारों के फेर में पड़ घर से निकल पड़े थे।

कोतवाल साहब ने जब माधवी को पहचाना तो अपने सिपाहियों को उसके सामने ले जाना मुनासिब न समझा और अकेले ही माधवी के पास पहुंचे। देखा कि हकीकत में उन्हीं की तस्वीर सामने रखे माधवी उदास बैठी है।

कोतवाल साहब के देखते ही माधवी उठ खड़ी हुई और मुहब्बत-भरी निगाहों से उनकी तरफ देखकर बोली–

"देखो मैं तुम्हारे लिए कितनी बेचैन हो रही हूं पर तुम्हें जरा भी खबर नहीं!"

कोतवाल–अगर मुझे यकायक इस तरह अपनी किस्मत के जागने की खबर होती तो क्या मैं लापरवाह बैठा रहता? कभी नहीं, मैं तो आप ही दिन-रात आपसे मिलने की उम्मीद में अपना खून सुखा रहा था।

माधवी–(हाथ का इशारा करके) देखो ये दोनों आदमी बड़े ही बदमाश हैं, इनको यहां से चले जाने के लिए कहो तो फिर हमसे तुमसे बातें होंगी।

इतना सुनते ही कोतवाल साहब ने उन दोनों भाइयों की तरफ जो हकीकत में भैरोसिंह और तारासिंह थे, कड़ी निगाह से देखा और कहा, "तुम दोनों अभी-अभी यहां से भाग जाओ नहीं तो बोटी-बोटी काटकर रख दूंगा।"

भैरोसिंह और तारासिंह वहां से चलते बने। इधर चपला जो माधवी की सूरत बनी हुई थी कोतवाल को बातों में फंसाए हुए वहां से दूर एक गुफा के मुहाने पर ले गई और बैठकर बातचीत करने लगी।

चपला माधवी की सूरत तो बनी मगर उसकी और माधवी की उम्र में बहुत कुछ फर्क था। कोतवाल भी बड़ा धूर्त और चालाक था। सूर्य की चमक में जब उसने माधवी की सूरत अच्छी तरह देखी और बातों में भी कुछ फर्क पाया फौरन उसे खुटका पैदा हुआ और वह बड़े गौर से उसे सिर से पैर तक देख अपनी निगाह के तराजू में तोलने और जांचने लगा। चपला समझ गई कि अब कोतवाल को शक पैदा हो गया, देर करना मुनासिब न जान उसने जफील (सीटी) बजाई। उसी समय गुफा के अंदर से देवीसिंह निकल आए और कोतवाल साहब से तलवार रख देने के लिए कहा।

कोतवाल ने भी जो सिपाही और शेरदिल आदमी था बिना लड़े-भिड़े अपने को कैदी बना देना पसंद न किया और म्यान से तलवार निकाल देवीसिंह पर हमला किया। थोड़ी ही देर में देवीसिंह ने उसे अपने खंजर से जख्मी किया और जमीन पर पटक उसकी मुश्कें बांध डालीं।

कोतवाल साहब का हुक्म पा भैरोसिंह और तारासिंह जब उनके सामने से चले गए तो वहां पहुंचे जहां कोतवाल के साथी दोनों सिपाही खड़े अपने मालिक के लौट

आने की राह देख रहे थे। इन दोनों ऐयारों ने उन सिपाहियों को अपनी मुश्कें बंधवाने के लिए कहा मगर उन्होंने इन दोनों को साधारण समझ मंजूर न किया और लड़ने-भिड़ने को तैयार हो गए। उन दोनों की मौत आ चुकी थी, आखिर भैरोसिंह और तारासिंह के हाथ से मारे गए, मगर उसी समय बारीक आवाज में किसी ने इन दोनों ऐयारों को पुकारकर कहा, ''भैरोसिंह और तारासिंह, अगर मेरी जिंदगी है तो बिना इसका बदला लिए न छोड़ूंगी!''

भैरोसिंह ने उस तरफ देखा जिधर से आवाज आई थी। एक लड़का भागता हुआ दिखाई पड़ा। ये दोनों उसके पीछे दौड़े मगर पा न सके क्योंकि उस पहाड़ी की छोटी-छोटी कंदराओं और खोहों में न मालूम कहां छिप उसने इन दोनों के हाथ से अपने को बचा लिया।

पाठक समझ गए होंगे कि इन दोनों ऐयारों को पुकारकर चितानेवाली वही तिलोत्तमा है जिसने बात करते-करते माधवी से इन दोनों ऐयारों के हाथ कोतवाल के फंस जाने का समाचार कहा था।

आठवां बयान

इस जगह हम उस तालाब का हाल लिखते हैं, जिसका जिक्र कई दफे पीछे आ चुका है, जिसमें एक औरत को गिरफ्तार करने के लिए योगिनी और बनचरी कूदी थीं, या जिसके किनारे बैठ हमारे ऐयारों ने माधवी के दीवान, कोतवाल और सेनापति को पकड़ने के लिए राय पक्की की थी।

यही तालाब उस रमणीक स्थान में पहुंचने का रास्ता था जिसमें कुंअर इंद्रजीतसिंह कैद हैं। इसका दूसरा मोहाना वही पानीवाली सुरंग थी जिसमें कुंअर इंद्रजीतसिंह घुसे थे और कुछ दूर जाकर जलमयी देख लौट आए थे या जिसको तिलोत्तमा ने अब पत्थर के ढोंकों से बंद करा दिया है।

जिस पहाड़ी के नीचे यह तालाब था उसी पहाड़ी के दूसरी तरफ वह गुप्त स्थान था जिसमें इंद्रजीतसिंह कैद थे। इस राह से हर एक का आना मुश्किल था, हां ऐयार लोग अलबत्ता जा सकते थे जिनका दम खूब सधा हुआ था और तैरना बखूबी जानते थे, पर इस तालाब की राह से वहां तक पहुंचने के लिए कारीगरों ने एक सुभीता भी किया था। उसी सुरंग से इस तालाब की जाठ (लाट) तक भीतर-भीतर एक मजबूत जंजीर लगी हुई थी जिसे थामकर यहां तक पहुंचने में बड़ा ही सुभीता होता था।

कोतवाल साहब को गिरफ्तार करने के बाद कई दफे चपला ने चाहा कि इस तालाब की राह इंद्रजीतसिंह के पास पहुंचकर इधर के हाल-चाल की खबर करे मगर

ऐसा न कर सकी क्योंकि तिलोत्तमा ने सुरंग का मुंह बंद कर दिया था। अब हमारे ऐयारों को निश्चय हो गया कि दुश्मन सम्हल बैठा और उसको हम लोगों की खबर हो गई। इधर कोतवाल साहब के गिरफ्तार होने से और उनके सिपाहियों की लाश मिलने पर शहर में हलचल मच रही थी। दीवान साहब वगैरह इस खोज में परेशान हो रहे थे कि हम लोगों का दुश्मन ऐसा कौन आ पहुंचा जिसने कोतवाल साहब को गायब कर दिया।

कई रोज के बाद एक दिन आधी रात के समय भैरोसिंह, तारासिंह, पण्डित बद्रीनाथ, देवीसिंह और चपला इस तालाब पर बैठे आपस में सलाह कर रहे थे और सोच रहे थे कि अब कुंअर इंद्रजीतसिंह के पास किस तरह पहुंचना चाहिए और उनके छुड़ाने की क्या तरकीब करनी चाहिए।

चपला–अफसोस, मैंने जो ताली तैयार की थी वह अपने साथ लेती आई, नहीं तो इंद्रजीतसिंह उस ताली से जरूर कुछ-न-कुछ काम निकालते। अब हम लोगों का वहां तक पहुंचना बहुत मुश्किल हो गया।

बद्री–इस पहाड़ी के उस पार ही तो इंद्रजीतसिंह हैं! चाहे यह पहाड़ी कैसी ही बेढब क्यों न हो मगर हम लोग उस पार पहुंचने के लिए चढ़ने-उतरने की जगह बना ही सकते हैं।

भैरो–मगर यह काम कई दिनों का है।

तारा–सबसे पहले इस बात की निगरानी करनी चाहिए कि माधवी ने जहां इंद्रजीतसिंह को कैद कर रखा है वहां कोई ऐसा मर्द न पहुंचने पावे जो उन्हें सता सके, औरतें यदि पांच सौ भी होंगी तो कुछ कर न सकेंगी।

देवी–कुंअर इंद्रजीतसिंह ऐसे बोदे नहीं हैं कि यकायक किसी के फंदे में आ जावें, मगर फिर भी हम लोगों को होशियार रहना चाहिए, आजकल में उन तक पहुंचने का मौका न मिलेगा तो हम इस घर को उजाड़ कर डालेंगे और दीवान साहब वगैरह को जहन्नुम में मिला देंगे।

भैरोसिंह–अगर कुमार को यह मालूम हो गया कि हम लोगों के आने-जाने का रास्ता बंद कर दिया गया तो वे चुप न बैठे रहेंगे, कुछ-न-कुछ फसाद जरूर मचावेंगे।

तारा–बेशक।

इसी तरह की बहुत-सी बातें वे लोग कर रहे थे कि तालाब के उस पार जल में उतरता हुआ एक आदमी दिखाई पड़ा। ये लोग टकटकी बांध उसी तरफ देखने लगे। वह आदमी जल में कूदा और जाठ के पास पहुंचकर गोता मार गया, जिसे देख भैरोसिंह ने कहा, ''बेशक यह कोई ऐयार है जो माधवी के पास जाना चाहता है।''

चपला–मगर यह माधवी का ऐयार नहीं है, अगर माधवी की तरफ का होता तो रास्ता बंद होने का हाल इसे मालूम होता।

भैरो–ठीक है।

तारा–अगर माधवी की तरफ का नहीं तो हमारे कुमार का पक्षपाती होगा।

देवी–वह लौटे तो अपने पास बुलाना चाहिए।

थोड़ी ही देर बाद वह आदमी जाठ के पास जाकर निकला और जाठ थाम जरा सुस्ताने लगा, कुछ देर बाद किनारे पर चला आया और तालाब के ऊपरवाले चौंतरे पर बैठ सोचने लगा।

भैरोसिंह अपने ठिकाने से उठे और धीरे-धीरे उस आदमी की तरफ चले। जब उसने अपने पास किसी को आते देखा तो उठ खड़ा हुआ, साथ ही भैरोसिंह ने आवाज दी, ''डरो मत, जहां तक मैं समझता हूं तुम भी उसी की मदद किया चाहते हो जिसके छुड़ाने की फिक्र में हम लोग हैं।''

भैरोसिंह के इतना कहते ही उस आदमी ने खुशी-भरी आवाज से कहा, ''वाह-वाह-वाह, आप भी यहां पहुंच गए! सच पूछो तो यह सब फसाद तुम्हारा ही खड़ा किया होगा!

भैरो–जिस तरह मेरी आवाज तूने पहचान ली उसी तरह तेरी मुहब्बत ने मुझे भी कह दिया कि तू कमला है।

कमला–बस-बस, रहने दीजिए, आप लोग बड़े मुहब्बती हैं, इसे मैं खूब जानती हूं।

भैरो–जानती ही हो तो ज्यादे क्या कहूं?

कमला–कहने का मुंह भी तो हो?

भैंरो–कमला, मैं तो यही चाहता हूं कि तुम्हारे पास बैठा बातें ही करता रहूं मगर इस समय मौका नहीं है क्योंकि (हाथ का इशारा करके) पण्डित बद्रीनाथ, देवीसिंह, तारासिंह और मेरी मां वहीं बैठी हुई हैं। तुमको तालाब में जाते और नाकाम लौटते हम लोगों ने देख लिया और इसी से हम लोगों ने मालूम कर लिया कि तुम माधवी की तरफदार नहीं हो, अगर होतीं तो सुरंग के बंद किए जाने का हाल तुम्हें जरूर मालूम होता।

कमला–क्या तुम्हें सुरंग बंद करने का हाल मालूम है?

भैरो–हां, हम जानते हैं।

कमला–फिर अब क्या करना चाहिए?

भैरो–तुम वहां चली चलो, जहां हम लोगों के संगी-साथी हैं, उसी जगह मिल-जुल के सलाह करेंगे।

भैरोसिंह कमला को लिये हुए अपनी मां चपला के पास पहुंचे और पुकारकर कहा, ''मां, यह कमला है, इसका नाम तो तुमने सुना ही होगा।''

''हां-हां, मैं इसे बखूबी जानती हूं।'' यह कह चपला ने उठकर कमला को गले लगा लिया और कहा, ''बेटी, तू अच्छी तरह तो है? मैं तेरी बड़ाई बहुत दिनों से सुन रही हूं, भैरो ने तेरी बड़ी तारीफ की थी, मेरे पास बैठ और कह किशोरी कैसी है?''

कमला–(बैठकर) किशोरी का हाल क्या पूछती हैं? वह बेचारी तो माधवी की कैद में पड़ी है, ललिता कुंअर इंद्रजीतसिंह के नाम का धोखा देकर उसे ले आई।

भैरो–(चौंककर) हैं, क्या यहां तक नौबत पहुंच गई?

कमला–जी हां, मैं वहां मौजूद न थी नहीं तो ऐसा न होने पाता!

भैरो–खुलासा हाल कहो, क्या हुआ?

कमला ने सब हाल किशोरी के धोखा खाने और ललिता के पकड़ लेने का सुनाकर कहा, ''यह बखेड़ा (भैरोसिंह की तरफ इशारा करके) इन्हीं का मचाया हुआ है, न ये इंद्रजीतसिंह बनकर शिवदत्तगढ़ जाते न बेचारी किशोरी की यह दशा होती।''

चपला–हां मैं सुन चुकी हूं। इसी कसूर पर बेचारी को शिवदत्त ने अपने यहां से निकाल दिया। खैर तूने यह बड़ा काम किया कि ललिता को पकड़ लिया, अब हम लोग अपना काम सिद्ध कर लेंगे।

कमला–आप लोगों ने क्या किया और अब यहां क्या करने का इरादा है?

चपला ने भी अपना और इंद्रजीतसिंह का सब हाल कह सुनाया। थोड़ी देर तक बातचीत होती रही। सुबह की सुफेदी निकला ही चाहती थी कि ये लोग वहां से उठ खड़े हुए और एक पहाड़ी की तरफ चले गए।

नौवां बयान

कुंअर इंद्रजीतसिंह अब जबर्दस्ती करने पर उतारू हुए और इस ताक में लगे कि माधवी सुरंग का ताला खोल दीवान से मिलने के लिए महल में जाय तो मैं अपना रंग दिखाऊं। तिलोत्तमा के होशियार कर देने से माधवी भी चेत गई थी और दीवान साहब के पास आना-जाना उसने बिलकुल बंद कर दिया था, मगर जब से पानीवाली सुरंग बंद की गई तब से तिलोत्तमा इसी दूसरी सुरंग की राह आने-जाने लगी और इस सुरंग की ताली जो माधवी के पास रहती थी अपने पास रखने लगी, पानीवाली सुरंग के बंद होते ही इंद्रजीतसिंह जान गये कि अब इन औरतों की आमदरफ्त इसी सुरंग से होगी, मगर माधवी ही की ताक में लगे रहने से कई दिनों तक उनका मतलब सिद्ध न हुआ।

अब कुंअर इंद्रजीतसिंह उस दालान में ज्यादे टहलने लगे जिसमें सुरंग के दरवाजे वाली कोठरी थी। एक दिन आधी रात के समय माधवी का पलंग खाली देख इंद्रजीतसिंह ने जाना कि वह बेशक दीवान से मिलने गई है। वह भी पलंग से उठ खड़े हुए और खूंटी से लटकती हुई एक तलवार उतारने के बाद जलते शमादान को बुझा उसी दालान में पहुंचे जहां उस समय बिलकुल अंधेरा था और उसी सुरंगवाले

दरवाजे के बगल में छिपकर बैठ रहे। जब पहर-भर रात बाकी रही, उस सुरंग का दरवाजा भीतर से खुला और एक औरत ने इस तरफ निकलकर फिर ताला बंद करना चाहा मगर इंद्रजीतसिंह ने फुर्ती से उसकी कलाई पकड़ ताली छीन ली और कोठरी के अंदर जा भीतर से ताला बंद कर लिया।

वह औरत माधवी थी जिसके हाथ से इंद्रजीतसिंह ने ताली छीनी थी, वह अंधेरे में इंद्रजीतसिंह को पहचान न सकी, हां उसके चिल्लाने से कुमार जान गए कि वह माधवी है।

इंद्रजीतसिंह एक दफे उस सुरंग में जा ही चुके थे, उसके रास्ते और सीढ़ियों को वे बखूबी जानते थे, इसलिए अंधेरे में उनको बहुत तकलीफ न हुई और वे अंदाज से टटोलते हुए तहखाने की सीढ़ियां उतर गए। नीचे पहुंच के जब उन्होंने दूसरा दरवाजा खोला तो उन्हें सुरंग के अंदर कुछ दूर पर रोशनी मालूम हुई जिसे देख उन्हें ताज्जुब हुआ और बहुत धीरे-धीरे बढ़ने लगे, जब उस रोशनी के पास पहुंचे, एक औरत पर नजर पड़ी जो हथकड़ी और बेड़ी के सबब उठने-बैठने से बिलकुल लाचार थी। चिराग की रोशनी में इंद्रजीतसिंह ने उसको और उसने इनको अच्छी तरह देखा और दोनों ही चौंक पड़े।

ऊपर जिक्र आ जाने से पाठक समझ ही गए होंगे कि यह किशोरी है जो तकलीफ के सबब बहुत ही कमजोर और सुस्त हो रही थी। इंद्रजीतसिंह के दिल में उसकी तस्वीर मौजूद थी और इंद्रजीतसिंह उसकी आंखों में पुतली की तरह डेरा जमाए हुए थे। एक ने दूसरे को बखूबी पहचान लिया और ताज्जुब मिली हुई खुशी के सबब देर तक एक-दूसरे की सूरत देखते रहे। इसके बाद इंद्रजीतसिंह ने उसकी हथकड़ी और बेड़ी खोल डाली और बड़े प्रेम से हाथ पकड़कर कहा, ''किशोरी! तू यहां कैसे आ गई!''

किशोरी–(इंद्रजीतसिंह के पैरों पर गिरकर) अभी तक तो मैं यही सोचती थी कि मेरी बदकिस्मती मुझे यहां ले आई मगर नहीं, अब मुझे कहना पड़ा कि मेरी खुशकिस्मती ने मुझे यहां पहुंचाया और ललिता ने मेरे साथ बड़ी नेकी की जो मुझे लेकर आई, नहीं तो न मालूम कब तक तुम्हारी सूरत...

इससे ज्यादे बेचारी किशोरी कुछ कह न सकी और जार-जार रोने लगी। इंद्रजीतसिंह भी बराबर रो रहे थे। आखिर उन्होंने किशोरी को उठाया और दोनों हाथों से उसकी कलाई पकड़े हुए बोले–

''हाय, मुझे कब उम्मीद थी कि मैं तुम्हें यहां देखूंगा। मेरी जिंदगी में आज की खुशी याद रखने लायक होगी। अफसोस, दुश्मन ने तुम्हें बड़ा ही कष्ट दिया!''

किशोरी–बस अब मुझे किसी तरह की आरजू नहीं है। मैं ईश्वर से यही मांगती थी कि एक दिन तुम्हें अपने पास देख लूं सो मुराद आज पूरी हो गई, अब चाहे माधवी मुझे मार भी डाले तो मैं खुशी से मरने को तैयार हूं।

इंद्र–जब तक मेरे दम में दम है किसी की मजाल है जो तुम्हें दुख दे! अब तो किसी तरह इस सुरंग की ताली मेरे हाथ में लग गई जिससे हम दोनों को निश्चय समझना चाहिए कि इस कैद से छुट्टी मिल गई। अगर जिंदगी है तो मैं माधवी से समझ लूंगा, वह जाती कहां है!

इन दोनों को यकायक इस तरह के मिलाप से कितनी खुशी हुई यह ये ही जानते होंगे। दीन-दुनिया की सुध भूल गए। यह याद ही नहीं रहा कि हम कहां जानेवाले थे, कहां हैं, क्या कर रहे हैं और क्या करना चाहिए, मगर यह खुशी बहुत ही थोड़ी देर के लिए थी, क्योंकि इसी समय हाथ में मोमबत्ती लिये एक औरत उसी तरफ से आती हुई दिखाई दी जिधर इंद्रजीतसिंह जानेवाले थे और जिसको देख ये दोनों ही चौंक पड़े।

वह औरत इंद्रजीतसिंह के पास पहुंची और बदन का दाग़ दिखला बहुत जल्द जाहिर कर दिया कि वह चपला है।

चपला–इंद्रजीत! हैं, तुम यहां कैसे आए!! (चारों तरफ देखकर) मालूम होता है बेचारी किशोरी को तुमने इसी जगह पाया है।

इंद्र–हां, इसी जगह कैद थी मगर मैं नहीं जानता था। मैं तो माधवी के हाथ से जबर्दस्ती ताली छीन इस सुरंग में चला आया और उसे चिल्लाता ही छोड़ आया।

चपला–माधवी तो अभी इसी सुरंग की राह से वहां गई थी।

इंद्र–हां, और मैं दरवाजे के पास छिपा खड़ा था। जैसे ही वह ताला खोल अंदर पहुंची वैसे ही मैंने पकड़ लिया और ताली छीन इधर आ भीतर से ताला बंद कर दिया।

चपला–तुमने बहुत बुरा किया, इतनी जल्दी कर जाना मुनासिब न था। अब तुम दो रोज भी माधवी के पास नहीं गुजार सकते, क्योंकि वह बड़ी ही बदकार और चाण्डालिन की तरह बेदर्द है, अब वह तुम्हें पावे तो किसी-न-किसी तरह धोखा दे बिना जान लिए कभी न छोड़े।

इंद्र–आखिर मैं ऐसा न करता तो क्या करता? उधर जिस राह से तुम आई थीं अर्थात् पानीवाली सुरंग का मुहाना मेरे देखते-देखते बिलकुल बंद कर दिया गया जिससे मुझे मालूम हो गया कि तुम्हारे आने-जाने की खबर उस शैतान की बच्ची को लग गई और तुम्हारे मिलने या किसी तरह की मदद पहुंचने की उम्मीद बिलकुल जाती रही पर नामर्दों की तरह मैं अपने को कब तक बनाए रहता, और अब मुझे माधवी के पास लौट जाने की जरूरत ही क्या है?

चपला–बेशक हम लोगों की खबर माधवी को लग गई, मगर तुम बिलकुल नहीं जानते कि तिलोत्तमा ने कितना फसाद मचा रखा है और इस महल की तरफ कितनी मजबूती कर रखी है। तुम किसी तरह इधर से नहीं निकल सकते। अफसोस, अब हम लोग भारी खतरे में पड़ गए!

इंद्र–रात का तो समय है, लड़-भिड़कर निकल जाएंगे।

चपला–तुम दिलावर हो, तुम्हारा ऐसा खयाल करना बहुत मुनासिब है मगर (किशोरी की तरफ इशारा करके) इस बेचारी की क्या दशा होगी? इसके सिवाय अब सबेरा हुआ ही चाहता है।

इंद्र–फिर क्या किया जाए?

चपला–(कुछ सोचकर) क्या तुम जानते हो इस समय तिलोत्तमा कहां है?

इंद्र–जहां तक मैं खयाल करता हूं इस खोह के बाहर है।

चपला–यह और मुश्किल है, वह बड़ी चालाक है, इस समय भी जरूर किसी धुन में लगी होगी, वह हम लोगों का ध्यान दम-भर के लिए भी नहीं भुलाती।

इंद्र–इस समय हमारी मदद के लिए इस महल में और भी कोई मौजूद है या अकेली तुम ही हो?

चपला–देवीसिंह, भैरोसिंह और पण्डित बद्रीनाथ तो महल के बाहर इधर-उधर लुके-छिपे मौजूद हैं, मगर सूरत बदले हुए कमला इस सुरंग के मुहाने पर अर्थात् बाहर वाले कमरे में खड़ी है, मैं उसे अपनी हिफाजत के लिए वहां छोड़ आई हूं।

किशोरी–(चौंककर) कमला कौन?

चपला–तुम्हारी सखी!

किशोरी–वह यहां कैसे आई?

चपला–इसका हाल तो बहुत लंबा-चौड़ा है, इस समय कहने का मौका नहीं, मुख्तसर यह है कि तुमको धोखा देनेवाली ललिता को उसने पकड़ लिया और खुद तुमको छुड़ाने के लिए आई है, यहां हम लोगों से भी मुलाकात हो गई। (इंद्रजीतसिंह की तरफ देखकर) बस अब यहां ठहरकर अपने को इस सुरंग के अंदर ही फंसाकर मार डालना मुनासिब नहीं।

इंद्र–बेशक यहां ठहरना ठीक न होगा, चले चलो, जो होगा देखा जाएगा।

तीनों वहां से चल पड़े और सुरंग के दूसरे मुहाने अर्थात् उस कमरे में पहुंचे जिसमें माधवी को दीवान साहब के साथ बैठे हुए इंद्रजीतसिंह ने देखा था। वहां इस समय सूरत बदले हुए कमला मौजूद थी और रोशनी बखूबी हो रही थी। इन तीनों को देखते ही कमला चौंक पड़ी और किशोरी को गले लगा लिया मगर तुरंत ही अलग होकर चपला से बोली, "सुबह की सुफेदी निकल आई यह बहुत ही बुरा हुआ।"

चपला–जो हो, अब कर ही क्या सकते हैं!

कमला–खैर जो होगा देखा जाएगा, जल्दी नीचे उतरो।

इस खुशनुमा और आलीशान मकान के चारों तरफ बाग था जिसके चारों तरफ चहारदीवारियां बनी हुई थीं। बाग के पूरब तरफ बहुत बड़ा फाटक था जहां बारी-बारी से बीस आदमी नंगी तलवार लिये घूम-घूमकर पहरा देते थे। चपला और कमला कमंद

के सहारे बाग की पिछली दीवार लांघकर यहां पहुंची थीं और इस समय भी ये चारों उसी तरह निकल जाना चाहते थे।

हम यह कहना भूल गए कि बाग के चारों कोनों में चार गुमटियां बनी हुई थीं जिनमें सौ सिपाहियों का डेरा था और आजकल तिलोत्तमा के हुक्म से वे सभी हरदम तैयार रहते थे। तिलोत्तमा ने उन लोगों को यह भी कह रखा था कि जिस समय मैं अपने बनाए हुए बम के गोले को जमीन पर पटकूं और उसकी भारी आवाज तुम लोग सुनो, फौरन हाथ में नंगी तलवारें लिये बाग के चारों तरफ फैल जाओ, जिस आदमी को आते-जाते देखो तुरंत गिरफ्तार कर लो।

चारों आदमी सुरंग का दरवाजा खुला छोड़ नीचे उतरे और कमरे के बाहर हो बाग की पिछली दीवार की तरफ जैसे ही चले कि तिलोत्तमा पर नजर पड़ी। चपला यह खयाल करके कि अब बहुत ही बुरा हुआ, तिलोत्तमा की तरफ लपकी और उसे पकड़ना चाहा मगर वह शैतान लोमड़ी की तरह चक्कर मार निकल ही गई और एक किनारे पहुंच मसाले से भरा हुआ एक गेंद जमीन पर पटका जिसकी भारी आवाज चारों तरफ गूंज गई और उसके कहे मुताबिक सिपाहियों ने होशियार होकर चारों तरफ से बाग को घेर लिया।

तिलोत्तमा के भागकर निकल जाते ही चारों आदमी जिनके आगे-आगे हाथ में नंगी तलवार लिये इंद्रजीतसिंह थे बाग की पिछली दीवार की तरफ न जाकर सदर फाटक की तरफ लपके, मगर वहां पहुंचते ही पहरेवाले सिपाहियों से रोके गए और मार-काट शुरू हो गई। इंद्रजीतसिंह ने तलवार तथा चपला और कमला ने खंजर चलाने में अच्छी बहादुरी दिखाई।

हमारे ऐयार लोग भी बाग के बाहर चारों तरफ लुके-छिपे खड़े थे, तिलोत्तमा के चलाए हुए गोले की आवाज सुनकर और किसी भारी फसाद का होना खयाल कर फाटक पर आ जुटे और खंजर निकाल माधवी के सिपाहियों पर टूट पड़े। बात-की-बात में माधवी के बहुत से सिपाहियों की लाशें जमीन पर दिखाई देने लगीं और बहुत बहादुरी के साथ लड़ते-भिड़ते हमारे बहादुर लोग किशोरी को लिये निकल ही गये।

ऐयार लोग तो दौड़ने-भागने में तेज होते ही हैं, इन लोगों का भाग जाना कोई आश्चर्य न था, मगर गोद में किशोरी को उठाए इंद्रजीतसिंह उन लोगों के बराबर में कब दौड़ सकते थे और ऐयार लोग भी ऐसी अवस्था में उनका साथ कैसे छोड़ सकते थे! लाचार जैसे बना उन दोनों को भी साथ लिये हुए मैदान का रास्ता लिया। इस समय पूरब की तरफ सूर्य की लालिमा अच्छी तरह फैल चुकी थी।

माधवी के दीवान अग्निदत्त का मकान इस बाग से बहुत दूर न था और वह बड़े सबेरे उठा करता था। तिलोत्तमा के चलाए हुए गोले की आवाज उसके कान में पहुंच ही चुकी थी, बाग के दरवाजे पर लड़ाई होने की खबर भी उसे उसी समय मिल गई। वह शैतान का बच्चा बहुत ही दिलेर और लड़ाका था, फौरन ढाल-तलवार ले

मकान के नीचे उतर आया और अपने यहां रहनेवाले कई सिपाहियों को साथ ले बाग के दरवाजे पर पहुंचा। देखा कि बहुत से सिपाहियों की लाशें जमीन पर पड़ी हुई हैं और दुश्मन का पता नहीं है।

बाग के चारों तरफ फैले हुए सिपाही भी फाटक पर आ जुटे थे और गिनती में एक सौ से ज्यादे थे। अग्निदत्त ने सभों को ललकारा और साथ ले इंद्रजीतसिंह का पीछा किया। थोड़ी ही दूर पर उन लोगों को पा लिया और चारों तरफ से घेर मार-काट शुरू कर दी।

अग्निदत्त की निगाह किशोरी पर जा पड़ी। अब क्या पूछना था? सब तरफ का खयाल छोड़ इंद्रजीतसिंह के ऊपर टूट पड़ा। बहुत से आदमियों से लड़ते हुए इंद्रजीतसिंह किशोरी को सम्हाल न सके और उसे छोड़ तलवार चलाने लगे अग्निदत्त को मौका मिला, इंद्रजीतसिंह के हाथ से जख्मी होने पर भी उसने दम न लिया और किशोरी को गोद में उठा ले भागा। यह देख इंद्रजीतसिंह की आंखों में खून उतर आया। इतनी भीड़ को काटकर उसका पीछा तो न कर सके मगर अपने ऐयारों को ललकारकर इस तरह की लड़ाई की कि उन सौ में से आधे बेदम होकर जमीन पर गिर पड़े और बाकी अपने सरदार को चला गया देख जान बचा भाग गए। इंद्रजीतसिंह भी बहुत से जख्मों के लगने से बेहोश होकर जमीन पर गिर पड़े। चपला और भैरोसिंह वगैरह बहुत ही बेदम हो रहे थे तो भी वे लोग बेहोश इंद्रजीतसिंह को उठा वहां से निकल गए और फिर किसी की निगाह पर न चढ़े।

दसवां बयान

जख्मी इंद्रजीतसिंह को लिये हुए उनके ऐयार लोग वहां से दूर निकल गए और बेचारी किशोरी को दुष्ट अग्निदत्त उठाकर अपने घर ले गया। यह सब हाल देख तिलोत्तमा वहां से चलती बनी और बाग के अंदर कमरे में पहुंची। देखा कि सुरंग का दरवाजा खुला हुआ है और ताली भी उसी जगह जमीन पर पड़ी है। उसने ताली उठा ली और सुरंग के अंदर जा किवाड़ बंद करती हुई माधवी के पास पहुंची। माधवी की अवस्था इस समय बहुत ही खराब हो रही थी। दीवान साहब पर बिलकुल भेद खुल गया होगा यह समझ मारे डर के वह घबड़ा गई और उसे निश्चय हो गया कि अब किसी तरह कुशल नहीं है क्योंकि बहुत दिनों की लापरवाही में दीवान साहब ने तमाम रियाया और फौज को अपने कब्जे में कर लिया था। तिलोत्तमा ने वहां पहुंचते ही माधवी से कहा–

तिलोत्तमा–अब क्या सोच रही है और क्यों रोती है? मैंने पहले ही कहा था कि इन बखेड़ों में मत फंस, इसका नतीजा अच्छा न होगा! बीरेन्द्रसिंह के ऐयार लोग

बला की तरह जिसके पीछे पड़ते हैं उसका सत्यानाश कर डालते हैं, परंतु तूने मेरी बात न मानी, अब यह दिन देखने की नौबत पहुंची।

माधवी–बीरेन्द्रसिंह का कोई ऐयार यहां नहीं आया, इंद्रजीतसिंह जबर्दस्ती मेरे हाथ से ताली छीनकर चले गए, मैं कुछ न कर सकी।

तिलोत्तमा–आखिर तू उनका कर ही क्या सकती थी?

माधवी–अब उन लोगों का क्या हाल है?

तिलोत्तमा–वे लोग लड़ते-भिड़ते तुम्हारे सैकड़ों आदमियों को यमलोक पहुंचाते निकल गये। किशोरी को आपके दीवान साहब उठा ले गए। जब उनके हाथ किशोरी लग गई तब उन्हें लड़ने-भिड़ने की जरूरत ही क्या थी? किशोरी की सूरत देखकर तो आसमान की चिड़ियाएं भी नीचे उतर आती हैं फिर दीवान साहब क्या चीज हैं? अब तो वह दुष्ट इस धुन में होगा कि तुम्हें मार पूरी तरह से राजा बन जाए और किशोरी को रानी बनाए, तुम उसका कर ही क्या सकती हो!

माधवी–हाय, मेरे बुरे कर्मों ने मुझे मिट्टी में मिला दिया! अब मेरी किस्मत में राज्य नहीं है, अब तो मालूम होता है कि मैं भिखमंगिनों की तरह मारी-मारी फिरूंगी।

तिलोत्तमा–हां अगर किसी तरह यहां से जान बचाकर निकल जाओगी तो भीख मांगकर भी जान बच लोगी नहीं तो बस यह भी उम्मीद नहीं है।

माधवी–क्या दीवान साहब मुझसे इस तरह की बेमुरौवती करेंगे?

तिलोत्तमा–अगर तुझे उन पर भरोसा है तो रह और देख कि क्या होता है, पर मैं तो अब एक पल टिकनेवाली नहीं।

माधवी–अगर किशोरी उसके हाथ न पड़ गई होती तो मुझे किसी तरह की उम्मीद होती और कोई बहाना भी कर सकती थी मगर अब तो...

इतना कहकर माधवी बेतरह रोने लगी, यहां तक कि हिचकी बंध गई और वह तिलोत्तमा के पैरों पर गिरकर बोली–

"तिलोत्तमा, मैं कसम खाती हूं कि आज से तेरे हुक्म के खिलाफ कोई काम न करूंगी।"

तिलोत्तमा–अगर ऐसा है तो मैं भी कसम खाकर कहती हूं कि तुझे फिर उसी दर्जे पर पहुंचाऊंगी और बीरेन्द्रसिंह के ऐयारों और दीवान साहब से भी ऐसा बदला लूंगी कि वे भी याद करेंगे।

माधवी–बेशक मैं तुम्हारा हुक्म मानूंगी और जो कहोगी सो करूंगी।

तिलोत्तमा–अच्छा तो आज रात को यहां से निकल चलना और जहां तक जमा-पूंजी अपने साथ चलते बने ले लेना चाहिए!

माधवी–बहुत अच्छा, मैं तैयार हूं, जब चाहे चलो, मगर यह तो कहो कि मेरी इन सखी-सहेलियों की क्या दशा होगी?

तिलोत्तमा–बुरों की संगत करने से जो फल सब भोगते हैं सो ये भी भोगेंगी। मैं इनका कहां तक खयाल करूंगी? जब अपने पर आ बनती है तो कोई किसी की खबर नहीं लेता।

दीवान अग्निदत्त किशोरी को लेकर भागे तो सीधे अपने घर में आ घुसे। ये किशोरी की सूरत पर ऐसे मोहित हुए कि तनोबदन की सुध जाती रही। सिपाहियों ने इंद्रजीतसिंह और उनके ऐयारों को गिरफ्तार किया या नहीं अथवा उनकी बदौलत सभों की क्या दशा हुई इसकी परवाह तो उन्हें जरा न रही, असल तो यह है कि इंद्रजीतसिंह को वे पहचानते भी न थे।

बेचारी किशोरी की क्या दशा थी और वह किस तरह रो-रोकर अपने सिर के बाल नोच रही थी इसके बारे में इतना ही कहना बहुत है कि अगर दो दिन तक उसकी यही दशा रही तो किसी तरह जीती न बचेगी और 'हा इंद्रजीतसिंह, हा इंद्रजीतसिंह' कहते प्राण छोड़ देगी।

दीवान साहब के घर में उनकी जोरू और किशोरी ही के बराबर की एक कुंआरी लड़की थी जिसका नाम कामिनी था और वह जितनी खूबसूरत थी उतनी ही स्वभाव की भी अच्छी थी। दीवान साहब की स्त्री का भी स्वभाव और चाल-चलन अच्छा था, मगर वह बेचारी अपने पति के दुष्ट स्वभाव और बुरे व्यवहारों से बराबर दुखी रहा करती थी और डर के मारे कभी किसी बात में कुछ रोक-टोक न करती, तिस पर भी आठ-दस दिन पीछे वह अग्निदत्त के हाथ से जरूर मार खाया करती।

बेचारी किशोरी को अपनी जोरू और लड़की के हवाले कर हिफाजत करने के अतिरिक्त समझाने-बुझाने की भी ताकीद कर दीवान साहब बाहर चले आए और अपने दीवानखाने में बैठ सोचने लगे कि किशोरी को किस तरह राजी करना चाहिए। यह औरत कौन और किसकी लड़की है, जिन लोगों के साथ यह थी वे लोग कौन हैं, और यहां आकर धूम-फसाद मचाने की उन्हें क्या जरूरत थी? चाल-ढाल और पोशाक से तो वे ऐयार मालूम पड़ते थे मगर यहां उन लोगों के आने का क्या सबब था? इसी सब सोच-विचार में अग्निदत्त को आज स्नान तक करने की नौबत न आई। दिन भर इधर-उधर घूमते तथा लाशों को ठिकाने पहुंचाते और तहकीकात करते बीत गया मगर किसी तरह इस बखेड़े का ठीक पता न लगा, हां महल के पहरे वालों ने इतना कहा कि दो-तीन दिन से तिलोत्तमा हम लोगों पर सख्त ताकीद रखती थी और हुक्म दे गई थी कि 'जब मेरे चलाए बम के गोले की आवाज तुम लोग सुनो तो फौरन मुस्तैद हो जाओ और जिसको आते देखो गिरफ्तार कर लो।'

अब दीवान साहब का शक माधवी और तिलोत्तमा के ऊपर हुआ और देर तक सोचने-विचारने के बाद उन्होंने निश्चय कर लिया कि इस बखेड़े का हाल बेशक ये दोनों पहले ही से जानती थीं मगर यह भेद मुझसे छिपाए रखने का कोई विशेष कारण अवश्य है।

चिराग जलने के बाद अग्निदत्त अपने घर पहुंचा। किशोरी के पास न जाकर निराले में अपनी स्त्री को बुलाकर उसने पूछा, "उस औरत की जुबानी कुछ हाल-चाल तुम्हें मालूम हुआ या नहीं?"

अग्निदत्त की स्त्री ने कहा, "हां, उसका हाल मालूम हो गया। वह महाराज शिवदत्त की लड़की है और उसका नाम किशोरी है। राजा बीरेन्द्रसिंह के लड़के इंद्रजीतसिंह पर माधवी मोहित हो गई थी और उनको अपने यहां किसी तरह से फंसा लाकर खोह में रख छोड़ा था। इंद्रजीतसिंह का प्रेम किशोरी पर था इसलिए उसने ललिता को भेजकर धोखा दे किशोरी को भी अपने फंदे में फंसा लिया था। वह कई दिनों से यहां कैद थी और बीरेन्द्रसिंह के ऐयार लोग भी कई दिनों से इसी शहर में टिके हुए थे। किसी तरह मौका मिलने पर इंद्रजीतसिंह किशोरी को ले खोह से बाहर निकल आए और यहां तक नौबत आ पहुंची।"

राजा बीरेन्द्रसिंह और उनके ऐयारों का नाम सुन मारे डर के अग्निदत्त कांप उठा, बदन के रोंगटे खड़े हो गए, घबराया हुआ बाहर निकल आया और अपने दीवानखाने में पहुंच मसनद के ऊपर गिर भूखा-प्यासा आधी रात तक यही सोचता रह गया कि अब क्या करना चाहिए।

अग्निदत्त समझ गया कि कोतवाल साहब को जरूर बीरेन्द्रसिंह के ऐयारों ने पकड़ लिया है और अब किशोरी को अपने यहां रखने से किसी तरह जान न बचेगी, तिस पर भी वह किशोरी को छोड़ना नहीं चाहता था और सोचते-विचारते जब उसका जी ठिकाने आता तब यही कहता कि 'चाहे जो हो, किशोरी को कभी न छोड़ूंगा!'

किशोरी को अपने यहां रखकर सलामत रहने की सिवाय इसके उसे कोई तरकीब न सूझी कि वह माधवी को मार डाले और स्वयं राजा हो बैठे। आखिर इसी सलाह को उसने ठीक समझा और अपने घर से निकल माधवी से मिलने के लिए महल की तरफ रवाना हुआ, मगर वहां पहुंचकर बिलकुल बातें मानूल के खिलाफ देख और भी ताज्जुब में हो गया। उसे उम्मीद थी कि खोह का दरवाजा बंद होगा मगर नहीं, खोह का दरवाजा खुला हुआ था और माधवी की कुल सखिया जो खोह के अंदर रहती थीं, महल में ऊपर-नीचे चारों तरफ फैली हुई थीं और रोती हुई इधर-उधर माधवी को खोज रही थीं।

रात आधी से ज्यादे जा चुकी थी, बाकी रात भी दीवान साहब ने माधवी की सखियों का इजहार लेने में बिता दी और दिन-रात पूरा अखंड व्रत किए रहे। देखना चाहिए इसका फल उन्हें क्या मिलता है।

शुरू से लेकर माधवी के भाग जाने तक का हाल उसकी सखियों ने दीवान साहब को कह सुनाया। आखिर में कहा, "सुरंग की ताली माधवी अपने पास रखती थी इसलिए हम लोग लाचार थीं, यह सब हाल आपसे कह न सकीं।"

अग्निदत्त दांत पीसकर रह गया। आखिर यह निश्चय किया कि कल दशहरा (विजयदशमी) है, गद्दी पर खुद बैठ राजा बन और किशोरी को रानी बना नजरें लूंगा फिर जो होगा देखा जाएगा। सुबह को वह जब अपने घर पहुंचा और जैसे ही पलंग पर जाकर लेटना चाहा वैसे ही तकिए के पास एक तह किए हुए कागज पर उसकी नजर पड़ी। खोलकर देखा तो उसी की तस्वीर मालूम पड़ी, छाती पर चढ़ा हुआ एक भयानक सूरत का आदमी उसके गले में खंजर फेर रहा था। इसे देखते ही वह चौंक पड़ा। डर और चिंता ने उसे ऐसा पटका कि बुखार चढ़ आया मगर थोड़ी ही देर में चंगा हो घर के बाहर निकल फिर तहकीकात करने लगा।

ग्यारहवां बयान

हम ऊपर के बयान में सुबह का दृश्य लिखकर कह आए हैं कि राजा बीरेन्द्रसिंह, कुंअर आनंदसिंह और तेजसिंह सेना सहित किसी तरफ को जा रहे हैं। पाठक तो समझ ही गए होंगे कि इन्होंने जरूर किसी तरफ चढ़ाई की है और बेशक ऐसा ही है भी। राजा बीरेन्द्रसिंह ने यकायक माधवी के गयाजी पर धावा कर दिया जिसका लेना इस समय उन्होंने बहुत ही सहज समझ रखा था, क्योंकि माधवी के चाल-चलन की खबर उन्हें बखूबी लग गई थी। वे जानते थे कि राजकाज पर ध्यान न दे दिन-रात ऐश में डूबे रहनेवाले राजा का राज्य कितना कमजोर हो जाता है। रैयत को ऐसे राजा से कितनी नफरत हो जाती है और किसी दूसरे नेक धर्मात्मा के आ पहुंचने के लिए वे लोग कितनी मन्नतें मानते रहते हैं।

बीरेन्द्रसिंह का खयाल बहुत ही ठीक था। गया पर दखल करने में उनको जरा भी तकलीफ न हुई, किसी ने उनका मुकाबला न किया। एक तो उनका चढ़ा-बढ़ा प्रताप ही ऐसा था कि कोई मुकाबला करने का साहस भी नहीं कर सकता था, दूसरे बेदिल रियाया और फौज तो चाहती ही थी कि बीरेन्द्रसिंह के ऐसा कोई यहां का भी राजा हो। चाहे दिन-रात ऐश में डूबे और शराब के नशे में चूर रहनेवाले मालिकों को कुछ भी खबर न हो पर बड़े जमींदारों और राजकर्मचारियों को माधवी और कुंअर इंद्रजीतसिंह के खिंचाखिंची की खबर लग चुकी थी और उन्हें मालूम हो चुका था कि आजकल बीरेन्द्रसिंह के ऐयार लोग राजगृह ही में विराज रहे हैं।

राजा बीरेन्द्रसिंह ने बेरोक-टोक शहर में पहुंचकर अपना दखल जमा लिया और अपने नाम की मुनादी करवा दी। वहां के दो-एक कर्मचारी जो दीवान अग्निदत्त के दोस्त और खैरख्वाह थे रंग-कुरंग देखकर भाग गए, बाकी फौजी अफसरों और रैयतों ने उनकी अमलदारी खुशी से कबूल कर ली, जिसका हाल राजा बीरेन्द्रसिंह को इसी से मालूम हो गया कि उन लोगों ने दरबार में बेखौफ और हंसते हुए पहुंचकर मुबारकबाद के साथ नजरें गुजारीं।

विजयादशमी के एक दिन पहले गया का राज्य राजा बीरेन्द्रसिंह के कब्जे में आ गया और विजयादशमी को अर्थात् दूसरे दिन प्रातःकाल उनके लड़के आनंदसिंह को यहां की गद्दी पर बैठे हुए लोगों ने देखा तथा नजरें दीं। अपने छोटे लड़के कुंअर आनंदसिंह को गया की गद्दी दे दूसरे ही दिन राजा बीरेन्द्रसिंह चुनार लौट आनेवाले थे मगर उनके रवाना होने के पहले ही ऐयार लोग जख्मी और बेहोश कुंअर इंद्रजीतसिंह को लिए हुए गयाजी पहुंच गए जिन्हें देख राजा बीरेन्द्रसिंह को अपना इरादा छोड़ देना पड़ा और बहुत दिनों से बिछुड़े हुए प्यारे लड़के को आज इस अवस्था में पाकर अपने तन-बदन की सुध भुला देनी पड़ी।

राजा बीरेन्द्रसिंह के मौजूद होने पर भी गयाजी का बड़ा भारी राजभवन सूना हो रहा था क्योंकि उनमें रहनेवाले माधवी और दीवान अग्निदत्त के रिश्तेदार लोग भाग गए थे और हुक्म के मुताबिक किसी ने भी उनको भागते समय नहीं रोका था। इस समय राजा वीरेन्द्रसिंह, उनके दोनों लड़कों और ऐयारों के सिवाय सिर्फ थोड़े से ही फौजी अफसरों का डेरा इस महल में पड़ा हुआ है। ऐयारों में सिर्फ भैरोसिंह और तारासिंह यहां मौजूद हैं, बाकी के कुल ऐयार चुनार लौटा दिए गए थे। शहर के इंतजाम में सबके पहले यह किया गया कि चीठी या अरजी डालने के लिए एक बगल छेद करके दो बड़े-बड़े संदूक राजभवन के फाटक के दोनों तरफ लटका दिए गए और मुनादी करवा दी गई कि जिसको अपना सुख-दुख अर्ज करना हो दरबार में हाजिर होकर अर्ज किया करे और जो किसी कारण से हाजिर न हो सके वह अर्जी लिखकर इन्हीं संदूकों में डाल दिया करे। हुक्म था कि बारी-बारी से ये संदूक दिन-रात में छह मर्तबे कुंअर आनंदसिंह के सामने खोले जाया करें। इस इंतजाम से गयाजी की रियाया बहुत प्रसन्न थी।

रात पहर-भर से ज्यादे जा चुकी है। एक सजे हुए कमरे में, जिसमें रोशनी अच्छी तरह हो रही है, छोटी-सी खूबसूरत मसहरी पर जख्मी कुंअर इंद्रजीतसिंह लेटे हुए हलकी दुलाई गर्दन तक ओढ़े हैं। आज कई दिनों पर उन्हें होश आया है, इससे अचंभे में आकर इस नए कमरे में चारों तरफ निगाह दौड़ाकर अच्छी तरह देख रहे हैं। बगल में बाएं हाथ का ढासना पलंगड़ी पर दिए हुए उनके पिता राजा बीरेन्द्रसिंह बैठे उनका मुंह देख रहे हैं और कुछ पायताने की तरफ हटकर पाटी पकड़े कुंअर आनंदसिंह बैठे बड़े भाई की तरफ देख रहे हैं। पायताने की तरफ पलंगड़ी के नीचे भैरोसिंह और तारासिंह धीरे-धीरे तलवा झंस रहे हैं। कुंअर आनंदसिंह के बगल में देवीसिंह बैठे हैं। उनके अलावे वैद्य, जर्राह और बहुत से सिपाही नंगी तलवार लिये पहरा दे रहे हैं।

थोड़ी देर तक कमरे में सन्नाटा रहा, इसके बाद कुंअर इंद्रजीतसिंह ने अपने पिता की तरफ देखकर पूछा—

इंद्र—यह कौन-सी जगह है? यह किसका मकान है?

बीरेन्द्र–यह चंद्रदत्त की राजधानी गयाजी है। ईश्वर की कृपा से आज यह हमारे कब्जे में आ गई है। मकान भी चंद्रदत्त ही के रहने का है। हम लोग इस शहर में अपना दखल जमा चुके थे जब तुम यहां पहुंचाए गए।

यह सुन इंद्रजीतसिंह चुप हो रहे और कुछ सोचने लगे, साथ ही इसके राजगृह में दीवान अग्निदत्त के साथ होनेवाली लड़ाई का समां उनकी आंखों के आगे घूम गया और वे किशोरी को याद कर अफसोस करने लगे। इनके बेहोश होने के बाद क्या हुआ और किशोरी पर क्या बीती इसके जानने के लिए दिल बेचैन था मगर पिता का लेहाज कर भैरोसिंह से कुछ पूछ न सके सिर्फ ऊंची सांस लेकर रह गए मगर देवीसिंह उनके जी का भाव समझ गए और बिना पूछे ही कुछ कहने का मौका समझकर बोले, "राजगृहों में लड़ाई के समय जितने आदमी आपके साथ थे ईश्वर की कृपा से सब बच गए और अपने ठिकाने पर हैं, केवल आप ही को इतना कष्ट भोगना पड़ा।"

देवीसिंह के इतना कहने से इंद्रजीतसिंह की बेचैनी बिलकुल ही जाती तो नहीं रही मगर कुछ कम जरूर हो गई। इतने में दिल बहलाने का कुछ ठिकाना समझकर देवीसिंह पुनः बोल उठे–

देवी–अर्जियोंवाला संदूक हाजिर है, उसके देखने का समय भी हो गया है।

इंद्र–कैसा संदूक?

आनंद–यहां महल के फाटक पर दो संदूक इसलिए रख दिए गए हैं कि जो लोग दरबार में हाजिर होकर अपना दुख-सुख न कह सकें वे लोग अर्जी लिखकर इस संदूक में डाल दिया करें।

इंद्र–बहुत मुनासिब है, इससे रैयतों के दिल का हाल अच्छी तरह मालूम हो सकता है। इस तरह के कई संदूक शहर में इधर-उधर भी रखवा देना चाहिए क्योंकि बहुत से आदमी खौफ से फाटक तक आते भी हिचकेंगे।

आनंद–बहुत खूब, कल इसका इंतजाम हो जाएगा।

बीरेन्द्र–हमने यहां की गद्दी पर आनंदसिंह को बैठा दिया है।

इंद्र–बड़ी खुशी की बात है, यहां का इंतजाम ये बहुत ही अच्छी तरह कर सकेंगे क्योंकि यह तीर्थ का मुकाम है और इनका पुराणों से बड़ा प्रेम है और उन्हें अच्छी तरह समझते भी हैं। (देवीसिंह की तरफ देखकर) हां साहब, वह संदूक मंगवाइए जरा दिल तो बहले।

हाथ-भर का चौखूटा संदूक हाजिर किया गया और उसे खोलकर बिलकुल अर्जियां जिनसे वह संदूक भरा था बाहर निकाली गईं। पढ़ने से मालूम हुआ कि यहां की रिआया नये राजा की अमलदारी से बहुत प्रसन्न है और मुबारकबाद दे रही है, हां एक अर्जी उसमें ऐसी भी निकली जिसके पढ़ने से सभों को तरद्दुद ने आ घेरा और सोचने लगे कि अब क्या करना चाहिए। पाठकों की दिलचस्पी के लिए हम उस

अर्जी की नकल नीचे लिखे देते हैं—"हम लोग मुद्दत से मनाते थे कि यहां की गद्दी पर हुजूर को या हुजूर के खानदान में से किसी को बैठा देखें। ईश्वर ने आज हम लोगों की आरजू पूरी की और कमबख्त माधवी और अग्निदत्त का बुरा साया हम लोगों के सिर से हटाया। चाहे उन दोनों दुष्टों का खौफ अभी हम लोगों को बना हो, मगर फिर भी हुजूर के भरोसे पर हम लोग बिना मुबारकबाद दिए और खुशी मनाएनहीं रह सकते वह डर इस बात का नहीं है कि यहां फिर उन दुष्टों की अमलदारी होगी तो कष्ट भोगना पड़ेगा। राम-राम, ऐसा तो कभी हो ही नहीं सकता, हम लोगों को यह गुमान तो स्वप्न में भी नहीं हो सकता। वह डर बिलकुल दूसरा ही है, जो हम लोग नीचे अर्ज करते हैं। आशा है कि बहुत जल्द उससे हम लोगों की रिहाई होगी, नहीं तो महीने-भर में यहां की चौथाई रिआया यमलोक में पहुंच जाएगी। मगर नहीं, हुजूर के नामी और अपनी आप नजीर रखनेवाले ऐयारों के हाथ से वे बेईमान हरामजादे कब बच सकते हैं जिनके डर से हम लोगों को पूरी नींद सोना नसीब नहीं होता।

"कुछ दिनों से दीवान अग्निदत्त की तरफ से थोड़े बदमाश इस काम के लिए मुकर्रर कर दिए हैं कि अगर कोई आदमी अग्निदत्त के खिलाफ नजर आवे तो बेधड़क उसका सिर चोरी से रात के समय काट डालें, या दीवान साहब को जब रुपये की जरूरत हो तो जिस अमीर या जमींदार के घर में चाहे डाका डाल दें या चोरी करके कंगाल बना दें। इसकी फरियाद कहीं सुनी नहीं जाती, इसी वजह से और भी बाहरी चोरों को अपना धर भरने और हम लोगों को सताने का मौका मिलता है। हम लोगों ने अभी उन दुष्टों की सूरत नहीं देखी और नहीं जानते कि वे लोग कौन हैं, या कहां रहते हैं जिनके खौफ से दिन-रात हम लोग कांपा करते हैं।"

इस अर्जी के नीचे कई मशहूर और नामी रईसों और जमींदारों के दस्तखत थे। यह अर्जी उसी समय देवीसिंह के हवाले कर दी गई और देवीसिंह ने वादा किया कि एक महीने के अंदर इन दुष्टों को जिंदा या मरे हुए हुजूर में हाजिर करेंगे।

इसके बाद जर्राहों ने कुंअर इंद्रजीतसिंह के जख्मों को खोला और दूसरी पट्टी बदली, कविराज ने दवा खिलाई और हुक्म पाकर सब अपने-अपने ठिकाने चले गए। देवीसिंह उसी समय विदा हो न मालूम कहां चले गए और राजा बीरेन्द्रसिंह भी वहां से हटकर अपने कमरे में चले गए।

इस कमरे के दोनों तरफ छोटी-छोटी दो कोठरियां थीं। एक में संध्या-पूजा का सामान दुरुस्त था और दूसरी में खाली फर्श पर एक मसहरी बिछी हुई थी जो उस मसहरी से कुछ छोटी थी जिस पर कुंअर इंद्रजीतसिंह आराम कर रहे थे। कोठरी से वह मसहरी बाहर निकाली गई और कुंअर आनंदसिंह के सोने के लिए कुंअर इंद्रजीतसिंह की मसहरी के पास बिछाई गई। भैरोसिंह और तारासिंह ने भी दोनों मसहरियों के नीचे अपना बिस्तर जमाया। सिवाय इन चारों के उस कमरे में और

कोई न रहा। इन लोगों ने रात-भर आराम से काटी और सबेरा होने पर आंख खुलते ही विचित्र तमाशा देखा।

सुबह के पहले ही दोनों ऐयारों की आंखें खुलीं और हैरत-भरी निगाहों से चारों तरफ देखने लगे, इसके बाद कुंअर इंद्रजीतसिंह और आनंदसिंह भी जागे और फूलों की खुशबू जो इस कमरे में बहुत देर पहले से ही भर रही थी लेने तथा दोनों ऐयारों की तरह ताज्जुब से चारों तरफ देखने लगे।

आनंद–खुशबूदार फूलों के गजरे और गुलदस्ते इस कमरे में किसने सजाए हैं?

इंद्र–ताज्जुब है, हमारे आदमी बिना हुक्म पाए ऐसा कब कर सकते हैं?

भैरो–हम दोनों आदमी घण्टे-भर के पहले से उठकर इस पर गौर कर रहे हैं मगर कुछ समझ में नहीं आता कि क्या मामला है।

आनंद–गुलदस्ते भी बहुत खूबसूरत और बेशकीमती मालूम पड़ते हैं।

तारा–(एक गुलदस्ता उठाकर और पास लाकर) देखिए इस सोने के गुलदस्ते पर क्या उम्दा मीने का काम किया हुआ है! बेशक किसी बहुत बड़े शौकीन का बनवाया हुआ है, इसी ढंग के सब गुलदस्ते हैं।

भैरो–हां एक बात ताज्जुब की और भी है जो मैंने अभी तक आपसे नहीं कही।

इंद्र–वह क्या?

भैरो–(हाथ का इशारा करके) ये दोनों दरवाजे सिर्फ घुमाकर मैंने खुले छोड़ दिए थे मगर सुबह को और दरवाजों की तरह इन्हें भी बंद पाया।

तारा–(आनंदसिंह की तरफ देखकर) शायद रात को आप उठे हों?

आनंद–नहीं।

इसी तरह देर तक ये लोग ताज्जुब-भरी बातें करते रहे मगर अकल ने कुछ गवाही न दी कि क्या मामला है। राजा बीरेन्द्रसिंह भी आ पहुंचे, उनके साथ और भी कई मुसाहिब लोग आ जमे। सभी इस आश्चर्य की बात को सुनकर सोचने और गौर करने लगे। कई बुजदिलों को भूत-प्रेत और पिशाच का ध्यान आया मगर महाराज और दोनों कुमारों के खौफ से कुछ बोल न सके, क्योंकि ये लोग ऐसे डरपोक और इस खयाल के आदमी न थे और न ऐसे आदमियों को अपने साथ रखना ही पसंद करते थे।

इन फूलों के गजरों और गुलदस्तों को किसी ने न छेड़ा और वे ज्यों-के-त्यों जहां के तहां लगे रह गए। रईसों की हाजिरी और शहर के इंतजाम में दिन बीत गया और रात को फिर कल ही की तरह दोनों भाई मसहरी पर सो रहे। दोनों ऐयार भी मसहरी के बगल में जमीन पर लेट गए, मगर आपस में मिल-जुलकर बारी-बारी से जागते रहने का विचार दोनों ने ही कर लिया था और अपने बीच में एक लंबी छड़ी इसलिए रख ली थी कि अगर रात को किसी समय कोई ऐयार कुछ देखे तो बिना मुंह से बोले लकड़ी के इशारे से दूसरे को जगा दे। इंद्रजीतसिंह और आनंदसिंह ने भी कह

रखा था कि अगर घर में किसी को देखना तो चुपके से हमें जगा देना जिससे हम लोग भी देख लें कि कौन है और कहां से आता है।

आधी रात से कुछ ज्यादे जा चुकी है। कुंअर इंद्रजीतसिंह और आनंदसिंह गहरी नींद में बेसुध पड़े हैं। पहरे के मुताबिक लेटे-लेटे तारासिंह दरवाजे की तरफ देख रहे हैं। यकायक पूरब तरफवाली कोठरी में कुछ खटका हुआ। तारासिंह जरा-सा घूम गए और पड़े-पड़े ही उस कोठरी की तरफ देखने लगे। बारीक चादर पहले ही से दोनों ऐयारों के मुंह पर पड़ी हुई थी और रोशनी अच्छी तरह हो रही थी।

कोठरी का दरवाजा धीरे-धीरे खुलने लगा। तारासिंह ने लकड़ी के इशारे से भैरोसिंह को उठा दिया जो बड़ी होशियारी से घूमकर कोठरी की तरफ देखने लगे। कोठरी के दरवाजे का एक पल्ला अब अच्छी तरह खुल गया और एक निहायत हसीन और कमसिन औरत किवाड़ पर हाथ रखे खड़ी दोनों मसहरियों की तरफ देखती नजर पड़ी। भैरोसिंह और तारासिंह ने मसहरी के पावे पर हाथ का इशारा देकर दोनों भाइयों को भी जगा दिया।

इंद्रजीतसिंह का रुख तो पहले ही उस कोठरी की तरफ था मगर आनंदसिंह उस तरफ पीठ किए सो रहे थे। जब उनकी आंखें खुलीं तो अपने सामने की तरफ जहां तक देख सकते थे कुछ भी न देखा, लाचार धीरे से उनको करवट बदलनी पड़ी और तब मालूम हुआ कि इस कमरे में क्या आश्चर्य की बात दिखाई दे रही है।

अब कोठरी के दोनों पल्ले खुल गए और वह हसीन औरत सिर से पैर तक अच्छी तरह इन चारों को दिखाई देने लगी क्योंकि उसके तमाम बदन पर बखूबी रोशनी पड़ रही थी। वह औरत नखशिख से ऐसी दुरुस्त थी कि उसकी तरफ चारों की टकटकी बंध गई। बेशकीमती सुफेद साड़ी और जड़ाऊ जेवरों से वह बहुत ही भली मालूम हो रही थी। जेवरों में सिर्फ खुशरंग मानिक जड़ा हुआ था जिसकी सुर्खी उसके गोरे रंग पर पड़कर उसके हुस्न को हद से ज्यादे रौनक दे रही थी। उसकी पेशानी (माथे) पर एक दाग था जिसके देखने से विश्वास होता था कि बेशक इसने कभी तलवार या किसी हर्बे की चोट खाई है। यह दो अंगुल का दाग भी उसकी खूबसूरती को बढ़ाने के लिए जेवर ही हो रहा था। उसे देख ये चारों आदमी यही सोचते होंगे कि इससे बढ़कर खूबसूरत रंभा और उर्वशी अप्सरा भी न होंगी। कुंअर इंद्रजीतसिंह तो किशोरी पर मोहित हो रहे थे, उसकी तस्वीर इनके दिल में खिंच रही थी, उन पर चाहे उसके हुस्न ने ज्यादे असर न किया हो मगर आनंदसिंह की क्या हालत हो गई यह वे ही जानते होंगे। बहुत बचाते रहने पर भी ठंडी सांसें उनसे न रुक सकीं जिससे हम भी कह सकते हैं कि उनके दिल ने उनकी ठंडी सांसों के साथ ही बाहर निकलकर कह दिया कि अब हम तुम्हारे कब्जे में नहीं हैं।

कुंअर आनंदसिंह अपने को संभाल न सके, उठ बैठे और उधर ही देखने लगे जिधर वह औरत किवाड़ का पल्ला थामे खड़ी थी। उनकी यह हालत देख तीनों

आदमियों को विश्वास हो गया कि वह भाग जाएगी, मगर नहीं, वह इनको उठकर बैठते देख जरा भी न हिचकी, ज्यों-की-त्यों खड़ी रही, बल्कि इनकी तरफ देख उसने जरा-सा हंस दिया, जिससे ये और भी बेचैन हो गए।

कुंअर आनंदसिंह यह सोचकर कि उस कोठरी में किसी दूसरी तरफ निकल जाने के लिए दूसरा दरवाजा नहीं है मसहरी पर से उठ खड़े हुए और उस औरत की तरफ चले। इनको अपनी तरफ आते देख वह औरत कोठरी में चली गई और फुर्ती से उसका दरवाजा भीतर से बंद कर लिया।

कुंअर इंद्रजीतसिंह की तबीयत चाहे दुरुस्त हो गई हो मगर कमजोरी अभी तक मौजूद है, बल्कि सब जख्म भी अभी तक कुछ गीले हैं, इसलिए अभी घूमने-फिरने लायक नहीं हुए। उस परीजमाल को भीतर से किवाड़ बंद कर लेते देख सब उठ खड़े हुए, कुंअर इंद्रजीतसिंह भी तकिए का सहारा लेकर बैठ गए और बोले, "इस कोठरी में किसी तरफ निकल जाने का रास्ता तो नहीं है।"

भैरो–जी नहीं।

आनंद–(किवाड़ में धक्का देकर) इसे खोलना चाहिए।

तारा–मुश्किल तो कुछ नहीं, (इंद्रजीतसिंह की तरफ देखकर) क्या हुक्म होता है?

इंद्र–जब इस कोठरी में दूसरी तरफ निकल जाने का रास्ता ही नहीं तो जल्दी क्यों करते हो?

इंद्रजीतसिंह के इतना कहते ही आनंदसिंह वहां से हटे और अपने भाई के पास जाकर बैठ गए। भैरोसिंह और तारासिंह भी पास आकर बैठ गए और यों बातचीत होने लगी–

इंद्र–(भैरोसिंह और तारासिंह की तरफ देखकर) तुममें से कोई जागता भी रहा या दोनों सो गए थे?

भैरो–नहीं, सो क्या जाएंगे? हम लोग बारी-बारी से बराबर जागते और महीन चादर से मुंह ढांके दरवाजे की तरफ देखते रहे।

इंद्र–तो क्या इसी दरवाजे में से इस औरत को आते देखा था?

आनंद–बेशक इसी तरफ से आई होगी।

तारा–जी नहीं, यही तो ताज्जुब है कि कमरे के दरवाजे ज्यों-के-त्यों भिड़के रह गए और यकायक कोठरी का दरवाजा खुला और वह नजर आई।

इंद्र–यह तो अच्छी तरह मालूम है न कि उस कोठरी में और कोई दरवाजा नहीं है।

भैरो–जी हां, अच्छी तरह जानते हैं, और कोई दरवाजा नहीं है।

तारा–क्या कहें, कोई सुने तो यही कहे कि चुड़ैल थी?

आनंद–राम, राम! यह भी कोई बात है!

इंद्र–खैर जो हो, मेरी राय यही है कि पिताजी के आने तक कोठरी का दरवाजा न खोला जाए।

आनंद–जो हुक्म, मगर मैं तो यह चाहता था कि पिताजी के आने तक दरवाजा खोलकर सब कुछ दरियाफ्त कर लिया जाता।

इंद्र–खैर खोलो।

हुक्म पाते ही कुंअर आनंदसिंह उठ खड़े हुए, खूंटी से लटकती हुई एक भुजाली उतार ली और उस दरवाजे के पास जा एक-एक हाथ दोनों कुलाबों पर मारा जिससे कुलाबे कट गए। तारासिंह ने दोनों पल्ले उतार अलग रख दिए। भैरोसिंह ने एक बलता हुआ शमादान उठा लिया और चारों आदमी उस कोठरी के अंदर गए मगर वहां एक चूहे का बच्चा भी नजर न आया।

इस कोठरी में तीन तरफ मजबूत दीवारें थीं और एक तरफ वही दरवाजा था जिसका कुलाबा काट के ये लोग अंदर आए थे, हां, सामने की तरफवाली अर्थात् बिचली दीवार में काठ की एक अलमारी जड़ी हुई थी। इन लोगों का ध्यान उस अलमारी पर गया और सोचने लगे कि शायद यह अलमारी इस ढंग की हो जो दरवाजे का काम देती हो और इसी राह से वह औरत आई हो, मगर उन लोगों का यह खयाल भी तुरंत जाता रहा और विश्वास हो गया कि अलमारी किसी तरह दरवाजा नहीं हो सकती और न इस राह से वह औरत आई ही होगी, क्योंकि उस अलमारी में भैरोसिंह ने अपने हाथ से कुछ जरूरी असबाब रखकर ताला लगा दिया था जो अभी तक ज्यों-का-त्यों बंद था। यह कब हो सकता है कि कोई ताला खोलकर इस अलमारी के अंदर घुस गया हो और बाहर का ताला जैसा-का-तैसा दुरुस्त कर दिया हो! लेकिन तब फिर क्या हुआ? यह औरत क्योंकर आई और किस राह से चली गई? उन लोगों ने लाख सिर धुना और गौर किया मगर कुछ समझ में न आया।

ताज्जुब-भरी बातों ही में रात बीत गई। सुबह को जब राजा बीरेन्द्रसिंह अपने लड़के को देखने के लिए उस कमरे में आए तो जर्राह-वैद्य तथा और मुसाहिब लोग भी उनके साथ थे। बीरेन्द्रसिंह ने इंद्रजीतसिंह से तबीयत का हाल पूछा। उन्होंने कहा, "अब तबीयत अच्छी है मगर एक जरूरी बात अर्ज किया चाहता हूं जिसके लिए तखलिया (एकांत) हो जाना बेहतर होगा।"

बीरेन्द्रसिंह ने भैरोसिंह की तरफ देखा। उसने तखलिया हो जाने में महाराज की रजामंदी जानकर सभी को हट जाने का इशारा किया। बात-की-बात में सन्नाटा हो गया और सिर्फ वही पांच आदमी उस कमरे में रह गए।

बीरेन्द्र–कहो क्या बात है?

इंद्र–आज रात एक अजीब बात देखने में आई।

बीरेन्द्र–वह क्या?

इंद्र–(तारासिंह की तरफ देखकर) तारासिंह, तुम्हीं सब हाल कह जाओ क्योंकि उस समय तुम्हीं जागते थे, हम लोग तो पीछे जगाए गए थे।

तारा–बहुत खूब।

तारासिंह ने रात का पूरा-पूरा हाल राजा बीरेन्द्रसिंह से कह सुनाया जिसे सुनकर उन्होंने बहुत ताज्जुब किया और घण्टों तक गौर में डूबे रहने के बाद बोले, "खैर यह बात किसी और को न मालूम हो नहीं तो मुसाहिबों और अहलकारों में खलबली पैदा हो जायगी और सैकड़ों तरह की गप्पें उड़ने लगेंगी। देखो तो क्या होता है और कब तक पता नहीं लगता, आज हम भी इसी कमरे में सोएंगे।"

एक दिन क्या कई दिनों तक राजा बीरेन्द्रसिंह उस कमरे में सोए मगर कुछ मालूम न हुआ और न फिर कोई बात ही देखने में आई, आखिर उन्होंने हुक्म दिया कि उस कोठरी का दरवाजा नया कुलाबा लगाकर फिर उसी तरह बंद कर दिया जाए।

बारहवां बयान

आज पांच दिन के बाद देवीसिंह लौटकर आए हैं। जिस कमरे का हाल हम ऊपर लिख आए हैं उसी में राजा बीरेन्द्रसिंह, उनके दोनों लड़के, भैरोसिंह, तारासिंह और कई सरदार लोग बैठे हैं। इंद्रजीतसिंह की तबीयत अब बहुत अच्छी है और वे चलने-फिरने लायक हो गए हैं। देवीसिंह को बहुत जल्द लौट आते देखकर सभों को विश्वास हो गया कि जिस काम पर मुस्तैद किए गए थे उसे कर चुके मगर ताज्जुब इस बात का था कि वे अकेले क्यों आए।

बीरेन्द्र–कहो देवीसिंह, खुश तो हो?

देवी–खुशी तो मेरी खरीदी हुई है! (और लोगों की तरफ देखकर) अच्छा अब आप लोग जाइए बहुत विलंब हो गया।

दरबारियों और खुशामदियों के चले जाने के बाद बीरेन्द्रसिंह ने देवीसिंह से पूछा–

बीरेन्द्र–कहो उस अर्जी में जो कुछ लिखा था सच था या झूठ?

देवी–उसमें जो कुछ लिखा था बहुत ठीक था। ईश्वर की कृपा से शीघ्र ही उन दुष्टों का पता लग गया, मगर क्या कहें ऐसी ताज्जुब की बातें देखने में आईं कि अभी तक बुद्धि चकरा रही है।

बीरेन्द्र–(हंसकर) उधर तुम ताज्जुब की बातें देखो इधर हम लोग अद्भुत बातें देखें।

देवी–सो क्या?

बीरेन्द्र–पहले तुम अपना हाल कह लो तो यहां का सुनो!

देवी–बहुत अच्छा, फिर सुनिए! रामशिला पहाड़ी के नीचे मैंने एक कागज अपने हाथ से लिखकर चिपका दिया जिसमें यह लिखा था–

"हम खूब जानते हैं कि जो अग्निदत्त के विरुद्ध होता है उसका तुम लोग सिर काट लेते हो, जिसका घर चाहते हो लूट लेते हो। मैं डंके की चोट से कहता हूं कि अग्निदत्त का दुश्मन मुझसे बढ़कर कोई न होगा और गयाजी में मुझसे बढ़कर मालदार

भी कोई नहीं है, तिस पर मजा यह है कि मैं अकेला हूं, अब देखना चाहिए तुम लोग क्या कर लेते हो?"

आनंद–अच्छा, तब क्या हुआ?

देवी–उन दुष्टों का पता लगाने के उपाय तो मैंने और भी कई किए थे मगर काम इसी से चला। उस राह से आने-जानेवाले सभी उस कागज को पढ़ते थे और चले जाते थे। मैं उस पहाड़ी के कुछ ऊपर जाकर पत्थर की चट्टान की आड़ में छिपा हुआ हरदम उसकी तरफ देखा करता था। एक दफे दो आदमी एक साथ वहां आए और उसे पढ़ मूंछों पर ताव देते शहर की तरफ चले गए। शाम को वे दोनों लौटे और फिर उस कागज को पढ़ सिर हिलाते बराबर की पहाड़ी की ओर चले गए। मैंने सोचा कि इनका पीछा जरूर करना चाहिए क्योंकि कागज के पढ़ने का असर सबसे ज्यादे इन्हीं दोनों पर हुआ। आखिर मैंने उनका पीछा किया और जो सोचा था वही ठीक निकला। वे लोग पंद्रह-बीस आदमी हैं और हट्टे-कट्टे और मुसटण्डे हैं। उसी झुंड में मैंने एक औरत को भी देखा। अहा, ऐसी खूबसूरत औरत तो मैंने आज तक नहीं देखी। पहले मैंने सोचा कि वह इन लोगों में से किसी की लड़की होगी क्योंकि उसकी अवस्था बहुत कम थी, मगर नहीं, उसके हाव-भाव और उसकी हुकूमत-भरी बातचीत से मालूम हुआ कि वह उन सभों की मालिक है, पर सच तो यह है कि मेरा जी इस बात पर भी नहीं जमता। उसकी चाल-ढाल, उसकी बढ़िया पोशाक और उसके जड़ाऊ कीमती गहनों पर जिसमें सिर्फ खुशरंग मानिक ही जड़े हुए थे ध्यान देने से दिल की कुछ विचित्र हालत हो जाती है।

मानिक के जड़ाऊ जेवरों का नाम सुनते ही कुंअर आनंदसिंह चौंक पड़े, इंद्रजीतसिंह और तारासिंह का भी चेहरा बदल गया और उस औरत का विशेष हाल जानने के लिए घबड़ाने लगे, क्योंकि उस रात को इन चारों ने इस कमरे में या यों कहिए कोठरी में जिस औरत की झलक देखी थी वह भी मानिक के जड़ाऊ जेवरों से ही अपने को सजाए हुए थी। आखिर आनंदसिंह से न रहा गया, देवीसिंह को बात कहते-कहते रोककर पूछा–

आनंद–उस औरत का नखशिख जरा अच्छी तरह कह जाइए।

देवी–सो क्या?

बीरेन्द्र–(लड़कों की तरफ देखकर) तुम लोगों को ताज्जुब किस बात का है, तुम लोगों के चेहरे पर हैरानी क्यों छा गई?

भैरो–जी, वह औरत भी जिसे हम लोगों ने देखा था ऐसे ही गहने पहिरे हुए थी जैसा चाचाजी कह रहे हैं।[1]

बीरेन्द्र–हां?

भैरो–जी हां।

---

1. भैरोंसिंह और देवीसिंह का रिश्ता तो मामा भांजे का था मगर भैरोसिंह उन्हें चाचाजी कहा करते थे।

देवी–तुम लोगों ने कैसी औरत देखी थी?

बीरेन्द्र–सो पीछे सुनना, पहले जो ये पूछते हैं उसका जवाब दे लो।

देवी–नखशिख सुनके क्या कीजिएगा, सबसे ज्यादे पक्का निशान तो यह है कि उसके ललाट में दो-ढाई अंगुल का एक आड़ा दाग है, मालूम होता है शायद उसने कभी तलवार की चोट खाई है!

आनंद–बस बस बस!

इंद्र–बेशक वही औरत है।

तारा–कोई शक नहीं कि वही है।

भैरो–अवश्य वही है!

बीरेन्द्र–मगर आश्चर्य है, कहां उन दुष्टों का संग और कहां हम लोगों के साथ आपस का बरताव।

भैरो–हम लोग तो उसे दुश्मन नहीं समझते।

देवी–अब हम न बोलेंगे, जब तक यहां का खुलासा हाल न सुन लेंगे, न मालूम आप लोग क्या कह रहे हैं?

बीरेन्द्र–खैर यही सही, अपने लड़के से पूछिए कि यहां क्या हुआ।

तारा–जी हां सुनिए, मैं अर्ज करता हूं।

तारासिंह ने यहां का बिलकुल हाल अच्छी तरह कहा। फूल तो फेंक दिए गए थे मगर गुलदस्ते अभी तक मौजूद थे, वे भी दिखाए। देवीसिंह हैरान थे कि यह क्या मामला है, देर तक सोचने के बाद बोले, ''मुझे तो विश्वास नहीं होता कि यहां वही औरत आई होगी जिसे मैंने वहां देखा है!''

बीरेन्द्र–यह शक भी मिटा डालना चाहिए।

देवी–उन लोगों का जमाव वहां रोज ही होता है, जहां मैं देख आया हूं, आज तारा या भैरो को अपने साथ ले चलूंगा, ये खुद ही देख लें कि वही औरत है या दूसरी।

बीरेन्द्र–ठीक है, आज ऐसा ही करना, हां अब तुम अपना हाल और आगे कहो।

देवी–मुझे यह भी मालूम हुआ कि उन दुष्टों ने हमेशे के लिए अपना डेरा उसी पहाड़ी में कायम किया है और बातचीत से यह भी जान गया कि लूट और चोरी का माल भी वे लोग उसी ठिकाने कहीं रखते हैं। मैंने अभी बहुत खोज उन लोगों की नहीं की, जो कुछ मालूम हुआ था आपसे कहने के लिए चला आया। अब उन लोगों को गिरफ्तार करना कुछ मुश्किल नहीं है, हुक्म हो तो थोड़े से आदमी अपने साथ ले जाऊं और आज ही उन लोगों को उस औरत के सहित गिरफ्तार कर लाऊं।

बीरेन्द्र–आज तो तुम भैरो या तारा को अपने साथ ले जाओ, फिर कल उन लोगों की गिरफ्तारी की फिक्र की जाएगी।

आखिर भैरोसिंह को अपने साथ लेकर देवीसिंह बराबर के पहाड़ पर गए जो गयाजी से तीन-चार कोस की दूरी पर होगा। घूमघुमौवा और पेचीली पगडंडियों को

तै करते हुए पहर रात जाते-जाते ये दोनों उस खोह के पास पहुंचे जिसमें बदमाश डाकू लोग रहते थे। उस खोह के पास ही एक और छोटी-सी गुफा थी जिसमें मुश्किल से दो आदमी बैठ सकते थे। इस गुफा में एक बारीक दरार ऐसी पड़ी हुई थी जिसमें ये दोनों ऐयार उस लंबी-चौड़ी गुफा का हाल बखूबी देख सकते थे जिसमें वे डाकू लोग रहते थे। इस समय वे सब-के-सब वहां मौजूद भी थे, बल्कि वह औरत भी सरदारी के तौर पर छोटी-सी गद्‌दी लगाए वहां मौजूद थी। ये दोनों ऐयार उस दरार से उन लोगों की बातचीत तो नहीं सुन सकते थे मगर सूरत-शक्ल, भाव और इशारे अच्छी तरह देख सकते थे।

इन लोगों ने इस समय वहां पंद्रह डाकुओं को बैठे हुए पाया और उस औरत को देखकर भैरोसिंह ने पहचान लिया कि यह वही औरत है जो कुंअर इंद्रजीतसिंह के कमरे में आई थी। आज वह वैसी पोशाक या जेवरों को पहिरे हुए न थी, तो भी सूरत-शक्ल में किसी तरह का फर्क न था।

इन दोनों ऐयारों के पहुंचने के बाद दो घण्टे तक वे डाकू आपस में कुछ बातचीत करते रहे, इस बीच में कई डाकुओं ने दो-तीन दफे हाथ जोड़कर उस औरत से कुछ कहा जिसके जवाब में उसने सिर हिला दिया जिससे मालूम हुआ कि मंजूर नहीं किया। इतने ही में एक दूसरी हसीन, कमसिन और फुर्तीली औरत लपकती हुई वहां आ मौजूद हुई। उसके हांफने और दम फूलने से मालूम होता था कि वह बहुत दूर से दौड़ती हुई आ रही है।

उस नई आई औरत ने न मालूम उस सरदार औरत के कान में झुककर क्या कहा जिसके सुनते ही उसकी हालत बदल गई। बड़ी-बड़ी आंखें सुर्ख हो गईं, खूबसूरत चेहरा तमतमा उठा और तुरंत उस नई औरत को साथ ले उस खोह के बाहर चली गई। वे डाकू उन दोनों औरतों का मुंह देखते ही रह गए मगर कुछ कहने की हिम्मत न पड़ी।

जब दो घण्टे तक दोनों औरतों में से कोई न लौटी तो डाकू लोग भी उठ खड़े हुए और खोह के बाहर निकल गए। उन लोगों के इशारे और आकृति से मालूम होता था कि वे दोनों औरतों के यकायक इस तरह चले जाने से ताज्जुब कर रहे हैं। यह हालत देखकर देवीसिंह भी वहां से चल पड़े और सुबह होते-होते राजमहल में आ पहुंचे।

तेरहवां बयान

कुंअर इंद्रजीतसिंह तो किशोरी पर जी-जान से आशिक हो चुके थे। इस बीमारी की हालत में भी उसकी याद इन्हें सता रही थी और यह जानने के लिए बेचैन हो रहे थे कि उस पर क्या बीती, वह किस अवस्था में कहां है और अब उसकी सूरत कब किस

तरह देखनी नसीब होगी। जब तक वे अच्छी तरह दुरुस्त नहीं हो जाते, न तो खुद कहीं जाने के लिए हुक्म ले सकते थे और न किसी बहाने से अपने प्रेमी साथी ऐयार भैरोसिंह को ही कहीं भेज सकते थे। इस बीमारी की हालत में समय पाकर उन्होंने भैरोसिंह से सब हाल मालूम कर लिया था। यह सुनकर कि किशोरी को दीवान अग्निदत्त उठा ले गया बहुत ही परेशान थे मगर यह खबर उन्हें कुछ-कुछ ढाढ़स देती थी कि चपला, चंपा और पण्डित बद्रीनाथ उसके छुड़ाने की फिक्र में लगे हुए हैं और राजा बीरेन्द्रसिंह को भी यह धुन जी से लगी हुई है कि जिस तरह बने शिवदत्त की लड़की किशोरी की शादी अपने लड़के के साथ करके शिवदत्त को नीचा दिखावें और शर्मिन्दा करें।

कुंअर आनंदसिंह ने भी अब इश्क के मैदान में पैर रखा, मगर इनकी हालत अजब गोमगो में पड़ी हुई है। जब उस औरत का ध्यान आता जी बेचैन हो जाता था मगर जब देवीसिंह की बात को याद करते कि वह डाकुओं के एक गिरोह की सरदार है तो कलेजे में अजीब तरह का दर्द पैदा होता था और थोड़ी देर के लिए चित्त का भाव बदल जाता था, लेकिन साथ ही इसके सोचने लगते थे कि नहीं, अगर वह हम लोगों की दुश्मन होती तो मेरी तरफ देखकर प्रेम-भाव से कभी न हंसती और फूलों के गुलदस्ते और गजरे सजाने के लिए जब उस कमरे में आई थी तो हम लोगों को नींद में गाफिल पाकर जरूर मार डालती। पर फिर हम लोगों की दुश्मन अगर नहीं है तो उन डाकुओं का साथ कैसा!

ऐसे-ऐसे सोच-विचार ने उनकी अवस्था खराब कर रखी थी। कुंअर इंद्रजीतसिंह, भैरोसिंह और तारासिंह को उनके जी का पता कुछ-कुछ लग चुका था मगर जब तक उसकी इज्जत-आबरू और जात-पांत की खबर के साथ-साथ यह भी मालूम न हो जाय कि वह दोस्त है या दुश्मन, तब तक कुछ कहना-सुनना या समझाना मुनासिब नहीं समझते थे।

राजा बीरेन्द्रसिंह को अब यह चिंता हुई कि जिस तरह वह औरत इस घर में आ पहुंची कहीं डाकू लोग भी आकर लड़कों को दुख न दें और फसाद न मचावें। उन्होंने पहरे वगैरह का अच्छी तरह इंतजाम किया और यह सोच कि कुंअर इंद्रजीतसिंह अभी तंदुरुस्त नहीं हुए हैं कमजोरी बनी हुई है और किसी तरह लड़-भिड़ नहीं सकते, इनको अकेले छोड़ना मुनासिब नहीं, अपने सोने का इंतजाम भी उसी कमरे में किया और साथ ही एक नया तथा विचित्र तमाशा देखा।

हम ऊपर लिख आए हैं कि इस कमरे के दोनों तरफ दो कोठरियां हैं, एक में संध्या-पूजन का सामान है और दूसरी वही विचित्र कोठरी है जिसमें से वह औरत पैदा हुई थी। संध्या-पूजावाली कोठरी में बाहर से ताला बंद कर दिया गया और दूसरी कोठरी का कुलाबा वगैरह दुरुस्त करके बिना बाहर ताला लगाए उसी तरह छोड़ दिया गया जैसे पहले था, बल्कि राजा बीरेन्द्रसिंह ने उसी दरवाजे पर अपना पलंग बिछवाया और सारी रात जागते रह गए।

आधी रात बीत गई मगर कुछ देखने में न आया, तब बीरेन्द्रसिंह अपने बिस्तरे पर से उठे और कमरे में इधर-उधर घूमने लगे। घण्टे-भर बाद उस कोठरी में से कुछ खटके की आवाज आई, बीरेन्द्रसिंह ने फौरन तलवार उठा ली और तारासिंह को उठाने के लिए चले मगर खटके की आवाज पर तारासिंह पहले ही से सचेत हो गए थे, अब हाथ में खंजर ले बीरेन्द्रसिंह के साथ टहलने लगे।

आधी घड़ी के बाद जंजीर खटकने की आवाज इस तरह पर हुई जिससे साफ मालूम हो गया कि किसी ने इस कोठरी का दरवाजा भीतर से बंद कर लिया। थोड़ी ही देर के बाद पैर की धमाधमी की आवाज भीतर से आने लगी, मानो चार-पांच आदमी भीतर उछल-कूद रहे हैं। बीरेन्द्रसिंह कोठरी के दरवाजे के पास गए और हाथ का धक्का देकर किवाड़ खोलना चाहा मगर भीतर से बंद रहने के कारण दरवाजा न खुला, लाचार उसी जगह खड़े हो भीतर की आहट पर गौर करने लगे।

अब पैरों की धमाधमी की आवाज बढ़ने लगी और धीरे-धीरे इतनी ज्यादे हुई कि कुंअर इंद्रजीतसिंह और आनंदसिंह भी उठे और कोठरी के पास जाकर खड़े हो गए। फिर दरवाजा खोलने की कोशिश की गई पर न खुला। भीतर जल्द-जल्द पैर उठाने और पटकने की आवाज से सभों को निश्चय हो गया कि अंदर लड़ाई हो रही है। थोड़ी ही देर बाद तलवारों की झनझनाहट भी सुनाई देने लगी। अब भीतर लड़ाई होने में किसी तरह का शक न रहा। आनंदसिंह ने चाहा कि दरवाजे का कुलाबा तोड़ा जाए मगर बीरेन्द्रसिंह की मर्जी न पाकर सब चुपचाप खड़े आहट सुनते रहे।

यकायक धमधमाहट की आवाज बढ़ी और तब सन्नाटा हो गया। घड़ी-भर तक ये लोग बाहर खड़े रहे मगर कुछ मालूम न हुआ और न फिर किसी तरह की आहट या आवाज ही सुनाई दी। रात सिर्फ दो घण्टे बल्कि इससे भी कम बाकी रह गई थी। पहरेवाले टहलकर अच्छी तरह से पहरा दे रहे हैं या नहीं यह देखने के लिए तारासिंह बाहर गए और सभों को अपने काम पर मुस्तैद पाकर लौट आए। इतने ही में कमरे का दरवाजा खुला और भैरोसिंह को साथ लिये देवीसिंह आते दिखाई पड़े।

ये दोनों ऐयार सलाम करने के बाद बीरेन्द्रसिंह के पास बैठ गए मगर यह देखकर कि यहां अभी तक ये लोग जाग रहे हैं ताज्जुब करने लगे।

देवी—आप लोग इस समय तक जाग रहे हैं।

बीरेन्द्र—हां, यहां कुछ ऐसा ही मामला हुआ जिससे निश्चिंत हो सो न सके।

देवी—सो क्या?

बीरेन्द्र—खैर तुम्हें यह भी मालूम हो जाएगा, पहले अपना हाल तो कहो। (भैरोसिंह की तरफ देखकर) तुमने उस औरत को पहचाना?

भैरो—जी हां, बेशक वही औरत है जो यहां आई थी, बल्कि वहां एक और औरत दिखाई दी।

बीरेन्द्र—यहां से जाकर तुमने क्या किया और क्या-क्या देखा सो खुलासा कह जाओ।

भैरोसिंह ने जो कुछ देखा था कहने के बाद यहां का हाल पूछा। बीरेन्द्रसिंह ने भी यहां की कुल कैफियत कह सुनाई और बोले, ''हम यही राह देख रहे थे कि सबेरा हो जाए और तुम लोग भी आ जाओ तो इस कोठरी को खोलें और देखें कि क्या है, कहीं से किसी के आने-जाने का पता लगता है या नहीं।''

कोठरी खोली गई। एक हाथ में रोशनी दूसरे में नंगी तलवार लेकर पहले देवीसिंह कोठरी के अंदर घुसे और तुरंत ही बोल उठे–''वाह-वाह, यहां तो खून-खराबा मच चुका है!'' अब बीरेन्द्रसिंह, दोनों कुमार और उनके दोनों ऐयार भी कोठरी के अंदर गए और ताज्जुब-भरी निगाहों से चारों तरफ देखने लगे।

इस कोठरी में जो फर्श बिछा हुआ था वह इस तरह से सिमट गया था जैसे कई आदमियों के बेअख्तियार उछल-कूद करने या लड़ने से इकट्ठा हो गया हो, ऊपर से वह खून से तर भी हो रहा था। चारों तरफ दीवारों पर भी खून के छींटे और लड़ते समय हाथ बहककर बैठ जानेवाली तलवारों के निशान दिखाई दे रहे थे। बीच में एक लाश पड़ी हुई थी मगर बेसिर की, कुछ समझ में नहीं आता था कि वह लाश किसकी है। कपड़ों में सिर्फ एक लंगोटा उसकी कमर में था। तमाम बदन नंगा था जिसमें अंदाज से ज्यादे तेल लगा हुआ था। दाहिने हाथ में तलवार थी मगर वह हाथ भी कटा हुआ सिर्फ जरा-सा चमड़ा लगा हुआ था, वह भी इतना कम कि अगर कोई खैंचे तो अलग हो जाए। सबसे ज्यादे परेशान और बेचैन करनेवाली एक चीज और दिखाई दी।

दाहिने हाथ की कटी हुई एक कलाई जिसमें फौलादी कटार अभी तक मौजूद थी, दिखाई पड़ी। आनंदसिंह ने फौरन उस हाथ को उठा लिया और सभों की निगाह भी गौर के साथ उस पर पड़ने लगी। यह कलाई किसी नाजुक, हसीन और कमसिन औरत की थी। हाथ में हीरे का जड़ाऊ कड़ा और जमीन पर मानिक की दो-तीन बारीक जड़ाऊ चूड़ियां भी मौजूद थीं, शायद कलाई कटकर गिरते समय ये चूड़ियां हाथ से अलग हो जमीन पर फैल गई हों।

इस कलाई के देखने से सभों को रंज हुआ और झट उस औरत की तरफ खयाल दौड़ गया जिसे इस कोठरी में से निकलते सभों ने देखा था। चाहे उस औरत के सबब से ये कैसे ही हैरान क्यों न हों, मगर उसकी सूरत ने सभों को अपने ऊपर मेहरबान बना लिया था, खास करके कुंअर आनंदसिंह के दिल में तो वह उनके जान और माल की मालिक ही होकर बैठ गई थी, इसलिए सबसे ज्यादे दुख छोटे कुंअर साहब को हुआ। यह सोचकर कि बेशक यह उसी औरत की कलाई है, कुंअर आनंदसिंह की आंखों में जल भर आया और कलेजे में एक किस्म का दर्द पैदा हुआ, मगर इस समय कुछ कहने या अपने दिल का हाल जाहिर करने का मौका

न समझ उन्होंने बड़ी कोशिश से अपने को सम्हाला और चुपचाप सभों का मुंह देखने लगे।

पाठक, अभी इन औरत के बारे में बहुत कुछ लिखना है इसलिए जब तक यह मालूम न हो जाए कि यह औरत कौन है तब तक अपने और आपके सुभीते के लिए हम इसका नाम 'किन्नरी' रख देते हैं।

राजा बीरेन्द्रसिंह और उनके ऐयारों ने इन सब अद्‌भुत बातों को जो इधर कई दिनों में हो चुकी थीं छिपाने के लिए बहुत कोशिश की मगर हो न सका। कई तरह पर रंग बदलकर यह बात तमाम शहर में फैल गई। कोई कहता था 'महाराज के मकान में देव और परियों ने डेरा डाला है!' कोई कहता था 'गयाजी के भूत-प्रेत इन्हें सता रहे हैं!' कोई कहता था 'दीवान अग्निदत्त के तरफदार बदमाश और डाकुओं ने यह फसाद मचाया है!' इत्यादि बहुत तरह की बातें शहरवाले आपस में कहने लगे मगर उस समय बातों का ढंग ही बिलकुल बदल गया, जब राजा बीरेन्द्रसिंह के हुक्म से देवीसिंह ने उस सिर कटी लाश को जो कोठरी में से निकली थी उठवाकर सदर चौक में रखवा दिया और उसके पास एक मुनादीवाले को यह कह पुकारने के लिए बैठा दिया कि–''अग्निदत्त के तरफदार डाकू लोग जो शहर के रईसों और अमीरों को सताया करते थे ऐयारों के हाथ गिरफ्तार होकर मारे जाने लगे, आज एक डाकू मारा गया है, जिसकी लाश यह है।''

चौदहवां बयान

सूर्य भगवान के अस्त होने में अभी घण्टे-भर की देर है, फिर भी मौसिम के मुताबिक बाग में टहलनेवाले हमारे कुंअर इंद्रजीतसिंह और आनंदसिंह को ठंडी हवा सिहरावनदार मालूम हो रही है। रंग-बिरंग के खूबसूरत फूल खिले हुए हैं जिनके देखने में हर एक की तबीयत उमंग पर आ सकती है मगर इन दोनों के दिल की कली किसी तरह भी खिलने में नहीं आती। बाग में जितनी चीजें दिल खुश करनेवाली हैं वे सभी इस समय इन दोनों को बुरी मालूम होती हैं। बहुत देर से ये दोनों भाई बाग में टहल रहे हैं मगर ऐसी नौबत न आई कि एक-दूसरे से बात करें या हंसें क्योंकि दोनों के दिल चुटीले हो रहे हैं, दोनों ही अपनी-अपनी धुन में डूबे हुए हैं, दोनों ही को अपने-अपने माशूक की खोज है, दोनों ही सोच रहे हैं कि 'हाय क्या ही आनंद होता अगर इस समय वह मौजूद होता जिसे जी प्यार करता है या जिसके बिना दुनिया की संपत्ति तुच्छ मालूम होती है!' दिल बहलाने का बहुत कुछ उद्योग किया मगर न हो सका, लाचार दोनों भाई उस बारहदरी में पहुंचे जो बाग के दक्खिन तरफ महल के साथ सटी हुई है और जहां इस समय राजा बीरेन्द्रसिंह अपने मुसाहिबों के साथ

जी बहलाने की बातें कर रहे थे। देवीसिंह भी उनके पास बैठे हुए थे जो कभी-न-कभी लड़कपन की बातें याद दिलाने के साथ ही गुप्त दिल्लगी भी करते जाते थे और जवाब भी पाते थे। दोनों लड़के भी वहां जा पहुंचे मगर इनके बैठते ही मजलिस का रंग बदल गया और बातों ने पलटा खाकर दूसरा ही ढंग पकड़ा जैसा कि अकसर हंसी-दिल्लगी करते हुए बड़ों के बीच में समझदार लड़कों के आ बैठने से हो जाता है।

बीरेन्द्र–अब तो चुनार जाने को जी चाहता है मगर...

देवी–यहां आपकी जरूरत भी अब क्या है?

बीरेन्द्र–ठीक है, यहां मेरी जरूरत नहीं, लेकिन यहां की अद्‌भुत बातें देखकर विचार होता है कि मेरे चले जाने से कोई बखेड़ा न मचे और लड़कों को तकलीफ न हो।

इंद्र–(हाथ जोड़कर) इसकी चिंता आप न करें, हम लोग जब इतनी छोटी-छोटी बातों से अपने को सम्हाल न सकेंगे तो आगे क्या करेंगे!

बीरेन्द्र–तो क्या तुम्हारा इरादा भी यहां रहने का है?

इंद्र–यदि आज्ञा हो!

बीरेन्द्र–(कुछ सोचकर) क्यों देवीसिंह!

देवी–क्या हर्ज है, रहने दीजिए।

बीरेन्द्र–और तुम?

देवी–मैं आपके साथ चलूंगा, यहां भैरो और तारा रहेंगे, वे दोनों होशियार हैं, कुछ हर्ज नहीं है!

भैरो–(हाथ जोड़कर) यहां की अद्‌भुत बातें हम लोगों का कुछ बिगाड़ नहीं सकतीं।

तारा–(हाथ जोड़कर) सरकार की मर्जी नहीं पाई, नहीं तो ऐसी-ऐसी लीलाओं की तो मैं एक ही दिन में कायापलट कर देने की हिम्मत रखता हूं।

भैरो–अगर मरजी हो तो इन अद्‌भुत बातों का आज ही निपटारा कर दिया जाए।

बीरेन्द्र–(मुस्कुराकर) नहीं ऐसी कोई जरूरत नहीं, हमें तुम लोगों के हौसले पर पूरा भरोसा है। (देवीसिंह की तरफ देखकर) खैर तो आज दिन भी अच्छा है।

देवी–बहुत खूब! (एक मुसाहिब की तरफ देखकर) आप जरा तकलीफ करें।

मुसाहिब–बहुत अच्छा, मैं जाता हूं।

कुंअर इंद्रजीतसिंह और आनंदसिंह यही चाहते थे किसी तरह बीरेन्द्रसिंह चुनार जाएं क्योंकि उनके रहते ये दोनों अपने मतलब की कार्रवाई नहीं कर सकते थे। इस बात को बीरेन्द्रसिंह भी समझते थे मगर इसके सिवाय भी न मालूम क्या सोचकर वे इस समय चुनार जा रहे हैं या गयाजी की सरहद छोड़कर क्या मतलब निकाला चाहते हैं।

राजा बीरेन्द्रसिंह का विचार कोई जान नहीं सकता था। वे किसी से यह नहीं कह सकते कि हम दो घण्टे के बाद क्या करेंगे। कोई यह नहीं कह सकता था कि महाराज आज यहां तो हैं मगर कल कहां रहेंगे, या महाराज फलाना काम क्यों और किस इरादे से कर रहे हैं। पहले दिल-ही-दिल में अपना इरादा मजबूत कर लेते थे, जिसे कोई बदल नही सकता था, मगर अपने बाप की इज्जत बहुत करते थे और उनके मुकाबले में अपने दृढ़ विचार को भी हुक्म के मुताबिक बदल देने में बुरा नहीं समझते थे, बल्कि उसे कर्तव्य और धर्म मानते थे।

दो घड़ी रात जाते-जाते बीरेन्द्रसिंह ने चुनार की तरफ कूच कर दिया और देवीसिंह को साथ लेते गए। अब कुंअर इंद्रजीतसिंह और आनंदसिंह खुदमुख्तार हो गए, मगर साथ ही इसके राजा हो गए तो क्या अपनी खुदमुख्तारी के सामने आनंदसिंह अपने बड़े भाई के हुक्म की नाकदरी नहीं कर सकते थे और यहां तो दोनों ही के इरादे दूसरे हैं जिसमें एक-दूसरे का बाधक नहीं हो सकता था।

कुंअर इंद्रजीतसिंह बीमार थे इसलिए दोनों भाई एक ही कमरे में रहा करते थे, मगर अब दोनों ने अपने-अपने लिए अलग-अलग दो कमरे मुकर्रर किए। जिस कमरे में वह विचित्र कोठरी थी और जिसका हाल ऊपर लिखा गया है आनंदसिंह ने अपने लिए रखा। उससे कुछ दूर पर इंद्रजीतसिंह का दूसरा कमरा था।

पन्द्रहवां बयान

आधी रात से ज्यादे जा चुकी है। गयाजी में हर मुहल्ले के चौकीदार 'जागते रहियो, होशियार रहियो' कह-कहकर इधर से उधर घूम रहे हैं। रात अंधेरी है, चारों तरफ अंधेरा छाया हुआ है। यहां का मुख्य स्थान विष्णु-पादुका है, उसके चारों तरफ की आबादी बहुत घनी है मगर इस समय हम गुंजान आबादी में न जाकर उस मुख्तसर आबादी की तरफ चलते हैं जो शहर के उत्तर में रामशिला पहाड़ी के नीचे आबाद है और जहां के कुल मकान कच्चे और खपड़े की छावनी के हैं। इसी आबादी में से दो आदमी स्याह कम्बल ओढ़े बाहर निकले और फलगू नदी की तरफ रवाना हुए।

रामशिला पहाड़ी से पूरब फलगू नदी के बीचोबीच में एक बड़ा भयानक ऊंचा टीला है। उस टीले पर किसी महात्मा की समाधि है और उसी जगह पत्थर की मजबूत बनी हुई कुटी में एक साधु भी रहते हैं। उस समाधि और कुटी के चारों तरफ बेर, मकोइचे, धो इत्यादि जंगली पेड़ों से बड़ा ही गुंजान हो रहा है और वहां जमीन पर पड़ी हुई हड्डियों की यह कैफियत है कि बिना उन पर पैर रखे कोई आदमी समाधि या उस कुटी तक जा ही नहीं सकता। छोटी-बड़ी, साबुत और टूटी सैकड़ों तरह की खोपड़ियां इधर-से-उधर लुढ़क रही हैं। न मालूम कब और क्योंकर

इतनी हड्डियां चारों तरफ जमा हो गईं। इस आबादी से निकले हुए दोनों आदमी इसी टीले की तरफ जा रहे हैं।

कोई साधारण आदमी ऐसी अंधेरी रात में उस टीले की तरफ जाने का साहस कभी नहीं कर सकता, मगर ये दोनों बिना किसी तरह की रोशनी साथ लिये अंधेरे में ही हड्डियों पर पैर रखते और कंटीली झाड़ियों में घुसते चले जा रहे हैं। आखिर ये दोनों कुटी के पास जा पहुंचे और दरवाजे पर खड़े होकर एक ने ताली बजाई।

भीतर से–कौन है?

एक : किवाड़ खोलो।

भीतर से–क्यों किवाड़ खोलें?

एक–काम है।

भीतर से–तुम लोग हमें व्यर्थ तंग करते हो?

साधु ने उठकर किवाड़ खोला और वे दोनों अंदर जाकर एक तरफ बैठ गए। भीतर धूनी के जलने से कुटी अच्छी तरह गर्म हो रही थी इसलिए उन दोनों ने कंबल उतारकर रख दिया। अब मालूम हुआ कि ये दोनों औरतें हैं और साथ ही इसके यह भी देखने में आया कि एक औरत की दाहिनी कलाई कटी है जिस पर वह कपड़ा लपेटे हुए है। एक औरत तो चुपचाप बैठी रही मगर बाबाजी से वह दूसरी औरत जिसकी कलाई कटी हुई थी, यों बातचीत करने लगी–

औरत–कहिए आपने कुछ सोचा?

बाबाजी–जो काम मेरे किए हो ही नहीं सकता उसके लिए मैं क्या सोचूं।

औरत–बेशक आपके किए वह काम हो सकता है, क्योंकि वह आपको गुरु के समान मानती है।

साधु–गुरु के समान मानती है तो क्या मेरे कहने से वह अपनी जान दे देगी? तुम लोग भी क्या अंधेर करती हो!

औरत–इसमें जान देने की क्या जरूरत है?

साधु–तो तुम क्या चाहती हो?

औरत–बस इतना ही कि वह उस मकान को छोड़ दे।

साधु–उस बेचारी ने किसी को दुख तो दिया नहीं, फिर उसके पीछे क्यों पड़ी हो?

औरत–क्या उसने मुझे और मेरे आदमियों को धोखा नहीं दिया?

साधु–तुम अपना राज्य दूसरे को देकर आप भाग गईं अब तो वही मालिक है, इसलिए वे लोग उसी के नौकर गिने जाएंगे।

औरत–मैं अपना राज्य फिर अपने कब्जे में किया चाहती हूं।

साधु–जो तुमसे हो सके करो पर मैं किसी तरह की मदद नहीं दे सकता। तुम लड़कपन से मुझे जानती हो, तुम्हारे पिता, तुमको गोद में लेकर यहां आया करते थे, कभी मैं किसी के भले-बुरे का साथी नहीं हुआ।

औरत–जो हो मगर आपको वह काम करना ही पड़ेगा जो मैं कहती हूं और याद रखिए कि अगर आप इनकार करेंगे तो इसका नतीजा अच्छा न होगा, मैं साधु और महात्मा समझकर छोड़ न दूंगी।

साधु–(कुछ देर सोचने के बाद) अच्छा आज-भर तुम मुझे और मोहलत दो, कल इसी समय यहां आना।

औरत–खैर एक दिन और सही।

ये दोनों औरतें वहां से उठकर रवाना हुईं। न मालूम कब से एक आदमी कुटी के पीछे छिपा हुआ था जो इस समय नजर बचाकर उन दोनों के पीछे-पीछे तब तक चलता ही गया जब तक वे दोनों आबादी में पहुंचकर अपने मकान के अंदर न घुस गईं। जब उन दोनों औरतों ने मकान के अंदर जाकर दरवाजा बंद कर लिया जो खुला छोड़ गई थीं, तब वह आदमी वहां से लौटा और फिर उसी कुटी में पहुंचा जिसका हाल ऊपर लिख चुके हैं। कुटी का दरवाजा खुला हुआ था और साधु बेचारे उसी तरह बैठे कुछ सोच रहे थे। वह आदमी कुटी के अंदर बेधड़क चला गया और दंडवत करके एक किनारे बैठ गया।

साधु–कहिए देवीसिंहजी, आप आ गए?

देवी–(हाथ जोड़कर) जी महाराज, मैं तभी से यहां हूं जब वे दोनों यहां आई भी न थीं, अब उन दोनों को उनके घर पहुंचाकर लौटा आ रहा हूं।

साधु–हां!

देवी–जी हां, आपने बड़ी कृपा की जो उसका हाल मुझे बता दिया, कई दिनों से हम हैरान हो रहे थे। क्या कहूं आपकी आज्ञा न हुई, नहीं तो मैं इसी जगह से उन दोनों को अपने कब्जे में कर लेता।

साधु–नहीं भैया, ऐसा करने से यह हमारे गुरु की कुटिया बदनाम होती, अब तुमने उसका घर देख ही लिया है सब काम बना लोगे। बीरेन्द्रसिंह बड़े प्रतापी और धर्मात्मा राजा हैं, ऐसे को कभी कोई सता नहीं सकता। देखा, इस दुष्टा माधवी ने अपने चाल-चलन को कैसा खराब किया और प्रजा को कितना दुख दिया, आखिर उसी की सजा भोग रही है! अच्छा अब ईश्वर तुम्हारा कल्याण करे। बीरेन्द्रसिंह से मेरा आशीर्वाद कहना। अहा, कैसा भक्त धर्मात्मा और नीति पर चलनेवाला राजा है!

देवी–अच्छा तो मुझे आज्ञा है न?

साधु–हां जाओ, मगर देखो मैं तुम्हें पहले भी कह चुका हूं और अब भी कहता हूं कि माधवी को जान से मत मारना और बेचारी कामिनी पर दया करना। मैं उसे अपनी पुत्री ही मानता हूं। बीरेन्द्रसिंह से कह देना कि वे कामिनी को अपनी लड़की समझें और आनंदसिंह के साथ उसका संबंध करने में कुछ सोच-विचार न करें, क्या हुआ अगर उसका बाप आपके सामने खड़ा होने लायक नहीं है।

देवी–(हाथ जोड़कर) बहुत अच्छा कह दूंगा, राजा बीरेन्द्रसिंह कदापि आपकी आज्ञा न टालेंगे, मगर फिर एक दफे मैं आपकी सेवा में आऊंगा।

साधु–नहीं अब मुझसे मुलाकात न होगी, मैं आज ही इस कुटी को छोड़ दूंगा। हां, ईश्वर चाहेगा तो मैं एक दिन स्वयं तुम लोगों से मिलूंगा।

देवी–जैसी आज्ञा।

साधु–हां, बस अब जाओ, यहां मत अटको।

पाठक सोचते होंगे कि देवीसिंह तो बीरेन्द्रसिंह के साथ चुनार चले गये थे, यहां कैसे आ पहुंचे! मगर नहीं, लोगों के जानने में बीरेन्द्रसिंह, देवीसिंह को अपने साथ ले गए थे परंतु वास्तव में ऐसा न था। राजा बीरेन्द्रसिंह की गुप्त नीति साधारण नहीं।

सोलहवां बयान

राजा बीरेन्द्रसिंह के चुनार चले जाने बाद दोनों भाइयों को अपनी-अपनी फिक्र पैदा हुई। कुंअर आनंदसिंह किन्नरी की फिक्र में पड़े और कुंअर इंद्रजीतसिंह को राजगृही की फिक्र पैदा हुई। राजगृही को फतह कर लेना उनके लिए एक अदना काम था मगर इस विचार से कि किशोरी वहां फंसी हुई है, हमें सताने के लिए अग्निदत्त उसे तकलीफ न दे, धावा करने का जल्दी साहस नहीं कर सकते थे। जिस समय वह आजाद हुए अर्थात् बीरेन्द्रसिंह के मौजूद रहने का खयाल जाता रहा, उसी समय से किशोरी की मुहब्बत ने जोर बांधा और तरद्दुद के साथ मिली हुई बेचैनी बढ़ने लगी। आखिर अपने मित्र भैरोसिंह से बोले, ''अब मैं बिना राजगृही गए नहीं रह सकता। जिस जगह हमारे देखते-देखते बेचारी किशोरी हम लोगों से छीन ली गई उस जगह अर्थात् उस अमलदारी को बिना तहस-नहस किए और किशोरी को पाए मेरा जी ठिकाने न होगा और न मुझे दुनिया की कोई चीज भली मालूम होगी।

भैरो–आपका कहना ठीक है मगर आप अकेले वहां क्या करेंगे?

इंद्र–दुष्ट अग्निदत्त के लिए मैं अकेला ही बहुत हूं।

भैरो–दुष्ट अग्निदत्त के लिए आप अकेले बहुत हैं मगर शहर-भर के लिए नहीं।

इंद्र–शहर-भर से मुझे कोई मतलब नहीं।

भैरो–आखिर शहरवाले उसकी तरफदारी करेंगे या नहीं!

इंद्र–इसका अंदाजा तो गयाजी पर कब्जा करने से ही तुम्हें मालूम हो गया होगा।

भैरो–ठीक है मगर अपनी तरफ से मजबूती रखना मुनासिब है।

इंद्र–अच्छा तो मैं आनंद को समझा दूंगा कि फलाने दिन एक सरदार को थोड़ी फौज देकर हमारी मदद के लिए भेज देना।

भैरो–यह हो सकता है, मगर उत्तम तो यही था कि दो-चार दिन और ठहर जाते तब तक मैं राजगृही से घूम आता।

इंद्र–नहीं अब इस किस्म की नसीहत सुनने लायक मैं नहीं रहा।

भैरो–(कुछ देर सोचकर) खैर जैसी आपकी मरजी।

शाम के वक्त दोनों भाई घोड़ों पर सवार हो अपने दोनों ऐयारों और बहुत से मुसाहबों और सरदारों को साथ ले घूमने और हवा खाने के लिए महल के बाहर निकले। कायदे के मुताबिक सरदार और मुसाहब लोग अपने-अपने घोड़े उन दोनों भाइयों के घोड़ों से लगभग पच्चीस कदम पीछे लिए जाते थे, जब इंद्रजीतसिंह या आनंदसिंह घूमकर उनकी तरफ देखते तब ये लोग झट आगे बढ़ जाते और बात सुनकर पीछे हट जाते, हां दोनों ऐयार घोड़ों की रकाब थामे पैदल साथ जा रहे थे। जब ये दोनों भाई घूमने के लिए बाहर निकलते तब शहर के मर्द-औरत बल्कि छोटे-छोटे बच्चे भी इनको देखकर खुश होते थे। जिसके मुंह से सुनिए यही आवाज निकलती थी, "ईश्वर ने हम लोगों की सुन ली जो ऐसे राजकुमारों के चरण यहां आए और उस खुदगरज निमकहराम बेईमान का साया हमारे सिर से हटा।"

जब घूमते हुए ये दोनों भाई शहर से बाहर हुए, इंद्रजीतसिंह ने आनंदसिंह से कहा, "मैं किसी काम के लिए भैरोसिंह को साथ लेकर राजगृही जाता हूं, आज से ठीक आठवें दिन अर्थात् रविवार को किसी सरदार के साथ थोड़ी-सी फौज हमारी मदद को भेज देना।"

आनंद–(थोड़ी देर चुप रहने के बाद) जो हुक्म, मगर...

इंद्र–तुम किसी तरह की चिंता मत करो, मैं अपने को हर तरह से सम्हाले रहूंगा।

आनंद–ठीक है, लेकिन...

इंद्र–गयाजी पहुंचने से ही तुम्हें मालूम हो गया होगा कि माधवी की रिआया हमारे खिलाफ न होगी।

आनंद–ईश्वर करे ऐसा ही हो, परंतु...

इंद्र–जब तक तुम्हारी फौज वहां न पहुंच जाएगी हम लोगों को जो कुछ करना होगा छिपकर करेंगे।

आनंद–ऐसा करने पर भी...

इंद्र–खैर जो कुछ तुम्हें कहना हो साफ-साफ कहो!

आनंद–आपका अकेले जाना मुनासिब नहीं, दुश्मन के घर में जाकर अपने को सम्हाले रहना भी कठिन है, राजा की मौजूदगी में रिआया को हर तरह उसका डर बना ही रहता है, आप दुश्मन के घर में किसी तरह निश्चिंत नहीं रह सकते और आपके इस तरह चले जाने के बाद मेरा जी यहां कभी नहीं लग सकता।

राजगृही जाने पर कुंअर इंद्रजीतसिंह कैसे ही मुस्तैद क्यों न हों लेकिन छोटे भाई की आखिरी बात ने उन्हें हर तरह से मजबूर कर दिया। कुंअर इंद्रजीतसिंह बड़े ही

समझदार और बुद्धिमान थे, मगर मुहब्बत का भूत जब किसी के सिर पर सवार होता है तो वह पहले उसकी बुद्धि की ही मिट्टी पलीद करता है।

छोटे भाई की बात सुन इंद्रजीतसिंह ने भैरोसिंह की तरफ देखा।

भैरो–मैं भी यही चाहता था कि आप दो-चार रोज यहीं और सब्र करें और तब तक मुझे राजगृही से घूम आने दें।

आनंद–(भैरोसिंह की तरफ देखकर) वादा कर जाओ कि तुम कब लौटोगे?

भैरो–चार दिन के अंदर ही मैं यहां पहुंच जाऊंगा।

आनंद–(भैरो की तरफ देखकर इंद्रजीतसिंह से) यदि आज्ञा हो जाए तो ये इधर ही से चले जाएं, घर जाने की जरूरत ही क्या!

भैरो–मैं तैयार हूं।

इंद्र–घर जाकर अपना सामान तो इन्हें दुरुस्त करना ही होगा, हां, मुझसे चाहे इसी समय बिदा हो जाएं।

सत्रहवां बयान

भैरोसिंह को राजगृही गए आज तीसरा दिन है। यहां का हाल-चाल अभी तक कुछ मालूम नहीं हुआ, इसी सोच में आधी रात के समय अपने कमरे में पलंग पर लेटे हुए कुंअर इंद्रजीतसिंह को नींद नहीं आ रही है। किशोरी की खयाली तस्वीर उनकी आंखों के सामने आ-आकर गायब हो जाती है। इससे उन्हें और भी दुख होता है, घबराकर लंबी सांस ले उठ बैठते हैं। कभी भी जब बेचैनी बहुत बढ़ जाती है तो पलंग को छोड़ कमरे में टहलने लगते हैं।

इसी हालत में इंद्रजीतसिंह कमरे के अंदर टहल रहे थे, इतने में पहरे के एक सिपाही ने अंदर की तरफ झांककर देखा और इनको टहलते देख हट गया, थोड़ी देर बाद वह दरवाजे के पास इस उम्मीद में आकर खड़ा हो गया कि कुमार उसकी तरफ देखकर पूछें तो वह कुछ कहे मगर कुमार तो अपने ध्यान में डूबे हुए हैं, उन्हें खबर ही क्या है कि कोई उनकी तरफ झांक रहा है या इस उम्मीद में खड़ा है कि वे उसकी तरफ देखें और कुछ पूछें। आखिर उस सिपाही ने जान-बूझकर किवाड़ का एक पल्ला इस ढंग से खोला कि कुछ आवाज हुई, साथ ही कुमार ने घूमकर उसकी तरफ देखा और इशारे से पूछा कि क्या है!

राजा सुरेन्द्रसिंह, बीरेन्द्रसिंह, इंद्रजीतसिंह और आनंदसिंह का बराबर ये हुक्म था कि मौका न होने पर चाहे किसी की इत्तिला न की जाए मगर जब कोई ऐयार आवे और कहे कि मैं ऐयार हूं और इसी समय मिलना चाहता हूं तो चाहे कैसा ही बेमौका क्यों न हो हम तक उसकी इत्तिला जरूर पहुंचनी चाहिए। अपने घर के ऐयारों के

लिए तो कोई रोक-टोक थी नहीं, चाहे वह कुसमय में भी महल में घुस जाय या जहां चाहे वहां पहुंचे, महल में उनकी खातिर और उनका लिहाज ठीक उतना ही किया जाता था, जितना पंद्रह वर्ष के लड़के का किया जाता और इसी का ठीक नमूना ऐयार लोग दिखलाते थे।

सिपाही ने हाथ जोड़के कहा, "एक ऐयार हाजिर हुआ है और इसी समय कुछ अर्ज किया चाहता है!" कुमार ने कहा, "रोशनी तेज कर दो और उसे अभी यहां लाओ।" थोड़ी देर बाद चुस्त स्याह मखमल की पोशाक पहिरे कमर में खंजर लटकाए, हाथ में कमंद लिये एक खूबसूरत लड़का कमरे में आ मौजूद हुआ।

इंद्रजीतसिंह ने गौर से उसकी ओर देखा, साथ ही उनके चेहरे की रंगत बदल गई, जो अभी उदास मालूम होता था खुशी से दमकता हुआ दिखाई देने लगा।

इंद्र–मैं तुम्हें पहचान गया।

लड़का–क्यों न पहचानेंगे जबकि आपके यहां एक-से-एक बढ़कर ऐयार हैं और दिन-रात उनका संग है, मगर इस समय मैंने भी अपनी सूरत अच्छी तरह नहीं बदली है।

इंद्र–कमला, पहले यह कहो कि किशोरी कहां और किस हालत में हैं, और उन्हें अग्निदत्त के हाथ से छुट्टी मिली या नहीं?

कमला–अग्निदत्त को अब उनकी कोई खबर नहीं है।

इंद्र–इधर आओ और हमारे पास बैठो, खुलासा कहो कि क्या-क्या हुआ, मैं तो इस लायक नहीं कि अपना मुंह उन्हें दिखाऊं क्योंकि मेरे किए कुछ भी न हो सका।

कमला–(बैठकर) आप ऐसा खयाल न करें, आपने बहुत कुछ किया, अपनी जान देने को तैयार हो गए और महीनों दुख झेला। आपके ऐयार लोग अभी तक राजगृही में इस मुस्तैदी से काम कर रहे हैं कि अगर उन्हें यह मालूम हो जाता कि किशोरी वहां नहीं है तो उस राज्य का नाम-निशान मिटा देते।

इंद्र–मैंने भी यही सोच के उस तरफ जोर नहीं दिया कि कहीं अग्निदत्त के हाथ पड़ी हुई बेचारी किशोरी पर कुछ आफत न आवे, हां तो अब किशोरी वहां नहीं हैं?

कमला–नहीं!

इंद्र–कहां हैं और किसके कब्जे में हैं?

कमला–इस समय वह खुदमुख्तार हैं, सिवाय लज्जा के उन्हें और किसी का डर नहीं।

इंद्र–जल्द बताओ वह कहां हैं? मेरा जी घबड़ा रहा है।

कमला–वह इसी शहर में हैं मगर अभी आपसे मिलना नहीं चाहतीं।

इंद्र–(आंखों में आंसू भरकर) बस तो मुझे मालूम हो गया कि उन्हें मेरी तरफ से रंज है, मेरे किए कुछ न हो सका इसका उन्हें दुख है।

कमला–नहीं-नहीं, ऐसा भूल के भी न सोचिए।

इंद्र–तो फिर मैं उनसे क्यों नहीं मिल सकता?

कमला–(कुछ सोचकर) मिल क्यों नहीं सकते, मगर इस समय...

इंद्र–क्या तुमको मुझ पर दया नहीं आती! अफसोस, तुम बिलकुल नहीं जानतीं कि तुम्हारी बातें सुनकर इस समय मेरी दशा कैसी हो रही है। जब तुम खुद कह रही हो कि वह स्वतंत्र हैं, किसी के दबाव में नहीं हैं और इसी शहर में हैं तो मुझसे न मिलने का कारण ही क्या है? बस यही न कि मैं उस लायक नहीं समझा जाता।

कमला–फिर आप उसी खयाल को मजबूत करते हैं! खैर तो फिर चलिए मैं आपको ले चलती हूं, जो होगा देखा जाएगा, मगर अपने साथ किसी ऐयार को लेते चलिए। भैरोसिंह तो यहां हैं नहीं, आपने उन्हें राजगृही भेज दिया है।

इंद्र–क्या हर्ज है तारासिंह को साथ लिये चलता हूं, मगर भैरोसिंह के जाने की खबर तुम्हें क्योंकर मिली?

कमला–मैं बखूबी जानती हूं, बल्कि उनसे मिलकर मैंने कह भी दिया है कि किशोरी राजगृही में नहीं है तुम बेखौफ अपना काम करना।

इंद्र–अगर तुमने उससे ऐसा कह दिया है तो राजगृही में बड़ा ही बखेड़ा मचावेगा!

कमला–मचाना ही चाहिए।

कुंअर इंद्रजीतसिंह ने उसी समय तारासिंह को बुलाया और उन्हें साथ ले कपड़े पहन कमला के साथ किशोरी से मिलने की खुशी में लंबे-लंबे कदम बढ़ाते रवाना हुए।

शहर-ही-शहर बहुत-सी गलियों में घुमाती हुई इन दोनों को साथ लिये कमला बहुत दूर चली गई और विष्णुपादुका मंदिर के पास ही एक मकान के मोड़ पर पहुंचकर खड़ी हो गई।

इंद्र–क्यों क्या हुआ? रुक क्यों गईं?

कमला–बस हम लोगों को इसी मकान में चलना है।

इंद्र–तो चलो।

कमला–इस मकान के दरवाजे के सामने ही एक भारी जमींदार की बैठक है। वहां दिन-रात पहरा पड़ता है। इधर से आप लोगों का जाना और यह जाहिर करना कि आज इस मकान में दो आदमी नए घुसे हैं मुनासिब नहीं।

तारा–तो फिर क्या करना चाहिए?

कमला–मैं दरवाजे की राह से जाती हूं। आप लोग पीछे की तरफ जाइए और कमंद लगाकर मकान के अंदर पहुंचिए।

इंद्र–क्या हर्ज है, ऐसा ही होगा, तुम दरवाजे की राह से जाओ।

कमला–मगर एक बात और सुन लीजिए। जब मैं इस मकान में पहुंचकर छत पर से झांकूं तभी आप कमंद फेंकिए, क्योंकि बिना मेरी मदद के कमंद अड़ न सकेगी।

अठारहवां बयान

मकान के अंदर कमला, इंद्रजीतसिंह और तारासिंह के पहुंचने के पहले ही हम अपने पाठकों को इस मकान में ले चलकर यहां की कैफियत दिखाते हैं।

इस मकान के अंदर छोटी-छोटी न मालूम कितनी कोठरियां हैं पर हमें उनसे कोई मतलब नहीं, हम तो उस दालान के पास जाकर खड़े होते हैं जिसके दोनों तरफ दो कोठरियां और सामने लंबा-चौड़ा सहन है। इस दालान में किसी तरह की कोई सजावट नहीं, सिर्फ एक दरी बिछी हुई है और खूंटियों पर कुछ कपड़े लटक रहे हैं। आधी रात का समय होने पर भी दालान में चिराग की रोशनी नहीं है। यह दालान ऊपर के दर्जे में है, इसके ऊपर कोई इमारत नहीं, सामने का सहन बिलकुल खुला हुआ है, चंद्रमा की फैली हुई सुफेद चांदनी सहन से घुसती हुई धीरे-धीरे दालान में आ रही है, जिसकी रोशनी उस दालान की हर एक चीज को दिखलाने के लिए काफी है। एक तरफ की कोठरी तो बंद है मगर दूसरी बगलवाली कोठरी का दरवाजा खुला हुआ है। यह कोठरी बहुत बड़ी नहीं है और इसके भीतर सुफेद फर्श पर दो औरतें बैठी हुई धीरे-धीरे कुछ बातें कर रही हैं।

हमारे पाठक इन दोनों औरतों को बखूबी पहचानते हैं। इनमें से एक तो किशोरी और दूसरी वही किन्नरी है जिस पर कुंअर आनंदसिंह रीझे हुए हैं, जो कई दफे आनंदसिंह के कमरे में कोठरी के अंदर से निकल अपने चितवनों से उन्हें घायल कर चुकी है और साथ-साथ आप भी आशिक हो चुकी है।

किशोरी—बहिन, तुनने जो कुछ नेकी मेरे साथ की है उसे मैं किसी तरह भूल नहीं सकती। मुझसे यह कभी न होगा कि तुम्हें ऐसी हालत में छोड़ इंद्रजीतसिंह के पास चली जाऊं।

किन्नरी—फिर क्या किया जाए, किस तरह उम्मीद हो कि मुझे कोई पूछेगा!!

किशोरी—कमला ने मुझसे कसम खाकर कहा है कि आनंदसिंह किन्नरी की चाह में डूबे हैं। इसे भी जाने दो, आखिर तुम्हारा अहसान कुछ उनके ऊपर है या नहीं? इतने बदमाशों को जो यहां फसाद मचा रहे थे सिवाय तुम्हारे कौन मार सकता था!

किन्नरी—खैर जो होगा देखा जाएगा, अब तो यह सोचना चाहिए कि हम लोग कहां जाएं और क्या करें?

किशोरी—कमला आ जाए तो उससे राय मिलाकर जो मुनासिब मालूम हो किया जाय। ओफ यहां बैठे-बैठे जी घबड़ा गया, चलो बाहर चलें, चांदनी खूब निकली हुई है।

दोनों औरतें कोठरी के बाहर निकलीं और सहन में आकर टहलने लगीं। मौसिम के मुताबिक कुछ सर्दी पड़ रही थी इसलिए दोनों ज्यादे देर तक सहन में टहल न सकीं, दालान में आकर दरी पर बैठ गईं और बातचीत करने लगीं।

इस मकान के बगल में एक छोटा-सा नजरबाग था मगर इसकी हालत ऐसी खराब हो रही थी कि उसे नजरबाग की जगह खण्डहर या जंगल ही कहना मुनासिब

है। नजरबाग में जाने के लिए इस मकान से एक रास्ता था, बाकी चारों तरफ उसके ऊंची-ऊंची दीवारें थीं। इस मकान में बिना भीतरवाले की मदद के कोई कमंद लगाकर चढ़ नहीं सकता था क्योंकि इसकी ऊपर की दीवारें इस खूबी से बनी हुई थीं कि किसी तरह कमंद अड़ नहीं सकती थी। हां अगर कोई चाहे तो कमंद के जरिए उस नजरबाग में जरूर जा सकता था, मगर इस मकान में आने के लिए वहां से भी वही दिक्कत होती।

थोड़ी देर किन्नरी और किशोरी बातें करती रहीं, इसके बाद नीचे से किवाड़ खटखटाने की आवाज आई। किशोरी ने कहा, "लो बहिन कमला भी आ पहुंची।"

किन्नरी–खटखटाने की आवाज से तो मालूम होता है कि कमला ही है, मगर तो भी खिड़की से झांककर मामूली सवाल कर लेना मुनासिब है।

किशोरी–ऐसा जरूर करना चाहिए क्योंकि हम लोगों को धोखा देने के लिए दुश्मन लोग पचासों रंग लाया करते हैं।

"तुम ठहरो मैं कुछ पूछती हूं!" इतना कहकर किशोरी ने दरवाजे की तरफवाली खिड़की में से झांककर पूछा, "गिनती पूरी हुई?" इसके जवाब में किसी ने कहा, "हां पचासी तक।"

किशोरी–अच्छा मैं नीचे आकर दरवाजा खोलती हूं।

दरवाजा खोलने के लिए खुशी-खुशी किशोरी नीचे उतरी मगर चौखट के पास पहुंचने के पहले ही नीचे के अंधेरे दालान में एक मोटे और कद्दावर आदमी को खड़ा देख डर के मारे चिल्ला उठी तथा उस समय तो एक चीख मारकर बिलकुल ही बेहोश हो गई जब वह शैतान इस बेचारी की तरफ झपटा और हाथ तथा कमर पकड़कर बेदर्दी के साथ एक तरफ खींच ले गया।

किशोरी के चिल्लाने की आवाज सुनते ही हाथ में नंगी तलवार लिये किन्नरी बड़बड़ाती हुई नीचे पहुंची मगर चारों तरफ घूम-घूमकर देखने पर भी उसने किसी को न पाया बल्कि किशोरी का भी पता न लगा।

किन्नरी दरवाजा खोलना तो भूल गई और किशोरी को न पाने से घबड़ाकर इधर-उधर ढूंढ़ने लगी। उस भयानक अंधेरे में दालान और कोठरियों में घूमती हुई किन्नरी को इस बात का जरा भी खौफ न मालूम हुआ कि किशोरी की तरह कहीं मुझ पर आफत न आ जाए।

बेचारी किशोरी चीख मारकर बेहोश हो गई मगर जब वह होश में आई तो उसने अपने को मौत के पंजे में गिरफ्तार पाया। उसने देखा कि झाड़ियों के बीच में जबर्दस्ती जमीन पर गिराई हुई है, एक आदमी नकाब से अपनी सूरत छिपाए उसकी छाती पर सवार है और खंजर उसके कलेजे के पार किया ही चाहता है।

॥ दूसरा भाग समाप्त ॥

तीसरा भाग

पहिला बयान

पाठक समझ ही गए होंगे कि रामशिला के सामने फलगू नदी के बीच में भयानक टीले के ऊपर रहनेवाले बाबाजी के सामने जो दो औरतें गई थीं वे माधवी और उसकी सखी तिलोत्तमा थीं। बाबाजी ने उन दोनों से वादा किया था कि तुम्हारी बात का जवाब कल देंगे इसलिए दूसरे दिन वे दोनों आधी रात के समय फिर बाबाजी के पास गईं। किवाड़ खटखटाते ही अंदर से बाबाजी ने दरवाजा खोल दिया और उन दोनों को बुलाकर अपने पास बैठाया।

बाबा–कहो माधवी अच्छी हो?

माधवी–अच्छी क्या रहूंगी, अपने किए को पछताती हूं!

बाबा–अब भी अपने को सम्हालो तो मैं वादा करता हूं कि राजा बीरेन्द्रसिंह से कहकर तुम्हारा राज्य तुम्हें दिलवा दूंगा।

माधवी–अजी अब भीख मांगने की इच्छा नहीं होती, अब तो जहां तक बन पड़ेगा अपने दुश्मनों को मारके ही कलेजा ठंडा करूंगी, चाहे इसके लिए मेरी जान भी जाए तो कोई परवाह नहीं!

बाबा–अगर यही खयाल है तो तुम्हें अपने दीवान अग्निदत्त से बदला लेना चाहिए, बीरेन्द्रसिंह के लड़कों ने तुम्हारा कुछ नहीं बिगाड़ा!

माधवी–आपका कहना ठीक है मगर मैंने जो कुछ सोच रखा है वही करूंगी। मैं अपना इरादा किसी तरह बदल नहीं सकती और इसमें आपको हर तरह से मेरी मदद करनी होगी।

बाबा–खैर, जिस तरह बने मैं तुम्हारी मदद करूंगा मगर यह तो बताओ कि सिवाय मेरे इस समय और भी कोई तुम्हारा मददगार है या नहीं।

माधवी–कल तक तो मेरा मददगार कोई भी न था मगर आज मेरे कई मददगार पहुंच गए हैं और अब मेरा काम जरूर हो जाएगा इसमें शक नहीं?

बाबा–कौन मददगार पहुंच गया है?

माधवी–मेरा भाई भीमसेन।

बाबा–शिवदत्त का लड़का भीमसेन?

माधवी–जी हां।

बाबा–तब तो तुम्हारा काम जरूर हो जाएगा।

माधवी–तो भी आपको मेरी मदद करनी ही होगी।

बाबा–मैं जरूर मदद करूंगा, जो कुछ कहो मैं करने को तैयार हूं!

माधवी–कल भीमसेन उस मकान में जाने का उद्योग करेगा जिसमें किशोरी रहती है। उसने मौका पाते ही अपनी बहिन किशोरी को मार डालने की कसम खाई है। अगर कल वह उस मकान के अंदर किसी तरह जा सका तो जरूर ही किशोरी को मार डालेगा। फिर मुझे किसी तरह का तरद्दुद न रहेगा और न आपसे मदद लेने की ही जरूरत पड़ेगी लेकिन वह उस मकान के अंदर न जा सका तो जिस तरह हो आपको ऐसी कोई तरकीब करनी पड़ेगी जिससे किशोरी उस मकान को छोड़ दे।

बाबा–भरसक तो मेरी मदद की जरूरत ही न पड़ेगी।

माधवी–ऐसा न कहिए! अगर उस मकान में कमंद लगाने की जगह होती तब तो कोई बात ही न थी, अब तक मैं अपना काम निकाल लिए होती।

बाबा–हां, यह तो मैं भी जानता हूं कि तुम्हारे पिता ने उस मकान के बनवाने में बड़ी कारीगरी खर्च की है, मगर तो भी भीमसेन ने उसके अंदर जाने की कोई तरकीब सोची ही होगी।

माधवी–जी हां, देखा चाहिए कल क्या होता है!

बाबा–अच्छा, अब तुम परसों मुझसे जरूर मिलना, अगर तुम्हारा काम हो गया तो ठीक ही है नहीं तो चौथे दिन मैं सहज में ही तुम्हारा काम कर दूंगा।

"बहुत अच्छा" कहकर माधवी वहां से उठी और अपनी सखी तिलोत्तमा को साथ लिये अपने डेरे पर चली आई।

माधवी के चले जाने पर थोड़ी देर तक बाबाजी कुछ सोचते रहे, इसके बाद कुटी के बाहर निकले और दो-चार दफे जोर से ताली बजाई। यकायक इधर-उधर पेड़ों की आड़ में से चार-पांच आदमी निकलकर बाबाजी के पास आए और एक ने बढ़कर पूछा, "कहिए क्या हाल है?"

बाबाजी ने कहा, "आज अब तुम लोगों की कोई जरूरत नहीं है जहां चाहो चले जाओ, मगर कल एक घण्टे जाते-जाते तुम लोग यहां जरूर जुट जाओ!"

एक–क्यों खैर तो है, मैं बिना कुछ हाल सुने जानेवाला नहीं!

बाबा–अच्छा तो फिर सुन लो कि कल क्या होगा और हम लोग क्या करेंगे।

सभों को लेकर बाबाजी कुटी के अंदर गए, किवाड़ बंद कर न मालूम क्या बातचीत करने लगे।

अब हम उसी मकान में पहुंचते हैं जिसमें किशोरी और किन्नरी का डेरा है या जहां इंद्रजीतसिंह को लेकर कमला गई है।

किशोरी के चिल्लाने की आवाज सुनकर किन्नरी हाथ में तलवार लिये बहुत जल्द नीचे उतर गई। कमला ने किवाड़ खटखटाया है, दरवाजा खोलना चाहिए, इसका खयाल तो जाता रहा और इधर-उधर किशोरी को ढूंढ़ने लगो मगर इसे ढूंढ़ने में उसने ज्यादे देर न लगाई, दो ही चार दफे दालान और कोठरियों में घूमकर वह लौटी और सदर दरवाजा खोलकर कमला को मकान के अंदर कर लिया।

दरवाजा खुलने में देर हुई इसी से कमला समझ गई कि भीतर कुछ गोलमाल हुआ है। अंदर आते ही उसने पूछा, "क्यों क्या हुआ?" जिसके जवाब में बदहवास किन्नरी केवल इतना हो कह सकी, "दरवाजा खोलने के लिए किशोरी नीचे उतरी मगर न मालूम चिल्लाकर कहां गायब हो गई।"

कमला ने इस बात का कुछ जवाब न दिया। उसने सबके पहले छत पर जाकर कुंअर इंद्रजीतसिंह को कमंद लगाने में मदद की। जब वे और तारासिंह ऊपर चढ़ आए तो उन दोनों को भी साथ ले वह नीचे आंगन में उतर आई और किन्नरी की तरह ही संक्षेप में किशोरी के गायब हो जाने का हाल कहकर इधर-उधर ढूंढ़ने लगी।

ये सब बातें थोड़ी ही देर में हो गईं और अंधेरा होने पर भी बात-की-बात में कमला ने नीचे की कुल कोठरियों में किशोरी को ढूंढ़ डाला, परेशान और बदहवास इंद्रजीतसिंह उसके साथ घूमते रहे।

ढूंढ़ते-ढूंढ़ते कमला जब उस कोठरी में पहुंची जिसकी पीठ खण्डहर की तरफ पड़ती थी तो यकायक चांदना मालूम पड़ा। भीतर घुसी, और तुरंत निश्चय हो गया कि खण्डहर की तरफ से कोई दीवार में सेंध लगाकर इस मकान के अंदर घुसा और यह आफत मचा गया। उस खुलासा सेंध की राह से ये चारों आदमी भी बाहर खण्डहर में निकल गए और वहां एक विचित्र तमाशा देखा।

दूसरा बयान

शिवदत्तगढ़ में महाराज शिवदत्त बैठा हुआ बेफिक्री का हलुआ नहीं उड़ाता। सच पूछिये तो तमाम जमाने की फिक्र ने उसको आ घेरा है। वह दिन-रात सोचा ही करता है और उसके ऐयारों और जासूसों का दिन दौड़ते ही बीतता है। चुनार, गयाजी और राजगृही का हाल तो उसे रत्ती-रत्ती मालूम है क्योंकि इन तीनों जगहों की खबरें पहुंचाने के लिए उसने पूरा बंदोबस्त किया हुआ है। आज यह खबर

पाकर कि गयाजी का राज्य राजा बीरेन्द्रसिंह के कब्जे में आ गया, माधवी राज्य ही छोड़कर भाग गई, और किशोरी, दीवान अग्निदत्त के हाथ फंसी हुई है, शिवदत्त घबड़ा उठा और तरह-तरह की बातें सोचने में इतना लीन हो गया कि तनोबदन की सुध जाती रही। किशोरी के ऊपर इसे इतना गुस्सा आया कि अगर वह यहां मौजूद होती तो अपने हाथ से टुकड़े-टुकड़े कर डालता। इस समय भी यह प्रण करके उठ खड़ा हुआ कि 'जब तक किशोरी के मरने की ख़बर न पाऊंगा अन्न न खाऊंगा' और सीधा महल में चला गया, हुक्म देता गया कि भीमसेन को हमारे पास भेज दो।

राजा शिवदत्त महल में जाकर अपनी रानी कलावती के पास बैठ गया। उसके चेहरे की उदासी और परेशानी का सबब जानने के लिए कलावती ने बहुत कुछ उद्योग किया मगर जब तक उसका लड़का भीमसेन महल में न गया उसने कलावती की बात का कुछ भी जवाब न दिया। मां-बाप के पास पहुंचते ही भीमसेन ने प्रणाम किया और पूछा, "क्या आज्ञा होती है?"

शिव–किशोरी के बारे में जो कुछ खबर आज पहुंची तुमने भी सुनी होगी?

भीम–जी हां।

शिव–अफसोस, फिर भी तुम्हें अपना मुंह दिखाते शर्म नहीं आती! न मालूम तुम्हारी बहादुरी किस दिन काम आएगी और तुम किस दिन अपने को इस लायक बनाओगे कि मैं तुम्हें अपना लड़का समझूं!!

भीम–मुझे जो आज्ञा हो तैयार हूं।

शिव–मुझे उम्मीद नहीं कि तुम मेरी बात मानोगे।

भीम–मैं यज्ञोपवीत हाथ में लेकर कसम खाता हूं कि जब तक जान बाकी है उस काम के करने की पूरी कोशिश करूंगा जिसके लिए आप आज्ञा देंगे!

शिव–मेरा पहला हुक्म है कि किशोरी का सिर काटकर मेरे पास लाओ।

भीम–(कुछ सोच और ऊंची सांस लेकर) बहुत अच्छा, ऐसा ही होगा। और क्या हुक्म होता है?

शिव–इसके बाद बीरेन्द्रसिंह या उनके लड़कों में से जब तक किसी को मार न लो यहां मत आओ। यह न समझना कि यह काम मैं तुम्हारे ही सुपुर्द करता हूं। नहीं, मैं खुद आज इस शिवदत्तगढ़ को छोडूंगा और अपना कलेजा ठंडा करने के लिए पूरा उद्योग करूंगा। बीरेन्द्रसिंह का चढ़ता प्रताप देखकर मुझे निश्चय हो गया कि लड़कर उन्हें किसी प्रकार नहीं जीत सकता इसलिए आज से मैं उनके साथ लड़ने का खयाल छोड़ देता हूं और उस ढंग पर चलता हूं जिसे ठग, चोर या डाकू लोग पसंद करते हैं।

भीम–अख्तियार आपको है जो चाहें करें। मुझे आज्ञा हो तो इसी समय चला जाऊं और जो कुछ हुक्म हुआ है उसे पूरा करने का उद्योग करूं!

शिव—अच्छा जाओ मगर यह कहो कि अपने साथ किस-किसको ले जाते हो?

भीम—किसी को नहीं।

शिव—तब तुम कुछ न कर सकोगे। दो-तीन ऐयार और दस-बीस लड़कों को अपने साथ जरूर लेते जाओ।

भीम—आपके यहां ऐसा कौन ऐयार है जो बीरेन्द्रसिंह के ऐयारों का मुकाबला करे और ऐसा कौन बहादुर है जो उन लोगों के सामने तलवार उठा सके!

शिव—तुम्हारा कहना ठीक है मगर तुम्हारे साथ गए हुए ऐयारों की कार्रवाई तब तक बहुत अच्छी होगी जब तक दुश्मनों को यह न मालूम हो जाए कि शिवदत्तगढ़ का कोई आया है! सिवाय इसके मैं बहादुर नाहरसिंह को तुम्हारे साथ भेजता हूं जिसका मुकाबला करनेवाला बीरेन्द्रसिंह की तरफ कोई नहीं है।

भीम—बेशक नाहरसिंह ऐसा ही है मगर मुश्किल तो यह है कि नाहरसिंह जितना बहादुर है उससे ज्यादे इस बात को देखता है कि अपने कौल का सच्चा रहे। उसका कहना है कि 'जिस दिन कोई बहादुर द्वंद्व-युद्ध में मुझे जीत लेगा उसी दिन मैं उसका हो जाऊंगा।' ईश्वर न करे कहीं ऐसी नौबत पहुंची तो वह उसी दिन से हम लोगों का दुश्मन हो जाएगा।

शिव—यह सब तुम्हारा खयाल है, द्वंद्व-युद्ध में उसे वहां कोई जीतनेवाला नहीं है।

भीम—अच्छा जो आज्ञा।

शिव—(खड़े होकर) चलो मैं इसी वक्त चलकर तुम्हारे जाने का बंदोबस्त कर देता हूं।

शिवदत्त और भीमसेन के बाहर चले जाने के बाद रानी कलावती ने जो बहुत देर से इन लोगों की बातें सुन-सुनकर गरम-गरम आंसू गिरा रही थी सिर उठाया और लंबी सांस लेकर कहा, ''हाय, अब तो जमाने का उलट-फेर ही दूसरा हुआ चाहता है। बेचारी किशोरी का क्या कसूर? वह आप से आप तो चली ही नहीं गई? उसने अपने आप तो कोई ऐसा काम किया ही नहीं जिससे उसकी इज्जत में फर्क आवे! हाय, किस कलेजे से भीमसेन अपनी बहिन को मारने का इरादा करेगा! मेरी जिंदगी अब व्यर्थ है क्योंकि बेचारी लड़की तो अब मारी ही जाएगी, भीमसेन भी बीरेन्द्रसिंह से दुश्मनी करके अपनी जान नहीं बचा सकता, दूसरे उस लड़के का भरोसा ही क्या जो अपने हाथ से अपनी बहिन का सिर काटे। अगर इन सब बातों को भूल जाऊं और यही सोचकर बैठ रहूं कि मेरा सर्वस्व तो पति है मुझे लड़के-लड़कियों से क्या मतलब, तो भी नहीं बनता, क्योंकि वे भी डाकू-वृत्ति लिया चाहते हैं। इस अवस्था में वे किसी प्रकार का सुख नहीं पा सकते। फिर जीते जी अपने पति को दुख भोगते मैं कैसे देखूंगी? हाय! बीरेन्द्रसिंह वही बीरेन्द्रसिंह है जिसकी

बदौलत मेरी जान बची थी, न मालूम बुर्देफरोशों की बदौलत मेरी क्या दुर्दशा होती! वही बीरेन्द्रसिंह है जिसने कृपा कर मुझे अपने पति के पास खोह में भिजवा दिया था और चुनार की गद्दी लौटा देने को भी तैयार था। किस-किस बात की तरफ देखूं? बीरेन्द्रसिंह के बराबर धर्मात्मा तो कोई दुनिया में न होगा! फिर किसको दोष दूं, अपने पति को? नहीं, कभी नहीं, यह मेरे किए न होगा! यह सब दोष तो मेरे कर्मों ही का है। फिर जब भाग्य ही बुरे हैं तो ऐसे भाग्य को लेकर दुनिया में क्यों रहूं? अपनी छुट्टी तो आप ही कर लेती हूं फिर मेरे पीछे क्या जाने क्या होगा इसकी खबर ही किसे है!''

रानी कलावती पागलों की तरह बहुत देर तक न जाने क्या-क्या सोचती रही, आखिर उठ खड़ी हुई और ताली का गुच्छा उठाकर अपना एक संदूक खोला। न मालूम उसमें से क्या निकालकर उसने अपने मुंह में रख लिया और पास ही पड़ी हुई सोने की सुराही में से जल निकालकर पीने के बाद कलम-दवात और कागज लेकर कुछ लिखने बैठ गई। लेख समाप्त होते-होते तक उसकी सखियां भी आ पहुंचीं। कलावती ने लिखे हुए कागज को लपेटकर अपनी एक सखी के हाथ में दिया और कहा, ''जब महाराज मुझे पूछें तो यह कागज उनके हाथ में दे देना। बस अब तुम लोग जाओ अपना काम करो, मैं इस समय सोना चाहती हूं, जब तक मैं खुद न उठूं खबरदार, मुझको कभी मत उठाना!''

हुक्म पाते ही उसकी लौंडियां वहां से हट गईं और रानी कलावती ने पलंग पर लेटकर आंचल से मुंह ढांप लिया।

दो ही पहर के बाद मालूम हो गया कि रानी कलावती सो गई, आज के लिए नहीं बल्कि वह हमेशा के लिए सो गई, अब वह किसी के जगाए नहीं जाग सकती।

शाम के वक्त जब महाराज शिवदत्त फिर महल में आए तो महारानी का लिखा कागज उनके हाथ में दिया गया। पढ़ते ही शिवदत्त दौड़ा हुआ उस कमरे में गया जिसमें कलावती सोई हुई थी। मुंह पर से कपड़ा हटाया, नब्ज देखी, और तुरंत लौटकर बाहर चला गया।

अब तो उसकी सखियों और लौंडियों को भी मालूम हो गया कि रानी कलावती हमेशा के लिए सो गई। न मालूम बेचारी ने किन-किन बातों को सोचकर जान दे देना ही मुनासिब समझा। उसकी प्यारी सखियां जिन्हें वह जान से ज्यादे मानती थी पलंग के चारों तरफ जमा हो गईं और उसकी आखिरी सूरत देखने लगीं। भीमसेन चार घण्टे पहले ही मुहिम पर रवाना हो चुका था। उसे अपनी प्यारी मां के मरने की कुछ खबर ही नहीं और यह सोचकर कि वह उदास और सुस्त होकर अपना काम न कर सकेगा, शिवदत्त ने भी कलावती के मरने की खबर उसके कान तक पहुंचने न दी।

तीसरा बयान

ऐयारों और थोड़े से लड़ाकों के सिवाय नाहरसिंह को साथ लिये हुए भीमसेन राजगृही की तरफ रवाना हुआ। उसका साथी नाहरसिंह बेशक लड़ाई के फन में बहुत ही जबर्दस्त था। उसे विश्वास था कि कोई अकेला आदमी लड़कर कभी मुझसे जीत नहीं सकता। भीमसेन भी अपने को ताकतवर और होशियार समझता था मगर जब से लोभवश नाहरसिंह ने उसकी नौकरी कर ली और आजमाइश के तौर पर दो-चार दफे नाहरसिंह और भीमसेन से नकली लड़ाई हुई तब से भीमसेन को मालूम हो गया कि नाहरसिंह के सामने वह एक बच्चे के बराबर है। नाहरसिंह लड़ाई के फन में जितना होशियार और ताकतवर था उतना ही नेक और ईमानदार भी था और उसका यह प्रण करना बहुत ही मुनासिब था कि उसे जिस दिन जो कोई जीतेगा वह उसी दिन से उसकी ताबेदारी कबूल कर लेगा।

ये लोग पहले राजगृही में पहुंचे और एक गुप्त खोह में डेरा डालने के बाद भीमसेन ने ऐयारों को वहां का हाल मालूम करने के लिए मुस्तैद किय। दो ही दिन की कोशिश में ऐयारों ने कुल हाल वहां का मालूम कर लिया और भीमसेन ने जब यह सुना कि माधवी वहां मौजूद नहीं है तब बिना छेड़छाड़ मचाए गयाजी को तरफ कूच किया।

इस समय राजगृही को अपने कब्जे में कर लेना भीमसेन के लिए कोई बड़ी बात न थी, मगर इस खयाल से कि गयाजी में राजा बीरेन्द्रसिंह की अमलदारी हो गई है राजगृही दखल करने से कोई फायदा न होगा और बीरेन्द्रसिंह के मुकाबले में लड़कर भी जीतना बहुत ही मुश्किल है उसने राजगृही का खयाल छोड़ दिया। सिवाय इसके जाहिर होकर वह किसी तरह किशोरी को अपने कब्जे में कर भी नहीं सकता था, उसे लुक-छिपकर पहले किशोरी ही पर सफाई का हाथ दिखाना मंजूर था।

गयाजी के पास पहुंचते ही एक गुप्त और भयानक पहाड़ी में उन लोगों ने डेरा डाला और खबर लेने के लिए ऐयारों को रवाना किया। जिस तरह भीमसेन के ऐयार लोग घूम-घूमकर टोह लिया करते थे उसी तरह माधवी की सखी तिलोत्तमा भी अपना काम साधने के लिए भेष बदलकर चारों तरफ घूमा करती थी। इत्तिफाक से भीमसेन के ऐयारों की मुलाकात तिलोत्तमा से हो गई और बहुत जल्द माधवी की खबर भीमसेन को तथा भीमसेन की खबर माधवी को लग गई।

भीमसेन के साथ जितने लड़ाके थे उन सभों को खोह में ही छोड़ सिर्फ भीमसेन और नाहरसिंह को माधवी ने उस मकान में बुला लिया जिसका हाल हम ऊपर लिख चुके हैं।

आज किशोरी के घर में घुसकर आफत मचानेवाले ये ही भीमसेन और नाहरसिंह हैं। अपने ऐयारों की मदद से उस मकान के बगलवाले खण्डहर में घुसकर भीमसेन ने उस मकान में सेंध लगाई और उस सेंध की राह नाहरसिंह ने अंदर जाकर जो कुछ किया पाठकों को मालूम ही है।

नाहरसिंह मकान के अंदर घुसकर उसी सेंध की राह किशोरी को लेकर बाहर निकल आया और उस बेचारी को जमीन पर गिराकर मालिक के हुक्म के मुताबिक उसे मार डालने पर मुस्तैद हुआ। मगर एक बेकसूर औरत पर इस तरह जुल्म करने का इरादा करते ही उस जवांमर्द का कलेजा दहल गया। वह किशोरी को जमीन पर रख दूर जा खड़ा हुआ और भीमसेन से जो मुंह पर नकाब डाले उस जगह मौजूद था बोला, "लीजिए, इसके आगे जो कुछ करना है आप ही कीजिए। मेरी हिम्मत नहीं पड़ती! मगर मैं आपको भी...!"

हाथ में खंजर लेकर भीमसेन फौरन बेचारी किशोरी की छाती पर जो उस समय डर के मारे बेहोश थी, जा चढ़ा, साथ ही इसके किशोरी की बेहोशी भी जाती रही और उसने अपने को मौत के पंजे में फंसा हुआ पाया जैसे कि हम ऊपर लिख आए हैं।

भीमसेन ने खंजर उठाकर ज्यों ही किशोरी को मारना चाहा, पीछे से किसी ने उसकी कलाई थाम ली और खंजर लिये उसके मजबूत हाथ को बेबस कर दिया। भीमसेन ने फिरकर देखा तो एक साधु की सूरत नजर पड़ी। वह किशोरी को छोड़ उठ खड़ा हुआ और उसी खंजर से उसने साधु पर वार किया।

यह साधु वही है जो रामशिला पहाड़ी के सामने फलगू नदी के बीच में भयानक टीले पर रहता था जिसके पास मदद के लिए माधवी और तिलोत्तमा का जाना और उन्हीं के पास देवीसिंह का पहुंचना भी हम लिख आए हैं। इस समय यह साधु इस बात पर मुस्तैद दिखाई देता है कि जिस तरह बने इन दुष्टों के हाथों से बेचारी किशोरी को बचावे।

चांदनी रात में दूर खड़ा नाहरसिंह यह तमाशा देखता रहा मगर भीमसेन को साधु से जबर्दस्त समझकर मदद के लिए पास न आया। भीमसेन के चलाए हुए खंजर ने साधु का कुछ भी नुकसान न किया और उसने खंजर का वार बचाकर फुर्ती से भीमसेन के पीछे जा उसकी टांग पकड़कर इस ढंग से खींची कि भीमसेन किसी तरह सम्हल न सका और धम्म से जमीन पर गिर पड़ा। उसके गिरते ही साधु हट गया और बोला, "उठ खड़ा हो और फिर आकर लड़!"

गुस्से में भरा हुआ भीमसेन उठ खड़ा हुआ और खंजर जमीन पर फेंक साधु से लिपट गया क्योंकि वह कुश्ती के फन में अपने को बहुत होशियार समझता था, मगर साधु से कुछ पेश न गई। थोड़ी ही देर में साधु ने भीमसेन को सुस्त कर दिया और कहा, "जा मैं तुझे छोड़ देता हूं, अगर अपनी जिंदगी चाहता है तो अभी यहां से भाग जा।"

भीमसेन हैरान होकर साधु का मुंह देखता रह गया, कुछ जवाब न दे सका। जमीन पर पड़ी हुई बेचारी किशोरी यह कैफियत देख रही थी मगर डर के मारे न तो उससे उठा जाता था और न वह चिल्ला ही सकती थी।

भीमसेन को इस तरह बेदम देखकर नाहरसिंह से न रहा गया। वह झपटकर साधु के पास आया और ललकारकर बोला, "अगर बहादुरी का दावा रखता है तो इधर आ। मैं समझ गया कि तू साधु नहीं बल्कि मक्कार है।"

साधु महाशय नाहरसिंह से भी उलझने को तैयार हो गए मगर ऐसी नौबत न आई क्योंकि उसी समय ढूंढ़ते हुए सेंध की राह से कुंअर इंद्रजीतसिंह और तारासिंह भी खण्डहर में आ पहुंचे और उनके पीछे-पीछे किन्नरी और कमला भी आ मौजूद हुईं। कुंअर इंद्रजीतसिंह को देखते ही वे साधुराम तो हट गए और खण्डहर की दीवार फांद न मालूम कहां चले गए। उधर एक पेड़ के पास गड़े हुए अपने नेजे को नाहरसिंह ने उखाड़ लिया और उसी से इंद्रजीतसिंह का मुकाबला किया। उधर तारासिंह ने उछलकर एक लात भीमसेन को ऐसी लगाई कि वह किसी तरह सम्हल न सका, तुरंत जमीन पर लोट गया। भीमसेन एक लात खाकर जमीन पर लोट जाने वाला न था मगर साधु के साथ लड़कर वह बदहवास और सुस्त हो रहा था इसलिए तारासिंह की लात से सम्हल न सका। तारासिंह ने भीमसेन की मुश्कें बांध लीं और उसे एक किनारे रख के नाहरसिंह की लड़ाई का तमाशा देखने लगे।

आधे घण्टे तक नाहरसिंह और इंद्रजीतसिंह के बीच लड़ाई होती रही। इंद्रजीतसिंह की तलवार ने नाहरसिंह के नेजे को दो टुकड़े कर दिया और नाहरसिंह की ढाल पर बैठकर कुंअर इंद्रजीतसिंह की तलवार कब्जे से अलग हो गई। थोड़ी देर के लिए दोनों बहादुर ठहर गए। कुंअर इंद्रजीतसिंह की बहादुरी देख नाहरसिंह बहुत खुश हुआ और बोला–

नाहर–शाबाश! तुम्हारे ऐसा बहादुर मैंने आज तक नहीं देखा।

इंद्र–ईश्वर की सृष्टि में एक-से-एक बढ़के पड़े हैं, तुम्हारे या हमारे ऐसों की बात ही क्या है!

नाहर–आपका कहना बहुत ठीक है, मेरा प्रण क्या है आप जानते हैं?

इंद्र–कह जाइए, अगर नहीं जानता हूं तो अब मालूम हो जाएगा।

नाहर–मैंने प्रण किया है कि जो कोई लड़कर मुझे जीतेगा मैं उसकी ताबेदारी कबूल करूंगा।

इंद्र–तुम्हारे ऐसे बहादुर का यह प्रण बेमुनासिब नहीं है। फिर आइए कुश्ती से निपटारा कर लिया जाए।

नाहर–बहुत अच्छा आइए!

दोनों में कुश्ती होने लगी। थोड़ी ही देर में कुंअर इंद्रजीतसिंह ने नाहरसिंह को जमीन पर दे मारा और पूछा, "कहो अब क्या इरादा है?"

नाहर–मैं ताबेदारी कबूल करता हूं।

इंद्रजीतसिंह उसकी छाती पर से उठ खड़े हुए और इधर-उधर देखने लगे। चारों तरफ सन्नाटा था। किशोरी, किन्नरी या कमला का कहीं पता नहीं, भीमसेन और उसके साथियों का भी (अगर कोई वहां हो) नाम-निशान नहीं, यहां तक कि अपने ऐयार तारासिंह की सूरत भी उन्हें दिखाई न दी।

इंद्र–यह क्या! चारों तरफ सन्नाटा क्यों छा गया?

नाहर–ताज्जुब है! इसके पहले तो यहां कई आदमी थे, न मालूम वे सब कहां गए?

इंद्र–तुम कौन हो और तुम्हारे साथ कौन था?

नाहर–मैं आपका ताबेदार हूं, मेरे साथ शिवदत्तसिंह का लड़का भीमसेन और इसके पहले मैं उसका नौकर था, आशा है कि आप भी अपना परिचय मुझे देंगे।

इंद्र–मेरा नाम इंद्रजीतसिंह है।

नाहर–हैं!!

नाम सुनते ही नाहरसिंह उनके पैरों पर गिर पड़ा और बोला, "मैं ईश्वर को धन्यवाद देता हूं कि उसने मुझे आपकी ताबेदारी में सौंपा! यदि किसी दूसरे की ताबेदारी कबूल करनी पड़ती तो मुझे बड़ा दुख होता!"

नाहरसिंह ने सच्चे दिल से कुमार की ताबेदारी कबूल की। इसके बाद बड़ी देर तक दोनों बहादुर चारों तरफ घूम-घूमकर उन लोगों को ढूंढ़ते रहे मगर किसी का पता न लगा, हां एक पेड़ के नीचे भीमसेन दिखाई पड़ा जिसके हाथ-पैर कमंद से मजबूत बंधे हुए थे। भीमसेन ने पुकारकर कहा, "क्यों नाहरसिंह! क्या मेरी मदद न करोगे?"

नाहर–अब मैं तुम्हारा ताबेदार नहीं हूं।

इंद्र–(भीमसेन से) तुम्हें किसने बांधा?

भीम–मैं पहचानता तो नहीं मगर इतना कह सकता हूं कि आपके साथी ने।

इंद्र–और वह बाबाजी कहां चले गए?

भीम–क्या मालूम?

इतने में ही खण्डहर की दीवार फांदकर आते हुए तारासिंह भी दिखाई पड़े। इंद्रजीतसिंह घबड़ाए हुए उनकी तरफ बढ़े और पूछा, "तुम कहां चले गए थे?"

तारा–जिस समय हम लोग यहां आए थे एक बाबाजी भी इस जगह मौजूद थे मगर न मालूम कहां चले गए! मैं एक आदमी की मुश्कें बांध रहा था कि उसी समय (हाथ का इशारा करके) उस झाड़ी में छिपे कई आदमी बाहर निकले और किशोरी को जबर्दस्ती उठाकर उसी तरफ ले चले। उन लोगों को जाते देख किन्नरी और कमला भी उसी तरफ लपकीं। मैंने यह सोचकर कि कहीं ऐसा न हो कि आपको लड़ाई के समय धोखा देकर वह आदमी पीछे से आप पर वार करे झटपट उसकी

मुश्कें बांधीं और फिर मैं भी उसी तरफ लपका जिधर वे लोग गए थे। वहां कोने में खुली हुई खिड़की नजर आई, मैं यह सोच उस खिड़की के बाहर गया कि बेशक इसी राह से वे लोग निकल गए होंगे।

इंद्र–फिर कुछ पता लगा?

तारा–कुछ भी नहीं, न मालूम वे लोग किधर गायब हो गए! मैं आपको लड़ते हुए छोड़ गया था इसलिए तुरंत लौट आया। अब आप घर चलिए, आपको पहुंचाकर मैं उन लोगों को खोज निकालूंगा। (नाहरसिंह की तरफ इशारा करके) इनसे क्या निपटारा हुआ?

इंद्र–इन्होंने मेरी ताबेदारी कबूल कर ली।

तारा–सो तो ठीक है, मगर दुश्मन का...

नाहर–आप इन सब बातों को न सोचिए, ईश्वर चाहेगा तो आप मुझे बेईमान कभी न पावेंगे!

तारा–ईश्वर ऐसा ही करे!

रात की अंधेरी बिलकुल जाती रही और अच्छी तरह सबेरा हो गया, मुहल्ले के कई आदमी उस खिड़की की राह खण्डहर में चले आए और अपने राजा को वहां पा हैरान हो देखने लगे। कुंअर इंद्रजीतसिंह, तारासिंह और नाहरसिंह अपने साथ भीमसेन को लिये हुए महल में पहुंचे और इंद्रजीतसिंह ने सब हाल अपने भाई आनंदसिंह से कहा।

आज रात की वारदात ने दोनों कुमारों को हद से ज्यादे तरद्दुद में डाल दिया। किन्नरी और किशोरी के इस तरह मिलकर भी पुनः गायब हो जाने से दोनों ही पहले से ज्यादे उदास हुए और सोचने लगे कि अब क्या करना चाहिए।

चौथा बयान

आधी रात का समय है और सन्नाटे की हवा चल रही है। बिल्लौर की तरह खूबी पैदा करनेवाली चांदनी आशिकमिजाजों को सदा ही भली मालूम होती है लेकिन आज की सर्दी ने उन्हें भी पस्त कर दिया, यह हिम्मत नहीं पड़ती कि जरा मैदान में निकलें और इस चांदनी की बहार लें मगर घर में बैठे दरवाजे की तरफ देखा करने और उसांसें लेने से होता ही क्या है। मर्दानगी कोई और ही चीज है, इश्क किसी दूसरी ही वस्तु का नाम है, तो भी इश्क के मारे हुए माशूक की नागिन-सी जुल्फों से अपने को डसाना ही जवांमर्दी समझते हैं और दिलबर की तिरछी निगाहों से अपने कलेजे को छलनी बनाने में बहादुरी मानते हैं। मगर वे लोग जो सच्चे बहादुर हैं घर बैठे 'ओफ' करना पसंद नहीं करते और समय पड़ने पर तलवार को ही अपना माशूक

मानते हैं। देखिए इस सर्दी और ऐसे भयानक स्थान में भी एक सच्चे बहादुर को किसी पेड़ की आड़ में बैठ जाना भी बुरा मालूम होता है।

अब रात पहर-भर से भी कम बाकी है। एक पहाड़ी के ऊपर जिसकी ऊंचाई बहुत ज्यादे नहीं तो इतनी कम भी नहीं है कि बिना दम लिए एक ही दौड़ में कोई ऊपर चढ़ जाए, एक आदमी मुंह पर नकाब डाले काले कपड़े से तमाम बदन को छिपाए इधर-उधर टहल रहा है। चारों तरफ सन्नाटा है, कोई उसे पहचाननेवाला यहां मौजूद नहीं, शायद इसी खयाल से उसने नकाब उलट दी और कुछ देर के लिए खड़े होकर मैदान की तरफ देखने लगा।

इस पहाड़ी के बगल में एक दूसरी पहाड़ी है जिसकी जड़ इस पहाड़ी से मिली हुई है। मालूम होता है कि एक पहाड़ी के दो टुकड़े हो गए हैं। बीच में डाकुओं और लुटेरों के आने-जाने लायक रास्ता है जिसे भयानक दर्रा कहना भुनासिब जान पड़ता है। इस आदमी की निगाह घड़ी-घड़ी उस दर्रे की तरफ दौड़ती और सन्नाटा पाकर मैदान की तरफ घूम जाती है जिससे मालूम होता है कि उसकी आंखें किसी ऐसे को ढूंढ़ रही हैं जिसके आने की इस समय पूरी उम्मीद है।

टहलते-टहलते उसे बहुत देर हो गई, पूरब तरफ आसमान पर कुछ-कुछ सुफेदी फैलने लगी जिसे देख यह कुछ घबड़ाया-सा हो गया और दस कदम आगे बढ़कर मैदान की तरफ देखने लगा, साथ ही इसके चौंका और धीरे-से बोल उठा, "आ पहुंचे!"

उस आदमी ने धीरे-से सीटी बजाई। इधर-उधर चट्टानों की आड़ में छिपे हुए दस-बारह आदमी निकल आए जिन्हें देख वह हुकूमत के तौर पर बोला, "देखो वे लोग आ पहुंचे, अब बहुत जल्द नीचे उतर चलना चाहिए।"

बात के अंदाज से मालूम हो गया कि वह आदमी जो बहुत देर से पहाड़ी के ऊपर टहल रहा था, उन सभों का सरदार है। अब उसने अपने चेहरे पर नकाब डाल ली और अपने साथियों को लेकर तेजी के साथ पहाड़ी के नीचे उतर आनेवालों का मुहाना रोक लिया।

कपड़े में लपेटी हुई एक लाश उठाए और उसे चारों तरफ से घेरे हुए कई आदमी उस दर्रे में घुसे। वे लोग कदम बढ़ाए जा रहे थे। उन्हें स्वप्न में भी यह गुमान न था कि हम लोगों के काम में बाधा डालनेवाला इस पहाड़ के बीच में से कोई निकल आएगा।

जब लाश उठाए हुए वे लोग उस दर्रे के बीच में घुसे बल्कि उन लोगों ने जब आधा दर्रा तै कर लिया, तब यकायक चारों तरफ से छिपे हुए कई आदमी उन लोगों पर टूट पड़े और हर तरह से उन्हें लाचार कर दिया। वे लोग किसी तरह भी लाश को न ले जा सके और तीन-चार आदमियों के घायल होने तथा एक के मर जाने पर उसी जगह उस लाश को छोड़ आखिर सभों को भाग ही जाना पड़ा।

दुश्मनों के भाग जाने पर उस सरदार ने जो पहले ही से उस पहाड़ी पर मौजूद था, जिसका जिक्र हम कर आए हैं, अपने साथियों को पुकारकर कहा, "पीछा करने की कोई जरूरत नहीं, हमारा मतलब निकल गया, मगर यह देख लेना चाहिए कि यह किशोरी ही है या नहीं!"

एक ने बटुए में से मोमबत्ती निकालकर जलाई और उस लाश के मुंह पर से कपड़ा हटाकर देखने के बाद कहा, "किशोरी ही तो है।" सरदार ने किशोरी की नब्ज पर हाथ रखा और कहा–

सरदार–ओफ! इसे बहुत तेज बेहोशी दी गई है, देखो तुम भी देख लो!

एक–(नब्ज देखकर) बेशक बहुत ज्यादे बेहोशी दी गई है, ऐसी हालत में अक्सर जान निकल जाती है!

दूसरा–इसे कुछ कम करना चाहिए।

सरदार ने अपने बटुए में से एक डिबिया निकाली तथा खोलकर किशोरी को सुंघाने के बाद फिर नब्ज पर हाथ रखा और कहा, "बस इससे ज्यादे बेहोशी कम करने से यह होश में आ जाएगी। चलो उठाओ, अब यहां ठहरना मुनासिब नहीं है।"

किशोरी को उठाकर वे लोग उसी दर्रे की राह घूमते हुए पहाड़ी के पार हो गए और न मालूम किस तरफ चले गए। इनके जाने के बाद उसी जगह जहां पर लड़ाई हुई थी छिपा हुआ एक आदमी बाहर निकला और चारों तरफ देखने लगा। जब वहां किसी को मौजूद न पाया तो धीरे-से बोल उठा–

"मेरा पहले ही से यहां आ पहुंचना कैसा मुनासिब हुआ! मैं उन लोगों को खूब पहचानता हूं जो लड़-भिड़कर बेचारी किशोरी को ले गए! खैर, क्या मुजायका है, मुझसे भागकर ये लोग कहां जाएंगे। मेरे लिए तो दोनों ही बराबर हैं, वे ले जाते तब भी उतनी ही मेहनत करनी पड़ती, और ये लोग ले गए हैं तब भी उतनी ही मेहनत करनी पड़ेगी। खैर हरि-इच्छा, अब बाबाजी को ढूंढ़ना चाहिए। उन्होंने भी इसी जगह मिलने का वादा किया था।"

इतना कह, वह आदमी चारों तरफ घूमने और बाबाजी को ढूंढ़ने लगा। इस समय इस आदमी को यदि माधवी देखती तो तुरंत पहचान लेती क्योंकि यह वही साधु है जो रामशिला पहाड़ी के सामने टीले पर रहता था, जिसके पास माधवी गई थी, या जिसने भीमसेन के हाथ से उस समय किशोरी की जान बचाई थी, जब खण्डहर के बीच में वह उसकी छाती पर सवार हो खंजर उसके कलेजे के पार किया ही चाहता था।

साफ सबेरा हो चुका था बल्कि पूरब तरफ सूर्य की लालिमा ने चौथाई आसमान पर अपना दखल जमा लिया था। वह साधु इधर-उधर घूमता-फिरता एक जगह अटक गया और सोचने लगा कि किधर जाए या क्या करे, इतने ही में सामने से इसी की सूरत-शक्ल के दूसरे बाबाजी आते हुए दिखाई पड़े। देखते ही यह उनकी

तरफ बढ़ा और बोला, "मैं बड़ी देर से आपको ढूंढ़ता रहा हूं क्योंकि इसी जगह मिलने का आपने वादा किया था।"

अभी आए हुए बाबाजी ने कहा, "मैं भी वादा पूरा करने के लिए आ पहुंचा। (हंसकर) बहुत खासे! यदि इस समय कोई देखे तो अवश्य बावला हो जाए और कहे कि एक ही रंग और सूरत-शक्ल के दो बाबाजी कहां से पैदा हो गए? अच्छा हमारे पीछे-पीछे चले आओ।"

दोनों बाबाजी ने एक तरफ का रास्ता लिया और देखते-देखते न मालूम किधर गायब हो गए या किसी खोह में जा छिपे।

किशोरी की जब आंख खुली तो उसने अपने को एक सुंदर मसहरी पर लेटे हुए पाया और उम्दा कपड़ों और जेवरों से सजी हुई कई औरतें भी उसे दिखाई पड़ीं। पहले तो किशोरी ने यही समझा कि वे सब अच्छे अमीरों और सरदारों की लड़कियां हैं मगर थोड़ी ही देर बाद उनकी बातचीत और कायदे से मालूम हो गया कि लौंडियां हैं। अपनी बेबसी और बदकिस्मती पर रोती हुई किशोरी को यह जानने की बड़ी उत्कंठा हुई कि किस महाराजाधिराज के मकान में आ फंसी हूं जिसकी लौंडियां इस शान और शौकत की दिखाई पड़ती हैं।

किशोरी को होश में आते देख उनमें की दो-तीन लौंडियां न मालूम कहां चली गईं मगर किशोरी ने समझ लिया कि मेरे होश में आने की किसी को खबर करने गई हैं।

ताज्जुब-भरी निगाहों से किशोरी चारों तरफ देखने लगी। वाह-वाह, क्या सुंदर कमरा बना हुआ है! चारों तरफ दीवारों पर मीनाकारी का काम किया हुआ है, छत में सुनहरी बेल और बीच-बीच में जड़ाऊ फूलों को देखकर अक्ल दंग होती है, न मालूम इसकी तैयारी में कितने रुपये खर्च हो गए होंगे! छत से लटकती हुई बिल्लौरी हांडियों की परइयों में मानिक की लोलकें लटक रही हैं, जड़ाऊ डारों पर बेशकीमती दीवारगीरें अपनी बहार दिखा रही हैं, दरवाजों की महराबों अंगूर की बेलें और उस पर बैठी हुई छोटी-छोटी खूबसूरत चिड़ियों के बनाने में कारीगर ने जो कुछ मेहनत की होगी उसका जानना बहुत ही मुश्किल है। उन अंगूरों में कहीं पके अंगूर की जगह मानिक और कच्चे की जगह पन्ना काम में लाया गया था। अलावे इन सब बातों के उस कमरे में कुल सजावट का हाल अगर लिखा जाए तो हमारा असल मतलब बिलकुल छूट जाएगा और मुख्तसर लिखावट के वादे में फर्क पड़ जाएगा, अस्तु इस बारे में हम कुछ नहीं लिखते।

इस मकान को देख किशोरी दंग हो गई। उसकी हालत का लिखना बहुत ही मुश्किल है। जिधर उसकी निगाह जाती उधर ही की हो रहती थी, पर उस जगह की सजावट

किशोरी अच्छी तरह देखने भी न पाई थी कि पहले की-सी और कई लौंडियां वहां आ मौजूद हुईं और बोलीं, "महाराज को साथ लिये रानी साहिबा आ रही हैं!"

महाराज को साथ लिये रानी साहिबा उस कमरे में आ पहुंचीं। बेचारी किशोरी को भला क्या मालूम कि ये दोनों कौन हैं या कहां के राजा हैं? तो भी इन दोनों की सूरत-शक्ल देखते ही किशोरी रुआब में आ गई। महाराज की उम्र लगभग पचास वर्ष की होगी। लंबा कद, गोल चेहरा, बड़ी-बड़ी आंखें, चौड़ी पेशानी, ऊपर को उठी हुई मूंछें, बहादुरी चेहरे पर बरस रही थी। रानी साहिबा की उम्र भी लगभग पैंतीस वर्ष के होगी फिर भी उनके बदन की बनावट और खूबसूरती नौजवान परीजमालों की आंखें नीची करती थी। उनकी बड़ी-बड़ी रतनार आंखों में अब भी वही बात थी जो उनकी जवानी में होगी। उनके अंगों की लुनाई में किसी तरह का फर्क नहीं आया था। इस समय एक कीमती धानी पोशाक उनकी खूबसूरती को बढ़ा रही थी और जड़ाऊ जेवरों से उनका बदन भरा हुआ था मगर देखनेवाला यही कहेगा कि उन्हें जेवरों की कोई जरूरत नहीं, यह तो हुस्न ही के बोझ से दबी जाती हैं।

उन दोनों के रुआब ने किशोरी को पलंग पर पड़े रहने न दिया। वह उठ खड़ी हुई और उनकी तरफ देखने लगी। रानी साहिबा चाहे कैसी ही खूबसूरत क्यों न हों और उन्हें अपनी खूबसूरती पर चाहे कितना ही घमंड क्यों न हो, मगर किशोरी की सूरत देखते ही वे दंग हो गईं और इनकी शेखी हवा हो गई। इस समय वह हर तरह से सुस्त और उदास थी. किसी तरह की सजावट उसके बदन पर न थी, तो भी महारानी के जी ने गवाही दे दी कि इससे बढ़कर खूबसूरत दुनिया में कोई न होगी। किशोरी उनकी खूबसूरती के रुआब में आकर पलंग के नीचे नहीं उतरी थी बल्कि इज्जत के लिहाज से और यह सोचकर कि जब इस कमरे की इतनी बड़ी सजावट है तो उनके खास कमरे की क्या नौबत होगी और वह कितने बड़े राज्य और दौलत की मालिक होंगी, उठ खड़ी हुई थी।

राजा और रानी दोनों ने प्यार की निगाह से किशोरी की तरफ देखा और राजा ने आगे बढ़कर किशोरी की पीठ पर हाथ फेरकर कहा, "बेशक यह मेरी ही पतोहू होने के लायक है।"

इस आखिरी शब्द ने किशोरी के साथ वह काम किया जो नमक जख्म के साथ, आग फूस की झोंपड़ी के साथ, तीर कलेजे के साथ, शराब धर्म के साथ, लालच ईमान के साथ और बिजली गिरकर तनोबदन के साथ करती है।

पांचवां बयान

कुंअर इंद्रजीतसिंह, नाहरसिंह और तारासिंह को साथ लिये घर आए और अपने छोटे भाई से सब हाल कहा। वे भी सुनकर बहुत उदास हुए और सोचने लगे कि अब क्या

करना चाहिए। दोनों कुमार बड़े ही तरद्दुद में पड़े। अगर तारासिंह को पता लगाने के लिए भेजें तो गया में कोई ऐयार न रह जाएगा और यह बात अगर उनके पिता सुनें तो बहुत रंज हों, जिसका खयाल उन्हें सबसे ज्यादे था। दोपहर दिन चढ़े तक दोनों भाई बड़े ही तरद्दुद में पड़े रहे, दोपहर बाद उनका तरद्दुद कुछ कम हुआ जब पण्डित बद्रीनाथ, भैरोसिंह और जगन्नाथ ज्योतिषी वहां आ मौजूद हुए। तीनों के वहां पहुंचने से दोनों कुमार बहुत खुश हुए और समझा कि अब हमारा काम अटका न रहेगा।

कुंअर इंद्रजीतसिंह, आनंदसिंह, तारासिंह, पण्डित बद्रीनाथ, भैरोसिंह और ज्योतिषीजी ये सब बाग की बारहदरी में एकांत समझकर चले गए और बातचीत करने लगे।

आनंद–लीजिए साहब अब तो दुश्मन लोग यहां भी बहुत-से हो गए।

ज्योतिषी–कोई हर्ज नहीं।

इंद्र–भैरोसिंह, पहले तुम अपना हाल कहो, यहां से जाने के बाद क्या हुआ?

भैरो–मुझे तो रास्ते ही में मालूम हो गया था कि किशोरी वहां नहीं है।

इंद्र–यह हाल मुझे भी मालूम हुआ था।

भैरो–ठीक है, वह आदमी आपके पास भी आया होगा जिसने मुझे खबर दी थी।

इंद्र–खैर तब क्या हुआ?

भैरो–फिर भी मैं वहां चला गया (बद्रीनाथ और ज्योतिषीजी की तरफ इशारा करके) और इन लोगों के साथ मिलकर काम करने लगा। ये लोग दो सौ बहादुरों के साथ वहां पहले से मौजूद थे। आखिर यह हुआ कि दीवान अग्निदत्त और दो-तीन उसके साथी गिरफ्तार करके चुनार भेज दिए गए। माधवी का पता नहीं कि वह कहां गई, वहां की रिआया सब अग्निदत्त से रंज थी इसलिए राजगृही अपने कब्जे में कर लेना हम लोगों को बहुत ही सहज हुआ। अब उन्हीं दो सौ आदमियों के साथ पन्नालाल को वहां छोड़ आया हूं।

बद्री–आप यहां का हाल भी कहिए। सुना है यहां बड़े-बड़े बेढब मामले हो गए हैं!

इंद्र–यहां का हाल भैरोसिंह की जुबानी आपने सुना ही होगा, इसके बाद आज रात को एक अजीब बात हो गई है।

तारासिंह ने रात-भर का कुल हाल उन लोगों से कहा जिसे सुन वे लोग बहुत ही तरद्दुद में पड़ गए।

इन लोगों की बातचीत हो ही रही थी कि एक चोबदार ने आकर अर्ज किया कि "अखंडनाथ बाबाजी बाहर खड़े हैं और यहां आना चाहते हैं।" अखंडनाथ नाम सुन ये लोग सोचने लगे कि कौन हैं और कहां से आए हैं। आखिर इंद्रजीतसिंह ने उन्हें अपने पास बुलाया और सूरत देखते ही पहचान लिया।

पाठक, ये अखंडनाथ बाबाजी वही हैं जो रामशिला के सामने फलगू के बीच भयानक टीले पर रहते थे, जिनके पास माधवी जाती थी, तथा जिन्होंने उस समय

किशोरी की जान बचाई थी जब खण्डहर में उसकी छाती पर सवार हो भीमसेन खंजर उसके कलेजे में भोंका ही चाहता था और जिसका कुल हाल इसी भाग के तीसरे बयान में हम लिख आए हैं। इन बाबाजी को तारासिंह भी पहचानते थे क्योंकि कल रात यह भी इंद्रजीतसिंह के साथ ही थे।

इंद्रजीतसिंह ने उठकर बाबाजी को प्रणाम किया। इनको उठते देख और सब लोग भी उठ खड़े हुए। कुमार ने अपने पास बाबाजी को बैठाया और ऐयारों की तरफ देखके कहा, "इन्हीं का हाल मैं कह चुका हूं, इन्होंने ही उस खण्डहर में किशोरी की जान बचाई थी।"

बाबा–जान बचानेवाला तो ईश्वर है, मैं क्या कर सकता हूं। खैर, यह तो कहिए उस मामले के बाद की भी आपको खबर है कि क्या हुआ?

इंद्रजीत–कुछ भी नहीं, हम लोग इस समय इसी सोच-विचार में पड़े हैं।

बाबा–अच्छा तो फिर मुझसे सुनिए। दो औरतें और जो उस मकान में थीं, उनका हाल तो मुझे मालूम नहीं कि किशोरी की खोज में कहां गईं, मगर किशोरी का हाल मैं खूब जानता हूं।

बाबाजी की बातों ने सभों का दिल अपनी तरफ खैंच लिया और सब लोग एकाग्र होकर उनकी बातें सुनने लगे। बाबाजी ने यों कहना शुरू किया–

"नाहरसिंह से जब कुमार लड़ रहे थे उस समय भीमसेन के साथियों को जो उसी जगह छिपे हुए थे मौका मिला और वे लोग किशोरी को लेकर शिवदत्तगढ़ की तरफ भागे, मगर ले न जा सके क्योंकि रास्ते ही में रोहतासगढ़[1] के राजा के ऐयार लोग छिपे हुए थे, जिन लोगों ने लड़कर किशोरी को छीन लिया और रोहतासगढ़ ले गए। किशोरी की खूबसूरती का हाल सुनकर रोहतासगढ़ के राजा ने इरादा कर लिया कि अपने लड़के के साथ उसे ब्याहेगा और बहुत दिन से उसके ऐयार लोग किशोरी की धुन में लगे हुए भी थे। अब मौका पाकर वे लोग अपना काम कर गए। अगर आप लोग जल्द उसके छुड़ाने की फिक्र न करेंगे तो बेचारी के बचने की उम्मीद जाती रहेगी। लड़-भिड़कर रोहतासगढ़ के किले को फ़तह करना बहुत मुश्किल है, चाहे फौज और दौलत में आप लोग बढ़के क्यों न हों मगर पहाड़ के ऊपर के उस आलीशान किले के अंदर घुसना बड़ा ही कठिन है मगर फिर भी चाहे जो हो आप लोग हिम्मत न हारें। किशोरी का ख्याल चाहे न भी हो मगर यह सोचकर कि आपके समीप का यह मजबूत किला आप ही के योग्य है, जरूर मेहनत करनी चाहिए। ईश्वर आपको विजय देगा और जहां तक हो सकेगा, मैं आपकी मदद करूंगा।"

---

1. रोहतासगढ़ बिहार के इलाके में मशहूर मुकाम है। यह किला एक पहाड़ के ऊपर है। उस जमाने में इस किले की लंबाई-चौड़ाई लगभग दस कोस की होगी। बड़े-बड़े राजा लोग भी इसके फतह करने का हौसला नहीं कर सकते थे। आजकल यह इमारत बिलकुल टूट-फूट गई है तो भी देखने योग्य है।

बाबाजी की जुबानी सब हाल सुनकर कुंअर इंद्रजीतसिंह बहुत प्रसन्न हुए। एक तो किशोरी का पता लगने की खुशी, दूसरे रोहतासगढ़ के राजा से बड़ी भारी लड़ाई लड़कर जवानी का हौसला निकालने और मशहूर किले पर अपना दखल जमाने की खुशी से गद्‌गद हो गये और जोश-भरी आवाज में बाबाजी से बोले–

इंद्रजीतसिंह–बड़े-बड़े वीरों की आत्माएं स्वर्ग से झांककर देखेंगी कि रोहतासगढ़ की लड़ाई कैसी होती है और किस तरह हम लोग उस किले को फतह करते हैं। रोहतासगढ़ का हाल हम बखूबी जानते हैं, मगर बिना कोई सबब हाथ लगे ऐसा इरादा नहीं कर सकते थे।

बाबा–अच्छा एक लोटा जल मंगाइए।

तुरंत जल आया। बाबाजी ने अपनी दाढ़ी नोंचकर फेंक दी और मुंह धो डाला। अब तो सभों ने पहचान लिया कि ये देवीसिंह हैं।

पाठक, रामशिला पहाड़ी के सामने भयानक टीले पर रहनेवाले बाबाजी से देवीसिंह का मिलना आप भूले न होंगे और आपको यह भी याद होगा कि देवीसिंह से बाबाजी ने कहा था कि 'कल इस स्थान को हम छोड़ देंगे।' बस बाबाजी के जाने के बाद देवीसिंह ही उनकी सूरत में उस गद्‌दी पर जा विराजे और जो कुछ काम किया आप जानते ही हैं। उस दिन बाबाजी की सूरत में देवीसिंह ही थे जिस दिन माधवी ने मिलकर कहा था कि 'हमारी मदद के लिए भीमसेन आ गया है।' असली बाबाजी भी उस पहाड़ी पर देवीसिंह से मिल चुके हैं, जहां हमने लिखा है कि एक ही सूरत के दो बाबाजी इकट्ठे हुए हैं और उन्हीं बाबाजी की जुबानी रोहतासगढ़ का मामला देवीसिंह ने सुना था।

देवीसिंह ने अपना बिलकुल हाल दोनों कुमारों से कहा और आखिर में बोले, "अब रोहतासगढ़ पर हम जरूर चढ़ाई करेंगे।"

इंद्र–बहुत अच्छी बात है, हम लोगों का हौसला भी तभी दिखाई देगा! हां यह तो कहिए नाहरसिंह से कैसा बर्ताव किया जाए?

देवी–कौन नाहरसिंह?

इंद्र–उस खण्डहर में जो मुझसे लड़ा था, बड़ा ही बहादुर है। उसने प्रण कर रखा था कि जो मुझे जीतेगा उसी का मैं ताबेदार हो जाऊंगा। अब उसने भीमसेन का साथ छोड़ दिया और हम लोगों के साथ रहने को तैयार है।

देवी–ऐसे बहादुर पर जरूर मेहरबानी करनी चाहिए मगर आज हम उसे आजमावेंगे। आप उसके लिए एक मकान दे दें और हर तरह के आराम का बंदोबस्त कर दें।

इंद्र–बहुत अच्छा।

कुंअर इंद्रजीतसिंह ने उसी समय नाहरसिंह को अपने पास बुलाया और बड़ी मेहरबानी के साथ पेश आए। एक मकान देकर अपने सेनापति की पदवी उसे दी और भीमसेन को कैद में रखने का हुक्म दिया।

अपने ऊपर कुमार की इतनी मेहरबानी देखकर नाहरसिंह बहुत प्रसन्न हुआ। कुछ देर तक बातें करता रहा, तब सलाम करके अपने ठिकाने चला गया और सेनापति के काम को ईमानदारी के साथ पूरा करने का उद्योग करने लगा।

आधी रात जा चुकी है। चारों तरफ सन्नाटा छाया हुआ है। गलियों और सड़कों पर चौकीदारों के "जागते रहियो, होशियार रहियो" पुकारने की आवाज आ रही है। नाहरसिंह अपने मकान में पलंग पर लेटा हुआ कोई किताब देख रहा है और सिरहाने शमादान जल रहा है।

नाहरसिंह के हाथ में श्रुति-स्मृति या पुराण की कोई पुस्तक नहीं है, उसके हाथ में तस्वीरों की एक किताब है जिसके पन्ने वह उलटता है और एक-एक तस्वीर को देर तक बड़े गौर से देखता है। इन तस्वीरों में बड़े-बड़े राजाओं और बहादुरों की मशहूर लड़ाइयों का नक्शा दिखाया गया है और पहलवानों की बहादुरी और दिलावरों की दिलावरी का खाका उतारा हुआ है जिसे देख-देखकर नाहरसिंह की रगें जोश मारती हैं और वह चाहता है कि ऐसी लड़ाइयों में हमें भी कभी हौसला निकालने का मौका मिले।

तस्वीरें देखते-देखते बहुत देर हो गई और नाहरसिंह की नींद-भरी आंखें भी बंद होने लगीं। आखिर उसने किताब बंद करके एक तरफ रख दी और थोड़ी ही देर बाद गहरी नींद में सो गया।

इस मकान के किसी कोने में एक आदमी न मालूम कब का छिपा हुआ था जो नाहरसिंह को सोता जानकर उस कमरे में चला आया और पलंग के पास खड़ा हो उसे गौर से देखने लगा। इस आदमी को हम नहीं पहचानते क्योंकि यह मुंह पर नकाब डाले हुए है। थोड़ी देर बाद अपनी जेब से उसने एक पुड़िया निकाली और एक चुटकी बुकनी नाहरसिंह की नाक के पास ले गया। सांस के साथ धूरा दिमाग में पहुंचा और वह छींक मारकर बेहोश हो गया।

उस आदमी ने अपनी कमर से एक रस्सी खोली और नाहरसिंह के हाथ-पैर मजबूती से बांधकर उसे होशियार करने के बाद तलवार खैंच मुंह पर से नकाब हटा सामने खड़ा हो गया। होश में आते ही नाहरसिंह ने अपने को बेबस और हाथ में नंगी तलवार लिये महाराज शिवदत्त को सामने मौजूद पाया।

शिव–क्यों नाहरसिंह, एक नाजुक समय में हमारे लड़के का साथ छोड़ देना और उसे दुश्मनों के हाथ में फंसा देना क्या तुम्हें मुनासिब था?

नाहर–जब तक बहादुर इंद्रजीतसिंह ने मुझ पर फतह नहीं पाई तब तक मैं बराबर तुम्हारे लड़के का साथी रहा, जब कुमार ने मुझे जीत लिया था तो अपने कौल के मुताबिक मैंने उनकी ताबेदारी कबूल कर ली। मेरे कौल को तो तुम भी जानते ही थे।

शिव–जो कुछ तुमने किया है उसकी सजा देने के लिए इस समय मैं मौजूद हूं।

नाहर–खैर, ईश्वर की जो मर्जी।

शिव–अब भी अगर तुम हमारा साथ देना मंजूर करो तो छोड़ सकता हूं।

नाहर–यह नहीं हो सकता। ऐसे बहादुर का साथ छोड़ तुम्हारे ऐसे बेईमान का संग करना मुझे मंजूर नहीं।

शिव–(डपटकर और तलवार उठाकर) क्या तुम्हें अपनी जान देना मंजूर है?

नाहर–खुशी से मंजूर है मगर मालिक का संग छोड़ना कबूल नहीं है!

शिव–देखो मैं फिर तुम्हें समझाता हूं, सोचो और मेरा साथ दो!

नाहर–बस, बहुत बकवाद करने की जरूरत नहीं, जो कुछ तुम कर सको कर लो। मैं ऐसी बातें नहीं सुनना चाहता।

शिवदत्त ने बहुत समझाया और डराया-धमकाया मगर बहादुर नाहरसिंह की नीयत न बदली। आखिर लाचार होकर शिवदत्त ने अपने हाथ से तलवार दूर फेंक दी और नाहरसिंह की पीठ ठोंककर बोला–

"शाबाश बहादुर! तुम्हारे ऐसे जवांमर्द का दिल अगर ऐसा न होगा तो किसका होगा? मैं शिवदत्त नहीं हूं, कुमार का ऐयार देवीसिंह हूं, तुम्हें आजमाने के लिए आया था!"

इतना कहकर उन्होंने नाहरसिंह की मुश्कें खोल दीं और वहां से फौरन चले गए। देवीसिंह ने यह हाल दोनों कुमारों से कहकर नाहरसिंह की तारीफ की मगर बहादुर नाहरसिंह ने अपनी जिंदगी-भर इस आजमाने का हाल किसी से न कहा।

दूसरे दिन देवीसिंह चुनार चले गए और कह गए कि रोहतासगढ़ की चढ़ाई का बंदोबस्त करके मैं बहुत जल्द आऊंगा।

यह जानकर कि किशोरी को रोहतासगढ़वाले ले गए हैं कुंअर इंद्रजीतसिंह की बेचैनी हद से ज्यादे बढ़ गई। दम-भर के लिए भी आराम करना मुश्किल हो गया, दो ही पहर में सूरत बदल गई। किसी का बुलाना या कुछ पूछना उन्हें जहर-सा मालूम पड़ने लगा। इनकी ऐसी हालत देख भैरोसिंह से न रहा गया, निराले में बैठ उन्हें समझाने लगा।

इंद्र–तुम्हारे समझाने से मेरी हालत किसी तरह बदल नहीं सकती और किशोरी की जान का खतरा जो मुझे लगा हुआ है किसी तरह कम नहीं हो सकता।

भैरो–किशोरी को अगर शिवदत्तगढ़वाले ले जाते तो बेशक उसकी जान का खतरा था, क्योंकि शिवदत्त रंज के मारे बिना उसकी जान लिये न रहता, मगर अब तो वह रोहतासगढ़ के राजा के कब्जे में है और वह अपने लड़के से उसकी शादी किया चाहता है, ऐसी हालत में किशोरी की जान का दुश्मन वह क्योंकर हो सकेगा?

इंद्र–मगर जबर्दस्ती किशोरी की शादी कर दी गई तब क्या होगा?

भैरो–हां, अगर ऐसा हो तो जरूर रंज होगा, खैर आप चिंता न करिए, ईश्वर चाहेगा तो पांच ही सात दिन में कुल बखेड़ा तै कर देता हूं।

इंद्र–क्या किशोरी को वहां से ले आओगे?

भैरो–रोहतासगढ़ के किले में घुसकर किशोरी को निकाल लाना तो दो-तीन दिन का काम नहीं, इसके अतिरिक्त क्या रोहतासगढ़ का किला ऐयारों ने खाली होगा?

इंद्र–फिर तुम पांच-सात दिन में क्या करोगे?

भैरो–कोई काम ऐसा जरूर करूंगा जिससे किशोरी की शादी रुक जाए।

इंद्र–वह क्या?

भैरो–जिस तरह बनेगा वहां के राजकुमार कल्याणसिंह को पकड़ लाऊंगा, जब हम लोगों का फैसला हो जाएगा तब छोड़ दूंगा।

इंद्र–हां अगर ऐसा करो तो क्या बात है!

भैरो–आप चिंता न कीजिए। मैं अभी यहां से रवाना होता हूं, मगर आप किसी से मेरे जाने का हाल न कहिएगा।

इंद्र–क्या अकेले जाओगे?

भैरो–जी हां।

इंद्र–वाह! कहीं फंस जाओ तो मैं तुम्हारी राह ही देखता रह जाऊं, कोई खबर देनेवाला भी नहीं।

भैरो–ऐसी उम्मीद न रखिए।

कुंअर इंद्रजीतसिंह से वादा करके भैरोसिंह रोहतासगढ़ की तरफ रवाना हुए, मगर भैरोसिंह का अकेले रोहतासगढ़ जाना इंद्रजीतसिंह को न भाया। उस समय तो भैरोसिंह की जिद से चुप हो रहे मगर उसके जाने के बाद कुमार ने सब हाल पण्डित बद्रीनाथ से कहकर दोस्त की मदद के लिए जाने का हुक्म दिया। हुक्म पाते ही पण्डित बद्रीनाथ भी रोहतासगढ़ रवाना हुए और रास्ते में ही भैरोसिंह से जा मिले।

दो रोज चलकर ये दोनों आदमी रोहतासगढ़[1] पहुंचे और पहाड़ के ऊपर चढ़ किले में दाखिल हुए। यह बहुत बड़ा किला पहाड़ पर निहायत खूबी का बना हुआ था और इसी के अंदर शहर भी बसा था जो बड़े-बड़े सौदागरों, महाजनों, व्यापारियों

1. राजा शिवप्रसाद सितारेहिंद ने अपनी किताब जान-जहांनुमा में लिखा है "आरे से करीब पचहत्तर मील के दक्खिन-पश्चिम को झुकता हुआ हजार फीट ऊंचे पहाड़ के ऊपर का एक बड़ा ही मजबूत किला "रोहतासगढ़" जिसका असल नाम "रोहताश्म" है दस मील मुरब्बः की वसअत में सोन नदी के बाएं किनारे पर उजाड़ पड़ा हुआ है। उसमें जाने के वास्ते सिर्फ एक ही रास्ता दो कोस की चौड़ाई का तंग-सा बना है बाकी सब तरफ वह पहाड़, जंगल और नदियों से ऐसा घिरा हुआ है कि किसी तौर से वहां आदमी का गुजर नहीं हो सकता। उस किले के अंदर दो मंदिर अगले जमाने के अभी मौजूद हैं बाकी सब इमारतें, महल, बाग, तालाब वगैरह जिनका अब सिर्फ निशान-भर रह गया है, मुसलमान बादशाहों के बनाए हुए हैं।"

(ग्रंथकर्ता) मगर अकबर के जमाने में जो "बिहार" का हाल लिखा गया है उससे मालूम होता है कि यह मुकाम मुसलमानों की अमलदारी के पहले से बना हुआ है।

और जौहरियों के कारबार से अपनी चमक-दमक दिखा रहा था। इस शहर की खूबी और सजावट का हाल इस जगह लिखने की कोई जरूरत नहीं मालूम होती और इतना समय भी नहीं है, हां मौके पर दो-चार दफे पढ़कर इसकी खूबी का हाल पाठक मालूम कर लेंगे। इस किले के अंदर एक छोटा किला और भी था जिसमें महाराज और उनके आपसवाले रहा करते थे और लोगों में वह महल के नाम से मशहूर था।

इस पहाड़ पर छोटे झरने और तालाब बहुत हैं। ऊपर जाने के लिए केवल एक ही राह है और वह भी बहुत बारीक है। उसके चारों तरफ घना जंगल इस ढंग का है कि जरा भी आदमी चूका और राह भूलकर कई दिन तक भटकने की नौबत आई। दुश्मनों का और किसी तरह से इस पहाड़ पर चढ़ना बहुत ही मुश्किल है और वह बारीक राह भी इस लायक नहीं कि पांच-सात आदमी से ज्यादे एक साथ चढ़ सकें। भेष बदले हुए हमारे दोनों ऐयार रोहतासगढ़ पहुंचे और वहां की रंगत देखकर समझ गए कि इस किले को फतह करने में बहुत मुश्किल पड़ेगी।

भैरोसिंह और पण्डित बद्रीनाथ मथुरिया चौबे बने हुए रोहतासगढ़ में घूमने और एक-एक चीज को अच्छी तरह देखने लगे। दोपहर के समय एक शिवालय पर पहुंचे जो बहुत ही खूबसूरत और बड़ा बना हुआ था, सभामंडप इतना बड़ा था कि सौ-डेढ़ सौ आदमी अच्छी तरह उसमें बैठ सकते थे। उसके चारों तरफ खुला-सा सहन था जिस पर कई ब्राह्मण और पुजारी बैठे धूप सेंक रहे थे। उन्हीं लोगों के पास जाकर हमारे दोनों ऐयार खड़े हो गए और गरजकर बोले–"जै जमुना मैया की!"

पुजेरियों ने हमारे दोनों चौबों को खातिरदारी से बैठाया और बातचीत करने लगे।

एक पुजेरी–कहिए चौबेजी, कब आना हुआ?

बद्री–बस अभी चले ही तो आते हैं महाराज! पहाड़ पर चढ़ते-चढ़ते थक गये, गला सूख गया, कृपा कर सिल-लुढ़िया दो तो भंग छने और चित्त ठिकाने हो।

पुजेरी–लीजिए, सिल-लुढ़िया लीजिए, मसाला लीजिए, चीनी लीजिए, खूब भंग छानिए।

भैरो–भंग मसाला तो हमारे साथ है, आप ब्राह्मणों का क्यों नुकसान करें।

पुजेरी–नहीं, नहीं, हमारा कुछ नहीं है, यहां सब चीजें महाराज के हुक्म से मौजूद रहती हैं, ब्राह्मण परदेशी जो कोई आवे सभी को देने का हुक्म है।

बद्री–वाह-वाह, तब क्या बात है! लाइए फिर महाराज की जय-जयकार मनावें!

पुजेरी ने इन दोनों को सब सामान दिया और इन दोनों ने भंग बनाई, आप भी पी और पुजेरियों को भी पिलाई। दोनों ऐयारों ने बातचीत और मसखरेपन से वहां के पुजेरियों को अपने बस में कर लिया। बड़े पुजेरी बहुत प्रसन्न हुए और बोले,

"चौबेजी महाराज, बड़े भाग्य से आप लोगों के दर्शन हुए हैं। आप लोग दो-चार रोज यहां जरूर रहिए! इसी जगह आपको महाराजकुमार से भी मिलावेंगे और आप लोगों को बहुत कुछ दिलावेंगे। हमारे महाराजकुमार बहुत ही हंसमुख, नेक और बुद्धिमान हैं। आप उन्हें देख बहुत प्रसन्न होंगे!"

बद्री–बहुत खूब महाराज, आप लोगों की इतनी कृपा है तो हम जरूर रहेंगे और आपके महाराजकुमार से भी मिलेंगे। वे यहां कब आते हैं?

पुजेरी–प्रातः और सायंकाल दोनों समय यहां आते हैं और इसी मंदिर में संध्या-पूजा करते हैं।

भैरो–तो आज भी उनके दर्शन होंगे?

पुजेरी–अवश्य।

यह मंदिर किले की दीवार के पास ही था। इसके पीछे की तरफ एक छोटी-सी लोहे की खिड़की थी जिसकी राह से लोग किले के बाहर जंगल में जा सकते थे। पुजेरी के हुक्म से भंग पीने के बाद दोनों ऐयार उसी राह से जंगल में गए और मैदान होकर लौट आए, पुजेरी लोग भी उसी राह से जंगल मैदान गए।

संध्या समय महाराजकुमार भी वहां आए और मंदिर के अंदर दरवाजा बंद करके घण्टे-भर से ज्यादे देर तक संध्या-पूजा करते रहे। उस समय केवल एक बड़ा पुजेरी उस मंदिर में तब तक मौजूद रहा जब तक महाराजकुमार नित्य नेम करते रहे। दोनों ऐयारों ने भी महाराजकुमार को अच्छी तरह देखा मगर पुजेरी जी को कह दिया था कि आज महाराजकुमार को यह मत कहना कि यहां दो चौबे आए हैं, कल सायंकाल को हम लोगों का सामना कराना।

दोनों ऐयारों ने रात-भर उसी मंदिर में गुजारा किया और अपने मसखरेपन से पुजेरी महाशय को बहुत ही प्रसन्न किया, साथ ही इसके उन्हें इस बात का भी विश्वास दिलाया कि इस पहाड़ के नीचे एक बड़े भारी महात्मा आए हुए हैं, आपको उनसे जरूर मिलावेंगे, हम लोगों पर उनकी बड़ी कृपा रहती है।

सबेरे उठकर इन दोनों ने फिर भंग घोंटकर पी और सभों को पिलाने के बाद उसी खिड़की की राह मैदान गए। दोनों ऐयार तो अपनी धुन में थे, महाराजकुमार को यहां से उड़ाने की फिक्र-सोच में रहे थे तथा उसी खिड़की की राह निकल जाने का उन्होंने मौका तजबीजा था, इसलिए मैदान जाते समय इस जंगल को दोनों आदमी अच्छी तरह देखने लगे कि इधर से सीधी सड़क पर निकल जाने का क्योंकर हन लोगों को मौका मिल सकता है। इस काम में उन्होंने दिन-भर बिता दिया और रास्ता अच्छी तरह समझ-बूझकर शाम होते-होते मंदिर में लौट आए।

पुजेरी–कहिए चौबेजी महाराज! आप लोग कहां चले गए थे?

बद्री–अजी महाराज, कुछ न पूछो! जरा आगे क्या बढ़ गए बस जहन्नुम में मिल गए। ऐसा रास्ता भूले कि बस हमारा ही जी जानता है।

भैरो–ईश्वर की ही कृपा से इस समय लौट आए नहीं तो कोई उम्मीद यहां पहुंचने की न थी।

पुजेरी–राम-राम, यह जंगल बड़ा ही भयानक है, कई दफे तो हम लोग इसमें भूल गए हैं और दो-दो दिन तक भटकते ही रह गए हैं, आप बेचारे तो नए ठहरे। आइए, बैठिए, कुछ जलपान कीजिए।

भैरो–अजी कहां का खाना, कैसा पीना! होश तो ठिकाने ही नहीं हैं, बस भंग पीकर खूब सोवेंगे। घूमते-घूमते ऐसे थके कि तमाम बदन चूर-चूर हो गया। कृपानिधान, आज भी हम लोगों की इत्तिला कुमार से न कीजिएगा, हम लोग मिलाने लायक नहीं हैं, इस समय तो खूब गहरी छनेगी!!

पुजेरी–खैर ऐसा ही सही! (हंसकर) आइये, बैठिए तो।

दोनों ऐयारों ने भंग पी और बाकी लोगों को भी पिलाई। इसके बाद कुछ देर आराम करके बाजार में घूमने-फिरने के लिए गए और अच्छी तरह देख-भालकर लौट आए। सोते समय फिर उन्हीं महात्मा का जिक्र पुजेरी से करने लगे जिनसे मिलाने का वादा कर चुके थे और यहां तक उनकी तारीफ की कि पुजेरीजी उनसे मिलने के लिए जल्दी करने लगे और बोले, "यह तो कहिए, कल आप उनके दर्शन करावेंगे या नहीं?"

बद्री–जरूर, बस कुमार यहां से संध्या-पूजा करके लौट जाएं तो चले चलिए, मगर अकेले आप ही चलिए, नहीं तो महात्मा बड़ा बिगड़ेंगे कि इतने आदमियों को क्यों ले आए। वह जल्दी किसी से मिलानेवाले नहीं हैं।

पुजेरी–हमें क्या गरज पड़ी है जो किसी को साथ ले जाएं, अकेले आपके साथ चलेंगे।

भैरो–बस तभी तो ठीक होगा।

दूसरे दिन जब महाराजकुमार संध्या-पूजा करके लौट गए तो बद्रीनाथ और भैरोसिंह पुजेरी को साथ ले वहां से रवाना हुए और पहाड़ के नीचे उतरने के बाद बोले, "बस अब यहीं बूटी छान लें तब आगे चलें इसीलिए लुटिया लेता आया हूं।"

पुजेरी–क्या हर्ज है, बूटी छान लीजिए।

बद्री–आपके हिस्से की भी बनाऊं न?

पुजेरी–इस दोपहर के समय क्या बूटी पिलाइएगा! हमें तो इतनी आदत न थी, आप ही लोगों के सबब दो दिन से खूब पीने में आती है।

बद्री–क्या हर्ज है, थोड़ा-सा पी लीजिएगा।

पुजेरी–जैसी आपकी मरजी।

हमारे बहादुर ऐयारों ने एक पत्थर की चट्टान पर भंग घोंटकर पी और नजर बचा थोड़ी-सी बेहोशी की दवा मिला पुजेरी को भी पिलाई। थोड़ी ही देर में पुजेरीजी

महाराज तो चीं बोल गए और गहरी बेहोशी में मस्त हो गए। दोनों ऐयार उन्हें उठाकर ले गए और एक झाड़ी में छिपा आए।

बद्री–अब क्या करना चाहिए?

भैरो–आप यहां रहिए मैं उसी तरकीब से कुमार को उठा लाता हूं।

बद्री–अच्छी बात है, मैं अपने हाथ से इस पुजेरी की सूरत तुम्हें बनाता हूं।

भैरो–बनाइए।

पुजेरी की सूरत बन बद्रीनाथ को उसी जगह छोड़ भैरोसिंह लौटे। संध्या होने के पहले ही मंदिर में पहुंचे। लोगों ने पूछा, "कहिए पुजेरीजी, महात्मा से मुलाकात हुई या नहीं? और अकेले क्यों लौटे, चौबेजी कहां रह गए?"

नकली पुजेरी ने कहा–"महात्मा से मुलाकात हुई। वाह क्या बात है, महात्मा क्या वह तो पूरे सिद्ध हैं। दोनों चौबों को बहुत मानते हैं। उन्हें तो आने न दिया मगर मैं चला आया। जब चौबेजी कल आवेंगे।"

समय पर महाराजकुमार भी आ पहुंचे और संध्या करने के लिए मंदिर के अंदर घुसे। मामूली तौर पर पुजेरी के बदले में नकली पुजेरी अर्थात् भैरोसिंह मंदिर के अंदर रहे और कुमार के अंदर आने पर भीतर से किवाड़ बंद कर लिया। संध्या करने के समय महाराजकुमार के साथ मंदिर के अंदर घुसकर पुजेरी क्या-क्या करते थे यह दोनों ऐयारों ने उनसे बातों-बातों में पहले ही दरियाफ्त कर लिया था। पुजेरीजी मंदिर के अंदर बैठे कुछ विशेष काम नहीं करते थे, केवल पूजा का सामान कुमार के आगे जमा कर देते और एक किनारे बैठे रहते थे। चलते समय प्रसादी में माला कुमार को देते थे और वे उसे सूंघ आंखों से लगा उसी जगह रख चले जाते थे। आज इन सब कामों को हमारे ऐयार पुजेरीजी ने ही पूरा किया।

इस मंदिर में चारों तरफ चार दरवाजे थे। आगे की तरफ तो कई आदमी और पहरेवाले बैठे रहते थे, बाईं तरफ के दरवाजे पर होम करने का कुंड बना हुआ था, दाहिने दरवाजे पर फूलों के कई गमले रखे हुए थे, और पिछला दरवाजा बिलकुल सन्नाटा पड़ता था।

मंदिर के अंदर दरवाजा बंद करके कुमार संध्या करने लगे। प्राणायाम के समय मौका जानकर नकली पुजेरी ने आशीर्वाद में देनेवाली फूलों की माला में बेहोशी का धूरा मिलाया। जब कुमार चलने लगे, पुजेरी ने माला गले में डाली, कुमार ने उसे गले से निकाल सूंघा और माथे से लगाकर उसी जगह रख दिया।

माला सूंघने के साथ ही कुमार का सिर घूमा और वे बेहोश होकर जमीन पर गिर पड़े। भैरोसिंह ने झटपट उनकी गठरी बांधी और पिछले दरवाजे की राह बाहर निकल आए, इसके बाद उसी छोटी खिड़की की राह किले के बाहर हो जंगल का रास्ता लिया और दो ही घण्टे में उस जगह जा पहुंचे जहां पण्डित बद्रीनाथ को छोड़ गए थे। ये दोनों कुमार कल्याणसिंह को ले गयाजी की तरफ रवाना हुए।

छठवां बयान

इश्क भी क्या बुरी बला है! हाय, इस दुष्ट ने जिसका पीछा किया उसे खराब करके छोड़ दिया और उसके लिए दुनिया-भर के अच्छे पदार्थ बेकाम और बुरे बना दिए। छिटकी हुई चांदनी उसके बदन में चिनगारियां पैदा करती है, शाम की ठंडी हवा उसे लू-सी लगती है, खुशनुमा फूलों को देखने से उसके कलेजे में कांटे चुभते हैं, बाग की रविशों पर टहलने से पैरों में छाले पड़ते हैं, नरम बिछावन पर पड़े रहने से हड्डियां टूटती हैं, और वह करवटें बदलकर भी किसी तरह आराम नहीं ले सकता!

खाना-पीना हराम हो जाता है, मिसरी की डली जहर मालूम होती है, गम खाते-खाते पेट भर जाता है, प्यास बुझाने के लिए आंसू की बूंदें बहुत हो जाती हैं, हजार दुख भोगने पर भी किसी की जुल्फ में उलझी हुई जान को निकल भागने का मौका हाथ नहीं लगता! दोस्तों की नसीहतें जिगर के टुकड़े-टुकड़े करती हैं, जुदाई की आग में कलेजा भुन जाता है, बदन का खून पानी हो जाता है और इसी से उसकी भूख-प्यास दोनों ही जाती रहती हैं। जिसकी सूरत उसकी आंखों में छुपी रहती है, दरोदीवार में वही दिखाई देता है, स्वप्न में भी इठलाता हुआ वही नजर आता है। उसकी सुनी हुई बातें रात-दिन कान में गूंजा करती हैं, हंसी के समय दिखाई दिए हुए मोतियों-से दांत गले का हार बन बैठते हैं, भुलाए नहीं भूलते, जादू-भरी चितवनों की याद दिल को उचाट कर देती है, गले में हाथ डालकर ली हुई अंगड़ाई बदन को दबाए देती है, उसकी याद में एक तरफ झुके हुए कभी सीधे भी नहीं होने पाते।

वे दिन-रात आंखें बंद कर हुस्न के बाग में टहला करते हैं। ठंडी सांसें आंधी का काम देती हैं। सूखे पत्ते उड़ाया करते हैं और धीरे-धीरे आप भी ऐसे सूख जाते हैं कि सांस के साथ उड़ जाने की हिम्मत बांधते हैं, मुहब्बत का गुरु चाबुक लिये हरदम पीछे मौजूद रहता है, बुदबुदाते हुए अपने चेले को कहीं ठहरने नहीं देता और न माशूक के नाम के सिवाय कोई दूसरा शब्द मुंह से निकालने देता है।

आदमी का क्या हवा तक ऐसों से दिल्लगी करती है, किवाड़ खटखटा माशूक के आने की याद दिला-दिला चुटकियां लेती है, और कभी कान में झुककर कहती है कि मैं उस गली से आई हूं जिसमें तेरा प्यारा रहता है!

बाग में टहलने के समय हवा के चपेटों में पड़ी हुई पेड़ों की टहनियां हिल-हिलकर अपने पास बुलाती हैं और जब वह पास जाता है हंसी के दो फूल गिराकर चुप हो जाती हैं जिससे उसका दिल और भी बेचैन हो जाता है और वह दोनों हाथों से कलेजा थामकर बैठ जाता है। उसके प्यारे रिश्तेदार यह हालत देख अफसोस करते हैं और उसकी नर्म अंगुलियों को हाथ में लेकर पूछते हैं कि क्या अपनी जुल्फें संवारने के लिए ये नाखून बढ़ा रखे हैं?

बेचैनी इतनी बढ़ जाती है कि आधे घण्टे तक के लिए भी ध्यान एक तरफ नहीं जमता और न एक जगह थोड़ी देर तक आराम के साथ बैठने की मोहलत मिलती है। आंखों में छिपी रहनेवाली नींद भी न मालूम कहां चली जाती है और अपनी जगह टकटकी को जो दम-दम में तरह-तरह की तस्वीरें बनाने और बिगाड़नेवाली है, छोड़ जाती है।

यही हमारे कुंअर इंद्रजीतसिंह और उनकी प्यारी किशोरी की हालत है, इस समय दोनों एक-दूसरे से दूर पड़े हैं मगर मुहब्बत का भूत रंग-बिरंग की सूरत बना दोनों की आंखों में नाचा करता है और बढ़ती हुई उदासी और बेचैनी को किसी तरह कम नहीं होने देता।

रोहतासगढ़ महल में रहनेवाली जितनी औरतें हैं सभी को किशोरी की खातिरदारी का ध्यान रहने पर भी किशोरी की उदासी किसी तरह कम नहीं होती। यद्यपि उसे यहां किसी तरह की भी तकलीफ नहीं थी मगर कलेजे को टुकड़े-टुकड़े करनेवाली बात एक सायत के लिए भी उसके दिल से नहीं भूलती थी जो उसने यहां आने के साथ ही पीठ पर हाथ फेरते हुए महाराज के मुंह से सुनी थी, अर्थात्–"यह तो मेरी पतोहू होने लायक है!"

यों तो ऊंचे दर्जे की औरतों के जिद करने से लाचार होकर जनाने नजरबाग में किशोरी को टहलना ही पड़ता था मगर वहां की कोई चीज उस बेचारी के जी को ढाढ़स नहीं दे सकती थी। खिले हुए गुलाब के फूल पर नजर पड़ते ही वह मुरझा जाती, नर्गिस की तरफ देखते ही उसकी शर्मीली आंखें पलकों की चिलमन में छिप जातीं, सरोवर के पास पहुंचते ही वह गम के बोझ से झुक जाती और खुशनुमा फूलों से लदी हुई पेचीली लताएं उसके सामने पड़कर कुंअर इंद्रजीतसिंह की सुंबली जुल्फों की याद दिलातीं जिसमें उलझी हुई उसकी जान को जीते-जी छूटने की उम्मीद न थी।

रविशों को वह यार की जुदाई का मैदान समझती, छोटे-छोटे रंगीन फूलों से भरे हुए पेड़ों की क्यारियों को वह घना जंगल जानती और गूंजते हुए भौंरों की आवाज उसके कानों में झिल्ली की झनकार मालूम होती जो जंगल में बिना मौसिम पर ध्यान दिए बारहों महीने बोला और इत्तिफाक से आ पड़े हुए नाजुक-बदनों के कलेजों को दहलाया करती है।

नर्म हवा के झोंकों से हिलती हुई रंग-बिरंग की खूबसूरत पत्तियों को देखते ही वह कांप जाती, सुंदर और साफ मोती-सरीखे जल से भरे और बहते हुए बनावटी झरने के पास पहुंचते ही उसका दिल डूब जाता, छूटते हुए फव्वारे पर नजर पड़ते ही कलेजा मुंह को आता और आंखों से टपाटप आंसू की बूंदें गिरने लगतीं जिन्हें देख तरह-तरह की बोलियों से दिल खुश करनेवाली बाग की नाजुक चिड़ियों से चुप न रहा जाता और वे बोल उठतीं–"हाय-हाय ! इस बेचारी का दिल किसी की जुदाई में खून हो गया और वह खून पानी होकर आंखों की राह निकला जाता है।"

उन कुछ जवान, नाजुक और चंचल औरतों को जो किशोरी के साथ रहने पर मुस्तैद की गई थीं उसकी हालत पर अफसोस आता मगर लाचार थीं क्योंकि उन्हें अपनी जान बहुत प्यारी थी।

रात के समय जब किशोरी अपने को अकेली पाती, तरह-तरह की बातें सोचा करती। कभी तो वह निकल भागने की तरकीब सोचती मगर अनहोनी जान उधर से खयाल को लौटाकर अपने प्यारे इंद्रजीतसिंह की तरफ ध्यान लगाती और कहती कि क्या वे मेरी मदद न करेंगे और मुझे यहां से न छुड़ावेंगे? नहीं, जरूर छुड़ावेंगे, मगर कब? जब उन्हें यह खबर होगी कि किशोरी फलानी जगह कैद है। हाय-हाय! कहीं ऐसा न हो कि खबर होते-होते तक मुझे यह दुनिया छोड़ देनी पड़े और दिल के अरमान दिल ही में ले जाने पड़ें। नहीं, अगर मेरे साथ जबर्दस्ती की जाएगी तो जरूर ऐसा करूंगी और सिवाय उसके जिसके ऊपर न्योछावर हो चुकी हूं, दूसरे की न कहलाऊंगी, ऐसी नौबत आने के पहले ही शरीर छोड़ उनसे जा मिलूंगी, कोई ताकत ऐसी नहीं जो ऐसा करने से मुझे रोक सके। हे ईश्वर! क्या तू उन आफत के परकाले ऐयारों को यहां का रास्ता न बतावेगा जो कुमार के लिए जान तक दे देने को हरदम मुस्तैद रहते हैं?

एक रात वह इसी सोच-विचार में पड़ी थी कि सबेरा हो गया और कमरे के बाहर से एक ऐसी आवाज उसके कान में आई कि वह चौंक पड़ी। उसके फैले हुए खयाल इकट्ठे हो गए, साथ ही कुछ-कुछ खुशी उसके चेहरे पर झलकने लगी। वह आवाज यह थी–

"यह काम बेशक बीरेन्द्रसिंह के ऐयारों का है।"

किशोरी उठ खड़ी हुई और कमरे के बाहर निकलने पर घण्टे ही भर में उसे मालूम हो गया कि कुंअर कल्याणसिंह को बीरेन्द्रसिंह के ऐयार लोग ले भागे।

अब किशोरी को अपने छूटने की कुछ-कुछ उम्मीद हुई और वह दिन-भर इसी खयाल में डूबी रहने लगी कि देखें इसके आगे क्या होता है।

सातवां बयान

रात आधी से ज्यादे जा चुकी है, किशोरी अपने कमरे में मसहरी पर लेटी हुई न मालूम क्या-क्या सोच रही है, हां उसकी डबडबाई हुई आंखें जरूर इस बात की खबर देती हैं कि उसके दिल में किसी तरह का द्वंद्व मचा हुआ है। उसकी आंखों में नींद बिलकुल नहीं है, घड़ी-घड़ी करवटें बदलती और लंबी सांसें लेकर रह जाती है।

यकायक कमरे के बाहर से कोई तड़पा देनेवाली आवाज उसके कान में आई जिसके सुनते ही वह बेचैन हो गई, किसी तरह लेटी रह न सकी, पलंग से नीचे उतर

पड़ी और दरवाजा खोल बाहर इधर-उधर देखने लगी। वह आवाज किसी के सिसक-सिसककर रोने की थी।

कमरे के बाहर आठ दर का दालान था जहां एक खंभे के सहारे खड़ी बिलख-बिलखकर रोती हुई एक कमसिन औरत को किशोरी ने देखा। खंभे और उस औरत पर चांदनी अच्छी तरह पड़ रही थी। पास जाने से मालूम हुआ कि सर्दी से वह औरत कांप रही है क्योंकि कोई भारी कपड़ा उसके बदन पर न था जिससे सर्दी का बचाव होता।

किशोरी का दिल तो पहले ही से जख्मी हो रहा था, वह इस तरह से बिलख-बिलख किसी को रोते कब देख सकती थी! जाते ही उस औरत का हाथ थाम लिया और पूछा–

"तुम पर क्या आफत आई है जो इस तरह बिलख-बिलखकर रो रही हो?"

औरत–हाय, मेरे ऊपर वह आफत आई है जो किसी तरह टल नहीं सकती!

किशोरी उसे अपने कमरे में ले आई और अपने पास फर्श पर बैठाकर बातचीत करने लगी। इस औरत की उम्र अठारह वर्ष से ज्यादे न होगी। यह हर तरह से खूबसूरत और नाजुक थी, इसके बदन में जो कुछ जेवर था उसके देखने से साफ मालूम होता था कि यह जरूर किसी बड़े खानदान की लड़की है।

किशोरी–मैं उम्मीद करती हूं कि अपने दिल का हाल साफ-साफ मुझसे कहोगी और मुझे बहिन समझकर कुछ न छिपाओगी।

औरत–बहिन, मैं जरूर अपना हाल तुमसे कहूंगी क्योंकि तुम भी उसी बला में फंसी हो, जिसमें मैं।

किशोरी–(चौंककर) क्या मेरी ही तरह से तुम पर भी जुल्म किया गया है?

औरत–बेशक।

किशोरी–(लंबी सांस लेकर) हे ईश्वर! मैंने तो किसी के साथ बुराई नहीं की थी, फिर क्यों यह दुख भोग रही हूं!!

औरत–मगर मैं अब इस जगह ठहर नहीं सकती!

किशोरी–सो क्यों? क्या किसी तरह का खौफ मालूम होता है?

औरत–नहीं-नहीं. डर किसी बात का नहीं है, पर इस समय मुझे किसी की मदद से निकल भागने की उम्मीद है, इसीलिए अपने कमरे से निकल यहां तक आई थी।

किशोरी–क्या कोई तरकीब निकाली गई है?

औरत–हां, और अगर चाहो तो तुम भी मेरे साथ यहां से भाग सकती हो। इसी राज्य का एक जबर्दस्त आदमी आज हमारी मदद करेगा।

यह सुनकर किशोरी बहुत ही खुश हुई। वह औरत कौन है, उसका नाम क्या है, उस पर क्या दुख पड़ा है? यह सब पूछना तो बिलकुल भूल गई और निकल

भागने की खुशी में उस औरत का हाथ अपने दोनों हाथों में लेकर प्रेम से उसकी तरफ देख पूछने लगी, ''क्या तुम्हारी मदद से मेरा भी छुटकारा यहां से हो सकता है?''

औरत–जरूर हो सकता है मगर अब देर न करना चाहिए।

इसके जवाब में किशोरी कुछ कहा ही चाहती थी कि सामने का दरवाजा खुला और एक हसीन औरत अंदर आती हुई दिखाई पड़ी। इसकी अवस्था लगभग बीस वर्ष के होगी, सुफेद गेहूं का-सा रंग, कद न लंबा न नाटा, बदन साफ और सुडौल, नमकीन चेहरा, रस-भरी आंखें, नाक में एक हीरे की कील के अलावे दो-चार मामूली गहने पहिरे हुए थी, तो भी वह इस लायक थी कि ऊंचे दर्जे के खूबसूरतों की पंक्ति में बैठ सके। इसे देखते ही वह औरत जो किशोरी के पास बैठी थी चौंकी और उसकी तरफ देखकर बोली, ''लाली, इस समय तुम्हारा यहां आना मुझे ताज्जुब में डालता है!''

लाली–लेकिन यह सुनकर तुम्हें और भी ताज्जुब होगा कि मैं तुम्हारे पंजे से बेचारी किशोरी की जान बचाने के लिए आई हूं।

इतना सुनते ही उस औरत का रंग-ढंग बिलकुल बदल गया। उसके चेहरे पर जो अभी तक उदासी छाई हुई थी बिलकुल जाती रही और तमतमाहट आ मौजूद हुई, उसकी आंखें भी जो डबडबाती हुई थीं, खुश्क हो गईं और उनमें गुस्से की सुर्खी दिखाई देने लगी, वह इस निगाह से लाली को देखने लगी जैसे उस पर किसी तरह की हुकूमत रखती हो।

लाली को किशोरी भी पहचानती थी, क्योंकि यह उन हसीनों में से थी जो किशोरी का दिल बहलाने और उसकी हिफाजत करने के लिए तैनात की गई थीं।

हुकूमत-भरी निगाहों से कई सायत तक लाली की तरफ देखने के बाद वह औरत फिर बोली–

''लाली, क्या तू आज पागल हो गई है जो मेरे सामने इस तरह से बेअदब होकर बोलती है?''

लाली–तू कौन है जो तेरे साथ अदब का बरताव करूं?

औरत–(खड़ी होकर) तू नहीं जानती कि मैं कौन हूं?

लाली–कुंदन, मैं तुझे खूब जानती हूं, मगर तू यह नहीं जानती कि तेरी नकेल मेरे हाथ में है, जिससे तू मेरा कुछ नहीं कर सकती और न अपनी बेईमानी का जाल ही बेचारी किशोरी पर फैला सकती है!

इतना सुनते ही वह औरत जिसका नाम कुंदन था, लाल हो गई और अपने जोश को किसी तरह सम्हाल न सकी, छुरा जो कमर में छिपाए हुए थी हाथ में ले लिया और मारने के लिए लाली की तरफ झपटी। मगर लाली ने झट अपने बगल

से एक नारंगी निकालकर उसे दिखाई और पूछा, "क्या तू भूल गई कि इसमें कै फांकें हैं?"

नारंगी देखने के साथ ही और लाली के मुंह से निकले हुए शब्दों को सुनते ही उसका जोश जाता रहा खौफ और घबराहट से उसका रंग बिलकुल उड़ गया और वह एक चीख मारकर जमीन पर गिर पड़ी।

आठवां बयान

रोहतासगढ़ किले के सामने पहाड़ी से कुछ दूर हटकर बीरेन्द्रसिंह का लश्कर पड़ा हुआ है। चारों तरफ फौजी आदमी अपने-अपने काम में लगे हुए दिखाई देते हैं। कुछ फौज आ चुकी और बराबर चली ही आती है। बीच में राजा बीरेन्द्रसिंह का कारचोबी खेमा शान-शौकत के साथ खड़ा है, उसके दोनों बगल कुंअर इंद्रजीतसिंह और आनंदसिंह का खेमा है, सामने और पीछे की तरफ दुपट्टी बड़े-बड़े सरदारों और बहादुरों का डेरा पड़ा है। बाजार लगने की तैयारियां हो रही हैं, लड़ाई का सामान इतना इकट्ठा हो रहा है कि देखने से दुश्मनों का कलेजा दहल जाए।

डेरा खड़ा होने के दूसरे दिन कुंअर इंद्रजीतसिंह, आनंदसिंह, तेजसिंह, देवीसिंह, पण्डित बद्रीनाथ, भैरोसिंह, तारासिंह, जगन्नाथ ज्योतिषीजी, फतहसिंह (पुराने सेनापति जो नौगढ़ में थे) और नाहरसिंह इत्यादि को साथ लिये राजा बीरेन्द्रसिंह भी आ पहुंचे और सब लोग अपने-अपने खेमे में उतरे। पन्नालाल गयाजी में और रामनारायण तथा चुन्नीलाल चुनारगढ़ में रखे गये। इस लड़ाई के लिए सेनापति की पदवी नाहरसिंह को दी गई। तीसरे दिन और भी फौज आ जाने पर पांच झण्डे, पचास हजार फौज का निशान खड़ा किया गया। बहादुरों के चेहरों पर खुशी मालूम होती थी, सब इसी फिक्र में थे कि जहां तक हो लड़ाई जल्दी छिड़ जाए और बेशक एक ही दो दिन में लड़ाई छिड़ जाने की उम्मीद थी मगर बीरेन्द्रसिंह के लश्कर पर यकायक ऐसी आफत आ पड़ी कि कुछ दिनों तक लड़ाई रुकी रही। इस आफत के आने का किसी को स्वप्न में भी गुमान न था जिसका हाल हम आगे चलकर लिखेंगे।

राजा दिग्विजयसिंह का पत्र लेकर उनका एक ऐयार बीरेन्द्रसिंह के पास आया। बीरेन्द्रसिंह ने पत्र लेकर मुंशी को पढ़ने के लिए दिया, उसमें जो कुछ लिखा था उसका संक्षेप यह है–

"हमारे-आपके बीच कभी की दुश्मनी नहीं, तो भी न मालूम आपस में लड़ने या बिगाड़ पैदा करने का इरादा आपने क्यों किया? खैर इसका सबब जो कुछ हो हम नहीं कह सकते मगर इतना याद रखना चाहिए कि पचास वर्ष लड़कर भी यह

किला आप हमसे नहीं ले सकते। अगर हम चुपचाप बैठे रहें तो भी आप हमारा कुछ नहीं कर सकते, फिर भी हम आपसे लड़ेंगे और मैदान में निकलकर बहादुरी दिखाएंगे। अगर आपको अपनी बहादुरी या जवांमर्दी का घमंड है तो फौज की जान क्यों लेते हैं, एक-पर-एक लड़ के फैसला कर लीजिए। बहादुरों की कार्रवाई देखने के बाद हमसे और आपसे द्वंद्व-युद्ध हो जाए, आप हम पर फतह पाइए तो यह राज्य आपका हो जाए, नहीं तो आप हमारे मातहत समझे जाएं। अफसोस, इस समय हमारा लड़का मौजूद नहीं है, अगर होता तो आपके दोनों लड़कों से वह अकेला ही भिड़ जाता।''

इस पत्र के जवाब में जो कुछ राजा बीरेन्द्रसिंह ने लिखा हम उसका भी संक्षेप नीचे लिख देते हैं–

''आप हमारे राज्य में घुसकर किशोरी को ले गये क्या यह आपकी जबर्दस्ती नहीं है? क्या इसे लड़ाई की बुनियाद कायम करना नहीं कह सकते? हां, अगर आप किशोरी को इज्जत के साथ हमारे पास भेज दें तो हम बेशक अपने घर लौट जाएंगे। नहीं तो याद रहे हम इस किले की एक-एक ईंट उखाड़कर फेंक देंगे जिसकी मजबूती पर आप घमंड करते हैं। हम लोग द्वंद्व-युद्ध करने के लिए भी तैयार हैं, जिसका जी चाहे एक-पर-एक लड़के हौसला निकाल ले। आपका लड़का मेरे यहां कैद है, यदि आप किशोरी को हमारे पास भेज दें तो हम उसे छोड़ने के लिए तैयार हैं।''

इस पत्र के जवाब में रोहतासगढ़ के किले से तोप की एक आवाज आई। अब लड़ाई में किसी तरह का शक न रहा। दोनों तरफ के ऐयार अपनी-अपनी कार्रवाई दिखाने पर मुस्तैद हो गये और उन लोगों ने जो कुछ किया उसका हाल आगे चलकर मालूम होगा।

रोहतासगढ़ किले के अंदर राजमहल की अटारियों पर चढ़ी हुई बहुत-सी औरतें उस तरफ देख रही हैं, जिधर बीरेन्द्रसिंह का लश्कर पड़ा हुआ है। कुंअर कल्याणसिंह के गिरफ्तार हो जाने से किशोरी को एक तरह की निश्चिंती-सी हो गई थी क्योंकि ज्यादे डर उसे अपनी शादी उसके साथ हो जाने का था, अपने मरने की उसे जरा भी परवाह न थी। हां, कुंअर इंद्रजीतसिंह की याद वह एक सायत के लिए भी नहीं भुला सकती थी जिनकी तस्वीर उसके कलेजे में खिंची हुई थी। बीरेन्द्रसिंह की चढ़ाई का हाल सुन, उसे बड़ी खुशी हुई और वह भी अपनी अटारी पर चढ़कर हसरत-भरी निगाहों से उस तरफ देखने लगी जिधर बीरेन्द्रसिंह की फौज पड़ी हुई थी। चाहे यहां से बहुत दूर हो तो भी किशोरी की निगाहें वहां तक पहुंच और भीड़ में घुस-घुसकर किसी को ढूंढ़ निकालने की कोशिश कर रही थीं। इस समय किशोरी के साथ ही लाली थी, जिसने आज कई दिन हुए किशोरी के कमरे में कुंदन को नारंगी दिखाकर डरा दिया था।

लाली किशोरी की निगहबानी पर रखी गई थी तो भी वह किशोरी पर मेहरबानी रखती थी। किशोरी ने नारंगीवाले भेद को जानने की कई दफे कोशिश की मगर पता न लगा। उस दिन के बाद कई दफे कुंदन से भी मुलाकात हुई मगर पूछने पर उसने ऐसी कोई बात न कही जिससे किशोरी का शक दूर हो जाय। नित्य एक घर में रहने पर भी लाली और कुंदन में फिर किसी तरह की दुश्मनी न दिखाई पड़ी, इस बात ने किशोरी के ताज्जुब को और भी बढ़ा रखा था।

इस समय किशोरी के साथ सिवाय लाली के दूसरी कोई और औरत न थी। ये दोनों बीरेन्द्रसिंह के लश्कर की तरफ बड़े गौर से देख रही थीं कि यकायक किशोरी को फिर वही नारंगीवाली बात याद आई और थोड़ी देर तक सोचने के बाद वह लाली से पूछने लगी–

किशोरी–लाली, उस दिन की बात जब मैं याद करती हूं, उस पर विचार करती हूं तो कुंदन की दगाबाजी साफ झलक जाती है। कुंदन अगर सच्ची होती तो तुम्हें मारने के लिए न झपटती या हकीकत में अगर वह उस समय यहां से भाग जाने वाली होती तो उसके काम में विघ्न पड़ जाने से उसे रंज होता, सो उसके बदले में वह खुश दिखाई देती है।

लाली–नहीं, वह एकदम से झूठी भी नहीं है।

किशोरी–क्या उसकी बातों का कोई हिस्सा सच भी था?

लाली–जरूर था।

किशोरी–वह क्या?

लाली–यही कि वह भी इस किले में उसी काम के लिए लाई गई है जिस काम के लिए आप लाई गई हैं।

किशोरी–यानी तुम्हारे राजकुमार के साथ ब्याहने के लिए!

लाली–हां।

किशोरी–अच्छा उसकी और कौन-सी बात सच थी?

लाली–इन सब बातों को पूछकर क्या करोगी, इस भेद के खुलने से बहुत बड़ी बुराई पैदा होगी।

किशोरी–नहीं-नहीं, मेरी प्यारी लाली, मेरी जुबान से वह बात कोई दूसरा कभी नहीं सुन सकता और मैं उम्मीद करती हूं कि तुम मुझसे उसका हाल साफ-साफ कह दोगी। उस दिन से मुझे विश्वास हो गया है कि तुम मेरी दर्दशरीक हो, अस्तु अगर मेरा खयाल ठीक है तो तुम उसका हाल मुझे जरूर बता दो जिससे मैं हरदम होशियार रहूं।

लाली–अब वह तुम्हारे साथ बुराई कभी न करेगी।

किशोरी–तो भी मेहरबानी करके...

लाली–खैर बता देती हूं, मगर खबरदार, इसका जिक्र किसी दूसरे के सामने कभी मत करना!

किशोरी–ऐसा मैं कदापि नहीं कर सकती और तुम खुद ही जानती हो कि इस महल में सिवाय तुम्हारे कोई भी ऐसा नहीं है कि जिससे मे दो बातें करती होऊं।

लाली–अच्छा तो सिवाय उस बात के जो मैं ऊपर कह चुकी हूं बाकी कुल बातें उसकी झूठ थीं। वह इस मकान से भागा नहीं चाहती थी, वह तो हमारे कुमार के साथ ब्याह होने की उम्मीद में खुश है, मगर जिस दिन से तुम आई हो, उस दिन से वह फिक्र में पड़ गई है क्योंकि वह खूबसूरती और इज्जत में तुमको अपने से बहुत बढ़के समझती है और हकीकत में ऐसा ही है। उसे यह खयाल सता रहा है कि राजकुमार से पहले किशोरी की शादी हो लेगी तब मेरी होगी और ऐसी अवस्था में किशोरी बड़ी रानी कहलावेगी और उसी के लड़के गद्दी के मालिक समझे जाएंगे, इसी से वह इस फिक्र में थी कि तुम्हें मार डाले मगर किसी ऐसे ठिकाने पर ले जाकर जिससे उस पर कोई शक न कर सके।

किशोरी–छिः-छिः!

लाली–मगर अब वह तुम्हारे साथ बुराई नहीं कर सकती।

किशोरी–और वह नारंगीवाला भेद क्या है?

लाली–वह मैं नहीं कह सकती। मगर तुम उसी से क्यों नहीं पूछतीं, अब तो वह हरदम तुम्हारी खुशामद किया करती है।

किशोरी–मैं उससे पूछ चुकी हूं।

लाली–उसने क्या कहा?

किशोरी–उसने कहा कि लाली ने नारंगी दिखाकर यह नसीहत की कि देखो इसमें कई फांकें हैं, मगर एक साथ रहने और छिलके से ढंके रहने के कारण एक ही गिनी जाती है, कोई कह नहीं सकता कि इसमें कै फांकें हैं, इसी तरह हम लोगों को भी रहना चाहिए।

लाली–ठीक तो कहा।

किशोरी–वाह-वाह! तुमने तो उसी का साथ दिया, एकदम छोकरी बनाकर भुलावा देने लगीं!

लाली–(हंसकर) खैर घबराओ मत, सब मालूम हो जाएगा।

इतने में सीढ़ियों पर किसी के चढ़ने की आहट मालूम हुई और दोनों उस तरफ देखने लगीं। कुंदन ने पहुंचकर दोनों को सलाम किया और हंसी-हंसी में लाली की तरफ देखकर बोली, "एक आदमी तुम्हें खोजता हुआ आया है, वह कहता है कि लाली ने मेरी किताब चुराई है, वह किताब जो किसी के खून से लिखी गई है।"

कुंदन के इन शब्दों में न मालूम क्या भेद भरा हुआ था कि सुनते ही लाली का रंग उड़ गया। खौफ के मारे उसके तमाम बदन में कंपकंपी पैदा हो गई और मालूम होता था कि किसी ने उसके बदन का खून खैंच लिया है। थोड़ी देर तक वह अपने हवास में न रही अंत में हाथ जोड़ के उसने कुंदन से कहा–

लाली–कुंदन, मुझसे बड़ी भूल हुई, मुझ पर रहम खा, मैं तमाम उम्र तेरी लौंडी बनकर रहूंगी!

कुंदन–क्या गुलामी की दस्तावेज मेरे आंचल पर लिख देगी?

कुंदन के इस दूसरे जुमले ने तो लाली को एकदम ही बदहवास कर दिया। अबकी दफे वह अपने को किसी तरह न सम्हाल सकी, उसका सिर घूमने लगा और वह चक्कर खाकर जमीन पर गिर पड़ी।

लाली का यह हाल देख कुंदन चुपचाप वहां से चली गई, मगर उसकी सूरत से मालूम होता था कि वह अपनी कार्रवाई पर खुश है या उसने लाली के ऊपर अपनी हुकूमत पैदा कर ली है। उसका मुंह सिकोड़कर सिर हिलाना कहे देता था कि वह लाली पर कुछ और भी जुल्म किया चाहती है।

बेचारी किशोरी का अजब हाल था। नारंगीवाला भेद जानने के लिए वह पहले ही परेशान थी, अब इस दूसरे भेद ने और भी कलेजा ऐंठ दिया। उसने बड़ी मुश्किल से अपने को सम्हाला और लाली को उसी तरह छोड़ छत के नीचे उतर आई तथा अपने कमरे से एक गिलास जल लाकर लाली के मुंह पर छींटा दिया। थोड़ी देर में लाली होश में आई और बिना कुछ बात किए रोती हुई अपने रहने की जगह में चली गई और किशोरी भी अपने कमरे की तरफ रवाना हुई।

जिस कमरे में किशोरी रहती थी वह एक खुशनुमा बाग के बीचोबीच में था। इस बाग के चारों कोनों में छोटी-छोटी चार इमारतें और भी थीं, एक में वे कुल औरतें रहती थीं जो किशोरी की हिफाजत के लिए मुकर्रर की गई थीं। उन औरतों की अफसर लाली थी। दूसरे मकान में दो-तीन लौंडियों के साथ लाली रहती थी। तीसरा मकान अमीराना ठाठ से रहने के लिए कुंदन को मिला हुआ था, चौथे मकान में जो सबसे छोटा था, ताला बंद था मगर बारी-बारी से कई औरतें नंगी तलवार लिये उसके दरवाजे पर पहरा दिया करती थीं। यह बाग जनाने महल में था और किसी गैर का यहां आना या यहां से किसी का निकल भागना मुश्किल था।

नौवां बयान

आधी रात का समय है, चारों तरफ सन्नाटा छाया हुआ है, राजा बीरेन्द्रसिंह के लश्कर में पहरा देनेवालों के सिवाय सभी आराम की नींद सोये हुए हैं, हां थोड़े से

फौजी आदमियों का सोना कुछ विचित्र ढंग का है जिन्हें न तो जागा ही कह सकते हैं और न सोनेवालों में ही गिन सकते हैं, क्योंकि ये लोग जो गिनती में एक हजार से ज्यादे न होंगे लड़ाई की पोशाक पहिरे और उम्दे हर्बे बदन पर लगाए लेटे हुए हैं। जाड़े का मौसिम है मगर कोई ऐसा कपड़ा जो बखूबी सर्दी को दूर कर सके ओढ़े हुए नहीं हैं, इसलिए तेज हवा के साथ मिली हुई सर्दी उन्हें नींद में मस्त होने नहीं देती।

राजा बीरेन्द्रसिंह के खेमे की चौकसी फतहसिंह कर रहे हैं, खुद तो दरवाजे के आगे एक चौकी पर बैठे हुए हैं मगर मातहत के सिपाही खेमे के चारों तरफ नंगी तलवारें लिये घूम रहे हैं। कुंअर इंद्रजीतसिंह के खेमे की चौकसी कंचनसिंह और आनंदसिंह के खेमे की हिफाजत नाहरसिंह सिपाहियों के साथ कर रहे हैं।

जब आधी रात से ज्यादे जा चुकी, एक आदमी कुंअर इंद्रजीतसिंह के खेमे के दरवाजे पर आया और कंचनसिंह को सलाम करके पास खड़ा हो गया। यह आदमी लंबे कद का और मजबूत मालूम होता था, सिर पर मुंड़ासा बांधे और ऊपर से एक काश्मीरी स्याह चोगा डाले हुए था।

कंचन–तुम कौन हो और क्यों आए हो?

आदमी–मैं रोहतासगढ़ किले का रहनेवाला हूं और किशोरीजी का संदेशा लेकर आया हूं।

कंचन–क्या संदेशा है?

आदमी–हुक्म है कि कुमार के सिवाय और किसी से न कहूं।

कंचन–कुमार तो इस समय सोये हुए हैं!

आदमी–अगर आप मेरा आना जरूरी समझते हों तो मुझे खेमे के अंदर ले चलिए या कुमार को उठाकर खबर कर दीजिए।

कंचन–(कुछ सोचकर) बेशक ऐसी हालत में कुमार को जगाना ही पड़ेगा, कहो, तुम्हारा नाम क्या है?

आदमी–मैं अपना नाम नहीं बता सकता मगर कुमार मुझे अच्छी तरह जानते हैं, आप अपने साथ मुझे खेमे के अंदर ले चलिए, आंख खुलते ही मुझे पहचान लेंगे, आपको कुछ कहने की जरूरत न पड़ेगी!

कंचनसिंह उस आदमी को लेकर खेमे के अंदर घुसा, आगे-आगे कंचनसिंह और पीछे-पीछे वह आदमी। जब दोनों खेमे के मध्य में पहुंचे तो उस आदमी ने अपने कपड़े के अंदर से एक भुजाली निकालकर धोखे में पड़े हुए बेचारे कंचनसिंह की गरदन पर पीछे से इस जोर से मारी कि खट से सिर कटकर दूर जा गिरा, बेचारे के मुंह से कोई आवाज तक न निकल पाई। इसके बाद वह भुजाली पोंछकर अपनी कमर में रखी और नींद में मस्त सोए हुए कुंअर इंद्रजीतसिंह के पास आकर खड़ा हो गया, कमर से एक शीशी निकाली और बहुत सम्हलकर कुमार की नाक से

लगाई। इस शीशी में तेज बेहोशी की दवा थी। कुमार के बेहोश हो जाने के बाद, उसने अपनी कमर से एक लोई खोली और उसमें उनकी गठरी बांध दरवाजे पर परदे के पास आकर देखने लगा कि आगे की तरफ सन्नाटा है या नहीं।

इस समय पहरेवाले गश्त लगाते हुए खेमे के पीछे की तरफ निकल गये थे। आगे सन्नाटा पाकर उसने कुमार की गठरी उठाई और खेमे के बाहर हो अपने को बचाता हुआ लश्कर से निकल गया। लश्कर से कुछ दूर पर एक रथ खड़ा था जिसमें दो मजबूत मुश्की रंग के घोड़े जुते हुए थे, कोचवान तैयार बैठा था, गठरी खोलकर कुमार को उसी पर लेटा दिया और खुद भी सवार हो रथ हांकने का हुक्म दिया।

रथ थोड़ी ही दूर गया था कि सारथी को मालूम हो गया कि पीछे कोई सवार आ रहा है। उसने घबड़ाकर अंदर बैठे हुए आदमी से कहा कि कोई सवार बराबर रथ के साथ चला आ रहा है।

रथ और तेज किया गया मगर सवार ने पीछा न छोड़ा। सुबह होते-होते रथ बहुत दूर निकल गया और ऐसी जगह पहुंचा जहां सड़क के दोनों तरफ घना जंगल था। तब वह सवार घोड़ा बढ़ाकर रथ के बराबर आया और बोला, ‘‘बस अब रथ रोक लो!’’

सारथी–तुम कौन हो जो तुम्हारे कहने से रथ रोका जाए?

सवार–हम तुम्हारे बाप हैं! बस खबरदार, अब रथ आगे न बढ़ने पावे!!

इस सवार के हाथ में एक बरछी थी। जब सारथी ने उसकी बात न सुनी तो लाचार हो उसने बरछी मारी। चोट खाकर सारथी जमीन पर गिर पड़ा। रथ के घोड़े भड़ककर और तेजी के साथ भागे और पहिया सारथी के ऊपर से होकर निकल गया।

सवार ने घोड़े को बरछी मारी, एक घोड़ा जख्मी होकर गिर पड़ा, दूसरा घोड़ा भी रुक गया। वह आदमी जो रथ के अंदर बैठा था कूदकर तलवार खैंचकर सवार के सामने आ खड़ा हुआ। बात-की-बात में सवार ने उसे भी बेजान कर दिया और घोड़े के नीचे उतर पड़ा। यह सवार नकाबपोश था।

बरछी गाड़कर सवार ने घोड़े को उसके साथ बांध दिया और बड़ी होशियारी से कुंअर इंद्रजीतसिंह को रथ से नीचे उतारा। सड़क के दोनों तरफ घना जंगल था। कुमार को उठाकर जंगल में ले गया और एक सलाई के पेड़ के नीचे रख लौट आया और अपने घोड़े पर सवार हो फिर उसी जगह पहुंचने के बाद कुमार के पास बैठ उनको होश में लाने की फिक्र करने लगा।

सुबह की ठंडी हवा लगने पर कुमार होश में आए और घबड़ाकर उठ बैठे। सवार तलवार खैंच सामने खड़ा हो गया। कुमार भी सम्हलकर खड़े हो गये और बोले–

कुमार–क्या तुम हमें यहां लाए हो?

सवार–नहीं, कोई दूसरा ही आपको लिये जाता था, मैंने छुड़ाया है।

कुमार–(चारों तरफ देखकर) जब तुमने मुझे दुश्मन के हाथ से छुड़ाया है तो स्वयं तलवार लेकर सामने क्यों खड़े हो गए?

सवार–आपकी बहादुरी और दिलावरी की बहुत कुछ तारीफ सुनी है, लड़ने का हौसला रखता हूं।

कुमार–मेरे पास कोई हरबा न होने पर भी लड़ने को तैयार हूं, वार करो!

सवार–जो आदमी रथ पर सवार करके आपको लिये जाता था, उसकी ढाल-तलवार मैं ले आया हूं, (हाथ का इशारा करके) वह देखिए, आपके बगल में मौजूद है, उठा लीजिए और मुकाबिला कीजिए। मैं खाली हाथ आपसे लड़ना नहीं चाहता।

कुंअर इंद्रजीतसिंह ढाल-तलवार उठा पैंतरे के साथ उस नकाबपोश सवार के मुकाबिले में खड़े हो गए। थोड़ी देर तक लड़ाई होती रही। कुमार को मालूम हो गया कि यह दुश्मनी के तौर पर नहीं लड़ता। ललकारके बोले, "तुम लड़ते हो या खिलवाड़ करते हो?"

सवार–कोई दुश्मनी तो आपसे है नहीं!

कुमार–फिर लड़ने को तैयार क्यों हुए?

सवार–इसलिए कि आपके बदन में जरा फुर्ती आए, बहुत देर तक बेहोश पड़े रहने से रगों में सुस्ती आ गई होगी। अगर आपसे दुश्मनी रहती तो आपको दुश्मन के हाथ से ही क्यों बचाते?

कुमार–तो क्या तुम हमारे दोस्त हो?

सवार–मैं यह भी नहीं कह सकता।

कुमार–जरूर तुम हमारे दोस्त हो अगर दुश्मन के हाथ से हमें बचाया।

सवार–क्या इस बारे में आपको कोई शक है कि मैंने आपकी जान बचाई?

कुमार–जरूर शक है। मैं कैसे विश्वास कर सकता हूं कि तुम मुझे यहां लाए हो या कोई दूसरा।

सवार–इसके लिए मैं तीन सबूत दूंगा। एक तो अगर मैं दुश्मन होता तो बेहोशी में आपको मार डालता।

कुमार–बेशक, और दो सबूत कौन से हैं?

सवार–जरा ठहरिए, मैं अभी आता हूं तो ये दोनों सबूत भी देता हूं।

इतना कह वह नकाबपोश सवार झट अपने घोड़े पर सवार हुआ और वहां पहुंचा जहां वह रथ था जिस पर कुमार लाए गए थे। एक घोड़ा मरा हुआ पड़ा था, दूसरा बागडोर से बंधा अलग खड़ा था, उस ऐयार की लाश भी उसी जगह पड़ी हुई थी जो कुमार को बेहोश करके उठा लाया था। पीछे की तरफ थोड़ी दूर पर सारथी की लाश थी।

वह नकाबपोश सवार अपने घोड़े से उतर पड़ा और जोर लगाकर किसी तरह उस रथ को उलट दिया जो अभी तक खड़ा था। फिर सोचने लगा कि अब क्या करना चाहिए? उसकी निगाह सारथी की लाश पर पड़ी, वहां गया और उस लाश को घसीट लाकर रथ के पास रख दिया और फिर कुछ सोचकर धीरे-से बोला, "अब कुमार नहीं समझ सकते कि उनका लश्कर किधर है और वे किस तरफ से लाए गए, उन्हें धोखे में डालकर अपनी और उनकी किस्मत का अंदाजा लेना चाहिए।" इसके बाद वह सवार फिर अपने घोड़े पर चढ़ा और वहां पहुंचा जहां कुमार उसकी राह देख रहे थे।

कुमार–तुम कहां गए थे?

सवार–एक आदमी की खोज में गया था मगर वह नहीं मिला।

कुमार–खैर तुम अपनी सचाई के लिए और सबूत देनेवाले थे!

सवार घोड़े पर से उतर पड़ा और कुमार से बोला, "आप घोड़े पर सवार हो लीजिए और मेरे साथ चलिए।" मगर कुमार ने मंजूर न किया। सवार ने भी घोड़े की लगाम थामी और पैदल कुमार को लिये हुए उस रथ के पास पहुंचा और सब हाल कहकर बोला, "देखिए इसी रथ पर आप लाए गए, यही बदमाश आपको लाया है, और यह दूसरा सारथी है। मैं इत्तिफाक से आपके पास मिलने के लिए जा रहा था जो आपके काम आया। अब उस रथ का एक घोड़ा जो बचा हुआ है उसी पर आप सवार होकर लश्कर में चले जाइए!"

कुमार–बेशक तुमने मेरी जान बचाई, इसका अहसान कभी न भूलूंगा।

सवार–क्या इसका अहसान आप मानते हैं?

कुमार–जरूर।

सवार–तो आप कुछ देकर इस अहसान का बोझ अपने ऊपर से उतार दीजिए।

कुमार–बड़ी खुशी के साथ मैं ऐसा करने को तैयार हूं, जो कहो दूं।

सवार–इस समय तो मैं आपसे कुछ भी नहीं ले सकता, मगर आप वादा करें तो जरूरत पड़ने पर आपसे कुछ मांगूं और मदद लूं!

कुमार–मैं वादा करता हूं कि जो कुछ मांगोगे दूंगा, जब चाहे ले लो।

सवार–देखिए फिर बदल न जाइएगा।

कुमार–कभी नहीं, यह क्षत्रियों का धर्म नहीं।

सवार–अच्छा अब एक सबूत और देता हूं कि बिना आपको किसी तरह का कष्ट दिये अपने घर चला जाता हूं।

कुमार–तुम अपने चेहरे पर से नकाब तो हटाओ जिससे तुमको पहचान रखूं।

सवार–यह बात तो जरूरी है।

इतना कहकर सवार ने चेहरे पर से नकाब उलट दी और कुमार को हैरत में डाल दिया क्योंकि वह एक हसीन और नौजवान औरत थी।

बेशक सिवाय किशोरी के ऐसी हसीन औरत कुमार ने कभी नहीं देखी थी। उसने अपनी तिरछी चितवन से कुमार के दिल का शिकार कर लिया और उनकी बंधी हुई टकटकी की तरफ कुछ खयाल न कर उन्हें उसी तरह छोड़ सड़क से नीचे उतर जंगल का रास्ता लिया।

उसके चले जाने के बाद थोड़ी देर तक तो कुमार उसी तरफ देखते रहे जिधर वह घोड़े पर सवार होकर गई थी, इसके बाद रथ और सड़क की तरफ देखा फिर उस घोड़े के पास गए जो रथ के दोनों घोड़ों में से जीता मौजूद था। उसकी पीठ पर जो कुछ असबाब था खोल दिया, सिर्फ लगाम रहने दी और नंगी पीठ पर सवार हो उसी तरफ का रास्ता लिया जिधर वह नकाबपोश औरत उनके देखते-देखते चली गई थी।

भूखे-प्यासे दोपहर तक घोड़ा दौड़ाते चले गए मगर उस औरत का पता न लगा कि किधर गई और क्या हुई। भूख और प्यास से परेशान हो गए और इस फिक्र में पड़े कि कहीं ठंडा पानी मिले तो प्यास बुझावें मगर इस जंगल में कहीं किसी सोते या झरने का पता न लगा, लाचार वह आगे बढ़ते ही गए और शाम होते तक एक ऐसे मैदान से पहुंचे जिसके चारों तरफ तो घना जंगल था मगर बीच में सुंदर साफ जल से लहराता हुआ एक अनूठा तालाब था।

कुंअर इंद्रजीतसिंह उस विचित्र तालाब को देख बड़े ही विस्मित हुए और एकटक उसकी तरफ देखने लगे। इस तालाब के बीचोबीच एक खूबसूरत छोटा-सा मकान बना हुआ था जिसके चारों तरफ सहन था और चारों कोनों में चार औरतें तीर-कमान चढ़ाए मुस्तैद थीं, मालूम होता था कि ये अभी तीर छोड़ा ही चाहती हैं। मकान की छत पर एक छोटे-से चबूतरे पर भी एक औरत दिखाई पड़ी जिसका सिर नीचे और पैर आसमान की तरफ थे। बड़ी देर तक देखने बाद मालूम हुआ कि ये औरतें जानदार नहीं हैं बल्कि बनावटी हैं जिन्हें पुतली कहना मुनासिब है। एक छोटी-सी डोंगी भी उसी चबूतरे के साथ रस्सी के सहारे बंधी हुई थी जिससे मालूम होता था कि इस मकान में जरूर कोई रहता है जिसके आने-जाने के लिए यह डोंगी मौजूद है।

कुमार घोड़े की लगाम एक पत्थर से अटकाकर तालाब के नीचे उतरे, हाथ-मुंह धो जल पिया और कुछ सुस्ताने बाद फिर उसी मकान की तरफ देखने लगे क्योंकि कुमार का इरादा हुआ कि तैरकर उस मकान तक जाएं और देखें कि उसमें क्या है।

सूर्य अस्त होते-होते एक औरत उस मकान के अंदर से निकली और सहन पर खड़ी हो कुमार की तरफ देखने लगी, इसके बाद हाथ के इशारे से कहा कि यहां से चले जाओ। कुमार ने उस औरत को साफ पहचान लिया कि यह वही नकाबपोश सवार है जिसने कुमार को रथ पर ले जाते हुए ऐयार के हाथ से बचाया था।

दसवां बयान

कुछ रात जा चुकी है। रोहतासगढ़ किले के अंदर अपने मकान में बैठी हुई बेचारी किशोरी न मालूम किन ध्यान में डूबी हुई है और क्या सोच रही है। कोई दूसरी औरत उसके पास नहीं है। आखिर किसी के पैर की आहट पा अपने खयाल में डूबी हुई किशोरी ने सिर उठाया और दरवाजे की तरफ देखने लगी। लाली ने पहुंचकर सलाम किया और कहा, ''माफ कीजिएगा, मैं बिना हुक्म के इस कमरे में आई हूं।''

किशोरी–मैंने लौंडियों को हुक्म दे रखा है कि इस कमरे में कोई न आने पावे मगर साथ ही इसके यह भी कह दिया था कि लाली आने का इरादा करे तो उसे मत रोकना।

लाली–बेशक आपने मेरे ऊपर बड़ी मेहरबानी की।

किशोरी–मगर न मालूम तुम मेरे ऊपर दया क्यों नहीं करतीं! आओ बैठो।

लाली–(बैठकर) आप ऐसा न कहें, मैं जी-जान से आपके काम आने को तैयार हूं।

किशोरी–ये सब बनावटी बातें करती हो। अगर ऐसा ही होता तो अपना और कुंदनवाला भेद मुझसे क्यों छिपातीं? नारंगीवाले भेद से तो मैं पहले ही हैरान हो रही थी मगर जब से कुंदन ने अपनी बातों का असर तुम पर डाला है तब से मेरी घबराहट और भी बढ़ गई है।

लाली–बेशक आपको बहुत कुछ ताज्जुब हुआ होगा। मैं कसम खाकर कह सकती हूं कि कुंदन ने उस समय जो मुझे कहा था या कुंदन की जिन बातों को सुनकर मैं डर गई थी वह उसे पहले से मालूम न थीं, अगर मालूम होतीं तो जिस समय मैंने नारंगी दिखाकर उसे धमकाया था, उसी समय वह मुझसे बदला ले लेती। अब मुझे विश्वास हो गया कि इस मकान में कोई बाहर का आदमी जरूर आया है जिसने हमारे भेद से कुंदन को होशियार कर दिया। अफसोस, अब मेरी जान मुफ़्त में जाया चाहती है क्योंकि कुंदन बड़ी ही बेरहम और बदकार औरत है।

किशोरी–तुम्हारी बातें मेरी घबड़ाहट को बढ़ा रही हैं, कृपा करके कुछ कहो तो सही, क्या भेद है?

लाली–मैं बिलकुल सही हाल आपसे कहूंगी और आपकी चिंता दूर करूंगी मगर आज रात-भर आप मुझे और माफ कीजिए और इस समय एक काम में मेरी मदद कीजिए।

किशोरी–वह क्या?

लाली–यह तो मुझे विश्वास हो ही गया कि अब मेरी जान किसी तरह नहीं बच सकती, तो भी अपने बचने के लिए मैं कोई-न-कोई उद्योग जरूर करूंगी। मैं

चाहती हूं कि अपने मरने के पहले ही कुंदन को इस दुनिया से उठा दूं मगर एक ऐसी अंडस में पड़ गई हूं कि ऐसा करने का इरादा भी नहीं कर सकती, हां कुंदन का कुछ विशेष हाल जानना चाहती हूं और इसके बाद बाग के उस कोनेवाले मकान में घुसा चाहती हूं जिसमें हरदम ताला बंद रहता है और दरवाजे पर नंगी तलवार लिये दो औरतें बारी-बारी से पहरा दिया करती हैं। इन्हीं दोनों कामों में मैं आपसे मदद लिया चाहती हूं।

किशोरी–उस मकान में क्या है, तुम्हें कुछ मालूम है?

लाली–हां, कुछ मालूम है और बाकी भेद जानना चाहती हूं। मुझे विश्वास है कि अगर आप भी मेरे साथ उस मकान के अंदर चलेंगी और हम दोनों आदमी किसी तरह बचकर निकल आवेंगे तो फिर आपको भी इस कैद से छुट्टी मिल जायगी, मगर उसके अंदर जाना और बचकर निकल आना यही मुश्किल है।

किशोरी–यह और ताज्जुब की बात तुमने कही, खैर ऐसी जिंदगी से मैं मरना उत्तम समझती हूं। जो कुछ तुम्हें करना हो करो और जिस तरह की मदद मुझसे लिया चाहती हो लो।

लाली–(एक छोटी-सी तस्वीर कमर से निकाल और किशोरी के हाथ में देकर) थोड़ी देर बाद मामूली तौर पर कुंदन जरूर आपके पास आवेगी, उस समय यह तस्वीर ऐसे ढंग से उसे दिखाइए जिसमें उसे यह न मालूम हो कि आप जान-बूझकर दिखा रही हैं, फिर उसके चेहरे की जैसी रंगत हो या जो कुछ वह कहे, मुझसे कहिए। इस समय तो यही एक काम है।

किशोरी–यह काम मैं बखूबी कर सकूंगी।

किशोरी ने लाली के हाथ से तस्वीर लेकर पहले खुद देखी। इस तस्वीर में एक खोह की हालत दिखाई गई थी जिसमें एक आदमी उलटा लटक रहा था और एक औरत हाथ में छुरा लिये उसके बदन में घाव लगा रही थी, पास में एक कमसिन औरत खड़ी थी और कोने की तरफ कब्र खोदी जा रही थी।

पाठक, यह तस्वीर ठीक उस समय की थी जिसका हाल हम पहले भाग के आठवें बयान में लिख आए हैं, मगर वह हाल किशोरी को अभी तक मालूम नहीं हुआ था। किशोरी उस तस्वीर को देखकर बहुत ही हैरान हुई और उसके बारे में लाली से कुछ पूछना चाहा। मगर लाली तस्वीर देने के बाद वहां न ठहरी, तुरंत बाहर चली गई।

लाली के जाने के थोड़ी ही देर बाद कुंदन आ पहुंची मगर उस समय किशोरी उस तस्वीर को देखने में अपने को यहां तक भूली हुई थी कि कुंदन का आना उसे तब मालूम हुआ जब उसने पास आकर कुछ देर तक खड़े रहकर पूछा, ''कहो बहिन, क्या देख रही हो?''

किशोरी–(चौंककर) हैं! तुम यहां कब से खड़ी हो?

कुंदन–कुछ देर से। इस तस्वीर में कौन-सी ऐसी बात है जिसे तुम बड़े गौर से देख रही हो।

किशोरी–तुमने इस तस्वीर को देखा है?

कुंदन–सैकड़ों दफे। मैं समझती हूं कि यह तस्वीर तुम्हें लाली ने खास मुझे दिखाने के लिए दी है। आप लाली से कह दीजिएगा कि मैं इस तस्वीर को देखकर नहीं डर सकती। मैं बिना बदला लिये कभी न छोड़ूंगी क्योंकि जिस दिन पहले-पहल रात को आपसे मुलाकात हुई थी, उस दिन यहां से मेरे निकल जाने का सामान बिलकुल ठीक था, इसी लाली ने मेरे उद्योग को मिट्टी कर दिया और मेरे मददगारों को भी फंसा दिया, खैर देखा जाएगा। मैं आपके मिलने से प्रसन्न थी मगर अफसोस, उसने झूठी बात गढ़कर आपका दिल भी मेरी तरफ से फेर दिया। तो भी मैं आपके साथ बुराई न करूंगी और जहां तक हो सकेगा उसकी चालबाजियों से आपको होशियार कर दूंगी, मानने-न-मानने का आपको अख्तियार है।

किशोरी–मेरी समझ में कुछ नहीं आता कि क्या हो रहा है। हे ईश्वर, मैंने क्या अपराध किया था कि चारों तरफ से संकट ने आकर घेर लिया! हाय, मैं बिलकुल नहीं जान सकती कि कौन मेरा दोस्त है और कौन दुश्मन?

इतना कह किशोरी रोने लगी, उसने अपने को बहुत सम्हालना चाहा मगर न हो सका, हिचकियों ने उसका गला दबा दिया। कुंदन किशोरी के पास बैठ गई और उसका हाथ अपने दोनों हाथों में दबाकर बोली–

"प्यारी किशोरी, यह समझना तो बहुत मुश्किल है कि यहां आपका दोस्त कौन है। बात बनाकर दोस्ती साबित करना भूल है, तिसमें दुश्मन के घर में, हां, यह मैं जरूर साबित कर दूंगी कि लाली आपसे दुश्मनी रखती है। लाली ने आपसे जरूर कहा होगा कि आपकी तरह मैं भी कुमार के साथ ब्याह करने के लिए लाई गई हूं मगर नहीं, यह बात बिलकुल झूठ है। असल तो यह है कि लाली मुझको बिलकुल नहीं जानती और न मैं जानती हूं, कि लाली कौन है? मगर आजकल लाली जिस फिक्र में पड़ी है उससे मैं समझती हूं कि वह आपके साथ दुश्मनी कर रही है। ताज्जुब नहीं कि वह आपको एक दिन उस मकान में ले जाए जिसका ताला बराबर बंद रहता है और जिसके दरवाजे पर नंगी तलवार का पहरा पड़ा रहता है क्योंकि आजकल वह वहां पहरा देनेवाली औरतों से दोस्ती बढ़ा रही है और ताला खोलने के लिए एक ताली तैयार कर रही है। उसकी दुश्मनी का अंत उसी दिन होगा जिस दिन वह आपको उस मकान के अंदर कर देगी, फिर आपकी जान किसी तरह नहीं बच सकती। उसका ऐसा करना केवल आप ही के साथ दुश्मनी करना नहीं बल्कि यहां के राजा और इस राज्य के साथ भी दुश्मनी करना है। बेशक वह आपको उस मकान के अंदर भेजेगी और आप उस चौखट के अंदर पैर भी न रखेगी।"

किशोरी–उस मकान के अंदर क्या है?

कुंदन–सो मैं नहीं जानती।

किशोरी–यहां का कोई आदमी जानता है?

कुंदन–कोई नहीं, बल्कि जहां तक मैं खयाल करती हूं, यहां का राजा भी उसके अंदर का हाल नहीं जानता।

किशोरी–क्या मकान कभी खोला नहीं जाता?

कुंदन–मेरे सामने तो कभी खोला नहीं गया।

किशोरी–फिर कैसे कह सकती हो कि उसके अंदर कोई बच नहीं सकता?

कुंदन–इसका जानना तो कोई मुश्किल नहीं है। पहले तो यही सोचिए कि वहां हरदम ताला बंद रहता है, अगर कोई चोरी से भीतर गया भी तो निकलने का मौका मुश्किल से मिलेगा, फिर हम लोगों को उसके अंदर जाकर फायदा ही क्या होगा? आपने देखा होगा, उस दरवाजे के ऊपर लिखा है कि–'इसके अंदर जो जाएगा उसका सिर आपसे आप कटकर गिर पड़ेगा'! जो हो मगर यह सब होते हुए भी लाली आपको उस मकान के अंदर जरूर भेजना चाहेगी।

किशोरी–खैर, इस तस्वीर का हाल अगर तुम जानती हो तो कहो।

कुंदन–कहती हूं सुनो–जब कुंअर इंद्रजीतसिंह को धोखा देकर माधवी ले गई तो उनके छोटे भाई आनंदसिंह उनकी खोज में निकले। एक मुसलमानी ने उन्हें धोखा देकर गिरफ्तार कर लिया और उनके साथ शादी करनी चाही मगर उन्होंने मंजूर न किया और तीन दिन भूखे उसके यहां कैद रह गए। आखिर उन्हीं के ऐयार देवीसिंह ने उस कैद से उनको छुड़ाया मगर उन्हें अभी तक मालूम नहीं है कि उन्हें देवीसिंह ने छुड़ाया था।

इसके बाद उस तस्वीर के बारे में जो कुछ आनंदसिंह ने देखा-सुना था कुंदन ने वहां तक कह सुनाया जब आनंदसिंह बेहोश करके उस खोह के बाहर निकाल दिए गए बल्कि घर पहुंचा दिए गए।

किशोरी–यह सब हाल तुम्हें कैसे मालूम हुआ?

कुंदन–मुझसे देवीसिंह ने कहा था।

किशोरी–देवीसिंह का तुमसे क्या संबंध?

कुंदन–जान-पहचान है। आपने इस तस्वीर के बारे में लाली से कुछ सुना है या नहीं?

किशोरी–कुछ नहीं।

कुंदन–पूछिए, देखें क्या कहती है! अच्छा, अब मैं जाती हूं, फिर मिलूंगी।

किशोरी–जरा ठहरो तो।

कुंदन–अब मत रोको, बेमौका हो जाएगा। मैं फिर बहुत जल्द मिलूंगी।

कुंदन चली गई मगर किशोरी पहले से भी ज्यादे सोच में पड़ गई। कभी तो उसका दिल लाली की तरफ झुकता और उसको अपने दुख का साथी समझती,

कभी सोचते-सोचते लाली की बातों में शक पड़ जाने पर कुंदन ही को सच्ची समझती। उसका दिल दोनों तरफ के खिंचाव में पड़कर बेबस हो रहा था, वह ठीक निश्चय नहीं कर सकती थी कि अपना हमदर्द लाली को बनावे या कुंदन को क्योंकि लाली और कुंदन दोनों अपने असली भेदों को किशोरी से छिपा रही थीं।

उस दिन लाली ने फिर मिलकर किशोरी से पूछा, "उस तस्वीर को देखकर कुंदन की क्या दशा हुई?" जिसके जवाब में किशोरी ने कहा, "कुंदन ने उस तस्वीर की तरफ ध्यान भी न दिया और मेरे खुद पूछने पर कहा, मैं नहीं जानती यह तस्वीर कैसी है और न इसे कभी मैंने पहले देखा ही था।"

यह सुनकर लाली का चेहरा कुछ उदास हो गया और वह किशोरी के पास से उठकर चली गई। किशोरी ने कहा, "भला तुम ही बताती जाओ कि यह तस्वीर कैसी है?" मगर लाली ने इसका कुछ जवाब न दिया और चली गई।

इस बात को कई दिन बीत गये। लश्कर से कुंअर इंद्रजीतसिंह के गायब होने का हाल भी चारों तरफ फैल गया जिसे सुन धीरे-धीरे किशोरी की उदासी और भी ज्यादे बढ़ गई।

एक दिन रात को अपनी पलंगड़ी पर लेटी हुई किशोरी तरह-तरह की बातें सोच रही थी, लाली और कुंदन के बारे में भी गौर कर रही थी। यकायक वह उठ बैठी और धीरे-से आप ही बोली, 'अब मुझे खुद कुछ करना चाहिए, इस तरह पड़े रहने से काम नहीं चलता। मगर अफसोस, मेरे पास कोई हर्बा भी तो नहीं है।'

किशोरी पलंग के नीचे उतरी और कमरे में इधर-उधर टहलने लगी, आखिर कमरे के बाहर निकली। देखा कि पहरेदार लौंडियां गहरी नींद में सो रही हैं। आधी रात से ज्यादे जा चुकी थी, चारों तरफ अंधेरा छाया हुआ था। धीरे-धीरे कदम बढ़ाती हुई कुंदन के मकान की तरफ बढ़ी। जब पास पहुंची तो देखा कि एक आदमी काले कपड़े पहने उसी तरफ लपका हुआ जा रहा है बल्कि उस कमरे के दालान में पहुंच गया जिसमें कुंदन रहती है। किशोरी एक पेड़ की आड़ में खड़ी हो गई, शायद इसलिए कि वह आदमी लौटकर चला जाय तो आगे बढ़ूं।

थोड़ी देर बाद कुंदन भी उसी आदमी के साथ बाहर निकली और धीरे-धीरे बाग के उस तरफ रवाना हुई जिधर घने दरख्त लगे हुए थे। जब दोनों उस पेड़ के पास पहुंचे जिसकी आड़ में किशोरी छिपी हुई थी, तब वह आदमी रुका और धीरे-से बोला–

आदमी–अब तुम जाओ, ज्यादे दूर तक पहुंचाने की कोई जरूरत नहीं।

कुंदन–फिर भी मैं कहे देती हूं कि अब पांच-सात दिन 'नारंगी' की कोई जरूरत नहीं।

आदमी–खैर, मगर किशोरी पर दया बनाए रहना।

कुंदन—इसके कहने की कोई जरूरत नहीं।

वह आदमी पेड़ों के झुंड की तरफ चला गया और कुंदन लौटकर अपने कमरे में चली गई। किशोरी भी फिर वहां न ठहरी और अपने कमरे में आकर पलंग पर लेट रही क्योंकि उन दोनों की बातों ने जिसे किशोरी ने अच्छी तरह सुना था उसे परेशान कर दिया और वह तरह-तरह की बातें सोचने लगी, मगर अपने दिल का हाल किससे कहे? इस लायक वहां कोई भी न था।

पहले तो किशोरी बनिस्बत कुंदन के लाली को सच्ची और नेक समझती थी मगर अब वह बात न रही। किशोरी उस आदमी के मुंह से निकली हुई उस बात को फिर याद करने लगी कि 'किशोरी पर दया बनाए रहना।'

वह आदमी कौन था? इस बाग में आना और यहां से निकलकर जाना तो बड़ा ही मुश्किल है, फिर वह क्योंकर आया! उस आदमी की आवाज पहचानी हुई-सी मालूम होती है, बेशक मैं उससे कई दफे बातें कर चुकी हूं, मगर कब और कहां, सो याद नहीं पड़ता और न उसकी सूरत का ध्यान बंधता है। कुंदन ने कहा था, 'पांच-सात दिन तक नारंगी की कोई जरूरत नहीं।' इससे मालूम होता है कि नारंगी वाली बात कुछ उस आदमी से संबंध रखती है और लाली उस भेद को जानती है। इस समय तो यह निश्चय हो गया कि कुंदन मेरी खैरख्वाह है और लाली मुझसे दुश्मनी किया चाहती है मगर इसका भी विश्वास नहीं होता। कुछ भेद खुला मगर इससे तो और भी उलझन हो गई। खैर कोशिश करूंगी तो कुछ और भी पता लगेगा मगर अबकी लाली का हाल मालूम करना चाहिए।

थोड़ी देर तक इन सब बातों को किशोरी सोचती रही, आखिर फिर अपने पलंग से उठी और कमरे के बाहर आई। उसकी हिफाजत करनेवाली लौंडियां उसी तरह गहरी नींद में सो रही थीं। जरा रुककर बाग के उस कोने की तरफ बढ़ी जिधर लाली का मकान था। पेड़ों की आड़ में अपने को छिपाती और रुक-रुककर चारों तरफ की आहट लेती हुई चली जाती थी, जब लाली के मकान के पास पहुंची तो धीरे-धीरे किसी की बातचीत की आहट पा एक अंगूर की झाड़ी में रुक रही और कान लगाकर सुनने लगी, केवल इतना ही सुना, "आप बेफिक्र रहिए, जब तक मैं जीती हूं कुंदन किशोरी का कुछ बिगाड़ नहीं सकती और न उसे कोई दूसरा ले जा सकता है। किशोरी इंद्रजीतसिंह की है और बेशक उन तक पहुंचाई जाएगी।"

किशोरी ने पहचान लिया कि यह लाली की आवाज है। लाली ने यह बात बहुत धीरे-से कही थी मगर किशोरी बहुत पास पहुंच चुकी थी इसलिए बखूबी सुनकर पहचान सकी कि लाली की आवाज है मगर यह न मालूम हुआ कि दूसरा आदमी कौन है। लाली अपने कमरे के पास ही थी, बात कहकर तुरंत दो-चार सीढ़ियां चढ़ अपने कमरे में घुस गई और उसी जगह से एक आदमी निकलकर पेड़ों की आड़

में छिपता हुआ बाग के पिछली तरफ जिधर दरवाजे में बराबर ताला बंद रहनेवाला मकान था चला गया, नगर उसी समय जोर-जोर से 'चोर-चोर' की आवाज आई। किशोरी ने इस आवाज को भी पहचानकर मालूम कर लिया कि कुंदन है जो उस आदमी को फंसाया चाहती है। किशोरी फौरन लपकती हुई अपने कमरे में चली आई और 'चोर-चोर' की आवाज बढ़ती ही गई।

किशोरी अपने कमरे में आकर पलंग पर लेट रही और उन बातों पर गौर करने लगी जो अभी दो-तीन घण्टे के हेर-फेर में देख-सुन चुकी थी। वह मन-ही-मन में कहने लगी, 'कुंदन की तरफ भी गई और लाली की तरफ भी गई जिससे मालूम हो गया कि वे दोनों ही एक-एक आदमी से जान-पहचान रखती हैं जो बहुत छिपकर इस मकान में आता है। कुंदन के साथ जो आदमी मिलने आया था उनकी जुबानी जो कुछ मैंने सुना उससे जाना जाता था कि कुंदन मुझसे दुश्मनी नहीं रखती बल्कि मेहरबानी का बर्ताव किया चाहती है, इसके बाद जब लाली की तरफ गई तो वहां की बातचीत से मालूम हुआ कि लाली सच्चे दिल से मेरी मददगार है और कुंदन शायद दुश्मनी की निगाह से मुझे देखती है। हां ठीक है, अब समझी, बेशक ऐसा ही होगा। नहीं-नहीं, मुझे कुंदन की बातों पर विश्वास न करना चाहिए! अच्छा देखा जाएगा। कुंदन ने बेमौके 'चोर-चोर' का शोर मचाया, कहीं ऐसा न हो कि बेचारी लाली पर कोई आफत आवे।'

इन्हीं सब बातों को सोचती हुई किशोरी ने बची हुई थोड़ी-सी रात जागकर ही बिता दी और सुबह की सुफेदी फैलने के साथ ही अपने कमरे के बाहर निकली क्योंकि रात की बातों का पता लगाने के लिए उसका जी बेचैन हो रहा था।

किशोरी जैसे ही दालान में पहुंची, सामने से कुंदन को आते हुए देखा। कुंदन ने पास आकर सलाम किया और कहा, "रात का कुछ हाल मालूम है या नहीं?"

किशोरी–सबकुछ मालूम है! तुम्हीं ने तो गुल मचाया था!

कुंदन–(ताज्जुब से) यह कैसी बात कहती हो?

किशोरी–तुम्हारी आवाज साफ मालूम होती थी।

कुंदन–मैं तो चोर-चोर का गुल सुनकर वहां पहुंची थी और उन्हीं की तरह खुद भी चिल्लाने लगी थी।

किशोरी–(हंसकर) शायद ऐसा ही हो।

कुंदन–क्या इसमें आपको कोई शक है?

किशोरी–बेशक। लो यह लाली भी आ रही है।

कुंदन–(कुछ घबड़ाकर) जो कुछ किया उन्होंने किया।

इतने में लाली भी आकर खड़ी हो गई और कुंदन की तरफ देखकर बोली, "आपका वार तो खाली गया।"

कुंदन–(घबड़ाकर) मैंने क्या...

लाली–बस रहने दीजिए, आपने मेरी कार्रवाई कम देखी होगी मगर दो घण्टे पहले मैं आपकी पूरी कार्रवाई मालूम कर चुकी थी।

कुंदन–(बदहवास होकर) आप तो कसम खा...

लाली–हां-हां, मुझे खूब याद है, मैं उसे नहीं भूलती।

किशोरी–जो हो, मुझे अब पांच-सात दिन तक नारंगी की कोई जरूरत नहीं।

किशोरी की इस बात ने लाली और कुंदन दोनों को चौंका दिया। लाली के चेहरे पर कुछ हंसी थी मगर कुंदन के चेहरे का रंग बिलकुल ही उड़ गया था क्योंकि उसे विश्वास हो गया कि किशोरी ने भी रात की कुल बातें सुन लीं। कुंदन की घबराहट और परेशानी यहां तक बढ़ गई कि किसी तरह अपने को सम्हाल न सकी और बिना कुछ कहे वहां से उठकर अपने कमरे की तरफ चली गई। अब लाली और किशोरी में बातचीत होने लगी–

लाली–मालूम होता है तुमने भी रात-भर ऐयारी की!

किशोरी–हां, मैं कुंदन की तरफ छिपकर गई थी।

लाली–तब तो तुम्हें मालूम हो गया होगा कि कुंदन तुम्हें धोखा दिया चाहती है।

किशोरी–पहले तो यह साफ नहीं जान पड़ता था मगर जब तुम्हारी तरफ गई और तुमको किसी से बातें करते सुना तो विश्वास हो गया कि इस महल में केवल तुम्हीं से मैं कुछ भलाई की उम्मीद कर सकती हूं।

लाली–ठीक है, कुंदन की कुल बातें तुमने नहीं सुनीं, क्या मुझसे भी...(रुककर) खैर जाने दीजिए। हां, अब वह समय आ गया कि तुम और हम दोनों यहां से निकल जाएं। क्या तुम मुझ पर विश्वास रखती हो?

किशोरी–बेशक, तुमसे मुझे नेकी की उम्मीद है, मगर कुंदन बहुत बिगड़ी हुई मालूम होती है।

लाली–वह मेरा कुछ नहीं कर सकती।

किशोरी–अगर तुम्हारा हाल किसी से कह दे तो?

लाली–अपनी जुबान से वह नहीं कह सकती, क्योंकि वह मेरे पंजे में उतना ही फंसी हुई है जितना मैं उसके पंजे में।

किशोरी–अफसोस! इतनी मेहरबानी रहने पर भी तुम वह भेद मुझसे नहीं कहतीं?

लाली–घबड़ाओ मत, धीरे-धीरे सबकुछ मालूम हो जाएगा।

इसके बाद लाली ने दबी जुबान से किशोरी को कुछ समझाया और दो घण्टे में फिर मिलने का वादा करके वहां से चली गई।

ग्यारहवां बयान

हम ऊपर कई दफे लिख आए हैं कि उस बाग में जिसमें किशोरी रहती थी एक तरफ ऐसी इमारत है जिसके दरवाजे पर बराबर ताला बंद रहता है और नंगी तलवार का पहरा पड़ा करता है।

आधी रात का समय है। चारों तरफ अंधेरा छाया हुआ है। तेज हवा चलने के कारण बड़े-बड़े पेड़ों के पत्ते लड़खड़ाकर सन्नाटे को तोड़ रहे हैं। इसी समय हाथ में कमंद लिये हुए लाली अपने को हर तरफ से बचाती और चारों तरफ गौर से देखती हुई उसी मकान के पिछवाड़े की तरफ जा रही है। जब दीवार के पास पहुंची कमंद लगाकर छत के ऊपर चढ़ गई। छत के ऊपर चारों तरफ तीन-तीन हाथ ऊंची दीवार थी। लाली ने बड़ी होशियारी से छत फोड़कर एक इतना बड़ा सूराख किया जिसमें आदमी बखूबी उतर जा सके और खुद कमंद के सहारे उसके अंदर उतर गई।

दो घण्टे के बाद एक छोटी-सी संदूकड़ी लिये हुए लाली निकली और कमंद के सहारे छत से नीचे उतर एक तरफ को रवाना हुई। पूरब तरफवाले बारहदरी में आई जहां से महल में जाने का रास्ता था, फाटक के अंदर घुसकर महल में पहुंची। यह महल बहुत बड़ा और आलीशान था। दो सौ लौंडियों और सखियों के साथ महारानी साहिबा इसी में रहा करती थीं। कई दालानों और दरवाजों को पार करती हुई लाली ने एक कोटरी के दरवाजे पर पहुंचकर धीरे-से कुंडा खटखटाया।

एक बुढ़िया ने उठकर किवाड़ खोला और लाली को अंदर करके फिर बंद कर दिया। उस बुढ़िया की उम्र लगभग अस्सी वर्ष की होगी, नेकी और रहमदिली उसके चेहरे पर झलक रही थी। सिर्फ छोटी-सी कोठरी, थोड़ा-सा जरूरी सामान और मामूली चारपाई पर ध्यान देने से मालूम होता था कि बुढ़िया लाचारी से अपनी जिंदगी बिता रही है। लाली ने दोनों पैर छूकर प्रणाम किया और उस बुढ़िया ने पीठ पर हाथ फेरकर बैठने के लिए कहा।

लाली–(संदूक आगे रखकर) यही है?

बुढ़िया–क्या ले आई? हां ठीक है, बेशक यही है, अब आगे जो कुछ कीजियो बहुत सम्हलकर! ऐसा न हो कि आखिरी समय में मुझे कलंक लगे।

लाली–जहां तक हो सकेगा बड़ी होशियारी से काम करूंगी, आप आशीर्वाद दीजिए कि मेरा उद्योग सफल हो।

बुढ़िया–ईश्वर तुझे इस नेकी का बदला दे, वहां कुछ डर तो नहीं मालूम हुआ?

लाली–दिल कड़ा करके इसे ले आई, नहीं तो मैंने जो कुछ देखा, जीते जी भूलने योग्य नहीं, अभी तो फिर एक दफे देखना नसीब होगा। ओफ! अभी तक कलेजा कांपता है।

बुढ़िया–(मुस्कुराकर) बेशक वहां ताज्जुब के सामान इकट्ठे हैं मगर डरने की कोई बात नहीं, जा ईश्वर तेरी मदद करे।

लाली ने उस संदूकड़ी को उठा लिया और अपने खास घर में आ संदूकड़ी को हिफाजत से रख पलंग पर जा लेट रही। सबेरे उठकर किशोरी के कमरे में गई।

किशोरी–मुझे रात-भर तुम्हारा खयाल बना रहा और घड़ी-घड़ी उठकर बाहर जाती थी कि कहीं से गुल-शोर की आवाज तो नहीं आती।

लाली–ईश्वर की दया से मेरे काम में किसी तरह का विघ्न नहीं पड़ा।

किशोरी–आओ मेरे पास बैठो, अब तो तुम्हें उम्मीद हो गई होगी कि मेरी जान बच जायगी और यहां से जा सकूंगी।

लाली–बेशक अब मुझे पूरी उम्मीद हो गई।

किशोरी–संदूकड़ी मिली?

लाली–हां, यह सोचकर कि दिन को किसी तरह मौका न मिलेगा उसी समय मैं बूढ़ी दादी को भी दिखा आई, उन्होंने पहचानकर कहा कि बेशक यही संदूकड़ी है। उसी रंग की वहां कई संदूकड़ियां थीं मगर वह खास निशान जो बूढ़ी दादी ने बताया था देखकर मैं उसी एक को ले आई!

किशोरी–मैं भी उस संदूकड़ी को देखा चाहती हूं।

लाली–बेशक मैं तुम्हें अपने यहां ले चलकर वह संदूकड़ी दिखा सकती हूं मगर उसके देखने से तुम्हें किसी तरह का फायदा नहीं होगा। बल्कि तुम्हारे वहां चलने से कुंदन को खुटका हो जाएगा और वह सोचेगी कि किशोरी लाली के यहां क्यों गई। उस संदूकड़ी में भी कोई ऐसी बात नहीं है जो देखने लायक हो, उसे मामूली एक छोटा-सा डिब्बा समझना चाहिए जिसमें कहीं ताली लगाने की जगह नहीं है और मजबूत भी इतनी है कि किसी तरह टूट नहीं सकती।

किशोरी–फिर वह क्योंकर खुल सकेगी और उसके अंदर से वह चाभी क्योंकर निकलेगी जिसकी हम लोगों को जरूरत है?

लाली–रेती से रेतकर उसमें सूराख किया जाएगा।

किशोरी–देर लगेगी!

लाली–हां, दो दिन में यह काम होगा क्योंकि सिवाय रात के दिन को मौका नहीं मिल सकता।

किशोरी–मुझे तो एक घड़ी सौ-सौ वर्ष के समान बीतती है।

लाली–खैर जहां इतने दिन बीते वहां दो दिन और सही।

थोड़ी देर तक बातचीत होती रही। इसके बाद लाली उठकर अपने मकान में चली गई और मामूली कामों की फिक्र में लगी।

इसके तीसरे दिन आधी रात के समय लाली अपने मकान से बाहर निकली और किशोरी के मकान में आई। वे लौंडियां जो किशोरी के यहां पहरे पर मुकर्रर

थीं, गहरी नींद में पड़ी खुर्राटे ले रही थीं मगर किशोरी की आंखों में नींद का नाम-निशान नहीं, वह पलंग पर लेटी दरवाजे की तरफ देख रही थी। उसी समय हाथ में एक छोटी-सी गठरी लिये लाली ने कमरे के अंदर पैर रखा जिसे देखते ही किशोरी उठ खड़ी हुई, बड़ी मुहब्बत के साथ हाथ पकड़ लाली को अपने पास बैठाया।

किशोरी–ओफ! ये दो दिन बड़ी कठिनता से बीते, दिन-रात डर लगा ही रहता था।

लाली–क्यों?

किशोरी–इसलिए कि कोई उस छत पर जाकर देख न ले कि किसी ने सेंध लगाई है।

लाली–ऊंह, कौन उस पर जाता है और कौन देखता है! लो अब देर करना मुनासिब नहीं।

किशोरी–मैं तैयार हूं, कुछ लेने की जरूरत तो नहीं है?

लाली–जरूरत की सब चीजें मेरे पास हैं, तुम बस चली चलो।

लाली और किशोरी वहां से रवाना हुईं और पेड़ों की आड़ में छिपती हुई उस मकान के पिछवाड़े पहुंचीं जिसकी छत में लाली ने सेंध लगाई थी। कमंद लगाकर दोनों ऊपर चढ़ीं, कमंद खींच लिया और उसी कमंद के सहारे सेंध की राह दोनों मकान के अंदर उतर गईं। वहां की अजीब बातों को देख किशोरी की अजब हालत हो गई मगर तुरंत ही उसका ध्यान दूसरी तरफ जा पड़ा। किशोरी और लाली जैसे ही उस मकान के अंदर उतरीं वैसे ही बाहर से किसी के ललकारने की आवाज आई, साथ ही फुर्ती से कई कमंद लगा दस-पंद्रह आदमी छत पर चढ़ आए और "धरो-धरो, जाने न पावे, जाने न पावे!" की आवाज लगी।

बारहवां बयान

कुंअर इंद्रजीतसिंह तालाब के किनारे खड़े उस विचित्र इमारत और हसीन औरत की तरफ देख रहे हैं। उनका इरादा हुआ कि तैरकर उस मकान में चले जाएं जो इस तालाब के बीचोबीच में बना हुआ है, मगर उस नौजवान औरत ने इन्हें हाथ के इशारे से मना किया बल्कि वहां से भाग जाने के लिए कहा, उसका इशारा समझ ये रुके मगर जी न माना, फिर तालाब में उतरे।

उस नाजनीन को विश्वास हो गया कि कुमार बिना यहां आए न मानेंगे, तब उसने इशारे से ठहरने के लिए कहा और यह भी कहा कि किश्ती लेकर मैं आती हूं। उस औरत ने किश्ती खोली और उस पर सवार हो अजीब तरह से घुमाती-

फिराती तालाब के पिछले कोने की तरफ ले गई और कुमार को भी उसी तरफ आने का इशारा किया। कुमार उस तरफ गए और खुशी-खुशी उस औरत के साथ किश्ती पर सवार हुए। वह किश्ती को उसी तरह घुमाती-फिराती मकान के पास ले गई। दोनों आदमी उतरकर अंदर गए।

उस छोटे-से मकान की सजावट कुमार ने बहुत पसंद की। वहां सभी चीजें जरूरत की मौजूद थीं। बीच का बड़ा कमरा अच्छी तरह से सजा हुआ था, बेशकीमत शीशे लगे हुए थे, काश्मीरी गलीचे जिनमें तरह-तरह के फूल-बूटे बने हुए थे, छोटी-छोटी मगर ऊंची संगमरमर की चौकियों पर सजावट के सामान और गुलदस्ते लगाये हुए थे, गाने-बजाने का सामान भी मौजूद था, दीवारों पर की तस्वीरों को बनाने में मुसौवरों ने अच्छी कारीगरी खर्च की थी। उस कमरे के बगल में एक और छोटा-सा कमरा सजा हुआ था जिसमें सोने के लिए एक मसहरी बिछी हुई थी, उसके बगल में एक कोठरी नहाने की थी जिसकी जमीन सुफेद और स्याह पत्थरों से बनी हुई थी। बीच में एक छोटा-सा हौज बना हुआ था, जिसमें एक तरफ से तालाब का जल आता था और दूसरी तरफ से निकल जाता था, इसके अलावे और भी तीन-चार कोठरियां जरूरी कामों के लिए मौजूद थीं, मगर उस मकान में सिवाय उस औरत के और कोई दूसरी औरत न थी, न कोई नौकर या मजदूरनी ही नजर आती थी।

उस मकान को देख और उसमें सिवाय उस नौजवान नाजनीन के और किसी को न पा कुमार को बड़ा ताज्जुब हुआ। वह मकान इस योग्य था कि बिना पांच-चार आदमियों के उसकी सफाई या वहां के सामान की दुरुस्ती हो नहीं सकती थी।

थके-मांदे और धूप खाये हुए कुंअर इंद्रजीतसिंह को वह जगह बहुत ही भली मालूम हुई और उस हसीन औरत के अलौकिक रूप की छटा में ऐसे मोहित हुए कि पीछे की सुध बिलकुल ही जाती रही। बड़े नाज और अंदाज से उस औरत ने कुमार को कमरे में ले जाकर गद्दी पर बैठाया और आप उनके सामने बैठ गई।

कुमार—तुमने जो कुछ एहसान मुझ पर किया है मैं किसी तरह उसका बदला नहीं चुका सकता।

औरत—ठीक है, मगर उम्मीद करती हूं कि आप कोई काम ऐसा भी न करेंगे जो मेरी बदनामी का सबब हो।

कुमार—नहीं-नहीं, मुझसे ऐसी उम्मीद कभी न करना, लेकिन क्या सबब है जो तुमने ऐसा कहा?

औरत—इस मकान में जहां मैं अकेली रहती हूं आपका इस तरह आना और देर तक रहना बेशक मेरी बदनामी का सबब होगा।

कुमार—(कुछ सोचकर) तुम इतनी खूबसूरत क्यों हुईं? अफसोस! तुम्हारी एक-एक अदा मुझे अपनी तरफ खेंचती है। (कुछ अटककर) जो हो मुझे अब यहां

से चला ही जाना चाहिए। अगर ऐसा ही था तो मुझे किश्ती पर चढ़ाकर यहां क्यों लाईं?

औरत–मैंने तो पहले ही आपको चले जाने का इशारा किया मगर जब आप जल में तैरकर यहां आने लगे तो लाचार मुझे ऐसा करना पड़ा। मैं जान-बूझकर उस आदमी को किसी तरह आफत में फंसा नहीं सकती हूं जिसकी जान खुद एक जालिम ऐयार के हाथ से बचाई हो। आप यह न समझें कि कोई आदमी इस तालाब में तैरकर यहा तक आ सकता है, क्योंकि इस तालाब में चरों तरफ जाल फेंके हुए हैं, अगर कोई आदमी यहां तैरकर आने का इरादा करेगा तो बेशक जाल में फंसकर अपनी जान बर्बाद करेगा। यही सबब था कि मुझे आपके लिए किश्ती ले जानी पड़ी।

कुमार–बेशक, तब इसके लिए भी मैं धन्यवाद दूंगा। माफ करना मैं यह नहीं जानता था कि मेरे यहां आने से तुम्हारा नुकसान होगा, अब मैं जाता हूं मगर कृपा करके अपना नाम तो बता दो जिसमें मुझे याद रहे कि फलानी औरत ने बड़े वक्त पर मेरी मदद की थी।

औरत–(हंसकर) मैं अपना नाम नहीं किया चाहती और न इस धूप में आपको यहां से जाने के लिए कहती हूं बल्कि मैं उम्मीद करती हूं कि आप मेरी मेहमानी कबूल करेंगे।

कुमार–वाह-वाह! कभी तो आप मुझे मेहमान बनाती हैं और कभी यहां से निकल जाने के लिए हुक्म लगाती हैं, आप लोग जो चाहें करें।

औरत–(हंसकर) खैर ये सब बातें पीछे होती रहेंगी, अब आप यहां से उठें और कुछ भोजन करें क्योंकि मैं जानती हूं कि आपने अभी तक कुछ भोजन नहीं किया।

कुमार–अभी तो स्नान-संध्या भी नहीं किया। लेकिन मुझे ताज्जुब है कि यहां तुम्हारे पास कोई लौंडी दिखाई नहीं देती।

औरत–आप इसके लिए चिंता न करें, आपकी लौंडी मैं मौजूद हूं। आप जरा बैठें, मैं सब सामान ठीक करके अभी आती हूं।

इतना कह, बिना कुमार की मर्जी पाये वह औरत वहां से उठी और बगल के एक कमरे में चली गई। उसके जाने के बाद कुमार कमरे में टहलने और एक-एक चीज को गौर से देखने लगे। यकायक एक गुलदस्ते के नीचे दबे हुए कागज के टुकड़े पर उनकी नजर पड़ी। मुनासिब न था कि उस पुर्जे को उठाकर पढ़ते मगर लाचार थे, उस पुर्जे के कई अक्षर जो गुलदस्ते के नीचे दबने से रह गये थे साफ दिखाई पड़ते थे और उन्हीं अक्षरों ने कुमार को पुर्जा निकालकर पढ़ने के लिए मजबूर किया। वे अक्षर ये थे–"किशोरी"

लाचार कुमार ने उस पुर्जे को निकालकर पढ़ा, यह लिखा था–

"आपके कहे मुताबिक कुल कार्रवाई अच्छी तरह हो रही है। लाली और कुंदन में खूब घातें चल रही हैं। किशोरी ने भी पूरा धोखा खाया। किशोरी का आशिक भी यहां मौजूद है और उसे किशोरी से बहुत कुछ उम्मीद है। मैंने भी इनाम पाने लायक काम किया है। इस समय लाली कुछ अजब ही रंग लाया चाहती है, खैर दो-तीन दिन में खुलासा हाल लिखूंगी।

आपकी लौंडी—तारा।"

कुमार ने उस पुर्जे को झटपट पढ़कर उसी तरह रख दिया और गद्दी पर आकर बैठ गये। सोच और तरद्दुत ने चारों तरफ से आकर उन्हें घेर लिया। इस पुर्जे ने तो उनके दिल का भाव ही बदल दिया। इस समय उनकी सूरत देखकर उनका हाल कोई सच्चा दोस्त भी नहीं मालूम कर सकता था, हां कुछ देर सोचने के बाद इतना तो कुमार ने लंबी सांस के साथ खुलकर कहा, "खैर कहां जाती है कमबख्त! मैं बिना कुछ काम किए टलनेवाला नहीं।"

इतने ही में वह औरत भी आ गई और बोली, "उठिए, सब सामान दुरुस्त है।" कुमार उसके साथ नहानेवाली कोठरी में गए जिसमें हौज बना हुआ था।

धोती, गमछा और पूजा का सब सामान वहां मौजूद धा, कुमार ने स्नान और संध्या किया। वह औरत एक चांदी की रिकाबी में कुछ मेवा और खोये की चीजें इनके सामने रखकर चली गई और दूसरी दफे पीने के लिए जल भी लाकर रख गई। उसी समय कुमार ने सुना कि बगल के कमरे में दो औरतें बातें कर रही हैं। उन्हें ताज्जुब हुआ कि ये दूसरी औरतें कहां से आईं! कुमार भोजन करके उठे, हाथ-मुंह धोकर कोठरी से बाहर निकला चाहते थे कि सामने का दरवाजा खुला और दो औरतें नजर पड़ीं जिन्हें देखते ही कुमार चौंक पड़े और बोले—"हैं! ये दोनों यहां कहां से आ गईं!!"

तेरहवां बयान

आधी रात के समय सुनसान मैदान में दो कमसिन औरतें आपस में कुछ बातें करती चली जा रही हैं। राह में छोटे-छोटे टीले पड़ते हैं जिन्हें तकलीफ के साथ लांघने और दम फूलने पर कभी ठहरकर फिर चलने से मालूम होता है कि इन दोनों को इसी समय किसी खास जगह पर पहुंचने या किसी से मिलने की ज्यादे जरूरत है। हमारे पाठक इन दोनों औरतों को बखूबी पहचानते हैं इसलिए इनकी सूरत-शक्ल के बारे में कुछ लिखने की जरूरत नहीं, क्योंकि इन दोनों में से एक तो किन्नरी है और दूसरी कमला।

किन्नरी—कमला, देखो किस्मत का हेर-फेर इसे कहते हैं। एक हिसाब से गयाजी में हम लोग अपना काम पूरा कर चुके थे मगर अफसोस!

कमला–जहां तक हो सका तुमने किशोरी की मदद जी-जान से की, बेशक किशोरी जन्म-भर याद रखेगी और तुम्हें तो अपनी बहिन मानेगी। खैर कोई चिंता नहीं, हम लोगों को हिम्मत न हारनी चाहिए और न किसी समय ईश्वर को भूलना चाहिए। मुझे घड़ी-घड़ी बेचारे आनंदसिंह की याद आती है। तुम पर उनकी सच्ची मुहब्बत है मगर तुम्हारा कुछ हाल न जानने से न मालूम उनके दिल में क्या-क्या बातें पैदा होंगी, हां अगर वे जानते कि जिसको उनका दिल प्यार करता है वह फलानी है तो बेशक वे खुश होते।

किन्नरी–(ऊंची सांस लेकर) जो ईश्वर की मर्जी!!

कमला–देखो वह उस पुराने मकान की दीवार दिखाई देने लगी।

किन्नरी–हां ठीक है, अब आ पहुंचे।

इतने ही में वे दोनों एक ऐसे टूटे-फूटे मकान के पास पहुंचीं जिसकी चौड़ी-चौड़ी दीवारें और बड़े-बड़े फाटक कहे देते थे कि किसी जमाने में यह इज्जत रखता होगा। चाहे इस समय यह इमारत कैसी ही खराब हालत में क्यों न हो तो भी इसमें छोटी-छोटी कोठरियों के अलावे कई बड़े दालान और कमरे अभी तक मौजूद हैं।

ये दोनों उस मकान के अंदर चली गईं। बीच में चूने-मिट्टी-ईंटों का ढेर लगा हुआ था जिसके बगल में घूमती हुई दोनों एक दालान में पहुंचीं। इस दालान में एक तरफ एक कोठरी थी जिसमें जाकर कमला ने मोमबत्ती जलाई और चारों तरफ देखने लगी। बगल में एक अलमारी दीवार के साथ जुड़ी हुई थी जिसमें पल्ला खैंचने के लिए दो मुट्ठे लगे थे। कमला ने बत्ती किन्नरी के हाथ में देकर दोनों हाथों से दोनों मुट्ठों को तीन-चार दफे घुमाया, तुरंत पल्ला खुल गया और भीतर एक छोटी-सी कोठरी नजर आई। दोनों उस कोठरी के अंदर चली गईं और उन पल्लों को फिर बंद कर लिया। उन पल्लों में भीतर की तरफ भी उसी तरह खोलने और बंद करने के लिए दो मुट्ठे लगे हुए थे।

इस कोठरी में तहखाना था जिसमें उतर जाने के लिए छोटी-छोटी सीढ़ियां बनी हुई थीं। वे दोनों नीचे उतर गईं और वहां एक आदमी को बैठे देखा जिसके सामने मोमबत्ती जल रही थी और वह कुछ लिख रहा था।

इस आदमी की उम्र लगभग साठ वर्ष के होगी। सिर और मूंछों के बाल आधे से ज्यादे सुफेद हो रहे थे, तो भी उसके बदन में किसी तरह की कमजोरी नहीं मालूम होती थी। उसके हाथ-पैर गंठीले और मजबूत थे तथा चौड़ी छाती उसकी बहादुरी को जाहिर कर रही थी। चाहे उसका रंग सांवला क्यों न हो मगर चेहरा खूबसूरत और रोबीला था। बड़ी-बड़ी आंखों में जवानी की चमक मौजूद थी, चुस्त मिर्जई उसके बदन पर बहुत भली मालूम होती थी, सिर नंगा था मगर पास ही जमीन पर एक सुफेद मुंड़ासा रखा हुआ था जिसके देखने से मालूम होता था कि गरमी मालूम

होने पर उसने उतारकर रख दिया है। उसके बाएं हाथ में पंखा था, जिसके जरिये वह गरमी दूर कर रहा था मगर अभी तक पसीने की नमी बदन में मालूम होती थी।

एक तरफ ठीकरे में थोड़ी-सी आग थी जिसमें कोई खुशबूदार चीज जल रही थी जिससे वह तहखाना अच्छी तरह सुगंधित हो रहा था। कमला और किन्नरी के पैर की आहट पा वह पहले ही से सीढ़ियों की तरफ ध्यान लगाए था, और इन दोनों को देखते ही उसने कहा, "तुम दोनों आ गईं?"

कमला–जी हां।

आदमी–(किन्नरी की तरफ इशारा करके) इन्हीं का नाम कामिनी है?

कमला–जी हां।

आदमी–कामिनी! आओ बेटी, तुम मेरे पास बैठो। मैं जिस तरह कमला को समझता हूं उसी तरह तुम्हें भी मानता हूं।

कामिनी–बेशक कमला की तरह मैं भी आपको अपना सगा चाचा मानती हूं।

आदमी–तुम किसी तरह की चिंता मत करो। जहां तक होगा मैं तुम्हारी मदद करूंगा। (कमला की तरफ देखकर) तुझे कुछ रोहतासगढ़ की खबर भी मालूम है?

कमला–कल मैं वहां गई थी मगर अच्छी तरह मालूम न कर सकी। आपसे यहां मिलने का वादा किया था इसलिए जल्दी लौट आई।

आदमी–अभी पहर-भर हुआ मैं खुद रोहतासगढ़ से चला आता हूं।

कमला–तो बेशक आपको बहुत कुछ हाल वहां का मिला होगा।

आदमी–मुझसे ज्यादे वहां का हाल कोई नहीं मालूम कर सकता। पच्चीस वर्ष तक ईमानदारी और नेकनामी के साथ वहां के राजा की नौकरी कर चुका हूं। चाहे आज दिग्विजयसिंह हमारे दुश्मन हो गये हैं फिर भी मैं कोई काम ऐसा न करूंगा जिससे उस राज्य का नुकसान हो, हां तुम्हारे सबब से किशोरी की मदद जरूर करूंगा।

कमला–दिग्विजयसिंह नाहक ही आपसे रंज हो गये।

आदमी–नहीं, नहीं, उन्होंने अनर्थ नहीं किया। जब वे किशोरी को जबर्दस्ती अपने यहां रखा चाहते हैं और जानते हैं कि शेरसिंह ऐयार की भतीजी कमला किशोरी के यहां नौकर है और ऐयारी के फन में तेज है, वह किशोरी को छुड़ाने के लिए दांव-घात करेगी, तो उन्हें मुझसे परहेज करना बहुत मुनासिब था चाहे मैं कैसा ही खैरख्वाह और नेक क्यों न समझा जाऊं। उन्होंने मुझे कैद करने का इरादा बेजा नहीं किया। हाय! एक वह जमाना था कि रणधीरसिंह (किशोरी का नाना) और दिग्विजयसिंह में दोस्ती थी, मैं दिग्विजय के यहां नौकर था और मेरा छोटा भाई अर्थात् तुम्हारा बाप (ईश्वर उसे बैकुण्ठ दे) रणधीरसिंह के यहां रहता था। आज देखो कितना उलट-फेर हो गया है। मैं बेकसूर कैद होने के डर से भाग तो आया मगर लोग जरूर कहेंगे कि शेरसिंह ने धोखा दिया।

कमला–जब आप दिल से रोहतासगढ़ की बुराई नहीं करते तो लोगों के कहने से क्या होता है, वे लोग आपकी बुराई क्योंकर दिखा सकते हैं।

शेर–हां ठीक है, खैर इन बातों को जाने दो, हां कुंदन बेचारी को लाली ने खूब ही छकाया, अगर मैं लाली का एक भेद न जानता होता और कुंदन को न कह देता तो लाली कुंदन को जरूर बर्बाद कर देती। कुंदन ने भी भूल की, अगर वह अपना सच्चा हाल लाली को कह देती तो बेशक दोनों में दोस्ती हो जाती।

कमला–कुछ कुंअर इंद्रजीतसिंह का भी हाल मालूम हुआ?

शेर–हां मालूम है. उन्हें उसी चुड़ैल ने फंसा रखा है जो अजायबघर में रहती है।

कमला–कौन-सा अजायबघर?

शेर–वही जो तालाब के बीच में बना है और जिसे जड़बुनियाद से खोदकर फेंक देने का मैंने इरादा किया है, यहां से थोड़ी ही दूर तो है।

कमला–जी हां मालूम हुआ, उसके बारे में बड़ी-बड़ी विचित्र बातें सुनने में आती हैं।

शेर–बेशक वहां की सभी बातें ताज्जुब से भरी हैं। अफसोस, न मालूम कितने खूबसूरत और नौजवान बेचारे वहां बेदर्दी के साथ मारे गये होंगे!

इतने ही में छत के ऊपर किसी के पैर की आहट मालूम हुई। तीनों का ध्यान सीढ़ियों पर गया।

कमला–कोई आता है।

शेर–हमें तो यहां किसी के आने की उम्मीद न थी, जरा होशियार हो जाओ।

कमला–मैं होशियार हूं, देखिए वह आया!

एक लंबे कद का आदमी सीढ़ी से नीचे उतरा और शेरसिंह के सामने आकर खड़ा हो गया। उसकी उम्र चाहे जो भी हो मगर बदन की कमजोरी, दुबलेपन और चेहरे की उदासी ने उसे पचास वर्षों से भी ज्यादे उम्र का बना रखा था। उसके खूबसूरत चेहरे पर उदासी और रंज के निशान पाए जाते थे, बड़ी-बड़ी आंखों में आंसुओं की तरी साफ मालूम होती थी, उसकी हसरत-भरी निगाहें उसके दिल की हालत दिखा रही थीं और कह रही थीं कि रंज, गम, फिक्र, तरद्दुद और नाउम्मीदी ने उसके बदन में खून और मांस का नाम नहीं छोड़ा केवल हड्डी ही बच गई है। उसके कपड़े भी बहुत पुराने और फटे हुए थे।

इस आदमी की सूरत से भलमनसी और सूधापन झलकता था मगर शेरसिंह उसकी सूरत देखते ही कांप गया। खौफ और ताज्जुब ने उसका गला दबा दिया। वह एकदम ऐसा घबड़ा गया जैसे कोई खूनी जल्लाद की सूरत देखकर घबड़ा जाता है। शेरसिंह ने उसकी तरफ देखकर कहा, "अहा हा...आप...हैं! आइ. .ए...!" मगर ये शब्द घबराहट के मारे बिलकुल ही उखड़े-पुखड़े शेरसिंह के मुंह से निकले।

उस आदमी ने कमला की तरफ इशारा करते हुए कहा, "क्या यही लड़की..."

शेर–हां...आप...(कमला और कामिनी की तरफ देखकर) तुम दोनों जरा ऊपर चली जाओ, ये बड़े नेक आदमी हैं, मुझसे मिलने आए हैं, मैं इनसे कुछ बातें किया चाहता हूं।

कमला और कामिनी दोनों तहखाने से निकलकर ऊपर चली आईं। उस आदमी के आने और अपने चाचा को विचित्र अवस्था में देखने से कमला घबड़ा गई। उसके जी में तरह-तरह की बातें पैदा होने लगीं। ऐसे कमजोर, लाचार और गरीब आदमी को देखकर उसका ऐयारी के फन में बड़ा ही तेज और शेरदिल चाचा इस तरह क्यों घबड़ा गया और इतना क्यों डरा, वह इसी सोच में परेशान थी। बेचारी कामिनी भी हैरान और डरी हुई थी यहां तक कि घण्टे-भर बीत जाने पर भी उन दोनों में कोई बातचीत न हुई। घण्टे-भर बाद वह आदमी तहखाने से निकलकर ऊपर चला आया और कामिनी की तरफ देखकर बोला, "अब तुम लोग नीचे जाओ, मैं जाता हूं।" इतना कहता हुआ उसी तरह किवाड़ खोलकर चला गया जिस तरह कामिनी को साथ लिये हुए कमला इस मकान में आई थी।

कमला और कामिनी तहखाने के नीचे जा शेरसिंह के सामने बैठ गईं। शेरसिंह के चेहरे से अभी तक घबड़ाहट और परेशानी गई नहीं थी। बड़ी मुश्किल से थोड़ी देर में उसने होश-हवास दुरुस्त किए और कमला की तरफ देखकर कहा–

शेर–अच्छा अब हम लोगों को क्या करना चाहिए?

कमला–जो हुक्म हो सो किया जाए। यह आदमी कौन था जिसे देख आप...?

शेर–था एक आदमी, उसका हाल जानने का उद्योग न करो और न उसका खयाल ही करो बल्कि उसे बिलकुल भूल जाओ।

उस आदमी के बारे में कमला बहुत कुछ जानना चाहती थी मगर अपने चाचा के मुंह से साफ जवाब पाकर दम न मार सकी और दिल-की-दिल में रखने पर लाचार हुई।

शेर–कमला, तू रोहतासगढ़ जा और दो-तीन दिन में लौटकर वहां का जो कुछ हाल हो मुझसे कह। किशोरी से मिलकर उसे ढाढ़स दीजियो और कहियो कि घबड़ाये नहीं। उसी रास्ते से किले के अंदर बल्कि उस बाग में जिसमें किशोरी रहती है चली आइयो, जिस राह का हाल मैंने तुमसे कहा था, उस राह से आना-जाना कभी किसी को मालूम न होगा।

कमला–बहुत अच्छा, मगर कामिनी के लिए क्या हुक्म होता है?

शेर–मैं इसे ले जाता हूं, अपने एक दोस्त के सुपुर्द कर दूंगा। वहां यह बड़े आराम से रहेगी। जब सब तरफ से फसाद मिट जाएगा मैं इसे ले आऊंगा, तब यह भी अपनी मुराद को पहुंच जाएगी।

कमला–जो मर्जी!

तीनों आदमी तहखाने के बाहर निकले और जैसा ऊपर लिखा जा चुका है उसी तरह कोठरियों और दालानों में से होते हुए इस मकान के बाहर निकल आए।

शेर–कमला, ले अब तू जा और कामिनी की तरफ से बेफिक्र रह। मुझसे मिलने के लिए यह ठिकाना मुनासिब है।

कमला–अच्छा मैं जाती हूं मगर यह तो कह दीजिए कि उस आदमी से मुझे कहां तक होशियार रहना चाहिए जो आपसे मिलने आया था?

शेर–(कड़ी आवाज में) एक दफे तो कह दिया कि उसका ध्यान भुला दे, उससे होशियार रहने की जरूरत नहीं और न वह मुझे कभी दिखाई देगा।

चौदहवां बयान

रोहतासगढ़ किले के चारों तरफ घना जंगल है जिसमें साखू, शीशम, तेंद, आसन और सलई इत्यादि के बड़े-बड़े पेड़ों की घनी छाया से एक तरह का अंधकार-सा हो रहा है। रात की तो बात ही दूसरी है वहां दिन को भी रास्ते या पगडंडी का पता लगाना मुश्किल था क्योंकि सूर्य की सुनहरी किरणों को पत्तों में से छनकर जमीन तक पहुंचने का बहुत कम मौका मिलता था। कहीं-कहीं छोटे-छोटे पेड़ों की बदौलत जंगल इतना घना हो रहा था कि उसमें भूले आदमियों को मुश्किल से छुटकारा मिलता था। ऐसे मौके पर उसमें हजारों आदमी इस तरह छिप सकते थे कि हजार सिर पटकने और खोजने पर भी उनका पता लगाना असंभव था। दिन को तो इस जंगल में अंधकार रहता ही था मगर हम रात का हाल लिखते हैं, जिस समय उसकी अंधेरी और वहां के सन्नाटे का आलम भूले-भटके मुसाफिरों को मौत का समाचार देता था और वहां की जमीन के लिए अमावस्या और पूर्णिमा की रात एक समान थी।

किले के दाहिने तरफवाले जंगल में आधी रात के समय हम तीन आदमियों को जो स्याह चोगे और नकाबों से अपने को छिपाए हुए थे घूमते देख रहे हैं। न मालूम ये किसकी खोज और किस जमीन की तलाश में हैरान हो रहे हैं इनमें से एक कुंअर आनंदसिंह, दूसरे भैरोसिंह और तीसरे तारासिंह हैं। ये तीनों आदमी देर तक घूमने के बाद छोटी-सी चारदीवारी के पास पहुंचे जिसके चारों तरफ की दीवार पांच हाथ से ज्यादे ऊंची न थी और वहां के पेड़ भी कम घने और गुंजान थे, कहीं-कहीं चंद्रमा की रोशनी भी जमीन पर पड़ती थी।

आनंद–शायद यही चारदीवारी है!

भैरो–बेशक यही है, देखिए फाटक पर हड्डियों का ढेर लगा हुआ है।

तारा–खैर भीतर चलिए, देखा जाएगा।

भैरो–जरा ठहरिए, पत्तों की खड़खड़ाहट से मालूम होता है कि कोई आदमी इसी तरफ आ रहा है!

आनंद–(कान लगाकर) हां ठीक तो है, हम लोगों को जरा छिपकर देखना चाहिए कि वह कौन है और इधर क्यों आता है।

उस आनेवाले की तरफ ध्यान लगाये हुए तीनों आदमी पेड़ों की आड़ में छिप रहे और थोड़ी ही देर में सुफेद कपड़े पहिरे एक औरत को आते हुए उन लोगों ने देखा। वह औरत पहले तो फाटक पर रुकी, तब कान लगाकर चारों तरफ की आहट लेने के बाद फाटक के अंदर घुस गई। भैरोसिंह ने आनंदसिंह से कहा, "आप दोनों इसी जगह ठहरिए, मैं उस औरत के पीछे जाकर देखता हूं कि वह कहां जाती है।" इस बात को दोनों ने मंजूर किया और भैरोसिंह छिपते हुए उस औरत के पीछे रवाना हुए।

ऐसे घने जंगल में भी उस चारदीवारी के अंदर पेड़, झाड़ी या जंगल का न होना ताज्जुब की बात थी। भैरोसिंह ने वहां की जमीन बहुत साफ-सुथरी पाई, हां छोटे जंगली बेर के दस-बीस पेड़ वहां जरूर थे जो किसी तरह का नुकसान न पहुंचा सकते थे और न उनकी आड़ में कोई आदमी छिप ही सकता था, मगर मरे हुए जानवरों और हड्डियों की बहुतायत से वह जगह बड़ी ही भयानक हो रही थी। उस चारदीवारी के अंदर बहुत-सी कब्रें बनी हुई थीं जिनमें कई कच्ची तथा कई ईंट-चूने और पत्थर की भी थीं और बीच में एक सबसे बड़ी कब्र संगमरमर की बनी हुई थी।

भैरोसिंह ने फाटक के अंदर पैर रखते ही उस औरत को जिसके पीछे गए थे बीचवाली संगमरमर की बड़ी कब्र पर खड़े और चारों तरफ देखते पाया, मगर थोड़ी देर में वह देखते-देखते कहीं गायब हो गई। भैरोसिंह ने उस कब्र के पास जाकर उसे ढूंढ़ा मगर पता नहीं लगा, दूसरी कब्रों के चारों तरफ और इधर-उधर भी खोजा मगर कोई निशान न मिला। लाचार वे आनंदसिंह और तारासिंह के पास लौट आए और बोले–

भैरो–वह औरत वहां ही चली गई जहां हम लोग जाना चाहते हैं।

आनंद–हां!

भैरो–जी हां।

आनंद–फिर अब क्या राय है?

भैरो–उसे जाने दीजिए, चलिए हम लोग भी चलें। अगर वह रास्ते में मिल ही जाएगी तो क्या हर्ज है? एक औरत हम लोगों का कुछ नुकसान नहीं कर सकती।

ये तीनों आदमी उस चारदीवारी के अंदर गए और बीचवाली संगमरमर की बड़ी कब्र पर पहुंचकर खड़े हो गए। भैरोसिंह ने उस कब्र की जमीन को अच्छी तरह टटोलना शुरू किया। थोड़ी ही देर में एक खटके की आवाज आई और एक छोटा-सा पत्थर का टुकड़ा जो शायद कमानी के जोर पर लगा हुआ था दरवाजे की तरह

खुलकर अलग हो गया। ये तीनों आदमी उसके अंदर घुसे और उस पत्थर के टुकड़े को उसी तरह बंद कर आगे बढ़े। अब ये तीनों आदमी एक सुरंग में थे जो बहुत ही तंग और लंबी थी। भैरोसिंह ने अपने बटुए में से एक मोमबत्ती निकालकर जलाई और चारों तरफ अच्छी तरह निगाह करने बाद आगे बढ़े। थोड़ी ही देर में यह सुरंग खत्म हो गई और ये तीनों एक भारी दालान में पहुंचे। इस दालान की छत बहुत ऊंची थी और इसमें कड़ियों के सहारे कई जंजीरें लटक रही थीं। इस दालान के दूसरी तरफ एक और दरवाजा था जिसमें से होकर ये तीनों एक कोठरी में पहुंचे। इस कोठरी के नीचे एक तहखाना था जिसमें उतरने के लिए संगमरमर की सीढ़ियां बनी हुई थीं। ये तीनों नीचे उतर गए। अब एक बड़े भारी घण्टे के बजने की आवाज इन तीनों के कान में पड़ी जिसे सुन ये कुछ देर के लिए रुक गए। मालूम हुआ कि इस तहखानेवाली कोठरी के बगल में कोई और मकान है जिसमें घण्टा बज रहा है। इन तीनों को वहां और भी कई आदमियों के मौजूद होने का गुमान हुआ।

इस तहखाने में भी दूसरी तरफ निकल जाने के लिए एक दरवाजा था जिसके पास पहुंचकर भैरोसिंह ने मोमबत्ती बुझा दी और धीरे-से दरवाजा खोल उस तरफ झांका। एक बड़ी संगोन बारहदरी नजर पड़ी जिसके खंभे संगमरमर के थे। इस बारहदरी में दो मशाल जल रहे थे जिनकी रोशनी से वहां की हर एक चीज साफ मालूम होती थी और इसी से वहां दस-पंद्रह आदमी भी दिखाई पड़े जिनमें रस्सियों से मुश्कें बंधी हुई तीन औरतें भी थीं। भैरोसिंह ने पहचाना कि इन तीनों औरतों में एक किशोरी है जिसके दोनों हाथ पीठ की तरफ कसकर बंधे हुए हैं और वह नीचे सिर किए रो रही है। उसके पासवाली दोनों औरतों की भी वही दशा थी मगर उन्हें भैरोसिंह, आनंदसिंह या तारासिंह नहीं पहचानते थे। उन तीनों के पीछे नंगी तलवार लिये तीन आदमी भी खड़े थे जिनकी सूरत और पोशाक से मालूम होता था कि वे जल्लाद हैं।

उस बारहदरी के बीचोंबीच चांदी के सिंहासन पर स्याह पत्थर की एक मूरत इतनी बड़ी बैठी हुई थी कि आदमी पास में खड़ा होकर भी उस बैठी हुई मूरत के सिर पर हाथ नहीं रख सकता था। उस मूरत की सूरत-शक्ल के बारे में इतना ही लिखना काफी है कि उसे आप कोई राक्षस समझें जिसकी तरफ आंख उठाकर देखने से डर मालूम होता था।

भैरोसिंह, तारासिंह और आनंदसिंह उसी जगह खड़े होकर देखने लगे कि उस दालान में क्या हो रहा है। अब घण्टे की आवाज बड़े जोर से आ रही थी मगर यह नहीं मालूम होता था कि वह कहां बज रहा है।

उन तीनों औरतों को जिनमें किशोरी भी थी छः आदमियों ने अच्छी तरह मजबूती से पकड़ा और बारी-बारी से उस स्याह मूरत के पास ले गए जहां उसके पैरों पर जबर्दस्ती सिर रखवाकर पीछे हटे और फिर उसी के सामने खड़ा कर दिया।

इसके बाद दो आदमी एक औरत को लेकर आगे बढ़े जिसे हमारे तीनों आदमियों में से कोई भी नहीं पहचानता था, उस औरत के पीछे जो जल्लाद नंगी तलवार लिये खड़ा था वह भी आगे बढ़ा। दोनों आदमियों ने उस औरत को स्याह मूरत के ऊपर इस जोर से ढकेल दिया कि बेचारी बेतहाशा गिर पड़ी, साथ ही जल्लाद ने एक हाथ तलवार का ऐसा मारा कि सिर कटकर दूर जा पड़ा और धड़ तड़पने लगा। इस हाल को देख वे दोनों औरतें जिनमें बेचारी किशोरी भी थी, बड़े जोर से चिल्लाईं और बदहवास होकर जमीन पर गिर पड़ीं।

इस कैफियत को देखकर हमारे दोनों ऐयारों और कुंअर आनंदसिंह की अजब हालत हो गई। गुस्से के मारे थर-थर कांपने लगे। थोड़ी देर बाद उन लोगों ने किशोरी को उठाया और उस मूरत के पास ले चले। उसके साथ ही दूसरा जल्लाद भी आगे बढ़ा। अब ये तीनों किसी तरह बर्दाश्त न कर सके। कुंअर आनंदसिंह ने दोनों ऐयारों को ललकारा–''मारो इन जालिमों को! ये थोड़े-से आदमी हैं क्या चीज!''

तीनों आदमी खंजर निकाल आगे बढ़ना ही चाहते थे कि पीछे से कई आदमियों ने आकर इन लोगों को भी पकड़ लिया और ''यही हैं, यही हैं, पहले इन्हीं की बलि देनी चाहिए!'' कहकर चिल्लाने लगे।

॥ तीसरा भाग समाप्त ॥

चौथा भाग

पहिला बयान

अब हम अपने किस्से को फिर उसी जगह से शुरू करते हैं जब रोहतासगढ़ किले के अंदर लाली को साथ लेकर किशोरी सेंध की राह उस अजायबघर में घुसी जिसका ताला हमेशा बंद रहता था और दरवाजे पर बराबर पहरा पड़ा रहता था। हम पहले लिख आए हैं कि जब लाली और किशोरी उस मकान के अंदर घुसीं उसी समय कई आदमी उस छत पर चढ़ गए और "धरो, पकड़ो, न जाने पावे!" की आवाज लगाने लगे। लाली और किशोरी ने भी यह आवाज सुनी। किशोरी तो डरी मगर लाली ने उसी समय उसे धीरज दिया और कहा, "तुम डरो मत, ये लोग हमारा कुछ भी नहीं कर सकते।"

लाली और किशोरी छत की राह जब नीचे उतरीं तो एक छोटी-सी कोठरी में पहुंचीं जो बिलकुल खाली थी। उसके तीन तरफ दीवार में तीन दरवाजे थे, एक दरवाजा तो सदर का था जिसके आगे बाहर की तरफ पहरा पड़ा करता था, दूसरा दरवाजा खुला हुआ था और मालूम होता था किसी दालान या कमरे में जाने का रास्ता है। लाली ने जल्दी में केवल इतना ही कहा कि 'ताली लेने के लिए इसी राह से एक मकान में मैं गई थी' और तीसरी तरफ एक छोटा-सा दरवाजा था जिसका ताला किवाड़ के पल्ले ही में जड़ा हुआ था। लाली ने वही ताली जो इस अजायबघर में से ले गई थी लगाकर उस दरवाजे को खोला, दोनों उसके अंदर घुसीं, लाली ने फिर उस ताली से मजबूत दरवाजे को अंदर की तरफ से बंद कर लिया, ताला इस ढंग से जड़ा हुआ था कि वही ताली बाहर और भीतर दोनों तरफ लग सकती थी।[1] लाली ने यह काम बड़ी फुर्ती से किया, यहां तक कि उसके अंदर चले जाने के बाद तब टूटी हुई छत की राह वे लोग जो लाली और किशोरी को पकड़ने के लिए आ रहे थे नीचे इस कोठरी में उतर सके। भीतर से ताला बंद करके लाली ने कहा, 'अब हम लोग निश्चिंत हुए, डर केवल इतना ही है कि किसी दूसरी राह से कोई

---

1. इस मकान में जहां-जहां लाली ने ताला खोला इसी ताली और इसी ढंग से खोला।

आकर हम लोगों को तंग न करे, पर जहां तक मैं जानती हूं और जो कुछ मैंने सुना है उससे तो विश्वास है कि इस अजायबघर में आने के लिए और कोई राह नहीं है।"

लाली और किशोरी अब एक ऐसे घर में पहुंचीं जिसकी छत बहुत ही नीची थी, यहां तक कि हाथ उठाने से छत छूने में आती थी। यह घर बिलकुल अंधेरा था। लाली ने अपनी गठरी खोली और सामान निकालकर मोमबत्ती जलाई। मालूम हुआ कि यह एक कोठरी है जिसकी चारों तरफ की दीवारें पत्थर की बनी हुई तथा बहुत ही चिकनी और मजबूत हैं। लाली खोजने लगी कि इस मकान से किसी दूसरे मकान में जाने के लिए रास्ता या दरवाजा है या नहीं।

जमीन में एक दरवाजा बना हुआ दिखा जिसे लाली ने खोला और हाथ में मोमबत्ती लिये नीचे उतरी। लगभग बीस-पचीस सीढ़ियां उतरकर दोनों एक सुरंग में पहुंचीं जो बहुत दूर तक चली गई थी। ये दोनों लगभग तीन सौ कदम के गई होंगी कि यह आवाज दोनों के कानों में पहुंची–

"हाय, एक ही दफे मार डाल, क्यों दुख देता है।"

यह आवाज सुनकर किशोरी कांप गई और उसने रुककर लाली से पूछा, "बहिन, यह आवाज कैसी है? आवाज बारीक है और किसी औरत की मालूम होती है।"

लाली–मुझे मालूम नहीं कि यह आवाज कैसी है और न इसके बारे में बूढ़ी मांजी ने मुझे कुछ कहा ही था।

किशोरी–मालूम पड़ता है कि किसी औरत को कोई दुख दे रहा है, कहीं ऐसा न हो कि वह हम लोगों को भी सतावे, हम दोनों का हाथ खाली है, एक छुरा तक पास में नहीं।

लाली–मैं अपने साथ दो छुरे लाई हूं, एक अपने वास्ते और एक तेरे वास्ते। (कमर से एक छुरा निकालकर और किशोरी के हाथ में देकर) ले एक तू रख। मुझे खूब याद है, एक दफे तूने कहा था कि मैं यहां रहने की बनिस्बत मौत पसंद करती हूं, फिर क्यों डरती है? देख मैं तेरे साथ जान देने को तैयार हूं।

किशोरी–बेशक मैंने ऐसा कहा था और अब भी कहती हूं, चलो बढ़ो अब कोई हर्ज नहीं, छुरा हाथ में है और ईश्वर मालिक है।

दोनों फिर आगे बढ़ीं, बीस-पचीस कदम और जाकर सुरंग खत्म हुई और दोनों एक दालान में पहुंचीं। यहां एक चिराग जल रहा था, कम-से-कम सेर-भर तेल उसमें होगा, रोशनी चारों तरफ फैली हुई थी और यहां की हर एक चीज साफ दिखाई दे रही थी। इस दालान के बीचोबीच एक खंभा था और उसके साथ एक हसीन, नौजवान और खूबसूरत औरत जिसकी उम्र बीस वर्ष से ज्यादे न होगी बंधी हुई थी, उसके पास ही छोटी-सी पत्थर की चौकी पर साफ और हल्की पोशाक पहिरे एक

बुड्ढा बैठा हुआ छुरे से कोई चीज काट रहा था, इसका मुंह उसी तरफ था जिधर लाली और किशोरी खड़ी वहां की कैफियत देख रही थीं। उस बूढ़े के सामने भी एक चिराग जल रहा था जिससे उसकी सूरत साफ-साफ मालूम होती थी। उस बुड्ढे की उम्र लगभग सत्तर वर्ष के होगी, उसकी सुफेद दाढ़ी नाभि तक पहुंचती थी और दाढ़ी तथा मूंछों ने उसके चेहरे का ज्यादे भाग छिपा रखा था।

उस दालान की ऐसी अवस्था देखकर किशोरी और लाली दोनों हिचकीं और उन्होंने चाहा कि पीछे की तरफ मुड़ चलें मगर पीछे फिरकर कहां जाएं इस विचार ने उनके पैर उसी जगह जमा दिए। उन दोनों के पैर की आहट इस बुड्ढे ने भी पाई, सिर उठाकर उन दोनों की तरफ देखा और कहा–"वाह-वाह, लाली और किशोरी भी आ गईं। आओ-आओ मैं बहुत देर से राह देख रहा था।"

दूसरा बयान

कंचनसिंह के मारे जाने और कुंअर इंद्रजीतसिंह के गायब हो जाने से लश्कर में बड़ी हलचल मच गई। पता लगाने के लिए चारों तरफ जासूस भेजे गए। ऐयार लोग भी इधर-उधर फैल गये और फसाद मिटाने के लिए दिलोजान से कोशिश करने लगे। राजा बीरेन्द्रसिंह से इजाजत लेकर तेजसिंह भी रवाना हुए और भेष बदलकर रोहतासगढ़ किले के अन्दर चले गए। किले के सदर दरवाजे पर पहरे का पूरा इंतजाम था मगर तेजसिंह की फकीरी सूरत पर किसी ने शक न किया।

साधू की सूरत बने हुए तेजसिंह सात दिन तक रोहतासगढ़ किले के अंदर घूमते रहे। इस बीच में उन्होंने हर एक मोहल्ला, बाजार, गली, रास्ता, देवल, धर्मशाला इत्यादि को अच्छी तरह देख और समझ लिया, कई बार दरबार में भी जाकर राजा दिग्विजयसिंह और उनके दीवान तथा ऐयारों की चाल और बातचीत के ढंग पर ध्यान दिया और यह भी मालूम किया कि राजा दिग्विजयसिंह किस-किसको चाहता है, किस-किसकी खातिर करता है, और किस-किसको अपना विश्वासपात्र समझता है। इन सात दिन के बीच में तेजसिंह को कई बार चोबदार और औरत बनने की भी जरूरत पड़ी और अच्छे-अच्छे घरों में घुसकर वहां की कैफियत और हालत को भी देख-सुन आए। एक दफे तेजसिंह उस शिवालय में भी गए जिसमें भैरोसिंह और बद्रीनाथ ने ऐयारी की थी या जहां से कुंअर कल्याणसिंह को पकड़ ले गए थे।

तेजसिंह ने उस शिवालय के रहनेवालों तथा पुजारियों की अजब हालत देखी। जब से कुंअर कल्याणसिंह गिरफ्तार हुए थे तब से उन लोगों के दिल में ऐसा डर समा गया था कि वे बात-बात में चौंकते और डरते थे, रात में एक पत्ती के खड़कने

से भी किसी ऐयार के आने का गुमान होता था, साधू-ब्राह्मणों की सूरत से उन्हें घृणा हो गई थी, किसी संन्यासी, ब्राह्मण, साधू को देखा और चट बोल उठे कि ऐयार है, किसी मजदूर को भी अगर मंदिर के आगे खड़ा पाते तो चट उसे ऐयार समझ लेते और जब तक गर्दन में हाथ दे हाते के बाहर न कर देते चैन न लेते! इत्तिफाक से आज तेजसिंह भी साधू की सूरत बने शिवालय में जा डटे। पुजारियों ने देखते ही गुल करना शुरू किया कि 'ऐयार है, ऐयार है, धरो, पकड़ो, जाने न पाए!' बेचारे तेजसिंह बड़ा घबराए और ताज्जुब करने लगे कि इन लोगों को कैसे मालूम हो गया कि हम ऐयार हैं क्योंकि तेजसिंह को इस बात का गुमान भी न था कि यहां के रहने वाले कुत्ते, बिल्ली को भी ऐयार समझते हैं, मगर यकायक वहां से भाग निकलना भी मुनासिब न समझकर रुके और बोले–

तेज–तुम कैसे जानते हो कि हम ऐयार हैं?

एक पुजेरी–अजी हम खूब जानते हैं कि सिवाय ऐयार के कोई दूसरा हमारे सामने आ नहीं सकता है! अजी तुम्हीं लोग तो हमारे कुंअर साहब को पकड़ ले गये हो या कोई दूसरा? बस-बस यहां से चले जाओ, नहीं तो कान पकड़के खा जाएंगे।

'बस-बस, यहां से चले जाओ' इत्यादि सुनते ही तेजसिंह समझ गये कि ये लोग बेवकूफ हैं, अगर हमारे ऐयार होने का इन्हें विश्वास होता तो ये लोग 'चले जाओ' कभी न कहते बल्कि हमें गिरफ्तार करने का उद्योग करते, बस इन्हें भैरोसिंह और बद्रीनाथ डरा गये और कुछ नहीं।

तेजसिंह खड़े सोच ही रहे थे कि इतने में एक लंगड़ा भिखमंगा हाथ में ठीकरा लिये लाठी टेकता वहां आ पहुंचा और पुजेरीजी की जय-जयकार करने लगा। सूरत देखते ही पुजेरी चिल्ला उठा और बोला, "लो देखो, एक दूसरा ऐयार भी आ पहुंचा, अबकी शैतान लंगड़ा बनकर आया है, जानता नहीं कि हम लोग बिना पहचाने नहीं रहेंगे, भाग नहीं तो सिर तोड़ डालूंगा।"

अब तेजसिंह को पूरा विश्वास हो गया कि ये लोग सिड़ी हो गये हैं, जिसे देखते हैं उसे ही ऐयार समझ लेते हैं। तेजसिंह वहां से लौटे और सोचते हुए खिड़की की राह[1] दीवार के पार हो जंगल में चले गए कि अब यहां के ऐयारों से मिलना चाहिए और देखना चाहिए कि वे कैसे हैं और ऐयारी के फन में कितने तेज हैं।

इस किले के अंदर गांजा पिलानेवालों की कई दुकानें थीं जिन्हें यहां वाले 'अड्डा' कहा करते थे। चिराग जलने के बाद ही से गंजेड़ी लोग वहां जमा होते जिन्हें अड्डे

1. रोहतासगढ़ किले की बड़ी चारदीवारी में चारों तरफ छोटी-छोटी बहुत-सी खिड़कियां थीं जिनमें लोहे के मजबूत दरवाजे लगे रहते थे और दो सिपाही बराबर पहरा दिया करते थे। फकीर, मोहताज और गरीब रिआया अकसर उन खिड़कियों (छोटे दरवाजों) की राह जंगल में से सूखी लकड़ियां चुनने या जंगली फल तोड़ने या जरूरी काम के लिए बाहर जाया करते थे, मगर चिराग जलते ही ये खिड़कियां बंद कर दी जाती थीं।

का मालिक गांजा बनाकर पिलाता और उनसे एवज में पैसे वसूल करता। वहां तरह-तरह की गप्पें उड़ा करती थीं जिनसे शहर-भर का हाल झूठ-सच मिला-जुला लोगों को मालूम हो जाया करता था।

शाम होने के पहले ही तेजसिंह जंगल से लौटे, लकड़हारों के साथ-साथ बैरागी के भेष में किले के अंदर दाखिल हुए और सीधे अड्डे पर चले गये जहां गंजेड़ी दम-पर-दम लगाकर धुएं का गुबार बांध रहे थे। यहां तेजसिंह का बहुत कुछ काम निकला और उन्हें मालूम हो गया कि महाराज के यहां केवल दो ऐयार हैं, एक का नाम रामानंद, दूसरे का नाम गोविंदसिंह है। गोविंदसिंह तो कुंअर कल्याणसिंह को छुड़ाने के लिए चुनार गया हुआ है, बाकी रामानंद यहां मौजूद है। दूसरे दिन तेजसिंह ने दरबार में जाकर रामानंद को अच्छी तरह देख लिया और निश्चय कर लिया कि आज रात को इसी के साथ ऐयारी करेंगे क्योंकि रामानंद का ढांचा तेजसिंह से बहुत कुछ मिलता था और यह भी जाना गया था कि महाराज सबसे ज्यादे रामानंद को मानते हैं और अपना विश्वासपात्र समझते हैं।

आधी रात के समय तेजसिंह सन्नाटा देख रामानंद के मकान में कमंद लगाकर चढ़ गये। देखा कि धुर ऊपरवाले बंगले में रामानंद मसहरी के ऊपर पड़ा खर्राटे ले रहा है, दरवाजे पर पर्दे की जगह पर जाल लटक रहा है जिसमें छोटी-छोटी घंटियां बंधी हुई हैं। पहले तो तेजसिंह ने उसे एक मामूली पर्दा समझा मगर ये तो बड़े ही चालाक और होशियार थे, यकायक पर्दे पर हाथ डालना मुनासिब न समझकर उसे गौर से देखने लगे। जब मालूम हुआ कि नालायक ने इस जालदार पर्दे में बहुत-सी घंटियां लटका रखी हैं तो समझ गए कि यह बड़ा ही बेवकूफ है, समझता है कि इन घंटियों के लटकाने से हम बचे रहेंगे। इस घर में जब कोई पर्दा हटाकर आवेगा तो घंटियों की आवाज से हमारी आंख खुल जायगी, मगर यह नहीं समझता कि ऐयार लोग बुरे होते हैं।

तेजसिंह ने अपने बटुए में से कैंची निकाली और बहुत सम्हालकर पर्दे से एक-एक करके घण्टी काटने लगे। थोड़ी ही देर में सब घंटियों को काट के किनारे कर दिया और पर्दा हटाकर अंदर चले गए। रामानंद अभी तक खर्राटे ले रहा था। तेजसिंह ने बेहोशी की दवा उसके नाक के आगे की, हलका धूरा सांस लेने ही दिमाग में चढ़ गया, रामानंद को एक छींक आई जिससे मालूम हुआ कि अब इसे घण्टों तक होश में न आने देगी।

तेजसिंह ने बटुए में से एक अस्तुरा निकालकर रामानंद की दाढ़ी और मूंछ मूंड़ ली और उसके बाल हिफाजत से अपने बटुए में रखकर उसी रंग की दूसरी दाढ़ी और मूंछ उसे लगा दी जो उन्होंने दिन ही में किले के बाहर जंगल में तैयार की थी। तेजसिंह इतने ही काम के लिए रामानंद के मकान पर गए थे और इसे पूरा कर कमंद के सहारे नीचे उतर आए तथा धर्मशाला की तरफ रवाना हुए।

तेजसिंह जब बैरागी साधू के भेष में रोहतासगढ़ किले के अंदर आए थे तो उन्होंने धर्मशाला[1] के पास एक बैठकवाले के मकान में छोटी-सी कोठरी किराये पर ले ली थो और उसी में रहकर अपना काम करते थे। उस कोठरी का एक दरवाजा सड़क की तरफ था जिसमें ताला लगाकर उसकी ताली ये अपने पास रखते थे, इसलिए उस कोठरी में आने-जाने के लिए उनको दिन और रात एक समान था।

रामानंद के मकान से जब तेजसिंह अपना काम करके उतरे उस वक्त पहर-भर रात बाकी थी। धर्मशाला के पास अपनी कोठरी में गए और सबेरा होने के पहले ही अपनी सूरत रामानंद की-सी बना और वही दाढ़ी और मूंछ जो मूंड लाए थे दुरुस्त करके खुद लगा कोठरी से बाहर निकले और शहर में गश्त लगाने लगे, सबेरा होने तक राजमहल की तरफ रवाना हुए और इत्तिला कराकर महाराज के पास पहुंचे।

हम ऊपर लिख आए हैं कि रोहतासगढ़ में रामानंद और गोविंदसिंह केवल दो ही ऐयार थे। इन दोनों के बारे में इतना लिख देना जरूरी है कि इन दोनों में से गोविंदसिंह तो ऐयारी के फन में बहुत ही तेज और होशियार था और वह दिन-रात वही काम किया करता था। रामानंद भी ऐयारी का फन अच्छी तरह जानता था मगर उसे अपनी दाढ़ी और मूंछ बहुत प्यारी थी इसलिए वह ऐयारी के वे ही काम करता था जिसमें दाढ़ी और मूंछ मुंड़ाने की जरूरत न पड़े और इसलिए महाराज ने भी उसे दीवान का काम दे रखा था। इसमें भी कोई शक नहीं कि रामानंद बहुत ही खुशदिल, मसखरा और बुद्धिमान था और उसने अपनी तदबीर से महाराज का दिल अपनी मुट्ठी में कर लिया था।

रामानंद की सूरत बने हुए तेजसिंह महाराज के पास पहुंचे, मामूल से बहुत पहले रामानंद को आते देख महाराज ने समझा कि कोई नई खबर लाया है।

महाराज–आज तुम बहुत सबेरे आए! क्या कोई नई खबर है?

रामा–(खांसकर) महाराज, हमारे यहां कल तीन मेहमान आए हैं।

महा–कौन-कौन?

रामा–एक तो खांसी जिसने मुझे बहुत ही तंग कर रखा है, दूसरे कुंअर आनंदसिंह, तीसरे उनके चार ऐयार जो आज ही कल में किशोरी को यहां से निकाल ले जाने का दावा रखते हैं।

महा–(हंसकर) मेहमान तो बड़े नाजुक हैं। इनकी खातिर का भी कोई इंतजाम किया गया है या नहीं?

रामा–इसीलिए तो सरकार, मैं आया हूं। कल दरबार में उनके ऐयार मौजूद थे। सबके पहले किशोरी का बंदोबस्त करना चाहिए, उनकी हिफाजत में किसी तरह की कमी न होनी चाहिए।

---

1. रोहतासगढ़ में एक ही धर्मशाला थी।

महा–जहां तक मैं समझता हूं वे लोग किशोरी को तो किसी तरह नहीं ले जा सकते, हां बीरेन्द्रसिंह के ऐयारों को जिस तरह भी हो सके गिरफ्तार करना चाहिए।

रामा–बीरेन्द्रसिंह के ऐयार तो अब मेरे पंजे से बच नहीं सकते, वे लोग सूरत बदलकर दरबार में जरूर आएंगे, और ईश्वर चाहे तो आज ही किसी को गिरफ्तार करूंगा मगर वे लोग बड़े ही धूर्त और चालबाज हैं, प्रायः कैदखाने से भी निकल जाया करते हैं।

महा–खैर हमारे नहखाने से निकल जाएंगे तो समझेंगे कि चालाक और धूर्त हैं।

महाराज की इतनी ही बातचीत से तेजसिंह को मालूम हो गया कि यहां कोई तहखाना है जिसमें कैदी लोग रखे जाते हैं, अब उन्हें यह फिक्र हुई कि जहां तक हो सके इस तहखाने का ठीक-ठीक हाल मालूम करना चाहिए। यह सोच तेजसिंह ने अपनी लच्छेदार बातचीत से महाराज को ऐसा उलझाया कि मामूली समय से भी आधे घण्टे की देर हो गई। ऐसा करने से तेजसिंह का अभिप्राय यह था कि देर होने से असली रामानंद अवश्य महाराज के पास आवेगा और मुझे देख चौंकेगा, उसी समय मैं अपना काम निकाल लूंगा जिसके लिए उसकी दाढ़ी-मूंछ लाया हूं, और आखिर तेजसिंह का सोचना ठीक भी निकला।

तेजसिंह रामानंद की सूरत में जिस समय महाराज के पास आए थे उस समय ड्योढ़ी पर जितने सिपाही पहरा दे रहे थे सब बदल गए और दूसरे सिपाही अपनी बारी के अनुसार ड्योढ़ी के पहरे पर मुस्तैद हुए जो इस बात से बिलकुल ही बेखबर थे कि रामानंद महाराज से मिलने के लिए महल में गये हैं।

ठीक समय पर दरबार लग गया। बड़े-बड़े ओहदेदार, नायब, दीवान, तहसीलदार, मुंशी, मुतसद्दी इत्यादि और मुसाहब लोग दरबार में आकर जमा हो गये। असली रामानंद अपनी दीवान की गद्दी पर आकर बैठ गया मगर अपनी दाढ़ी की तरफ से बिलकुल ही बेखबर था। उसे तेजसिंह का मामला कुछ भी मालूम न था, तो भी यह जानने के लिए वह बड़ी उलझन में पड़ा हुआ था कि उस दरवाजे के जालीदार पर्दे में की घंटियां किसने काट डाली थीं। घर-भर के आदमियों से उसने पूछा और पता लगाया मगर पता न लगा, इससे उसके दिल में शक हुआ कि इस मकान में जरूर कोई ऐयार आया मगर उसने आकर क्या किया सो नहीं जाना जाता, हां मेरे इस खयाल को उसने जरूर मटियामेट कर दिया कि घंटियां लगे हुए जालीदार पर्दे के अंदर मेरे कमरे में चुपके से कोई नहीं आ सकता, उसने बता दिया कि यों आ सकता है। बेशक मेरी भूल थी कि उस पर्दे पर इतना भरोसा रखता था, पर तो क्या खाली यही बताने के लिए वह ऐयार आया था।

इन्हीं सब बातों को सोचता हुआ रामानंद अपने जरूरी कामों से छुट्टी पा दरबारी कपड़े पहन बन-ठनकर दरबार की ओर रवाना हुआ। बेशक आज उसे कुछ देरी हो गई थी और वह सोच रहा था कि महाराज दरबार में जरूर आ गये होंगे, मगर वहां पहुंचकर उसने गद्दी खाली देखी और पूछने से मालूम हुआ कि अभी तक

महाराज के आने की कोई खबर नहीं। रामानंद क्या सभी दरबारी ताज्जुब कर रहे थे कि आज महाराज को देर क्यों हुई।

रामानंद को महाराज बहुत मानते थे, यह उनका मुंहलगा था, इसीलिए सभों ने वहां जाकर हाल मालूम करने के लिए इसको ही कहा। रामानंद खुद भी घबराया हुआ था और महाराज का हाल मालूम किया चाहता था, अस्तु थोड़ी देर बैठकर वहां से रवाना हुआ और ड्योढ़ी पर पहुंचकर इत्तिला करवाई।

रामानंद रूपी तेजसिंह बैठे महाराज से बातें कर रहे थे कि एक खिदमतगार आया और हाथ जोड़कर सामने खड़ा हो गया। उसकी सूरत से मालूम होता था कि वह घबराया हुआ है और कुछ कहना चाहता है मगर आवाज मुंह से नहीं निकलती। तेजसिंह समझ गये कि अब कुछ गुल लिखा चाहता है, आखिर खिदमतगार की तरफ देखकर बोले–

तेज–क्यों, क्या कहना चाहता है?

खिद–मैं ताज्जुब के साथ यह इत्तिला करते डरता हूं कि दीवान साहब (रामानंद) ड्योढ़ी पर हाजिर हैं।

महा–रामानंद!

खिद–जी हां।

महा–(तेजसिंह की तरफ देखकर) यह क्या मामला है?

तेज–(मुस्कुराकर) महाराज, बस अब काम निकला ही चाहता है। मैं जो कुछ अर्ज कर चुका वही बात है। कोई ऐयार मेरी सूरत बना आया है और आपको धोखा दिया चाहता है, लीजिए इस कमबख्त को तो मैं अभी गिरफ्तार करता हूं फिर देखा जाएगा। सरकार उसे हाजिर होने का हुक्म दें फिर देखें मैं क्या तमाशा करता हूं। मुझे जरा छिप जाने दें, वह आकर बैठ जाए तो मैं उसका पर्दा खोलूं।

महा–तुम्हारा कहना ठीक है, बेशक कोई ऐयार है, अच्छा तुम छिप जाओ, मैं उसे बुलाता हूं।

तेज–बहुत खूब, मैं छिप जाता हूं, मगर ऐसा है कि सरकार उसकी दाढ़ी-मूंछ पर खूब ध्यान दें, मैं यकायक पर्दे से निकलकर उसकी दाढ़ी उखाड़ लूंगा क्योंकि नकली दाढ़ी जरा ही-सा झटका चाहती है।

महा–(हंसकर) अच्छा-अच्छा, (खिदमतगार की तरफ देखकर) देख उससे और कुछ मत कहियो, केवल हाजिर होने का हुक्म सुना दे।

तेजसिंह दूसरे कमरे में जाकर छिप रहे और असली रामानंद धीरे-धीरे वहां पहुंचे जहां महाराज विराज रहे थे। रामानंद को ताज्जुब था कि आज महाराज ने देर क्यों लगाई, इससे उसका चेहरा भी कुछ उदास-सा हो रहा था। दाढ़ी तो वही थी जो तेजसिंह ने लगा दी थी। तेजसिंह ने दाढ़ी बनाते समय जान-बूझकर कुछ फ़र्क डाल दिया था, जिस पर रामानंद ने तो कुछ ध्यान न दिया मगर वही फर्क अब महाराज

की आंखों में खटकने लगा। जिस निगाह से कोई किसी बहरूपिये को देखता है उसी निगाह से बिना कुछ बोले-चाले महाराज अपने दीवान साहब को देखने लगे। रामानंद यह देखकर और भी उदास हुआ कि इस समय महाराज की निगाह में अंतर क्यों पड़ गया है।

तरद्दुद और ताज्जुब के सबब रामानंद के चेहरे का रंग जैसे-जैसे बदलता गया तैसे-तैसे उसके ऐयार होने का शक भी महाराज के दिल में बैठ गया। कई सायत बीतने पर भी न तो रामानंद ही कुछ पूछ सका और न महाराज ही ने उसे बैठने का हुक्म दिया। तेजसिंह ने अपने लिए यह मौका बहुत अच्छा समझा, झट बाहर निकल आए और हंसते हुए एक फर्शी सलाम उन्होंने रामानंद को किया। ताज्जुब, तरद्दुद और डर से रामानंद के चेहरे का रंग उड़ गया और वह एकटक तेजसिंह को तरफ देखने लगा।

ऐयारी भी कठिन काम है। इस फन में सबसे भारी हिस्सा जीवट का है। जो ऐयार जितना डरपोक होगा उतना ही जल्द फंसेगा। तेजसिंह को देखिए, किस जीवट का ऐयार है कि दुश्मन के घर में घुसकर भी जरा नहीं डरता और दिन दोपहर सच्चे को झूठा बना रहा है! ऐसे समय अगर जरा भी उसके चेहरे पर खौफ या तरद्दुद की निशानी आ जाय तो ताज्जुब नहीं कि वह खुद फंस जाय।

तेजसिंह ने रामान्द को बात करने की भी मोहलत न दी, हंसकर उसकी तरफ देखा और कहा, "क्यों बे! क्या महाराज दिग्विजयसिंह के दरबार को तैंने ऐसा-वैसा समझ रखा है! क्या तैं यहां भी ऐयारी से काम निकालना चाहता है? यहां तेरी कारीगरी न लगेगी, देख तेरी गदहे की-सी मुटाई मैं पिचकाता हूं।"

तेजसिंह ने फुर्ती से रामानंद की दाढ़ी पर हाथ डाल दिया और महाराज को दिखाकर एक झटका दिया। झटका तो जोर से दिया मगर इस ढंग से कि महाराज को बहुत हल्का झटका मालूम हो। रामानंद की नकली दाढ़ी अलग हो गई।

इस तमाशे ने रामानंद को पागल-सा बना दिया। उसके दिल में तरह-तरह की बातें पैदा होने लगीं। यह समझकर कि यह ऐयार मुझ सच्चे को झूठा किया चाहता है उसे क्रोध चढ़ आया और वह खंजर निकालकर तेजसिंह पर झपटा, पर तेजसिंह वार बचा गए। महाराज को रामानंद पर और भी शक बैठ गया। उन्होंने उठकर रामानंद की कलाई जिसमें खंजर लिये था मजबूती से पकड़ ली और एक घूंसा उसके मुंह पर दिया। ताकतवर महाराज के हाथ का घूंसा खाते ही रामानंद का सिर घूम गया और वह जमीन पर बैठ गया। तेजसिंह ने जेब से बेहोशी की दवा निकाली और जबर्दस्ती रामानंद को सुंघा दी।

महा–क्यों इसे बेहोश क्यों कर दिया?

तेज–महाराज, गुस्से में आया हुआ और अपने को फंसा जान यह ऐयार न मालूम कैसी-कैसी बेहूदी बातें बकता, इसलिए इसे बेहोश कर दिया। कैदखाने में ले जाने के बाद फिर देखा जाएगा।

महा–खैर यह भी अच्छा ही किया, अब मुझसे ताली लो और तहखाने में ले जाकर इसे दारोगा के सुपुर्द करो।

महाराज की बात सुन तेजसिंह घबराये और सोचने लगे कि अब बुरी हुई। महाराज से तहखाने की ताली लेकर कहां जाऊं? मैं क्या जानूं तहखाना कहां है और दारोगा कौन है! बड़ी मुश्किल हुई! अगर जरा भी नाहीं-नूकर करता हूं तो उल्टी आंतें गले पड़ती हैं। आखिर कुछ सोच-विचारकर तेजसिंह ने कहा–

तेज–महाराज भी साथ चलें तो ठीक है।

महा–क्यों?

तेज–दारोगा साहब इस ऐयार को और मुझे देखकर घबराएंगे और उन्हें न जाने क्या-क्या शक पैदा हो। यह पाजी अगर होश में आ जाएगा तो जरूर कुछ बात बनावेगा, आप रहेंगे तो दारोगा को किसी तरह का शक न होगा।

महा–(हंसकर) अच्छा चलो हम भी चलते हैं।

तेज–हां महाराज, फिर मुझे पीठ पर यह भारी लाश लादे ताला खोलने और बंद करने में भी मुश्किल होगी।

महाराज ने अपने कलमदान में से ताली निकाली और खिदमतगार से एक लालटेन मंगवाकर साथ ले ली। तेजसिंह ने रामानंद की गठरी बांध पीठ पर लादी। तेजसिंह को साथ लिये हुए महाराज अपने सोनेवाले कमरे में गये और दीवार में जड़ी हुई एक अलमारी का ताला खोला। तेजसिंह ने देखा कि दीवार पोली है और उस जगह से नीचे उतरने का एक रास्ता है। रामानंद की गठरी लिए हुए महाराज के पीछे-पीछे तेजसिंह नीचे उतरे, एक दालान में पहुंचने के बाद छोटी-सी कोठरी में जाकर दरवाजा खोला और बहुत बड़ी बारहदरी में पहुंचे। तेजसिंह ने देखा कि बारहदरी के बीचोबीच में छोटी-सी गद्दी लगाए एक बूढ़ा बैठा कुछ लिख रहा है जो महाराज को देखते ही उठ खड़ा हुआ और हाथ जोड़कर सामने आया।

महा–दारोगा साहब, देखिए आज रामानंद ने दुश्मन के एक ऐयार को फांसा है, इसे अपनी हिफाजत में रखिए।

तेज–(पीठ से गठरी उतार और उसे खोलकर) लीजिए, इसे सम्हालिए, अब आप जानिए।

दारोगा–(ताज्जुब से) क्या यह दीवान साहब की सूरत बनकर आया था?

तेज–जी हां, इसने मुझी को फजूल समझा।

महा–(हंसकर) खैर चलो, अब दारोगा साहब इसका बंदोबस्त कर लेंगे।

तेज–महाराज, यदि आज्ञा हो तो मैं ठहर जाऊं और इस नालायक को होश में लाकर अपने मतलब की बातों का कुछ पता लगाऊं, सरकार को भी अटकने के लिए मैं कहता परंतु दरबार का समय बिलकुल निकल जाने और दरबार न करने से रिआया के दिल में तरह-तरह के शक पैदा होंगे और आजकल ऐसा न होना चाहिए।

महा–तुम ठीक कहते हो, अच्छा मैं जाता हूं, अपनी ताली साथ लिये जाता हूं और ताला बंद करता जाता हूं, तुम दूसरी राह से दारोगा के साथ आना। (दारोगा की तरफ देखकर) आप भी आइएगा और अपना रोजनामचा लेते आइएगा।

तेजसिंह को उसी जगह छोड़ महाराज चले गए। रामानंद रूपी तेजसिंह को लिये दारोगा साहब अपनी गद्दी पर आए और अपनी जगह तेजसिंह को बैठाकर आप नीचे बैठे। तेजसिंह ने आधे घण्टे तक दारोगा को अपनी बातों में खूब ही उलझाया इसके बाद यह कहते हुए उठे, ''अच्छा अब इस ऐयार को होश में लाकर मालूम करना चाहिए कि यह कौन है'' और ऐयार के पास आए। अपनी जेब में हाथ डाल लखलखे की डिबिया खोजने लगे, आखिर बोले, ''ओफ ओह, लखलखे की डिबिया तो दीवानखाने में ही भूल आए, अब क्या किया जाए?''

दारोगा–मेरे पास लखलखे की डिबिया है, हुक्म हो तो लाऊं?

तेज–लाइए मगर आपके लखलखे से यह होश में न आएगा क्योंकि जो बेहोशी की दवा इसे दी गई वह मैंने नये ढंग से बनाई है और उसके लिए लखलखे का नुस्खा भी दूसरा है, खैर लाइए तो सही शायद काम चल जाए।

''बहुत अच्छा'' कहकर दारोगा साहब लखलखा लेने चले गए इधर निराला पाकर तेजसिंह ने दूसरी डिबिया जेब से निकाली जिसमें लाल रंग की कोई बुकनी थी, एक चुटकी रामानंद के नाक में सांस के साथ चढ़ा दी और निश्चिन्त होकर बैठे। अब सिवा तेजसिंह के दूसरे का बनाया लखलखा उसे कब होश में ला सकता है, हां दो-एक रोज तक पड़े रहने पर वह आप-से-आप चाहे भले ही होश में आ जाए।

दम-भर में दारोगा साहब लखलखे की डिबिया ले आ पहुंचे, तेजसिंह ने कहा, ''बस आप ही सुंघाइए और देखिए इस लखलखे से कुछ काम निकलता है या नहीं।''

दारोगा साहब ने लखलखे की डिबिया बेहोश रामानंद के नाक से लगाई पर क्या असर होना था, लाचार तेजसिंह का मुंह देखने लगे।

तेज–क्यों व्यर्थ मेहनत करते हैं, मैं पहले ही कह चुका हूं कि उस लखलखे से काम नहीं चलेगा। चलिए महाराज के पास चलें, इसे यों ही रहने दीजिए, अपना लखलखा लेकर फिर लौटेंगे तो काम चलेगा।

दारोगा–जैसी मर्जी, इस लखलखे से तो काम नहीं चलता।

दारोगा साहब ने रोजनामचे की किताब बगल में दाबी और तानियों का झब्बा और लालटेन हाथ में लेकर रवाना हुए। एक कोठरी में घुसकर दारोगा साहब ने दूसरा दरवाजा खोला, ऊपर चढ़ने के लिए सीढ़ियां नजर आईं। ये दोनों ऊपर चढ़ गये और दो-तीन कोठरियों से घुसते हुए एक सुरंग में पहुंचे। दूर तक चले जाने के बाद इनका सिर छत से अड़ा। दारोगा ने एक सूराख में ताली लगाई और खटका दबाया, एक पत्थर का टुकड़ा अलग हो गया और ये दोनों बाहर निकले। यहां तेजसिंह ने अपने को एक कब्रिस्तान में पाया।

इस संतति के तीसरे भाग के चौदहवें बयान में हम इस कब्रिस्तान का हाल लिख चुके हैं। इसी राह से कुंअर आनंदसिंह, भैरोसिंह और तारासिंह उस तहखाने में गये थे। इस समय हम जो हाल लिख रहे हैं वह कुंअर आनंदसिंह के तहखाने में जाने के पहले का है, सिलसिला मिलाने के लिए फिर पीछे की तरफ लौटना पड़ा। तहखाने के हर एक दरवाजे में पहले ताला लगा रहता था मगर जब से तेजसिंह ने इसे अपने कब्जे में कर लिया (जिसका हाल आगे चलकर मालून होगा) तब से ताला लगाना बंद हो गया, केवल खटकों पर ही कार्रवाई रह गई।

तेजसिंह ने चारों तरफ निगाह दौड़ाकर देखा और मालूम किया कि इस जंगल में जासूसी करते हुए कई दफे आ चुके हैं और इस कब्रिस्तान में भी पहुंच चुके हैं मगर जानते नहीं थे कि यह कब्रिस्तान क्या है और किस मतलब से बना हुआ है। अब तेजसिंह ने सोच लिया कि हमारा काम चल गया, दारोगा साहब को इसी जगह फंसाना चाहिए जाने न पावें।

तेज–दारोगा साहब, हकीकत में तुम बड़े ही जूतीखोर हो।

दारोगा–(ताज्जुब से तेजसिंह का मुंह देखके) मैंने क्या कसूर किया है जो आप गाली दे रहे हैं? ऐसा तो कभी नहीं हुआ था!

तेज–फिर मेरे सामने गुर्राता है! कान पकड़के उखाड़ लूंगा!

दारोगा–आज तक महाराज ने भी कभी मेरी ऐसी बेइज्जती नहीं की थी।

तेजसिंह ने दारोगा को एक लात ऐसी मारी कि बेचारा धम्म से जमीन पर गिर पड़ा। तेजसिंह उसकी छाती पर चढ़ बैठे और बेहोशी की दवा जबर्दस्ती नाक में ठूंस दी। बेचारा दारोगा बेहोश हो गया। तेजसिंह ने दारोगा की कमर से और अपनी कमर से भी चादर खोली और उसी में दारोगा की गठरी बांध ताली का गुच्छा और रोजनामचे की किताब भी उसी में रख पीठ पर लाद तेजी के साथ अपने लश्कर की तरफ रवाना हुए तथा दोपहर दिन चढ़ते-चढ़ते राजा बीरेन्द्रसिंह के खेमे में जा पहुंचे। पहले तो रामानंद की सूरत देख बीरेन्द्रसिंह चौंके मगर जब बंधे हुए इशारे से तेजसिंह ने अपने को जाहिर किया तो वे बहुत ही खुश हुए।

तीसरा बयान

तेजसिंह के लौट आने से राजा बीरेन्द्रसिंह बहुत खुश हुए और उस समय तो उनकी खुशी और भी ज्यादे हो गई जब तेजसिंह ने रोहतासगढ़ आकर अपनी कार्रवाई करने का खुलासा हाल कहा। रामानंद की गिरफ्तारी का हाल सुनकर हंसते-हंसते लोट गये मगर साथ ही इसके कि कुंअर इंद्रजीतसिंह का पता रोहतासगढ़ में नहीं लगता बल्कि मालूम होता है कि रोहतासगढ़ में नहीं हैं, राजा बीरेन्द्रसिंह उदास हो गए। तेजसिंह

ने उन्हें हर तरह से समझाया और दिलासा दिया। थोड़ी देर बाद तेजसिंह ने अपने दिल की वे सब बातें कहीं जो वे किया चाहते थे, बीरेन्द्रसिंह ने उनकी राय बहुत पसंद की और बोले–

बीरेन्द्र–तुम्हारी कौन-सी ऐसी तरकीब है जिसे मैं पसंद नहीं कर सकता! हां, यह कहो कि इस समय अपने साथ किस ऐयार को ले जाओगे?

तेज–मुझे तो इस समय कई ऐयारों की जरूरत थी मगर यहां केवल चार मौजूद हैं और बाकी सब कुंअर इंद्रजीतसिंह का पता लगाने गये हैं, खैर कोई हर्ज नहीं! पण्डित बद्रीनाथ को तो इसी लश्कर में रहने दीजिए, उन्हें किसी दूसरी जगह भेजना मैं मुनासिब नहीं समझता क्योंकि यहां बड़े ही चालाक और पुराने ऐयार का काम है, बाकी ज्योतिषीजी, भैरो और तारा को मैं अपने साथ ले जाऊंगा।

बीरेन्द्र–अच्छी बात है, इन तीनों से तुम्हारा काम बखूबी चलेगा।

तेज–जी नहीं, मैं तीनों ऐयारों को अपने साथ नहीं रखा चाहता बल्कि भैरो और तारा को तो वहां का रास्ता दिखाकर वापस कर दूंगा, इसके बाद वे दोनों थोड़े से लड़ाकों को मेरे पास पहुंचाकर फिर आपको या कुंअर आनंदसिंह को लेकर मेरे पास आवेंगे, तब वह सब कार्रवाई की जायगी जो मैं आपसे कह चुका हूं।

बीरेन्द्र–और यह दारोगावाली किताब जो तुम ले आए हो क्या होगी?

तेज–इसे फिर अपने साथ ले जाऊंगा और मौका मिलने पर शुरू से आखिर तक पढ़ जाऊंगा, यही तो एक चीज हाथ लगी है।

बीरेन्द्र–बेशक उम्दा चीज है, (किताब तेजसिंह के हाथ से लेकर) रोहतासगढ़ तहखाने का कुल हाल इससे तुम्हें मालूम हो जाएगा बल्कि इसके अलावे वहां का और भी बहुत कुछ भेद मालूम होगा।

तेज–जी हां, इसमें दारोगा ने रोज-रोज का हाल लिखा है, मैं समझता हूं वहां ऐसी-ऐसी और भी कई किताबें होंगी जो इसके पहले के और दारोगाओं के हाथ से लिखी गई होंगी।

बीरेन्द्र–जरूर होंगी, और इससे उस तहखाने के खजाने का भी पता लगता है।

तेज–लीजिए अब वह खजाना भी हमीं लोगों का हुआ चाहता है अब हमें यहां देर न करके बहुत जल्द वहां पहुंचना चाहिए, क्योंकि दिग्विजयसिंह मुझे और दारोगा को अपने पास बुला गया था, देर हो जाने पर वह फिर तहखाने में आवेगा और किसी को न देखेगा तो सब काम ही चौपट हो जाएगा।

बीरेन्द्र–ठीक है, अब तुम जाओ देर मत करो।

कुछ जलपान करने के बाद ज्योतिषीजी, भैरोसिंह और तारासिंह को साथ लिये हुए तेजसिंह वहां से रोहतासगढ़ की तरफ रवाना हुए और दो घण्टे दिन रहते ही तहखाने में जा पहुंचे। अभी तक तेजसिंह रामानंद की सूरत में थे। तहखाने का रास्ता दिखाने के बाद भैरोसिंह और तारासिंह को तो वापस किया और ज्योतिषीजी को

अपने पास रखा। अबकी दफे तहखाने से बाहर निकलनेवाले दरवाजे में तेजसिंह ने ताला नहीं लगाया, उन्हें केवल खटकों पर बंद रहने दिया।

दारोगावाले रोजनामचे के पढ़ने से तेजसिंह को बहुत-सी बातें मालूम हो गईं जिन्हें यहां लिखने की कोई जरूरत नहीं, समय-समय पर आप ही मालूम हो जाएगा, हां उनमें से एक बात यहां लिख देना जरूरी है। जिस दालान में दारोगा रहता था उसमें एक खंभे के साथ लोहे की एक तार बंधी हुई थी जिसका दूसरा सिरा छत में सूराख करके ऊपर की तरफ निकाल दिया गया था। तेजसिंह को किताब के पढ़ने से मालूम हुआ कि इस तार को खैंचने या हिलाने से वह घण्टा बोलेगा जो खास दिग्विजयसिंह के दीवानखाने में लगा हुआ है क्योंकि उस तार का दूसरा सिरा उसी घण्टे से बंधा है। जब किसी तरह की मदद की जरूरत पड़ती थी तब दारोगा उस तार को छेड़ता था। उस दालान की बगल की एक कोठरी के अंदर भी एक बड़ा-सा घण्टा लटकता था जिसके साथ बंधी हुई लोहे की तार का दूसरा हिस्सा महाराज के दीवानखाने में था। महाराज भी जब तहखानेवालों को होशियार किया चाहते थे या और कोई जरूरत पड़ती थी तो ऊपर लिखी रीति से वह तहखानेवाला घण्टा भी बजाया जाता और यह काम केवल महाराज का था क्योंकि तहखाने का हाल बहुत गुप्त था, तहखाना कैसा है और उसके अंदर क्या होता है यह हाल सिवाय खास-खास आठ-दस आदमियों के और किसी को भी मालूम न था, इसके भेद मंत्र की तरह गुप्त रखे जाते थे।

हम ऊपर लिख आए हैं कि असली रामानंद को ऐयार समझकर महाराज दिग्विजयसिंह तहखाने में ले आए और लौटकर जाते समय नकली रामानंद अर्थात् तेजसिंह और दारोगा को कहते गये कि तुम दोनों फुरसत पाकर हमारे पास आना।

महाराज के हुक्म की तामील न हो सकी क्योंकि दारोगा को कैद कर तेजसिंह अपने लश्कर में ले गये और ज्यादे हिस्सा दिन का उधर ही बीत गया था जैसा कि हम ऊपर लिख आए हैं। जब तेजसिंह लौटकर तहखाने में आए तो ज्योतिषीजी को बहुत-सी बातें समझाईं और उन्हें दारोगा बनाकर गद्दी पर बैठाया, उसी समय सामने की कोठरियों में से खटके की आवाज आई। तेजसिंह समझ गये कि महाराज आ रहे हैं, ज्योतिषीजी को तो लिटा दिया और कहा कि "तुम हाय-हाय करो, मैं महाराज से बातचीत करूंगा।" थोड़ी देर में महाराज उस तहखाने में उसी राह से आ पहुंचे जिस राह से तेजसिंह को साथ लाए थे।

महा–(तेजसिंह की तरफ देखकर) रामानंद, तुम दोनों को हम अपने पास आने के लिए हुक्म दे गए थे, क्यों नहीं आए, और इस दारोगा को क्या हुआ जो हाय-हाय कर रहा है?

तेज–महाराज, इन्हीं के सबब से तो आना नहीं हुआ। यकायक बेचारे के पेट में दर्द पैदा हो गया, बहुत-सी तरकीबें करने के बाद अब कुछ आराम हुआ है।

महा–(दारोगा के हाल पर अफसोस करने के बाद) उस ऐयार का कुछ हाल मालूम हुआ?

तेज–जी नहीं, उसने कुछ भी नहीं बताया, खैर क्या हर्ज है, दो-एक दिन में पता लग ही जाएगा, ऐयार लोग जिद्दी तो होते ही हैं।

थोड़ी देर बाद महाराज दिग्विजयसिंह वहां से चले गए। महाराज के जाने के बाद तेजसिंह भी तहखाने के बाहर हुए और महाराज के पास गए। दो घण्टे तक हाजिरी देकर शहर में गश्त करने के बहाने से बिदा हुए। पहर रात से कुछ ज्यादे गई थी कि तेजसिंह फिर महाराज के पास गये और बोले–

तेज–मुझे जल्द लौट आते देख महाराज ताज्जुब करते होंगे मगर एक जरूरी खबर देने के लिए आना पड़ा।

महा–वह क्या?

तेज–मुझे पता लगा है कि मेरी गिरफ्तारी के लिए कई ऐयार आए हुए हैं, महाराज होशियार रहें। अगर रात-भर मैं उनके हाथ से बच गया तो कल जरूर कोई तरकीब करूंगा, यदि फंस गया तो खैर।

महा–तो आज रात-भर तुम यहीं क्यों नहीं रहते?

तेज–क्या उन लोगों के खौफ से बिना कुछ कार्रवाई किए अपने को छिपाऊं? यह नहीं हो सकता।

महा–शाबाश, ऐसा ही मुनासिब है, खैर जाओ जो होगा देखा जाएगा।

तेजसिंह घर की तरफ लौटे, रामानंद के घरे की तरफ नहीं बल्कि अपने लश्कर की तरफ। उन्होने इस बहाने अपनी जान बचाई और चलते हुए। सबेरे जब दरबार में रामानंद न आए, महाराज को विश्वास हो गया कि बीरेन्द्रसिंह के ऐयारों ने उन्हें फंसा लिया।

चौथा बयान

अपनी कार्रवाई पूरी करने के बाद तेजसिंह ने सोचा कि अब असली रामानंद को तहखाने से ऐसी खूबसूरती के साथ निकाल लेना चाहिए जिससे महाराज को किसी तरह का शक न हो और यह गुमान भी न हो कि तहखाने में बीरेन्द्रसिंह के ऐयार लोग घुसे हैं या तहखाने का हाल किसी दूसरे को मालूम हो गया है, यह काम तभी हो सकता है जब कोई ताजा मुर्दा हाथ लगे।

रोहतासगढ़ से चलकर तेजसिंह अपने लश्कर में पहुंचे और सब हाल बीरेन्द्रसिंह से कहने के बाद कई जासूसों को इस काम के लिए रवाना किया कि अगर कहीं कोई ताजा मुर्दा जो सड़ न गया हो या फूल न गया हो मिले तो उठा लावें और लश्कर

के पास ही कहीं रखकर हमें इत्तिला दें। इत्तिफाक से लश्कर से दो-तीन कोस की दूरी पर नदी के किनारे एक लावारिस भिखमंगा उसी दिन मरा था जिसे जासूस लोग शाम होते-होते उठा लाए और लश्कर से कुछ दूर रख तेजसिंह को खबर की। भैरोसिंह को साथ लेकर तेजसिंह मुर्दे के पास गये और अपनी कार्रवाई करने लगे।

तेजसिंह ने उस मुर्दे को ठीक रामानंद की सूरत का बनाया और भैरोसिंह की मदद[1] से उठाकर रोहतासगढ़ तहखाने के अंदर ले गये और तहखाने के दारोगा (ज्योतिषीजी) के सुपुर्द कर और उसके बारे में बहुत-सी बातें समझा-बुझाकर असली रामानंद को अपने लश्कर में उठा लाए।

तेजसिंह के जाने के बाद हमारे नए दारोगा साहब ने खंभे से बंधे हुए उस तार को खैंचा जिसके सबब से दिग्विजयसिंह के दीवानखानेवाला घण्टा बोलता था। उस समय दो घण्टे रात जा चुकी थी, महाराज अपने कई मुसाहबों को साथ लिये दीवानखाने में बैठे दुश्मन पर फतह पाने के लिए बहुत-सी तरकीबें सोच रहे थे, यकायक घण्टे की आवाज सुनकर चौंके और समझ गये कि तहखाने में हमारी जरूरत है। दिग्विजयसिंह उसी समय उठ खड़े हुए और उन जल्लादों को बुलाने का हुक्म दिया जो जरूरत पड़ने पर तहखाने में जाया करते थे और जान के खौफ या नमकहलाली के सबब से वहां का हाल किसी दूसरे से कभी नहीं कहते थे।

महाराज दूसरे कमरे में गए, जब तक कपड़े बदलकर तैयार हों जल्लाद लोग भी हाजिर हुए। ये जल्लाद बड़े ही मजबूत, ताकतवर और कद्दावर थे। स्याह रंग, मूंछें चढ़ी हुईं, पोशाक में केवल जांघिया, मिर्जई और कनटोप पहिरे, हाथ में भारी तेगा लिये बड़े ही भयंकर मालूम होते थे। महाराज ने केवल चार जल्लादों को साथ लिया और उसी मामूली रास्ते से तहखाने में उतर गए। महाराज को आते देख दारोगा चैतन्य हो गया और सामने हाथ जोड़कर बोला, "लाचार महाराज को तकलीफ देनी पड़ी!"

महा–क्या मामला है?

दारोगा–वह ऐयार मर गया जिसे दीवान रामानंदजी ने गिरफ्तार किया था।

महा–(चौंककर) हैं, मर गया!

दारोगा–जी हां, मर गया, न मालूम कैसी जहरीली बेहोशी दी गई थी कि जिसका असर यहां तक हुआ।

महा–यह बहुत ही बुरा हुआ, दुश्मन समझेगा कि दिग्विजयसिंह ने जान-बूझकर हमारे ऐयार को मार डाला जो कायदे के बाहर की बात है। दुश्मनों को अब हमसे जिद्द हो जायगी और वे भी कायदे के खिलाफ बेहोशी की जगह जहर का बर्ताव करने लगेंगे तो हमारा बड़ा नुकसान होगा और बहुत आदमी जान से मारे जाएंगे।

दारोगा–लाचारी है, फिर क्या किया जाऐ? भूल तो दीवान साहब की है।

---

1. मुर्दा अकसर ऐंठ जाया करता है इसलिए गठरी में बांध नहीं सकते, लाचार हो दो आदमी मिलकर उठा ले गये।

महा—(कुछ जोश में आकर) रामानंद तो पूरा उजड्ड है! झक मारने के लिए उसने अपने को ऐयार मशहूर कर रखा है, तभी तो बीरेन्द्रसिंह का एक अदना ऐयार आया और उसे पकड़कर ले गया, चलो छुट्टी हुई!

महाराज की बात सुनकर मन-ही-मन ज्योतिषीजी हंसते और कहते थे कि देखो कितना होशियार और बहादुर राजा क्या जरा-सी बात में बेवकूफ बना है। वाह रे तेजसिंह, तू जो चाहे कर सकता है।

महाराज ने रामानंद की लाश को खुद देखा और दूसरी जगह ले जाकर जमीन में गाड़ देने के लिए जल्लादों को हुक्म दिया। जल्लादों ने उसी तहखाने में एक जगह जहां मुर्दे गाड़े जाते थे ले जाकर उस लाश को दबा दिया, महाराज अफसोस करते हुए तहखाने के बाहर निकल आए और इस सोच में पड़े कि देखें बीरेन्द्रसिंह के ऐयार लोग इसका क्या बदला लेते हैं।

पांचवां बयान

ऊपर लिखी वारदात के तीसरे दिन दारोगा साहब अपनी गद्दी पर बैठे रोजनामचा देख रहे थे और उस तहखाने की पुरानी बातें पढ़कर ताज्जुब कर रहे थे कि यकायक पीछे की कोठरी में खटके की आवाज आई। घबड़ाकर उठ खड़े हुए और पीछे की तरफ देखने लगे। फिर आवाज आई। ज्योतिषीजी दरवाजा खोलकर अंदर गये, मालूम हुआ कि उस कोठरी के दूसरे दरवाजे से कोई भागा जाता है। कोठरी में बिलकुल अंधेरा था, ज्योतिषीजी कुछ आगे बढ़े ही थे कि जमीन पर पड़ी हुई एक लाश उनके पैर में अड़ी जिसकी ठोकर खा वे गिर पड़े मगर फिर सम्हलकर आगे बढ़े लेकिन ताज्जुब करते थे कि यह लाश किसकी है। मालूम होता है यहां कोई खून हुआ है, और ताज्जुब नहीं कि यह भागने ही वाला खूनी हो!

वह आदमी आगे-आगे सुरंग में भागा जाता था और पीछे-पीछे ज्योतिषीजी हाथ में खंजर लिये दौड़े जा रहे थे मगर उसे किसी तरह पकड़ न सके। यकायक सुरंग के मुहाने पर रोशनी मालूम हुई। ज्योतिषीजी समझे कि अब वह बाहर निकल गया। दम-भर में ये भी वहां पहुंचे और सुरंग के बाहर निकल चारों तरफ देखने लगे। ज्योतिषीजी की पहली निगाह जिस पर पड़ी वह पण्डित बद्रीनाथ थे, देखा कि एक औरत को पकड़े हुए बद्रीनाथ खड़े हैं और दिन आधी घड़ी से कम बाकी है।

बद्री—दारोगा साहब, देखिए आपके यहां चोर घुसे और आपको खबर भी न हो!

ज्योतिषी—अगर खबर न होती तो पीछे-पीछे दौड़ा हुआ यहां तक क्यों आता?

बद्री—फिर भी आपके हाथ से तो चोर निकल ही गया था, अगर इस समय हम न पहुंच जाते तो आप इसे न पा सकते।

ज्योतिषी–हां बेशक, इसे मैं मानता हूं। क्या आप पहचानते हैं कि यह कौन है? याद आता है कि इस औरत को मैंने कभी देखा है।

बद्री–जरूर देखा होगा, खैर इसे तहखाने में ले चलो फिर देखा जाएगा। इसका तहखाने से खाली हाथ निकलना मुझे ताज्जुब में डालता है।

ज्योतिषी–यह खाली हाथ नहीं बल्कि हाथ साफ करके आई है। इसके पीछे आते समय एक लाश मेरे पैर में अड़ी थी मगर पीछा करने की धुन में मैं कुछ जांच न कर सका।

पण्डित बद्रीनाथ और ज्योतिषीजी उस औरत को गिरफ्तार किए हुए तहखाने में आए और उस दालान या बारहदरी में जिसमें दारोगा साहब की गद्दी लगी रहती थी, पहुंचे। उस औरत को खंभे के साथ बांध दिया और हाथ में लालटेन ले उस लाश को देखने गये जो ज्योतिषीजी के पैर में अड़ी थी। बद्रीनाथ ने देखते ही उस लाश को पहचान लिया और बोले, "यह तो माधवी है!"

ज्योतिषी–यह यहां क्योंकर आई! (माधवी की नाक पर हाथ रखकर) अभी दम है, मरी नहीं। यह देखिए इसके पेट में जख्म लगा है। जख्म भारी नहीं है, बच सकती है।

बद्री–(नब्ज देखकर) हां बच सकती है, खैर इसके जख्म पर पट्टी बांधकर इसी तरह छोड़ दो, फिर बूझा जाएगा। हां थोड़ा-सा अर्क इसके मुंह में डाल देना चाहिए।

बद्रीनाथ ने माधवी के जख्म पर पट्टी बांधी और थोड़ा-सा अर्क भी उसके मुंह में डालकर उसे वहां से उठा दूसरी कोठरी में ले गए। इस तहखाने में कई जगह से रोशनी और हवा पहुंचा करती थी, कारीगरों ने इसके लिए अच्छी तरकीब की थी। बद्रीनाथ और ज्योतिषीजी माधवी को उठाकर एक ऐसी कोठरी में ले गये जहां बादाकश की राह से ठंडी-ठंडी हवा आ रही थी और उसे उसी जगह छोड़ आप बारहदरी में आए जहां उस औरत को जिसने माधवी को घायल किया था खंभे के साथ बांधा था। बद्रीनाथ ने धीरे से ज्योतिषीजी से कहा कि "आज कुंअर आनंदसिंह और उनके थोड़ी ही देर बाद मैं बीस-पचीस आदमियों को साथ लेकर यहां आऊंगा। अब मैं जाता हूं, वहां बहुत कुछ काम है, केवल इतना ही कहने के लिए आया था। मेरे जाने के बाद तुम इस औरत से पूछ-ताछ लेना कि यह कौन है, मगर एक बात का खौफ है।"

ज्योतिषी–वह क्या है?

बद्री–यह औरत हम लोगों को पहचान गई है, कहीं ऐसा न हो कि तुम महाराज को बुलाओ और वे आ जाएं तो यह कह उठे कि दारोगा साहब तो राजा बीरेन्द्रसिंह के ऐयार हैं!

ज्योतिषी–जरूर ऐसा होगा, इसका भी बंदोबस्त कर लेना चाहिए।

बद्री–खैर कोई हर्ज नहीं, मेरे पास मसाला तैयार है। (बटुए में से एक डिबिया निकालकर और ज्योतिषीजी के हाथ में देकर) इसे आप रखें, जब मौका हो तो इसमें

से थोड़ी-सी दवा इसकी जुबान पर जबर्दस्ती मल दीजिएगा, बात-की-बात में जुबान ऐंठ जायगी फिर यह साफ तौर पर कुछ भी न कह सकेगी। तब जो आपके जी में आवे महाराज को समझा दें।

बद्रीनाथ वहां से चले गये। उनके जाने के बाद उस औरत को डरा-धमका और कुछ मार-पीटकर ज्योतिषीजी ने उसका हाल मालूम करना चाहा मगर कुछ न हो सका, पहरों की मेहनत बर्बाद गई। आखिर उस औरत ने ज्योतिषीजी से कहा, "ज्योतिषीजी, मैं आपको अच्छी तरह से जानती हूं। आप यह न समझिए कि माधवी को मैंने मारा है, उसको घायल करनेवाला कोई दूसरा ही था, खैर इन सब बातों से कोई मतलब नहीं क्योंकि अब तो माधवी भी आपके कब्जे में नहीं रही।"

ज्योतिषी–माधवी मेरे कब्जे में से कहां जा सकती है?

औरत–जहां जा सकती थी वहां गई, जहां आप रख आए थे वहां जाकर देखिएगा या नहीं।

औरत की बात सुनकर ज्योतिषीजी बहुत घबड़ाए और उठ खड़े हुए, वहां गए जहां माधवी को छोड़ आए थे। उस औरत की बात सच निकली, माधवी का वहां पता भी न था। हाथ में लालटेन ले घण्टों ज्योतिषीजी इधर-उधर खोजते रहे मगर कुछ फायदा न हुआ, आखिर लौटकर फिर उस औरत के पास आए और बोले, "तेरी बात ठीक निकली मगर अब मैं तेरी जान लिये बिना नहीं रहता, हां अगर सच-सच अपना हाल बता दे तो छोड़ दूं।"

ज्योतिषीजी ने हजार सिर पटका मगर उस औरत ने कुछ भी न कहा। इसी औरत के चिल्लाने या बोलने की आवाज किशोरी और लाली ने इस तहखाने में आकर सुनी थी जिसका हाल इस भाग के पहले बयान में लिख आए हैं क्योंकि इसी समय लाली और किशोरी भी वहां आ पहुंची थीं।

ज्योतिषीजी ने किशोरी को पहचाना, किशोरी के साथ लाली का नाम लेकर भी पुकारा, मगर अभी यह नहीं मालूम हुआ कि लाली को ज्योतिषीजी क्योंकर और कब से जानते थे, हां किशोरी और लाली को इस बात का ताज्जुब था कि दारोगा ने उन्हें क्योंकर पहचान लिया क्योंकि ज्योतिषीजी दारोगा के भेष में थे।

ज्योतिषीजी ने किशोरी और लाली को अपने पास बुलाकर कुछ बात करना चाहा मगर मौका न मिला। उसी समय घण्टे के बजने की आवाज आई और ज्योतिषीजी समझ गए कि महाराज आ रहे हैं। मगर इस समय महाराज क्यों आते हैं शायद इस वजह से कि लाली और किशोरी इस तहखाने में घुस आई हैं और इसका हाल महाराज को मालूम हो गया है।

जल्दी के मारे ज्योतिषीजी सिर्फ दो काम कर सके, एक तो किशोरी और लाली की तरफ देखकर बोले, "अफसोस, अगर आधी घड़ी की भी मोहलत मिलती तो तुम्हें

यहां से निकाल ले जाता, क्योंकि यह सब बखेड़ा तुम्हारे ही लिए हो रहा है।" दूसरे उस औरत की जुबान पर मसाला लगा सके जिसमें वह महाराज के सामने कुछ कह न सके। इतने ही में मशालचियों और कई जल्लादों को लेकर महाराज आ पहुंचे और ज्योतिषीजी की तरफ देखकर बोले, "इस तहखाने में किशोरी और लाली आई हैं, तुमने देखा है?"

दारोगा–(खड़े होकर) जी अभी तक तो यहां नहीं पहुंचीं।

राजा–खोजो कहां हैं, यह औरत कौन है?

दारोगा–मालूम नहीं कौन है और क्यों आई है? मैंने इसी तहखाने में इसे गिरफ्तार किया है, पूछने से कुछ नहीं बताती।

राजा–खैर किशोरी और लाली के साथ इसे भी भूतनाथ पर चढ़ा देना (बलि देना) चाहिए क्योंकि यहां का बंधा कायदा है कि लिखे आदमियों के सिवा दूसरा जो इस तहखाने को देख ले उसे तुरंत बलि दे देना चाहिए।

सब लोग किशोरी और लाली को खोजने लगे। इस समय ज्योतिषीजी घबड़ाये और ईश्वर से प्रार्थना करने लगे कि कुंअर आनंदसिंह और हमारे ऐयार लोग जल्द यहां आवें जिससे किशोरी की जान बचे।

किशोरी और लाली कहीं दूर न थीं, तुरंत गिरफ्तार कर ली गईं और उनकी मुश्कें बंध गईं। इसके बाद उस औरत से महाराज ने कुछ पूछा जिसकी जुबान पर ज्योतिषीजी ने दवा मल दी थी, पर उसने महाराज की बात का कुछ भी जवाब न दिया। आखिर खंभे से खोलकर उसकी भी मुश्कें बांध दी गईं और तीनों औरतें एक दरवाजे की राह दूसरी संगीन बारहदरी में पहुंचाई गईं जिसमें सिंहासन के ऊपर स्याह पत्थर की वह भयानक मूरत बैठी हुई थी जिसका हाल इस संतति के तीसरे भाग के आखिरी बयान में हम लिख आए हैं। इसी समय आनंदसिंह, भैरोसिंह और तारासिंह वहां पहुंचे और उन्होंने अपनी आंखों से उस औरत के मारे जाने का दृश्य देखा जिसकी जुबान पर दवा लगा दी गई थी। जब किशोरी को मारने की बारी आई तब कुंअर आनंदसिंह और दोनों ऐयारों से न रहा गया और उन्होंने खंजर निकालकर उस झुंड पर टूट पड़ने का इरादा किया मगर न हो सका क्योंकि पीछे से कई आदमियों ने आकर इन तीनों को पकड़ लिया।

छठवां बयान

अब हम अपने किस्से के सिलसिले को मोड़कर दूसरी तरफ झुकते हैं और पाठकों को पुण्यधाम काशी में ले चलकर संध्या के साथ गंगा के किनारे बैठी हुई एक नौजवान औरत की अवस्था पर ध्यान दिलाते हैं।

सूर्य भगवान अस्त हो चुके हैं, चारों तरफ अंधेरी घिरी आती है। गंगाजी शांत भाव से धीरे-धीरे बह रही हैं। आसमान पर छोटे-छोटे बादल के टुकड़े पूरब की तरफ से चले आकर पश्चिम की तरफ इकट्ठे हो रहे हैं। गंगा के किनारे ही पर एक नौजवान औरत जिसकी उम्र पंद्रह वर्ष से ज्यादे न होगी हथेली पर गाल रखे जल की तरफ देखती न मालूम क्या सोच रही है। इसमें कोई शक नहीं कि यह औरत नखशिख से दुरुस्त और खूबसूरत है मगर रंग इसका सांवला है, तो भी इसकी खूबसूरती और नजाकत में किसी तरह का बट्टा नहीं लगता। थोड़ी-थोड़ी देर पर यह औरत सिर उठाकर चारों तरफ देखती और फिर उसी तरह हथेली पर गाल रखकर कुछ सोचने लग जाती है।

इसके सामने ही गंगाजी में एक छोटा-सा बजड़ा खड़ा है जिस पर चार-पांच आदमी दिखाई दे रहे हैं और कुछ सफर का सामान और दो-चार डब्बे भी मौजूद हैं।

थोड़ी देर में अंधेरा हो जाने पर वह औरत उठी, साथ ही बजड़े पर से दो सिपाही उतर आए और उसे सहारा देकर बजड़े पर ले गए। वह छत पर जा बैठी और किनारे की तरफ इस तरह देखने लगी जैसे किसी के आने की राह देख रही हो। बेशक ऐसा ही था, क्योंकि उसी समय हाथ में गठरी लटकाए एक आदमी आया जिसे देखते ही दो मल्लाह किनारे पर उतर आए, एक ने उसके हाथ से गठरी लेकर बजड़े की छत पर पहुंचा दिया और दूसरे ने उस आदमी को हाथ का हल्का सहारा देकर बजड़े पर चढ़ा दिया। वह भी छत पर उस औरत के सामने खड़ा हो गया और तब इशारे से पूछा कि 'अब क्या हुक्म होता है'? जिसके जवाब में इशारे ही से उस औरत ने गंगा के उस पार की तरफ चलने को कहा। उस आदमी ने जो अभी आया था मांझियों को पुकारकर कहा कि बजड़ा उस पार ले चलो, इसके बाद अभी आए हुए आदमी और उस औरत में दो-चार बातें इशारे में हुईं जिसे हम कुछ नहीं समझे, हां इतना मालूम हो गया कि यह औरत गूंगी और बहरी है, मुंह से कुछ नहीं बोल सकती और न कान से कुछ सुन सकती है।

बजड़ा किनारे से खोला गया और पार की तरफ चला, चार मांझी डांड़ें लगाने लगे। वह औरत छत से उतरकर नीचे चली गई और मर्द भी अपनी गठरी जो लाया था लेकर छत से नीचे उतर आया। बजड़े में नीचे दो कोठरियां थीं, एक में सुंदर सुफेद फर्श बिछा हुआ था और दूसरी में एक चारपाई बिछी और कुछ असबाब पड़ा हुआ था। यह औरत हाथ से कुछ इशारा करके फर्श पर बैठ गई और मर्द ने एक पटिया लकड़ी की और छोटी-सी टुकड़ी खड़िये की उसके सामने रख दी और आप भी बैठ गया और दोनों में बातचीत होने लगी मगर उसी लकड़ी की पटिया पर खड़िया से लिखकर। अब उन दोनों में जो बातचीत हुई, हम नीचे लिखते हैं परंतु पाठक समझ रखें कि कुल बातचीत लिखकर हुई।

पहले उस औरत ने गठरी खोली और देखने लगी कि उसमें क्या है। पीतल का एक कलमदान निकला जिसे उस औरत ने खोला। पांच-सात चीठियां और पुर्जे निकले जिन्हें पढ़कर उसी तरह रख दिया और दूसरी चीजें देखने लगी। दो-चार तरह के रूमाल और कुछ पुराने सिक्के देखने बाद टीन का एक बड़ा-सा डिब्बा खोला जिसके अंदर कोई ताज्जुब की चीज थी। डिब्बा खोलने बाद पहले कुछ कपड़ा हटाया जो बेठन की तौर पर लगा हुआ था, इसके बाद झांककर उस चीज को देखा जो उस डिब्बे के अंदर थी।

न मालूम उस डिब्बे में क्या चीज थी कि जिसे देखते ही उस औरत की अवस्था बिलकुल बदल गई। झांक के देखते ही वह हिचकी और पीछे की तरफ हट गई, पसीने से तर हो गई और बदन कांपने लगा, चेहरे पर हवाई उड़ने लगी और आंखें बंद हो गईं। उस आदमी ने फुर्ती से बेठन का कपड़ा डाल दिया और उस डिब्बे को उसी तरह बंद कर उस औरत के सामने से हटा लिया। उसी समय बजड़े के बाहर से एक आवाज आई, ''नानकजी!''

नानकप्रसाद उसी आदमी का नाम था जो गठरी लाया था। उसका कद न लंबा और न बहुत नाटा था। बदन मोटा, रंग गोरा और ऊपर के दांत कुछ खुड़बुड़े से थे। आवाज सुनते ही वह आदमी उठा और बाहर आया, मल्लाहों ने डांड़ लगाना बंद कर दिया था, और तीन सिपाही मुस्तैद दरवाजे पर खड़े थे।

नानक–(एक सिपाही से) क्या है?

सिपाही–(पार की तरफ इशारा करके) मुझे मालूम होता है कि उस पार बहुत से आदमी खड़े हैं। देखिए कभी-कभी बादल हट जाने से जब चंद्रमा की रोशनी पड़ती है तो साफ मालूम होता है कि वे लोग भी बहाव की तरफ हटे ही जाते हैं जिधर हमारा बजड़ा जा रहा है।

नानक–(गौर से देखकर) हां ठीक तो है।

सिपाही–क्या ठिकाना शायद हमारे दुश्मन ही हों।

नानक–कोई ताज्जुब नहीं, अच्छा तुम नाव को बहाव की तरफ जाने दो, पार मत चलो।

इतना कहकर नानकप्रसाद अंदर गया, तब तक औरत के भी हवास ठीक हो गये थे और वह उस टीन के डिब्बे की तरफ जो इस समय बंद था बड़े गौर से देख रही थी। नानक को देखकर उसने इशारे से पूछा, ''क्या है?''

इसके जवाब में नानक ने लकड़ी की पटिया पर खड़िया से लिखकर दिखाया कि ''पार की तरफ बहुत-से आदमी दिखाई पड़ते हैं, कौन ठिकाना शायद हमारे दुश्मन हों।''

औरत–(लिखकर) बजड़े को बहाव की तरफ जाने दो। सिपाहियों को कहो बंदूक लेकर तैयार रहें, अगर कोई जल में तैरकर यहां आता हुआ दिखाई पड़े तो बेशक गोली मार दें।

नानक–बहुत अच्छा।

नानक फिर बाहर आया और सिपाहियों को हुक्म सुनाकर भीतर चला गया। उस औरत ने अपने आंचल से एक ताली खोलकर नानक के हाथ में दी और इशारे से कहा कि इस टीन के डिब्बे को हमारे संदूक में रख दो।

नानक ने वैसा ही किया, दूसरी कोठरी में जिसमें पलंग बिछा हुआ था और कुछ असबाब और संदूक रखा हुआ था, गया और उसी ताली से एक संदूक खोलकर वह टीन का डिब्बा रख दिया और उसी तरह ताला बंद कर ताली उस औरत के हवाले की। उसी समय बाहर से बंदूक की आवाज आई।

नानक ने तुरंत बाहर जाकर पूछा, "क्या है?"

सिपाही–देखिए कई आदमी तैरकर इधर आ रहे हैं।

दूसरा–मगर बंदूक की आवाज पाकर अब लौट चले।

नानक फिर अंदर गया और बाहर का हाल पटिया पर लिखकर औरत को समझाया। वह भी उठ खड़ी हुई और बाहर आकर पार की तरफ देखने लगी। घण्टा-भर यों ही गुजर गया और अब वे आदमी जो पार दिखाई दे रहे थे या तैरकर इस बजड़े की तरफ आ रहे थे कहीं चले गए, दिखाई नहीं देते। नानकप्रसाद को साथ आने का इशारा करके वह औरत फिर बजड़े के अंदर चली गई और पीछे नानक भी गया। उस गठरी में और जो-जो चीजें थीं वह गूंगी औरत देखने लगी। तीन-चार बेशकीमती मर्दाने कपड़ों के सिवाय और उस गठरी में कुछ भी न था गठरी बांधकर एक किनारे रख दी गई और पटिया पर लिख-लिखकर दोनों में बातचीत होने लगी।

औरत–कलमदान में जो चीठियां हैं, वे तुमने कहां से पाईं?

नानक–उसी कलमदान में थीं।

औरत–और वह कलमदान कहां पर था?

नानक–उसकी चारपाई के नीचे पड़ा हुआ था, घर में सन्नाटा था और कोई दिखाई न पड़ा, जो कुछ जल्दी में पाया, ले आया।

औरत–खैर कोई हर्ज नहीं, हमें केवल उस टीन के डिब्बे से मतलब था। यह कलमदान मिल गया तो इन चीठी-पुर्जों से भी बहुत काम चलेगा।

इसके अलावे और कई बातें हुईं जिसके लिखने की यहां कोई जरूरत नहीं। पहर रात से ज्यादे जा चुकी थी जब वह औरत वहां से उठी और शमादान जो जल रहा था बुझा, अपनी चारपाई पर जाकर लेट रही। नानक भी एक किनारे फर्श पर सो रहा और रात-भर नाव बेखटके चली गई, कोई बात ऐसी नहीं हुई जो लिखने योग्य हो।

जब थोड़ी रात बाकी रही, वह औरत अपनी चारपाई से उठी और खिड़की से बाहर झांककर देखने लगी। इस समय आसमान बिलकुल साफ था, चंद्रमा के साथ-ही-साथ तारे भी समयानुसार अपनी चमक दिखा रहे थे और दो-तीन खिड़कियों की राह इस बजड़े के अंदर भी चांदनी आ रही थी। बल्कि जिस चारपाई पर वह औरत सोई हुई थी, चंद्रमा की रोशनी अच्छी पड़ रही थी। वह औरत धीरे से चारपाई

के नीचे उतरी और उस संदूक को खोला जिसमें नानक का लाया हुआ टीन का डिब्बा रखवा दिया था। डिब्बा उसमें से निकालकर चारपाई पर रखा और संदूक बंद करने के बाद दूसरा संदूक खोलकर उसमें से एक मोमबत्ती निकाली और चारपाई पर आकर बैठी रही। मोमबत्ती में से मोम लेकर उसने टीन के डिब्बे की दरारों को अच्छी तरह बंद किया और हर एक जोड़ में मोम लगाया जिसमें हवा तक भी उसके अंदर न जा सके। इस काम के बाद वह खिड़की के बाहर गर्दन निकालकर बैठी और किनारे की तरफ देखने लगी। दो मांझी धीरे-धीरे डांड़ खे रहे थे, जब वे थक जाते तो दूसरे दो को उठाकर उसी काम पर लगा देते और आप आराम करते।

सबेरा होते-होते वह नाव एक ऐसी जगह पहुंची जहां किनारे पर कुछ आबादी थी, बल्कि गंगा के किनारे ही एक ऊंचा शिवालय भी था और उतरकर गंगाजी में स्नान करने के लिए सीढ़ियां भी बनी हुई थीं। औरत ने उस मुकाम को अच्छी तरह देखा और जब वह बजड़ा उस शिवालय के ठीक सामने पहुंचा तब उसने टीन का डिब्बा, जिसमें कोई अद्‌भुत वस्तु थी और जिसके सूराखों को उसने अच्छी तरह मोम से बंद कर दिया था, जल में फेंक दिया और फिर अपनी चारपाई पर लेट रही। यह हाल किसी दूसरे को मालूम न हुआ। थोड़ी ही देर में वह आबादी पीछे रह गई और बजड़ा दूर निकल गया।

जब अच्छी तरह सबेरा हुआ और सूर्य की लालिमा निकल आई तो उस औरत के हुक्म के मुताबिक बजड़ा एक जंगल के किनारे पहुंचा। उस औरत ने किनारे-किनारे चलने का हुक्म दिया। यह किनारा इसी पार का था जिस तरफ काशी पड़ती है या जिस हिस्से से बजड़ा खोलकर सफर शुरू किया गया था।

बजड़ा किनारे-किनारे जाने लगा और वह औरत किनारे के दरख्तों को बड़े गौर से देखने लगी। जंगल गुंजान और रमणीक था, सुबह के सुहावने समय में तरह-तरह के पक्षी बोल रहे थे, हवा के झपेटों के साथ जंगली फूलों की मीठी खुशबू आ रही थी। वह औरत एक खिड़की में सिर रखे जंगल की शोभा देख रही थी। यकायक उसकी निगाह किसी चीज पर पड़ी जिसे देखते ही वह चौंकी और बाहर आकर बजड़ा रोकने और किनारे लगाने का इशारा करने लगी।

बजड़ा किनारे लगाया गया और वह गूंगी औरत अपने सिपाहियों को कुछ इशारा करके नानक को साथ लेकर नीचे उतरी।

घण्टे-भर तक वह जंगल में घूमती रही, इसी बीच में उसने अपने जरूरी काम और नहाने-धोने से छुट्टी पा ली और तब बजड़े में आकर कुछ भोजन करने के बाद, उसने अपनी मर्दानी सूरत बनाई। चुस्त पायजामा, घुटने के ऊपर तक का चपकन, कमरबंद, सिर से बड़ा-सा मुंड़ासा बांधा और ढाल-तलवार-खंजर के अलावे एक छोटी-सी पिस्तौल, जिसमें गोली भरी हुई थी कमर में छिपा और थोड़ी-सी गोली-बारूद भी पास रख बजड़े से उतरने के लिए तैयार हुई।

नानक ने उसकी ऐसी अवस्था देखी तो सामने अड़कर खड़ा हो गया और इशारे से पूछा कि अब हम क्या करें? इसके जवाब में उस औरत ने पटिया और खड़िया मांगी और लिख-लिखकर दोनों में बातचीत होने लगी।

औरत–तुम इसी बजड़े पर अपने ठिकाने चले जाओ। मैं तुमसे आ मिलूंगी।

नानक–मैं किसी तरह तुम्हें अकेला नहीं छोड़ सकता, तुम खूब जानती हो कि तुम्हारे लिए मैंने कितनी तकलीफें उठाई हैं और नीचे-से-नीचे काम करने को तैयार रहा हूं।

औरत–तुम्हारा कहना ठीक है मगर मुझ गूंगी के साथ तुम्हारी जिंदगी खुशी से नहीं बीत सकती, हां, तुम्हारी मुहब्बत के बदले मैं तुम्हें अमीर किए देती हूं जिसके जरिये तुम खूबसूरत से खूबसूरत औरत ढूंढ़कर शादी कर सकते हो।

नानक–अफसोस, आज तुम इस तरह की नसीहत करने पर उतारू हुई और मेरी सच्ची मुहब्बत का कुछ खयाल न किया। मुझे धन-दौलत की परवाह नहीं और न मुझे तुम्हारे गूंगी होने का रंज है, बस मैं इस बारे में ज्यादे बातचीत नहीं करना चाहता, या तो मुझे कबूल करो या साफ जवाब दो ताकि मैं इसी जगह तुम्हारे सामने अपनी जान देकर हमेशा के लिए छुट्टी पाऊं। मैं लोगों के मुंह से यह नहीं सुना चाहता कि 'रामभोली के साथ तुम्हारी मुहब्बत सच्ची न थी और तुम कुछ न कर सके।'

रामभोली–(गूंगी औरत) अभी मैं अपने कामों से निश्चिंत नहीं हुई, जब आदमी बेफिक्र होता है तो शादी-ब्याह और हंसी-खुशी की बातें सूझती हैं, मगर इसमें शक नहीं कि तुम्हारी मुहब्बत सच्ची है और मैं तुम्हारी कद्र करती हूं।

नानक–जब तक तुम अपने कामों से छुट्टी नहीं पातीं मुझे अपने साथ रखो, मैं हर काम में तुम्हारी मदद करूंगा और जान तक दे देने को तैयार रहूंगा।

रामभोली–खैर मैं इस बात को मंजूर करती हूं, सिपाहियों को समझा दो कि बजड़े को ले जाएं और इसमें जो कुछ चीजें हैं, अपनी हिफाजत में रखें, क्योंकि वह लोहे का डिब्बा भी जो तुम कल लाए थे मैं इसी नाव में छोड़े जाती हूं।

नानकप्रसाद खुशी के मारे ऐंठ गये। बाहर आकर सिपाहियों को बहुत कुछ समझाने-बुझाने के बाद आप भी हर तरह से लैस हो बदन पर हर्बे लगा, साथ चलने को तैयार हो गए। रामभोली और नानक बजड़े के नीचे उतरे। इशारा पाकर मांझियों ने बजड़ा खोल दिया और वह फिर बहाव की तरफ जाने लगा।

नानक को साथ लिये हुए रामभोली जंगल में घुसी। थोड़ी ही दूर जाकर वह एक ऐसी जगह पहुंची जहां बहुत-सी पगडंडियां थीं, खड़ी होकर चारों तरफ देखने लगी। उसकी निगाह एक कटे हुए साखू के पेड़ पर पड़ी जिसके पत्ते सूखकर गिर चुके थे। वह उस पेड़ के पास जाकर खड़ी हो गई और इस तरह चारों तरफ देखने लगी जैसे कोई निशान ढूंढ़ती हो। उस जगह की जमीन बहुत पथरीली और ऊंची-नीची थी। लगभग पचास गज की दूरी पर एक पत्थर का ढेर नजर आया जो आदमी के हाथ

का बनाया हुआ मालूम होता था। वह उस पत्थर के ढेर के पास गई और दम लेने या सुस्ताने के लिए बैठ गई। नानक ने अपना कमरबंद खोला और एक पत्थर की चट्टान झाड़कर उसे बिछा दिया, रामभोली उसी पर जा बैठी और नानक को अपने पास बैठने का इशारा किया।

ये दोनों आदमी अभी सुस्ताए भी न थे कि सामने से एक सवार सुर्ख पोशाक पहिरे इन्हीं दोनों की तरफ आता हुआ दिखाई पड़ा। पास आने पर मालूम हुआ कि यह एक नौजवान औरत है जो बड़े ठाठ के साथ हर्बे लगाये मर्दों की तरह घोड़े पर बैठी बहादुरी का नमूना दिखा रही है। वह रामभोली के पास आकर खड़ी हो गई और उस पर एक भेदवाली नजर डालकर हंसी। रामभोली ने भी उसकी हंसी का जवाब मुस्कुराकर दिया और कनखियों से नानक की तरफ इशारा किया। उस औरत ने रामभोली को अपने पास बुलाया और जब वह घोड़े के पास जाकर खड़ी हो गई तो आप घोड़े से नीचे उतर पड़ी। कमर से एक छोटा-सा बटुआ खोल, एक चीठी और एक अंगूठी निकाली जिस पर एक सुर्ख नगीना जड़ा हुआ था और रामभोली के हाथ में रख दिया।

रामभोली का चेहरा गवाही दे रहा था कि वह इस अंगूठी को पाकर हद से ज्यादे खुश हुई है। रामभोली ने इज्जत देने के ढंग पर उस अंगूठी को सिर से लगाया और इसके बाद अपनी अंगुली में पहिर लिया, चीठी कमर में खोंसकर फुर्ती से उस घोड़े पर सवार हो गई और देखते-ही-देखते जंगल में घुसकर नजरों से गायब हो गई।

नानकप्रसाद यह तमाशा देख भौंचक-सा रह गया, कुछ करते-धरते बन न पड़ा। न मुंह से कोई आवाज निकली और न हाथ के इशारे ही से कुछ पूछ सका, पूछता भी तो किससे? रामभोली ने तो नजर उठाके उसकी तरफ देखा तक नहीं। नानक बिलकुल नहीं जानता था कि यह सुर्ख पोशाकवाली औरत कौन है, जो यकायक यहां आ पहुंची और जिसने इशारेबाजी करके रामभोली को अपने घोड़े पर सवार कर भगा दिया। वह औरत नानक के पास आई और हंसके बोली–

औरत–वह औरत जो तेरे साथ थी, मेरे घोड़े पर सवार होकर चली गई, कोई हर्ज नहीं, मगर तू उदास क्यों हो गया? क्या तुझसे और उससे कोई रिश्तेदारी थी?

नानक–रिश्तेदारी थी तो नहीं मगर होनेवाली थी, तुमने सब चौपट कर दिया।

औरत–(मुस्कुराकर) क्या उससे शादी करने की धुन समाई थी?

नानक–बेशक ऐसा ही था। वह मेरी हो चुकी थी, तुम नहीं जानतीं कि मैंने उसके लिए कैसी-कैसी तकलीफें उठाईं। अपने बाप-दादे की जमींदारी चौपट की और उसकी गुलामी करने पर तैयार हुआ।

औरत–(बैठकर) किसकी गुलामी?

नानक–उसी रामभोली की जो तुम्हारे घोड़े पर सवार होकर चली गई।

औरत–(चौंककर) क्या नाम लिया, जरा फिर तो कहो?

नानक–रामभोली।

औरत–(हंसकर) बहुत ठीक, तू मेरी सखी अर्थात् उस औरत को कब से जानता है?

नानक–(कुछ चिढ़कर और मुंह बनाकर) उसे मैं लड़कपन से जानता हूं मगर तुम्हें सिवाय आज के कभी नहीं देखा, वह तुम्हारी सखी क्योंकर हो सकती है?

औरत–तू झूठा, बेवकूफ और उल्लू बल्कि उल्लू का इत्र है! तू मेरी सखी को क्या जाने, जब तू मुझे नहीं जानता तो उसे क्योंकर पहचान सकता है?

उस औरत की बातों ने नानक को आपे से बाहर कर दिया। वह एकदम चिढ़ गया और गुस्से में आकर म्यान से तलवार निकालकर बोला–

नानक–कमबख्त औरत, मुझे बेवकूफ बनाती है! जली-कटी बातें कहती है और मेरी आंखों में धूल डाला चाहती है! अभी तेरा सिर काटके फेंक देता हूं!!

औरत–(हंसकर) शाबाश, क्यों न हो, आप जवांमर्द जो ठहरे! (नानक के मुंह के पास चुटकियां बजाकर) चेत ऐंठासिंह, जरा होश की दवा कर!

अब नानकप्रसाद बर्दाश्त न कर सका और यह कहकर कि 'ले अपने किए का फल भोग!' उसने तलवार का वार उस औरत पर किया। औरत ने फुर्ती से अपने को बचा लिया और हाथ बढ़ा नानक की कलाई पकड़, जोर से ऐसा झटका दिया कि तलवार उसके हाथ से निकलकर दूर जा गिरी और नानक आश्चर्य में आकर उसका मुंह देखने लगा। औरत ने हंसकर नानक से कहा, "बस इसी जवांमर्दी पर मेरी सखी से ब्याह करने का इरादा था! बस जा और हिंजड़ों में मिलकर नाचा कर!"

इतना कहकर औरत हट गई और पश्चिम की तरफ रवाना हुई। नानक का क्रोध अभी शांत नहीं हुआ था। उसने अपनी तलवार जो दूर पड़ी हुई थी उठाकर म्यान में रख ली और कुछ सोचता और दांत पीसता हुआ उस औरत के पीछे चला। वह औरत इस बात से भी होशियार थी कि नानक पीछे से आकर धोखे में तलवार न मारे, वह कनखियों से पीछे की तरफ देखती जाती थी।

थोड़ी दूर जाने के बाद वह औरत एक कुएं पर पहुंची जिसका संगीन चबूतरा एक पुर्से से कम ऊंचा न था। चारों तरफ चढ़ने के लिए सीढ़ियां बनी हुई थीं। कुआं बहुत बड़ा और खूबसूरत था। वह औरत कुएं पर चली गई और बैठकर धीरे-धीरे कुछ गाने लगी।

समय दोपहर का था, धूप खूब निकली थी, मगर इस जगह कुएं के चारों तरफ घने पेड़ों की ऐसी छाया थी और ठंडी-ठंडी हवा आ रही थी कि नानक की तबीयत खुश हो गई, क्रोध, रंज और बदला लेने का ध्यान बिलकुल ही जाता रहा, तिस पर उस औरत की सुरीली आवाज ने और भी रंग जमाया। वह उस औरत के सामने जाकर बैठ गया और उनका मुंह देखने लगा। दो ही तीन तान लेकर वह औरत चुप हो गई और नानक से बोली–

औरत–अब तू मेरे पीछे-पीछे क्यों घूम रहा है? जहां तेरा जी चाहे जा और अपना काम कर, व्यर्थ समय क्यों नष्ट करता है? अब तुझे तेरी रामभोली किसी तरह नहीं मिल सकती, उसका ध्यान अपने दिल से दूर कर दे।

नानक–रामभोली झख मारेगी और मेरे पास आवेगी, वह मेरे कब्जे में है। उसकी एक ऐसी चीज मेरे पास है जिसे वह जीतेजी कभी नहीं छोड़ सकती।

औरत–(हंसकर) इसमें कोई शक नहीं कि तू पागल है, तेरी बातें सुनने से हंसी आती है, खैर तू जाने, तेरा काम जाने, मुझे इससे क्या मतलब!

इतना कहकर उस औरत ने कुएं में झांका और पुकारकर कहा, "कूपदेव, मुझे प्यास लगी है, जरा पानी तो पिलाना।"

औरत की बात सुनकर नानक घबराया और जी में सोचने लगा कि यह अजब औरत है। कुएं पर हुकूमत चलाती है और कहती है कि मुझे पानी पिला। यह औरत मुझे पागल कहती है मगर मैं इसी को पागल समझता हूं, भला कुआं इसे क्योंकर पानी पिलावेगा? जो हो, मगर यह औरत खूबसूरत है और इसका गाना भी बहुत ही उम्दा है।

नानक इन बातों को सोच ही रहा था कि कोई चीज देखकर चौंक पड़ा बल्कि घबड़ाकर उठ खड़ा हुआ और कांपते हुए तथा डरी हुई सूरत से कुएं की तरफ देखने लगा। वह एक हाथ था, जो चांदी के कटोरे में साफ और ठंडा जल लिये हुए कुएं के अंदर से निकला और इसी को देखकर नानक घबरा गया था।

वह हाथ किनारे आया, उस औरत ने कटोरा ले लिया और जल पीने के बाद कटोरा उसी हाथ पर रख दिया, हाथ कुएं के अंदर चला गया और वह औरत फिर उसी तरह गाने लगी। नानक ने अपने जी में कहा, 'नहीं-नहीं, यह औरत पागल नहीं बल्कि मैं ही पागल हूं, क्योंकि इसे अभी तक न पहचान सका। बेशक यह कोई गंधर्व या अप्सरा है, नहीं-नहीं, देवनी है जो रूप बदलकर आई है तभी तो इसके बदन में इतनी ताकत है कि मेरी कलाई पकड़ और झटका देकर इसने तलवार गिरा दी। मगर रामभोली से इसका परिचय कहां हुआ?'

गाते-गाते यकायक वह औरत उठ खड़ी हुई और बड़े जोर से चिल्लाकर उसी कुएं में कूद पड़ी।

सातवां बयान

लाल पोशाकवाली औरत की अद्भुत बातों ने नानक को हैरान कर दिया। वह घबड़ाकर चारों तरफ देखने लगा और डर के मारे उसकी अजब हालत हो गई। वह उस कुएं पर भी ठहर न सका और जल्दी-जल्दी कदम बढ़ाता हुआ इस उम्मीद में

गंगाजी की तरफ रवाना हुआ कि अगर हो सके तो किनारे-किनारे चलकर उस बजड़े तक पहुंच जाय मगर यह भी न हो सका क्योंकि उस जंगल में बहुत-सी पगडंडियां थीं जिन पर चलकर वह रास्ता भूल गया और किसी दूसरी ही तरफ जाने लगा।

नानक लगभग आधा कोस के गया होगा कि प्यास के मारे बेचैन हो गया। वह जल खोजने लगा मगर उस जंगल में कोई चश्मा या सोता ऐसा न मिला जिससे प्यास बुझाता। आखिर घूमते-घूमते उसे पत्ते की एक झोंपड़ी नजर पड़ी जिसे वह किसी फकीर की कुटिया समझकर उसी तरफ चल पड़ा मगर पहुंचने पर मालूम हुआ कि उसने धोखा खाया। उस जगह कई पेड़ ऐसे थे जिनकी डालियां झुककर और आपस में मिलकर ऐसी हो रही थीं कि दूर से झोंपड़ी मालूम पड़ती थी, तो भी नानक के लिए वह जगह बहुत उत्तम थी, क्योंकि उन्हीं पेड़ों में से उसे एक चश्मा साफ पानी का बहता हुआ दिखाई पड़ा जिसके दोनों तरफ खुशनुमा सायेदार पेड़ लगे हुए थे, जिन्होंने एक तौर पर उस चश्मे को भी अपने साये के नीचे कर रखा था। नानक खुशी-खुशी चश्मे के किनारे पहुंचा और हाथ-मुंह धोने के बाद जल पीकर आराम करने के लिए बैठ गया।

थोड़ी देर चश्मे के किनारे बैठे रहने के बाद दूर से कोई चीज पानी में बहकर इसी तरफ आती हुई नानक ने देखी। पास आने पर मालूम हुआ कि कोई कपड़ा है। वह जल में उतर गया और कपड़े को खैंच लाकर गौर से देखने लगा क्योंकि वह वही कपड़ा था जो बजड़े से उतरते समय रामभोली ने अपनी कमर में लपेटा था।

नानक ताज्जुब में आकर देर तक उस कपड़े को देखता और तरह-तरह की बातें सोचता रहा। रामभोली उसके देखते-देखते घोड़े पर सवार हो चली गई थी, फिर उसे क्योंकर विश्वास हो सकता था कि यह कपड़ा रामभोली का है। तो भी उसने कई दफे अपनी आंखें मलीं और उस कपड़े को देखा, आखिर विश्वास करना ही पड़ा कि यह रामभोली की चादर है। रामभोली से मिलने की उम्मीद में वह चश्मे के किनारे-किनारे रवाना हुआ क्योंकि उसे इस बात का गुमान हुआ कि घोड़े पर सवार होकर चले जाने के बाद रामभोली जरूर कहीं पर इसी चश्मे के किनारे पहुंची होगी और किसी सबब से यह कपड़ा जल में गिर पड़ा होगा।

नानक चश्मे के किनारे-किनारे कोस-भर के लगभग चला गया और चश्मे के दोनों तरफ उसी तरह सायेदार पेड़ मिलते गये, यहां तक कि दूर से उसे एक छोटे से मकान की सुफेदी नजर आई। वह यह सोचकर खुश हुआ कि शायद इसी मकान में रामभोली से मुलाकात होगी, कदम बढ़ाता हुआ तेजी के साथ जाने लगा और थोड़ी देर में उस मकान के पास जा पहुंचा।

वह मकान चश्मे के बीचोबीच में पुल के तौर पर बना हुआ था। चश्मा बहुत चौड़ा न था, उसकी चौड़ाई बीस-पचीस हाथ से ज्यादे न होगी। चश्मे के दोनों पार की जमीन इस मकान के नीचे आ गई थी और बीच में पानी बह जाने के लिए नहर

की चौड़ाई के बराबर पुल की तरह का एक दर बना हुआ था जिसके ऊपर छोटा-सा एक मंजिला मकान निहायत खूबसूरत बना हुआ था। नानक इस मकान को देखकर बहुत ही खुश हुआ और सोचने लगा कि यह जरूर किसी मनचले शौकीन का बनवाया हुआ होगा। यहां से इस चश्मे और चारों तरफ के जंगल की बहार खूब ही नजर आती है। इस मकान के अंदर चलकर देखना चाहिए, खाली है या कोई रहता है। नानक उस मकान के सामने की तरफ गया। उसकी कुर्सी बहुत ऊंची थी, पंद्रह सीढ़ियां चढ़ने के बाद दरवाजे पर पहुंचा। दरवाजा खुला हुआ था, बेधड़क अंदर घुस गया।

इस मकान के चारों कोनों में चार कोठरियां और चारों तरफ चार दालान बरामदे के तौर पर थे जिसके आगे कमर बराबर ऊंचा जंगला लगा हुआ था अर्थात् हर एक दालान के दोनों बगल कोठरियां पड़ती थीं और बीचोबीच में एक भारी कमरा था। इस मकान में किसी तरह की सजावट न थी मगर साफ था।

दरवाजे के अंदर पैर रखते ही बीचवाले कमरे में बैठे हुए एक साधू पर नानक की निगाह पड़ी। वह मृगछाले पर बैठा हुआ था। उसकी उम्र अस्सी वर्ष से भी ज्यादे होगी। उसके बाल रुई की तरह सुफेद हो रहे थे, लंबे-लंबे सिर के बाल सूखे और खुले रहने के सबब खूब फैले हुए थे, और दाढ़ी नाभि तक लटक रही थी। कमर में मूंज की रस्सी के सहारे कोपीन थी, और कोई कपड़ा उसके बदन पर न था, गले में जनेऊ पड़ा हुआ था और उसके दमकते हुए चेहरे पर बुजुर्गी और तपोबल की निशानी पाई जाती थी। जिस समय नानक की निगाह उस साधू पर पड़ी वह पद्मासन में बैठा हुआ ध्यान में था, आंखें बंद थीं और हाथ जंघे पर पड़े हुए थे। नानक उसके सामने जाकर देर तक खड़ा रहा मगर उसे कुछ खबर न हुई। नानक ने सर उठाकर चारों तरफ अच्छी तरह देखा मगर सिवाय बड़ी-बड़ी दो तस्वीरों के जिन पर पर्दा पड़ा हुआ था और साधू के पीछे की तरफ दीवार के साथ लगी हुई थीं और कुछ कहीं दिखाई न पड़ा।

नानक को ताज्जुब हुआ और वह सोचने लगा कि इस मकान में किसी तरह का सामान नहीं है फिर महात्मा का गुजर क्योंकर चलता होगा? और वे दोनों तस्वीरें कैसी हैं जिनका रहना इस मकान में जरूरी समझा गया! इसी फिक्र में वह चारों तरफ घूमने और देखने लगा। उसने हर एक दालान और कोठरी की सैर की मगर कहीं एक तिनका भी नजर न आया, हां, एक कोठरी में वह न जा सका जिसका दरवाजा बंद था मगर जाहिर में कोई ताला या जंजीर उस दरवाजे में दिखाई न दी, मालूम नहीं वह क्योंकर बंद था। घूमता-फिरता नानक बगल के दालान में आया और बरामदे में झांककर नीचे की बहार देखने लगा और इसी में उसने घण्टा-भर बिता दिया।

घूम-फिरकर पुनः बाबाजी के पास गया मगर उन्हें उसी तरह आंखें बंद किए बैठा पाया। लाचार इस उम्मीद में एक किनारे बैठ गया कि आखिर कभी तो आंख खुलेगी। शाम होते-होते बगल की कोठरी में से जिसका दरवाजा बंद था और जिसके

अंदर नानक न जा सका था, शंख बजने की आवाज आई। नानक को बड़ा ही ताज्जुब हुआ मगर उस आवाज ने साधू का ध्यान तोड़ दिया। आंखें खुलते ही नानक पर उसकी नजर पड़ी।

साधू–तू कौन है और यहां क्योंकर आया है?

नानक–मैं मुसाफिर हूं, आफत का मारा, भटकता हुआ इधर आ निकला। यहां आपके दर्शन हुए, दित में बहुत कुछ उम्मीदें पैदा हुईं।

साधू–मनुष्य से किसी तरह की उम्मीद न रखनी चाहिए, खैर यह बता, तेरा मकान कहां है और इस जंगल में, जहां आकर वापस जाना मुश्किल है, कैसे आया?

नानक–मैं काशी का रहनेवाला हूं, कार्यवश एक औरत के साथ जो मेरे मकान के बगल ही में रहा करती थी ,यहां आना हुआ, इस जंगल में उस औरत का साथ छूट गया और ऐसी विचित्र बातें देखने में आईं जिनके डर से अभी तक मेरा कलेजा कांप रहा है।

साधू–ठीक है, तेरा किस्सा बहुत बड़ा मालूम होता है जिसके सुनने की अभी मुझे फुरसत नहीं है, जरा ठहर मैं एक काम से छुट्टी पा लूं तो तुझसे बातें करूं। घबराइयो नहीं, मैं ठीक एक घण्टे में आऊंगा।

इतना कहकर साधू वहां से चला गया। दरवाजे की आवाज और अंदाज से नानक को मालूम हुआ कि साधू उसी कोठरी में गया जिसका दरवाज बंद था और जिसके अंदर नानक न जा सका था। लाचार नानक बैठा रहा मगर इस बात से कि साधू को आने में घण्टे-भर की देर लगेगी वह घबराया और सोचने लगा कि तब तक क्या करना चाहिए। यकायक उसका ध्यान उन दोनों तस्वीरों पर गया जो दीवार के साथ लगी हुई थीं। जी में आया कि इस समय यहां सन्नाटा है, साधू महाशय भी नहीं हैं, जरा पर्दा उठाकर देखें तो यह तस्वीर किसकी हैं। नहीं-नहीं, कहीं ऐसा न हो कि साधू आ जाएं. अगर देख लेंगे तो रंज होंगे, जिस तस्वीरें पर पर्दा पड़ा हो उसे बिना आज्ञा कभी न देखना चाहिए। लेकिन अगर देख ही लेंगे तो क्या होगा? साधू तो आप ही कह गए हैं कि हम घण्टे-भर में आवेंगे, फिर डर किसका है?

नानक एक तस्वीर के पास गया और डरते-डरते पर्दा उठाया। तस्वीर पर निगाह पड़ते ही वह खौफ से चिल्ला उठा, हाथ से पर्दा गिर पड़ा, हांफता हुआ पीछे हटा और अपनी जगह पर आकर बैठ गया, यह हिम्मत न पड़ी कि दूसरी तस्वीर देखे।

वह तस्वीर दो औरत और एक मर्द की थी, नानक उन तीनों को पहचानता था। एक औरत थी रामभोनी और दूसरी वह थी जिसके घोड़े पर सवार होकर रामभोली चली गई थी और जो नानक के देखते-देखते कुएं में कूद पड़ी थी, तीसरी तस्वीर नानक के पिता की थी। उस तस्वीर का भाव यह था कि नानक का पिता जमीन पर गिरा पड़ा हुआ था, दूसरी औरत उसके सिर के बाल पकड़े हुए थी, रामभोली उसकी छाती पर सवार, गले पर छुरी फेर रही थी।

इस तस्वीर को देखकर नानक की अजब हालत हो गई। वह एकदम घबरा उठा और बीती हुई बातें उसकी आंखों के सामने इस तरह मालूम होने लगीं जैसे आज हुई हैं। अपने बाप की हालत याद कर उसकी आंखें डबडबा आईं और कुछ देर तक सिर नीचा किए कुछ सोचता रहा। आखिर में उसने एक लंबी सांस ली और सिर उठाकर कहा, "ओफ! क्या मेरा बाप इन औरतों के हाथ से मारा गया? नहीं, कभी नहीं, ऐसा नहीं हो सकता, मगर इस तस्वीर में ऐसी अवस्था क्यों दिखाई गई है? बेशक दूसरी तरफवाली तस्वीर भी कुछ ऐसे ही ढंग की होगी और उसका भी संबंध कुछ मुझ ही से होगा! जी घबराता है, यहां बैठना मुश्किल है!" इतना कह नानक उठ खड़ा हुआ और बाहर बरामदे में जाकर टहलने लगा। सूर्य बिलकुल अस्त हो गये, शाम की पहली अंधेरी चारों तरफ फैल गई और धीरे-धीरे अंधकार का नमूना दिखाने लगी, इस मकान में भी अंधेरा हो गया और नानक सोचने लगा कि यहां रोशनी का कोई सामान दिखाई नहीं पड़ता, क्या बाबाजी अंधेरे में ही रहते हैं। ऐसा सुंदर साफ मकान मगर बालने के लिए दीया तक नहीं और सिवाय एक मृगछाला के जिस पर बाबाजी बैठते हैं एक चटाई तक नजर नहीं आती। शायद इसका सबब यह हो कि यहां की जमीन बहुत साफ, चिकनी और धोई हुई है।

इस तरह के सोच-विचार में नानक को दो घण्टे बीत गए। यकायक उसे याद आया कि बाबाजी एक घण्टा का वादा करके गये थे, अब वह अपने ठिकाने आ गये होंगे और वहां मुझे न देख न मालूम क्या सोचते होंगे। बिना उनसे मिले और बातचीत किए यहां का कुछ हाल न मालूम होगा, चलें देखें तो सही वे आ गये या नहीं।

नानक उठकर उस कमरे में गया जिसमें बाबाजी से मुलाकात हुई थी, मगर वहां सिवाय अंधकार के और कुछ दिखाई न पड़ा, थोड़ी देर तक उसने आंखें फाड़-फाड़कर अच्छी तरह देखा मगर कुछ मालूम न हुआ, लाचार उसने पुकारा–"बाबाजी!" मगर कुछ जवाब न मिला, उसने और दो दफे पुकारा मगर कुछ फल न हुआ। आखिर टटोलता हुआ बाबाजी के मृगछाले तक गया मगर उसे खाली पाकर लौट आया और बाहर बरामदे में जिसके नीचे चश्मा बह रहा था, आकर बैठ रहा।

घण्टे-भर तक चुपचाप सोच-विचार में बैठे रहने के बाद बाबाजी से मिलने की उम्मीद में वह फिर उठा और उस कमरे की तरफ चला। अबकी उसने कमरे का दरवाजा भीतर से बंद पाया, ताज्जुब और खौफ से कांपता हुआ फिर लौटा और बरामदे में अपने ठिकाने आकर बैठ रहा। इसी फेर में पहर-भर से ज्यादे रात गुजर गई और चारों तरफ से जंगल में बोलते हुए दरिन्दे जानवरों की आवाजें आने लगीं जिनके खौफ से वह इस लायक न रहा कि मकान के नीचे उतरे बल्कि बरामदे में रहना भी उसने नापसंद किया और बगलवाली कोठरी में घुसकर किवाड़ बंद करके सो रहा। नानक आज दिन-भर भूखा रहा और इस समय भी उसे खाने को कुछ न

मिला, फिर नींद क्यों आने लगी थी, इसके अतिरिक्त उसने दिन-भर में ताज्जुब पैदा करनेवाली कई तरह की बातें देखीं और सुनी थीं, जो अभी तक उसकी आंखों के सामने घूम रही थीं और नींद में बाधक हो रही थीं। आधी रात बीतने पर उसने और भी ताज्जुब की बातें देखीं।

रात आधी से कुछ ज्यादे जा चुकी थी जब नानक के कानों में दो आदमियों की बातचीत की आवाज आई। वह गौर से सुनने लगा क्योंकि जो कुछ बातचीत हो रही थी, उसे वह अच्छी तरह सुन और समझ सकता था। नीचे लिखी बातें उसने सुनीं। आवाज बारीक होने से नानक ने समझा कि वे दोनों औरतें हैं–

एक–नानक ने इश्क को दिल्लगी समझ लिया।

एक–इस कमबख्त को सूझी क्या जो अपना घर-बार छोड़कर इस तरह एक औरत के पीछे निकल पड़ा।

दूसरा–यह तो उसी से पूछना चाहिए।

एक–बाबाजी ने उससे मिलना मुनासिब न समझा, मालूम नहीं इसका क्या सबब है।

दूसरा–जो हो मगर नानक आदमी बहुत ही होशियार और चालाक है, ताज्जुब नहीं कि उसने जो कुछ इरादा कर रखा है, उसे पूरा करे!

एक–यह जरा मुश्किल है, मुझे उम्मीद नहीं कि रानी इसे छोड़ दें क्योंकि वह इसके खून की प्यासी हो रही हैं, हां अगर यह उस बजड़े पर पहुंचकर वह डिब्बा अपने कब्जे में कर लेगा तो फिर इसका कोई कुछ न कर सकेगा।

दूसरी–(हंसकर जिसकी आवाज नानक ने अच्छी तरह सुनी) यह तो हो नहीं सकता।

एक–खैर इन बातों से अपने को क्या मतलब? हम लौंडियों को इतनी अक्ल कहां कि इन बातों पर बहस करें!

दूसरा–क्या लौंडी होने से अक्ल में बट्टा लग जाता है?

एक–नहीं, मगर असली बातों की लौंडियों को खबर ही कब होनी है!

दूसरी–मुझे तो खबर है।

एक–सो क्या?

दूसरा–यही कि दम-भर में नानक गिरफ्तार कर लिया जाएगा। बस अब बातचीत करना मुनासिब नहीं, हरिहर आता ही होगा।

इसके बाद फिर नानक ने कुछ न सुना मगर इन बातों ने उसे परेशान कर दिया, डर के मारे कांपता हुआ उठ बैठा और चुपचाप यहां से भाग चलने पर मुस्तैद हुआ। धीरे-से किवाड़ खोलकर कोठरी के बाहर आया, चारों तरफ सन्नाटा था। इस मकान से बाहर निकलकर जंगल में भालू-चीते या शेर के मिलने का डर जरूर था मगर इस मकान में रहकर उसने बचाव की कोई सूरत न समझी क्योंकि उन दोनों औरतों की

बातों ने उसे हर तरह से निराश कर दिया था। हां, बजड़े पर पहुंच उस डिब्बे पर कब्जा कर लेने के खयाल ने उसे बेबस कर दिया था और जहां तक जल्द हो सके बजड़े तक पहुंचना उसने अपने लिए उत्तम समझा।

नानक बरामदे से होता हुआ सदर दरवाजे पर आया और सीढ़ी के नीचे उतरना ही चाहता था कि दूसरे दालान में से झपटते हुए कई आदमियों ने आकर उसे गिरफ्तार कर लिया। उन आदमियों ने जबर्दस्ती नानक की आंखें चादर से बांध दीं और कहा, "जिधर हम ले चलें चुपचाप चला चल नहीं तो तेरे लिए अच्छा न होगा।" लाचार नानक को ऐसा ही करना पड़ा।

नानक की आंखें बंद थीं और हर तरह से लाचार था तो भी वह रास्ते की चलाई पर खूब ध्यान दिये हुए था। आधे घण्टे तक वह बराबर चला, पत्तों की खड़खड़ाहट और जमीन की नमी से उसने जाना कि वह जंगल-ही-जंगल जा रहा है। इसके बाद एक ड्योढ़ी लांघने की नौबत आई और उसे मालूम हुआ कि वह किसी फाटक के अंदर जाकर पत्थर पर या किसी पक्की जमीन पर चल रहा है। वहां से कई दफे बाईं और दाहिनी तरफ घूमना पड़ा। बहुत देर बाद फिर एक फाटक लांघने की नौबत आई और फिर उसने अपने को कच्ची जमीन पर चलते पाया। कोस-भर जाने के बाद फिर एक चौखट लांघकर पक्की जमीन पर चलने लगा। यहां पर नानक को विश्वास हो गया कि रास्ते का भुलावा देने के लिए हम बेफायदे घुमाए जा रहे हैं, ताज्जुब नहीं कि यह वही जगह हो जहां पहले आ चुके हैं।

थोड़ी दूर जाने के बाद नानक सीढ़ी पर चढ़ाया गया, बीस-पचीस सीढ़ियां चढ़ने के बाद फिर नीचे उतरने की नौबत आई और सीढ़ियां खतम होने के बाद उसकी आंखें खोल दी गईं।

नानक ने अपने को एक विचित्र स्थान में पाया। उसकी पीठ की तरफ एक ऊंची दीवार और सीढ़ियां थीं, सामने की तरफ खुशनुमा बाग था जिसके चारों तरफ ऊंची दीवारें थीं और उसमें रोशनी बखूबी हो रही थी। फलों के कलमी पेड़ों में लगी शीशे की छोटी-छोटी कंदीलों में मोमबत्तियां जल रही थीं और बहुत-से आदमी भी घूमते-फिरते दिखाई दे रहे थे। बाग के बीचोबीच में एक आलीशान बंगला था, नानक वहां पहुंचाया गया और उसने आसमान की तरफ देखकर मालूम किया कि अब रात बहुत थोड़ी रह गई है।

यद्यपि नानक बहुत होशियार, चालाक, बहादुर और ढीठ था मगर इस समय बहुत ही घबराया हुआ था। उसके ज्यादे घबराने का सबब यह था कि उसके हर्बे छीन लिये गए थे और वह इस लायक न रह गया कि दुश्मनों के हमला करने पर उनका मुकाबला करे या किसी तरह अपने को बचा सके। हां, हाथ-पैर खुले रहने के सबब नानक इस खयाल से भी बेफिक्र न था कि अगर किसी तरह भागने का मौका मिले तो भाग जाए।

बाहर ही से मालूम हुआ कि इस मकान में रोशनी बखूबी हो रही है। बाहर के सहन में कई दीवारगीरें जल रही थीं और चोबदार हाथ में सोने का आसा लिये नौकरी अदा कर रहे थे। उन्हीं के पास नानक खड़ा कर दिया गया और वे आदमी जो उसे गिरफ्तार कर लाए थे और गिनती में आठ थे मकान के अंदर चले गए, मगर चोबदारों से यह कहते गए कि इस आदमी से होशियार रहना, हम सरकार को खबर करने जाते हैं। नानक को आधे घण्टे तक वहां खड़ा रहना पड़ा।

जब वे लोग जो इसे गिरफ्तार कर लाए थे और खबर करने के लिए अंदर गए थे, लौटे तो नानक की तरफ देखकर बोले, "इत्तिला कर दी गई, अब तू अंदर चला जा।"

नानक–मुझे क्या मालूम है कि कहां जाना होगा और रास्ता कौन है?

एक–यह मकान तुझे आप ही रास्ता बतावेगा, पूछने की जरूरत नहीं!

लाचार नानक ने चौखट के अंदर पैर रखा और अपने को तीन दर के एक दालान में पाया, फिरकर पीछे की तरफ देखा तो वह दरवाजा बंद हो गया था, जिस राह से दालान में आया था। उसने सोचा कि यह इसी जगह में कैद हो गया और अब नहीं निकल सकता, यह सब कार्रवाई केवल इसी के लिए थी। मगर नहीं, उसका विचार ठीक न था, क्योंकि तुरंत ही उसके सामने का दरवाजा खुला और उधर रोशनी मालूम होने लगी। डरता हुआ नानक आगे बढ़ा और चौखट के अंदर पैर रखा ही था कि दो नौजवान औरतों पर नजर पड़ी जो साफ और सुथरी पोशाक पहिरे हुए थीं, दोनों ने नानक के दोनों हाथ पकड़ लिए और ले चलीं।

नानक डरा हुआ था मगर उसने अपने दिल को काबू में रखा, तो भी उसका कलेजा उछल रहा था और दिल में तरह-तरह की बातें पैदा हो रही थीं। कभी तो वह अपनी जिंदगी से नाउम्मीद हो जाता, कभी यह सोचकर कि मैंने कोई कसूर नहीं किया ढाढ़स होती, और कभी सोचता जो कुछ होना है वह तो होवेगा ही मगर किसी तरह उन बातों का पता तो लगे जिनके जाने बिना जी बेचैन हो रहा है। कल से जो-जो बातें ताज्जुब की देखने में आई हैं जब तक उसका असल भेद नहीं खुलता मेरे हवास दुरुस्त नहीं होते।

वे दोनों औरतें उसे कई दालानों और कोठरियों में घुमाती-फिराती एक बारहदरी में ले गईं जिसमें नानक ने कुछ अजब ही तरह का समां देखा। यह बारहदरी अच्छी तरह से सजी हुई थी और यहां रोशनी भी बखूबी हो रही थी। दरबार का बिलकुल सामान यहां मौजूद था। बीच में जड़ाऊ सिंहासन पर एक नौजवान औरत दक्षिणी ढंग की बेशकीमत पोशाक पहिरे सिर से पैर तक जड़ाऊ जेवरों से लदी हुई बैठी थी। उसकी खूबसूरती के बारे में इतना ही कहना बहुत है कि अपनी जिंदगी में नानक ने ऐसी खूबसूरत औरत कभी नहीं देखी थी। उसे इस बात का विश्वास होना मुश्किल हो गया कि यह औरत इस लोक की रहनेवाली है। उसके दाहिने तरफ सोने

की चौकी पर मृगछाला बिछाए हुए वही साधू बैठा था जिसे नानक ने शाम को नहरवाले कमरे में देखा था। साधू के बाद गोलाकार बीस जड़ाऊ कुर्सियां और थीं जिन पर एक-से-एक बढ़कर खूबसूरत औरतें दक्षिणी ढंग की पोशाक पहिरे ढाल-तलवार लगाये बैठी थीं। सिंहासन के बाईं तरफ, जड़ाऊ छोटे सिंहासन पर रामभोली को उन्हीं लोगों की-सी पोशाक पहिरे ढाल-तलवार लगाये बैठे देख नानक के ताज्जुब की कोई हद्द न रही, मगर साथ ही इसके यह विश्वास भी हो गया कि अब उसकी जान किसी तरह नहीं जाती। रामभोली के बगल में जड़ाऊ कुर्सी पर वह औरत बैठी थी जिसने नानक के सामने से रामभोली को भगा दिया था, उसके बाद बीस जड़ाऊ कुर्सियों पर बीस नौजवान औरतें उसी ठाठ से बैठी हुई थीं जैसी सिंहासन के दाहिने तरफ थीं।

सामने की तरफ बीस औरतें ढाल-तलवार लगाये जड़ाऊ आसा हाथ में लिये अदब से सिर झुकाये इशारे पर हुक्म बजाने के लिए तैयार दुपट्टी खड़ी थीं जिनके बीच में नानक को ले जाकर खड़ा कर दिया गया।

इस दरबार को देखकर नानक की आंखों में चकाचौंध-सी आ गई। वह एकदम घबड़ा उठा और अपने चारों तरफ देखने लगा। इस बारहदरी की जिस चीज पर उसकी नजर पड़ती उसे लासानी[1] पाता। नानक एक बड़े अमीर बाप का लड़का था और बड़े-बड़े राजदरबारों को देख चुका था मगर उसकी आंखों ने यहां जैसी चीजें देखीं वैसी स्वप्न में भी न देखी थीं। आलों (ताकों) पर जो गुलदस्ते सजाए हुए थे वे बिलकुल बनावटी थे और उनमें फूल-पत्तियों की जगह बेशकीमत जवाहिरात काम में लाए गये थे। केवल इन गुलदस्तों ही को देखकर नानक ताज्जुब करता था कि इतनी दौलत इन लोगों के पास कहां से आई! इसके अतिरिक्त और जितनी चीजें सजावट की मौजूद थीं सभी इस योग्य थीं कि जिनका मिलना मनुष्यों को बहुत ही कठिन समझना चाहिए। उन औरतों की पोशाक और जेवरों का अंदाज करना तो ताकत से बाहर था।

सब तरफ से घूम-फिरकर नानक की आंखें रामभोली की तरफ जाकर अटक गईं और एकदम उसकी सूरत देखने लगा।

उस औरत ने जो बड़े रोब के साथ जड़ाऊ सिंहासन पर बैठी हुई थी एक नजर सिर से पैर तक नानक को देखा और फिर रामभोली की तरफ आंखें फेरीं। रामभोली तुरंत अपनी जगह से उठ खड़ी हुई और सामने की तरफ हटकर सिंहासन के बगल में खड़ी हो हाथ जोड़कर बोली, ''यदि आज्ञा हो तो हुक्म के मुताबिक कार्रवाई की जाय?'' इसके जवाब में उस औरत ने जिसे महारानी कहना उचित है, बड़े गरूर के साथ सिर हिलाया अर्थात् मना किया और उस दूसरी की तरफ देखा जो रामभोली के बगल में थी।

---

1. अनुपम।

यह बात नानक के लिए बड़े ताज्जुब की थी। आज उसके कानों ने एक ऐसी आवाज सुनी जो कभी सुनी न थी और न सुनने की उम्मीद थी। एक तो यही ताज्जुब की बात थी कि जो रामभोली उसके पड़ोस में रहती थी, जिसे नानक लड़कपन से जानता था और सिवाय उस दिन के जिस दिन बजड़े पर सवार हो सफर में निकली, जिसे कभी अपना घर छोड़ते नहीं देखा था और न कभी जिसके मां-बाप ने उसे अपनी आंखों से दूर किया था, आज इस जगह ऐसी अवस्था और ऊंचे दर्जे पर दिखाई दी। दूसरे जो रामभोती जन्म से गूंगी थी, जिसके बाप-मां ने भी कभी उसे बोलते नहीं सुना, आज इस तरह उसके मुंह से मीठी आवाज निकल रही है! इस आवाज ने नानक के दिल के साथ क्या काम किया इसे वही जानता होगा। इस बात को नानक क्योंकर समझ सकता था कि जिस रामभोली ने कभी घर से बाहर पैर नहीं निकाला, वह इन लोगों में आपस के तौर पर क्यों पाई जाती है और ये सब औरतें कौन हैं!

नानक को इन सब बातों को अच्छी तरह सोचने का मौका न मिला। वह दूसरी औरत जो रामभोली के बगल में कुर्सी पर बैठी हुई थी और जिसको नानक ने पहले भी देखा था, इशारा पाते ही उठ खड़ी हुई और कुछ आगे बढ़ नानक से बातचीत करने लगी।

औरत–नानकप्रसाद, इसके कहने की तो जरूरत नहीं कि तुम मुजरिम बनाकर यहां लाए गये हो और तुम्हें किसी तरह की सजा दी जाएगी।

नानक–हां, बेशक मैं मुजरिम बनाकर लाया गया हूं मगर असल में मुजरिम नहीं हूं और न मैंने कोई कसूर ही किया है।

औरत–तुम्हारा कसूर यही है कि तुमने वह बड़ी तस्वीर जो बाबाजी के कमरे में थी और जिस पर पर्दा पड़ा हुआ था, बिना आज्ञा के देखी। क्या तुम यह नहीं जानते कि जिस तस्वीर पर पर्दा पड़ा हो उसे बिना आज्ञा के देखना न चाहिए?

नानक–(कुछ सोचकर) बेशक यह कसूर तो हुआ।

औरत–हमारे यहां का कानून यही है कि जो ऐसा कसूर करे उसका सिर काट लिया जाए।

नानक–अगर ऐसा कानून है तो इसे जुल्म कहना चाहिए!

औरत–जो हो, मगर अब तुम किसी तरह बच नहीं सकते।

नानक–खैर, मैं मरने से नहीं डरता और खुशी से मरना कबूल करता हूं यदि आप कुछ सवालों का जवाब दे दें!

औरत–तुम मरने से तो किसी तरह इनकार कर नहीं सकते मगर मेहरबानी करके तुम्हारे एक सवाल का जवाब मिल सकता है, एक से ज्यादे सवाल तुम नहीं कर सकते, पूछो क्या पूछते हो?

नानक–(कुछ देर तक सोचकर) खैर जब एक ही सवाल का जवाब मिल सकता है तो मैं यह पूछता हूं कि (रामभोली की तरफ इशारा करके) यह यहां क्योंकर आईं और यहां इन्हें इतनी बड़ी इज्जत क्योंकर मिली?

औरत–ये तो दो सवाल हुए! अच्छा इनमें से एक सवाल का जवाब यह दिया जाता है कि जिसके बारे में तुम पूछते हो, वह हमारी महारानी की छोटी बहिन हैं और यही सबब है कि उनके बगल में सिंहासन के ऊपर बैठी हैं।

नानक–मुझे क्योंकर विश्वास हो कि तुम सच कहती हो?

औरत–मैं धर्म की कसम खाकर कहती हूं कि यह बात झूठी नहीं है, मानने-न-मानने का तुम्हें अख्तियार है!

नानक–खैर अगर ऐसा है तो मैं किसी प्रकार मरना पसंद नहीं करता।

औरत–(हंसकर) मरना न पसंद करने से क्या तुम्हारी जान छोड़ दी जाएगी।

नानक–बेशक ऐसा ही है, जब तक मैं मरना मंजूर न करूंगा, तुम लोग मुझे मार नहीं सकतीं।

औरत–यह तो हम लोग जानते हैं कि तुम एक भारी कुदरत रखते हो और उसके सबब से बड़े-बड़े काम कर सकते हो मगर इस जगह तुम्हारे किए कुछ नहीं हो सकता, हां एक बात अगर तुम कबूल करो तो तुम्हारी जान छोड़ दी जाएगी बल्कि इनाम के तौर पर जो मांगोगे सो दिया जाएगा।

नानक–वह क्या?

औरत–कुंअर इंद्रजीतसिंह और आनंदसिंह की जान तुम्हारे कब्जे में है, वह महारानी के कब्जे में दे दो।

नानक–(क्रोध के मारे लाल आंखें निकालके) कमबख्त, खबरदार! फिर ऐसी बात जुबान पर न लाइयो! मैं नहीं जानता था कि ऐसी खूबसूरत मण्डली कुंअर इंद्रजीतसिंह और आनंदसिंह की दुश्मन निकलेगी। तुझ ऐसी हजारों को मैं उन पर न्यौछावर करता हूं! बस मालूम हो गया कि तुम लोग खेल की कठपुतलियां हो। किसकी ताकत है जो मुझे मारे या मेरे साथ किसी तरह की जबर्दस्ती करे!!

उस औरत का चेहरा नानक की यह बात सुनकर क्रोध के मारे लाल हो गया, बल्कि और औरतें भी जो वहां मौजूद थीं नानक की दबंगता देख क्रोध के मारे कांपने लगीं, मगर महारानी के चेहरे पर क्रोध की निशानी न थी।

औरत–(तलवार खैंचकर) बेशक अब तुम मारे जाओगे। बीस-बीस मर्दों की ताकत (कुर्सियों की तरफ इशारा करके) इन एक-एक औरतों में और मुझमें है। यह न समझना कि तुम्हारे हाथ-पैर खुले हैं तो कुछ कर सकोगे। क्या भूल गए कि मैंने तुम्हारे हाथ से तलवार गिरा दी थी?

नानक–इतनी ही ताकत अगर तुम लोगों में है तो दोनों कुमारों की जान मुझसे क्यों मांगती हो, खुद जाकर उन दोनों का सिर क्यों नहीं काट लातीं?

औरत–कोई खास सबब है कि हम लोग अपने हाथ से इस काम को नहीं करते, कर भी सकते हैं मगर देर होगी, इसलिए तुमसे कहते हैं। अब भी मंजूर करो नहीं तो मैं जान लिए बिना न छोड़ूंगी।

नानक–(रामभोली की तरफ इशारा करके) उस औरत की जान जिसे तुम महारानी की बहिन बताती हो, मेरे कब्जे में है जरा इसका भी खयाल करना।

इतना सुनते ही रामभोली अपनी जगह से उठी और बोली, "यह कभी न समझना कि वह डिब्बा जिसे तुम लाए थे मैं बजड़े में छोड़ आई और वह तुम्हारे या तुम्हारे सिपाहियों के कब्जे में है, मैंने उसे गंगाजी में फेंक दिया था और अब मंगा लिया, (हाथ का इशारा करके) देखो, उस कोने में छत से लटक रहा है।"

नानक ने घूमकर देखा और छत से उस डिब्बे को लटकता पाया। यह देख वह एकदम घबड़ा गया, उसके होश-हवास जाते रहे, उसके मुंह से एक चीख की आवाज निकली और वह बदहवास होकर जमीन पर गिर पड़ा।

आधी घड़ी तक नानक बेहोश पड़ा रहा, इसके बाद होश में आया मगर उसमें खड़े होने की ताकत न थी। वह बैठा-बैठा इस तरह सोचने लगा जैसे कि अब वह जिंदगी से बिलकुल ही नाउम्मीद हो चुका हो। वह औरत नंगी तलवार लिये अभी तक उसके पास खड़ी थी। एकाएक नानक को कोई बात याद आई जिससे उसकी हालत बिलकुल ही बदल गई, गई हुई ताकत बदन में फिर लौट आई और वह यह कहता हुआ कि 'मैं व्यर्थ सोच में पड़ा हूं' उठ खड़ा हुआ तथा उस औरत से फिर बातचीत करने लगा।

नानक–नहीं, नहीं, मैं कभी नहीं मर सकता।

औरत–अब तुम्हें बचानेवाला कौन है?

नानक–(रामभोली की तरफ देखके) उस कोठरी की ताली जिसमें किसी के खून से लिखी हुई पुस्तक रखी है।

इतना सुनते ही रामभोली चौंकी, उसका चेहरा उतर गया, सिर घूमने लगा, और वह यह कहती हुई सिंहासन की बगली पर झुक गई, "आह, गजब हो गया! भूल हुई, वह ताली तो उसी जगह छूट गई! कमबख्त तेरा बुरा हो, मुझे जबर्दस्ती अ...प...ने...हा...थ!"

केवल रामभोली ही की ऐसी दशा नहीं हुई बल्कि वहां जितनी औरतें थीं सभों का चेहरा पीला पड़ गया, खून की लाली जाती रही और सब-की-सब एकटक नानक की तरफ देखने लगीं। अब नानक को भी विश्वास हो गया कि उसकी जान बच गई और जो कुछ उसने सोचा था, ठीक निकला, कुछ देर ठहरकर नानक फिर बोला–

नानक–उस किताब को मैं पढ़ भी चुका हूं बल्कि एक दोस्त को भी इस काम में अपना साथी बना चुका हूं। यदि तीन दिन के अंदर मैं उससे न मिलूंगा तो वह जरूर कोई काम शुरू कर देगा।

नानक की इस बात ने सभों की बेचैनी और बढ़ा दी। महारानी ने आंखों में आंसू भरकर अपने बगल में बैठे बाबाजी की तरफ इस ढंग से देखा जैसे वह अपनी जिंदगी से निराश हो चुकी हो। बाबाजी ने इशारे से उसे ढाढ़स दिया और नानक की तरफ देखकर कहा–

बाबा–शाबाश बेटे, तुमने खूब काम किया! मैं तुमसे बहुत प्रसन्न हूं, चेला बनाने के लिए, मैं भी किसी ऐसे चतुर को ढूंढ़ रहा था!

इतना कहकर बाबाजी उठे और नानक का हाथ पकड़कर दूसरी तरफ ले चले। बाबाजी का हाथ इतना कड़ा था कि नानक की कलाई दर्द करने लगी, उसे मालूम हुआ मानो लोहे के हाथ ने उसकी कलाई पकड़ी हो जो किसी तरह नर्म या ढीला नहीं हो सकता। साफ सबेरा हो चुका था बल्कि सूर्य की लालिमा ने बाग के खुशनुमा पेड़ों के ऊपरवाली टहनियों पर अपना दखल जमा लिया था जब बाबाजी नानक को लिये एक कोठरी के दरवाजे पर पहुंचे जिसमें ताला लगा हुआ था। बाबाजी ने दूसरे हाथ से एक ताली निकाली जो उनकी कमर में थी और उस कोठरी का ताला खोलकर उसके अंदर ढकेल दिया और फिर दरवाजा बंद करके ताला लगा दिया।

चाहे दिन निकल चुका हो मगर उस कोठरी के अंदर नानक को रात ही का समां नजर आया। बिलकुल अंधेरा था, कोई सूराख भी ऐसा नहीं था जिससे किसी तरह की रोशनी पहुंचती। नानक को यह भी नहीं मालूम हो सकता था कि यह कोठरी कितनी बड़ी है, हां उस कोठरी की पत्थर की जमीन इतनी सर्द थी कि घण्टे ही भर में नानक के हाथ-पैर बेकार हो गए। घण्टे-भर बाद नानक को चारों तरफ की दीवार दिखाई देने लगी। मालूम हुआ कि दीवारों में से किसी तरह की चमक निकल रही है और वह चमक धीरे-धीरे बढ़ रही है, यहां तक कि थोड़ी देर में वहां अच्छी तरह उजाला हो गया और उस जगह की हर एक चीज साफ दिखाई देने लगी।

यह कोठरी बहुत बड़ी न थी, इसके चारों कोनों में हड्डियों के ढेर लगे थे, चारों तरफ दीवारों में पुरसे-भर ऊंचे चार मोखे (छेद) थे जो बहुत बड़े न थे मगर इस लायक थे कि आदमी का सिर उसके अंदर जा सके। नानक ने देखा कि उसके सामने की तरफवाले (मोखे) में कोई चीज चमकती हुई दिखाई दे रही है। बहुत गौर करने पर थोड़ी देर बाद मालूम हुआ कि बड़ी-बड़ी दो आंखें हैं जो उसी की तरफ देख रही हैं।

उस अंधेरी कोठरी में धीरे-धीरे चमक पैदा होने और उजाला हो जाने ही से नानक डरा था, अब उन आंखों ने और भी डरा दिया। धीरे-धीरे नानक का डर बढ़ता ही गया क्योंकि उसने कलेजा दहलानेवाली और भी कई बातें यहां पाईं।

हम ऊपर लिख आए हैं कि उस कोठरी की जमीन पत्थर की थी। धीरे-धीरे यह जमीन गर्म होने लगी जिससे नानक के बदन में हरारत पहुंची और वह सर्दी जिसके सबब से वह लाचार हो गया था, जाती रही। आखिर वहां की जमीन यहां तक गर्म

हुई कि नानक को अपनी जगह से उठना पड़ा, मगर कहां जाता! उस कोठरी की तमाम जमीन एक-सी गरम हो रही थी, वह जिधर जाता उधर ही पैर जलता था। नानक का ध्यान फिर मोखे की तरफ गया जिसमें चमकती हुई आंखें दिखाई दी थीं, क्योंकि इस समय उसी मोखे में से एक हाथ निकलकर नानक की तरफ बढ़ रहा था। नानक दुबककर एक कोने में हो रहा जिसमें वह हाथ उस तक न पहुंचे मगर हाथ बढ़ता ही गया, यहां तक कि उसने नानक की कलाई पकड़ ली।

न मालूम वह हाथ कैसा था जिसने नानक की कलाई मजबूती से थाम ली। बदन के साथ छूते ही एक तरह की झुनझुनी पैदा हुई और बात-की-बात में इतनी बढ़ी कि नानक अपने को किसी तरह सम्हाल न सका और न उस हाथ से अपने को छुड़ा ही सका, यहां तक कि वह बेहोश होकर अपने-आपको बिलकुल भूल गया।

जब नानक होश में आया उसने अपने-आपको गंगा के किनारे उसी जगह पाया, जहां रामभोली के साथ बजड़े से उतरा था। बगल में पक्के केले का एक घौद भी देखा। दिन बहुत कम बाकी था और सूर्य भगवान अस्ताचल की तरफ जा रहे थे।

आठवां बयान

अब हम फिर उस महारानी के दरबार का हाल लिखते हैं, जहां से नानक निकाला जाकर गंगा के किनारे पहुंचाया गया था।

नानक को कोठरी में ढकेलकर बाबाजी लौटे तो महारानी के पास न जाकर दूसरी ही तरफ रवाना हुए और एक बारहदरी में पहुंचे जहां कई आदमी बैठे हुए कुछ काम कर रहे थे। बाबाजी को देखते ही वे लोग उठ खड़े हुए। बाबाजी ने उन लोगों की तरफ देखकर कहा, "नानक को मैं ठिकाने पहुंचा आया हूं, बड़ा भारी ऐयार निकला, हम लोग उसका कुछ न कर सके। खैर उसे गंगा किनारे उसी जगह पहुंचा दो जहां बजड़े से उतरा था, उसके लिए कुछ खाने की चीज भी वहां रख देना।" इतना कहकर बाबाजी वहां से लौटे और महारानी के पास पहुंचे। इस समय महारानी का दरबार उस ढंग का न था और न भीड़भाड़ ही थी। सिंहासन और कुर्सियों का नाम-निशान न था। केवल फर्श बिछा हुआ था, जिस पर महारानी, रामभोली और वह औरत जिसके घोड़े पर सवार हो रामभोली नानक से जुदा हुई थी, बैठी आपस में कुछ बातें कर रही थीं। बाबाजी ने पहुंचते ही कहा, "मैं नहीं समझता था कि नानक इतना बड़ा धूर्त और चालाक निकलेगा। धनपति ने कहा था कि वह बहुत सीधा है, सहज ही में काम निकल जाएगा, व्यर्थ इतना आडंबर करना पड़ा!"

पाठक याद रखें, धनपति उसी औरत का नाम था, जिसके घोड़े पर सवार होकर रामभोली नानक के सामने से भागी थी। ताज्जुब नहीं कि धनपति के नाम से बारीक

खयाल वाले पाठक चौंकें और सोचें कि ऐसी औरत का नाम धनपति क्यों हुआ! यह सोचने की बात है और आगे चलकर यह नाम कुछ रंग लावेगा।

धनपतिं–खैर जो होना था सो हो चुका, इतना तो मालूम हुआ कि हम लोग नानक के पंजे में फंस गए। अब कोई ऐसी तरकीब करनी चाहिए जिससे जान बचे और नानक के हाथ से छुटकारा मिले।

बाबाजी–मैं तो फिर भी नसीहत करूंगा कि आप लोग इस फेर में न पड़ें। कुंअर इंद्रजीतसिंह और आनंदसिंह बड़े प्रतापी हैं, उन्हें अपने आधीन करना और उनके हिस्से की चीज छीन लेना कठिन है, सहज नहीं। देखा, पहली ही सीढ़ी में आप लोगों ने कैसा धोखा खाया। ईश्वर न करे यदि नानक मर जाए या उसे कोई मार डाले और वह किताब उसी के कब्जे में रह जाएं और पता न लगे तो क्या आप लोगों के बचने की कोई सूरत निकल सकती है?

रामभोली–कभी नहीं, बेशक हम लोग बुरी मौत मारे जाएंगे!

बाबाजी–मैं बेशक जोर देता और ऐसा कभी होने न देता मगर सिवाय समझाने के और कुछ नहीं कर सकता।

महारानी–(बाबाजी की तरफ देखकर) एक दफे और उद्योग करूंगी, अगर काम न चलेगा तो फिर जो आप कहेंगे वही किया जाएगा।

बाबाजी–मर्जी तुम्हारी, मैं कुछ कह नहीं सकता।

महारानी–(धनपति और रामभोली की तरफ देखकर) सिवाय तुम दोनों के इस काम के लायक और कोई भी नहीं है।

धनपति–मैं जान लड़ाने से कब बाज आनेवाली हूं।

रामभोली–जो हुक्म होगा करूंगी ही।

महारानी–तुम दोनों जाओ और जो कुछ करते बने करो!

रामभोली–काम बांट दीजिए।

महारानी–(धनपति की तरफ देखके) नानक के कब्जे से किताब निकाल लेना तुम्हारा काम और (रामभोली की तरफ देखके) किशोरी को गिरफ्तार कर लाना तुम्हारा काम।

बाबाजी–मगर दो बातों का ध्यान रखना, नहीं तो जीती न बचोगी!

दोनों–वह क्या?

बाबाजी–एक तो कुंअर इन्द्रजीतसिंह या आनन्दसिंह को हाथ न लगाना, दूसरे ऐसे काम करना, जिससे नानक को तुम दोनों का पता न लगे, नहीं तो वह बिना जान लिए कभी न छोड़ेगा और तुम लोगों के किए कुछ न होगा। (रामभोली की तरफ देखके) यह न समझना कि अब वह तुम्हारा मुलाहिजा करेगा, अब उसे असल हाल मालूम हो गया, हम लोगों को जड़-बुनियाद से खोदकर फेंक देने का उद्योग करेगा।

महारानी–ठीक है, इसमें कोई शक नहीं। मगर ये दोनों चालाक हैं, अपने को बचावेंगी। (दोनों की तरफ देखकर) खैर तुम लोग जाओ, देखो ईश्वर क्या करता है। खूब होशियार और अपने को बचाए रहना।

दोनों–कोई हर्ज नहीं!

नौवां बयान

अब हम रोहतासगढ़ की तरफ चलते हैं और तहखाने में बेबस पड़ी हुई बेचारी किशोरी और कुंअर आनन्दसिंह इत्यादि की सुध लेते हैं।

जिस समय कुंअर आनन्दसिंह, भैरोसिंह और तारासिंह, तहखाने के अन्दर गिरफ्तार हो गए और राजा दिग्विजयसिंह के सामने लाए गये तो राजा के आदमियों ने उन तीनों का परिचय दिया जिसे सुन राजा हैरान रह गया और सोचने लगा कि ये तीनों यहां क्योंकर आ पहुंचे। किशोरी भी उसी जगह खड़ी थी। उसने सुना कि ये लोग फलाने हैं तो वह घबड़ा गई, उसे विश्वास हो गया कि अब इनकी जान नहीं बचती। इस समय वह मन-ही-मन ईश्वर से प्रार्थना करने लगी कि जिस तरह हो सके इनकी जान बचाए, इनके बदले में मेरी जान जाए तो कोई हर्ज नहीं परन्तु मैं अपनी आंखों से इन्हें मरते नहीं देखना चाहती। इसमें कोई शक नहीं कि ये मुझी को छुड़ाने आए थे नहीं तो इन्हें क्या मतलब था कि इतना कष्ट उठाते।

जितने आदमी तहखाने के अन्दर मौजूद थे सभी जानते थे कि इस समय तहखाने के अन्दर कुंअर आनंदसिंह का मददगार कोई भी नहीं है परन्तु हमारे पाठक महाशय जानते हैं कि पण्डित जगन्नाथ ज्योतिषी जो इस समय दारोगा बने यहां मौजूद हैं, कुंअर आनन्दसिंह की मदद जरूर करेंगे, मगर एक आदमी के किए होता ही क्या है? तो भी ज्योतिषीजी ने हिम्मत न हारी और वह राजा से बातचीत करने लगे। ज्योतिषीजी जानते थे कि मेरे अकेले के किए ऐसे मौके पर कुछ नहीं हो सकता और वहां की किताब पढ़ने से उन्हें यह भी मालूम हो गया था कि इस तहखाने के कायदे के मुताबिक ये जरूर मारे जाएंगे, फिर भी ज्योतिषीजी को इनके बचने की उम्मीद कुछ-कुछ जरूर थी क्योंकि पण्डित बद्रीनाथ कह गए थे कि 'आज इस तहखाने में कुंअर आनन्दसिंह आवेंगे और उनके थोड़ी ही देर बाद कुछ आदमियों को लेकर हम आवेंगे'। अब ज्योतिषीजी सिवाय इसके और कुछ नहीं कर सकते कि राजा को बातों में लगाकर देर करें जिसमें पण्डित बद्रीनाथ वगैरह आ जाएं और आखिर उन्होंने ऐसा ही किया। ज्योतिषीजी अर्थात् दारोगा साहब राजा के सामने गए और बोले–

दारोगा–मुझे इस बात की बड़ी खुशी है कि आप-से-आप कुंवर आनंदसिंह हम लोगों के कब्जे में आ गए।

राजा–(सिर से पैर तक ज्योतिषीजी को अच्छी तरह देखकर) ताज्जुब है कि आप ऐसा कहते हैं? मालूम होता है कि आज आपकी अक्ल चरने चली गई है! छी!

दारोगा–(घबड़ाकर और हाथ जोड़कर) सो क्या महाराज!

राजा–(रंज होकर) फिर भी आप पूछते हैं सो क्या? आप ही कहिए, आनन्दसिंह आप-से-आप यहां आ फंसे तो क्यों आप खुश हुए?

दारोगा–मैं यह सोचकर खुश हुआ कि जब इनकी गिरफ्तारी का हाल राजा बीरेन्द्रसिंह सुनेंगे तो जरूर कहला भेजेंगे कि आनंदसिंह को छोड़ दीजिए, इसके बदले में हम कुंअर कल्याणसिंह को छोड़ देंगे।

राजा–अब मुझे मालूम हो गया कि तुम्हारी अक्ल सचमुच चरने गई है या तुम वह दारोगा नहीं हो, कोई दूसरे हो।

दारोगा–(कांपकर) शायद आप इसलिए कहते हों कि मैंने जो कुछ अर्ज किया इस तहखाने के कायदे के खिलाफ किया।

राजा–हां, अब तुम राह पर आए! बेशक ऐसा ही है। मुझे इनके यहां आ फंसने का रंज है। अब मैं अपनी और अपने लड़के की जिन्दगी से भी नाउम्मीद हो गया। बेशक अब यह रोहतासगढ़ उजाड़ हो गया। मैं किसी तरह कायदे के खिलाफ नहीं कर सकता, चाहे जो हो, आनन्दसिंह को अवश्य मारना पड़ेगा और इसका नतीजा बहुत ही बुरा होगा। मुझे इस बात का भी विश्वास है कि कुंअर आनन्दसिंह पहले-पहल यहां नहीं आए बल्कि इनके कई ऐयार इसके पहले भी जरूर यहां आकर सब हाल देख गये होंगे। कई दिनों से यहां के मामले में जो विचित्रता दिखाई पड़ती है यह सब उसी का नतीजा है। सच तो यह है कि इस समय की बातें सुनकर मुझे आप पर भी शक हो गया है। यहां का दारोगा इस तरह आनन्दसिंह के आ फंसने से कभी न कहता कि मैं खुश हूं। वह जरूर समझता कि कायदे के मुताबिक इन्हें मारना पड़ेगा, इसके बदले में कल्याणसिंह मारा जाएगा, और इसके अतिरिक्त बीरेन्द्रसिंह के ऐयार लोग ऐयारी के कायदे को तिलांजलि देकर बेहोशी की दवा के बदले जहर का बर्ताव करेंगे और एक ही सप्ताह में रोहतासगढ़ को चौपट कर डालेंगे। इस तहखाने के दारोगा को जरूर इस बात का रंज होता।

राजा की बातें सुनकर ज्योतिषीजी की आंखें खुल गईं। उन्होंने मन में अपनी भूल कबूल की और गर्दन नीची करके सोचने लगे। उसी समय राजा ने पुकारकर अपने आदमियों से कहा, ''इस नकली दारोगा को भी गिरफ्तार कर लो और अच्छी तरह आजमाओ कि यहां का दारोगा है या बीरेन्द्रसिंह का कोई ऐयार!''

बात-की-बात में दारोगा साहब की मुश्कें बांध ली गईं और राजा ने दो आदमियों को गरम पानी लाने का हुक्म दिया। नौकरों ने यह समझकर कि वहां पानी गरम करने में देर होगी, ऊपर दीवानखाने में हरदम गरम पानी मौजूद रहता है वहां से लाना

उत्तम होगा, महाराज से आज्ञा चाही। महाराज ने इसको पसन्द करके ऊपर दीवानखाने से पानी लाने का हुक्म दिया।

दो नौकर गरम पानी लाने के लिए दौड़े मगर तुरन्त लौट आकर बोले, "ऊपर का रास्ता तो बन्द हो गया।"

महाराज–सो क्या! रास्ता कैसे बन्द हो सकता है?

नौकर–क्या जाने ऐसा क्यों हुआ?

महाराज–ऐसा कभी नहीं हो सकता! (ताली दिखाकर) देखो यह ताली मेरे पास मौजूद है, इस ताली के बिना कोई क्योंकर उन दरवाजों को बन्द कर सकता है?

नौकर–जो हो, मैं कुछ नहीं अर्ज कर सकता, सरकार खुद चलकर देख लें।

राजा ने स्वयं जाकर देखा तो ऊपर जाने का रास्ता बन्द पाया। ताज्जुब हुआ और सोचने लगा कि दरवाजा किसने बन्द किया, ताली तो मेरे पास थी! आखिर दरवाजा खोलने के लिए ताली लगाई, मगर ताला न खुला। आज तक इसी ताली से बराबर इस तहखाने में आने-जाने का दरवाजा खोला जाता था, लेकिन इस समय ताली कुछ काम नहीं करती। यह अनोखी बात जो राजा दिग्विजयसिंह के ध्यान में कभी न आई थी आज यकायक पैदा हो गई। राजा के ताज्जुब का कोई हद न रहा। उस तहखाने में और भी बहुत से दरवाजे उसी ताली से खुला करते थे। राजा ने ताली ठोंक-पीटकर एक दूसरे दरवाजे में लगाई, मगर वह भी न खुला। राजा की आंखों में आंसू भर आए और यकायक उसके मुंह से यह आवाज निकली, "अब इस तहखाने की और हम लोगों की उम्र पूरी हो गई।"

राजा दिग्विजयसिंह घबड़ाया हुआ चारों तरफ घूमता और घड़ी-घडी दरवाजों में ताली लगाता था–इतने ही में उस काले रंग की भयानक मूर्ति के मुंह में से जिसके सामने एक औरत की बलि दी जा चुकी थी एक तरह की आवाज निकलने लगी। यह भी एक नई बात थी। दिग्विजयसिंह और जितने आदमी वहां थे सब डर गये तथा उसी तरफ देखने लगे। कांपता हुआ राजा उस मूर्ति के पास जाकर खड़ा हो गया और गौर से सुनने लगा कि क्या आवाज आती है।

थोड़ी देर तक वह आवाज समझ में न आई, इसके बाद यह सुनाई पड़ा–"तेरी ताली केवल बारह नम्बर की कोठरी को खोल सकेगी। जहां तक जल्दी हो सके किशोरी को उसमें बन्द कर दे नहीं तो सभों की जान मुफ्त में जाएगी!"

यह नई अद्‌भुत और अनोखी बात देख-सुनकर राजा का कलेजा दहलने लगा मगर उसकी समझ में कुछ न आया कि यह मूरत क्योंकर बोली, आज तक कभी ऐसी बात न हुई थी। सैकड़ों आदमी इसके सामने बलि चढ़ गए लेकिन ऐसी नौबत न आई थी। अब राजा को विश्वास हो गया कि इस मूरत में कोई करामात जरूर है तभी तो बड़े लोगों ने बलि का प्रबन्ध किया है। यद्यपि राजा ऐसी बातों का विश्वास कम रखता था परन्तु आज उसे डर ने दबा लिया, उसने सोच-विचार में ज्यादे समय

नष्ट न किया और उसी ताली से बारह नम्बरवाली कोठरी खोलकर किशोरी को उसके अन्दर बन्द कर दिया।

राजा दिग्विजयसिंह ने अभी इस काम से छुट्टी न पाई थी कि बहुत से आदमियों को साथ लेकर पण्डित बद्रीनाथ उस तहखाने में आ पहुंचे। कुंअर आनन्दसिंह और तारासिंह को बेबस पाकर झपट पड़े और बहुत जल्दी उनके हाथ-पैर खोल दिए। महाराज के आदमियों ने इनका मुकाबला किया, पण्डित बद्रीनाथ के साथ जो आदमी आए थे वे लोग भी भिड़ गए जब आनन्दसिंह, भैरोसिंह और तारासिंह छूटे तो लड़ाई गहरी हो गई, इन लोगों के सामने ठहरनेवाला कौन था? केवल चार ऐयार ही उतने लोगों के लिए काफी थे। कई मारे गये, कई जख्मी होकर गिर पड़े, राजा दिग्विजयसिंह गिरफ्तार कर लिया गया, बीरेन्द्रसिंह की तरफ का कोई न मरा। इन सब कामों से छुट्टी पाने के बाद किशोरी की खोज की गई।

इस तहखाने में जो कुछ आश्चर्य की बातें हुई थीं सभों ने देखी-सुनी थीं। लाली और ज्योतिषीजी ने सब हाल आनन्दसिंह और ऐयार लोगों को बताया और कहा कि किशोरी बारह नम्बर की कोठरी में बन्द कर दी गई है।

पण्डित बद्रीनाथ ने दिग्विजयसिंह की कमर से ताली निकाल ली और बारह नम्बर की कोठरी खोली मगर किशोरी को उसमें न पाया। चिराग लेकर अच्छी तरह ढूंढ़ा परन्तु किशोरी न दिखाई पड़ी, न मालूम जमीन में समा गई या दीवार खा गई! इस बात का आश्चर्य सभों को हुआ कि बन्द कोठरी में से किशोरी कहां गायब हो गई। हां एक कागज का पुर्जा उस कोठरी में जरूर मिला जिसे भैरोसिंह ने उठा लिया और पढ़कर सभों को सुनाया। यह लिखा था–

"धनपति रंग मचायो साध्यो काम।
भोली भलि मुड़ि ऐहैं यदि यहि टाम ॥"

इस बरवै का मतलब किसी की समझ में न आया, लेकिन इतना विश्वास हो गया कि अब इस जगह किशोरी का मिलना कठिन है। उधर लाली इस बरवै को सुनते ही खिलखिलाकर हंस पड़ी लेकिन जब लोगों ने हंसने का सबब पूछा तो कुछ जवाब न दिया बल्कि सिर नीचा करके चुप हो रही, जब ऐयारों ने बहुत जोर दिया तो बोली, "मेरे हंसने का कोई खास सबब नहीं है। बड़ी मेहनत करके किशोरी को मैंने यहां से छुड़ाया था। (किशोरी के छुड़ाने के लिए जो-जो काम उसने किए थे सब कहने के बाद) मैं सोचे हुए थी कि इस काम के बदले में राजा बीरेन्द्रसिंह से कुछ इनाम पाऊंगी, लेकिन कुछ न हुआ, मेरी मेहनत चौपट हो गई, मेरे देखते-ही-देखते किशोरी इस कोठरी में बन्द हो गई थी। जब आप लोगों ने कोठरी खोली तो मुझे उम्मीद थी कि उसे देखूंगी और वही अपनी जुबान से मेरे परिश्रम का हाल कहेगी परन्तु कुछ नहीं। ईश्वर की भी क्या विचित्र गति है, वह क्या करता है सो कुछ समझ में नहीं आता! यही सोचकर मैं हंसी थी और कोई बात नहीं है।"

लाली की बातों का और सभों को चाहे विश्वास हो गया हो लेकिन हमारे ऐयारों के दिल में उसकी बातें न बैठीं। देखा चाहिए अब वे लोग लाली के साथ क्या सलूक करते हैं।

पण्डित बद्रीनाथ की राय हुई कि अब इस तहखाने में ठहरना मुनासिब नहीं, जब यहां की अजायबातों से खुद यहां का राजा परेशान हो गया तो हम लोगों को क्या बात है, यह भी उम्मीद नहीं है कि इस समय किशोरी का पता लगे, अस्तु जहां तक जल्द हो सके यहां से चले चलना ही मुनासिब है।

जितने आदमी मर गये थे, उसी तहखाने में गड़हा खोदकर गाड़ दिये गये, बाकी बचे हुए चार-पांच आदमियों को राजा दिग्विजयसिंह सहित कैदियों की तरह साथ लिया और सभों का मुंह चादर से बांध दिया। ज्योतिषीजी ने भी ताली का झब्बा सम्हाला, रोजनामचा हाथ में लिया, और सभों के साथ तहखाने से बाहर हुए। अबकी दफे तहखाने से बाहर निकलते हुए जितने दरवाजे थे, सभों में ज्योतिषीजी ताला लगाते गए जिसमें उसके अन्दर कोई आने न पावे।

तहखाने से बाहर निकलने पर लाली ने कुंअर आनन्दसिंह से कहा, "मुझे अफसोस के साथ कहना पड़ता है कि मेरी मेहनत बर्बाद हो गई और किशोरी से मिलने की आशा न रही। अब यदि आप आज्ञा दें तो मैं अपने घर जाऊं क्योंकि किशोरी ही की तरह मैं भी इस किले में कैद की गई थी।"

आनन्द–तुम्हारा मकान कहां है?

लाली–मथुराजी।

भैरो–(आनन्दसिंह से) इसमें कोई शक नहीं कि लाली का किस्सा भी बहुत बड़ा और दिलचस्प होगा, इन्हें हमारे महाराज के पास अवश्य ले चलना चाहिए।

बद्री–जरूर ऐसा होना चाहिए नहीं तो महाराज रंज होंगे।

ऐयारों का मतलब कुंअर आनन्दसिंह समझ गए और इसी जगह से लाली को बिदा होने की आज्ञा उन्होंने न दी। लाचार लाली को कुंअर साहब के साथ जाना ही पड़ा और ये लोग बिना किसी तरह की तकलीफ पाए राजा बीरेन्द्रसिंह के लश्कर में पहुंच गये, जहां लाली इज्जत के साथ एक खेमे में रखी गई।

दसवां बयान

दूसरे दिन संध्या के समय राजा बीरेन्द्रसिंह अपने खेमे में बैठे रोहतासगढ़ के बारे में बातचीत करने लगे। पण्डित बद्रीनाथ, भैरोसिंह, तारासिंह, ज्योतिषीजी, कुंअर आनन्दसिंह और तेजसिंह उनके पास बैठे हुए थे। अपने-अपने तौर पर सभों ने रोहतासगढ़ के तहखाने का हाल कह सुनाया और अन्त में बीरेन्द्रसिंह से बातचीत होने लगी।

बीरेन्द्र–रोहतासगढ़ के बारे में अब क्या करना चाहिए?

तेज–इसमें तो कोई शक नहीं कि रोहतासगढ़ के मालिक आप हो चुके। जब राजा और दीवान दोनों आपके कब्जे में आ गये तो अब किस बात की कसर रह गई? हां अब यह सोचना है कि राजा दिग्विजयसिंह के साथ क्या सलूक करना चाहिए?

बीरेन्द्र–और किशोरी के लिए क्या बन्दोबस्त करना चाहिए?

तेज–जी हां, यही दो बातें हैं। किशोरी के बारे में तो मैं अभी कुछ कह नहीं सकता, बाकी राजा दिग्विजयसिंह के बारे में पहले आपकी राय सुनना चाहता हूं।

बीरेन्द्र–मेरी राय तो यही है कि यदि वह सच्चे दिल से ताबेदारी कबूल करे तो रोहतासगढ़ पर खिराज (मालगुजारी) मुकर्रर करके उसे छोड़ देना चाहिए।

तेज–मेरी भी यही राय है।

भैरो–यदि वह इस समय कबूल करने के बाद पीछे बेईमानी पर कमर बांधे तो?

तेज–ऐसी उम्मीद नहीं है। जहां तक मैंने सुना है, वह ईमानदार, सच्चा और बहादुर जाना गया है, ईश्वर न करे यदि उसकी नीयत कुछ दिन बाद बदल भी जाए तो हम लोगों को इसकी परवाह न करनी चाहिए।

बीरेन्द्र–इसका विचार कहां तक किया जाएगा! (तारासिंह की तरफ देखकर) तुम जाओ दिग्विजयसिंह को ले आओ, मगर मेरे सामने हथकड़ी-बेड़ी के साथ मत लाना।

'जो हुक्म' कहकर तारासिंह दिग्विजयसिंह को लाने के लिए चले गए और थोड़ी ही देर में उन्हें अपने साथ लेकर हाजिर हुए, तब तक इधर-उधर की बातें होती रहीं। दिग्विजयसिंह ने अदब के साथ राजा बीरेन्द्रसिंह को सलाम किया और हाथ जोड़कर सामने खड़ा हो गया।

बीरेन्द्र–कहिए, अब क्या इरादा है?

दिग्विजय–यही इरादा है कि जन्म-भर आपके साथ रहूं और ताबेदारी करूं।

बीरेन्द्र–नीयत में किसी तरह का फर्क तो नहीं है?

दिग्विजय–आप ऐसे प्रतापी राजा के साथ खुटाई रखनेवाला पूरा कमबख्त है। वह पूरा बेवकूफ है जो किसी तरह पर आपसे जीतने की उम्मीद रखे। इसमें कोई शक नहीं कि आपके एक-एक ऐयार दस-दस राज्य गारत कर देने की सामर्थ्य रखते हैं। मुझे इस रोहतासगढ़ किले की मजबूती पर बड़ा भरोसा था, मगर अब निश्चय हो गया कि वह मेरी भूल थी। आप जिस राज्य को चाहें बिना लड़े फतह कर सकते हैं। मेरी तो अक्ल नहीं काम करती, कुछ समझ में नहीं आता कि क्या हुआ और आपके ऐयारों ने क्या तमाशा कर दिया। सैकड़ों वर्षों से जिस तहखाने का हाल एक भेद के तौर पर छिपा चला आता था, बल्कि सच तो यह है कि जहां का ठीक-ठीक हाल अभी तक मुझे भी मालूम न हुआ उसी तहखाने पर बात-की-बात

में आपके ऐयारों ने कब्जा कर लिया, यह करामात नहीं तो क्या है! बेशक ईश्वर की आप पर कृपा है और यह सब सच्चे दिल से उपासना का प्रताप है। आपसे दुश्मनी रखना अपने हाथ से अपना सिर काटना है।

दिग्विजयसिंह की बात सुनकर राजा बीरेन्द्रसिंह मुस्कुराए और उनकी तरफ देखने लगे। दिग्विजयसिंह ने जिस ढंग से ऊपर लिखी बातें कहीं उसनें सचाई की बू आती थी। बीरेन्द्रसिंह बहुत खुश हुए और दिग्विजयसिंह को अपने पास बैठाकर बोले–

बीरेन्द्र–सुनो दिग्विजयसिंह, हम तुम्हें छोड़ देते हैं और रोहतासगढ़ की गद्दी पर अपनी तरफ से तुम्हें बैठाते हैं मगर इस शर्त पर कि तुम हमेशा अपने को हमारा मातहत समझो और खिराज की तौर पर कुछ मालगुजारी दिया करो।

दिग्विजय–मैं तो अपने को आपका ताबेदार समझ चुका अब क्या समझूंगा, बाकी रही रोहतासगढ़ की गद्दी, सो मुझे मंजूर नहीं। इसके लिए आप कोई दूसरा नायब मुकर्रर कीजिए और मुझे अपने साथ रहने का हुक्म कीजिए।

बीरेन्द्र–तुमसे बढ़कर और कोई नायब रोहतासगढ़ के लिए मुझे दिखाई नहीं देता।

दिग्विजय–(हाथ जोड़कर) बस मुझ पर कृपा कीजिए, अब राज्य का जंजाल मैं नहीं उठा सकता।

आधे घण्टे तक यही हुज्जत रही। बीरेन्द्रसिंह अपने हाथ से रोहतासगढ़ की गद्दी पर दिग्विजयसिंह को बैठाना चाहते थे और दिग्विजयसिंह इनकार करते थे, लेकिन आखिर लाचार होकर दिग्विजयसिंह को बीरेन्द्रसिंह सिंह का हुक्म मंजूर करना पड़ा, मगर साथ ही इसके उन्होंने बीरेन्द्रसिंह से इस बात का इकरार करा लिया कि महीने-भर तक आपको मेरा मेहमान बनना पड़ेगा और इतने दिनों तक रोहतासगढ़ में रहना पड़ेगा।

बीरेन्द्रसिंह ने इस बात को खुशी से मंजूर कर लिया, क्योंकि रोहतासगढ़ के तहखाने का हाल उन्हें बहुत कुछ मालूम करना था। बीरेन्द्रसिंह और तेजसिंह को विश्वास हो गया था कि वह तहखाना जरूर कोई तिलिस्म है।

राजा दिग्विजयसिंह ने हाथ जोड़कर तेजसिंह की तरफ देखा और कहा, "कृपा कर मुझे समझा दीजिए कि आप और आपके मातहत ऐयार लोगों ने रोहतासगढ़ में क्या किया, अभी तक मेरी अक्ल हैरान है।"

तेजसिंह ने सब हाल खुलासे तौर पर कह सुनाया। दीवान रामानन्द का हाल सुन दिग्विजयसिंह खूब हंसे बल्कि उन्हें अपनी बेवकूफी पर भी हंसी आई और बोले, "आप लोगों से कोई बात दूर नहीं है।" इसके बाद दीवान रामानन्द भी उसी जगह बुलवाये गये और दिग्विजयसिंह के हवाले किए गए और दिग्विजयसिंह के लड़के कुंअर कल्याणसिंह को लाने के लिए भी कई आदमी चुनारगढ़ रवाना किए गए।

इन सब कामों से छुट्टी पाकर लाली के बारे में बातचीत होने लगी। तेजसिंह ने दिग्विजयसिंह से पूछा कि लाली कौन है और आपके यहां कब से है? इसके जवाब में दिग्विजयसिंह ने कहा कि लाली को हम बखूबी नहीं जानते। महीने-भर से ज्यादे न हुआ होगा कि चार-पांच दिन के आगे-पीछे लाली और कुन्दन दो नौजवान औरतें मेरे यहां पहुंचीं। उनकी चालढाल और पोशाक से मुझे मालूम हुआ कि किसी इज्जतदार घराने की लड़कियां हैं। पूछने पर उन दोनों ने अपने को इज्जतदार घराने की लड़की जाहिर भी किया और कहा कि मैं अपनी मुसीबत के दो-तीन महीने आपके यहां काटना चाहती हूं। रहम खाकर मैंने उन दोनों को इज्जत के साथ अपने यहां रखा, बस इसके सिवाय और मैं कुछ नहीं जानता।

तेज–बेशक इसमें कोई भेद है, वे दोनों साधारण औरतें नहीं हैं।

ज्योतिषी–एक ताज्जुब की बात मैं सुनाता हूं।

तेज–वह क्या?

ज्योतिषी–आपको याद होगा कि तहखाने का हाल कहते समय मैंने कहा था कि जब तहखाने में किशोरी और लाली को मैंने देखा तो दोनों का नाम लेकर पुकारा जिससे उन दोनों को आश्चर्य हुआ।

तेज–हां-हां, मुझे याद है, मैं यह पूछने ही वाला था कि लाली को आपने कैसे पहचाना?

ज्योतिषी–बस यही वह ताज्जुब की बात है जो अब मैं आपसे कहता हूं।

तेज–कहिए, जल्द कहिए।

ज्योतिषी–एक दफे रोहतासगढ़ के तहखाने में बैठे-बैठे मेरी तबीयत घबड़ाई तो मैं कोठरियों को खोल-खोलकर देखने लगा। उस ताली के झब्बे में जो मेरे हाथ लगा था एक ताली सबसे बड़ी है जो तहखाने की सब कोठरियों में लगती है मगर बाकी बहुत-सी तालियों का पता मुझे अभी तक नहीं लगा कि कहां की हैं।

तेज–खैर तब क्या हुआ?

ज्योतिषी–सब कोठरियों में अंधेरा था, चिराग ले जाकर मैं कहां तक देखता, मगर एक कोठरी में दीवार के साथ चमकती हुई कोई चीज दिखाई दी। यद्यपि कोठरी में बहुत अंधेरा था तो भी अच्छी तरह मालूम हो गया कि यह कोई तस्वीर है। उस पर ऐसा मसाला लगा हुआ था कि अंधेरे में भी वह तस्वीर साफ मालूम होती थी, आंख, कान, नाक बल्कि बाल तक मालूम होते थे। तस्वीर के नीचे 'लाली' ऐसा लिखा हुआ था। मैं बड़ी देर तक ताज्जुब से उस तस्वीर को देखता रहा, आखिर कोठरी बंद करके अपने ठिकाने चला आया, उसके बाद जब किशोरी के साथ मैंने लाली को देखा तो साफ पहचान लिया कि वह तस्वीर इसी की है। मैंने तो सोचा था कि लाली उसी जगह की रहनेवाली है। इसीलिए उसकी तस्वीर वहां पाई गई, मगर इस समय महाराज दिग्विजयसिंह की जुबानी उसका हाल सुनकर

ताज्जुब होता है, लाली अगर वहां की रहनेवाली नहीं तो उसकी तस्वीर वहां कैसे पहुंची।

दिग्विजय–मैंने अभी तक वह तस्वीर नहीं देखी, ताज्जुब है!

बीरेन्द्र–अभी क्या जब मैं आपको साथ लेकर अच्छी तरह उस तहखाने की छानबीन करूंगा तो बहुत-सी बातें ताज्जुब की दिखाई पड़ेंगी।

दिग्विजय–ईश्वर करे जल्द ऐसा मौका आए, अब तो आपको बहुत जल्द रोहतासगढ़ चलना चाहिए।

बीरेन्द्र–(तेजसिंह की तरफ देखकर) इंद्रजीतसिंह के बारे में क्या बंदोबस्त हो रहा है?

तेज–मैं बेफिक्र नहीं हूं, जासूस लोग चारों तरफ भेजे गये हैं? इस समय तक रोहतासगढ़ की कार्रवाई में फंसा हुआ था, अब स्वयं उनकी खोज में जाऊंगा, कुछ पता लगा भी है।

बीरेन्द्र–हां! क्या पता लगा है?

तेज–इसका हाल कल कहूंगा आज-भर और सब्र कीजिए।

राजा बीरेन्द्रसिंह अपने दोनों लड़कों को बहुत चाहते थे, इंद्रजीतसिंह के गायब होने का रंज उन्हें बहुत था, मगर वह अपने चित्त के भाव को भी खूब ही छिपाते थे और समय का ध्यान उन्हें बहुत रहता था। तेजसिंह का भरोसा उन्हें बहुत था और उन्हें मानते भी बहुत थे, जिस काम से उन्हें तेजसिंह रोकते थे उसका नाम फिर वह जुबान पर तब तक न लाते थे जब तक तेजसिंह स्वयं उसका जिक्र न छेड़ते, यही सबब था कि इस समय वे तेजसिंह के सामने इंद्रजीतसिंह के बारे में कुछ न बोले।

दूसरे दिन महाराज दिग्विजयसिंह सेना सहित तेजसिंह को रोहतासगढ़ किले में ले गये। कुंअर आनंदसिंह के नाम का डंका बजाया गया। यह मौका ऐसा था कि खुशी के जलसे होते मगर कुंअर इंद्रजीतसिंह के खयाल से किसी तरह की खुशी न की गई।

राजा दिग्विजयसिंह के बर्ताव और खातिरदारी से राजा बीरेन्द्रसिंह और उनके साथी लोग बहुत प्रसन्न हुए। दूसरे दिन दीवानखाने में थोड़े आदमियों की कमेटी इसलिए की गई कि अब क्या करना चाहिए। इस कमेटी में केवल नीचे लिखे बहादुर और ऐयार लोग इकट्ठे थे–राजा बीरेन्द्रसिंह, कुंअर आनंदसिंह, तेजसिंह, देवीसिंह, पण्डित बद्रीनाथ, ज्योतिषीजी, महाराज दिग्विजयसिंह और रामानंद। इनके अतिरिक्त एक और आदमी मुंह पर नकाब डाले मौजूद था जिसे तेजसिंह अपने साथ लाए थे और उसे अपनी जमानत पर कमेटी में शरीक किया था।

बीरेन्द्र–(तेजसिंह की तरफ देखकर) इस नकाबपोश आदमी के सामने जिसे तुम अपने साथ लाए हो, हम लोग भेद की बातें कर सकते हैं?

तेज–हां-हां, कोई हर्ज की बात नहीं है।

बीरेन्द्र–अच्छा तो अब हम लोगों को एक तो किशोरी का पता लगाने का, दूसरे यहां के तहखाने से जो बहुत-सी बातें जानने और विचारने लायक हैं उनके मालूम करने का, तीसरे इंद्रजीतसिंह के खोजने का बंदोबस्त सबसे पहले करना चाहिए। (तेजसिंह की तरफ देखकर) तुमने कहा था कि इंद्रजीतसिंह का हाल मालूम हो चुका है।

तेज–जी हां, बेशक मैंने कहा था और उसका खुलासा हाल इस समय आपको मालूम हुआ चाहता है, मगर इसके पहले मैं दो-चार बातें राजा साहब से (दिग्विजयसिंह की तरफ इशारा करके) पूछा चाहता हूं जो बहुत जरूरी हैं, इसके बाद अपने मामले में बातचीत करूंगा।

बीरेन्द्र–कोई हर्ज नहीं।

दिग्विजय–हां-हां पूछिए।

तेज–आपके यहां शेरसिंह[1] नाम का कोई ऐयार था?

दिग्विजय–हां था, बेचारा बहुत ही नेक, ईमानदार और मेहनती आदमी था और ऐयारी के फन में पूरा ओस्ताद था, रामानंद और गोविंदसिंह उसी के चेले हैं। उसके भाग जाने का मुझे बहुत ही रंज है। आज के दो-तीन दिन पहले दूसरे तरह का रंज था मगर आज और तरह का अफसोस है।

तेज–दो तरह के रंज और अफसोस का मतलब मेरी समझ में नहीं आया, कृपा करके साफ-साफ कहिए।

दिग्विजय–पहले उसके भाग जाने का अफसोस क्रोध के साथ था मगर आज इस बात का अफसोस है कि जिन बातों को सोचकर वह भागा था, वे बहुत ठीक थीं, उसकी तरफ से मेरा रंज होना अनुचित था, यदि इस समय वह होता तो बड़ी खुशी से आपके काम में मदद करता।

तेज–उससे आप क्यों रंज हुए थे और वह क्यों भाग गया था?

दिग्विजय–इसका सबब यह था कि जब मैंने किशोरी को अपने कब्जे में कर लिया तो उसने मुझे बहुत कुछ समझाया और कहा कि 'आप ऐसा काम न कीजिए बल्कि किशोरी को राजा बीरेन्द्रसिंह के यहां भेज दीजिए।' यह बात मैंने मंजूर न की बल्कि उससे रंज होकर मैंने इरादा कर लिया कि उसे कैद कर लूं। असल बात यह है कि मुझसे और रणधीरसिंह से दोस्ती थी, शेरसिंह मेरे यहां रहता था और उसका छोटा भाई गदाधरसिंह जिसकी लड़की कमला है, आप उसे जानते होंगे!...

तेज–हां-हां, हम सब कोई उसे अच्छी तरह जानते हैं।

---

1. शेरसिंह कमला का चाचा, जिसका हाल इस संतति के तीसरे भाग के तेहरवें बयान में लिखा गया है।

दिग्विजय—खैर तो गदाधरसिंह, रणधीरसिंह के यहां रहता था। गदाधरसिंह को मरे बहुत दिन हो गये, इसी बीच में मुझसे और रणधीरसिंह से भी कुछ बिगड़ गई, इधर जब मैंने रणधीरसिंह की नतिनी किशोरी को अपने लड़के के साथ ब्याहने का बंदोबस्त किया तो शेरसिंह को बहुत बुरा मालूम हुआ। मेरी तबीयत भी शेरसिंह से फिर गई। मैंने सोचा कि शेरसिंह की भतीजी कमला हमारे यहां से किशोरी को निकाल ले जाने का जरूर उद्योग करेगी और इस काम में अपने चाचा शेरसिंह से मदद लेगी। यह बात मेरे दिल में बैठ गई और मैंने शेरसिंह को कैद करने का विचार किया। उसे मेरा इरादा मालूम हो गया और वह चुपचाप न मालूम कहां भाग गया।

तेज—अब आप क्या सोचते हैं! उसका कोई कसूर था या नहीं?

दिग्विजय—नहीं, नहीं, वह बिलकुल बेकसूर था बल्कि मेरी ही भूल थी जिसके लिए आज मैं अफसोस करता हूं, ईश्वर करे उसका पता लग जाय तो मैं उससे अपना कसूर माफ कराऊं।

तेज—आप मुझे कुछ इनाम दें तो मैं शेरसिंह का पता लगा दूं!

दिग्विजय—आप जो मांगेंगे मैं दूंगा और इसके अतिरिक्त आपका भारी अहसान मुझ पर होगा।

तेज—बस मैं यही इनाम चाहता हूं कि यदि शेरसिंह को ढूंढ़कर ले आऊं तो उसे आप हमारे राजा बीरेन्द्रसिंह के हवाले कर दें! हम उसे अपना साथी बनाना चाहते हैं।

दिग्वजय—मैं खुशी से इस बात को मंजूर करता हूं, वादा करने की क्या जरूरत है जबकि मैं स्वयं राजा बीरेन्द्रसिंह का ताबेदार हूं।

इसके बाद तेजसिंह ने उस नकाबपोश की तरफ देखा जो उनके पास बैठा हुआ था और जिसे वह अपने साथ इस कमेटी में लए थे। नकाबपोश ने अपने मुंह पर से नकाब उतारकर फेंक दिया और यह कहता हुआ राजा दिग्विजयसिंह के पैरों पर गिर पड़ा कि 'आप मेरा कसूर माफ करें।' राजा दिग्विजयसिंह ने शेरसिंह को पहचाना, बड़ी खुशी से उठाकर गले लगा लिया और कहा, "नहीं-नहीं, तुम्हारा कोई कसूर नहीं बल्कि मेरा कसूर है जो मैं तुमसे क्षमा कराया चाहता हूं।"

शेरसिंह तेजसिंह के पास जा बैठे। तेजसिंह ने कहा, "सुनो शेरसिंह, अब तुम हमारे हो चुके हो!"

शेर—बेशक मैं आपका हो चुका हूं, जब आपने महाराज से वचन ले लिया तो अब क्या उज्र हो सकता है?

राजा बीरेन्द्रसिंह ताज्जुब से ये बातें सुन रहे थे, अंत में तेजसिंह की तरफ देखकर बोले, "तुम्हारी मुलाकात शेरसिंह से कैसे हुई?"

तेज—शेरसिंह ने मुझसे स्वयं मिलकर सब हाल कहा, असल तो यह है कि हम लोगों पर भी शेरसिंह ने भारी अहसान किया है।

बीरेन्द्र—वह क्या?

तेज–कुंअर इंद्रजीतसिंह का पता लगाया है और अपने कई आदमी उनकी हिफाजत के लिए तैनात कर चुके हैं, इस बात का भी निश्चय दिला दिया है कि कुंअर इंद्रजीतसिंह को किसी तरह की तकलीफ न होने पावेगी।

बीरेन्द्र–(खुश होकर और शेरसिंह की तरफ देखकर) हां! कहां पता लगा और किस हालत में हैं?

शेर–यह सब हाल जो कुछ मुझे मालूम था मैं दीवान साहब (तेजसिंह) से कह चुका हूं, वह आपसे कह देंगे, आप उसके जानने की जल्दी न करें। मैं इस समय यहां जिस काम के लिए आया था मेरा वह काम हो चुका अब मैं यहां ठहरना मुनासिब नहीं समझता। आप लोग अपने मतलब की बातचीत करें क्योंकि मदद के लिए मैं बहुत जल्द कुंअर इंद्रजीतसिंह के पास पहुंचा चाहता हूं। हां यदि आप कृपा करके अपना एक ऐयार मेरे साथ कर दें तो उत्तम हो और काम भी शीघ्र हो जाए।

बीरेन्द्र–(खुश होकर) अच्छी बात है, आप जाइए और मेरे जिस ऐयार को चाहें लेते जाइए।

शेर–अगर आप मेरी मर्जी पर छोड़ते हैं तो मैं देवीसिंह को अपने साथ के लिए मांगता हूं।

तेज–हां आप खुशी से उन्हें ले जाएं। (देवीसिंह की तरफ देखकर) आप तैयारी कीजिए।

देवी–मैं हरदम तैयार रहता हूं। (शेरसिंह से) चलिए अब इन लोगों का पीछा छोड़िए।

देवीसिंह को साथ लेकर शेरसिंह रवाना हुए और इधर इन लोगों में विचार होने लगा कि अब क्या करना चाहिए। घण्टे-भर में यह निश्चय हुआ कि लाली से कुछ विशेष पूछने की जरूरत नहीं है क्योंकि वह अपना हाल ठीक-ठीक कभी न कहेगी, हां, उसे हिफाजत में रखना चाहिए और तहखाने को अच्छी तरह देखना और वहां का हाल मालूम करना चाहिए।

ग्यारहवां बयान

अब तो कुंदन का हाल जरूर ही लिखना पड़ेगा, पाठक महाशय उसका हाल जानने के लिए उत्कण्ठित हो रहे होंगे। हमने कुंदन को रोहतासगढ़ महल के उसी बाग में छोड़ा है जिसमें किशोरी रहती थी। कुंदन इस फिक्र में लगी रहती थी कि किशोरी किसी तरह लाली के कब्जे में न पड़ जाए।

जिस समय किशोरी को लेकर सेंध की राह लाली उस घर में उतरी जिसमें तहखाने का रास्ता था और यह हाल कुंदन को मालूम हुआ तो वह बहुत घबराई।

महल-भर में इस बात का गुल मचा दिया और सोच में पड़ी कि, अब क्या करना चाहिए। हम पहले लिख आए हैं कि किशोरी और लाली के जाने के बाद 'धरो पकड़ो' की आवाज लगाते हुए कई आदमी सेंध की राह उसी मकान में उतर गए जिसमें लाली और किशोरी गई थीं।

उन्हीं लोगों में मिलकर कुंदन भी एक छोटी-सी गठरी कमर के साथ बांध उस मकान के अंदर चली गई और यह हाल घबराहट और गुल-शोर में किसी को मालूम न हुआ। उस मकान के अंदर भी बिलकुल अंधेरा था। लाली ने दूसरी कोठरी में जाकर दरवाजा बंद कर लिया इसलिए लाचार होकर पीछा करनेवालों को लौटना पड़ा और उन लोगों ने इस बात की इत्तिला महाराज से की, मगर कुंदन उस मकान से न लौटी बल्कि किसी कोने में छिप रही।

हम पहले लिख आए हैं और अब भी लिखते हैं कि उस मकान के अंदर तीन दरवाजे थे, एक तो वह सदर दरवाजा था जिसके बाहर पहरा पड़ा करता था, दूसरा खुला पड़ा था, तीसरे दरवाजे को खोलकर किशोरी को साथ लिये लाली गई थी।

जो दरवाजा खुला था उसके अंदर एक दालान था, इसी दालान तक लाली और किशोरी को खोजकर पीछा करनेवाले लौट गए थे क्योंकि कहीं आगे जाने का रास्ता उन लोगों को न मिला था। जब वे लोग मकान के बाहर निकल गए तो कुंदन ने अपनी कमर से गठरी खोली और उसमें से सामान निकालकर मोमबत्ती जलाने के बाद चारों तरफ देखने लगी।

यह एक छोटा-सा दालान था मगर चारों तरफ से बंद था। इस दालान की दीवारों में तरह-तरह की भयानक तस्वीरें बनी हुई थीं मगर कुंदन ने उन पर कुछ ध्यान न दिया। दालान के बीचोबीच में बित्ते-बित्ते भर के ग्यारह डिब्बे लोहे के रखे हुए थे और हर एक डिब्बे पर आदमी की खोपड़ी रखी हुई थी। कुंदन उन्हीं डिब्बों को गौर से देखने लगी। ये डिब्बे गोलाकार एक चौकी पर सजाए हुए थे, एक डिब्बे पर आधी खोपड़ी थी और बाकी डिब्बों पर पूरी-पूरी। कुंदन इस बात को देखकर ताज्जुब कर रही थी कि इनमें से एक खोपड़ी जमीन पर क्यों पड़ी हुई है, औरों की तरह उसके नीचे डिब्बा नहीं है? कुंदन ने उस डिब्बे से जिस पर आधी खोपड़ी रखी हुई थी गिनना शुरू किया। मालूम हुआ कि सातवें नंबर की खोपड़ी के नीचे डिब्बा नहीं है। यकायक कुंदन के मुंह से निकला, "ओफ ओह, बेशक इसके नीचे का डिब्बा लाली ले गई क्योंकि तालीवाला डिब्बा वही था, मगर यह हाल उसे क्योंकर मालूम हुआ?"

कुंदन ने फिर गिनना शुरू किया और टूटी हुई खोपड़ी से पांचवें नंबर पर रुक गई, खोपड़ी उठाकर नीचे रख दी और डिब्बे को उठा लिया, तब अच्छी तरह गौर से देखकर जोर से जमीन पर पटका। डिब्बे के चार टुकड़े हो गए, मानो चार

जगहों से जोड़ लगाया हुआ हो। उसके अंदर से एक ताली निकली जिसे देख कुंदन हंसी और खुश होकर आप-ही-आप बोली, "देखो तो लाली को मैं कैसा छकाती हूं।"

कुंदन ने उस ताली से काम लेना शुरू किया। उसी दालान में दीवार के साथ एक अलमारी थी जिसे कुंदन ने उस ताली से खोला। नीचे उतरने के लिए सीढ़ियां नजर आईं और वह बेखौफ नीचे उतर गई। एक कोठरी में पहुंची जहां एक छोटे सिंहासन के ऊपर हाथ-भर लंबी और इससे कुछ कम चौड़ी तांबे की एक पट्टी रखी हुई थी। कुंदन ने उसे उठाकर अच्छी तरह देखा, मालूम हुआ कि कुछ लिखा हुआ है, अक्षर खुदे हुए थे और उन पर किसी तरह का चिकना या तेल मला हुआ था जिसके सबब से पटिया अभी तक जंग लगने से बची हुई थी। कुंदन ने उस लेख को बड़े गौर से पढ़ा और हंसकर चारों तरफ देखने लगी। उस कोठरी की दीवार में दो तरफ दो दरवाजे थे और एक पल्ला जमीन में था। उसने एक दरवाजा खोला, ऊपर चढ़ने के लिए सीढ़ियां मिलीं, वह बेखौफ ऊपर चढ़ गई और एक ऐसी तंग कोठरी में पहुंची जिसमें चार-पांच आदमी से ज्यादे के बैठने की जगह न थी, मगर इस कोठरी के चारों तरफ की दीवार में छोटे-छोटे कई छेद थे, जलती हुई बत्ती बुझाकर उन छेदों में से एक छेद में आंख लगाकर कुंदन ने देखा।

कुंदन ने अपने को ऐसी जगह पाया जहां से वह भयानक मूर्ति, जिसके आगे एक औरत की बलि दी जा चुकी थी और जिसका हाल पीछे लिख आए हैं, साफ दिखाई देती थी। थोड़ी देर में कुंदन ने महाराज दिग्विजयसिंह, तहखाने के दारोगा, लाली, किशोरी और बहुत से आदमियों को वहां देखा। उसके देखते-ही-देखते एक औरत उस मूरत के सामने बलि दी गई और कुंअर आनंदसिंह ऐयारों सहित पकड़े गए। इस तहखाने में से किशोरी और कुंअर आनंदसिंह का भी कुछ हाल हम ऊपर लिख आए हैं वह सब कुंदन ने देखा था। आखिर में कुंदन नीचे उतर आई और उस पल्ले को जो जमीन में था उसी ताली से खोलकर तहखाने में उतरने के बाद बत्ती बालकर देखने लगी। छत की तरफ निगाह करने से मालूम हुआ कि वह सिंहासन पर बैठी हुई भयानक मूर्ति जो कि भीतर की तरफ से बिलकुल (सिंहासन सहित) पोली थी, उसके सिर के ऊपर है।

कुंदन फिर ऊपर आई और दीवार में लगे हुए एक दूसरे दरवाजे को खोलकर एक सुरंग में पहुंची। कई कदम जाने के बाद एक छोटी खिड़की मिली, उसी ताली से कुंदन ने उस खिड़की को भी खोला। अब वह उस रास्ते में पहुंच गई जो दीवानखाने और तहखाने में आने-जाने के लिए था और जिस राह से महाराज आते थे, तहखाने से दीवानखाने में जाने तक जितने दरवाजे थे, सभी को कुंदन ने अपनी ताली से बंद कर दिया, ताले के अलावे उन दरवाजों में एक-एक खटका और भी था उसे भी कुंदन ने चढ़ा दिया। इस काम से छुट्टी पाने के बाद फिर वहां

पहुंची जहां से भयानक मूर्ति और आदमी सब दिखाई दे रहे थे। कुंदन ने अपनी आंखों से राजा दिग्विजयसिंह की घबराहट देखी जो दरवाजा बंद हो जाने से उन्हें हुई थी।

मौका देखकर कुंदन वहां से उतरी और उस तहखाने में जो उस भयानक मूर्ति के नीचे था, पहुंची। थोड़ी देर तक कुछ बकने के बाद कुंदन ने ही वे शब्द कहे जो उस भयानक मूर्ति के मुंह से निकले हुए राजा दिग्विजयसिंह या और लोगों ने सुने थे और उनके मुताबिक किशोरी बारह नंबर की कोठरी में बंद कर दी गई थी।

कुंदन वहां से निकलकर यह देखने के लिए कि राजा किशोरी को उस कोठरी में बंद करता है या नहीं, फिर उस छत पर पहुंची जहां से सब लोग दिखाई पड़ते थे। जब कुंदन ने देखा कि किशोरी उस कोठरी में बंद कर दी गई तो वह नीचे तहखाने में उतरी। उसी जगह से एक रास्ता था जो उस कोठरी के ठीक नीचे पहुंचता था जिसमें किशोरी बंद की गई थी। वहां की छत इतनी नीची थी कि कुंदन को बैठकर जाना पड़ा। छत में एक पेंच लगा हुआ था जिसके घुमाने से एक पत्थर की चट्टान हट गई और आंचल से मुंह ढांपे कुंदन किशोरी के सामने जा खड़ी हुई।

बेचारी किशोरी तरह-तरह की आफतों से आप ही बदहवास हो रही थी, अंधेरे में बत्ती लिये यकायक कुंदन को निकलते हुए देख घबड़ा गई। उसने घबड़ाहट में कुंदन को बिलकुल नहीं पहचाना बल्कि उसे भूत, प्रेत या कोई आसेब समझकर डर गई और एक चीख मारकर बेहोश हो गई।

कुंदन ने अपनी कमर से कोई दवा निकालकर किशोरी को सुंघाई जिससे वह अच्छी तरह बेहोश हो गई, इसके बाद अपनी छोटी गठरी में से सामान निकालकर वह बरवा अर्थात् 'धनपति रंग मचायो साध्यो काम'...इत्यादि लिखकर कोठरी में एक तरफ रख दिया और अपनी कमर से एक चादर खोली जो महल से लेती आई थी, उसी में किशोरी की गठरी बांधी और नीचे घसीट ले गई। जिस तरह पेंच को घुमाकर पत्थर की चट्टान हटाई थी उसी तरह रास्ता बंद कर दिया।

यह सुरंग कोठरी के नीचे खतम नहीं हुई थी बल्कि दूर तक चली गई थी और आगे से चौड़ी और ऊंची होती गई थी। किशोरी को लिये हुए कुंदन उस सुरंग में चलने लगी। लगभग सौ कदम जाने के बाद एक दरवाजा मिला जिसे कुंदन ने उसी ताली से खोला, आगे फिर उसी सुरंग में चलना पड़ा। आधी घड़ी के बाद सुरंग का अंत हुआ और कुंदन ने अपने को एक खोह के मुंह पर पाया।

इस जगह पहुंचकर कुंदन ने सीटी बजाई। थोड़ी देर में इधर-उधर से पांच आदमी आ मौजूद हुए और एक ने बढ़कर पूछा, "कौन हैं? धनपतिजी!"

कुंदन–हां रामा, तुम लोगों को यहां बहुत दुख भोगना और कई दिन तक अटकना पड़ा।

रामा–जब हमारे मालिक ही इतने दिनों तक अपने को बला में डाले हुए थे जहां से जान बचाना मुश्किल था तो फिर हम लोगों की क्या बात है, हम लोग तो खुले मैदान में थे।

कुंदन–लो किशोरी तो हाथ लग गई, अब इसे ले चलो और जहां तक जल्द हो सके भागो।

वे लोग किशोरी को लेकर वहां से रवाना हुए।

पाठक तो समझ ही गए होंगे कि किशोरी धनपति के काबू में पड़ गई। कौन धनपति? वही धनपति जिसे नानक और रामभोली के बयान में आप लोग जान चुके हैं। मेरे इस लिखने से पाठक महाशय चौंकेंगे और उनका ताज्जुब घटेगा नहीं बल्कि बढ़ जाएगा, इसके साथ ही साथ पाठकों को नानक की वह बात कि 'वह किताब भी जो किसी के खून से लिखी गई है...' भी याद आएगो जिसके सबब से नानक ने अपनी जान बचाई थी। पाठक इस बात को भी जरूर सोचेंगे कि कुंदन अगर असल में धनपति थी तो लाली जरूर रामभोली होगी, क्योंकि धनपति को 'किसी के खून से लिखी हुई किताब' का भेद मालूम था और यह भेद रामभोली को भी मालूम था। जब धनपति ने रोहतासगढ़ महल में लाली के सामने उस किताब का जिक्र किया तो लाली कांप गई जिससे मालूम होता है कि वह रामभोली ही होगी। 'किसी के खून से लिखी हुई किताब' का नाम सुनकर अगर लाली डर गई तो धनपति भी जरूर समझ गई होगी कि यह रामभोली है, फिर धनपति (कुंदन) लाली से मिल क्यों न गई क्योंकि वे दोनों तो एक ही के तुल्य थीं? ऐसी अवस्था में तो इस बात का शक होता है कि लाली रामभोली न थी। फिर तहखाने में धनपति के लिखे हुए बरवै को सुनकर लाली क्यों हंसी? इत्यादि बातों को सोचकर पाठकों की चिंता अवश्य बढ़ेगी, क्या किया जाए , लाचारी है।

बारहवां बयान

दूसरे दिन दोपहर दिन चढ़े बाद किशोरी की बेहोशी दूर हुई। उसने अपने को एक गहन वन के पेड़ों की झुरमुट में जमीन पर पड़े पाया और अपने पास कुंदन और कई आदमियों को देखा। बेचारी किशोरी इन थोड़े ही दिनों में तरह-तरह की मुसीबतों में पड़ चुकी थी बल्कि जिस सायत से वह घर से निकली आज तक एक पल के लिए भी सुखी न हुई, मानो सुख तो उसके हिस्से ही में न था। एक मुसीबत से छूटी, दूसरी में फंसी; दूसरी से छूटी, तीसरी में फंसी। इस समय भी उसने अपने को बुरी अवस्था में पाया। यद्यपि कुंदन उसके सामने बैठी थी परंतु उसे उसकी तरफ से किसी तरह की भलाई की कुछ आशा न थी। इसके अतिरिक्त वहां और भी कई

आदमियों को देख तथा अपने को बेहोशी की अवस्था से चैतन्य होते पा उसे विश्वास हो गया कि कुंदन ने उसके साथ दगा किया। रात की बातें वह स्वप्न की तरह याद करने लगी और इस समय भी वह इस बात का निश्चय न कर सकी कि उसके साथ कैसा बर्ताव किया जाएगा। थोड़ी देर तक वह अपनी मुसीबतों को सोचती और ईश्वर से अपनी मौत मांगती रही। आखिर उस समय उसे कुछ होश आया जब धनपति (कुंदन) ने उसे पुकारकर कहा, "किशोरी, तू घबरा मत, तेरे साथ कोई बुराई न की जाएगी।"

किशोरी–मेरी समझ में नहीं आता कि तुम क्या कह रही हो। जो कुछ तुमने किया उससे बढ़कर और बुराई क्या हो सकती है?

धनपति–तेरी जान न मारी जाएगी बल्कि जहां तू रहेगी हर तरह से आराम मिलेगा।

किशोरी–क्या इंद्रजीतसिंह भी वहां दिखाई देंगे?

धनपति–हां, अगर तू चाहेगी।

किशोरी–(चौंककर) हैं, क्या कहा? अगर मैं चाहूंगी?

धनपति–हां, यही बात है।

किशोरी–कैसे?

धनपति–एक चीठी इंद्रजीतसिंह के नाम की लिखकर मुझे दे और उसमें जो कुछ मैं कहूं लिख दे!

किशोरी–उसमें क्या लिखना पड़ेगा?

धनपति–केवल इतना ही लिखना पड़ेगा, "अगर आप मुझे चाहते हैं तो बिना कुछ विचार किए इस आदमी के साथ मेरे पास चले आइए और जो कुछ यह मांगे दे दीजिए, नहीं तो मुझसे मिलने की आशा छोड़िए!"

किशोरी–(कुछ देर तक सोचने के बाद) मैं समझ गई कि तुम्हारी नीयत क्या है। नहीं, ऐसा कभी नहीं हो सकता, मैं ऐसी चीठी लिखकर प्यारे इंद्रजीतसिंह को आफत में नहीं फंसा सकती।

धनपति–तब तू किसी तरह छूट भी नहीं सकती।

किशोरी–जो हो।

धनपति–बल्कि तेरी जान भी चली जाएगी।

किशोरी–बला से, इंद्रजीतसिंह के नाम पर मैं जान देने को तैयार हूं। इतना सुनते ही धनपति (कुंदन) का चेहरा मारे गुस्से के लाल हो गया, अपने साथियों की तरफ देखकर बोली, "अब मैं इसे नहीं छोड़ सकती, लाचार हूं। इसके हाथ-पैर बांधो और मुझे तलवार दो!" हुक्म पाते ही उसके साथियों ने बड़ी बेरहमी से किशोरी के हाथ-पैर बांध दिए और धनपति तलवार लेकर किशोरी का सिर काटने के लिए जैसे ही आगे बढ़ी उसके एक साथी ने कहा, "नहीं, इस तरह मारना मुनासिब न होगा,

हम लोग बात-की-बात में सूखी लकड़ियां बटोरकर ढेर करते हैं, इसे उसी पर रखके फूंक दो, जलकर भस्म हो जाएगी और हवा के झोंकों में इसकी राख का भी पता न लगेगा।''

इस राय को धनपति ने पसंद किया और ऐसा ही करने के लिए हुक्म दिया। संगदिल हरामखोरों ने थोड़ी ही देर में जंगल से चुनकर सूखी लकड़ियों का ढेर लगा दिया। हाथ-पैर बांधकर बेबस की हुई किशोरी उस पर रख दी गई। धनपति के साथियों में से ने एक छोटा-सा मशाल जलाया और उसे धनपति ने अपने हाथ में लिया। मुंह बंद किए हुए किशोरी यह सब बात देख-सुन और सह रही थी। जिस समय धनपति मशाल लिए चिता के पास पहुंची किशोरी ने ऊंचे स्वर में कहा–''हे अग्निदेव, तुम साक्षी रहना! मैं कुंअर इंद्रजीतसिंह की मुहब्बत में खुशी-खुशी अपनी जान देती हूं। मैं खूब जानती हूं कि तुम्हारी आंच प्यारे की जुदाई की आंच से बढ़कर नहीं है। जान निकलने में मुझे कुछ भी कष्ट न होगा। प्यारे इंद्रजीत! देखना मेरे लिए दुखी न होना, बल्कि मुझे बिलकुल ही भूल जाना!!''

हाय! प्रेम से भरी हुई बेचारी किशोरी की, दिल को टुकड़े-टुकड़े कर देनेवाली इन बातों से भी संगदिलों का दिल नरम न हुआ और हरामजादी कुंदन ने, नहीं-नहीं धनपति ने, चिता में मशाल रख ही दी।

॥ चौथा भाग समाप्त ॥

❑❑❑